W0206458

Herbert Rosendorfer

GROSSE PROSA

Herbert Rosendorfer

GROSSE PROSA

Herausgegeben
von
Hans A. Neunzig

nymphenburger

Der Abdruck der Erzählung »Mithras« erfolgt mit
freundlicher Genehmigung des Kiepenheuer & Witsch Verlages.
Umschlaggestaltung: Wolfgang Heinzel
Umschlagfoto: Isolde Ohlbaum
Satz: Schaber Datentechnik, Wels
Gesetzt aus der 11/13 Punkt Stempel-Garamond
Druck und Binden: Wiener Verlag, Himberg
Printed in Austria
ISBN 3-485-00682-3

Inhalt

Der Erzähler Herbert Rosendorfer *7*

Die Glasglocke *23*

Maddalena und der Mann mit den schönen Fingernägeln *70*

Der Besuch *77*

Eines Klassizisten Wanderung in herbstlicher Gegend *92*

Stilübung *105*

Der Eiffelturm *110*

Die Karriere des Florenzo Waldweibel-Hostelli *122*

Don Juan und Faust *131*

Livio Campo Sant'angeli, der größte Cellist, den je die Erde getragen hat *170*

Das Frühlingsgedicht *182*

Die wahre Geschichte von Tibo, dem Hehlerkönig *184*

Die springenden Alleebäume *196*

Keine Spur von Kyselack *200*

Registerarie für Leporello *205*

Eine Begegnung im Park *215*

Föhn *223*

Skaumo *231*
Was trägt der Mann von Welt auf dem Denkmal? *273*
Die Reise mit dem Großvater von Köln
nach Paris *281*
Kurtz' Geschichte *298*
Der am Stillen verhinderte Patriarch oder Zehntausend
Osterpostkarten *305*
Eichenlaub und Judenstern *314*
Blaßlila Briefe
Eine Erzählung des alten Oberstaatsanwaltes F. *327*
Fräulein Mary Doll *340*
Mommer und Gottlieb oder
Die Reise zum Begräbnis *361*
Die letzte Attacke *395*
Gehehe, der sehr große Vogel *423*
Die Glaswürfel *437*
Eine ungewöhnliche Liebesgeschichte *476*
Mithras *489*
Editorische Notiz *510*

DER ERZÄHLER HERBERT ROSENDORFER

Da die Geschichte, die ich Ihnen erzähle, wahr ist, hat sie den Nachteil, daß sie unendlich nach vorn und hinten und nach allen Seiten hin in andere Geschichten hineinverästelt und -verzweigt ist und daß andere Geschichten in sie hineinragen oder auch nur, fast unbemerkt, wie der Schatten eines fliegenden Vogels über sie hinwegziehen, daß sich also ihre Grenzen nur undeutlich bestimmen lassen im Gewirr der Geschichten, die unser Leben ausmachen, das heißt, in der einen, einzigen eigentlichen Geschichte, die ›die Schöpfung‹ heißt.«

Steckt in diesem fulminanten Satz vielleicht ein Stück Rosendorferscher Erzähltheorie? Auf den Roman, dem er entnommen ist, den »Ruinenbaumeister«, träfe sie zumindest zu. Die literarische Öffentlichkeit empfand dieses Buch bei seinem Erscheinen im Jahre 1969 als einen Geniestreich oder, weniger hochgegriffen, als einen Überraschungscoup. »Das mußte ja einmal so kommen!« schrieb Martin Gregor-Dellin in der »ZEIT«, daß nämlich einer sich über alle Theorie des modernen Romans hinwegsetze und, so der Tenor allgemeiner Zustimmung, Geschichten aus Geschichten wachsen lasse. Das Bild von der Puppe in der Puppe war damals die glücklich gefundene Formel.

Was den Überraschungscoup angeht, so läßt sich im Rückblick auf Rosendorfers bis heute veröffentlichtes Erzählwerk und ein Vierteljahrhundert nach dem Erscheinen des »Ruinenbaumeisters« sagen, daß dieser Autor, unbeschadet seiner Originalität, selbstverständlich tief verwurzelt ist in den Erzähltraditionen der westlichen Welt und die Spielarten der Moderne starken Einfluß auf seine Produktion gehabt haben. Sollte das mehrstimmige Erzählen im »Ruinenbaumeister« sein Modell nicht in Boccaccios »Decamerone« haben, wenn auch die Pest, vor der sich 1348 jene feinsinnige Florentiner Gesellschaft in Sicherheit brachte, heute einen anderen Namen hat? Wie es dem großen Vorgänger nicht um die Pest ging, sondern um die Liebe, um den Menschen und sein Schicksal, genauso schreibt Rosendorfer nicht über den Atomtod, die Bedrohung des Menschen von außen (eher schon über die von innen), sondern über den Menschen selbst, bzw. von seinem Bilde. Überrascht es eigentlich sehr, daß ihm dieses Bild im allgemeinen grotesk vorkommt? Liegt es an seinem Erzählerblick, daß er, ohne sich auszuschließen, die Identifikation mit seinen Figuren vermeidet? »Die Figuren«, sagte mir Herbert Rosendorfer in einem Gespräch, »haben oft meine Sympathie auf ihrer Seite, sind mir vielleicht unversehens ans Herz gewachsen, aber ich lebe, liebe und leide nicht mit ihnen.« Im Gegensatz zu Martin Walser, der dem Sinne nach einmal davon sprach, daß er einer Figur auflade, was er selbst nicht durchstehen und bestehen wolle, glaubt Rosendorfer an solche Stellvertretung nicht. Er schreibe nicht über sich selbst, sagt Rosendorfer. »Ich bilde mir ein, abgesehen von den Jugenderinnerungen ›Eichkatzelried‹ [in diesem Band ist daraus die Erzählung »Fräulein Mary Doll« abgedruckt] nie etwas direkt Autobiographisches geschrieben zu haben.« Etwas anderes sei der Hintergrund, aus dem heraus man schreibe: »Man kann nichts schreiben, was man nicht weiß. Was weiß man? Man weiß das, was man ist.« An diesem spontan formulierten Satz gibt es gewiß einiges abzuklopfen, doch es ergibt sich daraus auch die für alle Schriftstellerei zutreffende Quintessenz, daß man nicht über sich selbst schreiben muß, stets jedoch von der eigenen Existenz aus schreibt, und schließlich nicht doch auch von sich selbst?

Zum Hintergrund, aus dem heraus einer schreibt, gehören für Rosendorfer die Gegend, in der man aufgewachsen ist, die Zeit, in der man lebt, die Umstände, in denen man lebt, die Reisen, die man gemacht, die Lektüre, die man hinter sich gebracht hat. Und dieser Hintergrund seines Lebens dient ihm zum Hintergrund seiner Geschichten. »›Der Ruinenbaumeister‹ geht vom Nymphenburger Park aus«, gab er als Beispiel dazu an, »den ich sehr gut kenne, und kehrt wieder dorthin zurück, und alle anderen Geschichten spielen an Orten, die ich kenne, die ich so gut kenne, daß ich sie verwenden kann – nicht beschreiben, sondern verwenden kann als Hintergrund.«

So und nicht anders geht es auch mit den vorgefundenen und dem heutigen Selbst- und Zeitgefühl entsprechend umgesetzten Formen. Die Erzählsituation des »Decamerone«, die Abgeschlossenheit der Gesellschaft, deren Mitglieder eines nach dem anderen zu erzählen hat, wird im »Ruinenbaumeister« verwendet, die Erzählform jedoch, ganz im Gegensatz zur Novelle, damals in statu nascendi, im Sinne der Moderne aufgebrochen.

Ganz unverhüllt erscheint der Rückgriff auf die literarische Tradition in Rosendorfers heute bekanntestem Buch »Briefe in die chinesische Vergangenheit«. In der Form (die der kritischen Absicht damals wie heute entspricht) zitiert er den literarischen Briefroman des 18. Jahrhunderts, speziell dessen französisches Meisterstück, Montesquieus »Lettres persanes« (»Persische Briefe«), in denen zwei persische Reisende in Briefen an ihre Haremsfrauen beschreiben, was ihnen an dem Paris Ludwig XIV. erstaunlich oder befremdlich vorkommt.

Das Verfahren, welches sich der Erzähler Rosendorfer hier anverwandelte, hat allem direkten Erzählen gegenüber einen entscheidenden Vorteil, wenn es darum geht, Kritik an den

Menschen, an den Zuständen der eigenen Zeit zu üben. Der sozusagen unschuldig staunende Blick des romanhaften Fremden mildert die unmittelbare Sicht auf die schlimmen Tatsachen und die Schwachheit, Bosheit und Liederlichkeit der Menschen. Die literarische Vorlage stellt eine Klaviatur bereit, auf der Rosendorfer virtuos seinen Einfallsreichtum und seinen Wortwitz ausspielt.

Rosendorfers Chinese, natürlich auch ein Verwandter von Swifts Gulliver, läßt die Welt pittoresk erscheinen, obwohl sein Resümee bereits im ersten Brief feststeht: »Die Zukunft ist ein Abgrund.« Der literarische Kunstgriff dämpft die Kraßheit der Kritik. Dahinter steht traditionell die Hoffnung, sie sei auf diese Weise um so leichter zu akzeptieren.

Allerdings wehrt sich unser Autor, wo er kann, gegen die Vermutung, beraten, belehren, verbessern zu wollen. Dem Leser etwas beizubringen liege ihm gänzlich fern. Belehrung sei ihm ein Greuel. Ja, wenn der Leser etwas bei ihm lerne, geschehe das sozusagen gegen seinen, des Autors Willen oder jedenfalls ohne seinen Willen.

Rosendorfer schreibt nicht für ein Publikum, gar für ein bestimmtes, und welcher Autor von Rang würde sich dazu verstehen? Erfreulich eindeutig ist sein Bekenntnis: »Ich schreibe für mich«, mit dem richtigen und ehrlichen Zusatz: »Aber seit ich die Freude habe, auch zu veröffentlichen, weiß ich beim Schreiben auch, daß es einen Leser geben wird, aller Voraussicht nach. Er ist ganz unfaßbar, und ich bemühe mich auch nicht, mir irgendein Bild von ihm zu machen. Er ist schattenhaft da, aber er ist einer, nur ein einziger, und er schaut mir über die Schulter; und für den und für mich schreibe ich. Er und ich sollen zufrieden sein. Aber daß er einer bestimmten Schicht angehört oder groß ist oder klein und alt oder jung, darum bemühe ich mich nicht. Es ist eher die Idee des Lesers an sich; ein Kantscher Leser.«

Wenn Rosendorfer sagt: »Seit ich die Freude habe, auch zu veröffentlichen«, handelt es sich nicht um eine Floskel, sondern um eine Erfahrung, die sein Schriftstellerleben beeinflußt hat. Herbert Rosendorfer stammt nicht aus einer literarisch und künstlerisch bestimmten Familie. Er teilte das Los vieler Kinder der Kriegsgeneration, im Alter von neun Jahren verlor er seinen Vater, der 1943 in Italien gefallen ist. Wie es seiner Mutter gelang, die drei Kinder von der spärlichen Pension einer Sparkasseninspektors-Witwe aufs Gymnasium zu schikken und auch noch durchs Studium zu bringen, blieb dem Sohn auf immer ein Rätsel. Kindheit und frühe Jugend erwiesen sich als unstet. In Bozen geboren, wurde er mit seiner Familie »dem Ruf eines Herrn, der sich Führer nannte« folgend, »in die unwirtlichen Tundren nördlich der Alpen« übersiedelt. Von seinem neunten bis zu seinem vierzehnten Lebensjahr lebte er in Kitzbühel, dem später von ihm so genannten Eichkatzelried. Danach wurde München seine Heimat, wenn es noch so etwas wie Heimat zu gewinnen gab. Kitzbühel blieb Ferien- und gelegentlich Fluchtort, ohne heimatliche Geborgenheit zu geben. Der sehnsüchtige Blick streifte wohl doch über die Alpen hinüber, nicht um des sonnigen Bozens willen, viel eher wegen der Sprache, und zwar der italienischen, die in einem eigenartigen Sinn eine zweite geliebte, wenn auch nicht vollkommen beherrschte Muttersprache wurde, lebenslänglich erstrebt als eine Art Heimat der Seele, weil die Mutter, 1913 in Bozen geboren, sie sprach wie angeboren. Die Neigung des tirolisch-deutsch Aufgewachsenen zum Romanischen entstand durch das Medium der Sprache. Der Unstetheit der frühen Jahre entspricht eine Begabung und lebenslange Bemühung um die Form, die das Chaos gliedert.

Der Ruinenbaumeister, der (scheinbare) Protagonist des Phantastischen und Absurden, ist verliebt in die Ratio. Noch während der Schulzeit erhielt Rosendorfer praktischen Musikunterricht an Klavier und Cello, was seinem Ausdruckswillen eine erste, nie ganz verworfene Richtung gab: Er wollte Komponist werden, brachte es zu einer ausgewachsenen Symphonie, deren viele Jahre später wiederaufgefundenen Reste er schamhaft verbrannte. Er hat davon an anderer Stelle erzählt. Aus einer weiteren Beschäftigung mit der Form wäre fast ein Beruf geworden. Die zeichnerische Begabung ließ ihn nach geglücktem Abitur ein Studium an der Kunstakademie in München aufnehmen. Das Ergebnis ist bekannt: Nach einem Jahr tauschte er die Kunstakademie gegen die juristische Fakultät.

Er war nun Anfang Zwanzig, hatte schon einiges geschrieben und noch nicht veröffentlicht. Was die Schriftstellerei anging, war er uneingeschränkt Autodidakt. Neben dem wenigen, das die Schule, noch dazu zwischen 1940 und 1953, anzubieten hatte, begann die literarische Bildung mit einer Shakespeare-Ausgabe, die er zum 15. Geburtstag als Geschenk erhielt und selbstverständlich sofort als Quelle eigener Produktion nutzte. Der Gymnasiast Rosendorfer schrieb keine Gedichte und auch keine Prosa, er verfaßte Dramen. Der sehr natürliche Trieb der Imitation leitete ihn. Seine Stoffe wählte er zunächst aus der deutschen Geschichte, bald mischte sich Künstler-Problematik in die dramatischen Versuche, zu denen auch einige Komödien gehörten, die Kitzbüheler Typen aufspießten, was dem komischen Talent des jungen Autors, das er seinem Blick für das Merkwürdige verdankt, schon damals entsprach. In der Abiturzeit schrieb Rosendorfer »Die Glasglocke« [in diesem Band als erste Erzählung wiedergegeben], sie wurde seine erste Buchveröffentlichung im Jahre 1966, nachdem sie zehn Jahre zuvor in dem tirolischen Jahrbuch »Wort im Gebirge« abgedruckt worden war. 1955 hatte Rosendorfer die Geschichte bei der »Österreichischen Jugendkulturwoche« in Innsbruck vorgelesen. Es war sein Eintritt in die literarische Zunft. Und er tat sich schwer mit ihr, obwohl er ein Jahrzehnt lang Gast dieser »Jugendkulturwoche« gewesen ist und ihr manche Begegnung mit Schriftstellern und Malern verdankte, blieb er, was auch einer Sprödigkeit seines Wesens entsprach, am Rande der sogenannten literarischen Szene, schon gar in Deutschland. Wo gehörte er eigentlich hin? War er, wie Kindlers Literatur-Lexikon noch viel später verzeichnete, ein österreichischer Autor? Es war nicht das letzte Mal, daß es der literarischen Welt nicht gelang, ihn einzuordnen. Was eine Qualität sein kann, aber eine sehr unbequeme – für die Welt und für den Autor.

Es ist kein Spaß zu schreiben und nicht oder nur tröpfchenweise – hier in einer Zeitschrift, dort in einer Lesung – veröffentlicht zu werden. Der Autor sucht nach Gründen. »Heute weiß ich«, schrieb er im Nachwort zu einem dieser Erzählungssammlung vorausgegangenen Auswahlband, »daß damals, als der literarische Nachwuchs sich ausschließlich in inneren Monologen, in psychologischer Lyrik und in der Imitation amerikanischer Prosa ergoß und wo von einem, der (scheinbar) nur erzählte, kein Hund einen Knochen nahm, meine Zeit noch nicht gekommen war.«

Das Jahrzehnt zwischen 1955 und 1966 gab erst zögernd einem sich anbahnenden Generationswechsel statt. Der Einfluß der noch nicht gar so lange wiederentdeckten amerikanischen Literatur lud in der Tat zur Nachahmung ein, aber auch Frankreichs nouveau roman und sicher nicht ganz ohne Wirkung auf diesen Autor das Theater des Absurden eines Beckett und Ionesco.

Was der Autor zu spüren bekam, war der Umstand, daß sein Erzählprinzip, seine Ausgangsposition in keine der Strömungen einfloß. Er opferte dem Zeitgeist nicht, übrigens ohne eine Protesthaltung einzunehmen; er dachte, im naivsten Wortsinn, gar nicht daran.

Der Jura-Student, der Assessor bei der Staatsanwaltschaft in Bayreuth, fuhr fort, Geschichten zu schreiben, meist für die Schublade, gelegentlich für eine Zeitschrift oder zum Vorlesen bei der »Jugendkulturwoche«, worauf sie später in eine Anthologie gelangten. Wie Herbert Rosendorfer erzählt, war es Paul Flora, also wieder ein Österreicher bzw. Tiroler, der den Schweizer Verleger Daniel Keel auf den einzelgängerischen Autor von ausgeprägter Eigenart hinwies. Es erschien bei Diogenes in Zürich in einer Auflage von aparten 1100 Exemplaren, und zwar in einer exquisiten illustrierten Buchreihe, genannt »Die Löwengrube«, in englischer Broschur »Die Glasglocke«.

Mit ihr hat es eine eigenartige Bewandtnis. Bei ihrem Erscheinen meinten einige Kritiker eine Ähnlichkeit mit der Erzählung »Il deserto dei Tartari« von Dino Buzzati festzustellen. Herbert Rosendorfer gab ihnen recht, meinte sich zu erinnern, als Abiturient, also zur Entstehungszeit der »Glasglocke«, eine Rezension der Buzzati-Geschichte in einer Zeitung gelesen zu haben. Er schrieb daraufhin seine eigene Wüstengeschichte. Später versuchte er den Sachverhalt zu ergründen. Eine deutsche Übersetzung von »Il deserto dei Tartari« ist erst 1954 unter dem Titel »Die Festung« erschienen; die »Glasglocke« aber schon 1952/53 in Rosendorfers letztem Schuljahr entstanden. Hatte die Zeitung 1952 das Buzzati-Original von 1940 rezensiert? Rosendorfer, der Rationalist, steht nicht an, geheimnisvolle Vorgänge für solche undurchsichtigen Zusammenhänge verantwortlich zu machen. Und das gehört in hervorstechender Weise zum Instrumentarium seiner Erzählungen. Er gibt als Autor keine Rätsel auf, die einer Lösung zustreben. Zu Recht glaubt der Rationalist Rosendorfer an Rätsel, die Rätsel bleiben, an das Geheimnisvolle, das Undurchschaubare, das Phantastische, das Absurde.

Literarische Tradition und Anspielung in der Form wie in

den Inhalten – die nämlich handeln von der Natur des Menschen – lassen sich auf Schritt und Tritt ausmachen im Erzählwerk dieses Autors, der durch seine starke musikalische Prägung aus der Form heraus Inhalte entwickelt.

Im Geschichtenerzählen entdeckte Rosendorfer einen Freiraum, Formen zu entwickeln, mit einem Tonartenwechsel oft von Geschichte zu Geschichte; und er fand darin einen Sinn des Erzählens überhaupt, eben weil ihm bewußt wurde, daß Geschichten kein Ende haben, daß jeder Schluß willkürlich ausfallen muß, jedes Ende die Geschichte stranguliert. Haben wir es etwa mit einer »Parallelaktion« zum berühmten »stream of consciousness« der klassischen Moderne zu tun, mit einem Strom des Erzählten und Verschwiegenen, von dem der literarisch präsentierte Bewußtseinsstrom das Spiegelbild wirft?

Im »Ruinenbaumeister« liest sich das so: »Gott Vater erzählt Gott Sohn die Geschichte, die wir ›die Schöpfung‹ heißen, und der heilige Geist paßt auf, daß die beiden nichts vergessen, was sie einmal erzählt oder gehört haben.« Das Resümee lautet: »Sie [die Welt] ist eben noch nicht fertig erzählt.«

Dies ist zugleich die einzige tröstliche Botschaft des Romans und wahrscheinlich auch des Erzählers Rosendorfer überhaupt. Solange sie noch nicht fertig erzählt ist, kann die Welt weder vollkommen sein, noch kann sie untergehen. Und die These, daß alle Erzähler gegen das Ende der Welt anschreiben, ließe sich doch durchaus hören.

Überall im Erzählwerk Rosendorfers, der ja gelegentlich als Humorist gehandelt wird, ist es greifbar nahe, das Ende der Welt. Die Schöpfungsgeschichte, die Gott, dessen Mund die Geschichtenerzähler sind, erzählt, scheint in ihre Endphase eingetreten zu sein. Und wir lachen? Rosendorfer erzählt lauter Endzeitgeschichten und macht uns lachen?

Mit dem Lachen und der Frage danach, was den Menschen

lachen macht, verbindet sich eine ganze Philosophie des Lachens und dazu, wie es sich gehört, die verschiedensten Lehrmeinungen. In einem Punkt sind sich die Theoretiker weithin einig: Nur der Mensch ist fähig zu lachen.

Nietzsche erklärte es mit dem Blick auf die Tragik seines Lebens: »Vielleicht weiß ich am besten, warum der Mensch allein lacht: er allein leidet so tief, daß er das Lachen erfinden mußte. Das unglücklichste und melancholischste Tier ist, wie billig, das heiterste.« Henri Bergson, Theoretiker des Lachens der Jahrhundertwende, sah im Lachen eine korrigierende soziale Funktion, eine Antwort auf die Mechanisierung des Lebens. Es ist wohl so: Den häufigsten Anlaß zu lachen liefert die Unterbrechung des natürlichen Ablaufs einer Bewegung. Die unerwartete Veränderung des Gewohnten löst den Lachreiz ebenso aus wie die mechanische Wiederkehr einer Geste, eines Wortes, einer Grimasse.

Vielleicht läßt sich sagen, daß es dem Erzähler Rosendorfer gelingt, die gewohnte Sichtweise des Lesers zu stören, ihm die Störung des Natürlichen in einem scheinbar alltäglichen Vorgang schlagartig bewußt zu machen. Anders gesagt: Der Autor macht den Leser für einen Augenblick sehend. Er stört die gewohnte Ordnung, indem er die gestörte Natur überhaupt erst sichtbar macht. Dazu benutzt er unter anderem die Mittel der Parodie und der Karikatur.

Was aber parodiert, was karikiert er? Sind es Situationen, ist es das Verhalten einzelner oder vieler, ist es der Zeitgeist? Voranzuschicken ist, daß der Erzähler Rosendorfer nicht angetreten ist mit dem Ziel, zu parodieren oder zu karikieren. Beides sind nur Mittel seiner Ausdrucksweise, Kennzeichen seiner Art zu sehen. Er erzählt sozusagen mit an der Schöpfung. Er verwandelt, was immer er sieht, was immer ihm begegnet – im Wachen, im Traum, in Lektüre oder Phantasie – zu Geschichtenstoff. Er parodiert in den Erscheinungsformen von

Welt und Menschen, ein falsches, aber schöngeredetes Menschenbild.

Herbert Rosendorfer, dem ein Zugehörigkeitsgefühl zu einer Sippe, einer Landschaft, einer wie immer gearteten Gruppierung in Kindheit und Jugend entzogen oder nur sporadisch zuteil geworden ist, wie die Ortswechsel anzeigen, der also grundsätzlich einzelgängerisch geprägt ist, hat, verglichen mit vielen irgendwo Ansässigen seiner Generation, viele Freunde, die von Jugend an sein Leben begleiten. Die meisten hat er, wie ein Schriftsteller es nicht anders kann, »verraten«, indem er sie in sein Erzählwerk einspannte. Allerdings ist es meist nicht die Person in toto, sondern es sind Eigenschaften, Lebensformen, Äußerungen, Marotten, die für den Betroffenen und ein paar Eingeweihte erkennbar bleiben, in der erzählten Wirklichkeit jedoch ein Eigenleben zu führen beginnen. Rosendorfer schreibt keine Schlüsselromane, wahrlich nicht. Was jedoch permanent stattfindet, und die Freunde sind dafür nur ein Beispiel, ist die selbstverständliche Verwandlung von Realität, Realitätssplittern in Erzählstoff. Und zu dieser Realität gehören Literatur, Musik und Geschichte ebenso wie der Mann mit den schönen Fingernägeln, das Universum, die Schöpfung.

Über einen Zeitraum von 25 Jahren gesehen ist der angesprochene Tonartenwechsel vielfältig. Von der Wüsten-Elegie mit tödlichem Ausgang, der »Glasglocke«, erschienen 1966, bis zu der römischen über den toten Gott Mithras aus den »Mitteilungen aus dem poetischen Chaos« von 1991 läßt sich jedoch auch ständige Wiederkehr entdecken. Die Etüden des Sprachlichen, in der »Stilübung« explizit, in der Erzählung »Keine Spur von Kyselack« implizit, erleben ihre Krönung in »Kurtz' Geschichte«. Das sind Versuche, die Sprache auf die Probe zu stellen, wie in einer Mehrzahl von Rosendorfers Erzählungen die Realität erprobt und erweitert zu werden scheint. Die Spur des Surrealen läßt sich durch alle Erzählweisen des Autors verfolgen. Ausgerechnet in »Skaumo«, einer der unheimlichsten, am unwirklichsten erscheinenden Erzählung (1972 entstanden und 1976 erschienen), ist der Erzähler von einer theoretischen Frage ausgegangen, und zwar von der nach Sinn und Wert von Erkenntnis. Erzähler geben keine Antworten. Ein Erzähler wie Herbert Rosendorfer parodiert die fertigen Antworten. Damit macht er sich gelegentlich unbeliebt. Als er 1972 seine »Deutsche Suite« veröffentlichte, karikierte er darin die rebellierenden Jungen ebenso wie die konservativen Alten und geriet prompt zwischen alle Stühle: ein teurer Ehrenplatz, wie man weiß.

Parodie und Ernst sind keine Gegensätze, und noch da, wo der reine Jux zu herrschen scheint, einschließlich der Kunst des Kalauers, ist der enthüllende Blick des Erzählers auf den Gegenstand seines Witzes zu erspüren. Rosendorfer stellt keine Schilder auf: »Achtung Parodie!«, und manchem, der sich fragt, ob der Erzähler in Karikatur und Parodie nicht an manchen Stellen zu weit gehe, müßte gesagt werden: Er wäre in der Lage, noch weiterzugehen, um die Abweichung von einem Menschenbild, das einem Schöpfungsversprechen entspräche, deutlich zu machen. Rosendorfer, der kein Gesellschaftskritiker im gängigen Sinne sein will, verrät in seinem Erzählwerk eine Zuneigung zu denen, die am Rande der Gesellschaft leben. Burschi etwa, eine Figur aus dem Geschichten-Roman »Das Messingherz«, erschienen 1979, und seiner realistisch-absurden Geschichten halber, des bloßstellenden Blicks auf das Menschenbild von heute – ohne vermittelnde Figur eines exotischen Fremden – gelegentlich der Lieblosigkeit geziehen –, Burschi also, den der Leser in einer Stehkneipe kennenlernt, erfährt ganz im Sinne der Rosendorferschen Erzähltheorie ein Weiterleben über das Ende des Romans hinaus. In Rosendorfers Roman »Die goldenen Heiligen« von 1992 ist Burschi der letzte Überlebende der Menschheit. Endzeitgespräche führen schon Mommer und Gottlieb in der gleichnamigen Erzählung aus dem Jahr 1980.

Wer etwas genauer hinhört, erkennt ohne große Mühe am Stil ihrer Sprache, daß er es nicht mit einfachen Pennern zu tun hat. Die beiden haben wahrscheinlich bessere Zeiten, Lebensphasen etablierter Sättigung und gebildeter Konversation erlebt. Sie sind Heruntergekommene, und ihr Geschwätz scheint vor allem dem Schutz vor der Verzweiflung zu dienen. Das beschädigte Menschenbild, das zentrale Thema des Rosendorferschen Erzählwerks, da kommt es wieder zum Vorschein.

Rosendorfers Humor steht den verschiedenen Formen schwarzen Humors nahe. Der Tod des eifersüchtigen Ehemanns in »Maddalena und der Mann mit den schönen Fingernägeln« wirkt komisch durch die lächerlichen Umstände: »Er sprang aus dem Bett direkt zum Fenster hinaus kopfüber in die Kehrichttonne, wo er am nächsten Tag von der Müllabfuhr abgeholt wurde.« Dem klassisch zu nennenden schwarzen Humor britischer Provenienz gegenüber fehlt bei Rosendorfer die Genüßlichkeit des Zuschauens. An ihre Stelle tritt, und vielleicht läßt sich darin das Spezifische dieser Erzählkunst fassen, eine verzweifelte Konsequenz des Humoristischen und des Phantastischen. An der Erzählung »Eine ungewöhnliche Liebesgeschichte« ist solche Konsequenz, einschließlich des ernüchternden Kalauers am Schluß, paradigmatisch abzulesen. Die Wirkung eines Liebestranks wird konsequent ad absurdum geführt. Die Prinzessin verliebt sich nach den Gesetzen eines Liebestranks in einen Papagei, aber nun fängt Rosendorfers Phantasie erst Feuer. Das Spiel wird zu Ende gedacht. Die Verbindung hat Folgen. »Die Kinder, die aus den Eiern, die die Prinzessin später legte ...« und so weiter. Aber für Rosendorfer ist das noch nicht genug; treu dem Motto, daß keine Geschichte zu Ende erzählt werden kann, wird angesponnen. Und wenn der abgewiesene Prinz der Geschichte ein Meerschweinchen geehelicht hätte? Nur ein Kalauer kann aus der Absurdität retten: »Jedes Meerschweinchens Verbrechen sühnt reine Meerschweinigkeit.«

Wie die Phantasie aus der Konsequenz der Vorstellung hochkomische Bilder entwickelt, dafür ist »Gehehe, der sehr große Vogel« ein vorzügliches Beispiel. Was tun die Eingeborenen, die den gestrandeten Flugzeugpassagier für einen Mensch-Fisch halten, konsequenterweise mit ihrem appetitlichen Fang? Sie überschütten ihn in regelmäßigen Abständen mit Wasser, damit er naß (und frisch) bleibe.

Eine geradezu zeichnerisch zu nennende Genauigkeit des Absurden, wie sie explizit in der Erzählung »Die Reise mit dem Großvater von Köln nach Paris« erscheint und der schönen Doppeldeutigkeit des Wortes *altitudo* auf den Grund geht, ist die Feder, mit der Rosendorfer seine Geschichten spannt. Wenn der arme Schriftsteller in »Der Besuch« seiner Schreibhemmung wegen den Teufel ruft, führt die Erzählung zwar zu einer handfesten und ernüchternden Pointe, aber die Genauigkeit und Konsequenz, mit der Rosendorfer die teuflischen Umstände, Voraussetzungen und Schlußfolgerungen darstellt, sind die Essenz dieses Kunststücks, nicht ohne Selbstironie verfaßt.

Sie ist ein Ingredienz der Rosendorferschen Prosa. Der scharfe Blick auf die menschliche Umwelt gleitet nicht am Erzähler vorbei. Nein, er ist es nicht selbst, den er beschreibt, und ist es doch; am sichtbarsten in den erwähnten Künstleretüden, aber auch in allen anderen Erzählungen ist er anzutreffen. Von »Eines Klassizisten Wanderung in herbstlicher Gegend«, der mit heimlicher Sehnsucht nach der wahren Romantik Ausschau hält, einer Erzählung aus dem Jahr 1957, bis zu »Mithras« von 1991 und seinem fiktiven Ich-Erzähler, der einem gar nicht so fiktiv vorkommt mit seinem Einverständnis, auf der Seite der Verlierer zu stehen, mit seiner Scheu, einen Unbekannten oder eine Unbekannte anzusprechen, mit seiner Abneigung, im Chor der anderen mitzusingen. Klassizist und Rombesucher – und wie viele dazwischen – sprechen auch von Schriftstellers Privatheit; und vom Erzählen an sich.

Variation und Kontinuität spielen im Erzählwerk Rosendorfers auf diese Weise sichtbar eine Rolle. Romane und Erzählungen gehören darin zusammen. Weit entfernt vom Muster des klassisch-romantischen Entwicklungsromans, mit seinem idealistischen Fortschrittsdenken, abseits von der Klage – wie der literarisch unterfütterten Erbauungsliteratur unserer Tage – gehört Rosendorfer, der trotz aller gegenteiliger Beteuerungen doch ein Moralist und Aufklärer ist, zu den Autoren der Weltliteratur, deren Blick gewohnte Sicht aufbricht, die in der Realität das Unwirkliche und im Phantastischen die Wirklichkeit erfahrbar machen.

Die Welt ist eben noch nicht fertig erzählt.

HANS A. NEUNZIG

Die Glasglocke
(1953)

Der Leutnant Rogier saß in seiner Bude und wartete auf die Rückkehr des Majors. Sein Verhältnis zum Vorgesetzten war nicht gut, vielleicht wegen der grundverschiedenen Anschauung vom Frühstück: das Essen ist das Erhaltende im Leben, sollte die Auffassung davon nicht den Menschen grundlegend formen?

Der Leutnant war jung, ein mittelgrauer Halbblondin. Seine Bude hatte er mit Bildern von Filmschauspielerinnen ausgeschmückt, traurig unwirklich in Grau und Sepia, aus Zeitungen geschnitten, und bei näherem Hinsehen nur aus den kleinen Punkten des grobkörnigen Klischeerasters bestehend. Auf dem Fensterbrett standen in einem Zahnputzbecher Disteln; Rogier liebte Blumen, aber da es in der Wüste keine Blumen gibt, brachte er jedesmal, wenn er auf Patrouille geritten war, einige Disteln und Tamarindenblüten mit ins Fort.

Der Major – Fiacre Payard – war, obwohl sehr rüstig und aufgeschlossen, ein Überrest des Fin de siècle. Er trug einen Schnurrbart und einen Henri IV. Früher hatte man ihn einen Liebling der Damenwelt genannt. Trotzdem war er durchaus nicht romantisch, hatte keine Ideale, den Offiziersberuf übte er aus, weil es in der Familie üblich war, und weil es für Major Payard keinen anderen wirklichen Beruf gab.

Er kannte keine Ideale, nur eine Leidenschaft: das Reiten. Das einzige höhere Lebewesen im Fort – außer den zwei Offizieren und den sieben Mann – war das alte Rennpferd des

Majors, das ihm vor Jahren eine Herzogin von Osillion geschenkt hatte.

Alltäglich ritt er mit ihm auf die Sanddünen hinaus, beschrieb einen Kreis von etwa einem Kilometer Durchmesser um das Fort und kehrte – von der umgestürzten Säule bis zum Tor im Galopp – nach Hause zurück.

Manchmal dehnte er seinen Ritt bis zum Wadi aus, er blieb dann über Mittag fort und auch heute schien er das getan zu haben, denn es war bereits zwölf Uhr.

Leutnant Rogier wartete mit Ungeduld, der Major hatte die heurige Zeitung als Kopfschutz mitgenommen, Rogier hatte sie noch nicht fertig auswendig gelernt, und im August würde die neue Zeitung kommen.

Vielleicht schon im Juli!

Gegen ein Uhr nahm der Leutnant die Füße vom Tisch und ging die Treppe hinunter, durch die Küche hinaus auf den Balkon und stieg dann die drei Stufen zum inneren Wall hinab.

»Lovitt, ist der Major schon da?«

»Nein, Herr Leutnant«, der Posten stand stramm, »nein, der Major ist noch nicht da.«

Der Leutnant ging zurück auf den Balkon und drückte den Rest seiner Zigarette in den Topf der kleinen Palme, der in der Mitte des Balkons stand. Dann setzte er sich in die Küche und sah dem Soldaten Gasparo zu, wie er Erbsen kochte. Es war Mai; Mai! Im Mai gab es immer Erbsen. Im Juni wird Gasparo Sternchen-Nudeln kochen.

»Mit dem Urteil ist vom Verfassungsgericht Wert, Bedeutung und Funktion des Nationalrates ein für alle Mal festgelegt worden, in einer Weise, wie sie übrigens kein Staatsbürger sich anders vorstellen kann. Paradoxerweise sind mit der Ablehnung dieser in mehrfacher Hinsicht ...«

Gasparo sagte den Text der Zeitung mit leiser, klarer, etwas kindlicher Stimme vor sich her.

»... seltsamen Klage die Unterlegenen die Gewinner, und verloren haben diejenigen, die vor Gericht recht behalten haben, und zwar auf politischer Ebene ...«, fuhr Leutnant Rogier seinerseits fort, lächelte dem Koch zu und ging wieder aus der Küche in sein Zimmer hinauf.

Lange Zeit schaute er aus dem Fenster, bis der Major um fünf Uhr durch das Tor rannte und Lovitt befahl, es sofort zu verschließen. Rogier eilte hinunter.

»Der Feind!« sagte der Major.

»Welcher Feind, Herr Major?«

»Er hat mir mein Pferd erschossen. Wie durch ein Wunder habe ich mich retten können. Ich werde verfolgt. Sofort alle Mann auf ihre Posten.«

Mit kaum mehr als mürrischer Eile begann man nach etwa einer halben Stunde mit der Ausführung des Befehls. Aus dem Keller wurden alte Säcke herbeigetragen, mit Sand gefüllt und vor das Tor geschleppt. Als der Abend kam, war man gerade dabei, den letzten Sandsack auf seinen Platz zu stapeln. Im Schutze der Nacht dachte der Major die Kanone gereinigt auf den inneren Wall zu fahren. Ein Maschinengewehr würde auf dem Nordostturm, der vom ›Balkon‹ aus erreichbar war, ein anderes im Nordwestturm aufgestellt werden.

Die Tür von der Küche auf den Balkon wurde mit Sandsäcken ummauert, nur ein schmaler Eingang freigelassen. Gegen zwei Uhr machte der Major einen Rundgang, teilte die Wachen aus und stieg dann in sein Zimmer hinauf. Als er an der Tür des Leutnantszimmers vorbeikam, klopfte er an und steckte seinen Kopf in die Bude.

»Gute Nacht, Leutnant Rogier, jetzt heißt es: Kameradschaft!«

Der Leutnant stieg gerade aus seinen Khaki-Hosen und vergaß den Gruß zu erwidern.

Einige Zeit rumorte der Major noch in seiner Kammer. Er hatte, wie es sich später fand, ein Fernrohr aufgestellt.

Die dritte Nachtwache traf den Leutnant und Lovitt. Lovitt stand bei der Kanone am inneren Wall. Der Leutnant trat durch den schmalen Spalt zwischen den Sandsäcken aus der Küche auf den Balkon hinaus und stieg zum Soldaten auf den Wall hinunter.

Der Mond war groß und rot. Er sah aus, als ob er auf der alten Säule läge, die neben dem Fort stand.

»Wie ein Kandelaber«, meinte Lovitt und lächelte den Leutnant breit an und von unten, denn Lovitt war etwas untersetzt.

»Haben Sie etwas bemerkt, etwas Feindliches?«

»Nein, Herr Leutnant, es ist alles wie sonst.«

»Kein Mensch belagert das Fort?«

»Ich weiß nicht, Herr Leutnant, aber die andern haben auch nichts gesehen.«

»Aber irgend etwas – der Major muß doch – irgendwas, wenn das Pferd …«

»Grondflet und der Unteroffizier sind vor einer halben Stunde durch das kleine Tor hinausgeschlichen, sie wollen das Pferd suchen und sehen, ob es erschossen worden ist.«

Nach einer Weile sagte der Leutnant zum Soldaten:

»Die Sterne sehen aus, als wären sie ganz nahe an eine Glasglocke herangekommen, die über der Wüste hängt. Hält nicht Gott eine ebensolche Glasglocke über uns, die uns vor Gefahren schützt? Sie können nur bis ans Glas kommen und schlimmstenfalls die Zähne fletschen. Aber verhängnisvoll werden uns nur die Gefahren von innen.«

Damit war zweifellos der Major gemeint, und der Soldat verstand es, wenn auch nur indirekt. –

Bald sahen sie zwei Leute von Norden her auf das Fort zukommen. Es waren der Unteroffizier und der Soldat

Grondflet. Lovitt ließ ihnen, als sie den äußeren Wall überstiegen hatten und an den inneren Wall gekommen waren, eine Strickleiter hinunter, und der Unteroffizier stieg zuerst hinauf. Er grüßte den Leutnant nach der Vorschrift, obwohl außer Atem und befahl dann Grondflet, heraufzuklettern. Grondflet war wie er außer Atem, keuchte und spuckte in den Raum zwischen den Wällen hinunter und begann seine Stiefel auszuziehen. Er entfernte umständlich den Sand zwischen seinen Zehen mit Hilfe eines Stäbchens, zog dann die Stiefel wieder an, ging in die Küche hinauf und von dort in den Mannschaftsraum hinunter.

»Das Pferd ist schon erschossen worden«, sagte der Unteroffizier, »aber mit der Pistole des Majors.« Er zeigte die Patronenhülse, die er neben dem Kadaver gefunden. »Es war leicht zu finden, die Geier waren schon dort.« Er stieg langsam die drei Stufen zum Balkon hinauf.

»Haben Sie irgendwo Spuren gefunden?«

Der Unteroffizier drehte sich noch einmal um. Er stand schon mit einem Fuß auf der Plattform des Balkons. Im Mondlicht sah er aus wie eine Leiche.

»Nein, Herr Leutnant.«

»Wußte der Major etwas von Ihrer Expedition?«

»Nein.«

»Dankeschön, gute Nacht.«

Leutnant Rogier drehte die Patronenhülse zwischen Daumen und Mittelfinger und kaute dabei, jedoch ohne etwas im Mund zu haben. Dann warf er die Hülse in die warme Dunkelheit des Grabens hinunter. Unten klirrte sie leicht, und einige Augenblicke verharrte der Klang in der Luft.

Der Leutnant hoffte, daß es bis zum Morgen besser würde, aber der Major hieß ihn schon gegen acht Uhr in den Turm hinauf kommen, um mit ihm die Lage zu besprechen.

Major Payard hatte auf ein Stück Packpapier eine Karte der Festung gezeichnet. Auch die Umgebung war angedeutet, und der Leutnant vermutete, daß der Major die Gegend von seinen Ritten her so genau kannte. Major Payard hatte die Karte auf den Tisch gebreitet und deutete mit dem Säbel darauf. Er murmelte vor sich hin.

Endlich bemerkte er Rogier und sagte: »Ah, da sind Sie ja. Kommen Sie her! Hier, diese Karte habe ich heute nacht aufgezeichnet. Sie stellt die Festung dar, das Wadi, dort eine Düne, die kleine, und hier die große, andere. Das ist die Säule vor dem Fort, und das ist die umgestürzte, die etwa sechzig Meter weiter weg liegt. Dies aber ist das Tor.«

Leutnant Rogier ging um den Tisch herum und stellte sich neben den Major. Der Leutnant war etwas größer als sein Vorgesetzter, der jetzt die Hände hinter dem Rücken hielt und sich über die Karte beugte. Er blinzelte, deutete auf eine Stelle der Karte und drehte sich dann um, dem Fernrohr zu. Er schaute durch, stellte es ein und ließ dann seinen Leutnant durchschauen.

Leutnant Rogier sah nur einen gelben Fleck. Die Wüste war wie flüssiges Kupfer, sie floß auf und ab, in weichen Linien. Und der Himmel war lichtblau, am Rand etwas gelblich; der Übergang vom Blau zum Gelb war ganz hell, fast weiß, wie immer.

Der Leutnant drehte sich weg vom Fernrohr und sah den Major an. Er wollte ihn ›offen‹ ansehen, ins Auge.

»Herr Major, es ist lächerlich. Es ist kein Feind zu sehen, nirgends!«

»Sind Sie wahnsinnig? Kein Feind?«

»Herr Major, gestatten Sie, daß ich es sage: Sie irren sich.«

»Soll ich Sie an die Wand stellen?« Der Major war rot angelaufen und fuhr mit den Händen wild in der Luft herum. »Sie Rebell!«

»Herr Major, ich sehe mit dem besten Willen keinen Feind. Wer sollte schon gegen uns Krieg führen?«

Der Major setzte vor Wut seinen weißen Stahlhelm auf.

»Ich – ich – ich befehle Ihnen, daß ein Feind da ist!« brüllte er den Leutnant an.

»Zu Befehl, Herr Major!« Der Leutnant nahm kurz die vorgeschriebene Haltung an und ging dann hinaus.

Der Major lächelte wieder zufrieden.

In der ersten Juniwoche hatte Major Payard Geburtstag, und zur Verschönerung des Tages wurde alljährlich ein Sommernachtsfest abgehalten.

Obwohl der Major starke Feindbewegung beobachtet und für den nächsten Tag einen Angriff vorausgesagt hatte, konnte ihn der Leutnant überreden, das Fest auch in diesem Jahr stattfinden zu lassen.

Der Balkon wurde dafür eingerichtet: die Palme auf die Seite gerückt und die Illumination angebracht. Dann hielt der Leutnant eine kurze Ansprache, der Major dankte – ebenfalls mit einer kurzen Ansprache –, der Unteroffizier drückte dem Major die Glückwünsche der Mannschaft aus und überreichte ihm ein besonders zubereitetes Biskuit.

Es war alles wie in den anderen Jahren, nur beim Tanz war eine kleine Veränderung zu bemerken: seit eh und je hatte Jean Foullard mit der Gießkanne getanzt, die übrigens noch aus der Zeit des Vorgängers des jetzigen Kommandanten, eines gewissen Oberstleutnants Prondule, stammte. Heuer im Frühjahr aber hatte Grondflet die Gießkanne Foullard im Kartenspiel abgewonnen. Er hatte sie auch umgetauft, sie hieß jetzt Josephine, und er hatte sie geputzt, denn Foullard war ein Soldat ohne Sinn für Sauberkeit gewesen.

Das Fest ging seinem Höhepunkt zu. Die Offiziere saßen auf ihren Stühlen, die direkt unter dem Lampion standen. Der

Leutnant klopfte den Takt zur Musik. Der Major rauchte eine Zigarre und schaute dem Treiben der Leute zu. Grondflet tanzte mit Josephine, Foullard mit einem Besen, der sonst eigentlich den Offizieren als Dame vorbehalten war. Lovitt machte die Musik. Er sang, manchmal hoch, manchmal tief, mit bemerkenswerter Agogik. Manchmal pfiff er, um einen besonderen Effekt hervorzurufen.

Die anderen zwei Mann und der Unteroffizier spielten Karten. Es war allerdings nicht mehr das ganze Spiel vorhanden, im Laufe der Jahre war manche Karte verlorengegangen, manche war völlig durchgewetzt und unbrauchbar geworden. Bis vor kurzem hatten sie noch vier Karten gehabt, aber der Koch hatte aus Versehen eine davon mit den Kartoffeln zerschnitzelt, im März, denn im März gab es immer Bratkartoffeln. Die Mannschaft hätte ihn umgebracht, wenn er nicht der Koch gewesen wäre.

So besaßen sie nur mehr drei Karten: einen Karo-Buben, einen Treff-Neuner und einen Treff-Zweier. Die Spielregel war einfach: wer den Karo-Buben bekam, hatte gewonnen.

Es gab auch noch eine Abart dieses Spieles: es gewann derjenige, der den Treff-Neuner hatte. Eine weitere Abart des Spiels läßt sich unschwer erraten.

So wurde es sehr lustig, vielleicht auch etwas ausgelassen. Unbemerkt und schnell war es zwölf Uhr geworden. Major Payard hatte seine Zigarre zu Ende geraucht und schickte sich an, nach oben zu gehen. Er wünschte der Mannschaft für den Rest des Festes gute Unterhaltung und ermahnte sie zur Vorsicht. Er hatte den Krieg nicht ganz vergessen.

Der Leutnant tanzte noch einmal mit dem Besen und einen Ehrentanz mit Josephine. Dann ging auch er hinauf.

Auf der Treppe noch zu seiner Kammer hörte er den gedämpften Lärm der fröhlichen Soldaten. Er wollte noch zum Major, wußte aber selbst nicht recht, warum. Er schwankte einige Augenblicke, fand dann aber, daß es nicht schicklich wäre, in so vorgerückter Stunde einen Vorgesetzten zu besuchen, und ging auf sein Zimmer.

Er schloß die Tür und schaute von der Mitte der Bude aus durch das Fenster. Das einzige Fenster ging nach Süden hinaus, der Balkonseite abgewandt, und deshalb hörte er die Soldaten nur noch ganz leise, der Lärm vermischt mit der großen Stille der Wüste, die wesenlos, schwarz und glasklar über der sichtbaren Welt lag. Wie Raubtieraugen starrten die Sterne vom samtenen Himmel herunter und in die Kammer Rogiers hinein. Er drehte sich um, zog seinen Rock aus, band die Krawatte los und hängte sie in den Kasten zur anderen. Dann zog er die Schuhe und die Hose aus und legte sich ins Bett. Er sah noch eine kurze Weile zur Decke, löschte dann das Licht und drehte sich zur Wand.

Er wußte nicht recht, hatte er schon geschlafen oder hatte er noch nicht geschlafen, als er den Unteroffizier vor seinem Bett stehen sah.

»Herr Leutnant, Herr Leutnant, der Foullard ...«

»Ja?«

»Der Foullard ist verwundet. Wir wollten gerade Schluß machen mit dem Fest, da fiel Foullard um und jammerte und schrie: ›Ich bin getroffen!‹ Wir glaubten, es wäre ein Witz, aber Foullard wurde bewußtlos!«

Der Unteroffizier machte ein halb noch erstauntes, halb wichtiges Gesicht.

»Und dann sahen wir, daß er an der Stirne eine Wunde hat, wie von einem Streifschuß. Aber es ist kein Schuß gefallen, bestimmt nicht, Herr Leutnant.«

Der Leutnant sprang aus dem Bett und stieg mit dem Unteroffizier die Treppe hinunter.

»Wir haben ihn gleich in die Küche getragen und seine Wunde ausgewaschen. Soll ich es dem Herrn Major melden?«

»Noch nicht, warten Sie.«

Die beiden waren in die Küche gekommen. Die ganze Mannschaft drängte sich um den Verwundeten. Der stöhnte. Der Leutnant bestimmte zwei Soldaten, die ihn in den Offiziersspeiseraum, gegenüber der Leutnantskammer, tragen sollten, dort war auch der Sanitätskasten. Einen Mann schickte er hinunter, um vier Raketen zu holen.

Leutnant Rogier trat, nachdem die Raketen gebracht waren, mit dem Unteroffizier auf den Balkon hinaus. Die Nacht war ganz dunkel geworden, der Leutnant fror in seinen Unterhosen. Er schoß die vier Raketen nacheinander in verschiedene Richtungen am Ort des Unfalls ab, aber kein Mensch war außerhalb des Forts zu sehen. Er stieg trotzdem noch auf den kleinen Turm und schoß aus dem Maschinengewehr einen Satz Leuchtspur. Aber auch daraufhin rührte sich nichts.

Als der Leutnant schon wieder vom Turm herunter war, schaute der Major oben aus seinem Fenster heraus.

»Was ist los?«

»Ein Mann wurde angeschossen. Ich habe nur mit Leuchtspur die Gegend ein wenig abgesucht.«

»Warum haben Sie mir das nicht gemeldet?«

»Ich wollte Sie wegen der Kleinigkeit nicht wecken.«

Leutnant Rogier blieb, nachdem er sich geschwind angezogen, selbst auf der Wache, bis sich im Osten ein lichtblauer Streifen abzuzeichnen begann.

Die Wüste ist wie flüssiges Kupfer, sie brodelt auf und ab, und der Horizont verschwimmt. Darüber steht der Himmel, hell und zerbrechlich, am Rand ist er gelb wie die Wüste. Aber der Übergang vom Gelb zum Blau ist nicht grün, sondern ganz licht, ein mildes Weiß, elfenbeinfarben. Ein paar Wolken dehnen sich aus der Ferne bis zur Mitte des Himmels, die Sonne bescheint sie von unten, so daß sie goldene Bäuche haben.

Der Soldat La Borronière saß im Hof des Forts und putzte sein Gewehr. Er hielt sich mit Vorliebe im Hof auf, er war überhaupt ein Einzelgänger, das mochte mit seiner Vergangenheit zusammenhängen. Er sah sehr vornehm aus und war sicher aus guter Familie. Er war groß und schwarz und hatte früher große Erfolge bei Frauen, vor allem deswegen, weil zu seinem guten Aussehen noch erstaunliche geistige Fähigkeiten kamen und ein gewisser Anschein von Verrücktheit. Sein Haupttrumpf aber war seine gerade Nase. Er hatte eine ganz dünne, feine, gerade Nase, außerdem schöne Augenbrauen.

Es ärgerte ihn furchtbar, daß er hierher, in dieses Fort versetzt worden war, aber er suchte dennoch nicht um eine Abänderung des Befehls nach. Er trug seinen Zorn mit Spott und Melancholie.

Er blieb gern allein, und seine Kameraden hatten bemerkt, daß er Gedichte in den Sand schrieb. Einmal hatte er eines auf Papier geschrieben und es Grondflet zu lesen gegeben. Der war dann darauf gekommen, daß es mit einigen Abänderungen auf die Melodie eines alten Schlagers paßte, und seitdem wurde das Gedicht La Borronières alljährlich beim Sommernachtsfest als Auftakt gesungen.

La Borronière, der eigentlich Poule hieß, wäre ein glänzender Offizier gewesen. Und seinerzeit in Paris wollte man ihm das Leutnantspatent geben; aber La Borronière schlug es aus, obwohl er ungewöhnlich ehrgeizig war. Seine Handlungsweise hatte niemand verstanden, genausowenig wie damals, als er kurz vor seiner Promotion gestanden war. Seine Dissertation hatte an der Universität Aufsehen erregt, alle hielten ihn für einen fähigen Kopf. Er versäumte jedoch den Termin des Rigorosi, ließ sich nicht einmal die schon erstatteten Gebühren zurückbezahlen, und einige Wochen später trat er in ein Priesterseminar ein.

Sechs Tage nachdem er zum Diakon geweiht worden war,

wurde er wegen Verbreitens pornographischer Schriften aus dem Seminar entlassen und exkommuniziert. Er trat der Buddhistengemeinde bei und immatrikulierte für Orientalistik und vergleichende Sprachwissenschaften. Dann begann der Krieg. La Borronière kam an die Front, wurde mit dem Ritterkreuz der Ehrenlegion ausgezeichnet, desertierte aber kurz vor einem deutschen Angriff. Die Ehrenlegion rettete ihn vor dem Galgen.

La Borronière wechselte den Namen, gab sich für einen Welschschweizer aus und wurde in das Fort versetzt.

In den ersten Jahren, die er hier war, schrieb er an einem Buch mit dem Titel »Sag adieu auch zu den Schwänen«; als ihm aber die Tinte ausgegangen war, verbrannte er das Manuskript.

Der Unteroffizier konnte ihn nicht leiden, weil er faul war, das heißt: er ließ sich nichts befehlen.

In der Woche nach Foullards ›Verwundung‹ wurde er merkwürdig unruhig. Er schlief nachts nicht mehr, dafür am Tag. Er sprach mit niemandem mehr ein Wort und er trank sehr viel. Ständig sah man ihn mit dem gelben Pulver umherlaufen (in der dunkelblauen Blechbüchse mit der weißen Schrift): Trockenwasser, das, ähnlich der Trockenmilch, eigens für die Truppen in der Wüste hergestellt wird.

Nachdem Foullard genesen war, und niemand an den Rückfall dachte, der ihn später töten würde, suchte La Borronière möglichst mit ihm den Dienst und die Wachen zu teilen. Er hatte früher nie etwas für Foullard übrig gehabt, den er – wie alle Belgier – für einen Bettnässer hielt.

Einmal, in den ersten Julitagen, es gab schon einige Male Fredattensuppe, klopfte Foullard an die Tür zum Majors-Zimmer.

»Herr Major, gestatten –!«

Der Major rührte sich aber nicht.

»Herr Major, gestatten Sie –«

Der Major drehte sich hörbar im Bett herum. Foullard trommelte mit den Fingerspitzen und sang:

»Herr Major, Herr Major!«

Der Major schnarchte kurz und wachte dann auf.

»He?« Er sprach das ›He‹ immer sehr nasal, mit spitzer Betonung auf dem ›e‹.

»Herr Major, ich bin es, Gefreiter Foullard.«

»So?«

»Ich habe mit La Borronière die Wache. Und er steht jetzt draußen vor der Festung.«

»Warum?«

»Das weiß ich nicht.« Foullard war sehr erregt. »Ich glaube, er will uns verraten. Er ist ja schon einmal verurteilt wegen Desertierens.«

Der Major schloß die Tür auf und ließ Foullard ein. Major Payard hatte ein langes, weißes Nachthemd an, dessen Knopfleiste am Hals mit rotem Zwirn bestickt war. Er hatte die Dienstmütze aufgesetzt.

»Kommen Sie herein, Foullard.«

Foullard trat ins Zimmer.

»Wo ist er?«

»Dort draußen bei der Säule. Man müßte es von Ihrem Fenster aus sehen, Herr Major.«

Der Major trat ans Fenster. Foullard schaute ihm bescheiden über die Schulter. Er wagte es, sich heimlich über die Beine des Majors lustig zu machen.

»Aha! Ich sehe ihn!« sagte Major Payard streng. »Da, schauen Sie durchs Fernrohr!«

»Zu Befehl.«

Foullard schaute durchs Fernrohr. La Borronière stand aufrecht am Fuß der Säule und richtete seinen Blick starr in die Wüste hinaus. Der Mond beleuchtete seine Haare und ließ seine Augen aufleuchten. Er rührte sich kaum, nur ab und zu bewegte er die Lippen; er schien so nahe, und es berührte komisch, daß man seine Worte dennoch nicht verstehen konnte. Die Stille der Wüste ragte wie eine ungeheure Säule bis zum Firmament hinauf, sie war so schwer, daß sie die Welt fast erdrückte.

Zwischen La Borronière und das Fort fiel der Schatten der Säule, ein tiefschwarzer Mondschatten, und es schien, als ob mit diesem Schatten der Soldat und das Fort durch eine unendliche Kluft getrennt wären, als ob, wie ein Planet im Weltall, der Soldat La Borronière um das Fort als seinen Mittelpunkt kreiste.

La Borronière drehte sich plötzlich um, durchschritt den Schatten und ging auf die kleine Ausfallspforte zu.

»Er kommt jetzt wieder herein, Herr Major!« Im ersten Augenblick, als er das Auge vom Fernrohr nahm, war Foullard schwindelig.

»Gehen wir hinunter. Ist Ihr Gewehr geladen?«

»Jawohl, Herr Major!«

Sie stiegen die Treppe hinab und in den Keller, gingen durch das Pulvermagazin und dann durch die Vorratsräume. Alle Türen waren offen. Woher hatte La Borronière die Schlüssel?

Der Major stellte sich links, Foullard rechts neben die eiserne Ausfallstür. Sie hörten draußen den Sand unter den Tritten La Borronières knirschen und sahen dann die Tür sich leise bewegen.

La Borronière trat ein. Er sah den Major und blieb überrascht stehen. Foullard packte seine Hand, die noch auf der Klinke lag. »Hätte ich mir nicht gedacht, Sie Schwein«, sagte der Major.

La Borronière sah zu Boden.

»Geben Sie Ihren Revolver her!«

La Borronière nahm ihn aus dem Gürtel, er verhakte sich, und er mußte eine Weile mit der Linken nesteln; seine Rechte hatte Foullard fest gefaßt. Der Major war ihm behilflich, den Revolver aus dem Gürtel zu bringen.

»Was haben Sie für Ihre Verräterei bekommen?«

La Borronière zog ein Päckchen Tabak aus der Feldbluse. Der Major nahm es und betrachtete es aufmerksam. Es war eine kostspielige ausländische Marke.

»Führen Sie ihn in den unteren Keller, Foullard.«

Foullard zog den Verräter mit sich hinaus. Der Major sperrte die Ausfallspforte sorgfältig zu und rückte noch den Hackstock davor. Dann lief er hinaus aus dem Keller, denn der Steinboden war sehr kalt, und der Major fror mit den bloßen Beinen und im Nachthemd.

Am nächsten Tag – es war der Tag des heiligen Eulogius, des Namenspatrons von La Borronière – wurde ein Kriegsgericht gebildet, und der Major verurteilte den Verräter zum Tode. Leutnant Rogier erhob Einspruch und verwies auf das Kreuz der Ehrenlegion, das La Borronière trug, aber der Major hatte die Festung für belagert erklärt und nahm den Ausnahmezustand in Anspruch. Außerdem, erklärte der Major, habe La Borronière die Auszeichnung unter einem anderen Namen erhalten, offiziell wisse er demnach nichts davon.

La Borronière wurde erschossen und am Südende des Hofes begraben, unweit der Stelle, wo er immer die Gedichte in den Sand geschrieben hatte.

Foullard und Gasparo sprengten in der nächsten Nacht in einem kühnen Handstreich die Säule. Sie zerbarst, als ob sie aus Staub gewesen wäre.

Das Päckchen Tabak aber behielt der Major. Er steckte es in die blaue Empire-Vase mit den silbernen, angeklebten Henkeln. Sie sei echt, behauptete der Major.

Foullard erlitt den überraschenden Rückfall in der Nacht. Man verständigte sofort den Unteroffizier, ohne Hast, trotz der Überraschung, denn die Anzeichen und Begleiterscheinungen der Krankheit waren die gleichen wie die nach der Verwundung und demnach vertraut und bekannt. Wäre es eine unbekannte Krankheit gewesen, oder gar eine neuerliche Verwundung, hätte man nicht nur den Unteroffizier verständigt, sondern den Leutnant, wenn nicht gar den Major.

Der Unteroffizier war auf Wache gewesen und kam über die Treppe herunter in den Mannschaftsraum. Die Gemeinen – nach La Borronières Tod nur mehr vier – nahmen in ihren Nachthemden die vorschriftsmäßige Haltung an. Der Koch Gasparo schlief jedoch ohne Nachthemd.

»So«, sagte der Unteroffizier, »haben Sie ihm schon etwas Wasser gegeben?«

Gasparo meldete, daß man ihm noch kein Wasser gegeben hatte.

»Dann geben Sie ihm Wasser!«

Gasparo, der Koch, dessen Aufgabe es war, die Lebensmittel zu verwalten, verließ den Raum. Er hatte seine Unterhose angezogen, denn er genierte sich.

»Wie haben Sie denn bemerkt, daß Foullard wieder krank geworden ist?« fragte der Unteroffizier Lovitt.

»Weil er nicht mehr schnarchte«, sagte Lovitt, »zu Befehl.«

»Er schnarcht nicht mehr?«

»Nein, das wissen wir nämlich schon von vorher, er kann überhaupt nichts mehr sagen, nur noch deuten.«

»So«, sagte der Unteroffizier wieder, und »geben Sie ihm recht gutes Wasser, soviel er braucht. Es ist ja keine neue Krankheit.«

Die Soldaten standen wieder stramm, der Unteroffizier grüßte und verließ den Raum. Grondflet stieg sofort wieder in sein Bett, Lovitt aber sagte zu Polland, dem dritten Soldaten:

»Ob wir ihn nicht extra legen sollten?«

»Ja«, sagte Grondflet vom Bett aus, »weil er, als er vorher krank war, in der Offiziersmesse gelegen ist, deshalb sollten wir ihn extra legen.«

»Gut«, sagte Lovitt, »legen wir ihn in La Borronières Bett; er wird deswegen nicht gleich sterben.«

Foullard hatte jetzt rosaroten Schaum vor dem Mund und ein grünes Gesicht. Aber beides war gewohnt und nicht erschreckend, und es gehörte zur Krankheit.

Lovitt und Polland legten ihn auf La Borronières Pritsche und stellten diese weit weg von den übrigen.

»Sie stellen ihn nur extra«, sagte Grondflet zu Gasparo, der jetzt zurück kam, »und du sollst ihm gutes Wasser geben, soviel er braucht.«

Gasparo sah Foullard an. »Ja – aber jetzt braucht er gar kein Wasser mehr ... Wenn er den roten Schaum hat und das grüne Gesicht, braucht er doch kein Wasser?«

»Nein«, sagte Grondflet, »dann nicht.«

Gasparo stellte das Wasser neben sein Bett.

»Wir löschen jetzt das Licht«, sagte Lovitt und löschte es, und die Soldaten schliefen bald wieder ein. –

Foullards Krankheit aber verwandelte sich und wurde ungewöhnlich. Kurz vor drei Uhr, da er nach der Einteilung die Wache hätte übernehmen müssen, schrie er. Es war nur ein Schrei, kurz aber laut, so, als hätten sich viele kleine Schreie im Lauf der Nacht in Foullards Mund angesammelt und plötzlich wären es zu viele geworden und sie wären hinausgefahren in einem Schrei.

Die Soldaten fuhren auf, und Lovitt, der sein Bett neben dem Schalter hatte, zündete das Licht wieder an.

Foullard schrie noch einmal, jetzt lauter als zuerst und anders; so, als kämen viele Schreie aus seinem Innern heraus und sprängen pausenlos und ruckartig über seine Lippen. Der Schrei dauerte gute fünf Minuten.

»Jetzt müssen wir es dem Leutnant melden«, sagte Grondflet.

»Und er muß sofort in die Offiziersmesse hinaufgebracht werden, weil er so schreit«, sagte Gasparo. »Ich gebe ihm etwas Wasser.«

Während Gasparo dem Soldaten Foullard etwas Wasser gab, kam der Major.

Der Major hatte den Schrei gehört, weil er wach gelegen und sich Kampf- und Taktikfragen überlegt hatte. Er trug sein Nachthemd mit dem rotbestickten Kragen und seinen Offiziersstahlhelm mit den Emblemen der Republik. Er flüsterte.

»Lassen Sie mich mit dem Mann allein.«

Die Soldaten – erstaunt, weil es das erstemal war, daß der Major in den Mannschaftsraum kam – nahmen Haltung an und gingen einzeln zur Tür hinaus. Gasparo war froh, daß er seine Unterhose gleich anbehalten hatte.

»Warten Sie vor der Tür, falls ich Sie brauchen sollte –«

»Zu Befehl!« antwortete Lovitt.

Kaum aber war die Tür geschlossen, öffnete sie der Unteroffizier wieder. Der Major hatte sich auf den Zehenspitzen einen Schritt Foullards Lager genähert.

»Herr Major –«

»Seien Sie doch ruhig, wenn ein Maroder herinnen liegt!«

»Herr Major – Foullard hätte die Wache übernehmen sollen ...«

»Sie sehen aber doch, daß er sie nicht übernehmen kann!«

»Zu Befehl, Herr Major!«

Der Unteroffizier ging wieder hinaus. Major Payard näherte sich ganz langsam der Pritsche.

Foullard, der eben noch ganz regungslos gelegen, richtete sich, wie von Seilen gezogen, auf.

»Bleiben Sie liegen, bleiben Sie ruhig liegen«, sagte der Major, und Foullard fiel mit einem Ruck zurück, als wären die Seile durchschnitten worden.

»Ich werde Ihnen etwas Wasser einflößen«, sagte der Major und nahm das Wassergefäß.

Foullard öffnete die Lippen, ohne aber die Augen aufzuschlagen, und ließ sich das Wasser in den Mund schütten. »Hat es Ihnen geholfen?«

Der Soldat lag regungslos auf seiner Pritsche. Nach einer Weile, die Major Payard untätig gewartet hatte, schüttete er ihm den Rest des Wassers in den Mund. »Hat es Ihnen geholfen?«

Wieder lag der Soldat ohne sich zu regen. Der Major überlegte eine Zeitlang. Dann richtete er sich auf und sagte:

»Es hat Ihnen nicht geholfen? – Gut, ich werde Sie zum Obergefreiten machen.«

Ohne die Augen vom Soldaten zu lassen, stand er auf und rief nach dem Unteroffizier.

»Bringen Sie die Fahne. Wecken Sie Leutnant Rogier, holen Sie zwei Kerzen und das Reglement. Die Soldaten sollen sich – bis auf die Wache – im Zimmer aufstellen.«

Immer noch ohne einen Blick von Foullard zu lassen, begrüßte er den Leutnant und informierte ihn über das Geschehene und über seine Absichten. Fast ohne den Blick vom Kranken zu wenden, überwachte er die Aufstellung der Mannschaft, bestimmte, wer das Reglement und wer die Kerzen zu halten habe. Dann kam der Unteroffizier zurück und brachte die Fahne.

»Singen Sie die Nationalhymne!«

Lovitt und Grondflet sangen die Nationalhymne. Sie waren aber heiser, weil sie so lange mit bloßen Füßen auf dem Betonboden stehen mußten.

»Singen Sie auch die zweite Strophe!«

Sie sangen auch die zweite Strophe. Nach der zweiten Strophe sagte der Major:

»Gefreiter Jean Foullard! Ich ernenne Sie – zum – Obergefreiten! Singen Sie die dritte Strophe.«

Während die Soldaten die dritte Strophe sangen, ging Major Payard zur Pritsche Foullards, nahm seinen Helm ab, beugte sich über den Gefreiten und küßte ihn lange, aber nicht so, wie er eine Geliebte, sondern eher wie er als Mutter sein Kind geküßt hätte. Dann trat er zurück und befahl, daß die vierte Strophe gesungen würde. Während der fünften Strophe kratzte sich Major Payard unter dem Nachthemd am Oberschenkel.

Nach der fünften Strophe hieß er den Unteroffizier die Fahne über Foullard breiten.

»Aber er lebt doch noch«, sagte der Unteroffizier.

»Tun Sie, was ich Sie geheißen habe.«

Lovitt und Grondflet sangen die sechste Strophe der Nationalhymne, und der Unteroffizier bedeckte Foullard mit der Fahne. Bevor er das Gesicht bedeckte, sagte der Major:

»Gute Nacht, Obergefreiter Foullard!«

Dann wandte er den Blick von der Pritsche ab und sagte: »Melden Sie der Wache meinen Befehl: hundertundeinundzwanzig Schüsse aus der Kanone für den vaterländischen Helden Foullard! Es sollen Salutschüsse sein; aber wenn zugleich damit ein Feind getroffen wird, so soll es keine mindere Ehre für den Helden Foullard sein, und wir wollen es aus Sparsamkeit zulassen. – Und nun: auch Ihnen eine gute Nacht.«

Im Hinausgehen drehte er sich noch einmal um: »Was ich noch befehlen wollte: die Mannschaft schläft heute in der Offiziersmesse, damit Foullard allein bleibt. Leutnant Rogier, Sie gehen doch gleich mit mir?«

Der Major und der Leutnant gingen hinauf. Die Mannschaft nahm ihre Betten, nachdem sie die siebente und achte Strophe der Nationalhymne gesungen hatten – von der siebenten an mußten sie das vaterländische Gesangbuch zu Hilfe nehmen – und stiegen mit dem Bettzeug unterm Arm die Treppe zur Offiziersmesse hinauf. –

Die Salutschüsse dauerten bis zum frühen Morgen, weil das Laden der altmodischen Kanone nicht sehr schnell ging. Alle Viertelstunden mußte sie auskühlen. Als der letzte Salutschuß fiel, war Foullard bereits tot.

Vergeblich wartete die Besatzung des Forts auf die Zeitung. Es war schon August und der Lesestoff längst ausgegangen.

Dem Major war das selbstverständlich, für ihn hatte der Feind das »Képi blanc« abgefangen, außerdem fehlte es ihm kaum, er war vollauf beschäftigt.

In aller Frühe, um acht Uhr, sobald die letzte Nachtwache abgelöst war, inspizierte er die Wälle, begutachtete den Schaden, den der Feind während der Nacht angerichtet hatte, prüfte nach, ob die Kanone geladen sei und schoß einen Probeschuß aus jedem der beiden Maschinengewehre. Dann ging er in sein Zimmer, und die Wachhabenden der vergangenen Nacht mußten antreten und rapportieren.

Major Payard war bei den Rapporten immer sehr freundlich und jovial, nahm sie aber dennoch sehr genau, sie beanspruchten den halben Vormittag.

Nachdem er so in die Lage des Forts Einsicht genommen, ging er daran, den Bericht der letzten Nacht zu schreiben. Er schrieb alles, was nur irgendwie außergewöhnlich schien, manchmal sogar seine Träume. Dem Leutnant gegenüber pflegte er deswegen zu scherzen und sagte: »Den Seinen gibt's der Herr im Schlaf.« Aber es war ihm ernst. Schon einmal, als seine kleine Tochter Renée den Unfall hatte – sie fiel über einen Kübel Wasser und die Treppe hinunter, schon vor langer Zeit in Paris, als der Major noch bei seiner Familie lebte –, war ihm das im Traum erschienen, genau drei Tage vorher. Und so schrieb er seine Träume auch immer in den Rapport für den übernächsten Tag. Die Seiten dazwischen ließ er frei.

So wurde der Major mit Arbeit versorgt, aber die Mannschaft langweilte sich, besonders seit es verboten war, das Fort zu verlassen. Das Verbot hatte der Major am Tage nach dem Handstreich an der Säule erlassen.

Die Leute stellten aus Langeweile natürlich allerhand Unsinn an, sie spielten ›Räuber und Gendarm‹, oder Jazzband, wobei sie einen Heidenlärm vollführten. Das beliebteste Spiel aber war das Wettspucken. Die Beteiligten legten sich in einer Reihe mit dem Rücken auf die Erde und versuchten so hoch wie möglich zu spucken und zugleich, indirekt, den Nebenmann zu treffen. Verfehlte man das Ziel oder traf man sich selbst, wurde das als Strafpunkt angerechnet. Lovitt war ungeschlagener Meister. Allein in der zweiten Augustwoche hatte er zwölf Spiele gewonnen, drei davon mit über fünfzig Punkten Vorsprung.

Aber der Unteroffizier mißbilligte – als ernster Ire – diese Beschäftigung, und er versuchte ständig, den Betätigungsdrang der Mannschaft in andere, vernünftigere und mehr Erfolg versprechende Bahnen zu lenken.

›Es wäre ein Werk der Barmherzigkeit‹, dachte er, ›und zugleich keineswegs unser Schaden, wenn wir versuchten, den Major – zu seinen Gunsten natürlich – ein wenig an der Nase herumzuführen ...‹ Er ging deshalb einmal zum Leutnant Rogier und fragte ihn um Rat.

»Wissen Sie, Herr Leutnant«, sagte der Unteroffizier, »ich meine, wir sind uns doch einig, daß unser Herr Major, den wir ja sonst sehr hoch schätzen und den die ganze Mannschaft verehrt, sozusagen wie einen Vater, daß mit unserem Herrn Major etwas nicht stimmt. Es ist kein Feind vor dem Fort, und es war auch nie einer da. Wo sollte er auch herkommen!«

»Schon, Unteroffizier, aber was wollen Sie machen?«

»Ich dachte mir, vielleicht wäre es angebracht – ohne natürlich im entferntesten daran zu denken, unserem Herrn Major in den Rücken zu fallen! Nur um der Festung und des Vaterlandes willen –, das Hauptquartier zu verständigen.«

»Sie wollen ohne Wissen Major Payards einen Mann nach Imidi schicken?«

»Ja – es sollte – natürlich ohne das Wissen des Herrn Major, den wir alle, wie schon gesagt, verehren, sozusagen wie einen Vater –«

»Und wie wollen Sie das Fehlen des Mannes dem Major erklären?«

»Daran habe ich auch schon gedacht, Herr Leutnant. Ich habe mir überlegt, ob wir nicht so etwas wie Flucht, so ähnlich wie La Borronière –«

»Und was erhoffen Sie von diesem – sagen wir: Ausfall?«

»Ich denke, daß die im Hauptquartier sicher eine Inspektion schicken werden.«

»Eine Inspektion war erst vor zwei Jahren hier. Erst in vielen Jahren ist wieder damit zu rechnen.«

»Oder wie wäre es, Herr Leutnant, wenn wir dem Herrn Major – in allen Ehren – den Vorschlag und die Bitte der Besatzung vortrügen, daß wir um Entsatz beim Hauptquartier nachsuchten? Wir sind doch immerhin nur noch fünf Mann?«

»Im Hauptquartier wird man uns für verrückt halten. Wir werden allesamt an die Wand gestellt, wenn wir das Hauptquartier zum Narren halten und einen Feind erfinden.«

»Aber wir haben doch nur den Befehlen des Majors gehorcht.«

»Eben deswegen werden wir an die Wand gestellt –«

»Wenn wir aber, Herr Leutnant, den Befehlen des Herrn Majors nicht gehorchen – dann werden wir auch an die Wand gestellt? Werden wir auf alle Fälle an die Wand gestellt?«

»Wir *sind* an die Wand gestellt. Ihren Vorschlag will ich jedoch gerne dem Herrn Major unterbreiten, allerdings: es wäre viel besser, wenn eine Abordnung der Mannschaft hinginge.«

»O ja, wissen Sie, Herr Leutnant: die Mannschaft treibt soviel Unsinn, und wenn sie sich ein wenig mit dem Wohl des Herrn Major befaßt – das hätte wenigstens einen Sinn, mehr Sinn als Wettspucken.«

»Ich dachte an Sie und Polland als Abordnung.«

Siegfried Polland war klein und blond, mit einem lustigen Schnurrbart. Er war jüdischer Abstammung, bieder, pflichtbewußt, und machte gerne kleine, bescheidene Witze. Als er von der Abordnung und seiner Sendung hörte, zog er seine Paradeuniform an und heftete sich die Orden an die Brust, die er sich noch als deutscher Gefreiter im Balkan unter Mackensen erworben hatte. Major Payard mochte Polland gut leiden, er hielt ihn für sehr verläßlich.

Die Abordnung aber empfing der Major würdig und ungnädig. Er stand, das rechte Bein abgewinkelt, mit der Fußspitze auf dem Boden vor dem linken Fuß, die eine Hand auf den Kartentisch, die andere in die Hüfte gestemmt. Das Haar war mit Pomade angeklebt, so daß, wenn man ihn gegen das Licht betrachtete, es unklar blieb, ob er überhaupt welches besaß. Er lutschte an der Monokelschnur.

Die Abordnung wurde angesichts dieser Autorität sehr loyal und beantwortete sämtliche Fragen mit Ja. Und indem die beiden über Entschuldigungen gegenüber ihren Kameraden wegen ihres Versagens nachdachten, verließen sie rückwärts gehend durch die enge Tür das Zimmer.

Fünf Minuten später ließ der Major Polland zu sich rufen. Was zwischen ihnen gesprochen wurde, ist kaum der Rede wert. Es waren nur einige Worte, belanglos, sogar unzusammenhängend. Aber sie mußten einen tiefen Eindruck bei Polland hinterlassen haben, was aus den Ereignissen der nachfolgenden Nacht zu ersehen ist. Es war die Nacht nach Foullards Tod.

Polland hatte die vorletzte, dritte Nachtwache, zugleich mit

Grondflet. Kaum daß die beiden von der Küche aus durch die Öffnung zwischen den Sandsäcken auf den Wall gekommen waren, begann Polland eigenartige Reden zu führen. Grondflet glaubte zunächst, Polland sage den Text einer älteren Zeitung her, aber es handelte von ganz anderem, das nie in einer Zeitung gedruckt worden war.

»Ich gehe auf einer langen, langen Brücke, auf der ein leiser, nieselnder Regen die Straßenbahnschienen aufleuchten läßt wie der Tau ein Spinnennetz.«

›Es ist nicht sehr unterhaltsam‹, dachte Grondflet, der auf einer Stufe saß, das Gewehr zwischen den Knien. Er lachte ein wenig zu Polland auf, der, klein und dick, hinaus in die Wüste starrte, mit Augen wie ein Seher.

»Die Pflastersteine in ihrem zwingenden Regelmaß treiben mich fort, immer fort. Ich spüre die Füße nicht mehr, sie gehen von selbst, ganz weich, fast angenehm. Die Kandelaber sind matt gelb, wie große Wattebäusche, die in Milch getränkt worden sind. Ich gehe immer weiter, bis in die Mitte der unendlichen Brücke.«

Grondflet fand es merkwürdig, davon zu sprechen, daß eine unendliche Brücke eine Mitte hätte.

»Dort ragt rechts ein Denkmal auf, das heißt: es ist die Stelle, an der einmal ein Denkmal stand, der Sockel ist noch hier, auch die kapellenartige Hülle aus hellem Granit, die einmal die Figur schützte. Jetzt, da die Hülle kein Denkmal mehr zu schützen hat, wird sie selbst Denkmal. Einige Stufen und ein breiter Vorplatz liegen zwischen mir und dem Denkmal, das einige Pappeln umgeben, die ihre Länge in den nächtlichen Himmel verlieren.

Ich weiß nicht, warum ich umkehre, da ich schon am Denkmal vorbei bin, warum ich umkehre, nachdem ich die Mitte schon überschritten habe, und die drei Stufen hinaufsteige, mich scheu am Denkmal vorbeidrücke, das mich ansieht, als wäre es blind, meine Anwesenheit zwar ahnte, aber aus Adel nicht Notiz davon nähme.

Hinter dem Denkmal ist es dunkler. Die Stämme der Pappeln sind dünn, sie scheinen so seltsam intim mit mir, ihr Holz ist feucht. Und hier steht der junge Mann, den ich erwartet habe, in seinem grünen Mantel. Er steht und weicht gleichzeitig zurück. Ich gehe ihm nach, ich sehe den Fluß vor mir, wie er dunkelblau und weiß über die grünen Steine einer natürlichen Kaskade fast lautlos gleitet. Ich gehe ihm nach, er weicht jetzt zurück, nicht der Entfernung nach, nicht nach weltlichen, sondern nach Gesetzen anderer Dimensionen. Er zerrinnt, den Kopf immer nach rechts gerichtet. Ich gehe ihm nach, Schritt für Schritt, Schritt für Schritt. Es umfängt mich ein flaumweiches Gefühl, scheint nicht irgendwo am violetten Himmel eine kalte Sonne?«

Grondflet war eingeschlafen: beschämend für einen Soldaten, auf der Wache einzuschlafen. So hat er nicht gesehen, wie Polland Schritt für Schritt vorwärts ging und schließlich erhobenen Gesichtes über die Brüstung in den Graben zwischen den beiden Wällen fiel. Erst als Lovitt und Gasparo zur Ablösung anrückten, weckten sie Grondflet, der dann darüber nachzudenken begann, wo Polland geblieben sein mochte. Sie fanden ihn gegen Morgen und begruben ihn gleich. Dem Leutnant wollten sie die Wahrheit sagen, dem Major gegenüber jedoch behaupten, daß Polland von einer feindlichen Kugel getroffen worden wäre. Sie wollten damit dem Major eine kleine Freude bereiten.

Leutnant Rogier konnte in der Nacht darauf nicht schlafen. Er lag auf dem Bett, die Arme verschränkt, den Kopf daraufgelegt, und schaute am Bettrand vorbei auf den Fußboden. Er überdachte noch einmal, was ihm Grondflet über das geheimnisvolle Ende Pollands erzählt hatte: daß er noch ganz normal gewesen wäre, als sie die Wache – die dritte Nachtwache – bezogen hätten, dann aber wirres Zeug, eigentlich nicht wirres, eher unsinniges Zeug zu reden begonnen hätte; Grondflet wäre dann eingeschlafen – wie kann ein Soldat auf Wache einschlafen? – und als er aufgeweckt worden sei, sei Polland verschwunden gewesen. Sie – Grondflet und die Ablösung – hätten überall gesucht, ihn tot, mit gebrochenen Gliedern gefunden. ›Sonst hat Grondflet nichts gesagt‹, dachte der Leutnant, richtete sich aber plötzlich auf und machte ein nachdenkliches Gesicht; er sprang aus dem Bett und lief hinauf zum Major. Er war mit Kleidern und Schuhen auf dem Bett gelegen und brauchte sie also nicht anzuziehen. Seine Schuhe krachten auf der hölzernen Treppe, so daß im Mannschaftszimmer Gasparo, der Koch, aufwachte und nichts Gutes ahnte.

Er wurde am nächsten Morgen als erster verhört.

»Äh – Gasparo – wie standen Sie mit Polland?«

»Gut, Herr Leutnant, recht gut, wie man halt so mit seinen Kameraden steht, wenn man Jahr und Tag keinen anderen Menschen sieht.«

»War ihm irgendwer in inniger Freundschaft verbunden gewesen?«

»Nein. Alle hatten Polland gern – ich hatte ihn auch gern; aber besondere Interessen hatten wir nicht gemeinsam.«

»Ist Ihnen an ihm vielleicht etwas aufgefallen in der letzten Zeit?«

»Nein, durchaus nicht –«

»Und was denken Sie über den mysteriösen Tod Pollands?«

»Ich kann mir nichts denken. Aber vielleicht war etwas in der Luft gelegen … Foullard«, das sagte er ganz leise, »ist doch auch in der Nacht vorher gestorben …«

»Glauben Sie, daß zwischen diesen beiden Ereignissen ein Zusammenhang besteht?«

»Ich weiß es nicht.«

»Danke. Wir sprechen uns später noch. Vielleicht fällt Ihnen ein, daß Ihnen doch einmal etwas aufgefallen ist.«

Gasparo machte ein erstauntes Gesicht und wurde durch eine kühl-selbstbewußte Geste des Leutnants entlassen. Ungefähr in derselben Weise verlief das Gespräch mit Lovitt. Der Unteroffizier, der nach Lovitt verhört wurde, vermutete einen Unfall als Ursache für den Tod Pollands. Nachdem dieses Verhör abgeschlossen war, machte der Leutnant eine Mittagspause. Am frühen Nachmittag ließ er Grondflet zu sich bitten.

»Grondflet –«

»Jawohl, Herr Leutnant?«

Grondflet stand in vorschriftsmäßiger Haltung stramm. Der Leutnant ging gesenkten Kopfes in der Stube auf und ab, er hatte seine Feldbluse ausgezogen und über die Stuhllehne gehängt, so daß sie wie in tödlich schlaffen Falten am Holz hing. Das weiße Leutnantskäppi lag auf dem Tisch, die Öffnung nach oben.

»Grondflet«, sagte der Leutnant, »kannten Sie Polland irgendwie näher? Kannten Sie ihn von früher?«

»Ich kannte Polland, seit wir zusammen auf dieses Fort versetzt worden sind.«

»Hatten Sie irgendwelche persönlichen Beziehungen zu ihm?« Der Leutnant war ausgesucht höflich und aufgeräumt.

»Nein, ich kannte ihn nicht besser als die anderen Kameraden ihn kannten. Er war allerdings ein komischer Kauz.«

Der Leutnant wurde um ein Grad richterlicher.

»Warum, wieso ein komischer Kauz?«

»Naja, er war Jude –«

»So, er war Jude, woher wissen Sie das?«

»Er war ein deutscher Jude, er hat es mir einmal erzählt. Er muß viel mitgemacht haben. Seine Familie wurde, glaube ich, verfolgt und sein Bruder erschossen.«

»Und daraus schließen Sie, daß er ein komischer Kauz war?«

»Nein, aber er war doch immer irgendwie verschlossen, er tanzte beim Geburtstag des Majors fast nie mit Josephine, und wenn er es tat, dann schien es, als glaubte er, uns einen Gefallen damit zu erweisen. Und dann hat er sich doch einmal beim Maskenfest als zwei Zwerge verkleidet.«

»Hm, hm, ich erinnere mich. Er tanzte fast nie mit Josephine. – War das schon immer, oder?«

»Es war eigentlich schon immer so, seit wir ihn kannten.«

In diesem Augenblick trat der Major ein, die betreßte Mütze hielt er in der linken Hand am Schenkel.

»Guten Tag, Herr Major. Ich unterhalte mich gerade mit Grondflet.« Vor ›unterhalte‹ stockte der Leutnant ein wenig.

»Schon gut, schon gut«, sagte der Major mit tiefer Stimme und lehnte sich neben dem Leutnant gegen die Tischkante, indem er mißbilligend die Tatsache, daß Rogier keine Jacke trug und das Verhör in Hemdsärmeln leitete, zur Kenntnis nahm. »Machen Sie ruhig weiter«, fügte er dann hinzu.

»Sie sagten, mein lieber Grondflet, daß Polland immer schon so gewesen sei. Gut. Und meinen Erfahrungen nach war er immer schon ein ruhiger Mensch. Hatten Sie je Streit mit ihm?«

»Nein, Herr Leutnant, daß heißt –«

»Aha.«

»Nein, Herr Leutnant, Herr Major –«

Der Leutnant und der Major wechselten Blicke, die viel sagen sollten; dann begann der Major laut und undeutlich zu brüllen, woran ihn der Leutnant hindern wollte. Die beiden gerieten darüber in Streit, und Leutnant Rogier schickte endlich den Soldaten Grondflet mit einer unwilligen Handbewegung hinaus. –

In den darauffolgenden Tagen durchsuchte der Leutnant das ganze Fort. Am vierten Tag fand er am Wall neben dem einen Wachturm ein abgebranntes Zündholz, was dazu führte, daß der Leutnant nach langer Überlegung das Verhören wieder aufnahm. Es fand in der Nacht statt, und Leutnant Rogier ließ die gesamte Mannschaft wecken. Er selbst trug den kleinen Küchentisch auf die Terrasse, stellte sich einen Stuhl dazu und schichtete einige Akten, die er über den Fall angelegt, links und rechts auf die Tischplatte. Die Sterne der Wüste standen am Himmel wie große orange und braune Monde von mannigfacher Größe; durch die vielen Sternschnuppen waren sie scheinbar in andauernder Bewegung. Es war sehr kühl.

Der Leutnant verhörte nacheinander den Unteroffizier, Lovitt und den Koch und nahm sitzend die Aussagen zu Protokoll, die sich aber seit dem ersten Mal um nichts bereichert hatten. Als Grondflet, nachdem der Koch abgetreten war, auf die Terrasse hinauskam, stand Rogier auf. Er war kaum zu sehen, da er im Schatten des einen Sandsackwalles stand, während der Soldat im hellen Mondlicht voll sichtbar war.

»Grondflet«, sagte der Offizier, als ob er an etwas ganz anderes dächte.

»Jawohl?«

»Sie hatten nie Streit mit unserem armen Polland?«

›Der Leutnant sagt ‚unser armer Polland'‹, dachte Grondflet, ›dabei hat er ihn nie leiden können, weil er als Günstling des Majors galt.‹

»Ich habe den Grund unseres kleinen Streites, der außerdem vor vielen Jahren –«

»Sie hatten also einen Streit –«

»Ich habe es Ihnen bereits vor einigen Tagen gesagt, Herr Leutnant ...«

»Und was war der Grund?«

»Der Grund war so unbedeutend, daß er zugleich der Anlaß war. Es drehte sich um eine Dose Pfeifentabak, soviel ich mich erinnere. Aber ich versichere Ihnen, Herr Leutnant, der Streit dauerte nicht einen Tag. Ich hätte es Ihnen gar nicht sagen sollen; nicht etwa, weil ich etwas hätte verschweigen wollen, aber weil ich die Tatsache dieses Streites für völlig unbedeutend halte.«

»So, Sie wollten mir diese Tatsache verheimlichen«, murmelte der Leutnant und preßte die Zähne in einer Wut zusammen, die eher vorgetäuscht als beherrscht war. Er raffte die Akten zusammen und ging drohend auf Grondflet zu, der respektvoll vor dem Leutnant zurückwich. Der Leutnant drängte ihn bis zur Brüstung. Dort kniete der Soldat nieder und erhob flehend aber stumm die Augen zum Leutnant oder zum Himmel. Leutnant Rogier aber nahm ihn beim Genick, wie eine Katze, und warf ihn in den Wallgraben.

Dann beugte er sich über die Brüstung und schaute hinunter, hob das Bündel Akten – wie beschwörend – hoch über seinen Kopf und ließ es fallen. Die weißen Bogen Papiers flatterten ruckartig – im Zickzack – hinunter, fast widerwillig, als ob sie einer vorgeschriebenen Bahn folgten; wie an eine unsichtbare Pendelschnur gehängt, hielten sie jedesmal am Ende einer Pendelbewegung einen kleinen Augenblick still. Sie glichen Totenhänden. Einige fielen auf die Terrasse zurück.

Die Sache hatte noch ein kleines Nachspiel, wie man so sagt. Lovitt meldete am nächsten Tag, er habe gehört, wie Grondflet im Vorbeifallen am Fenster des Mannschaftszimmers noch etwas gesagt habe. »Was hat er gesagt?« fragte der Major, dem Lovitt dies meldete.

»Commodus«, sagte Lovitt.

Die vom Leutnant angelegten Akten wurden daraufhin wieder eingesammelt und um die neue Feststellung ergänzt. Zunächst erschien das letzte Wort Grondflets – »Das vermutlich letzte Wort bei Gegenüberstellung der Fallgeschwindigkeit und der Wallhöhe«, sagte der Major – rätselhaft. Später fiel dem Major ein, daß es wohl die Anrufung des Nationalheiligen von Grondflet, des Schutzpatrons der französischen Kanadier, gewesen sein dürfte.

Der Balte Lovitt wurde, vielleicht wegen dieses Beweises seiner Aufmerksamkeit, auf die seit Foullards Tod freigewordene Gefreitenstelle befördert.

Nachdem an einem bestimmten Tag im September Major Payard wie an jedem anderen Tag den Rapport abgenommen hatte – es ging jetzt viel schneller, da nur mehr zwei Mann und der Unteroffizier auf dem Fort waren – und nachdem er eben begonnen hatte, den Tages- und Nachtbericht in sein Journal zu schreiben, klopfte der Unteroffizier an die Tür.

»Ja –«, sagte der Major.

»Gestatten Sie – zu Befehl.«

»Na –«, der Major drehte sich um und legte die Feder weg, »haben Sie etwas zu melden vergessen?«

»Nein, Herr Major –«

»Nicht? Nun?« – Man weiß, daß Major Payard nach den Rapporten stets sehr gut gelaunt war: »Nun, was führt Sie dann zu mir?«

»Das heißt, Herr Major: ich habe schon etwas vergessen ...«

»– doch etwas vergessen, dann erzählen Sie.«

»Nein, Herr Major, eigentlich nicht richtig vergessen, ich wollte es Ihnen vielmehr nicht erzählen.«

»Setzen Sie sich –«, sagte der Major; denn seit einiger Zeit – Major Payard hatte die ›Totale Kameradschaft‹ anläßlich eines Jahresgeneralappells erklärt – ließ er die Soldaten beim Rapport stets Platz nehmen. »Setzen Sie sich und erzählen Sie es mir.«

Der Unteroffizier setzte sich.

»Es ist wegen dem Herrn Leutnant.«

»Wegen Leutnant Rogier?«

»Ja – wissen Sie – ich ... erinnern Sie sich, Herr Major, wie Polland und ich zu Ihnen kamen als Abordnung –«

»Ja – ja«, sagte der Major kurz. »Sie hatten da so Mücken im

Kopf, daß man um Entsatz ansuchen sollte ... nun, ich glaube, die Lage richtig einzusehen vermag nur ich.«

»Die Idee von dem Entsatz, Herr Major, war von mir.«

»Von Ihnen?«

»Ja, es war natürlich eine dumme Idee, aber ich hatte anfangs noch viel dümmere Ideen – nur Leutnant Rogier brachte mich von der dümmeren Idee zurück auf die dumme.«

»Halt –«, sagte der Major, »halt, wann war das? Wissen Sie es?«

Der Unteroffizier nannte das Datum. Major Payard schlug die Tagebuchseite auf und las den Bericht des betreffenden Tages. »Na ja – und was weiter? Worin bestand Ihre ganz dumme Idee?«

»Ich wollte ohne Ihr Wissen zwei Leute nach Imidi schicken ...«

»Ohne mein Wissen? Und glauben Sie, das Fehlen der Leute wäre mir nicht aufgefallen?«

»Ich hätte Ihnen gesagt, sie wären geflohen.«

Der Major wollte gerade eine Ergänzung des Tagebuches für jenen Tag eintragen, hielt aber jetzt inne.

»So. Und Leutnant Rogier hat Sie von dieser wirklich sehr dummen Idee abgebracht?«

»Ja. Aber heute, Herr Major, war alles umgekehrt.«

»Wieso?«

»Es ist das, was ich Ihnen nicht melden wollte, aber jetzt melde ich es Ihnen doch: Leutnant Rogier ist zu mir gekommen und hat gefragt, ob ich mich daran erinnere, mit Polland und dem Entsatz und so – was ich Ihnen gerade erzählt habe –, und ich sagte: Ja, ich erinnere mich, und er sagte: Sie haben doch recht gehabt, und ich – also er, Leutnant Rogier – will heute davonlaufen und nach Imidi, bevor wir hier alle krepieren.«

»Wo ist Leutnant Rogier?«

»Er ist schon weg.«

Major Payard sprang auf und lief zum Fenster.

»Er wollte die Zeit benutzen, in der Sie den Rapport schreiben, weil, wenn Sie damit fertig sind, ist er schon weit weg.«

Major Payard stellte sein Fernrohr ein und suchte damit die Wüste ab. »Wenn der Sand nicht so blenden würde, hätten wir ihn gleich.«

»Herr Major, darf ich Sie aufmerksam machen: Leutnant Rogier läuft dort vorne, er ist noch ganz nahe, und Sie sehen ihn mit freiem Auge besser als mit dem Fernrohr.«

Tatsächlich lief der Leutnant, bepackt mit zwei Feldbeuteln und einem Gewehr, eilig in kurzer Entfernung vom Fort. Trotzdem richtete der Major sein Fernrohr auf ihn.

»Was hat er in den Feldbeuteln?«

»Wasser und Lebensmittel.«

»Ach so. Sagen Sie, Herr Unteroffizier, wie weit schießt die Kanone?«

»Bis zum kleinen Wadi trifft sie ganz sicher.«

»Kommen Sie mit mir.«

Der Unteroffizier wollte eilig den Raum verlassen, aber der Major hielt ihn zurück.

»Sie brauchen sich nicht zu beeilen, er entkommt uns nicht.«

Langsam ging der Major dann mit dem Unteroffizier hinunter, blieb sogar ab und zu stehen, zündete sich eine Zigarette an, schaute kurz in die Küche, und als sie auf den Balkon kamen, um zum inneren Wall hinunterzusteigen, blinzelte der Major, stehenbleibend, in den Himmel und sagte: »Ja, ja ... der September.«

Dann gingen sie den Wall entlang bis zur Barbette. Major Payard nahm seine Zigarette in einen Mundwinkel, klemmte das Monokel in sein Auge und riß mit großem Schwung und unter Aufwendung aller Kräfte, jedoch ohne sich vom Unteroffizier helfen zu lassen, die kleine, altmodische Kanone in die grobe Schußrichtung.

»Haben Sie einen Spiegel?«

»Ja, Herr Major.«

»Nehmen Sie den Spiegel und reflektieren Sie damit einen Sonnenstrahl, den Sie dann Rogier an den Hals werfen.«

»Bitte?«

»Tun Sie es.«

Der Unteroffizier nahm seinen Taschenspiegel und versuchte die Lichtbrechung so auszunützen, daß ein Strahl Rogier traf.

Leutnant Rogier war schon ein gutes Stück vom Fort entfernt, aber noch längst nicht am kleinen Wadi. Der Major stellte jetzt die Kanone scharf auf den Leutnant ein. Er beobachtete ihn durch das Teleskop der Kanone. Eben gelang es dem Unteroffizier, Leutnant Rogier mit einem Strahl am Hals zu treffen. Der Leutnant fuhr sich mit der Hand über die getroffene Stelle seines Halses.

»Rufen Sie«, sagte der Major, ohne die Zigarette aus dem Mund zu nehmen, »rufen Sie ihn ganz laut an.«

»Herr Leutnant, Herr Leutnant«, schrie der Unteroffizier.

Der Leutnant drehte sich erschreckt um.

»Rufen Sie: ›Im Namen des Majors: Sie sind nicht mehr Leutnant, Sie sind nur mehr Obergefreiter.‹ Lieber wäre es mir, ich könnte ihn zum Gefreiten degradieren, aber Gefreiter ist ja Lovitt.«

Der Unteroffizier schrie es durch seine hohlen Hände. Der Leutnant Rogier – oder: der Obergefreite Rogier – begann zu laufen und im Laufen hin und her zu springen. Major Payard dirigierte vorsichtig und sicher die Kanone nach den Sprüngen Rogiers, so daß er ihn nie aus dem Teleskop verlor. Der Leutnant erreichte jetzt das Ufer des Wadi und kletterte hinunter. Er war nicht mehr zu sehen. Nach kurzer Zeit aber kletterte er das andere Ufer wieder hinauf; Major Payard nahm jetzt seine Zigarette aus dem Mund.

»Nehmen Sie meinen Feldstecher.«

Der Unteroffizier nahm den Feldstecher, den der Major, wie es Vorschrift war, ständig umhängen hatte und den er jetzt dem Unteroffizier gab.

»Beobachten Sie den Obergefreiten Rogier.«

Rogier stand jetzt am Fuß einer kleinen Düne, die sich am anderen Ufer des Wadi erhob. Er kletterte auf die Düne, erreichte den Kamm, und bevor er sich anschickte, hinter ihm zu verschwinden, drehte er sich einen Moment um.

In diesem Moment nahm Major Payard sein Auge vom Teleskop und zog an der Auslösekette. Laut und wie gebellt und mit einem ungewöhnlichen Rückstoß löste sich der Schuß. Auf der Düne, an der Stelle, wo Rogier sich zuletzt umgedreht hatte, warf es den Sand hoch in die Luft durch die Gewalt der Kartätsche.

Der Major steckte seine Zigarette wieder in den Mund. »Haben Sie ihn gesehen?«

»Ja«, sagte der Unteroffizier und gab den Feldstecher zurück, »der hat nicht mehr ›Commodus‹ gesagt.«

»Was ich befehlen wollte: – Sie sind ab jetzt Leutnant; die Vereidigung findet nach dem Mittagessen statt, Herr Leutnant Boom.«

Major Payard erinnerte sich in der Folge der Jahre wieder seines Violinspiels. Musikalische Eindrücke hatten bereits seine Jugend geprägt, als er, Enkel eines Festungskommandanten, zusammen mit seiner Mutter und dem Großvater gefangengenommen wurde. Der Großvater war nicht nur ein – wie man aus dem eben Gesagten sieht, nur mehr oder minder erfolgreicher – Fortifikationsfachmann, sondern auch einer der ersten Phonographen-Pioniere. Mit Hilfe von zwei

Phonographen (die Feinde hatten sie für elektrische Bidets gehalten, so daß der Großvater sie als harmlose Vergünstigung in der Gefangenschaft behalten durfte) produzierte er auf Wachswalzen eine partiturgetreue Fassung der damals eben erschienenen Tondichtung ›Gigantenschlacht‹ von Otto Jägermaier. Sämtliche der so berühmt raffinierten Jägermaierschen Instrumentationseffekte erreichte er mit einem primitiven kabylischen Monochord. Einmal spielte er langsam getragene Notenwerte. Aufgenommen und in genau berechnet erhöhter Geschwindigkeit wiedergegeben, ergab es die Wirkung einer rasch gespielten Flötenpassage. Ein schnell gespieltes Motiv, verlangsamt und verzerrt: das Baßtubensolo. Schicht für Schicht kopierte so der Großvater die Instrumenten-Stimmen der achtunggebietenden Jägermaierpartitur aufeinander. Noch Ravel hat die später gerettete Walze mit Interesse gehört.

Trotz solchen Vorbildes war Major Payard musikalisch anspruchsloser. Er gab sich für sein Violinspiel mit einer sehr eigenwilligen Adaption des ›Tannhäuser‹ für Violine und Trommel zufrieden. Da niemand die Trommel spielen konnte, band er sich, um auf die Begleitung nicht verzichten zu müssen, die Trommelstäbe an die großen Zehen und trommelte mit den Füßen.

Das kombinierte Violin-Trommel-Spiel war – er gestand es sich nicht ein – seine einzige Tätigkeit in dem langen Lauf der Jahre, denn, weit entfernt davon, die Belagerung für aufgehoben zu erklären, hatte er es längst aufgegeben (es war ihm langweilig geworden), die Rapporte mit Genauigkeit zu schreiben und die Kanone und die Maschinengewehre zu inspizieren. Er ließ die Kanone verrosten und zerfallen – ein Rad fiel ab, die durch Rost geschwächte Achse konnte es nicht mehr halten –, und er schrieb in den täglichen Rapport immer nur die Worte: »Wie vorher«. Er schrieb dies zuletzt nicht einmal mehr selber, sondern ließ es durch Leutnant Boom tun, oft für Monate im voraus, einmal für ein ganzes Jahr. –

Im Sommer spielte Major Payard bei offenem, im Winter, das heißt in der Regenzeit, bei geschlossenem Fenster. Die Saiten der Geige zersprangen aber mit der Zeit, einmal zwei an einem einzigen Nachmittag, und er spielte jetzt nur mehr auf der tiefsten Saite, der dicksten, widerstandsfähigsten. Für den Fall aber, daß auch diese Saite springen sollte – außerdem hatte der Bogen fast keine Haare mehr –, hatte er sich eine Trompete zurechtgelegt.

So war der Major mit Tätigkeit versorgt. Gasparo, der Koch, wußte täglich seine wichtige Pflicht, und sein Tag war ausgefüllt. Nur Lovitt, den der Major an Stelle und als Nachfolger des jetzigen Leutnants Boom zum Unteroffizier befördert hatte, und Leutnant Boom waren unbeschäftigt.

In den ersten Jahren mußte Lovitt Wache stehen, Boom mußte den Rapport schreiben. Aber Lovitt schwänzte die Wache, während der Major Geige spielte, und den Rapport zu schreiben nahm Boom so wenig Zeit weg – in einer Stunde schrieb er die Eintragungen für ein halbes Jahr –, daß es nicht als Beschäftigung betrachtet werden konnte. So schliefen sie denn die Tage – und selbstverständlich auch die Nächte – mit Ausnahme der Mahlzeiten, schliefen gemeinsam oder getrennt, schliefen auf der Seite oder auf dem Rücken, träumten oder schliefen traumlos, versuchten und meisterten alle inneren und äußeren Arten des Schlafens. Aber nach achtzehn Jahren, die sie so verbracht, waren sie dermaßen ausgeschlafen, daß sie keine Sekunde mehr weiterzuschlafen vermochten, und schon der Gedanke an Schlaf war ihnen ein Greuel. So suchten sie eine Beschäftigung.

Man erinnerte sich an den seinerzeitigen Verrat oder versuchten und vereitelten Verrat des Soldaten Eulogius La Borronière. Man erinnerte sich vielleicht auch an eine an sich unbedeutende

Einzelheit in der Schilderung des Verrates, nämlich daran, daß die Frage offen geblieben war, woher La Borronière damals die Schlüssel für die Kellertüren bekommen, die er benötigt hatte, um zur kleinen Ausfallspforte zu gelangen.

Diese Frage nahmen Leutnant Boom und Unteroffizier Lovitt jetzt wieder auf. Sie verständigten Major Payard, daß sie Untersuchungen zu führen gedächten, aber der Major spielte gerade einen ganz besonders schönen Ton (ein Paganini-Oberkörper bei verklärtem Flageolett, während er mit den Füßen Nijinskigleich wirbelnde Synkopen trommelte), er nickte den beiden lediglich sein Einverständnis zu und sagte leise: »Sie haben meine umfassenden Vollmachten.«

Dem Koch Gasparo sagten sie nichts von ihrer neuen Beschäftigung, denn auf ihn – so war ihr Verdacht von vornherein – zielten ihre Untersuchungen letzten Endes ab, und Lovitt sprach es aus: »Von wem konnte La Borronière die Schlüssel haben? Es handelte sich um die Schlüssel a) für das Pulvermagazin, b) für das Lebensmittelmagazin, und c) für den äußersten Keller, in dem das Brennholz für die Küche und der Hackstock aufbewahrt werden. Die Schlüssel für b und c hat seit jeher Gasparo, der Koch, denn es ist sein Amt, die Lebensmittel und alles, was dazu gehört, zu verwalten. Die Schlüssel für a, die ihn eigentlich nichts angehen, hat ihm der Major bei Beginn der Belagerung ausgehändigt, damit er nicht jedesmal gestört werde, wenn Gasparo eine Kartoffel oder ein Paket Sternchennudeln oder Trockenspinat holen wollte. – Gasparo verfügte also über alle Schlüssel, La Borronière konnte die Schlüssel nur vom Koch haben.«

»Ja«, sagte Leutnant Boom, »ja, so wird es gewesen sein. Ich gehe sofort zu Gasparo und werde ihn fragen.«

»Halt«, hielt ihn Lovitt zurück, »er wird alles ableugnen oder er wird sagen, daß er sich daran nicht erinnert. Wir müssen ihn überführen.«

»Ach ja«, sagte der Leutnant. »Wir werden in den Keller gehen und nach Spuren suchen.«

»Dann müssen wir es doch Gasparo sagen, weil wir die Schlüssel brauchen.«

»Nein, das heißt: ja, aber wir sagen ihm nicht, wozu wir die Schlüssel brauchen.«

»Aha«, sagte der Leutnant Boom, und sie gingen, um die Schlüssel zu holen.

Gasparo wollte eben in den Keller gehen, und er sagte, es träfe sich recht gut, denn allein könnten sie wahrscheinlich das Schloß gar nicht aufsperren, weil es schon arg verrostet wäre.

Lovitt deutete dem Leutnant hinter Gasparos Rücken, daß sie dem Koch folgen, aber schweigen würden.

Im Keller suchte Gasparo nach Trockeneiern für die Fredatten – es war also Juli –, Lovitt und der Leutnant wußten nicht recht, was sie tun sollten, solange Gasparo mit ihnen im Keller war. Leutnant Boom blieb im Pulvermagazin und richtete die Plomben an den Pulversäcken in einer Reihe aus. Lovitt ging in den hintersten Keller und spielte mit dem Hackstock.

»Seid ihr fertig«, fragte Gasparo, »weil ich wieder hinaufgehe.«

»Nein«, sagte Lovitt, »geh nur allein hinauf, wir kommen nach.«

»Was wollt ihr denn im Keller tun?«

»Nichts, nichts«, sagte Lovitt, »nichts«, sagte auch der Leutnant.

»Ich kann mir nicht denken, was ihr im Keller zu tun hättet –«

Der Leutnant wollte schon anfangen und sagen: ›Du weißt ganz gut … und du hast ja schon einmal einen in den Keller gehen lassen … und so weiter‹, aber Lovitt befahl dem Koch in energischem Ton, hinaufzugehen und sich nicht um Angelegenheiten zu kümmern, die keineswegs in seinen Belang gehörten.

So ging der Koch zurück in die Küche. Er rieb das Trockenei an und rührte es in den Teig für die Fredatten, zerkleinerte Kümmel und angeröstete Sardinen, Cornichons und zweiundvierzig Kräuter, verrieb harten Käse und goß etwas Cognac in den Teig – so war sein Rezept. Aber er war in Gedanken nicht bei seinem Rezept, er vergaß zum Beispiel Muskat, denn zum erstenmal nach vielen Jahren gab es für ihn eine Gelegenheit, zu denken.

›Was mögen die beiden wohl im Keller tun‹, dachte er sich und vergaß darüber auch die Schalotten. ›Was kann es im Keller zu tun geben, außer Lebensmittel oder Holz heraufzuholen, was aber meine Aufgabe ist und nicht die ihre?‹ dachte er weiter und vergaß darüber das Bilchkraut.

Er gab sieben Gramm Fett in die Bratpfanne, und während er es zerrinnen ließ, ohne es aber verdampfen zu lassen, dachte er nach, was außer ihm ein Mensch im Keller zu suchen hätte.

Er goß den angerührten Teig in die Pfanne und schwenkte sie mit kreisförmigen Bewegungen des Handgelenks, damit der Teig den ganzen Boden gleichmäßig bedecke.

›Ich werde einmal den Major fragen, sicher weiß er nichts davon, und das Ganze ist eine Insurrektion.‹

Er stellte die Pfanne auf kleines Feuer, damit bloß das Fett unter dem Teig brodle, und ging hinauf zum Major. Der Major spielte immer noch den besonders schönen Ton und war sehr ungehalten, daß man ihn bei diesem Ton das zweite Mal störte.

»Gehen Sie hinaus«, sagte der Major ohne seinen Ton auszulassen, »Leutnant Boom und Unteroffizier Lovitt haben meine umfassenden Vollmachten, kümmern Sie sich um Ihre eigenen Angelegenheiten, ums Kochen zum Beispiel.«

»Zu Befehl, Herr Major.«

»Und stören Sie mich nicht wieder. Ein Soldat wie Sie, der es nicht einmal bis zum Gefreiten gebracht hat, sollte nicht seine Nase in Dinge stecken, die ihn nichts angehen.«

»Zu Befehl, Herr Major.«

Gasparo ging wieder in die Küche hinunter. Keine zwei Minuten hatte die Unterhaltung gedauert, und er drehte jetzt das Omelett um. Auf einer Seite muß es dunkel, auf der andern aber hell – oder blond – gebacken sein. In ganz besonders tiefen Gedanken war jetzt Gasparo, und er hätte vielleicht noch mehr vergessen als Muskat und Schalotten, wäre er vorhin schon in so tiefen Gedanken gewesen. Er hätte zum Beispiel vergessen können, den Teig zu salzen.

So buk er aber das Omelett auf der zweiten Seite hell, nahm es aus der Pfanne, rollte es zusammen und schnitt es in Streifen, wenig schmäler als sein kleiner Finger. Vorher aber gab er noch die sieben Gramm Fett für das nächste Omelett in die Pfanne, und wie er mit dem Schneiden fertig war, hatte sich auch das Fett schon verlaufen, und er konnte den neuen Teig eingießen.

›Ich werde noch einmal ganz leise die Treppe hinuntergehen, in den Keller, und nachschauen‹, dachte er sich und stellte die Pfanne wieder aufs kleine Feuer.

Von der Kellertür aus, die ein kleines Fenster hatte, sah er, wie Boom und Lovitt am Boden herumkrochen. Sie hatten rote Köpfe und schnauften. Lovitt hatte das Weinfaß weggehoben, und es kam ihm eine Ratte entgegengesprungen.

›Das hätte ich ihm sagen können‹, dachte sich Gasparo, ›daß es im Keller Ratten gibt: Wüstenratten – Mus alexandrinus desertus Schomburgk. – Ich werde zur Vorsicht die Tür absperren‹, dachte er sich weiter, und er drehte den Schlüssel im rostigen Schloß und nahm ihn zu sich. Leutnant Boom hatte das Geräusch gehört und sprang zur Tür. Er preßte sein Gesicht an das kleine vergitterte Fenster, und er schrie. Aber Gasparo achtete nicht darauf, sondern ging hinauf in die Küche. Er fürchtete, daß sein Omelett zu dunkel geworden wäre.

Als er aber in die Küche zurückkam, lag da die hölzerne Schlange.

Es ist sehr schwierig zu erzählen, was sich nach dem Erscheinen der hölzernen Schlange zugetragen hat.

Die Schlange sah aus wie geschnitzt, besonders ihr Gesicht, das ab und zu menschlichen Ausdruck annahm. Gasparo achtete nicht auf sie, er dachte, er bildete sie sich nur ein, und wandte sich wieder dem Omelett zu, das auf der einen Seite merkwürdigerweise doch noch nicht zu dunkel geworden war. Die Schlange aber kroch auf den Tisch und ringelte sich unmittelbar unter dem Kalender zu einem Knoten zusammen.

»Wie lange bist du schon da, Koch?« fragte die Schlange.

›Sie ist aus Holz geschnitzt und doch beweglich wie Gummi‹, dachte Gasparo. »Sehr lange, ich weiß nicht mehr«, sagte er zu ihr.

»Denk doch nach.«

»Vielleicht – vielleicht zwei Monate?«

»Du bist dumm, wie kannst du erst zwei Monate hier sein, wenn du schon neunzehnmal einen Monat lang diese Fredatten gebacken hast?«

»Neunzehn Jahre, sagst du?«

»Oder drei Sekunden ...«

»Ich verstehe dich und mich nicht. Wer bist du, wo kommst du her?«

»Ich bin die hölzerne Schlange und komme aus dem türkisblauen Land. Übrigens: merkst du nicht, daß dein Omelett nicht dunkler werden will, wie es sollte?«

»Ja, das Feuer ist scheint's nicht heiß genug.« Er wollte nachlegen.

»Dein Omelett wird nie mehr brauner werden. Die Zeit ist stehengeblieben, oder vielmehr: sie wurde von mir angehalten –«

Gasparo schaute auf die Uhr. Die Zeiger standen still, das

Werk tickte jedoch. Er schaute die Schlange an. »Wenn du auf etwas wartest«, sagte die Schlange, »scheint dir die Zeit unendlich langsam zu vergehen. Das kommt davon, weil du beim Warten an sie denkst und dadurch die Zeit in ihrer Wirklichkeit siehst. Denkst du an etwas anderes, so überfliegst du die Zeit mit deinen Gedanken, so, wie du den Raum in Gedanken überfliegst. Wer viel denkt, dem vergeht die Zeit schnell. Manche Denker haben es darin so weit gebracht, daß sie schließlich der Durchschnittszeit ihrer Umgebung um Hunderte von Jahren voraus sind. Jeder Mensch hat für sich seine eigene Zeit. Der gewöhnliche Mensch ist einem anderen gewöhnlichen Menschen nur um ein paar Minuten voraus oder steht ihm soviel nach. Bei größeren Geistern ist der Unterschied entsprechend größer ... Wie es eine Geographie des Raumes gibt, gibt es auch eine der Zeit. Wenn zwei Menschen sich begegnen, so können sie sich nur richtig verstehen, wenn sie um den gleichen ›Zeitpunkt‹, sozusagen, liegen. Der einzige wahre Zeitpunkt ist der, an dem du gezeugt wurdest. Von da ab wird deine Zeit anders als die der andern. Zunächst geringer – dann schneller und mehr. Babys sind sich ähnlicher als Greise. –

Und wenn zwei am gleichen Ort und an der gleichen Zeit sich befinden und sind ein Mann und eine Frau, werden sie sich lieben; deshalb ist das wirkliche Lieben göttlich, denn nur Gott ist an jedem Ort und in jeder Sekunde zugleich, – das ist dann die Ewigkeit.«

Gasparo war sehr erstaunt und setzte sich. Die Schlange kam näher zu ihm.

»Das Omelett wird nicht schwarz?«

»Nein.«

»So – dann: du läßt die Zeit stillstehen?«

»Ja.«

»Warum?«

»Hast du noch nie auf etwas sehnsüchtig gewartet?«

»Doch –«

»War es dir dann nicht der einzige Trost, daß die Zeit bis dahin vergehen müsse, daß sie nicht anders könne als vergehen? Und jetzt, eben jetzt wird die Zeit nicht mehr vergehen. Die Zeit wird immer ›jetzt‹ bleiben, was du auch immer tun wirst, sie totzuschlagen –«

Es wurde hell, das heißt: heller als am hellsten Mittag.

»– ob du nun Kreuzworträtsel löst –«

Gasparo trat auf die Terrasse hinaus.

»– oder Karten spielst –«

»Mit mir allein?«

»Wenn du willst, verbessere ich mich: – ob du Patience legst –«

Der Himmel war hellrot, aber sanft, nicht wie von Feuer. Die Wüste wurde türkis, und um das Fort wuchsen blaue Kakteen aus dem Sand. Silbrige Seen spiegelten den Himmel in unglaublicher Klarheit. In der Ferne leuchteten viele weiße Türme, spitz, mit Zinnen und goldenen Dächern.

Gasparo stieg die Stufen hinunter, tat die paar Schritte bis zur Brüstung, kletterte hinauf und ging in das türkisblaue Land. Erst jetzt sah er, daß die Schlange ihm vorauskroch und ihn führte.

Major Fiacre Payard fand nach einigen Tagen, als er bemerkt hatte, daß ihm nichts mehr zu essen gebracht wurde, und als er aufgehört hatte, den besonders schönen Ton zu spielen, den Leutnant Boom und den Unteroffizier Lovitt. Die Ratten stoben von den Leichen, als der Major durch das kleine Fenster schaute. Es ekelte ihn, und er rief nach Gasparo. Aber auch Gasparo blieb verschwunden. So ging Major Payard wieder hinauf in sein Zimmer und nahm eine Änderung im Rapport vor. Er strich das noch von Boom geschriebene »Wie vorher« aus, und schrieb statt dessen: »Leutnant Boom, Unteroffizier

Lovitt und« – irrtümlich schrieb er dies – »der Soldat Gasparo von den Ratten gegessen.« Die höfliche Form ›gegessen‹ wählte er, weil der Rapport immerhin für das Hauptquartier bestimmt war.

Dann beschloß er aus taktischen Gründen, nicht mehr das ganze Fort zu verteidigen, sondern nur mehr den Hauptturm, mit der Küche und seinem und des ehemaligen, jetzt gegessenen Leutnants Zimmer und mit der Fahne über dem Dach.

Die Fahne war schon sehr schadhaft und mehrfach geflickt. Um eine neue Fahne zu holen, hätte er in der nächsten Zeit Lovitt als Boten nach Imidi geschickt. Aber jetzt, da er alleine war, durfte er das Fort nach der Vorschrift nicht mehr verlassen.

Nach einiger Zeit gab Major Payard auch die Küche auf, montierte aber eines der Maschinengewehre an Stelle des Fernrohres in seiner Kammer. Die Kanone sprengte er in die Luft.

Eines Tages hatte er alle Patronen verschossen. Er sperrte sich in sein Zimmer ein, und bis der Abend kam, hatte er das Maschinengewehr unbrauchbar gemacht. Er gedachte sich mit dem Säbel – zwar nutzlos, aber tapfer – zu verteidigen. Er würde die Feinde zunächst die Treppe heraufschleichen hören, dann würde er sehen, wie die Türklinke sich bewegte und wie die Feinde die Tür zu öffnen versuchten. Dann würden die Feinde die Tür mit Gewalt aufbrechen, aber der erste Feind würde direkt in den Säbel des Majors fallen; dann würde der Major noch zwei oder drei Feinde erledigen, einige verwunden, aber endlich würde er von der Übermacht an die Wand gedrängt werden. Er würde die Augen schließen, seinen Säbel mit beiden Händen fassen und noch einmal um sich schlagen, aber bald würde er spüren, wie ein kalter Strahl zu seinem Herzen fuhr, und der würde ihn zu Boden zwingen.

›Bis dahin aber‹, überlegte sich der Major weiter, ›werde ich noch ein wenig auf meiner Violin-Trommel spielen, solange die Saite noch hält, der Bogen noch genug Haare hat und der Bindfaden die Schlegel noch an meinen Zehen hält ...‹

Einundzwanzig Jahre danach – alles in allem hatte also vierzig Jahre gedauert – kam eine Inspektion auf das Fort und fand die Gebeine des Majors in seinem Zimmer. Die Tür zu dem Zimmer mußte aufgebrochen werden.

Maddalena und der Mann mit den schönen Fingernägeln (1954)

Narziso hatte eine schöne Frau; die Frau liebte ihn aber nicht, das heißt, sie liebte ihn nicht mehr. Er behandelte sie auch durchaus nicht mehr zärtlich; und wie diese Zärtlichkeit früher selbstverständlich war, wurde es bald die duldende Gleichgültigkeit, die damit begann, daß sie ihn am Morgen nach der Hochzeit in langen Unterhosen sah, die er gähnend am Bund mit einer Hand zusammenhielt, während er mit der anderen Hand sich langsam ein wenig Wasser an die Wangen strich. Aber die leidenschaftliche Duldsamkeit der Flitterwochen hob alles auf, und erst nach einigen Jahren wurde die Gleichgültigkeit so groß, daß die Frau ihrem Mann die Schuld daran zuzuschieben begann und sich das Recht zuerkannte, einen Liebhaber zu halten. Das war aber nicht so einfach. Als erstes Problem tauchte auf, daß sie nicht wußte, woher der Liebhaber zu nehmen wäre. Sie kannte niemanden außer einigen Nachbarinnen. Die Frau dachte zuerst an den Buben, der immer mit ihrer kleinen Tochter im Hof spielte, aber der Versuch mißglückte. Als sie nämlich einmal den Jungen zu sich ins Zimmer gerufen und ihren Schlafrock ein wenig vor seinen Augen geöffnet hatte, tupfte er nur mit seinem Finger auf ihre Haut und kicherte: »Sie sind aber schmutzig!« Entflammt hatte sie den Knaben wieder hinausgeworfen.

Aber nach einiger Zeit erfuhr sie von einem Filippo, vielmehr, ihr fiel es ein, daß er als einziger geeignet sein könnte, ihr zu erfüllen, wonach ihr der Sinn stand. Er wohnte am Dorfende im Hause seiner Mutter und sollte den Gerüchten nach an allerlei üblen Geschäften beteiligt sein. Er war deswegen ein großer Herr und galt als ein schöner Mann. So verführte er alle Dorfschönen.

Maddalena begegnete ihm dann zufällig, als sie am Markt Gemüse kaufte. Er stand umringt von Mädchen und kleinen Kindern an die Mauer eines Hauses gelehnt, den einen Fuß vorgestreckt, den anderen rückwärts gegen die Mauer gestemmt. Er trug weiße Hosen und eine weiße Jacke, darunter ein rotweiß gestreiftes Leibchen. Auf dem Kopf hatte er einen weißen Schlapphut. Er hatte schwarze Haare, und seine Haut war ganz dunkelbraun gebrannt.

Er war tatsächlich ein schöner Mann. Wie seine behaarten Arme fast bis zum Ellenbogen aus dem Rock hervorschauten! Die rechte Hand, mit der er eine Zigarette hielt, war mit einem großen Ring geschmückt, und die Finger hatten lange schwarze Nägel. Aber erst das Gesicht! Filippo lachte immer, um seine großen Zähne zu zeigen. Dabei umschloß sein Schnurrbart die festen und dicken Nasenflügel. Das machte die Frauen so verrückt. Maddalena sah ihn das nächste Mal am Meer, diesmal weniger zufällig, wo er auf einem rötlichen Stein saß und in den hellblauen Himmel starrte. Hier trafen sie sich dann auch häufig. Es war sehr einsam; die Leute im Dorf mochten nicht gerne hierher gehen aus Furcht und Aberglauben: man konnte in dieser Bucht kein einziges grünes Fleckchen sehen. Die Ufer fielen steil ab und bildeten eine Art Nische, am Grund dieser Nische lagen Schottersteine und einige größere Brocken. Es war nichts zu sehen als das Meer, der Himmel und die hellen Felsen. So müßte es eigentlich in der Hölle sein, dachte Maddalena und fühlte außer ihm nur noch die Hitze und den Lärm der Brandung, die sich hier tausendfach brach.

Sie betrachtete oft seine Hände, und ihr gefielen vor allem die langen, schwarzen Fingernägel. Solche Fingernägel trug kein Mann im ganzen Dorf. Alle arbeiteten manchmal und mußten darauf verzichten, ihre Hände zu pflegen. Der Nagel des kleinen Fingers gefiel ihr am besten. Er war so lang, daß er ganz vorne bereits in eine eingerollte Spitze auslief, wie eine Lanze oder wie ein Schilfblatt. Dies sagte sie unvorsichtigerweise einmal ihrem Mann, der zunächst betroffen war, daß sie Filippo so gut kannte. Narziso überlegte eine Nacht, und am nächsten Morgen schlug er die Frau mit einer Zaunlatte und würde sie damit erschlagen haben, wenn er nicht zu weit ausgeholt hätte, so daß er mit einem Nagel, der in der Latte steckte, am Teppich – rot, blau und orange gestreift, mit vielen Löchern – hinten hängengeblieben wäre. Er versuchte, die Latte loszureißen, verwickelte die Angelegenheit noch und warf schließlich alles auf den Boden und sagte:

»Du könntest deinem Filippo mitteilen, daß ich ihn umbringe. Porco miseria, bestia di bruttura.« Maddalena weinte. Der Mann aber ging fort und sperrte die Haustür zu.

Filippo war zur gewohnten Zeit am Strand und wartete. Er dachte über Maddalena nach, und je länger er überlegte, desto mehr kam er zu dem Schluß, daß sie was ganz Besonderes sei. Es war ihm bis jetzt immer so ergangen, daß, sobald er ein Mädchen besaß, es ihm sofort gleichgültig wurde. Bei ihr aber war es umgekehrt. Am Anfang hatte sie ihm leid getan, aber je öfter er sie besitzen konnte, desto mehr gefiel sie ihm. Jetzt wäre er ihr nachgelaufen. Er umkrallte den Stein, auf dem er saß und biß sich in die Lippen, schmatzte und lachte vor Vergnügen. Er vergaß über seinen Gedanken ganz, daß er bereits einige Stunden auf sie gewartet hatte. Erst als die Bucht schon mit Schatten erfüllt war, stutzte er auf und wurde unruhig. Er ging hin und her, pfiff ein Lied, fluchte dann und begann endlich laut zu schimpfen, daß er ganz rot wurde im Gesicht. Er nannte Maddalena eine Dirne und sich selbst einen Trottel, weil er seinen Stolz von einem Weibe so in den Kot ziehen ließe. Schließlich wurde es ihm zu dumm, und er ging zurück in das Dorf. Er sah Maddalena durch die Spalten der Jalousie schauen. Sie öffnete das Fenster und ließ ihn hereinspringen. Als er in der Küche neben ihr stand, wollte er energisch werden, verstummte aber sofort, als sie ihm die Misere erzählte. Filippo entschuldigte sich als Kavalier; ganz konnte er es im innersten Herzen jedoch nicht verzeihen, daß sie ihn hatte warten lassen.

Aber sie weinte dann, und da versprach er einen Ausweg zu finden, behauptete sogar, schon einen Plan zu haben, und ihre Rolle – die weibliche Rolle – wäre lediglich, sich am Abend in das einzige Bett ihres Heimes zu legen und sich ruhig zu verhalten. Dann verließ er das Haus über die hintere Mauer des Gartens.

Abends stellte sich Filippo am oberen Ende der Straße auf und wartete, bis der eifersüchtige Narziso heimkehrte. Dann steckte er die Hände in die Hosentaschen und schlenderte langsam die Straße hinunter. Er mußte sich häufig ducken, um nicht an die Wäschestücke zu streifen, die an Stricken zwischen den Häusern aufgehängt waren. Als er am Hause Maddalenas vorbeikam, schaute er sehnsüchtig zu ihren rosaroten Unterhöschen hinauf. Er mußte sich vor Rührung in eines der Leintücher schneuzen, die vor dem nächsten Haus hingen. Gottlob sah es die Besitzerin nicht.

Als Filippo am unteren Ende der Straße angekommen war, kehrte er um und spazierte gemütlich, wie er heruntergekommen war, die Straße wieder hinauf. Er grüßte einige Bekannte, die jetzt nach dem Mittagsschlaf in das Wirtshaus gingen; spuckte dann den Zigarettenstummel in das vordere Fenster eines Hauses, durch das Zimmer und das hintere Fenster wieder hinaus in den Garten.

Langsam flaute der Verkehr ab; die Kinder mußten ins Bett, und die Männer waren alle schon beim Kartenspielen. Der schmale Streifen Himmel, den man zwischen den Häusern sehen konnte, wurde immer dunkler. Die Petroleumlampen wurden angezündet: die ersten explodierten bereits wieder.

Endlich sah Filippo, daß Narziso am Fenster seines Schlafzimmers im ersten Stock des Hauses hinter den Jalousien hervorlugte. Filippo spreizte seinen Gang, plusterte sich auf, deutete mit den Zeigefingern Hörner auf dem Kopf an und pfiff ein obszönes Lied.

»Carissima, carissima,
tu sei la stupidissima ...«

Als Filippo noch einmal, jetzt besonders langsam, an dem Haus vorbeiging, geriet Narziso in Wut. Filippo lachte über das ganze Gesicht, ging einige Schritte, drehte dann um und wollte wieder am Haus vorbei.

»He, du Gauner, wenn du noch einmal an meinem Haus vorbeidefilierst, schieße ich dich über den Haufen!« schrie jetzt Narziso und streckte sein Gewehr durch eine Spalte in der Jalousie. Filippo schaute spöttisch zum Fenster hinauf, blieb in der Mitte der Straße stehen, warf seinen Zigarettenstummel in den Postkasten und stellte sich dann unter die Tür des Nachbarhauses. Er drückte sich eng an die Tür, so daß Narziso höchstens seine Fußspitzen sehen konnte, aber auch sehen mußte, und wartete, bis es vollends Nacht wurde. Erst als die Sterne blinkten und aus dem Kanalgitter das dumpfe Schnarchen des Dorftrottels erklang, zog Filippo seinen Dietrich aus der Tasche und öffnete die Tür, an die gelehnt er stand, ohne sich umzudrehen. Dann schlüpfte er aus den Schuhen. Er überzeugte sich noch einmal, daß Narziso seine Wache hielt und die Spitzen seiner jetzt leeren Schuhe sah, dann trat er in das Haus.

Leise schlich er die Treppe hinauf bis in das Dachgeschoß, stieg aufs Dach und kletterte auf das andere Dach hinüber, worunter Maddalena wartete. Er suchte die Dachluke, stieg hinein, schlich die Treppe hinunter ins Schlafzimmer, ging auf den Zehen bis zum Bett, wo Maddalena ihre Arme nach ihm ausstreckte. Er lachte leise und legte sich zu ihr. Zwischen ihren Küssen sah er den eifersüchtigen Mann auf die Schuhspitzen hinüberlauern.

Am nächsten Morgen stand Narziso noch immer am Fenster, mit dem Gewehr den vermeintlichen Filippo in Schach haltend. Filippo drückte den letzten Kuß auf die Lippen der Schönen und eilte auf dem Weg, den er gekommen war, zu seinen Schuhen zurück, schlüpfte hinein und rief Narziso hinüber:

»He, Narziso, alter Trottel, läßt du mich jetzt vorbei? Ich muß heim.«

Narziso knurrte und steckte sein Gewehr in die Schublade zurück.

Filippo beschloß, das Unternehmen am nächsten Abend gleich zu wiederholen. Er kaufte sich aber zur Vorsicht eine »Intimità« und vergewisserte sich, daß in seinem Horoskop unter ›Liebe und Ehe‹ das Zeichen ›+,%‹ stand: Erfolg und angenehme Überraschung.

Alles ging ungefähr in derselben Reihenfolge wie am letzten Tag vor sich, nur daß Narziso, sobald er von der Arbeit heimkam, das Gewehr nahm und sich mit grimmiger Miene ans Fenster stellte.

Filippo fühlte sich dadurch ungemein erhoben, daß er der Lage nichts mehr zugestehen mußte und daß sich das Auf- und Abparadieren, kurzum die Herausforderung erübrigte. Narziso schrie ihn gleich beim ersten Mal an und verbot ihm ein eventuelles Vorbeispazieren. Filippo stellte sich wieder in die Tür des Nachbarhauses, schlich sich wie gestern über das Dach in Maddalenas Schlafzimmer und warf sich ebenso leise in ihre runden Arme.

Nur ereignete sich gegen zwei Uhr ein Zwischenfall. Narziso legte sich zu den beiden, und ohne sich zu wundern, daß die Bettstatt heute so schmal war, schlief er bald prächtig, was nicht verwunderlich war, wo er doch die ganze letzte und die halbe noch andauernde Nacht wach gewesen war. Am nächsten Morgen allerdings stieg Maddalena als erste sachte aus dem Bett, um sich anzuziehen, und gerade als sie fort war, wachte Narziso auf. Er erblickte den sanft schlummernden Filippo neben sich, die schönen Fingernägel überm Ohr in das Bettuch gekrallt. Narziso begann zu zittern, seine Augen weiteten sich. Er sprang auf und aus dem Bett direkt zum Fenster hinaus kopfüber in die Kehrichttonne, wo er am nächsten Tag von der Müllabfuhr abgeholt wurde.

Der Besuch
(1955)

Seit Wochen hatte Herr Mühlenfeind nichts mehr geschrieben. Auf Seite einhundertvier seines Manuskriptes war er steckengeblieben. Alle Mittel versagten, die ihn sonst anzuregen vermocht hatten. Herr Mühlenfeind war verzweifelt.

Er war verzweifelt. Dabei war es nicht so, daß er es finanziell nötig gehabt hätte zu dichten – im Gegenteil: er konnte es sich leisten. Schon als Minderjähriger Teilhaber seines Vaters durch das Erbe von seiten seiner Mutter und ein reicher Mann, wurde er nach dem Tod seines Vaters, des alten Herrn Mühlenfeind, der ausschließliche Inhaber der – trotz seines Namens – Mühlenfeind- und Komorellschen Vereinigten Papiermühlen.

Die gesellschaftliche Stellung des jungen Herrn Mühlenfeind war glänzend wie seine wirtschaftliche. Auch darin hätte er es durch Dichterruhm nicht weiter bringen können. Seine Mutter stammte aus dem Hause der Fürsten Preljubović-Angelos-Buondelmonti, welche Familie seit 1408 als aussichtsreichste Anwärterin auf den Thron des Despotats von Epirus gilt. Der Älteste der Familie, derzeit der Bruder von Herrn Mühlenfeinds Mutter, wird gelegentlich in der Gegend von Joannina als ›Nikephor Simeon VII.‹ zwar nicht in Gold, aber in Erbsen aufgewogen. Die Gegend dort ist sehr arm. In vornehmen Kreisen begegnete man daher den Mühlenfeinds mit großer Achtung.

Trotzdem dichtete Herr Mühlenfeind. Früher mußte er es heimlich und pseudonymisch tun, da der Vater Mühlenfeind es nicht gern gesehen hatte. Ungehemmt dichtete der Sohn – nach gemessener Trauerfrist – seit dem Tode des alten Herrn, dessen Arbeitszimmer entsprechend den Wünschen des jungen eingerichtet wurde. Alles Kommerzielle wurde entfernt, so die Ansichten der Fabriken aus der Vogelschau, die Produktionskurven, die mächtigen Abreißkalender (Neujahrsgeschenke von Banken). Statt mit Konferenz-Club-Möbeln wurde der Raum als Wintergarten eingerichtet, mit eigenartigen Pflanzen einheimischer, mediterraner und sogar subtropischer Herkunft.

Dieser Wintergarten war Herrn Mühlenfeind die angenehmste und wirksamste Anregung beim Dichten gewesen. War ihm einmal nichts eingefallen, so war er von seinem Schreibtisch aufgestanden und zwischen den Pflanzen umhergegangen. Es hatte in der Regel keine vier oder fünf Minuten gedauert, so war ein Gedanke, ein Funke, eine Idee dagewesen. Schnell hatte sich Herr Mühlenfeind dann wieder an seinen Schreibtisch setzen können, um weiterzuschreiben.

Aber auch dieses Mittel versagte seit Wochen. Herr Mühlenfeind mochte zwischen seinen Blumen umhergehen, soviel er wollte: es kam nichts. Er fuhr mit der Hand – wie über das Haar eines Kindes – zum Beispiel über die zarte, blaßrosa Blüte der seltenen Aphenella-Pflanze, Rose von Uzès oder auch Sardellen-Orchidee genannt wegen des Geruchs ihrer zerriebenen Blätter. Herr Mühlenfeind nahm eine kostbare Gießkanne vom Regal, gefüllt mit zwei Tage altem Wasser. Er goß genau dosierte Tropfen an die Wurzeln der Pflanze, einige Tropfen auch in den Untersatz, ein paar auf die Blätter. Er öffnete – nachdem er die Gießkanne aufs Regal zurückgestellt hatte – eine alte Majolika-Dose – aus dem ehemaligen Besitz der Despoten von Epiros – und entnahm mit den ersten drei Fingern der rechten Hand eine Prise der sorgfältig gesammelten Asche von Zigarren bestimmter Sorte. Es hatte Herrn

Mühlenfeind Jahre von wintergärtnerischen Experimenten gekostet, die richtigen Zigarren für diese Asche zu finden. Er streute die Prise in die Erde um die Aphenella. Dann löschte er alle Lichter aus bis auf die milde Schreibtischlampe, um das alltägliche Wunder zu genießen, die Aphenella, die Sardellen-Orchidee, auch Rose von Uzès, sich abendlich schließen zu sehen. Zuerst wie Geliebtes umarmend, kroch die Blüte schließlich wie in sich selber hinein, löste sich scheinbar auf und zeigte zum Schluß nichts als die reine, weiße, glatte Unterseite der Blütenblätter.

Herr Mühlenfeind hatte es befürchtet: nichts, es half nichts, wie seit Wochen, wo er auf Seite einhundertvier steckengeblieben war.

In den ersten Tagen war der junge Dichter eher ratlos gewesen als ärgerlich und unzufrieden. Allmählich kamen die Unstimmigkeiten der unerfüllten Schöpferlust, ohne daß aber die Ratlosigkeit wich, die sich erst dann gab, als Herr Mühlenfeind auf einen Plan verfiel, der dieser und auch jeder künftigen Stockung im Verfolg seiner Werke ein für alle Mal abhelfen sollte. Der Plan war ihm in der Nacht gekommen, nicht im Traum – so daß man sagen hätte können, es erfülle sich ein altes Sprichwort –, sondern in einer jener schwülen Stunden giftigen Halbträumens zwischen beengenden und maßlosen Gedanken. Es war wohl nicht ratsam zu untersuchen, wer's dem Seinen im Halbschlaf gegeben hatte.

In jener Nacht hatte Herr Mühlenfeind den Plan strikt zurückgewiesen. Als jedoch wochenlang sein Werk um keine Zeile fortgedieh, so sehr – oder weil – er sich quälte, zog er die Ausführung des Planes zunächst zum Scherz in Betracht, bald aber wohl wissend, daß dieser Scherz nur Vorwand für kommenden Ernst sei.

Der Plan erschien dem Herrn Mühlenfeind – wie gesagt –

nicht ungefährlich, aber genausowenig ungewöhnlich. Er wußte genug Beispiele. Er glaubte sich aber in diesem Zusammenhang sehr wundern zu müssen, daß ihm nicht entgegengekommen wurde. Er hätte ein Angebot erwartet. Ein Angebot – wenn nicht jener Gedanke im Halbtraum eines gewesen war – kam aber nicht. So mußte er sich nach langen untätigen, unzufriedenen und ärgerlichen Wochen endlich entscheiden, selber zur Verwirklichung des Planes zu schreiten.

Er nahm eine Injektionsspritze – gereinigt und sterilisiert –, führte die Nadel mit mutigem Ruck in die Vene der linken Armbeuge. Langsam ließ er durch den nachlassenden Druck des rechten Daumens auf die Fortsetzung des Kolbens den kleinen Glaszylinder sich mit seinem – gemischt-kaiserlichen – Blut füllen. Nachher schwindelte ihn, und er mußte sich hinsetzen. Es schien ihm, als wäre das Werk zum größten Teil schon getan. Das aber war es mitnichten.

Er füllte das Blut in ein Porzellanschüsselchen und stellte es in den Eiskasten. Alsdann holte er die Werke.

Die Werke, Folianten in mehr als Großoktav gebunden, mit ledernem Rücken und wülstigen Verstärkungen, standen auf den höchsten Regalen seiner Bibliothek. Einzeln holte er sie, zentnerschwer, herunter und trug sie in das Arbeitszimmer. Es war wichtig, keinen der Bände zu vergessen; die ganze Arbeit mochte sonst für nichts gewesen sein. Einige der notwendigen Werke waren – wie ja nicht erstaunlich – unter seinen Büchern nicht vorhanden. Er beschaffte sie sich aus der Staatsbibliothek. Nach dem Büchertransport wurde Herr Mühlenfeind – geschwächt vielleicht durch Blutentnahme und das Tragen der schweren Werke – ängstlich. Er hätte es immer noch gern gesehen, wenn er zumindest ein wenig zu dem Plan gedrängt worden wäre, wenn die Bücher – beispielsweise – wider Erwarten flaumleicht gewesen oder die fehlenden durch mystische Boten ohne vorherige Bestellung aus einem geheimnisvollen Antiquariat geschickt worden wären. Aber nichts dergleichen geschah.

Das nächste war, die Katze zu besorgen. Es mußte eine weibliche – für den Laien schon nicht einfach festzustellen – und eine jungfräuliche Katze sein ... Zum Glück – war es diesmal ein mystisches Entgegenkommen? – warf eine Kätzin im Hof des Mühlenfeindschen Anwesens Junge. Ein sofort herbeigeholter Tierarzt stellte das Geschlecht der jungen Katzen fest. Ein weibliches Junges wurde nach dem Absäugen unter Verschluß genommen, um ihr bis zu jenem Tag – oder vielmehr: jener Nacht – die Keuschheit zu bewahren.

Die Vorbereitungen waren bei Monatsende abgeschlossen. Herr Mühlenfeind mußte jetzt nur noch den Kalender im Auge behalten. Am Tag, als es soweit war, stellte Herr Mühlenfeind seinen Wecker – eine Handarbeit aus dem Anfang des vorigen Jahrhunderts – für halb zwölf Uhr. Aber es war unnötig. Herr Mühlenfeind konnte angesichts der kommenden Dinge selbstverständlich nicht schlafen. Er hatte sich in Hauskleidern niedergelegt. Um halb zwölf stand er auf und kleidete sich um. Zuvor ging er – ohne das Licht anzuzünden – ans Fenster. Schwere rotseidene Vorhänge bedeckten es. An einer goldenen Schnur waren sie aufzuziehen. Herr Mühlenfeind zog an der Schnur, und mit Feierlichkeit wich der Vorhang. Dann öffnete der junge Herr Mühlenfeind das Fenster. Durch die Spalten der weißen Jalousien leuchtete das helle Mondlicht. Schnell öffnete Herr Mühlenfeind auch die Jalousien, und er sah jetzt den ganzen, vollen, klaren Mond, wie er vom wolkenlosen Himmel den Park mit seinem verkehrenden Licht erhellte. Die großen Kastanien, in die ein nächtlicher Wind fuhr, verwandelte er in rauschhafte Kaskaden eines unwirklichen Wassers, das immerfort Stufen hinabfloß, um durch unsichtbare Mechanismen wieder in Turmeshöhe hinaufgeschleudert zu werden. Den Brunnen dagegen mit dem hohen, senkrechten, dreifachen Strahl verzauberte er in einen Baum aus Marmor, die Bildsäule einer Daphne etwa, wie sie gerade verwandelt wird; die wirklichen Statuen im Park aber in nächtliche, wundersame Riesenblüten von bleichen Formen. »Vollmond«, sagte Herr Mühlenfeind zu sich selber in halblautem Ton.

Über den Park her schlug von ferne eine Uhr elfmal und dann dreimal: dreiviertel Zwölf. Das Mondlicht hat die Kraft, auch Akustisches zu verwandeln, und so erschienen die Schläge der Uhr und ihr Nachklang wie das verwunschene Singen der träumenden Schwäne auf dem Teich. Die scheinbaren Schwäne waren nichts als stille, manchmal nur vom Wind bewegte Reflexe des Mondes und der dunklen, spiegelnden Fenster auf dem Wasser. Die vierzehn schlafenden Pfauen waren wie riesige, welke, herbstliche Blätter auf den steinernen Platten der Auffahrt.

Herr Mühlenfeind hatte keinen Sinn für solch angenehme akustische oder optische Täuschungen. Er machte sich – umgekleidet – auf den Weg, um sein Arbeitszimmer noch vor zwölf Uhr zu erreichen. Dort traf er die letzten Vorbereitungen. Er schlug die Werke an den entsprechenden Stellen auf, setzte die Katze an den für sie ermittelten Platz und zündete die Kerzen an. Kerzen wären nicht unbedingt vorgeschrieben gewesen, aber das elektrische Licht schien Herrn Mühlenfeind unpassend für den Anlaß. An den Vorbereitungen konnte es somit nicht gelegen haben.

Es schlug zwölf Uhr. Die Turmuhr war im Arbeitszimmer nicht zu hören, wohl aber die große Standuhr in der Galerie, deren Ton lang und breit die leeren Gänge erfüllte, abklingend in die entferntesten Flügel, nach kurzer Zeit sich vermischend mit dem Schlag anderer Uhren im Haus, was dadurch, daß sie nicht auf die Sekunde gleich gingen, eine eigenartige und geisterhafte Symphonie von scheintoten oder scheinlebendigen zufälligen Akkorden gab. Herr Mühlenfeind wartete. Als die letzte Uhr – eine Spieldose in der oberen Etage – als Nachzüglerin stockend ihren zwölften Ton von sich gegeben hatte, öffnete sich die Tür. Herr Mühlenfeind erhob sich.

»Guten Abend«, sagte er. Trotz allem stockte ihm ein wenig die Stimme im Hals, »ich habe Sie schon erwartet.«

»Das sehe ich«, sagte der Gast, und wie um höflicherweise nicht sofort auf den Gegenstand der Unterredung zu kommen, fügte er hinzu: »Es ist keine angenehme Nacht heute –.« Herr Mühlenfeind war verlegen. Er hatte sich die Unterredung anders gedacht.

»Darf ich Ihnen einen Platz anbieten?«

»Gern«, sagte der Besucher. »Es ist eine kalte und windige Nacht heute.«

»Mir kam es wie eine warme Septembernacht vor, in der –«

Herr Mühlenfeind hätte sich quasi verpflichtet gefühlt, hier Poetisches über warme Septembernächte anzufügen, der Gast aber unterbrach ihn.

»Ihnen«, lachte der, und Herr Mühlenfeind sah mit Schrecken, daß das Gebiß seines Gegenübers aus gelben, langen und spitzigen Zähnen bestand, »Ihnen mag sie warm erscheinen, Herr ...«

»... Mühlenfeind«, sagte der junge Dichter.

»Richtig, Mühlenfeind. Ich brauche mich ja nicht bekannt zu machen. Ich wollte sagen: bei uns sind wir andere Temperaturen gewohnt.«

Herrn Mühlenfeind durchfuhr es wieder. Und doch hätte er sich die Unterredung anders vorgestellt, dämonischer sozusagen, selbstredend dämonischer, wie auch anders. Er langte nach einer Kiste Zigarren.

»Darf ich Ihnen eine Zigarre anbieten?«

»Danke«, sagte der nächtliche Gast, »danke, ich rauche nur meine eigenen, und das will ich Ihnen nicht antun.«

Herr Mühlenfeind nahm sich selber eine Zigarre und suchte nach Zündhölzern.

»Bitte«, sagte der Gast und hielt seinen Mittelfinger hin, an dem sich die Zigarre sofort entzündete. Herr Mühlenfeind schluckte, teils von der im Moment offensichtlichen Unterweltlichkeit, teils weil die ersten Züge der Havanna nach Schwefel schmeckten.

»Ein Scherz«, sagte der Gast, lehnte sich in seinen Sessel zurück und lachte, »aber womit, verehrter Herr Mühlenfeind«, er betonte den Namen, wie um zu zeigen, daß er ihn endlich behalten hatte, »kann ich Ihnen dienen?«

»Ich«, begann Herr Mühlenfeind, aber seine Stimme versagte nun ganz. Es war ihm, als wären seine Nerven in Unordnung geraten und erfüllten die Befehle des – an und für sich schon verwirrten – Gehirnes ungenau oder verkehrt. Wollte er sprechen, gaben die Nerven den Befehl an die Ohren weiter, zum Beispiel, und die wackelten. Wollte er den rechten Fuß bewegen, klappte ihm der Mund auf und zu. Mehrfach passierte es, daß sich der Raum langsam, aber deutlich herumdrehte, die Möbel plötzlich vom Plafond zu hängen schienen.

»Ich«, sagte Herr Mühlenfeind unter zwanghaftem Ohrgezucke, »ich dichte.«

»Aha«, sagte der Besucher, als ob es etwas Besonderes wäre, »Sie dichten.«

»Ja ... und«, Herr Mühlenfeind hatte alle Fragen und Angebote formuliert zu Papier gebracht. Aber es war ihm nicht möglich, aufzustehen und dieses Papier zu holen. »Ich habe alles notiert, mein ...« Herr Mühlenfeind wollte ›mein Herr‹ sagen, aber in der Sekunde überlegte er, ob diese Anrede auch passend sei. Welche Anrede war für seinen Besuch passend?

»Sie haben Ihre Vorschläge notiert?« sagte der Gast und wartete geduldig, bis Herr Mühlenfeind weitersprechen würde. Der riß sich mit aller inneren Gewalt zusammen: »Ja, mein H ..., ja. Es wäre vielleicht besser, Sie läsen die Vorschläge.«

»Wie Sie wünschen.«

»Ich hole Ihnen die Notizen.« Herr Mühlenfeind holte tief Luft und stemmte in initialer Bewegung eines Sich-aus-dem-Sessel-Schnellens die Hände auf die Lehnen.

»Nicht nötig«, sagte der Gast und streckte die Hand aus. Das Papier kam ihm entgegengeflogen.

Herrn Mühlenfeinds Augen verschlossen sich. Er sah blitzschnell kreisende Sterne. In den Ohren tobte eine Folge von Geräuschen, eine unheimlich geordnete Nicht-Musik, wie sie vielleicht in einem halben Jahrhundert die Tonkunst beherrscht. Im Munde hatte er den Geschmack von Zwiebeln und Staub.

»Aha«, sagte der Besuch. Er hatte sich in die Schrift des Herrn Mühlenfeind vertieft. Als der wieder sehen konnte, saß er manierlich mit dem Sessel am Boden – nicht mehr unterm Plafond –, hatte sich eine dunkelgeränderte Brille aufgesetzt und las die Zeilen des jungen Dichters gründlich und aufmerksam.

Das Äußere des Gastes war soweit durchaus menschlich wie seine Sprechweise. Da er sein Haupt beim Lesen gesenkt hielt, fiel ihm eine Locke des grauen, feinen Haares in die Stirn. Gegen den Hinterkopf zu lichtete sich das Haar etwas. Die Statur des Herrn war untersetzt und eher schmächtig, aber von einer heimlichen, wie durchscheinenden, jedoch verbrauchten Kraft, wie von einem ehemaligen Ringkämpfer, wie man überhaupt aus seiner ganzen Gestik auf einen alten, vielleicht schon pensionierten Turnlehrer hätte schließen können, bestenfalls mit Erdkunde im Nebenfach.

Plötzlich aber, nur für Sekunden, verwandelte sich das Bild. Ohne Übergang saß ein großes Tier auf dem Stuhl, ähnlich einem Tiger, aber mit sechs stumpfen Flügeln, die leicht rauschten, und einem Kamm wie ein großer Hahn. Aus Löchern in den Händen und dem Hals krochen kleine, neugierig blickende Kröten. Es war, als wäre dem Gast bei der Konzentration auf die Schrift, die er las, für Momente die Kontrolle über die willkürlich angenommene menschliche Gestalt verlorengegangen, und er wäre, wie an einer Feder, in eine ihm bequemere Gestalt – sozusagen in den Haushabitus – zurückgeschnellt. Zwar bemerkte es der Gast nach wenigen Augenblicken, hatte sich dann sofort wieder unter Kontrolle und lächelte bedauernd, als er wieder in menschlicher Gestalt dasaß. Aber es passierte ihm im Laufe des Abends noch mehrmals.

»Ist es deutlich genug, was für Vorschläge ich machen will?«

Der Gast schaute auf. »Soviel ich sehe, Herr Mühlenfeind, verlangen Sie das Übliche: unsterblichen Ruhm, quellende Einfälle, irdischen Erfolg und eine gesicherte Lebenszeit von sechsundachtzig Jahren ... Warum eigentlich sechsundachtzig?«

Herr Mühlenfeind lächelte verlegen.

»Na ja«, fuhr der Besuch fort, »Sie bieten dafür Ihre Seele. Wie gehabt. Neu an Ihrem Entwurf scheint mir zu sein, daß Sie auch die vollständige Austilgung Ihrer literarischen Gegner fordern. Nun, es ist Ihre Sache, dies zu wünschen. Schwierigkeiten bereitet es mir freilich nicht, ein paar Rezensenten zu holen.«

›Wenn ich nur wüßte‹, dachte Herr Mühlenfeind, ›wie ich ihn anreden soll. Er nennt mich immer höflich mit meinem Namen, aber ich kann ihn doch unmöglich mit einem der seinigen anreden. Alle sind Verbalinjurien. Exzellenz oder Eminenz? Nein. Wenn man nur wüßte, wie er von den Seinen angeredet wird.‹

»Die Schwierigkeiten, Herr Mühlenfeind, liegen woanders. Auch ich muß kalkulieren. Denken Sie, was es kostet, wenn ich Sie fördere. Für *eine* Seele soll ich die Literatur ändern? Sie werden es nicht ungebührlich finden, Herr Mühlenfeind, wenn ich einige Sicherheit fordere, was *Ihre* … Leistung betrifft.«

»Ich bitte Sie –«

»Seien Sie nicht ungehalten, lieber Mühlenfeind, man kennt das.«

»Sie brauchen mich ja –«, Herr Mühlenfeind überlegte blitzschnell, ob nicht eine Anrede aus der immerhin irgendwie fürstlichen Stellung seines Gegenübers, wenigstens was gewisse Bereiche anbelangt, abzuleiten sei, »Hoheit brauchen mich ja nur nach abgelaufener Frist holen zu lassen.«

»Man kennt das«, sagte der Besucher, »bitte: nehmen Sie es nicht persönlich. Mit Ablauf der Frist, und je näher der bewußte Tag rückt, wie meinen Sie, wie man da *gut* wird. Bußübungen, Reue, etcetera. Außerdem machen Sie sich keinen Begriff davon, was von … der Gegenseite alles unternommen wird. Ich hatte da einmal einen Fall, als Dichter dürften Sie ihn kennen. Formell ordentlicher Vertrag. Mit Blut aus der rechten Armbeuge unterzeichnet, und so fort. Ich habe beträchtliche Aufwendungen machen müssen. Ich habe ihn verjüngt, ihm junge Damen zugeführt, das ganze staubige Hellas, insbesondere diese Helena habe ich wieder einmal heraufgeholt, überhaupt der Sehnsucht des Herrn nach Arkadischem in kostspieligsten Dingen nachgegeben. Und dann –«

»Ich kenne die Geschichte, Hoheit«, sagte Herr Mühlenfeind, »und dann: Wendet zur Klarheit / Euch, liebende Flamme.«

»Abgeschmackt«, sagte der Gast, fast ungehalten.

»Verzeihung, Hoheit.«

»Oder die Geschichte mit Leverkühn. Kennen Sie die?«

Herr Mühlenfeind verneinte.

»Ein Musiker. Auch seinetwegen habe ich riesige Aufwendungen gemacht. Er forderte ein neues musikalisches System von mir. Wir haben monatelang unsere ganze andere Arbeit damit blockiert, die alte Leittonordnung durcheinanderzuwerfen und die Gleichordnung der Töne zu erfinden. Ich habe mit Zahlen herumgefindert ... kennen Sie das sogenannte ›Zwölf-Ton-System‹?«

»Aber ja –«

»Na: die ganze Richtung ist von mir.«

»Die Folgen für die abendländische Musik waren ja teuf ..., ganz nach Hoheits Wunsch ...«, sagte Herr Mühlenfeind lächelnd.

»Ach was, den Webern haben sie mir erschossen, grad wie er einen frommen Gedanken gehabt hat, und der Leverkühn hat auch nie seine Verpflichtungen erfüllt.«

»Hoheit«, sagte Herr Mühlenfeind stolz, »ich verpfände mein Wort, ich werde schlecht bleiben.«

»Jeder Mensch, mein lieber Mühlenfeind, jeder Mensch kann zuletzt, wenn es der ... Kuckuck will, dennoch gut werden. Nehmen Sie das nicht persönlich.«

»Hoheit, das Blut – mein Blut steht schon im Eiskasten – ich wäre untröstlich.«

»Allein schon der Zweifel, so nützlich er mir bei den Gläubigen ist, kann einen Verfallenen – so billig ist die Valuta dort oben – wieder hinaufführen. Von meinem Standpunkt aus: hinunter.«

»Fürstliche Durchlaucht«, sagte Herr Mühlenfeind, »was fordern Sie von mir an Sicherheiten und Beweisen?«

»Ihnen steht die Wahl des Beweises zu«, sagte der Gast freundlich.

»Mein Lebenswandel –«

»Sie müssen mich entschuldigen, wenn ich lächle. Haben Sie in Ihrem Leben schon jemals eine wirkliche Schlechtigkeit begangen?«

»Ich habe einmal einen kleinen Priester, der eine fromme Zeitung verkaufen wollte –«

»Ja, ja, ich kenne den Vorfall. Für den Tritt in den Hintern ist der um drei Reihen im Parkett dort oben nach vorn gerutscht. Ich habe es schwerer, als Sie meinen. Aber ich darf Sie nicht länger täuschen. Ich kenne Ihren Lebenslauf. Sie haben nie daran gedacht, Ihren menschlich freien Willen so auszunützen, wie ich es gern sähe. Sie waren sogar neulich am Sonntag in der Messe.«

»Aus Scheinheiligkeit.«

»Sie haben die Tochter Ihres Hausmeisters studieren lassen, ohne auch nur zu versuchen, sie zu verführen.«

»Aber sie hatte doch einen zu kurzen Fuß und eine Hasenscharte.«

»Einen wirklichen Sowieso-Braten stört das nicht.«

»Hoheit, Sie haben mich nicht, wie es sonst der Brauch ist – wenigstens steht es in den Werken so – verleitet. Ganz freiwillig bin ich zu Ihnen gekommen. Und was für Aufwendungen haben Sie mit dieser Flasche, Sie wissen schon, ich sage nur: Stevenson gemacht. Auch nur für *eine* Seele. Ich glaube, es war dann zuletzt ein verkommener Matrose. War das rentabler?«

»Dem versoffenen Matrosen ist der Ausdruck ›aleatorische Musik‹ eingefallen!« Der Gast pfiff greulich durch seine gelben Dolchzähne. »Nein. Nein. Ich halte Sie nicht einmal für fähig, diese kleine Katze zu erwürgen. Welche Sicherheit, sagen Sie selbst, bieten Sie mir, daß Sie nicht gegen Ende Ihrer sechsundachtzig Jahre zugunsten der anderen Seite verzweifeln?«

»Meine Werke –«, sagte Herr Mühlenfeind.

»Ich bin über die Wirkung der Literatur, selbst der von mir inspirierten, durchaus informiert: sie ist gleich Null. Personen, deren Werke strengstens indiziert sind, ich nenne keine Namen, wurden, wie der Terminus lautet, in Gnaden aufgenommen. Wissen Sie, wo Nietzsche herumspaziert? Und was die Welt anbetrifft: wie die Literatur noch nie fähig war, die Welt zu verbessern, ist sie auch nicht fähig, sie zu verschlechtern. Die ›Phänomenologische Ontologie‹ halte ich für ein völlig harmloses Werk, und für ihren Verfasser – das weiß ich zufällig von hintenherum – haben sie schon ein Plätzchen neben Thomas von Aquin frei gemacht.«

Herr Mühlenfeind war gänzlich verzagt. »Hoheit«, sagte er, »womit verderben dann Hoheit die Menschen?«

»Mit Literatur nicht.« Der Gast lachte laut und dröhnend, mit überdrehter Stimme wie aus einem Lautsprecher. »Mit Literatur verdirbt man höchstens Literaten. Davon habe ich genug. Ich habe –«, jetzt flüsterte der Gast wieder, »gewaltige Pakte und mächtige Verträge mit … mit, ich darf ja nichts verraten. Sie brauchen nur darauf zu achten, wo *der* dort oben am häufigsten genannt wird, dann wissen Sie, woran ich beteiligt bin. Jedoch«, er stand auf, »meine Stunde ist um. Der andere hat dreiundzwanzig. Verzeihen Sie, wenn ich in den letzten Teilen unseres Gespräches etwas heftig geworden bin. Gestatten Sie, daß ich mich verabschiede, bevor ich verschwinden muß.«

Herr Mühlenfeind streckte zögernd die Hand hin.

»Nicht doch, lieber Herr Mühlenfeind, denken Sie an die Zigarre. – Es tut mir leid«, er machte eine höfliche Verbeugung, »daß ich nichts für Sie tun konnte. Aber verstehen Sie: auch ich muß kalkulieren. Bei Ihnen steht es mir nicht dafür.«

Herr Mühlenfeind verbeugte sich seinerseits.

Die Tür öffnete sich. Der Gast trat hinaus. Herr Mühlenfeind horchte, aber er hörte keine Schritte sich entfernen. Etwas ängstlich öffnete er nach einer Weile wieder die Tür. Alles war verlassen und ruhig. Nur die Uhren seines Hauses hörte Herr Mühlenfeind schlagen, gleich einem zerstreuten Glockenspiel, jede einmal, und zuletzt die zögernde Spieluhr im oberen Stock.

Eines Klassizisten Wanderung in herbstlicher Gegend (1957)

Erste Station

Ein wirklicher Romantiker ist, wer sich als Klassizist fühlt, und wer seine Erlebnisse und Denkwürdigkeiten in einer je trockeneren Manier aufschreibt, je poetischer der denkwürdige Gegenstand oder der erlebte Tag ist, und wenn möglich mit einem Anschein von Wissenschaftlichkeit.«

Unter solchen Gedanken und unter noch anzuführenden weiteren Überlegungen trat der Titelheld dieser Studie, der Dichter und Klassizist Friedrich Weber, seine Wanderung an.

»Die klassizistische Poesie blüht nur mehr in den Städten, und die Orpheuse des Pflasters, die Troubadoure mit der Benzinlaute verkörpern die moderne Romantik.«

Auch Weber selbst, der Klassizist, war eine Blüte der Großstadt und verachtete, wie der französische Adel, das Landleben; »vielleicht aus dem Grund, weil es für einen Dichter unanständig ist, sich Ferien zu machen.« Dies die weitere Überlegung des Friedrich Weber, während er die herbstliche Wanderung bereits angetreten hatte und auf der Seestraße binnen fünf Minuten aus der kleinen Stadt hinausgekommen war.

Es ist für einen Dichter unanständig, Ferien zu machen. Nicht moralische Bedenken, die der zeitweiligen Vernachlässigung seiner Pflicht gegen die Welt, nicht geldliche Rücksichten spielen in der Verwerflichkeit der Ferien eine Rolle, sondern hauptsächlich die Bedenken, daß der ein Dichter nicht sein kann, der Ferien macht, und zwar Ferien in dem Sinn, daß er alles Berufliche, alles Dichter-Berufliche von sich nimmt, für kurze Zeit die Atlas-Last anderen über- oder auf sich selbst beruhen läßt, und, sei es auch nur für einen Tag, normaler Mensch ist. Der Dichter ist nie normaler Mensch. Ein Arzt vielleicht oder ein Spengler erlebt zum Beispiel einen Sonnenuntergang oder den herbstlichen Nachmittag des mittleren, sonnigen Oktober für sich privat. Ein Dichter aber kann nichts für sich privat erleben. Es bemüht sich in ihm, wenn er sich nicht selbst bemüht, stets der Genius alles Erlebte zu verwerten, ja, die Erlebnisse überhaupt immer nur in Hinsicht auf eine spätere Verwendung in einem Werk zu erleben. Er sieht den Sonnenuntergang nicht als Sonnenuntergang wie der übliche Mensch, sondern als Bestandteil einer Novelle, einer Studie oder gar schon als Korrekturfahne. Private Erlebnisse gibt es für einen Dichter nicht. Seine Phantasie erfreut ihn nicht für ihn selber.

Das waren die Gedanken des Dichters und Klassizisten Friedrich Weber, während er auf der Seestraße der kleinen Stadt N., im Bezirk N. N. nach Norden spazierte. N., die Stadt N. ist eine Kur- und Sportstadt, vorzüglich für den Wintersport geeignet durch die Lage im Gebirge. In den umliegenden Bergen sind durch zwei große Seilbahnen über hundert Ski-Abfahrten erschlossen worden; vorzüglich geeignet aber auch für den Sommer-Fremdenverkehr durch den heilkräftigen Moorsee, zu dem die Seestraße, auf der Herr Weber ging, führte, hervorragend auch durch die eisenhaltigen Quellen und durch ein Spielkasino. Mitte Oktober aber ist tote Saison in N., und kein Mensch fährt hierher. Die Einwohner von N., die Ner, wissen in der toten Saison nichts mit sich anzufangen. Die Hotels, Bars, die Seilbahnen, das Kino und sogar die Kirche sind geschlossen. Jede Veranstaltung ist abgeblasen. Die Zurüstungen für die Wintersaison sind noch verfrüht. Herr Weber vermutete, daß die Leute von N. über die ›tote Saison‹ hinüberschlafen.

Im ganzen überholten den Dichter auf der, allmählich Landstraßen-Charakter annehmenden Seestraße drei Automobile; alle drei mit einheimischen Nummern. In der Hochsaison hätten ihn hier hundert Automobile mit internationalen Nummern überholt. Aber der Dichter Weber suchte die Ruhe, und sein heutiger Spaziergang, seine Wanderung sollte eine eigentlich verbotene, rechte Ferienwanderung sein, und der Dichter hatte es sich selbst und seinem Genius verboten, irgendeinen Gedanken an irgendeinen literarischen Gebrauch des heute Erlebten zu machen. Eine rein private, außerdienstliche Wanderung sollte unternommen werden.

Die erste Station – eine rein zufällige Station, denn nichts in der Wanderung war geplant, und der Dichter wollte im wirklichen Sinn des Wortes ›sich gehen lassen‹ –, die erste Station der Wanderung war eine Bank, wenig vom Ufer des Ner Moorsees entfernt. Er hatte sie über einen Nebenweg der Seestraße und dem stillen Nebenweg in einigen Kurven folgend erreicht.

Der Dichter setzte sich. Auf der Banklehne stand mit drei Buchstaben eingebrannt: V. V. N., das heißt: Verschönerungsverein N. Zweige von wilden Brombeeren und Holunder, in Form einer natürlichen Laube, überwucherten die Bank. Gelegentliche Ameisen krochen unangenehm motorisch-geschäftig auf des Dichters Hosen. Vom Seeufer trennte die Bank zunächst der schmale weiße Weg, dann ein Zaun, der wie die Bank mit wilden Sträuchern überwachsen war. Hinter dem Zaun, bis zum flachen Seeufer war Moorsumpf. Die Farbe des moorigen Sumpfes war herbstlich brand-orange. Nur Birken wuchsen im Sumpf. Die schrägen Strahlen der Sonne ließen ihre wenig beständigen, kleinen und lichtgelb verdorrten Blätter silbrig erscheinen, warfen die schwarzen Schatten ihrer Stämme aber weit über das orangefarbene Moor.

Herr Weber war entzückt, privat, nicht als Dichter. ›Wer wollte da nicht lyrisch werden?‹ dachte er. Aber schon schien der Gedanke ihm zu nahe an ein heute verbotenes Gebiet zu führen, und so achtete er lieber auf das eigenartige Geschrei eines Vogels. ›Schau, schau‹, dachte der in der Naturkunde nicht bewanderte Dichter, ›wenn man nicht wüßte, daß dieses dissonante, fast möchte man sagen ...‹, Herr Weber suchte einen Ausdruck und lauschte auf das Geschrei des Vogels, ›... metallische, ja ungeölte ...‹, das war der Ausdruck!, ›... ungeölte Geräusch der Gesang, vielleicht sogar der Liebesgesang eines Vogels ist, würde er stören. Aber so, als Natur empfunden, ist er geeignet, die Stimmung, sogar, so merkwürdig es klingt, die Stille hier ringsum zu heben. Wie unendlich wichtig sind doch Bezüge!‹ Diese Gedanken erlaubte sich Herr Weber, weil er sie als dichterisch unverbindlich, eher allgemein naturphilosophisch betrachtete, außerdem wurde er bald unterbrochen, als der Motorroller auftauchte, von dem das Geräusch herrührte. Herr Weber wandte sich ärgerlich von seinen tiefsinnigen Gedanken ab.

Der Motorroller, von einem Mann in einem Ledermantel gelenkt, fuhr, vorsichtig mit vielen Lenkbewegungen den Löchern und groben Steinen des Weges ausweichend, an der Bank vorbei.

Der Dichter war unterbrochen in seiner Betrachtung. Er stand auf, pflückte ein verwelktes Blatt von einem wilden Busch neben der Bank und ging langsam hinauf zur

ZWEITEN STATION.

Auch die zweite Station war eine Bank. Herr Weber, der die hiesige Gegend um N. im Bezirk N. N. gut kannte, konnte sich nicht erinnern, jemals den Weg, an dem die zweite Bank lag, gegangen zu sein. Es war aber eine alte Bank, keine neulich erst aufgestellte. Die Gedanken an die Dichtkunst, berufliche Überlegungen, ließen sich aus Herrn Webers Kopf nicht mehr entfernen. – Wer wollte da nicht lyrisch werden? hatte er gedacht. Und er beschäftigte sich, während er den Weg nahe am Seeufer bis zur jetzt verlassenen Badeanstalt weiterging (wo der Motorroller von vorhin abgestellt war), beschäftigte sich mit einem alten Lieblingsplan, ein lyrisches Gedicht zu schreiben.

»Ein lyrisches Gedicht schreibt man nur mit dem klaren Verstand«, war seine erste Forderung an sich selber. Die Zeit der nebulosen Dichter ist vorbei. Und die zweite Forderung: je kürzer ein literarisches Werk ist, desto wichtiger ist das einzelne Wort. In einer Studie wie der vorliegenden mag ab und zu ein unüberlegtes Wort stehen, nicht aber in einem Gedicht, das vielleicht nur vierzig Wörter hat. Es muß deshalb vor allem, und bevor man daran denkt, ein lyrisches Gedicht zu schreiben, die Funktion der Wörter geklärt werden. Herr Dichter Weber unterbrach seine Überlegung, um sich über den Weg zu orientieren. Denn neben seinem angeführten, nahezu monologisch gesprochenen Gedanken, war in seinem Kopf eine sozusagen kontrapunktische Nebenstimme. Als er von der ersten Stationsbank weggegangen war, hatte er zwischen zwei Wegen zu wählen gehabt: der Nebenweg zur Seestraße, den der Roller gefahren war, oder ein neuerlicher Neben-Nebenweg, der einige Schritte nach der Bank hinaufführte. Der Dichter Weber hatte sich für den Neben-Nebenweg entschieden und gedacht: ›Das ist für mich symbolisch, wie ich den steilen Weg nehme und nicht den flachen; ich werde sehen, wohin mich der steile Weg führt, wie ich sehen werde, wohin mich mein Lebensweg führt.‹ Aber der schmale Weg war nichts als ein tatsächlicher Nebenweg zum flachen, zwar höher gelegen, aber nur durch eine Reihe von Buschgruppen von ihm getrennt. Er führte anfänglich steil hinauf, aber später genauso steil hinunter, und ohne eine Abzweigung mündete er wieder in den flachen Weg, und der Dichter war zuletzt dort, wo er am Ende des verschmähten Weges auch gewesen wäre.

So unterbrach der Dichter seine monologischen Überlegungen zugunsten der damit hervortretenden kontrapunktischen Unterstimme und leugnete und verwarf zunächst die vorhin so stolz angenommene Symbolkraft des eingeschlagenen Weges. Er drehte sich um und nahm einen letzten Blick vom herbstlichen glatten See. Eine S-Linie trennte die Oberfläche des liegenden Spiegels, hervorgerufen durch geheime, naturkräftige Wasserströmungen und Wärmegefälle. Das Wasser erschien links der S-Linie fast schwarz und zeigte, daß es moorhaltig war, rechts der S-Linie aber war es hellgrün, bitter-grün, zart, leuchtend, mit weißen Reflexen durchfahren.

Der Dichter Friedrich Weber stieg nun entschlossen einen treppenartigen Weg hinauf, der, steinig und von zwei hohen Zäunen und von Apfelbäumen gesäumt, die jetzt ebenfalls verlassenen Restaurant- und Raststätten, die weiter oben standen, mit dem Fahrweg verband. Kein Mensch war um die Häuser, und in der verschlossenen Glasveranda des unteren konnte Herr Weber sehen, wie innen die roten Gartentische wie auf einem Dachboden aufeinander gestellt waren. Das war die tote Saison.

Herr Weber nahm seine Überlegungen wieder auf, während er zwischen den Apfelbäumen hinaufstieg. ›Es gibt dreierlei Funktionen der Wörter in einem lyrischen Gedicht. Da ist einmal die rhythmische Funktion. Nicht nur, daß es Füllwörter gibt, die eine Verszeile metrisch vervollständigen, sondern rhythmisch bestimmende Wörter, die den Takt angeben, von einem bedeutenden prosodischen Wert, die für irgendeinen Versfuß charakteristisch sind, zum Beispiel das Wort *gegeben* oder *antwortete.* Ähnliche Funktionen haben Reimwörter, ... sofern man noch gereimte Gedichte schreiben will.‹ Er schob einen Zwischengedanken ein: ›Merkwürdig – warum ist der Reim heute in Mißkredit gekommen, nicht aber die Metrik?‹ Er beantwortete seine Frage nicht, sondern fuhr fort:

›Dann ist eine weitere Funktion des Wortes die stimmungsmalende: *blau* mit dem runden au oder *die Ferne.* Stark elementar stimmungsmalend, Assoziationen hervorrufend sind Begriffe, die dem Konzept des ganzen Gedichtes entgegenkommen: *der Weißdorn* zum Beispiel. Dieses Wort gibt eine Atmosphäre vornehmer Resignation oder ländlicher Zurückgezogenheit. Will ein Dichter diese Stimmung beschreiben, so muß er in das Gedicht eine Weißdornhecke mit einbeziehen. Evident stimmungsbildend sind heute noch *Mond* und *Nachtigall*, oder sie sind es schon wieder, oder *Paris* und *Venedig.*

Endlich gibt es eine beschreibende oder berichtende Funktion des Wortes, der epische Rest in jedem Gedicht.

Mag das einzelne Wort seiner Art und seiner Struktur nach mehr der einen dieser Funktionsarten zuneigen oder mehr der anderen, grundsätzlich kann es alle drei erfüllen, sogar gleichzeitig.‹

Der Dichter unterbrach wieder seine Überlegungen. Er war furchtbar erschrocken, denn eine Kuh war vor ihm aufgetaucht. Im allgemeinen pflegte Herr Weber fern sich ankündigenden Kuhglocken aus dem Weg zu gehen. Er fürchtete größeres Hornvieh, nicht nur die Stiere, sondern auch die Kühe. Die Kuh, die ihm jetzt den – wieder breiter gewordenen – Weg versperrte, trug keine Glocke, und der Dichter war ihr plötzlich, ungewarnt gegenübergestanden.

Die Kuh schaute den Dichter an, hörte aber nicht auf, dabei im langsamen Gehen Gras zu rupfen. Der Dichter schaute die Kuh an und warf das Blatt von sich, das er vorhin vom Busch an der Bank gebrockt. Auch er ging langsam, ohne einen Blick von ihr zu lassen; schneller ging er, als er sich weiter von ihr entfernte, und als er die ersten Erlenbäume erreicht hatte, die den Weg von der Stelle an einfaßten, begann er zu laufen. Die Kuh hörte auf Gras zu rupfen und schaute dem Dichter mit erhobenem Kopf nach. Links und rechts aus ihrem Maul hing noch ungekauter Klee.

Der Dichter Weber bewegte sich wieder in Richtung auf die Stadt, aber mitnichten wollte er in sie zurückkehren. ›Ich gehe über Schloß Lebenberg und werde meine lyrischen Betrachtungen im Anblick des weißen Schlosses fortsetzen.‹ Aber der Dichter verfehlte den Weg. Der Weg, den er eingeschlagen hatte, war eben der, den er sich nicht erinnerte, je gegangen zu sein, und er bemerkte den Irrtum bald, korrigierte ihn aber nicht, weil er ›sich gehen lassen‹ wollte und weil er neugierig war, wohin er ihn führte. An diesem Weg lag die Bank der zweiten Station. Der Weg ging wieder von der Stadt weg noch höher hinauf in den Wald. Zwischen der Bank der zweiten Station und dem See, dessen trennende S-Linie verschwunden war und dessen beide Farben sich zu einem grünlichen Schwarz gemischt hatten, das die Sonne bis auf den Grund zu durchleuchten schien, lag vor ihm eine breite, aber nicht tiefe Talsohle. Dort weideten noch andere Kühe. Der Dichter fühlte sich wohl in dem Bewußtsein, daß selbst eine wild gewordene Kuh den Abhang, auf den er hinunterschaute, schwerlich erstürmen würde können. Herr Weber blieb nur kurz auf dieser Bank sitzen. Er nahm den Anlaß zu gehen, als ein sehr altes Paar, einen beladenen Leiterwagen ziehend, von einem ländlich-fetten Spaniel begleitet, vorbeikam. So stand Herr Weber auf, grüßte die Alten und ging den Weg weiter hinauf zur Dritten Station. Die Sonne wärmte ihm den Rücken.

Die dritte Station war wie die beiden ersten eine Bank. Aber anders als bei den vergangenen Bänken benutzte sie Herr Weber nicht zum Sitzen, sondern nur als Anblick. Der ästhetische Wert ist vielfach dem praktischen Wert entgegengesetzt. Praktisch war die dritte Bank kaum noch von Nutzen, obwohl sie zweifellos wie die anderen auch vom Verschönerungsverein N. aufgestellt worden war. Sie war ungepflegt und zeigte keine eingebrannte Aufschrift. Was Herrn Weber von der Benutzung der Bank in praktischer Hinsicht abhielt, ihr Zustand, der es vermuten ließ, sie breche unter geringster Last zusammen, der Zustand des Rasenstückes vor der Bank, das ein Sumpf war, aus der gelbe Halme langstengelig wuchsen, um die Wespen und Sumpffliegen brummend kreuzten, verlieh der Bank den ästhetischen Wert und veranlaßte Herrn Weber zu neuem Entzücken sowie zu dem wiederholten Ausruf: »Wer wollte da nicht dennoch lyrisch werden!« Er spitzte die Lippen und ergänzte die optisch-romantische Stimmung, indem er das getragene Waldhornmotiv aus dem ersten Teil der Ouvertüre zum ›Freischütz‹ pfiff, in Es-Dur, einer romantischen wie auch klassizistischen Tonart. Ob Herr Weber, der nicht über absolutes Gehör verfügte, das namensvetterliche Es-Dur im Pfeifen wirklich traf, ist nicht mehr feststellbar.

›Klassisches Thema der Romantik‹, dachte sich Herr Weber (die Formulierung stammte von ihm), ›ist das nicht ein Widerspruch? Nein, wenn man bedenkt, was ich am Anfang meiner Wanderung überlegt habe, und wenn man weiter überlegt, daß nach einer Definition der Romantik alles das romantisch ist, was Sehnsucht erweckt. Die deutsche Klassik, die ein Klassizismus war, ist aber nichts weiter gewesen, als eine ständige Sehnsucht nach der Antike, und Goethe hat für das Altertum geschwärmt – Auch ich in Arcadien! – wie der Wagner für das

Mittelalter; für das falsche allemal, in beiden Fällen. So war der Klassizismus eine Romantik mit nichts als anderer Sehnsucht, und die eigentliche deutsche Klassik ist dafür die Romantik.‹

So überlegte Herr Weber nicht mehr ganz außerdienstlich, wie er sich eingestand. Bald wird er am Ende seiner Wanderung angelangt sein. Zwar ist er noch weit von der kleinen Stadt entfernt. Die beschriebene Bank der dritten Station steht an einer Wegabzweigung, wo ein schmalerer Weg – auf einem wie die Bank verwahrlosten Wegweiser ausdrücklich als ›Waldweg‹ bezeichnet – zum sogenannten Lebensberg-Kopf führt, dem höchsten einer Hügelgruppe, die, im Vergleich zu den Bergen der umgebenden Ner Alpen allerdings Zwerge, dennoch die kleine Stadt mächtig überragen. Diese Wegabzweigung wird Herr Weber einschlagen, aber seine Wanderung wird damit ein Ende haben. Überwältigt nämlich von der eigenen vollständigen Stimmung, beschloß er oder sprach den geheimen und unterdrückt gehüteten Plan vor sich selber aus, seine heutige Wanderung zu beschreiben, unter welchem Titel, war ihm noch ungewiß. (›Buntes Allerlei vom Maler Herbst‹ war sein erster Einfall.) Er hatte damit seine Ferien rückwirkend gestrichen und seine privaten Erlebnisse zu dienstlichen gemacht.

Er betrachtete die Bank und den verwitterten Wegweiser, und er begann ein anderes, ganz anderes, aber wie das erste ein erzromantisches Thema nicht zu pfeifen, sondern (dü – damm – da – dü) summend nachzuahmen: das Kopfmotiv aus der Vierten Symphonie von Anton Bruckner. Auswendig wußte er nicht mehr als die Wiederholung dieses Motives mit der Abwandlung der eleganten verminderten Sexte und der aufatmenden neuerlichen reinen Quinte. Er spann es einfach weiter, sicher nicht so gut wie Bruckner, aber immerhin annehmbar. Der richtige Dichter ist immer auch ein Sänger wie sein antiker Pate Orpheus. Herr Weber verband dann kühn die beiden gegensätzlichen, erzromantischen Themen zu einem einzigen Melodiengebilde und erlebte – jetzt dienstlich – ein Bild, ein natürliches Schauspiel, das ein anderer ›Apotheose des Herbstes‹ genannt hätte: Wie von tausend Schleiern verhängt ragten im Dunst, den selbst die mittägliche Sonne des Herbstes nicht aufzulösen imstande war, die runden, bewaldeten Berge. In den matten Farben Steingrau, Nebelblau und Stumpfgrün spielten sie den Widerpart zu den Bergwiesen, die vom schrägen Licht leuchtend rot, grün oder wie mit grobem Stift von fahlgelben Tönen stellenweise überwischt waren. Der näherstehende Wald färbte sich nahezu schwarz, und aus dem, wenn auch flachen, Tal stieg kostbarer Dunst, wie Filigran, und nur einige Fichten, zwei oder drei, in kulissenhaften Formen, mit Konturen von wie willkürlich beschnittenen Wedeln überragten den Dunst mit ihren hohen, roten Stämmen.

›Buntes Allerlei vom Maler Herbst‹ ist doch nicht der richtige Titel, sagte der Dichter, ›ich nenne das zukünftige Werk eine *Studie,* und ich gebe ihm, wenn mir nichts anderes einfällt, überhaupt keinen Titel.

Das einfachste wäre aber, die Wanderung vom ersten Schritt bis zum letzten nur genau zu beschreiben: mit einem Anfang wie: *Des Fünfzehnten ging ich aus N., einer kleinen Stadt im Bezirk N. N., auf der Richtung nach dem Ner See,* und weiter mit dem erwähnten Anschein von Wissenschaftlichkeit; erwähnte vielleicht meinen alten Gedanken, daß *der Herbst des Jahres Barock* sei, und etwas Melancholisches wie: *Das Sterben ist weich wie die Brust einer Frau,* etcetera, etcetera.‹

Die Wanderung war hier abgeschlossen, und der kurze Fußmarsch des Klassizisten durch die herbstliche Gegend nichts mehr als ein Gang an den Schreibtisch, um die geplante Beschreibung auf das Papier zu setzen. Es bliebe für jetzt – für die Studie des Autors, nicht für die des Herrn Weber – nichts mehr zu berichten, wenn es, trotz allem, nicht noch eine vierte Station gegeben hätte. Sie war keine Bank, im ästhetischen Sinne nicht und nicht im praktischen, kein Wegweiser und überhaupt kein totes Ding, sondern eine Holzsammlerin, die von Herrn Weber willkürlich als Station – in allen Ehren, es war eine sehr alte Holzsammlerin – gewählt worden war. Denn er hatte – oder es hatte in ihm – bereits begonnen, nach einer Einteilung zu suchen, und, nachdem drei bemerkenswerte Punkte gefunden waren, dachte es sich Herr Weber als schön und abgerundet, einen vierten zu finden, denn vier Sätze hat eine Symphonie.

Herr Weber war auf der Höhe des Lebenberg-Kopfes angekommen. Die Holzsammlerin sammelte, wie nicht anders zu erwarten, Holz, achtete nicht auf Herrn Weber und ahnte nichts von der Bedeutung, die er ihr zugeteilt hatte.

Schon eilig und eher pflichtgemäß als aus Bedürfnis schaute sich der Dichter Weber von der Höhe des Lebenberg-Kopfes aus um und prägte sich ein, wie die schrägen Sonnenstrahlen an manchen Stellen dicht wie ein Sperrfeuer die bis hoch hinauf astlosen, lilagrauen Fichtenstämme streiften, unter denen das gebückte Weiblein krabbelte.

›Ich hoffe‹, dachte sich der Dichter Weber im Weggehen, ›ich hoffe nur‹, dachte er, und blickte einmal zurück und einmal nach links ins frisch Aufgeforstete, das gegen den tiefen Wald wie lichtdurchdrungenes, seichtes Ufergewässer erschien, ›ich hoffe nur inständig‹, sagte er zu sich, ›daß unten auf der Schloßwiese keine Kühe weiden.

Die Kuh, und vor allem die eine Kuh werde ich in meiner Studie keinesfalls erwähnen. Es fehlt diesem Gegenstand an Würde. Die Liebe zum übertriebenen Detail, zum Stilleben, ist eine Angelegenheit der reinen Romantik, ja, um wieder paradox zu sein: ist der klassische Unterschied von Klassizismus und Romantik. Sie, die Romantik, kennt keine Würde des

Gegenstandes, mit gewissen Augen betrachtet: keine Grenze des Geschmackes. Das heißt aber nicht, daß sich nicht auch der Klassizist (Anschein der Wissenschaftlichkeit!) zur Blume am Weg hinabbeugen dürfte, um festzustellen, ob es nicht etwa eine wilde Pimpinelle sei, und daß er nicht ein herbstlich rotes Blatt in die Hand nehmen dürfe, um es zu zerdrücken und in den wieder geöffneten Fingern den bröseligen Staub betrachten. Ich werde‹, schloß der Dichter Friedrich Weber, als er am Fuß des Lebenberg-Kopfes und ins Angesicht der kleinen Stadt mit den drei Kirchtürmen gelangt war: ›ich werde einfach meine kleine Studie *Eines Klassizisten Wanderung in herbstlicher Gegend* heißen.‹ Und der Verfasser, oder der zukünftige Verfasser, ging auf dem breiten, leicht abwärts führenden Weg der Stadt zu, und die Sonne wärmte ihm jetzt das Gesicht.

Stilübung
(1959)

Er sitzt in einem Sessel. Es ist ein Fauteuil aus Sammet, mit Fransen bis zum Fußboden, mit dicken, stramm gedrehten Fransen, fast so dick wie Quasten, aber doch längst nicht so dick wie die Quasten, die von den beiden Knäufen vorn an den Wülsten der Sammetlehnen herabhängen. Die eingewobene Goldlitze blitzt an den hohen Stellen der mehrfach bauschig gebundenen Quaste auf, die gleiche Litze, die auch hie und da in den Fransen unten am Sessel aufscheint und regelmäßig in der zweifarbig, zweifach in sich gedrehten Schnur, die die Nahtstellen im Sammetüberzug des Sessels – wie üblich bei solcherart Ergebnissen des Tapezierergewerbes – kaschiert.

Der Sessel scheint nicht besonders groß zu sein. Er ist wohl eher für ein Boudoir gedacht – gedacht zwar, aber nicht geeignet, denn er ist klein, aber er ist nicht zierlich und mitnichten elegant. Er, der drauf sitzt, der von Statur eher schmächtig, hat den kleineren Sessel offenbar gewählt, um selber größer, vor allem mächtiger zu erscheinen. Er gefällt sich im Mächtigen, ja Gigantischen. In allem, was er tut oder sagt, ist er bemüht, den Anschein des Gigantischen und Heldischen zu erwecken, so sehr bemüht, daß derjenige, der ihn nicht gut kennt, und derjenige, der ihn verehrt, ihn für einen wirklichen Giganten hält.

Er sitzt auf dem Stuhl nicht angelehnt, den rechten Arm auf die weiche rechte Lehne gestützt, überhaupt nach rechts gewendet, das Gesäß an die linke Lehne gedrückt. Die Füße sind übereinandergeschlagen – die Füße, nicht die Beine. Die

Knie sind noch nebeneinander auf gleicher Höhe, erst der Ausläufer der linken Wade kreuzt den rechten Rist. Die linke Hand liegt auf dem linken Knie und hält – fast wie verschämt – bei geschlossenen Fingern nur mit dem kleinen Finger das weite, sehr weite Hosenbein etwas geschürzt, so daß es unten ein schier Unbeschreibliches freigibt: eine Art Stiefel-Pantoffel, auch aus Sammet vielleicht. Man denkt an Eskimo-Stiefel, an Winter-Mokassins (wenn es so etwas gibt), an Turkmenen-, an Tataren-, an Nomadenfußbekleidung. Wohl kniehoch (selbst die aufgeschürzte weite Hosenschlotter gibt das obere Ende nicht zu erkennen) ist es auf der Seite geschlitzt und mit ziemlich breiter Litze wieder geschnürt. Oben – wo der Spalt sich durch die Litze noch nicht völlig schließen läßt – leuchtet ein weißes Dreieck hervor: wohl das knöchellange Unterbeinkleid.

Ist so seine Bein- und Fußbekleidung, sind die Sammet-Stiefel und die weite, fast doppelt-kittelartige Hose eher nomadisch, so ist das andere über der Hüftlinie fraglos urban: ein wiederum sammetener Hausrock (der feinste Sammet bisher) mit seidenem, carréeweise abgestepptem Kragen und ebensolchen Armstulpen. Den weiten Ärmeln nach zu schließen handelt es sich um ein legeres Kleidungsstück, das allerdings dadurch im Moment etwas von seiner Leichtigkeit verliert, daß er – schon im Sitzen – mit der linken Hand den linken Schoß des Rockes, der weit über den Sessel hinuntergehangen hat, mit nestelnder Bewegung unter sein Gesäß (das, wie erinnerlich, an die linke Armlehne gedrückt ist) gestopft hat. Dadurch ergibt sich im Sammet ein zwar reicher, aber etwas gequälter Faltenwurf, und auch die Tasche öffnet sich, spreizt ihre Öffnung und birgt kaum noch ein mit kleiner Schrift eng beschriebenes Papier: ein Manifest? eine rasch aufgezeichnete gehabte Offenbarung? der Entwurf einer fordernden Petition an Fürsten zur ausreichenden Unterstützung der deutschen

Nationalgenies, das heißt: von ihm? eine unbezahlte Tapezierrechnung oder gar die Mahnung?

Ein anderes Papier hält er in der rechten Hand. Dieses Papier – eigentlich zwei zusammengehörige Bögen – war gefaltet. Er hält es am oberen Teil zwischen Zeigefinger und Mittelfinger der geschlossenen – aber nicht geballten – Faust. Leicht ruht der Daumen außen auf dem Zeigefinger. – Der untere Teil des ehemals gefalteten Papieres knickt hinunter (und die beiden Bögen knicken ungleichmäßig, so daß eigentlich erst hier zu sehen ist, daß es zwei Bögen sind), knickt hinunter zur Kittelhose, wo auch, schon halb verdeckt, das Couvert liegt. Ein Brief von einem Gönner? Oder vielleicht nur schnell ergriffen – gar nicht ihm gehörig –, um die Pose zu vollenden?

Die Weste mag auch aus Sammet sein. Sie liegt schon zu sehr im Schatten der sich etwas vorbauschenden seidenen Hausrockaufschläge, als daß man sie schlüssig erkennen könnte. Jedenfalls ist sie durch zwei-, wenn nicht dreierlei Arten von Ketten und Kettchen, mit Berlocken behängt, kompliziert mit der Hausjacke hin und her und bis zum Kragen hinauf verbunden. Es muß sehr umständlich sein und bedarf sicher der Übung, dieses System – etwa bei eiligem Stuhlgang – notwendig schnell zu entwirren. – Aus dem Ausschnitt der Weste quillt eine unförmige, ungeordnete, eher hineingestopfte als gebundene Plastron-Krawatte, die nur den schmalen weißen Kragen des Hemdes freigibt, des Hemdes, dessen Ärmelvorstoß auch an dem Gelenk der linken Hand (und nur der linken) aus dem Ärmel des Hausrocks schaut. Aber noch größer, noch weniger proportioniert als das Plastron ist an ihm das sichtbar Organische: die Hände und der Kopf, vielmehr das Gesicht, denn außer dem Gesicht sind vom Kopf nur die Ohren nicht bedeckt, alles andere verhüllt, um nicht zu sagen vermummt, ein hanseatischer Backenbart, der sich von den

Schläfen aus vor dem Ohr hinunterzieht und unterm Kinn in den Kragen des Hemdes verschwindet (es muß ein unangenehmes Gefühl sein, soviel Backenbart unter dem enganschließenden Hemdkragen zu spüren), und verbirgt das Haupthaar, das in Strähnen auch die Ohren und den Kragen überschattet. Einen guten Teil des Kopfes aber vermummt buchstäblich das Allergrößte: das Barett. Auch aus Sammet, hochaufgebauscht über der linken Schläfe und mit energischem Griff nach rechts hin flach gezogen, läßt es in seinen kulminierend glänzenden Falten die Höhe der Stirn ahnen und hat im ganzen das Aussehen eines schiefen Pilzes. Aus dem Schatten des Baretts tauchen dann erst die Augen, wimpernlos und fast ohne Brauen, voneinander getrennt durch eine Nase, die weniger durch das eigene Ausmaß zu groß erscheint als dadurch, daß ihr Abstand zu dem schmalen, breiten Mund zu klein, lächerlich klein ist. Dafür, wie so üblich, ist das Kinn groß, sozusagen unplastisch, nur Fläche.

In den Augen läßt sich alles lesen. Seine Verehrer sehen wohl ein Adleraug' darin, das in die Ferne schweift, welches Aussehen er ihm auch offensichtlich zu verleihen trachtet. Man mag, wenn man will, große Gedanken hinter diesem Blick vermuten. Wer ihn aber kennt, weiß, daß möglicherweise kein anderer Gedanke dieses Adleraug' bewegt – oder vielmehr starr in die Ferne bannt – als eben der Gedanke daran, adlergleich zu schauen.

Rechts hinter ihm ist ein Strauch sichtbar – ist der Boden nicht auch mit Laub bedeckt? Sollte der Sammet-Sessel kurioserweise in einen herbstlichen Garten hinausgetragen worden sein? Sollte er, der Blick, doch adlergleich in die Ferne, mindestens aber in Lieblichkeiten eines Strauches später Rosen sich verlieren? Nein: links hinter ihm verrät es ein ungewollter Faltenwurf. Es ist alles nur Kulisse. Der blühende Strauch ist gemalt, die Blätter des Bodens sind entweder das Muster eines

Teppichs, oder sie sind von einem Gehilfen des photographischen Ateliers dekorierend verstreut worden. Es wäre auch zum Wundern, denn hier ist kaum etwas echt, kaum.

Sein Alter – ja, wir können es schwerlich erraten: er ist 53 Jahre alt, sieht aber unstreitig jünger aus. Er hat die geschlechts- und alterslosen Züge ›innerer Menschen‹. Solche Menschen jammern gern. Was ist sein Beruf? Wüßten wir es nicht, ließe es sich schwer schließen. Erfahrungsgemäß tendieren Vegetarier im Alter dazu, geschlechtslos zu erscheinen wie Karpfen. Sollte es sich also um den Begründer einer Vegetarierbewegung handeln? – gar um einen Anthroposophen?

Nun, wir wissen es besser.

Der Eiffelturm
(1961)

Bruno A. Rabe verteidigte sich später damit, daß die Idee ursprünglich gar nicht von ihm gewesen sei.

Sie stammte von einem Mann namens Hündlbacher, den Rabe als seinen Freund bezeichnete. Freund Hündlbacher äußerte die Idee so nebenbei, als Rabe wieder einmal versuchte, bei ihm Geld zu leihen. Später hatte Hündlbacher mit der Sache, die aus dieser Idee erwuchs, nichts mehr zu tun. Natürlich aber erfuhr er davon aus den Zeitungen.

Bruno A. Rabe war nicht eigentlich ein moderner Mensch, obwohl er sich – wie die Mittelinitiale zeigt – bemühte, up to date zu sein. Nur was unmodern ist, ist im Grunde genommen modern, das gilt für die Literatur genauso wie für die Damenoberbekleidung und ganz besonders für die Verbindung von beiden: für das Theater. In diesem Metier war Rabe tätig.

Obwohl man ihm mannigfache Talente fürs Theater nicht absprechen konnte, war er, kraß gesagt, zu dumm, um die heiklen Verflechtungen von Literatur und gesellschaftlichen Gegebenheiten zu erkennen. Konkret gesprochen: Rabe spielte unverdrossen Tennessee Williams, als unter wacheren Theaterleuten das Geraune um Ionesco längst zu einem Donner angeschwollen war. Als der Trend der Kellerbühnen zum Happening unverkennbar wurde, entschloß sich Rabe endlich, Ionesco zu spielen. Damals allerdings, als Rabe seinen Freund Hündlbacher anzupumpen versuchte, spielte er gar nichts. »Theaterferien«, sagte er.

Es war Februar, eine ungewöhnliche Zeit für Theaterferien.

Theaterdirektor Rabe hatte zunächst, bevor er die Theaterferien deklarieren mußte, probeweise bei Kerzenlicht gespielt. Zwar war es ihm gelungen, Kerzen auf Kreditbasis zu beschaffen, aber schon bei der ersten Vorstellung erwies sich, daß die Kerzenbeleuchtung im Theater technisch kaum durchzuführen war, ganz abgesehen davon, daß diese Praxis vor der Feuerpolizei sorgsam verschwiegen werden mußte, also auch in der Werbung nicht verwertet werden konnte. Es war, mußte Rabe einsehen, letzten Endes einfacher, die schon überstrapazierten Geldquellen nochmals anzuzapfen und so das Geld für die offenen Lichtrechnungen irgendwie aufzutreiben.

Bei Hündlbacher war Rabes wünschelrutenfeine Nase für überzählige Zwanzigmarkscheine fündig geworden, als der Freund die erwähnte Idee von sich gab.

Diese Idee beruhte auf der Überlegung, daß es so gut wie ausgeschlossen ist, für ein Unterfangen, das nur im entferntesten im Geruch der Völkerverständigung steht, *keine* Subventionen zu bekommen.

»Aber was für eine Idee?« fragte Rabe.

»Mein Gott«, sagte Hündlbacher, »die Idee kann gar nicht dumm genug sein. Olympische Spiele oder den Eiffelturm von Paris nach München tragen, zum Beispiel.«

Dieses Wort, möglicherweise mit einer zugleich aufleuchtenden Zahlen-Fata-Morgana im Bewußtseinshintergrund, muß in Bruno A. Rabes Vorstellungswelt wie der sprichwörtliche Blitz eingeschlagen haben. Rabe unterbrach jedenfalls seinen Pumpversuch bei Hündlbacher und empfahl sich.

Rabe erkundigte sich und erfuhr, daß in jenem Jahr in München für den Sommer eine deutsch-französische Freundschaftswoche geplant war. Unverzüglich gründete er ein Komitee (das zunächst nur aus ihm bestand) und rief eine

›Internationale Jugendbewegung‹ ins Leben, die das Ziel hatte, den Eiffelturm von Paris nach München zu tragen.

»Das wird nicht gehen«, warnten Rabes Freunde.

»Das geht«, sagte Rabe.

Er selber konnte nur mit Vorbehalten zur eigentlichen Jugend gezählt werden. Wie alt er war, wußte niemand genau. Es war auch schwer zu schätzen, denn trotz seiner Stirnglatze und einiger Zahnlücken wirkte er, namentlich wenn man seine unvergorenen Ansichten hörte, jünger, als er vermutlich war. So nahm niemand Anstoß an Rabes kecker Firmierung ›Jugendbewegung‹.

Eine vorläufige Bestandsaufnahme ergab, daß der Eiffelturm – unbeschadet etwaiger Gewichtsverluste durch Rost – 1889 aus 9 122 243,28 Kilogramm Eisen errichtet wurde, an der Grundfläche 129,22 Quadratmeter mißt und 300 Meter hoch ist. Pro Quadratzentimeter Bodenfläche ergibt das eine Belastung von drei Kilogramm.

Rabe erkannte klar, daß er niemals auf einen Schlag die Subventionen für dieses riesige Unternehmen würde bekommen können. So machte er zuerst kleinere Beträge locker, aktivierte die Kolpingjugend, die Falken, die Pfadfinder, reiste per Autostopp nach Bonn (zurück kam er bereits im Schnellzug I. Klasse), und in kurzer Zeit waren so viel öffentliche Mittel und so viel allseitige Betriebsamkeit in das Unternehmen investiert, daß es kein Zurück mehr gab.

Anfang Mai versammelte sich ein Heer von jugendlichen Idealisten auf dem Champ-de-Mars. Fröhliches Lagerleben umtoste die vier Füße des Eiffelturmes, bis die Formalitäten erledigt waren. Dann wurde der Turm abgeschraubt. Ein Versöhnungsfeuer wurde entzündet; unter Absingen diverser Nationalhymnen erfolgte am 10. Mai bei Sonnenaufgang der feierliche Abhub.

Bruno A. Rabe, ein notorischer Langschläfer, versäumte

diesen Augenblick. Als er, wie es seine Gewohnheit war, so gegen ein Uhr mittags aufwachte, nahm er – und er wußte sogleich, woher es rührte – ein leichtes Schaukeln seines Bettes wahr. Rabe hatte nämlich – in der wohl richtigen Überlegung, daß es bei rund neun Millionen Kilogramm auf sein Gewicht nicht mehr ankäme – in der Wohnung oben auf dem Turm Logis bezogen und beabsichtigte, sich nach München tragen zu lassen. Zwei Freundinnen leisteten ihm Gesellschaft.

Rabe erhob sich aus den Armen der Mädchen und trat ans Fenster. Es bot sich ihm ein überwältigendes Bild. Tausende von Pfadfindern und Kolpingsöhnen umdrängten die vier Eiffelturm-Stützen wie Bienen den Stock. Das vielsprachige »hau-ruck« der Anführer und Unterführer drang nur ganz leise zu Rabe herauf. Fast unmerklich schwankte der Turm, von einer milden Nachmittagssonne beschienen, an Charenton vorbei nach Osten.

In der Folge gab es herrliche Feste für Bruno A. Rabe. Manch edler Korken knallte in der kleinen Wohnung oben in fröhlicher Runde, und der Champagner schaukelte leise im Glas. Hunderttausende von Neugierigen säumten den Weg. Legionen von Photoreportern begleiteten den Transport. Der eine oder der andere Bürgermeister ließ es sich etwas kosten, den Eiffelturm für zwei oder drei Tage in La Ferté oder in Orbais zu haben.

So verging der Mai. Bald war nicht mehr zu verkennen, daß die Zeit drängte. In Bar-le-Duc mußte sich Rabe dazu entschließen, den Turm umlegen und waagrecht weitertransportieren zu lassen. Das erleichterte und beschleunigte zwar den Transport, beengte aber Rabes Lebensführung. Da auch in der kleinen Wohnung im Eiffelturm die Räume mehr lang und breit als hoch sind, veränderte sich das Ausmaß der Bodenfläche in ungünstigem Sinne. Ein Teil der Möbel mußte geopfert werden. Die Küche, vordem einfach durch eine Tür zu erreichen, konnte jetzt nur mehr über eine Leiter erstiegen werden. Die Schwierigkeiten, ein schräg aus der Wand ragendes Wasserklosett zu benutzen, mag sich jeder selber ausmalen. Als Robinson-Ionesco Rabe (Brunos Sohn aus einer seiner zahlreichen Ehen) beim Spielen aus einem mangelhaft gesicherten Oberlicht fiel, mußte Rabe einen provisorischen Fußboden über die Wand legen lassen.

Mitte Juni erreichte man den Rhein. Um ein Haar wäre hier das ganze Unternehmen zum Erliegen gekommen. Rabe redete und redete mit dem zuständigen Zollinspektor. Aber Zoll hat bekanntlich mit Völkerverständigung nichts zu tun. Eine Zolldeklaration wurde verlangt. Da hatte Rabe eine Sternstunde: »Andenken«, erklärte er. Der Eiffelturm passierte als Souvenir den Rhein.

Der damalige Ministerpräsident von Baden-Württemberg ließ es sich nicht nehmen, zwischen Weil der Stadt und Böblingen symbolisch mit Hand anzulegen. Der Rektor von Tübingen und der Bischof von Rottenburg spendeten ihre Glück- und Segenswünsche. Nach der sehr mühsamen Überquerung der Schwäbischen Alb kam es kurz vor Ulm zu einem ernsthaften Zwischenfall. Die beiden Rabe-Freundinnen (genannt Bu-Bu und Tutsie-Wutsie) hatten herausgefunden, daß Rabe mindestens seit Nancy – vermutlich aber schon seit dem Abmarsch – mit einer Gruppe von Pfadfinderinnen ziemlich freie Sonnenaufgangsfeiern abhielt.

»Dafür kannst du zeitig aufstehen«, schrie Bu-Bu.

Bruno grinste und schnalzte mit der Zunge in seinen Zahnlücken herum. Daraufhin gab ihm Tutsie-Wutsie eine Ohrfeige. Da Bruno nur über sehr geringe Körperkräfte (im Gegensatz zu Manneskräften) verfügte, was seine Freundinnen natürlich wußten (beides), war die Ohrfeige von Tutsie-Wutsie stets das Signal, Bruno Rabe zu verprügeln.

Diesmal aber gelang ihm unter Ausnützung der besonderen Verhältnisse die Flucht. Er sprang aus der Wohnung und lief querfeldein. Die Kommando-Gruppe »Turmspitze« glaubte an eine Richtungsänderung und folgte. Zum Unglück hatte es stundenlang vorher geregnet. Die Eiffelturm-Spitze mit dreißig Rotten »Deutsche Jugend des Ostens« versank im Morast. Bu-Bu, Tutsie-Wutsie und Robinson-Ionesco konnten sich im letzten Augenblick retten. Von Rabe fehlte zunächst jede Spur.

Wertvolle Tage vergingen, bis die Bundeswehr die verlorenen Rotten ausgrub und den Eiffelturm wieder flottmachte. Auch Bruno A. Rabe wurde wiedergefunden. Er übte im Wald Kniebeugen. »Tu's nicht, Bruno!« schrie Bu-Bu, als sie ihn sah. Bruno hatte schon einige Male gedroht, er werde eines Tages so lange Kniebeugen machen, bis sein Herz versagen würde. Tutsie-Wutsie umschlang Bruno, Robinson-Ionesco weinte. So ließ sich Bruno A. Rabe endlich bewegen, wieder zum Turm zurückzukehren.

Die ausgiebige Versöhnungsfeier, an der natürlich auch die Pfadfinderinnen teilnahmen, konnte nicht darüber hinwegtäuschen, daß viel Zeit verlorengegangen war. Es wurde nun zwar unter Aufbietung aller Kräfte in Tag- und Nachtschichten getragen, als aber der Eiffelturm den Burgfrieden Münchens erreichte, war die deutsch-französische Freundschaftswoche gerade zu Ende gegangen.

Wie bringt man den Eiffelturm wieder zurück nach Paris?

Bruno A. Rabe war sich im klaren darüber, daß für den Rücktransport womöglich noch größere Eile geboten war. Noch in der Nacht ließ Rabe das schwierige Wendemanöver ausführen. Als die Spitze des Turmes im Morgengrauen endlich gen Westen zeigte, erreichte Bruno A. Rabe die niederschmetternde Nachricht: man habe es sich, schrieb man ihm aus Paris, inzwischen überlegt. Paris sei tatsächlich, was viele immer schon gesagt hätten, ohne Eiffelturm viel schöner. Rabe könne ihn behalten.

Nun, die Nachricht war, um das richtigzustellen, im ersten Augenblick gar nicht so niederschmetternd. Schließlich bekommt man ja nicht alle Tage neun Millionen Kilo Eisen geschenkt. Als Rabe gegen ein Uhr dieses Tages aufwachte, gab er sogleich Anweisungen, den Turm aufzurichten. Er glaubte schon, nie mehr Miete für Theatersäle schuldig bleiben zu müssen und Herr im eigenen Haus zu sein, wenn er in Zukunft auf dem Eiffelturm bei Pasing Theater spielen würde.

Als man mitten in den Vorbereitungen für das Aufrichten war – Anlegen von Winden, Stahlseilen, Montage von Rollenlagern –, erschienen einige Herren bei Bruno A. Rabe. Ihre offiziellen Mienen ließen nichts Gutes ahnen.

»Was haben Sie mit dem Ding da vor?« fragte einer der Herren.

»Das ist kein Ding, das ist der Eiffelturm«, sagte Rabe und erläuterte seine Theaterpläne.

»Geht nicht«, sagte der offizielle Herr.

»Warum nicht?«

»Er nimmt zu viel Platz weg.«

»Aber der Turm bleibt ja nicht liegen. Er wird aufgerichtet, meine Herren, sehen Sie die Winden und Rollen.«

»Er entspricht nicht den feuerpolizeilichen Vorschriften«, sagte der zweite der Herren.

»Im senkrechten Zustand«, sagte ein dritter, »stört er das Stadtbild.«

»Aber, aber«, sagte Rabe, »in Paris hat der Turm jahrzehntelang nicht gestört, im Gegenteil ...«

»Unser Oberbürgermeister«, sagte der dritte Herr, »hat andere Vorstellungen von Türmen, modernere.«

»Überhaupt«, brachte sich jetzt der vierte der Herren, der

bis dahin geschwiegen hatte, zu Gehör, »wem gehört das Ding jetzt?«

»Mir«, sagte Rabe.

»Dann müssen Sie Einfuhrzoll zahlen.«

»Ist schon erledigt«, sagte Rabe. »Ich habe schon eine Zolldeklaration abgegeben ...«

»Ich weiß«, sagte der vierte Herr, »Sie haben ihn als Andenken deklariert. Wir ließen das durchgehen, solange sich der Turm quasi gastweise in der Bundesrepublik aufhielt. Jetzt hat sich die Situation natürlich geändert. Neun Millionen Kilo sind ja wohl kein Pappenstiel.«

»Und wieviel wäre das an Zoll?« fragte Rabe kleinlaut.

Der vierte Herr blies die Backen auf, als er nachdachte. »Wenn wir Ihnen den günstigsten Tarif gewähren: zwölf Pfennig pro Kilogramm.«

»Das sind«, stammelte Rabe, »das sind 900 000 und zweimal 90 000 ...«

»Rund eine Million«, sagte der vierte Herr.

»Aber bedenken Sie doch, meine Herren. Es ist doch ein öffentlich gefördertes Unternehmen der Völkerverständigung.«

»Das *war* es«, sagte nun wieder der erste Herr. »Solange der Eiffelturm das Wahrzeichen von Paris war – gut. Aber Paris hat Ihnen den Eiffelturm nun geschenkt. Ab sofort ist es Ihr Wahrzeichen. Wo kämen wir hin, wenn jeder seine Eiffeltürme in der Gegend herumträgt.«

»Dann verzichte ich auf den Turm«, sagte Rabe verzweifelt.

»Das ist Ihre Sache«, sagte der zweite Herr.

»Dann sorgen Sie dafür, daß das Ding hier wegkommt.«

»Aber wohin?« fragte Rabe.

»Schreien Sie nicht so mit uns«, sagte der dritte Herr. »Wohin – das ist Ihre Sache. Ist es vielleicht unser Turm?«

»Ich schenke ihn Ihnen«, sagte Rabe schnell und freundlich. »Ich schenke ihn der Stadt München!«

»Woher sollte die Stadt München die Million für den Zoll nehmen?« fragte der erste Herr.

»Aber *dieser* Anziehungspunkt für den Fremdenverkehr, die Amerikaner ...«

»Ich erwähnte bereits«, sagte der dritte Herr, »daß unser Oberbürgermeister eine völlig andere Vorstellung von Türmen hat.«

»Kennt er ihn denn überhaupt, den Eiffelturm?« fragte Rabe.

»Ja«, sagte der dritte Herr, »von Postkarten.«

»Man könnte ihn zerkleinern ...«, sagte Rabe.

»Wie reden Sie vom Oberbürgermeister«, fuhr der erste Herr auf.

»Ich meine den Turm. Zerkleinern in ganz kleine Teile und Andenkenmedaillen daraus machen, vielleicht für die Olympiade. Ich stifte ihn ... ja! Ich stifte ihn für den Olympiafonds.«

»Da kostet ja das Zerkleinern mehr, als der Profit ausmacht«, sagte der zweite Herr.

»Und die Million Zoll müßte trotzdem bezahlt werden«, fügte der vierte Herr hinzu. »Womöglich zweimal, einmal von Ihnen, Herr Rabe, weil Sie den Turm eingeführt haben, und einmal von der Stadt München, weil sie ihn geschenkt bekommt.«

»Dann sollen mich alle gern haben«, schrie Rabe. »Bu-Bu, Tutsie-Wutsie, kommt heraus, wir gehen; den Turm soll sich an den Hut stecken, wer will.«

»Unterstehen Sie sich«, sagte der erste Herr. »Wir haben Sie und den Turm durch Polizeiposten bereits umstellen lassen. Sie sind dafür verantwortlich, daß das Ding wieder weggeschafft wird. Sie entkommen uns nicht, mit *dem* Ding am Halse nicht.«

»Ich empfehle Ihnen«, sagte der vierte Herr leise, »einmal mit den umliegenden Landkreisen zu reden. Die sind vielleicht großzügiger.«

Als die vier Herren gegangen waren, schlich sich Rabe durch den Polizeikordon in die Stadt. Keines der Pfandhäuser wollte dem Angebot nähertreten. Hündlbacher, dem Rabe erklären wollte, daß er als Urheber der Idee für die Beseitigung des Turmes sorgen müsse, ließ sich verleugnen. Auch die Bundeswehr zeigte kein Interesse.

So verging der Sommer. Die Subventionen flossen immer spärlicher, und das Interesse der Pfadfinder und Kolpingsöhne wurde immer geringer. Je mehr absprangen, desto schwerer wurde die Last des Turmes für die Verbliebenen, und je schwerer die Last wurde, desto mehr sprangen ab. Der Transport wurde zusehends langsamer. Ein Versuch, den Turm bei Pfaffenhofen zu vergraben, schlug infolge Kleinlichkeit der örtlichen Behörden fehl.

Weihnachten feierte Bruno A. Rabe in seinem Eiffelturm. Auch der gewiß märchenhafte Anblick des ganz mit Eiskristallen überzogenen Stahlriesen am malerischen Donauufer bei Kehlheim tröstete Rabe nicht über das Mißliche seiner Lage hinweg.

Ein mit großem Werbeaufwand von Rabe propagierter Vorschlag, mittels des Turmes ein allgemeines Neujahrsbleigießen zu veranstalten, fand keinen Widerhall.

»Du lieber Himmel«, sagte Rabe, »was soll im Frühjahr werden, wenn wir den Turm nicht mehr schieben können, weil kein Eis mehr da ist, auf dem er rutscht?«

»Wir können Rollen unterlegen«, tröstete ihn Bu-Bu. »Das habe ich in einem Film über die Pyramiden gesehen.«

Am Jahrestag des Abhubes bewegten Rabe, Bu-Bu, Tutsie-Wutsie und sogar der kleine Robinson-Ionesco den Turm millimeterweise auf Rollen über die Große Laaber. Im Juni zeigte sich ein Silberstreifen am Horizont: Die Stadt Vilshofen, erfuhr Rabe, interessiere sich für den Turm – als Adenauer-Denkmal. Als aber die verantwortlichen Herren aus Vilshofen den Turm besichtigten, erklärten sie, so groß hätten sie ihn sich doch nicht vorgestellt.

Am 14. August, dem Tag vor Mariä Himmelfahrt, überholte ein langer Zug feierlich gekleideter Bauern und Bäuerinnen den Turm. Es war, wie sich Rabe erkundigte, eine Wallfahrt nach Altötting.

»Und was sind diese großen Kreuze, die Sie da mitschleppen?« fragte Rabe.

»Aus Sühne«, sagte der anführende Geistliche, »tragen wir diese schweren Kreuze mit uns.«

»Und wo bleiben die Kreuze?« fragte Bruno A. Rabe plötzlich interessiert.

»Die werden an der Gnadenkapelle niedergelegt.«

Noch am selben Tag weihte Rabe den Eiffelturm als Votivgabe der Gottesmutter von Altötting.

»Ein ungewöhnliches Votiv«, murmelte der Bischof, der die Weihe vornahm. (Wegen der Größe des Objektes hatte sich der Pfarrer des nächstgelegenen Ortes für unzuständig erklärt, assistierte aber nun bei der Weihe.) »Na ja, lieber Amtsbruder«, raunte der Bischof dem Pfarrer zu, »die Kirche hat in letzter Zeit mit vielen Traditionen gebrochen; nur mit einer Tradition wollen wir nicht brechen: zu nehmen, was wir bekommen – und wenn es der Eiffelturm ist.«

Die folgende Nacht verbrachten Bruno A. Rabe und die Seinen als Gäste im Pfarrhaus. Es sollte am nächsten Tag besprochen werden, welche Laienorganisationen eingesetzt werden könnten, um den Mariä-Turm zügig nach Altötting zu schaffen.

Und in jener Nacht geschah das Unfaßbare: Der Turm wurde gestohlen. Am Morgen des 15. August war er verschwunden. Die Kriminalpolizei stand – und steht noch immer – vor einem Rätsel. Das Karteiblatt mit der ausführlichen Beschreibung in der Sachfahndungskartei der Landespolizeidirektion Landshut ist die einzige Erinnerung, die an das einstmals so berühmte und kühne Bauwerk des Ingenieurs Gustave Eiffel blieb.

Die Karriere des Florenzo Waldweibel-Hostelli
(1962)

Da die Anfänge der Laufbahn des heute weltberühmten Komponisten Florenzo Waldweibel-Hostelli absichtlich im dunkeln gehalten werden, ist nicht auszumachen – im Grunde genommen ist es auch gleichgültig –, wer als erster von den beiden in das Haus Annenstraße 14 eingezogen ist: Florenzo Waldweibel-Hostelli (damals noch Chemielaborant und ziemlich glückloser Schriftsteller) oder Erich Sagasser, der Pianist. Ob man in dem Zusammenhang und in Anbetracht dessen, wozu das alles geführt hat, von *Schuld* oder *Dank* und von *Glück* oder *Unglück* sprechen soll, lasse ich dahingestellt, nicht zuletzt, weil mir eine fachliche Würdigung der kompositorischen Werke Waldweibels (von denen damals noch nicht einmal in Ahnungen die Rede sein konnte) fernliegt. Fest steht jedenfalls, daß die jeweils aus nur einem Zimmer bestehenden Wohnungen Sagassers und Waldweibels nebeneinander im gleichen Stockwerk lagen. Ich glaube nicht, daß Waldweibel selber – selbst wenn er nicht mehr als jeder andere besorgt wäre, seine Anfänge zu verschleiern – die Stunde oder wenigstens den Tag anzugeben vermöchte, an dem es eigentlich anfing. Wie alle Dinge, ob groß oder klein, war es auf einmal da, ein Faktum, gewoben aus tausend Gründen im Bewußten und Unbewußten, die, wie alles, die Ahnenkette ihrer Kausalitäten wenigstens theoretisch bis auf den Urgrund unseres kosmogonischen Weltenstrudels zurückführen konnten: der Pianist Erich Sagasser übte. Er hatte einen bescheidenen, nichtsdestoweniger ermunternden Preis bekommen. Er bereitete sich auf einen Klavierabend vor, den er beim Volksbildungsverband geben sollte; überhaupt war er jung, fleißig und strebsam, und als ein solcher Pianist übte er eben. Er übte vormittags, er übte nachmittags, gelegentlich übte er abends. Als der Tag seines Konzerts näherrückte, übte er auch am Wochenende. Er spielte lange und komplizierte Tonleitern, um seine Finger geschmeidig zu halten. Er spielte sehr laute Oktavenparallelen, um Kraft in den Gelenken zu bekommen. Er übte säuselnde, elegische, hüpfende oder donnernde Etüden. Er spielte Bach, Schubert und Chopin. Er spielte Brahms, Skrjabin und Bartók. Er übte gelegentlich ein und dieselbe, vermutlich schwierige Stelle hundertmal hintereinander. Zur Erholung spielte er manchmal eine Sonate von Mozart. Hie und da kam ein Kollege, mit dem spielte er dann vierhändig.

Das alles wäre für Waldweibel-Hostelli kaum von Bedeutung gewesen, wenn die Töne nicht die dünnen Wände des Hauses Annenstraße 14 durchdrungen hätten. Zwar störte Waldweibel das vor- und nachmittägliche Üben seines Nachbarn nicht, denn um diese Zeit arbeitete Waldweibel an den Wochentagen in den unfreundlichen Räumen der Firma Dr. Harland & Dr. Filchner KG und ärgerte sich, daß er – anstatt lyrische Gedichte zu schreiben – irgendwelches Pulver mischen und in Flaschen abfüllen mußte. Gegen das abendliche Üben aber verwahrte sich Waldweibel in einer schriftlichen Beschwerde an die Hausverwaltung. Die Beschwerde war erfolglos, denn Sagasser hielt sich streng an die Hausordnung, soweit sie die Musikbetätigung der Inwohner reglementierte (im übrigen selbstverständlich auch, denn Sagasser hielt weder einen Leoparden noch ein Bordell, auch klopfte er seinen Teppich nie vor sechs Uhr in der Früh).

Es ist schwer zu entscheiden, ob ein musikalischer oder ein unmusikalischer Mensch mehr unter fremdem pianistischem

Üben leidet. Dem schmalen Genuß, der sich dem musikalischen Zwangshörer gelegentlich bietet, steht der oft lebenslange Schaden gegenüber, der ihm dadurch zugefügt wird, daß eine einzige Passage aus einem schönen und großen Werk bis zum Wahnsinn wiederholt wird, so daß der musikalische Nachbar später schon beim ersten Ton dieses Werkes Krämpfe bekommt und bedauernd das unschuldige Werk aus dem Kreis seiner möglichen Kunsterlebnisse streichen muß. Demgegenüber empfindet der unmusikalische Nachbar – letztlich doch wohl milder behandelt – pianistisches Üben nicht anders als schlichten Lärm. So Florenzo Waldweibel-Hostelli, dessen außerordentlich rudimentäre Musikalität höchstens relativ tiefe und relativ hohe sowie schnellere und langsamere Musikstücke unterscheiden konnte. Die Nationalhymne erkannte er – als Lyriker – am Text.

Der erwähnte Beschwerdebrief war nicht nur erfolglos, er bewirkte sogar eine Verschlimmerung. Sagasser, vielleicht darüber aufgebracht, daß Waldweibel nicht den direkten Weg von Nachbar zu Nachbar gefunden hatte, um in Güte die Sache zu regeln, hielt sich von nun an nachgerade zynisch an die Hausordnung. An Samstagen (an denen Waldweibel lang im Bett lag und dichtete) hatte Sagasser früher nicht vor zehn Uhr vormittags zu spielen angefangen. In der Hausordnung hieß es, Musizieren an Werktagen sei erst ab acht Uhr gestattet. Der Samstag ist vorerst immer noch ein Werktag, sagte sich Sagasser und begann Schlag acht Uhr mit irgendwelchen besonders penetranten chromatischen Läufen. Am dritten Samstag, der so begann, bekam Waldweibel einen Tobsuchtsanfall und warf eine Bierflasche an die Wand. Darüber beschwerte sich nun Sagasser, und zwar mit Erfolg. Bierflaschenwerfen, so stand in einem ernsten Brief der Hausverwaltung an Waldweibel, sei keine Hausmusik und daher in der Wohnung weder nach acht Uhr an Werktagen noch überhaupt gestattet.

Das brachte Florenzo auf einen Gedanken. Er kaufte sich ein Waschbrett und rasselte darauf mit einem Kleiderbügel, sobald sein Nachbar zu üben begann. Leider mußte Florenzo bald erkennen, daß der Lärm, den er mit seinem Waschbrett erzeugte, dem pianistischen Üben seines Nachbarn nicht gewachsen war. Er nahm deshalb im Geschäft eine große, feste Pappschachtel mit, auf die er das Waschbrett band. Das Ergebnis war schon besser, befriedigte aber immer noch nicht. Daraufhin nahm Waldweibel eine Kiste, dichtete die Fugen ab und schnitt Schallöcher hinein. In den Deckel der Kiste ließ er das Waschbrett ein. Wenn nun Florenzo darüberstrich, klang es ungefähr so, wie man sich das ferne Heulen einer gefolterten Elefantenherde vorstellt.

Wieder beschwerte sich Sagasser, diesmal ohne Erfolg, denn Waldweibel erklärte seinen Lärm gleichfalls für Musik und verwies, diesmal zu seinen Gunsten, auf die entsprechenden Paragraphen der Hausordnung, in denen von keinem bestimmten Instrument die Rede war.

Ermuntert durch den Erfolg, schaffte sich Waldweibel eine noch größere Kiste und ein zweites, gröberes Waschbrett an. Dadurch, daß er eine rostige Kette rund um die Kiste befestigte, konnte er einen zusätzlichen, sehr befriedigenden Lärmeffekt erzielen.

Tags darauf fand Waldweibel neben den Mülltonnen den großen, verrosteten Deckel eines Waschkessels. Seine Wölbung ließ sich bequem mit dem Fuß eindrücken und gab beim Zurückschnellen einen ohrenbetäubenden Knall.

Große Freude bereitete Waldweibel die Entdeckung, daß eine Metallkugel, in einem bauchigen Glaskrug mit hoher Geschwindigkeit zum Rotieren gebracht, ein alles durchdringendes Kreischen erzeugte.

Das Arsenal seiner Lärmrevanche gegen den Pianisten Sagasser lag und stand stets griffbereit. Kaum daß Sagasser bei

Waldweibels nachbarlicher Anwesenheit einen Ton seines Klaviers rührte, stürzte Waldweibel zu seinem Instrumentarium und hörte nicht eher auf mit seinem höllischen Lärm, bis nicht auch Sagasser zu üben aufgehört hatte.

Sagasser war bald dem Nervenzusammenbruch nahe. Das Konzert rückte immer näher, Üben war notwendiger denn je. Er wagte schon nicht mehr abends oder an Wochenenden zu spielen. Waldweibel aber nahm sich heimtückisch untertags frei, hie und da auch einen ganzen Tag Urlaub. Einen flehentlichen Brief Sagassers ließ Waldweibel unbeachtet. Die Bitte des gequälten Pianisten, auf seine Gesundheit und vor allem auf die junge, zarte Pflanze seines beruflichen Erfolges Rücksicht zu nehmen, beantwortete Waldweibel mit dem Ankauf von vier Kuhglocken und einer handlichen elektrischen Bandsäge. Der Gipfel in Florenzos teuflischem Instrumentarium aber war eine große Zinkwanne mit flachem Boden, in die er millimeterhoch Wasser einlaufen ließ, wonach er mit einem speziellen Gummisaugstößel durch wechselweises Ansaugen und Abreißen Geräusche von derartiger Lautstärke und vor allem Unanständigkeit hervorrief, daß sie mit nichts anderem als das Haus in seinen Fundamenten erschütternden Dinosaurierfürzen verglichen werden konnten.

Florenzo Waldweibel hatte aber nicht nur sein Lärmarsenal vervollkommnet, er hatte auch an Fertigkeit zugenommen, es zu handhaben. Wurde drüben der erste Ton am Klavier angeschlagen, begann er mit einem leichten Motorsägen. Dann schüttelte er die Kuhglocken, sprang zu den Waschbrettern über – drei Knaller mit dem Waschzuberdeckel – das Kreischen der Eisenkugel ... er mischte die Geräusche, wechselte mit Behendigkeit die Zusammensetzungen, immer schneller, immer lauter folgten und überstürzten sich Knall und Kreischen und Rasseln und Klirren, wie ein Wichtel sprang Waldweibel endlich zwischen seinen Gerätschaften umher und betätigte stöhnend und schwitzend bald hier, bald dort buchstäblich mit Händen und Füßen seine Instrumente, bis alle gleichzeitig bewegt erschienen. Kam dann als Stretta das markerschütternde Donnern der Saurierfürze hinzu, war es, als wären hundert besonders bösartige Teufel dabei, das heilige Osterläuten der Kirchen von Rom zu parodieren.

Längst hatte dann, wenn Florenzo Waldweibel erschöpft in einen Sessel sank, der Pianist Sagasser sein tränenüberströmtes Gesicht unter Kissen verborgen, betend oder fluchend. Er litt – vier Tage vor seinem Konzert – so stark unter Schlaflosigkeit, Lärmhalluzinationen und Gleichgewichtsstörungen, daß er kaum noch aufrecht zu gehen vermochte.

Zwei Tage vor dem Konzert bekam Sagasser unerwartet einen hohen Besuch. Der Musikkritiker Kurt Hubert Krappel war gehalten (aus einem Grunde, der im für Außenstehende nur schwer zu durchschauenden Geflecht von Protektion und Rücksichtnahme lag), das Konzert Sagassers zu rezensieren. Krappel war selbstverständlich viel beschäftigt und hatte am Abend des Konzertes keine Zeit. An und für sich hätte er nicht angestanden, das Konzert zu besprechen, ohne es besucht zu haben. Kurz zuvor aber war er damit hereingefallen: er hatte infolge einer unvorhergesehenen Programmänderung die ›Waldstein‹-Sonate anstelle der ›Appassionata‹ rezensiert und mußte sich seitdem gefallen lassen, daß man ihm nachsagte, er könne Dur und Moll nicht unterscheiden. So suchte Krappel den Künstler vor dem Konzert auf und wollte ihn auf Ehre und Gewissen über das Programm befragen, um nicht wieder eine unpassende Passage aus seinem Konzertführer abzuschreiben. (Es handelte sich dabei um einen sehr alten Konzertführer, den kaum noch jemand kannte, schon weil man große Teile der Auflage 1945 eingestampft hatte; im großen und ganzen aber war er für Krappel durchaus noch brauchbar, wenn er jeweils die Wörter ›jüdisch-dekadent‹

durch ›feinsinnig‹ ersetzte; dafür, daß Krappel manchmal beim Abschreiben die Seiten verwechselte, kann der alte Konzertführer schwerlich verantwortlich gemacht werden.)

Sagasser war vor Schreck und Ehrerbietung zu Stein erstarrt, als Krappel bei ihm eintrat. Sagasser erbot sich, unverzüglich sein ganzes Programm dem Kritiker vorzuspielen, der Kritiker winkte zwar dankend ab, aber Sagasser hatte sich schon ans Klavier gesetzt, die ersten Akkorde angeschlagen – er hatte in der Fülle seines Glücks ganz seinen satanischen Nachbarn vergessen, der auch diesmal unverzüglich seine ausgefeilte Lärmorgie entfaltete.

Sagasser spielte mit dumpfer Verbissenheit seinen Sonatensatz herunter. Krappel saß festgebannt auf seinem Stuhl.

»Eine Offenbarung«, sagte Krappel, als Sagasser geendet und auch der Lärm nebenan aufgehört hatte.

»Wirklich?« sagte Sagasser und war nahe daran, vor Krappel in die Knie zu stürzen und ihm die Hand zu küssen.

»Wer ist das Genie?« murmelte Krappel und eilte an dem verdutzten Pianisten vorbei zur Nachbarwohnung.

Der Rest ist bald erzählt. Schon am nächsten ›Internationalen Fest für Neue Musik‹ trat Waldweibel mit seinen ›Sadismen für Schlagzeug‹ auf und erntete das Lob aller Kritiker. Ein neuer Meister war entdeckt. Der Erfolg, wie es so heißt, wich hinfort nicht mehr von Waldweibels Seite.

Anfangs allerdings konnte sich Waldweibel nur schwer in die Rolle des Komponisten finden, nicht weil er unmusikalisch war, sondern weil er fühlte, daß er seiner eigentlichen Berufung, der zum lyrischen Dichter, ferner war als zu den unseligen Zeiten in der stickigen Firma Dr. Harland & Dr. Filchner.

Die Anstrengungen seines Entdeckers, der an den Tantiemen partizipierte, die Tantiemen selber und endlich die Gewöhnung an den Erfolg heilten die unglückliche Liebe Waldweibels zur lyrischen Dichtung. Waldweibel erkannte sogar, daß seine bescheidenen literarischen Einfälle (die wohl nie ausgereicht hätten, ihm Ruhm als Dichter zu verschaffen) von unschätzbarem Wert für seine Kompositionen waren: er erfand Titel, die ihm den glühenden Neid seiner neuen Kollegen eintrugen. So erfand er vor einigen Jahren spezielle Posaunen, an deren Züge er kleine Häkchen löten ließ. Für diese Instrumente verfaßte er: ›Trepanationen für sechzehn vollbärtige Posaunisten zur Demonstration des natürlichen Kontrapunktes‹. Beim Blasen sollten sich die Häkchen in den Vollbärten der Bläser widerhakengleich verfangen; da die Posaunisten gehalten sind, weiterzublasen, reißt es dann natürlich an ihren Barthaaren, so daß sie – die Posaunisten – kurz ihre Instrumente absetzen und Schreie ausstoßen. Je tiefer die Posaunisten blasen, desto stärker reißt es an ihren Bärten, desto höher werden damit die Schreie. Das ist, erklärte Waldweibel im »Melos«, der natürliche Kontrapunkt.

Da das Werk 1959 beendet wurde, widmete es Waldweibel dem Land Tirol (wo anders wären noch sechzehn vollbärtige Posaunisten aufzutreiben!) zur 150. Jahresfeier des Aufstandes von 1809 und gab ihm den zusätzlichen Untertitel ›Berg-Isel-Cha-cha-cha‹. (Wahrscheinlich fiel Waldweibel dem leider verbreiteten und durch nichts als die gemeinsame Bärtigkeit gerechtfertigten Irrtum, der Andreas Hofer mit Fidel Castro verwechselt, zum Opfer.)

1965, zum 200-Jahr-Jubiläum der Uraufführung des »Orfeo« von Gluck, legte Waldweibel ein anderes sensationelles Werk vor. Er ließ sich damals von einem der Notenschrift kundigen Freund alle Noten auf dem Klavier bezeichnen, aus denen die bekannte Arie ›Che farò senz' Euridice‹ besteht. Aus den von Gluck für diese Arie nicht verwendeten Tönen (im wesentlichen ganz hohe, ganz tiefe und ein paar tonartenfremde in der Mitte) wob er ein längeres Musikstück aleatorischer Machart, also eine Art Negativ der Gluck-Arie, und nannte es ›Christoph-Willibalds Abdruck im Schnee, Chevaliers pocket-size-concerto‹.

Die Autorschaft an der Neubelebung der ormizellischen Katzenorgel (zweiundsiebzig angebundene Katzen, nach Stimm- oder besser Miau-Höhen geordnet und in eine Klaviatur gespannt, in der die Katzen je nach Tastendruck mit einer Nadel in den Schwanz gestochen wurden, womit man verschiedene Töne, ja Akkorde hervorrufen konnte) unter dem Titel ›Hommage à Ernst Theodor Amadeus‹ bestritt Waldweibel allerdings. Möglicherweise, erklärte er im Freundeskreis einmal, sei diese Unterstellung eine kleinliche Rache des Pianisten Sagasser, von dem man im übrigen nie mehr etwas gehört hat.

Don Juan und Faust
(1962)

(Die folgende Geschichte ist unverändert aus dem Roman »Der Ruinenbaumeister« übernommen. Laura, die Erzählerin, wird gelegentlich von ihren Zuhörern unterbrochen, die wie Laura selbst in die Rahmenhandlung des Romans gehören.)

Eine gelungene Improvisation«, sagte Laura, »ist nur eine Frage gründlicher Vorbereitung. So beginne ich denn meine improvisierte Geschichte mit jenem Tag in der Regierungszeit des Don Luigi Mocenigo, an dem der unglückliche Dichter Don Miguel de Cervantes Saavedra seine linke Hand verlor. Er verlor sie durch einen türkischen Schuß – zwei weitere sollten seinen linken Arm lähmen –, als er am 7. Oktober 1571 auf einem spanischen Schiff stand und seinerseits auf die Türken feuerte. Es war, wie um diese Jahreszeit in jener arkadischen Gegend nicht anders zu erwarten, ein strahlender Tag, aber der Pulverdampf der gewaltigen Kanonen auf den fünfhundert Schiffen – Freund und Feind zusammengezählt – verdüsterte den Himmel über der Meerenge zur Nacht. An den Felsen der Straße von Naupaktos – wir Venezianer nennen es Lepanto – brach sich der Donner der Geschütze. Brennende Galeeren, in denen angekettete Sklaven ungehört um Rettung schrien, verwandelten die künstliche, grauenvolle Nacht wieder in blutig lichten Tag. Es hatte als eine regelrechte Seeschlacht begonnen, doch die Entscheidung hatte auf diese Art nicht herbeigeführt werden können. So war man zum regellosen, brachialischen Nahkampf übergegangen, Schiff gegen

Schiff und Mann gegen Mann. Hüben und drüben ging es in dieser dröhnenden Nacht aus Dampf und Asche um Sieg oder Tod, um mehr noch: Kreuz oder Halbmond …

Die beiden riesigen Admiralsschiffe waren zusammengeprallt, und wie auf einer großen hölzernen Zitadelle kämpften Spanier und Janitscharen auf den blutverschmierten Decks, während rundumher, aufgepeitscht von den hektischen Manövern dieser letzten großen Galeerenschlacht, das Meer Wellen schlug wie im Sturm. Aufberstend sank eine brennende türkische Galeere in einen Strudel. Ein türkischer Hauptmann, wohl gräßliche, aber unhörbare Flüche ausstoßend, schwang seinen krummen Säbel, bis das wilde Wasser ihn und die Flagge des Halbmondes verschlang. Wie sich bei einem Zweikampf gleich starker Gegner der Kampf bis zum Stillstand zuspitzen kann, bis zu dem Punkt, da sie Brust an Brust, die Degen am Heft gekreuzt, die letzten Kraftreserven sammeln – bis eine, eine einzige kleine Überlegenheit des einen den anderen ein wenig wanken macht, dieses Wanken einen die Übermacht gewinnen und schneller und schneller den Widerstand des anderen, nun schon so gut wie Besiegten abbröckeln läßt, bis er die Flucht ergreift oder die Kehle darbietet: so hatte sich die Schlacht – nur undeutlich war es von den anderen Schiffen durch Dunst und Rauch und Brände zu erkennen – in dem Duell der beiden Admiralsschiffe zugespitzt. Das eine trug die Standarte mit den drei Halbmonden, Ali Muensisade-Pascha, der Kapudan-Pascha – was bei den Türken soviel wie Groß-Admiral bedeutet – befehligte es. Auf dem anderen aber kommandierte Don Juan. Wie ineinander verbissen, mit zersplitterten Rudern, lagen die turmhohen Borde aneinander. Ein Atemzug, ein Hauch konnte jetzt die Schlacht entscheiden. Vielleicht war es das Signal einer Trompete, das einen weit vorgedrungenen Janitscharen einen, nur einen einzigen Schritt zurückweichen ließ, und schon vollzog sich lawinengleich die Niederlage der Türken. Die Janitscharen wurden auf ihr eigenes Schiff zurückgetrieben, die Venezianer drängten nach, selbst der greise Sebastiano Venier, Held von hundert Schlachten, ließ sich ein letztes Mal in den Harnisch gürten und folgte seinen Enkeln auf das türkische Schiff. Die Türken verteidigten nur noch das Achterdeck und einige erhöhte Punkte des Schiffes, doch das Gesetz der rasenden Lawine zwang sie unaufhaltsam ins Verderben. Der Kapudan-Pascha fiel, der Hauptmast wurde erobert, die Standarte mit den drei Halbmonden sank, Entsetzen lähmte die nächstliegenden türkischen Schiffe. Die ersten wendeten zur Flucht, die Venezianer, die Spanier, die päpstlichen Schiffe, die Malteser und Savoyarden – weniger eifrig die Genuesen, die bereits Vorkehrungen getroffen hatten, im Falle türkischen Sieges unmerklich die Fronten zu wechseln – verfolgten den weidwunden Feind in die Bucht von Korinth hinein. Immer leichter fiel es ihnen, die türkischen Schiffe zu entern oder in Brand zu schießen. Zuletzt war es nur mehr ein grausiges, todbringendes Kesseltreiben auf die ziellos fliehende Masse von Schiffen, die in der Frühe noch die Flotte des Sultans gewesen war, die größte einheitliche Flotte der Welt.

30 000 Türken waren erschlagen, erschossen, gefangen oder ertrunken. 130 türkische Galeeren wurden erobert, 12 000 christliche Sklaven befreit. Der christliche Sieg war vollkommen, das Frohlocken unbeschreiblich. Einer Gefahr, die zumindest seit der Eroberung Konstantinopels – die damals etwas mehr als hundert Jahre zurücklag – dem Abendland übersinnfällig vor Augen gestanden hatte, war die Spitze abgebrochen. Die Christenheit atmete auf. Die Spannung löste sich in dem nicht enden wollenden Tosen des Jubels, der, wenige Tage nach der Schlacht, die heimkehrenden Sieger in Venedig begrüßte und in einen Taumel tagelanger Feste stürzte.

Jedes der großen venezianischen Häuser rechnete es sich zur Ehre an, wenigstens einen der Helden in seinem Palast zu feiern: den Herzog Emanuel Philibert von Savoyen, den man

›Eisenkopf‹ nannte, den Großmeister der überaus tapferen Malteserritter, den edlen Pietro del Monte, den Herzog Don Ottavio Farnese von Parma, sogar Gian Andrea Doria, den genuesischen Admiral, und allen voran ihn selber, den strahlenden Mittelpunkt des Triumphes – Don Juan d'Austria, der seitdem ›der Sieger von Lepanto‹ hieß und den die venezianischen Damen Don Giovanni nannten.

Einige Zeit vor diesen weltbewegenden Ereignissen kam ein anderer Fremder in die Serenissima. Seine Ankunft vollzog sich unbemerkt und so unauffällig, wie er – wenigstens auf den ersten Blick – selber wirkte. Der Fremde, ein alter, wenn auch offensichtlich rüstiger Mann, gelangte in Begleitung eines Dieners oder Faktotums auf dem Landweg nach Venedig, das heißt also, er nahm in Mestre eine der schwarzbraunen, unförmigen Barken, die täglich zu Hunderten zwischen Venedig und Mestre über die Lagune setzten. Das Trinkgeld, die feine Art sich zu bewegen, und die gewählte, aber auch gewählt unscheinbare Kleidung verrieten dem Fährmann, daß sein Fahrgast nicht zu den Armen gehörte. Und nur beim Ein- und Aussteigen, wobei ihm der Schiffer und der Diener behilflich sein mußten, war zu erkennen, daß er wohl doch viel älter und gebrechlicher war, als es zuerst scheinen mochte.

Der Fremde ließ sich zum Fondaco dei Tedeschi führen, dem konzessionierten Handelshaus der deutschen Kaufleute. Dort erkundigte er sich nach dem Residenten eines der reichsten Handelshäuser und zeigte eine Reihe von erlauchten Empfehlungsschreiben vor, die ihn als einen Doktor Vingerhut aus Böblingen auswiesen. Der Fuggersche Handelsmann bemühte sich denn auch in eigener Person um angemessenes Quartier in einem der besser beleumundeten Gasthöfe der Stadt und erbot sich zu allen ferneren Diensten bereit, die der Fremde – jetzt können wir ihn ja Dr. Vingerhut nennen –

jedoch kaum in Anspruch nahm. Vingerhut, stets in Grau gekleidet, beschäftigte sich in der ersten Zeit seines Aufenthaltes hauptsächlich damit, die schon damals weltweit bekannten Sehens- und Denkwürdigkeiten unserer Stadt gründlich zu betrachten, erkundigte sich bei jeder Kirche und jedem Palast nach dem Erbauer, Baumeister, Patron oder Besitzer und allen jenen Umständen, die reisende Fremde interessieren, wenn sie nichts zu tun haben. Aber auch das war kaum etwas Besonderes in Venedig, wenn man die unglaubliche Vielzahl der Deutschen, Franzosen, Polen, Spanier, ja der Finnen, Araber und Kuruzen bedenkt, die ständig kamen und gingen, und zudem die Aufregung jener Tage, da die Nachrichten über den bevorstehenden und endlich erfolgten Auslauf der Flotte der Heiligen Liga aus Messina sich überstürzten und die ganze Stadt um den Sieg des Don Juan d'Austria bangte, von dem – darüber war sich der letzte Bettler auf den Straßen vor San Marco klar – das ferne Schicksal der goldenen Serenissima in der Lagune abhinge.

Es war wenig vor dem entscheidenden Tag von Lepanto – widersprüchliche Meldungen und Gerüchte jagten sich in der verängstigten Stadt –, in den Tagen der großen Bittgottesdienste und Prozessionen, als Dr. Vingerhut, scheinbar unberührt von der ganzen Aufregung, das zweite Mal in den Fondaco dei Tedeschi kam; diesmal um beim Fuggerschen Repräsentanten eine Auskunft zu erbitten: eine Adresse. Der Kaufmann erklärte sich selbstverständlich bereit, jede gewünschte Auskunft zu erteilen oder wenigstens zu beschaffen. Als er jedoch den Namen des Mannes hörte, dessen Wohnung er nennen sollte, da erbleichte er.«

»Autoren gewisser historischer Romane«, fuhr Laura nach einer kleinen Pause fort – ein Diener war gekommen und hatte die Nachricht gebracht, daß einer der herzoglichen Lieblingskater, Ramses, von einem Nachbarhund gebissen worden war –, »geben sich gern den Anschein, als wüßten sie Dinge, die allen Geschichtsquellen unzugänglich sind und die womöglich nicht einmal Zeitgenossen bekannt waren. Die klügeren dieser Autoren begeben sich dabei ins nicht Nachprüfbare. Besonders frech finde ich es aber, wenn gar der Inhalt von Gesprächen zwischen historischen Personen im Wortlaut wiedergegeben wird! Ich will mich also mit dem Folgenden nicht in die Gesellschaft jener Autoren begeben – ich behaupte weder, daß das Gespräch der beiden jungen Venezianer je stattgefunden, noch, daß es die zwei hochwürdigen Herren überhaupt gegeben hat: Ich beuge mich lediglich der Forderung, daß eine gute Geschichte nicht nur unterhaltend, sondern auch belehrend sein soll, wenn ich nun den Herrn Marc Antonio Moro, Kanonikus bei San Marco, mit einer Stimme sagen lasse, die nur schwer den Weg aus dem vor Fett förmlich ins Gesicht hineingeschrumpften Mund fand:

›Weiß eigentlich irgendein Mensch, warum dieser widerliche Peretti Kardinal geworden ist?‹

Die Herren führten, wie man sieht, ein theologisches Fachgespräch. Der zweite, ein gewisser Don Albano Sagredo, Präfekt der Schule von San Rocco, fast noch dicker als sein Freund, rieb seine bläuliche Nase und sagte nach langem Nachdenken: ›Voriges Jahr, voriges Jahr ist er schon Kardinal geworden.‹

›Und weiß ein Mensch, warum?‹ wiederholte der erste hochwürdige Herr.

›Er redet viel‹, sagte Don Albano, ›er redet furchtbar viel; wenn ich so viel reden möchte‹, er schnüffelte wie eine Wildsau nach Trüffeln, ›wäre ich schon längst Kardinal.‹

›Ich wette vier von meiner Mamma in Lorbeer gedünstete

Schweinshoden‹, Don Marc Antonio schlenzte die Zunge mit überraschender Fertigkeit spannenlang ums Kinn, ›gegen eine Haselnuß, wenn dieser geschwätzige Anconitaner nicht noch Papst wird!‹

›Der übernächste vielleicht, der nächste gewiß nicht‹, sagte Don Albano.

›Warum nicht?‹

›Weil er ein R im Namen hat.‹

›Ach so, ja‹, sagte Don Marc Antonio, ›er hat ein R im Namen. Wer wird dann der nächste Papst?‹

›Der jetzige hat vor der Wahl Michele Ghisleri geheißen, mit R –‹

›Ein widerlicher Mailänder‹, sagte Don Marc Antonio.

›– der vorhergehende, Pius IV., hieß von Geburt aus Gian Angelo dei Medici – ohne R –‹

›Auch ein Mailänder, ein Hurenbock, ein widerwärtiger, man sagt, er habe adelige Damen ganz nackend malen lassen!‹

›– Vor ihm regierte Paul IV., mit bürgerlichem Namen Gian Pietro Caraffa – mit R –‹

›Ein Neapolitaner, ein unangenehmer Betbruder – war der nicht sogar Mönch?‹

›Mit R, ohne R, mit R, ohne R –‹

›Regelmäßig‹, sagte Don Marc Antonio und gähnte, ›das kann nur das Wirken des heiligen Geistes sein.‹

›Da der jetzige Papst ein R hat, muß der nächste zwangsläufig einer ohne R sein.‹

›Zwangsläufig‹, sagte Don Marc Antonio.

›Ich wette zwei junge Gondolieri gegen die Hühneraugenschneiderin von San Tommaso, daß der Kardinal von San Sisto der nächste Papst wird.‹

›Ugo Buoncompagni?‹

›Ja. Erstens ist er Bologneser. Ewig ist kein Bologneser mehr Papst gewesen. Der letzte Papst aus Bologna war –‹

Don Albano zwitscherte mit seinem Mäulchen und drehte die Augen nach oben, ›– war Lucius, ja, Lucius, 1144 gewählt. 1145 fiel ihm ein Stein auf den Kopf.‹

›Hochinteressant‹, sagte Don Marc Antonio.

›Ja. Und dann ist Buoncompagni Legat beim König von Spanien gewesen. Wäre heute Papstwahl, Buoncompagni würde allein deswegen Papst. Aber er wird es später auch noch.‹

›Ist das nicht der Verrückte, der immer über irgend etwas Bestimmtes redet – es fällt mir gerade nicht ein – irgend etwas will er einführen oder abschaffen. Die Uhren – nicht?‹

›Den Kalender‹, sagte Don Albano. ›Nach ihm wird dann Peretti Papst – mit R –, und danach tippe ich auf Giovanni Battista Castagna.‹

›Der ist ja noch nicht einmal Kardinal.‹

›Das wird er noch. Erzbischof von Rossano ist er schon zwanzig Jahre lang. Außerdem muß endlich wieder ein Römer Papst werden, sonst verrotzen die Fischweiber das Konklave; der letzte Römer war –‹, wieder zwitscherte Hochwürden mit erhobenen Augen im Nachzählen, ›– Otto Colonna, also Martin V., von 1417 bis 1431.‹

›Hoffentlich schafft der nicht auch etwas ab, die Schweinshoden –‹

›Unsinn! Danach könnte Niccolò Sfondrato drankommen – mit R –, und darauf, es kann nicht anders sein, wird Antonio Facchinetti, der Bischof von Nicastro, gewählt: beim letzten Kniefall vor unserem Pius, als der Papst sich niederbeugte, um ihn aufzuheben, ist ihm die Tiara auf den Kopf gefallen. Ein untrügliches Zeichen. – Laß das!‹ Der junge Hochwürden schob die Hand des geistlichen Bruders sanft, aber nicht ohne Nachdruck von seinem Knie.

Das Fest, auf dem die beiden jugendlichen Neffen des alten Prokurators Contarini dieses Gespräch führten, war ebenfalls eine der Feierlichkeiten zu Ehren Don Juan d'Austrias. Es war kein besonders fashionables Fest, wenngleich sich seine Veranstalter alle Mühe gegeben hatten, daß es dem Glanz der anderen Bälle und Empfänge in den Palästen der hohen Häuser am Canal Grande nicht nachstünde. Am Geld fehlte es jedenfalls nicht, und bei der zuständigen Behörde war man um die Genehmigung eingekommen, fünf Tage lang feiern zu dürfen. Die Genehmigung war erteilt worden; trotzdem figurierten im Festsaal des Fondaco dei Tedeschi – denn vom Fest der deutschen Kaufleute ist die Rede – nur eher drittrangige Nobili. Schon vier Tage hatte man mit zunehmender Trunkenheit und abnehmendem Festrausch gefeiert, als es einer wiederholten submissesten Vorstellung einer Abordnung der deutschen Kaufmannschaft endlich gelang, den Helden selber, Don Juan d'Austria – den die einladenden Herren ja nicht ganz zu Unrecht ihrem Volke zuzählten – zu der Zusage zu bewegen, daß er am fünften Tag außer einer Reihe anderer Vergnüglichkeiten öffentlicher und privater Natur auch dem Fest im Fondaco dei Tedeschi die Ehre geben werde.

Blitzartig durchlief die Kunde, daß Don Giovanni das Fest der deutschen Kaufleute besuchen werde, die Informationskanäle all jener, die darauf angewiesen sind, stets ›dabei zu sein‹. Und so überwucherte eine Stunde oder eine halbe, bevor der Held eintraf, die Fröhlichkeit der venezianischen Crème – oder vielmehr dessen, was sich dafür hielt – das abgestandene Fest der erstaunten Deutschen.

Dann kam Don Juan. Sechzehn gemietete ›pifferari‹ bliesen auf ihren Trompeten, daß man meinte, der Fondaco fiele auseinander, und die Busen der Damen bebten, auch wenn ihre Trägerinnen das Atmen vergaßen. Don Juan war ein wenig kleiner, als diejenigen erwartet hatten, die ihm noch nie gegenübergestanden hatten, er war in weißen Brokat gekleidet, und um den Hals trug er die goldene Kette, die ihm die

Republik geschenkt hatte. Ganz in Scharlach, begleitete ihn sein um zwei Jahre älterer Neffe Don Alessandro Farnese, Thronerbe von Parma.

Wohl genausowenig wie die beiden masthuhndicken Prälaten mochte Don Juan den bärtigen, grau gekleideten alten Herrn bemerken, der ruhig beobachtend in einer Ecke saß – auf den ersten Blick aber bemerkte er Donna Anna Contarini ...«

Die Verwundungen des Katers Ramses, meldete ein Diener, der schon eine Zeitlang im Hintergrund gewartet hatte, bis Laura eine Pause machte, die Verwundungen seien nicht so schwerwiegend, wie man zunächst angenommen habe. Der Herzog-Kastrate verordnete Einreibungen mit Franzbranntwein.

Laura fuhr fort:

»Ich sagte, daß Don Giovanni den würdigen Alten wohl kaum bemerkt hätte, selbst wenn er ihm nicht unbekannt gewesen wäre. Der Greis jedoch, niemand anderer als Dr. Vingerhut, hätte Don Giovanni auch unangekündigt erkannt, obwohl er ihn nie zuvor gesehen hatte, weder lebend noch im Bild – jedenfalls nicht in irdischem Bild ...

Dem deutschen Kaufherrn war es nämlich nicht schwer gewesen, Dr. Vingerhut die Adresse jenes Mannes zu verschaffen, dessen Name ihn hatte erbleichen lassen. Ich will ihn Messer Simeone nennen – aber er hatte wohl viele Namen –, und er wohnte weit draußen, in irgendeiner Quergasse zum Rio della Misericordia. Dr. Vingerhut hatte fürwahr vermutet, daß sich Messer Simeone nicht durch einen Palast auf kristallenen Säulen verraten würde – ein so elendes Haus aber hatte er nicht erwartet. Zu ebener Erde verbreitete ein billiger Fleischerladen üblen Gestank. Fleischstücke hingen vor dem Laden. Die Sonne brannte auf sie hernieder, und das gelbe Fett war zu ranzigen, widerlichen Klümpchen herausgeschmolzen. Neben dem Laden hatte Messer Simeone offenbar seinen Privateingang, denn er winkte Dr. Vingerhut aus dem ersten Stock zu und deutete auf eine kleine Pforte. Kein Stiegenhaus, eher der Bohrgang einer riesigen Steinmade, die sich durch das Haus gefressen hatte, führte ohne Absatz, ohne Fenster schlupfeng zu einer Tür hinauf. Dort erwartete Messer Simeone, ein kleiner, rundlicher, bartloser Mann, seinen Besucher. Durch einen Raum, der mit alten Kleidern vollgestopft war – es roch unverkennbar nach Ratten – geleitete er, mit dem Fuß ein paar Lumpen beiseite fegend, Dr. Vingerhut in einen nächsten, etwas größeren Raum, der mit kupfernem und irdenem Geschirr und zahllosen Scherben angefüllt war. Eine Art Galerie folgte – überall lag fingerdick der Staub. Links ließ eine Reihe von halbblinden Fenstern mattes Licht hereindringen. Rechts standen hohe Glasschränke mit Fächern, aus denen im staubigen Halbdunkel präparierte Fische glotzten. Kugelige und schlangengleiche Ungetüme mit viereckigen Augen oder ohne Augen, mit peitschengleichen Flossen, grellfarbig, knochenbleich oder durchsichtig, starrten sie den Doktor an. Wesen aus den tiefsten Tiefen des Meeres, oft nur aus Stacheln, Kapseln und Ringen bestehend, wie Figuren aus den krankhaften Träumen eines verkommenen Mathematikers. Es waren grauenvolle Wesen, unnennbar und unbeschreiblich, Wesen, wie sie auf den vorletzten Seiten gewisser Bücher abgebildet sind, auf Seiten, die man nicht aufzuschlagen wagt; Wesen, die die Sphäre am Ende des deutbaren Raumes bewachen – an ihnen vorbei stürzte man, schlüge man die allerletzten Seiten jener Bücher auf, in den hellen Abgrund der namenlosen Unbegreiflichkeit, die selbst Gott fremd ist.

Lächelnd wie ein Aquarienfreund klopfte Messer Simeone an die Vitrinen – träge wirbelte der Staub auf …

Der nächste Raum, am Ende der Galerie, war schon weniger dürftig: eine Art Vorratslager mit Flaschen voll irisierender

Flüssigkeiten, wie von innen heraus glühender Essenzen, goldener Wasser, mit Regalen voll der Größe nach geordneten Totenschädeln, Embryonen in Spiritus, Gläsern mit toten Fliegen verschiedener Gattungen, getrockneten Fröschen, Wolfsohren, Pferdeaugen.

Ein Laboratorium mit dem üblichen gläsernen und kupfernen Gerät schloß sich an. Die gebräuchlichsten Zauberformeln waren an die Wände gemalt, manche allerdings mit Vorhängen verdeckt.

Zu guter Letzt erreichte man das Ziel: die Bibliothek. – Solche Häuser, müssen Sie wissen, oder besser, solche Konglomerate von Bauwerken, in denen Räume und verbindende Gänge sich über Hunderte von Metern durch Keller, Gewölbe und über verdeckte Kanäle hinziehen, gibt es in Venedig häufig. – Die Bibliothek endlich, ein hoher Raum mit einer Galerie, war einigermaßen wohnlich. Ein Globus – kein Erdglobus, auch kein Himmelsglobus, sondern ein Globus mit der Topographie der Hölle – stand unter einem elfarmigen Leuchter neben zwei bequemen Stühlen. Dorthin setzten sich Messer Simeone und sein Gast.

›Was kann ich für Sie tun?‹ fragte Messer Simeone.

›Das ist nicht mit einem Wort zu sagen. Ich hoffe, Sie haben ein wenig Zeit, mir zuzuhören.‹

›Wenn es nicht allzu lange dauert‹, murmelte Messer Simeone.

›Sehr freundlich von Ihnen. – Ich bin, wie Sie sehen‹, begann nun Dr. Vingerhut, die Hände vor dem Mund gefaltet, den Blick zur Decke erhoben und tief in seinen Sessel zurückgelehnt, ›ich bin ein alter Mann. Die Last der Jahre hat meinen Leib gebeugt, die Kraft meines Geistes aber hat die Erkenntnis gebrochen, daß es das, wonach ich mein Leben lang geforscht, nicht gibt: den Sinn des Lebens, den Urgrund allen Seins.‹

›Schrecklich, schrecklich‹, sagte Messer Simeone.

›Wahrhaftig schrecklich, in des Wortes eigenster Bedeutung.‹

›Schrecklich‹, raunzte Messer Simeone, ›worüber sich die Deutschen Gedanken machen. – Aber fahren Sie fort. Es ist im Preis inbegriffen, daß ich meine Kunden anhöre.‹

›Ich war ein Jüngling nicht ohne Feuer. Aber von früher Jugend an gehörte mein ganzes Streben den wesentlichen Dingen –‹ Dr. Vingerhut seufzte, ›– oder was man so nennt. Im Alter knäbischer Spiele begeisterten mich Latein, Griechisch und Hebräisch. Ich konnte mich rühmen, jede heilige Zeile, die von Ovidius Naso erhalten ist, auswendig im Kopf zu haben. Während andere nach Mädchen schmachteten, saß ich nächtelang über Büchern. Die Kameraden, mit denen ich bald nichts mehr gemein hatte, lärmten singend in den Tavernen, ich aber stillte meinen Durst nach Erkenntnis an den Quellen der Mathematik. Allenfalls erlabte ich mich an einer Plautus-Komödie oder an einem geschliffenen Dialog mit einem Gelehrten über weltbewegende Dinge. War dies anfänglich nur unbewußter Drang nach Wissen, so wurde es, je mehr ich erfuhr, zur zwingenden Suche nach Erkenntnis. Ich wollte das System der Welt erforschen. Überzeugt, daß es irgendwo einen Sinn geben müsse, glaubte ich, ihn dann ergründet zu haben, wenn ich alles wüßte, was dem menschlichen Wissen zugänglich ist. Alles Wißbare in mir bergend, sei es nicht schwer, meinte ich, den Bauplan des Seienden zu durchschauen.‹

›Ich hoffe, verzeihen Sie die Unterbrechung‹, sagte Messer Simeone, ›Sie zahlen in bar?‹

›Äh – ah – wie? Nein; ich habe gute Wechsel!‹

›Wechsel‹, grunzte Messer Simeone, ›habe ich nicht gern. – Wechsel – Auf wen sind sie gezogen?‹

›Lassen Sie mich alles der Reihe nach erzählen, lieber Messer Simeone: das System der Welt, sagte ich schon, schien mir erfaßbar, wenn man alles wüßte, was es zu wissen gibt. – Hätte man erst die ganze Erfahrung geordnet, träte dieses System in seiner Sonnenklarheit zutage, und es sei ein leichtes, das Fehlende, das uns Unbekannte einzusetzen wie die Zahlen in eine Gleichung. Auch das letzte Geheimnis, der Zweck unseres Lebens, würde offenbar. Zwar war ich Christ –‹

›Pfui –‹, Messer Simeone spuckte wild, ›Verzeihung, ein Haar ist mir in den Mund gekommen.‹

›– und hätte nur zu *glauben* brauchen. Ich aber wollte den Glauben durch ein Wunder gewinnen, durch das größte Wunder: das Wunder des Verstandes. So begann ich denn mit Ernst das Wissen zu sammeln. Meine besten Mannesjahre brachte ich mit Studien von extremer Gründlichkeit und Systematik zu.‹

›Mit einer Frau haben Sie nie geschlafen?‹ sagte Messer Simeone gähnend.

›Auch die körperliche Liebe schien mir ein Teil der wissenswerten Erfahrung. In meinem einundvierzigsten Jahr, zur Zeit meiner medizinischen Studien, heiratete ich meine Haushälterin und zeugte einige Kinder. Es versteht sich, daß ich dem Zeugungsakt, als für den Urgrund des Seins ausnehmend erkenntnisreich, immer große und ernste Aufmerksamkeit schenkte.‹

›Das arme Mädchen‹, sagte Messer Simeone. ›Ich schätze, Sie haben dann auch die Erfahrungen des Hahnreis gemacht?‹

›Ich trieb meine Studien‹ – Dr. Vingerhut überging Messer Simeones Frage mit einer Handbewegung – ›sozusagen vom Inneren ins Äußere, vom Engeren ins Weitere, vom Besonderen zum Allgemeinen, vom Physischen zum Metaphysischen. Die Mineralogie stand am Anfang meiner systematischen Studien; sie brachte mich zur Geologie, Geographie und Astronomie einerseits, andererseits aber zur Botanik, Zoologie, Medizin; die Medizin führte zur Chemie, die Chemie zur Physik; von ihr als dem Besonderen ausgehend, studierte ich die allgemeinen Wissenschaften der Philosophie, der Staatskunde, der Geschichte, Juristerei und –‹«

»– und leider auch der Theologie«, sagte der Herzog-Kastrate. Laura lachte.

»Ihr habt natürlich längst erkannt, wer Dr. Vingerhut in Wirklichkeit war! Ja: ›– und leider auch Theologie‹, sagte also Dr. Vingerhut. ›Dabei war ich gewiß nicht unglücklich, im Gegenteil. Bald hatte ich in gelehrten Kreisen einen gewissen Ruf. Ich bekam eine Lehrkanzel an der Universität in Freiburg, und wenn ich auch keine Reichtümer erntete, so hatte ich doch mein wohlhabendes Auskommen. Ohne Sorgen, nicht ohne weltliche Anerkennung – ich erinnere mich nur an die goldene Kette nebst ebensolchem Anhänger, die mir Otto Heinrich Magnanimus, weiland Fürst der Pfalz kurmildesten Angedenkens, hat übersenden lassen – lebte ich geregelt, wie nach der Uhr in meinem wohleingerichteten Haus, dessen Bibliothek alle Schätze des Geistes enthielt, die mir greifbar waren. Wenn ich mich zur gewohnten Stunde, ein unbeackertes Feld von Zeit vor mir, nach einem Glas alten Portweins in mein Arbeitszimmer zurückzog und mich im Licht der Lampe an mein Pult stellte, so mochten draußen die Stürme der Welt toben: ich fühlte mich im Pelz des ernsten Strebens für immer geborgen.‹

›Sie bringen mich auf eine gute Idee‹, sagte Messer Simeone. Aus einem versteckten Wandschrank nahm er eine Flasche Port und goß sich ein Glas haarebenvoll. Auch vor Dr. Vingerhut stellte er ein Glas hin, goß ein paar Tropfen hinein, überlegte und schenkte es dann gut halbvoll. Ächzend holte er einen Teller mit vier Plätzchen, von denen er schnell zwei aß. ›Bitte‹, sagte er – die Plätzchen staubten leicht aus seinem Munde – ›bedienen Sie sich.‹

Dr. Vingerhut nippte am Wein.

›Es war kein bestimmtes Ereignis, das mich bewegte, ich könnte auch keinen Tag nennen, an dem alles begonnen hätte. Die Zweifel kamen wie eine schleichende Krankheit, ja wie das Alter. Zuerst wollte ich natürlich nicht an meinen verfehlten Weg glauben. Ich schritt nur noch eigensinniger fort. Mit der Zeit aber konnte ich mir selbst nicht mehr verhehlen, daß, je mehr Wissen ich häufte, desto brüchiger das Gebäude meiner Erkenntnis wurde. Erst ärgerlich, dann verzweifelt und endlich mit der Wut des schier Wahnsinnigen versuchte ich die höllischen Zweifel –‹

›Hem – hem‹, sagte Messer Simeone.

›Wie bitte?‹

›Nichts, nichts, fahren Sie nur fort.‹

›Es ging mir wie dem Käfer, der aus einem Sandtrichter zu entkommen sucht: je mehr er strampelt, desto schneller rutscht der Sand nach. – So war der Tag unausbleiblich, da ich mir die letzte wissenschaftliche Erkenntnis abtrotzte – nein, nicht ein Tag, eine Reihe von Nächten, in denen mich das Fieber des Grauens schüttelte. Ich summierte all mein Wissen. In einem Denkprozeß, der mich, glaube ich, körperlich zum Skelett abmagern und wie einen Wahnwitzigen durch Haus und Garten irren ließ, in einer einzigen, gewaltigen Anstrengung zog ich das Fazit – Null! Es war mir nicht gelungen, das System der Welt zu begreifen; ich hatte nicht einmal das System zur Erkenntnis dieses Systems ergründet. Im Gegenteil: alles, was ich wußte, waren nur Indizien dafür, daß es einen Sinn der Welt nicht gab. Diese Erkenntnis jedoch war weniger niederschmetternd als das Grauenvolle, das Unentrinnbare dessen, daß sie zu spät kam: ich war ein Greis! All die Nächte, was sage ich, all die Jahre, Jahrzehnte hatte ich verbraucht, um einem Phantom nachzuforschen. Meine Manneskraft hatte ich vergeudet, meine Augen verdorben – für nichts. Ich hatte nicht gelebt ... In jener letzten Nacht wollte ich schon zu einem Becher greifen, in dem sich eine giftige Flüssigkeit befand. Aber dann wehrte ich mich. Ich wollte leben! – Mein bisheriges Dasein war ein Irrtum, für den ich nicht verantwortlich bin. Ich will leben. Ich will nicht, daß es zu spät ist! Ich will noch einmal anfangen. – Was verlangen Sie dafür?‹

›Sie wollen also jünger werden?‹

›Ja. Um nicht weniger als vierzig Jahre.‹

›Bei Ihnen wird das nicht einfach sein. Das heißt, Sie um vierzig Jahre jünger zu machen, ist nicht schwer. Aber da fangen Sie mit Ihrem Spintisieren höchstens gleich wieder von vorne an. – Sie müßten ein ganz anderer Mensch werden.‹

›Ich bin mit allem einverstanden.‹

›Ja!‹ lachte Messer Simeone. ›Den anderen müßte ich erst finden. Was meinen Sie, was ein Dreißigjähriger verlangt, bis er einwilligt, auf eins, zwei ein – verzeihen Sie – alter Tatterich zu werden?‹

›Ich habe zwei Wechsel mitgebracht. Beide sind auf die Bank des Aaron ben Mordechai gezogen. Jeder lautet auf tausend Dukaten.‹

›Aaron ben Mordechai ist nicht schlecht‹, sagte Messer Simeone interessiert, ›zeigen Sie.‹

›Es ist mein ganzes Vermögen. Den ersten Wechsel gebe ich Ihnen jetzt, den zweiten bekommen Sie nachher.‹

Messer Simeone trat mit der Tratte ans Fenster und prüfte die Unterschrift. ›Der Wechsel ist echt‹, sagte er dann. ›Kommen Sie.‹

Durch eine Geheimtür, eine steile Wendeltreppe hinauf, führte er den Professor in einen fensterlosen Raum, über dem sich wie eine Kuppel eine Eisenkonstruktion wölbte. Die Wände ringsum waren mit Teppichen verhängt.

›Der Raum ist eine Kugel‹, sagte Messer Simeone, ›in die ein Hohlboden eingezogen ist. Dadurch sind wir außerhalb gewisser magnetischer Strömungen. Die Teppiche hängen nur so da – man wird verrückt, wenn man sich länger in einer Kugel aufhält. – Ist Ihnen übrigens klar, daß es mit den Zweitausend nur getan ist, was *mich* betrifft?‹

›Es ist Ihre Provision, nehme ich an.‹

›*Ihn* müssen Sie mit was anderem bezahlen. Sie wissen, mit was?‹

›Ich weiß. Mit Vergnügen. Ich wüßte nicht, wofür ich das unnütze Ding nach meinem Tod gebrauchen soll.‹

›Bei Ihnen hat die Sache natürlich einen ekelhaften Haken‹, Messer Simeone stellte den elfarmigen Leuchter auf einen kleinen Tisch. ›Hebräisch, sagten Sie, können Sie?‹

›Ja‹, sagte Dr. Vingerhut.

›Können Sie auch Koptisch?‹

›Auch Koptisch‹, sagte Vingerhut.

›Babylonisch, Persisch, Chinesisch?‹

Vingerhut nickte.

›Das habe ich mir nach all dem, was Sie vorhin erzählt haben, gedacht. Gibt es eine Sprache, die Sie nicht sprechen? Tschechisch, Finnisch, Gälisch?‹

›Es tut mir leid‹, sagte Vingerhut.

›Baskisch, Burjätisch?‹

›Burjätisch‹, sagte Dr. Vingerhut, ›ist mir fremd.‹

Messer Simeone nahm blitzschnell den Leuchter, rannte auf Dr. Vingerhut zu, schrie ihm einige unverständliche Wörter ins Gesicht und beobachtete dabei seine Augen.

›Wie bitte?‹ sagte der Doktor erschrocken.

Messer Simeone stellte ruhig den Leuchter zurück:

›Sie simulieren nicht, Sie können wirklich nicht Burjätisch. Dumm werd' ich sein und in einer Sprache beschwören, die mein Kunde versteht! Damit er sich die Formeln merkt und es in Zukunft selber macht. – Eine scheußliche Sprache, dieses Burjätisch. Hoffentlich stottere ich nicht.‹

Nun begann Messer Simeone wie im Gebet zu murmeln. Immer wieder blätterte er dabei in einem kleinen Buch:

›Ein burjätischer Diktionär –‹, sagte er entschuldigend, ›man vergißt die Vokabeln so schnell.‹

Auf einmal öffnete sich ein Spalt in den Teppichen, ein zierliches Kästchen glitt heraus. Messer Simeone setzte einen hohen, spitzen Hut auf und fuhr in seiner Litanei fort. Zwischendurch schimpfte er unvermittelt auf das Burjätische und schneuzte sich in ein großes Taschentuch. Das Kästchen sprang auf, und Messer Simeone holte ein dickes Buch daraus hervor. Zu Dr. Vingerhut sagte er:

›Setzen Sie sich ruhig da drüben hin. Kümmern Sie sich um nichts, was auch geschieht.‹

›Ist dies das magische Buch?‹

›Das da? Das ist mein Kassenbuch.‹ Messer Simeone nahm ein paar Eintragungen vor, zog eine Schublade in dem Kästchen auf und legte den Wechsel hinein. Er winkte dem Professor:

›Würden Sie bitte so freundlich sein, diesen Vermerk hier gegenzuzeichnen?‹

Dr. Vingerhut unterschrieb – Messer Simeone verdeckte die andere Seite des Buches so lange vorsorglich mit dem Ärmel und murmelte weiter Burjätisches.

Als Dr. Vingerhut zu seinem Stuhl zurückkehrte, sah er ein goldenes Ei unter dem Wandteppich hervorrollen.

›Schauen Sie!‹ rief er.

›Rühren Sie es nicht an‹, sagte Messer Simeone, ohne sich umzudrehen.

Der Doktor lehnte sich in den Sessel zurück und beobachtete mit Interesse, wie das kleine goldene Ei wuchs. Bald aber beanspruchte etwas ganz anderes seine Aufmerksamkeit: obwohl nicht weniger Kerzen als vorher brannten, war es im ganzen Raum dunkler geworden, bis auf eine Stelle hinter den Teppichen. Dort schien der Teppich durchsichtig zu werden, und dahinter bewegte sich eine helle Gestalt. Auch Messer Simeone verfolgte jetzt das Schauspiel, sprach weiter Burjätisch, winkte dann Dr. Vingerhut heran und zog den Teppich beiseite. Ein Spiegel wurde sichtbar und in diesem Spiegel der nackte Rücken einer jungen Frau, die eben ein Paar durchbrochene, kostbare florentinische Seidenstrümpfe anzog. Den anmutigen Hintergrund der Szene bildete das luxuriöse Schlafgemach der Dame – dort lag, auf einem Sofa halb hingestreckt, ein Mann. Die Frau schlüpfte nun in ihre Schuhe und trat zu dem Liegenden. Man merkte, daß die beiden miteinander sprachen, hörte sie aber nicht. Der Mann gab ihr ein Schächtelchen, allem Anschein nach ein Geschenk. Als sie sich umwandte, sah man, daß es eine lange goldene, mit Perlen und Edelsteinen prächtig verzierte Kette war. Jetzt posierte die junge Frau vor dem Spiegel und hielt sich das Geschmeide in sinnlichster Art an die verschiedensten Stellen ihres Körpers, schlang es in mannigfacher Weise um sich, drehte sich, deutete tanzende Schritte und – deutete auch wohl dem immer noch gelassen im Sofa Lehnenden die Art der Belohnung an. Messer Simeone hatte ein Vergrößerungsglas hervorgezogen. ›Eine maurische Arbeit‹, sagte er, ›die Perlen sind gut, die Steine scheinen nicht echt zu sein. Mehr als achtzig Zechinen ist sie nicht wert.‹

Dr. Vingerhut aber hatte keinen Blick für die Kette. ›Das ist Helena!‹ rief er.

Messer Simeone lachte. ›Das ist die Lustdirne Zenobia. Allerdings eine der teuersten unserer Stadt.‹

›Und der Mann?‹

›Don Juan d'Austria.‹

›Aber Don Juan d'Austria ist doch auf See und kommandiert die Flotte der Heiligen Allianz?‹

›Was Sie hier sehen, wird sich in wenigen Tagen abspielen.‹

›Welch ein Weib!‹ sagte Dr. Vingerhut und drehte sich wieder dem Spiegel zu.

Messer Simeone wischte mit der Hand darüber. Der Spiegel trübte sich, das Bild verschwand.

›Bald werden Sie um vierzig Jahre jünger sein‹, sagte er und kicherte zweideutig. Dr. Vingerhut wandte sich um …

– Das Übernatürliche, Unerklärliche, ja Grauenhafte in der ihm gemäßen Umgebung verliert, noch dazu wenn es nicht unerwartet kommt, viel von seinem Charakter. In einem Beinhaus um Mitternacht ein Totengerippe aus einem Sarg steigen zu sehen, mag nicht gerade angenehme Empfindungen wecken, einen besonnenen Menschen indessen dürfte es kaum überraschen. –

Hier in dem außermagnetischen Kugelraum einen Hahn von etwa zweieinhalb Meter Größe mit – nach weitgehend Menschenart angenäherter Manier – übergeschlagenen Stelzen in einem Sessel sitzen zu sehen, entsetzte den scharfen Verstand Dr. Vingerhuts keineswegs; auch dann nicht, wenn er sich sagte, wer dieser Hahn sein müsse.

Messer Simeone war beschäftigt, die Scherben des ins Gewaltige angewachsenen Eies zusammenzukehren.

›Ich nehme an‹, sagte der Hahn mit angenehm klingender, wenngleich sehr hoher menschlicher Stimme und beobachtete das Tun des Messer Simeone – wobei Dr. Vingerhut, soweit ihm die Geflügelphysiognomie geläufig war, eine gewisse Belustigung in seinem Federgesicht festzustellen glaubte –, ›ich nehme an, verehrter Professor, daß unser guter Meister Negrozephalus –‹

›Simeone heiße ich‹, sagte der.

›– auch Ihnen eine unverschämte Provision abgeknöpft hat.‹

›Das geht dich nichts an‹, sagte Messer Simeone.

›Von mir‹, sagte der Hahn zu Dr. Vingerhut, ›bekommt er immer die Eierschalen. Reines Gold. Daher ist es ihm um so lieber, je größer ich erscheine. Die heutige Schale ist gern ihre zehn –‹

›Halt den Schnabel‹, sagte Messer Simeone und fügte auf burjätisch einiges hinzu.«

Wieder wurde Laura unterbrochen. Der Bediente brachte vorsichtig den blessierten, nun mit Franzbranntwein eingeriebenen und verbundenen Kater Ramses herein. Die Damen reichten das Tier herum, streichelten und küßten es – was dem Kater sichtlich unangenehm war; der Herzog-Kastrate übergab ihn endlich wieder dem Diener und befahl, Ramses schlafen zu legen. Der Diener entfernte sich.

»Ich will, da ich dauernd unterbrochen werde, den Besuch des Dr. Vingerhut weiter nicht so ausführlich schildern. Daß der Teufel für sein Erscheinen die Gestalt eines Hahnes gewählt hatte, war von Vorteil, denn so brauchte er – nachdem die Bedingungen ausgehandelt worden waren – sich nur eine Feder auszurupfen und an Dr. Vingerhuts Arm eine Vene aufzupicken, damit dieser den Vertrag stilgerecht unterzeichnen konnte.

So kam es denn, daß wenige Tage darauf, beim Fest der deutschen Kaufleute, der Sieger von Lepanto dem Professor kein fremdes Gesicht mehr zeigte. – Es war dies der letzte Abend des offiziellen Aufenthaltes Don Giovannis. Noch in derselben Nacht begab er sich auf sein Schiff, das am nächsten Morgen den Hafen verließ und vor Ancona, also einer päpstlichen Stadt, vor Anker ging. Allerdings ohne Don Juan! Vor der Abfahrt aus Venedig nämlich wurde am Admiralsschiff eine kleine Barkasse zu Wasser gelassen, in der ein vermummter

Mann, in Begleitung eines Dieners, von einigen verschwiegenen Matrosen an Land zurückgerudert wurde: niemand anderer als Don Juan. Die Glocken, Böllerschüsse und Flaggengrüße, die das auslaufende Schiff verabschiedeten, grüßten wohl das Admiralsschiff, nicht aber seinen Admiral, der unterdessen mit gewohntem Geschick ein Abenteuer für die kommende Nacht vorbereitete und sich im übrigen in Gesellschaft der wohlbekannten Dame Zenobia die Zeit bis zur Abenddämmerung vertrieb. Dann ließ er sich, als ›Lieferant von Langusten‹, von bestochenen Dienern durch die Domestikentür in den Palazzo Contarini schmuggeln.

Ob für Donna Anna Contarini – zwar nicht die Tochter, denn Komture haben, so war es wenigstens in Italien, keine Töchter, zumindest keine legitimen, aber die Großnichte und das Mündel des Commendatore Bernardo Contarini – der heimliche Besuch Don Juans überraschend kam oder nicht, ob sie gar das Ihrige dazu getan hat, ihn zu ermöglichen, ist und war Gegenstand vielen Nachdenkens klügerer Köpfe. Es soll nicht Aufgabe meiner bescheidenen Geschichte sein, dies aufzuklären. – Jedenfalls kam der Komtur dazwischen, Don Juan versuchte zu fliehen, und es folgte jenes unglückliche Gefecht, das mit dem Tod des greisen und würdigen Mannes endete, der kurz zuvor noch bei Lepanto auf der Seite Don Juans gekämpft hatte.

Don Juan konnte aus dem Palast entwischen, war aber unverkennbar in eine Zwickmühle geraten. Sein Ruhm kehrte sich gegen ihn, denn als Sieger von Lepanto und eben noch gefeierter Staatsgast war er bekannter als ein bunter Hund. Zwar hielt er sich sozusagen inkognito in Venedig auf, doch Donna Anna wußte um ihn, und die Familie Contarini, eine der mächtigsten von Venedig, würde den Mörder eines ihrer Glieder und Schänder der Komtursnichte so oder so zu finden wissen.

Er begab sich wieder zu Zenobia, die von Berufs wegen nicht viel fragte und ihn einige Tage beherbergte. Der, wie bekannt, treue Diener Leporello schlief im Hausgang unter der Treppe und überbrachte seinem Herrn die Neuigkeiten aus der Stadt, daß die Contarini mit viel Tränen ihren Komtur-Oheim begraben hätten und daß die Sbirren der Signoria ganz Venedig nach seinem Mörder absuchten. In der Nacht mußte Don Juan, um den Geschäftsgang der Dame Zenobia nicht zu stören, aus dem Haus. Mit tief in die Stirn gezogenem Hut irrte er durch die Gassen.

›Ich komme mir vor‹, sagte er zu Leporello, ›wie ein Zuhälter.‹ Leporello, der bei Zenobia nur die Unbequemlichkeiten seines Herren teilte, mitnichten aber die Vergnügungen, war unausgeschlafen und grantig:

›Das haben Exzellenz ganz sich selber zuzuschreiben!‹

›Als ob ich das nicht wüßte‹, sagte Don Juan.

›Wir könnten jetzt vor Ancona auf dem Schiff seelenruhig in unseren Betten liegen, Exzellenz.‹

Die Oktobernächte in Venedig sind in der Regel schon recht kühl – feucht sind sie das ganze Jahr. Don Juan fröstelte.

›Dabei frag' ich mich, ob diese unbequemen Fallen auf dem zugigen Schiff von Seiner Majestät Eurem Bruder wirklich *unsere Betten* sind?‹

Don Juan sagte nichts, wenn auch keineswegs, weil er nicht zugehört hätte.

›Gibt es überhaupt einen Flecken Erde, wo Sie ein eigenes Bett haben, Exzellenz?‹

›Im Reich meines Vaters ging die Sonne nicht unter, mein Bruder gebietet immer noch über die halbe Welt. Überall, wo sein Arm hinreicht, kann ich mein Haupt hinlegen‹, sagte Don Juan müde und wenig überzeugend.

›Jetzt, ja, Exzellenz, jetzt kann Sie Eures Bruders Majestät grad gebrauchen, weil Sie die Türken verdroschen haben. Und wenn es einmal anders steht?‹

›Ach was, Leporello, ich lebe – jetzt, nicht später!‹

›Erlauben, Exzellenz, mein Vater hat eine kleine Gastwirtschaft bei Valencia, in Torrente – Exzellenz werden das Nest nicht kennen. – Dort, in der Bodega von Torrente ist eine Stube unterm Dach, und wann immer ich komme und wie immer ich heimkehren sollte, arm oder reich, als Ehrenmann oder als Flüchtling: dort steht ein Bett und eine Schüssel Bohnen mit Speck für mich. Wo ich auch bin, Exzellenz, ich weiß, daß ich dort hingehöre. – Wo aber gehören Exzellenz hin?‹

›Ich gehöre der Welt‹, sagte Don Juan. Es klang wie eine Ausrede.

›Haben Exzellenz auch nur *ein* elendes Bett in einer Dachkammer in irgendeinem Torrente, ein elendes, süßes Bett?‹

›Wo sollte ich das auch haben, Leporello?‹

›Sehen Sie, Exzellenz! Sie fliehen von einem Tag in den anderen. Ich beobachte Sie oft: die Zeit zerrinnt Ihnen schneller als einem Greis. Alle die Schlachten und Bälle, der Wirbel, der Ruhm, die Weibergeschichten ... alles ist nur ein Rauch. Der muffige Atem eines stinkenden Contarini – was ist schon ein Contarini! – vermag Sie ins Verderben zu blasen. Und jetzt sind wir hier wie die Zuhälter.‹

›Wir sollten versuchen, mit einer Gondel nach Mestre überzusetzen.‹

›Darauf warten die Sbirren bloß! Die wissen genau, daß Sie das versuchen werden.‹

›Oder nach Chioggia, und ein Boot nehmen, ein festes Boot –‹

›Und nach Ancona segeln? Durch die Herbststürme? Ohne mich!‹

›Ich werde einen der Schergen bestechen.‹

›Auf Exzellenz' Kopf steht ein Preis, der höher ist als alle Barmittel, die Exzellenz bei sich tragen.‹

›Oder ich gehe zum Dogen, ganz einfach, und entschuldige mich und schreibe einen Brief an meinen Bruder ...‹

›Wird Ihr Bruder Ihretwegen einen Krieg gegen Venedig anfangen? – Exzellenz dürfen froh sein, wenn er von der ganzen Geschichte nichts erfährt. Der läßt Sie in einen Kerker werfen, gegen den die Bleikammern das reinste Freudenhaus sind ... Denken Sie an Don Carlos!‹

›– Wie spät ist es, Leporello?‹

›Gegen zwei Uhr wird's gehen, Exzellenz.‹

Don Juan seufzte. ›Noch drei Stunden. Um fünf dürfen wir heim.‹

›Ja, heim, Exzellenz. Ein sauberes Heim.‹

›Du weißt nicht, wie recht du hast, Leporello. Ich wollte, auch ich hätte so eine Dachkammer und eine Schüssel mit Bohnen und Speck. Dabei weiß ich nicht einmal, wer ich bin. Du bist Spanier. Aber ich? Halber Deutscher, Viertel Portugiese, Achtel Franzose, fast ein Prinz und fast ein Zigeuner – ich bin von allem ein wenig und nichts von jedem.‹

›Erlauben Exzellenz, Exzellenz müssen in einer falschen Stunde geboren sein, in einer Stunde zwischen den Sternen. Den Planeten, der Ihr Leben regiert, den Planeten gibt es nicht.‹

›Manchmal glaub' ich es selber, Leporello. – Ein Narr bin ich, ja, ein Narr.‹

›Wenn Exzellenz meinen –‹, sagte Leporello nicht ohne Befriedigung.

›Ja, Leporello, ich meine ... *Ich wollte, ich könnte es ändern!*‹

›Still, Exzellenz! Dort kommt jemand.‹

›Verschwinden wir!‹

In der dritten Nacht ließ sich Don Juan nach San Michele, der Friedhofsinsel, hinüberrudern. Leporello hatte untertags –

einem launischen Wunsch seines Herrn zufolge – das frische Grab des Komturs ausfindig machen müssen, so daß man es jetzt in der mondhellen Herbstnacht bald fand. Eine Brise bewegte die Zypressen und das Wasser der Lagune. Streifen mattsilberner Wolken zogen rasch über den Mond.

Am Grab, das bereits ein gewaltiges Denkmal überragte, bemühte sich Don Juan gerade, die großspurige, racheverheißende Inschrift zu lesen, als Leporello aufschrie:

›Da! Da!‹

Don Juan zog seinen Degen. Einige Schritte vor ihnen, zwischen den mondbeleuchteten Grabsteinen, stand eine ruhige Gestalt.

›Wer sind Sie?‹ rief Don Juan.

›Der Teufel, der Teufel‹, wimmerte Leporello.

›Guten Abend, Exzellenz‹, sagte die Gestalt und trat näher, ›ich freue mich, den Sieger von Lepanto, den Helden des Abendlandes –‹

›Bleiben Sie, wo Sie sind, oder ich steche Sie nieder!‹

›Das glaube ich nicht, Don Juan, sonst wären Sie umsonst hierhergekommen.‹

›Wieso –‹

›Ich habe Sie, ohne daß Sie es merkten, hierherbestellt. Oder wüßten Sie sonst, weshalb Sie so unbedingt das Grab Ihres Opfers aufsuchen wollten? Mörder zieht es in der Regel eher zum Ort ihrer Tat zurück ...‹

›Wer sind Sie?‹ fragte Don Juan noch einmal.

Der Fremde hatte sich zum Gehen gewandt und winkte nur stumm, ihm zu folgen. Am Anlegeplatz wartete eine Gondel. Don Juan, Leporello und der Unbekannte nahmen darin Platz. Die Gondel stieß ab. Was auf der Fahrt gesprochen wurde, verstanden weder Leporello noch der Gondoliere.

›Sie haben eine deutsche Mutter‹, hatte der Unbekannte

nämlich auf deutsch gesagt, ›ich nehme also an, daß Sie Deutsch können?‹

›Ja‹, sagte Don Juan.

›Haben Sie die Inschrift auf dem Grab des Komturs gelesen?‹

›Irgend etwas von Rache –‹

›Dall'empio, che mi trasse al passo estremo Qui attendo la vendetta steht auf der Tafel. Keine Macht der Welt‹ – der Unbekannte betonte das Wort *Welt* – ›kann Sie vor den Bleikammern bewahren. Die Contarini werden Sie früher oder später finden.‹

›Sie werden nicht wagen, den Bruder des Königs von Spanien gefangenzunehmen.‹

›Sie werden sich hüten, den *Bruder des Königs von Spanien* in die Bleikammern zu werfen: sie bestrafen lediglich den *unbekannten Mörder des Komturs Contarini* ... Ja, sie posaunen überall herum, daß sie die Tat gerade deshalb so verwerflich finden, weil deren unglückseliges Opfer ein kühner und tapferer Kampfgefährte des Don Juan d'Austria war.‹

›Aber Donna Anna weiß doch –‹

›Alle Contarini wissen es. Zur Vorsicht haben sie auch gleich eine ziemlich schwülstige Trauerdepesche an Sie geschickt.‹

›An mich?‹

›Na ja, an *Don Juan d'Austria auf dem Admiralsschiff, das in Ancona vor Anker liegt.* Sie lautet, ich benutzte vorhin schon die Formulierung: Keine Macht der Welt wird den Mörder der gerechten Rache entziehen.‹

›Und wer sind *Sie*?‹ fragte Don Juan zum drittenmal.

›Wenn Sie lebend aus Venedig entkommen wollen‹, sagte der Unbekannte und stieg aus der Gondel, die inzwischen in einem winzigen Rio an einem finsteren Haus angelegt hatte, ›dann müssen Sie ein anderer Mensch werden.‹

Im Gegensatz zu Dr. Vingerhut ging Don Giovanni ohne Zögern und längere Reflexionen an den ausgestopften Seemonstern der verstaubten Galerie vorüber, in der Leporello, zu seinem namenlosen Entsetzen – das durch eine fette Wurst aus der Metzgerei unten kaum gemildert wurde – zurückbleiben und warten mußte.

Auch in der Bibliothek hielt sich Don Giovanni mit Messer Simeone ungleich kürzer auf als Dr. Vingerhut es getan hatte. Und anders als bei jenem, führte jetzt ein scheinbar ganz veränderter Simeone den Hauptteil des Gesprächs.

›Ich weiß schon lange von Ihnen, Exzellenz‹, sagte er, ›und Ihre Schwierigkeiten mit dem ermordeten Contarini und seiner entehrten Nichte‹ – die ironische Betonung auf *entehrt* war nicht zu überhören –, ›so wenig sie unterschätzt werden dürfen, sind für mich nicht mehr als der Anlaß, die längst geplante Verbindung mit Ihnen aufzunehmen. – Wie alt sind Sie?‹

›Im nächsten Februar werde ich fünfundzwanzig.‹

›Fünfundzwanzig! – und Sie haben, Exzellenz, wie man so sagt, schon allerhand für die Unsterblichkeit getan.‹

›Wie man's nimmt‹, sagte Don Juan.

›Hehe, wie man's nimmt – Sie haben dafür gesorgt, daß das Erzhaus Habsburg spanischer Linie bestimmt nicht ausstirbt, auch wenn Ihr Bruder, seine Verehrungswürdigste Allerkatholischste Majestät, sich der Fortpflanzung enthalten sollte. Ihr Bemühen hat zahlreichen, jetzt noch recht jungen Damen und Herren Einlaß in das Haus Habsburg verschafft, wenn auch, Sie gestatten das etwas freie Wort, durch die Domestikentür ...‹«

»Das ist ja ein ganz begabter Literaturprophet, dein Messer Simeone«, sagte der Herzog-Kastrate belustigt.

»Was Wunder«, meinte Laura, »bei den Verbindungen! – Aber ich will mich seiner weiteren diesbezüglichen Äußerungen enthalten, wenn ich dadurch nur Unterbrechungen herbeiführe –

›Und es wird davon geredet‹, fuhr Messer Simeone fort, ›daß Sie aus Tunis die Seeräuber vertrieben haben und das Werk Ihres großen Herrn Vaters, weiland Seiner Kaiserlichen Majestät Carolis des Fünften vollenden und dort ein Königreich errichten sollen, dessen Herrscher Sie sein werden. – Aber abgesehen davon: vor drei Jahren ist Ihr unglücklicher Herr Halbneffe, der gute Infant Don Carlos ... verstorben, und bis jetzt wurde die neuerdings geschlossene Ehe Ihres Herrn Bruders Majestät nicht durch einen Sohn gesegnet – wer weiß?‹

›Na ja‹, sagte Don Juan, ›da sind immer noch meine Neffen in Österreich, die es verhindern werden, daß ein Bastard die Krone Spaniens erbt.‹

›Wäre es denn das erste Mal, daß ein ... gut, wie Sie wollen, das Regiment der Niederlande ist Ihnen jedenfalls gewiß. Sie werden in Brüssel wie ein König regieren, und die spanischen Provinzen dort sind reicher als aller übrige Besitz Ihres Bruders, Indien mit eingeschlossen. Und die üppigen Niederländerinnen – hehe!‹

›Ich möchte nur eins wissen‹, sagte Don Juan, ›was Sie von mir wollen und wer Sie sind?‹

›Exzellenz‹, sagte er, ›Sie sind fast ein König. Sie sind ein ganzer Held. Sie sind reich und schön, die Welt liegt Ihnen zu Füßen, die Frauen vergöttern Sie, aber haben Sie ein Ziel? Ja – haben Sie bis jetzt überhaupt gelebt?‹

Don Juan schwieg.

›Kommen Sie!‹ Messer Simeone zog seinen Gast eilig hinter sich her die Stiege hinauf, in den magischen Kugelraum und warf den Vorhang zur Seite.

Der Spiegel blinkte hell auf und zeigte ein sonniges Tal zwischen rebenbedeckten Anhöhen. Neben einem alten Haus vorbei führte ein schmaler Weg den Hügel hinauf. An die Flanke des Hauses geschmiegt und von einem hohen Baum beschattet, standen ein steinerner Tisch und eine Bank. Ein bejahrter Mann saß dort, rüstig und sorgfältig gekleidet. Die Sonne blinkte durch die Zweige in sein Weinglas, und mit ausgesuchtem Bedacht tranchierte er einen Fasan, der auf goldgelben, ohne Zweifel duftenden Blättern vor ihm auf dem Teller lag. Nachdem er den Fasan verzehrt, brach er ein Stück Brot von einem Wecken, nahm dann langsam, mit zwei Fingern, das Glas und trank es aus. Der Zeiger der gemalten Sonnenuhr an der Hauswand zeigte die vierte Nachmittagsstunde. Der alte Mann erhob sich und ging ins Haus. Durch ein Fenster sah man, wie er in seine Bibliothek trat.

›Er hat‹, sagte Messer Simeone, ›die Beschäftigung mit Firlefanz aufgegeben. Er schreibt ein Werk über die Logik, ein Werk, das die Entwicklung des menschlichen Denkens für Jahrhunderte beeinflussen wird. Er hat das Werk nach Jahren gründlichen Studiums begonnen. Sein Umfang ist so bemessen, daß seine Vollendung – bei klug eingeschränkter täglicher Arbeit – nach menschlichem Ermessen mit der Vollendung seines Lebens übereinstimmen wird.‹

Der Mond war über dem Tal aufgegangen. Das Dach des Hauses verschwand fast im Schatten des Hügels.

›Und morgen‹, sagte Messer Simeone und ließ den Vorhang vor den Spiegel gleiten, ›morgen geht er auf eine nicht zu beschwerliche Jagd, die ihm ein wenig Beute bringen – die er im übrigen nicht nötig hätte – und ihn vor allem angenehm ermüden wird. Er hat einen köstlichen Schlaf.‹«

Nun machte Laura von sich aus eine Pause.

»Und?« fragten wir.

»Den Rest der Geschichte könnt Ihr Euch wohl denken.«

»Keineswegs«, sagte der Onkel.

»Dann habt Ihr nicht richtig aufgepaßt!«

»Oder du hast die Geschichte nicht richtig erzählt!« neckte er.

»Haha!« sagte Laura. »Ich habe meine Geschichte sehr kunstvoll erzählt. Alles, was notwendig ist, um sie zu Ende zu führen, ist darin enthalten. Man braucht nur richtig zuzuhören und weiterzudenken. Eine gute Geschichte, die einmal an einem bestimmten Punkt angelangt ist, rollt von selber weiter. Je früher dieser Punkt erreicht ist, desto besser.«

»Das ist apodiktisch. Es gibt auch Geschichten, deren Qualität es ist, daß sie Zickzacksprünge machen wie ein verfolgter Hase. Kein Mensch kann voraussagen, wie sie enden. Dann gibt es solche, deren Sinn und Witz bis zum letzten Moment aufgespart bleiben, die den Zuhörer bis zuletzt, bis zur entspannenden Lösung in beständiger Unruhe halten. Und endlich gibt es jene, in denen von allen Seiten alles mögliche, scheinbar Unsinnige und Ungereimte, Unzusammenhängende zusammengetragen wird, in denen man vor einem unverständlichen Gewirk bunter Fäden steht, bis der Autor mit einem einzigen kleinen Trick – vorher hat er alles getan, damit wir selber nicht zu früh hinter diesen Schlich kommen – das Gewirk einfach umdreht. Dann gehen uns die Augen auf: wir haben nur die Rückseite des Teppichs betrachtet, dessen leuchtende Vorderseite uns nun den nicht allein kunstvollen, sondern auch leicht begreiflichen Sinn der Geschichte, das ›Muster‹, klar vor Augen führt. Solche Geschichten konnte nur einer erzählen –«, sagte der Herzog-Kastrate.

»Wir wissen es«, sagte Laura, »und es bedrückt uns auch nicht, daß wir uns mit Chesterton nicht messen können. Wer könnte das? Und so muß ich also Eure trägen Nasen darauf stoßen, daß auch für Don Juan das goldene Ei hereingerollt und der große Hahn erschienen ist – wobei ich nicht entscheiden möchte, ob Don Juan den Pakt schloß, weil er den

Wunsch verspürte, wirklich ein anderer Mensch zu werden, oder weil ihn die tödliche Zwickmühle, in die er geraten war, dazu zwang.

Der Rest ist denkbar einfach: Messer Simeone vertauschte Don Juan und Faust.

Faust, der eben noch in seiner Gastwirtschaft ein Buch gelesen hatte, nickte in seinem Sessel ein. Mild schien die Nachmittagssonne durchs Fenster. – Don Juan, der eben seiner Freundin Zenobia die uns schon bekannte Kette geschenkt hatte, nickte infolge der aufregenden Nacht, in der er ja so gut wie nicht geschlafen hatte, auf dem bewußten Sofa ein. Beiden waren die Augen nicht länger als ein, zwei Sekunden zugefallen, da wachten sie wieder auf. Don Juan davon, daß sein Buch zu Boden polterte, und Faust, weil ihn Zenobia mit den Brüsten an der Nase kitzelte …

Es muß ein unbeschreibliches Erlebnis sein, wenn man sein Leben wie eine alte Haut abstreift und in ein fertiges neues Leben schlüpfen kann. Jeder Schritt und jeder Griff muß ein atemberaubendes Abenteuer sein. Die Welt, kennte man sie noch so gut, würde einem in ein neues Licht geboren.

Faust, nun Don Juan, stürzte sich sofort in allerlei galante Gaunereien, was natürlich zur Folge hatte, daß ihn die Contarini aufspürten, bis in das Haus der Zenobia verfolgten und dort stellten. Da die vereinbarte Lebensfrist noch nicht abgelaufen war, mußte Messer Simeone eingreifen. Zum Entsetzen der Verfolger erschien er als lebendes Komtursgrabmal und holte den Bösewicht. ›Don Juan‹ erzählte die Geschichte hin und wieder und hob hervor, wie sehr er sich bemühen mußte, bei dem *Pèntiti! – No!* nicht zu lachen. Er ließ sich – samt Leporello – schnell wie der Wind von Messer Simeone nach Ancona bringen, schlug sich in den Monaten danach für die Genueser herum und trat dann die Statthalterschaft der Niederlande an, wo sich die hübschen, runden Niederländerinnen in ihren gestärkten Spitzenkrägen schon die schönsten und berechtigte Hoffnungen machten.

Don Juan, der neue Faust, zog heim nach Freiburg, schrieb an seinem Werk über die Logik und verzehrte auf der kleinen Steinbank unter dem großen Baum Fasane auf Weinkraut.

Soweit wäre die Geschichte zu Ende«, sagte Laura. »Damit sie aber auch nach den Theorien unseres Onkels Qualität bekommt, will ich einen Schluß hinzufügen, der aus der bisherigen Entwicklung nicht zu erwarten ist ...

Einige Jahre vergingen, und die beiden Verwandelten genossen ihr neues Leben. Ist aber Gottes Werk schon nicht ganz vollkommen, so ist es das des Teufels noch viel weniger: ein Rest des alten Wesens blieb den beiden. ›Don Juan‹ begann zu sinnieren, und Leporello griff sich an den Kopf ob seines Herrn Befehl, ›das hübsche Hürchen von Brügge herbeizubringen, das so schön über den Tod plaudern kann‹. – ›Faust‹ aber fühlte sich durch manche Freiburger Magd in seinen hohen Gedanken über die Logik gestört. Als einmal eine der Mägde die oberen Winterfenster aushängte, kniff er ihr geschwind in die stramme Wade, daß nicht nur das Winterfenster, sondern auch der Aristoteles auf dem Schreibpult beinahe zu Boden fiel.

So ergab es sich, daß einige Jahre nach der Schlacht von Lepanto, beide – Don Juan und Faust – unabhängig voneinander, doch gleichzeitig in Venedig eintrafen. Jeder verlangte von dem äußerst ungnädigen Messer Simeone – welcher Kaufmann wäre auch über eine Reklamation glücklich? – die ursprüngliche Gestalt zurück.

In einem Seitenkanal des Canal Grande, einem kleineren Rio, der in das Judenviertel führte, begegneten sich zwei Gondeln: In der einen saß ein Greis mit gestutztem und gefärbtem Bart, die Augen rot geändert, die Kleidung viel zu bunt für sein Alter – die engen Hosen umschlossen kaum mehr als das Skelett des alten Gecken! In der anderen aber stand ein junger Mann von edlen Zügen. – Melancholie mag, auch und gerade bei Männern, wie nichts sonst geeignet sein, schon vorhandene Schönheit zur Unwiderstehlichkeit zu steigern: dieser junge Mann hingegen war abgezehrt von äußerer und innerer Krankheit, bleich, ungepflegt, nicht melancholisch, sondern verzweifelt; ein früher Greis. ›Faust‹ richtete sich zitternd in seiner Gondel auf und öffnete den Mund, um es auszusprechen: ›Was hast du aus mir gemacht!‹ ›Don Juan‹ wich einen Schritt zurück, die Gondel schwankte. Die Gondolieri stießen einen hellen, warnenden Schrei aus. Auch ›Don Juan‹ öffnete die Lippen zu einem ›Was hast du aus mir gemacht!‹ – Doch dann überlegte jeder: Was heißt du und mir? Wer bin ich? Wer bist du? Wer ist Don Juan und wer ist Faust? Wer hat ein Recht auf sich?

Einen Augenblick schwankten die Gondeln Rumpf an Rumpf, dann rammten die Gondolieri mit einem standesüblichen Fluch ihr langes Ruder in den Grund und trieben sie auseinander. Eine Sekunde standen sich ›Don Juan‹ und ›Faust‹ oder Faust und Don Juan auf Armeslänge gegenüber – und sagten nichts.

Im magischen Kugelsaal des Messer Simeone Negrozephalo saß der verdienstvolle Magus und rechnete wieder einmal in seinem Hauptbuch nach. Als er sich umblickte, sah er, daß sich der Hahn in einem der Sessel plusterte.

›Welch hohe Ehre in meinem geringen Haus‹, sagte Messer Simeone. ›Ich finde es läppisch von dir, in dieser kindischen Gestalt hier aufzutauchen, wenn keine Kundschaft da ist.‹

›Don Juan war eben bei dir?‹

›Ja, Don Juan oder ›Faust‹, wie du's nimmst. Und weißt du, warum?‹

›Der andere ist auf dem Weg hierher.‹

›Sollte mich nicht wundern.‹

›Sie sind unzufrieden?‹ fragte der Hahn.

›Ich will dir ganz deutlich etwas sagen‹, wandte sich jetzt Messer Simeone dem Hahn zu und schob seine Brille auf die Glatze, ›du hast elendiglich gepfuscht! Die äußeren Gestalten zu vertauschen; na ja – das ist eigentlich nicht mehr als ein besserer Taschenspielertrick. Das traue ich mir fast alleine zu.‹

›Hoho-hoho‹, krähte der Hahn.

›Ihre *Seelen* hättest du vertauschen müssen. – So haben sie zwar kraft der Gewöhnung, die in ihren neuen Körpern steckte, für eine Weile den Schwung oder die Richtung ihres neuen Lebens beibehalten, aber im Grunde sind sie geblieben, wer sie waren. Und jetzt zerreißt ihr Geist förmlich ihren Körper.‹

›Ein faustischer Don Juan und ein donjuanesker Faust; köstlich, köstlich‹, sagte der Hahn.

›Ich finde es gar nicht lustig‹, sagte Messer Simeone. ›Wie kann ich zwei so ehrenwerte Leute aus dem Haus werfen, wenn ich selber zugeben muß, daß ihre Reklamationen nicht ganz unberechtigt sind?‹

›Jetzt brauchst du nur noch zu sagen, du hättest ein Wegiß-Giwik-Kiweß ...‹

›Gewissen‹, sagte Messer Simeone und freute sich, wie der Hahn sich bei dem Worte wand, ›Gewissen, Gewissen, ja: *Gewissen.*‹

›Ja – ja, ja, ja! Es langt, wenn du es einmal sagst, ich bin nicht taub‹, der Hahn schüttelte sich. Eine Feder flog davon. Messer Simeone hob sie schnell auf und legte sie in den Schrank.

›Wenn wir den Don Juan wieder in Don Juan und Faust wieder in Faust verwandeln‹, sagte Messer Simeone, ›ich wette, es würde nur noch schlimmer. Sie leben nun fast sieben Jahre in ihrer anderen Gestalt. Etwas davon würde ihnen garantiert zurückbleiben, denn ich habe allen Anlaß anzunehmen, daß du auch das zweite Mal pfuschst.‹

›Ich habe einen ganz anderen Plan –‹

›Oh, du mein liebes Beelzebübchen von Campofornio!‹ sagte Messer Simeone. ›Was denn für einen Plan?‹

›Wir vereinigen die beiden.‹ Der Hahn sprang auf und flatterte durchs Zimmer. ›Das wird die Welt sprengen! Don Juan und Faust in einer Person: die Tat und der Zweifel in einer Seele. Der tätige Zweifel und die zweifelnde Tat. Negrozephalo, das hat es noch nie gegeben! Wohlweislich hat der da oben diese beiden menschlichen Wesenszüge pedantisch getrennt. Die Tat mit dem Zweifel vereinigt, das müßte das Böse schlechthin sein.‹

›Flattere nicht so herum‹, schrie Messer Simeone, ›du wirfst alles durcheinander.‹

›Don Juan und Faust in einer Person. Das entreißt dem da oben die Macht über die Welt. Don Juans übermenschliche Kraft und Fausts übermenschlicher Geist, das ist der archimedische Punkt. Ich habe erst neulich mit einigen Kardinälen gesprochen. Sie wären nicht abgeneigt, falls mein Plan gelingt, Don Juan-Faust zum Papst zu wählen. Mit einigen Anstrengungen dürfte es nicht schwer sein, ihn auch zum König von Spanien zu machen, wenn die alte Betschwester im Escorial einmal abkratzt. Und dann müßte man – ich will einmal über die Kurfürsten nachdenken und was da zu machen ist – Negrozephalo: Don Juan-Faust wird Kaiser der Welt!‹

So bereiteten die beiden, der große Hahn und sein Magus, die gewaltige Vereinigung vor. Messer Simeone ließ Don Juan und Faust rufen. Es war am 1. Oktober 1578. Ein Herbstgewitter zog von Istrien her über die Adria herauf. Die Lagune kräuselte sich in drohenden Wellen. Die Gondeln vor den Palästen stießen aneinander wie unruhige Pferde. Noch war es windstill, aber die hellen Paläste und der Turm von San Marco leuchteten vor den schwarzen Wolken in drohendem Licht. Kaum jemand war unterwegs. Nur zwei Gondeln befanden sich auf dem Weg in den Rio Misericordia, die eine vom oberen, die andere vom unteren Ende des Canal Grande. Eben begannen die Glocken der Stadt mit ihrem geweihten Schall gegen das Wetter zu läuten, da fuhr ein blendender Blitzstrahl vom Himmel und wischte wie mit einer Flammenhand das Haus einer billigen Metzgerei hinweg. Eine unerklärliche Springflut, gleich der Tatze eines gewaltigen Tieres, löschte die Feuerstelle Sekunden später. Vom Haus aber war nichts mehr zu sehen, nicht einmal ein rauchender Balken.

Dann brach das eigentliche Gewitter los und tobte eine Zeitlang über der Stadt, richtete jedoch weiter keinen Schaden an. Hätte in der Zeit danach irgend jemand die Leute am Rio Misericordia nach jenem Haus gefragt, er würde kaum einen gefunden haben, der etwas davon hätte wissen wollen. Sicher wäre ihm auch mehrfach die Auskunft zuteil geworden, es habe dieses Haus nie gegeben.«

Wieder trat ein Diener ein und räusperte sich gedämpft, um anzudeuten, daß er etwas zu sagen habe.

»Meine Geschichte ist im Moment zu Ende«, sagte Laura, »mit zwei, drei Sätzen:

Es war der erwähnte Tag, wie schon gesagt, der 1. Oktober 1578. In seinem Zelt im Feldlager von Namur wurde Don Juan tot aufgefunden. Man sagt, er sei an der Pest gestorben ... Faust aber lag unter dem steinernen Tischchen, an dem er mit Unlust einen Fasan zu verzehren begonnen hatte.

So weit, so gut. Allein auch Teufelswerk ist nicht ohne Spuren: Von Namur und Freiburg machten sich je ein kleiner, mechanischer Zwerg äußerst eilig auf den Weg. Sie hatten zwölf Stunden Zeit, um sich zu treffen, denn nur der eine vermochte den Mechanismus des anderen aufzuziehen …«

Livio Campo Sant'angeli, der grösste Cellist, den je die Erde getragen hat (1962)

(Die folgende Geschichte wurde wie die vorige dem Roman »Der Ruinenbaumeister« entnommen. Dorimena, die Erzählerin, wird gelegentlich von ihren Zuhörern unterbrochen, die wie Dorimena selbst zur Rahmenhandlung des Romans gehören.)

Es muß wohl um diese Zeit gewesen sein, als in Kreisen tief eingeweihter Musikfreunde das Geraune von dem geheimnisvollen Meister Livio Campo Sant'angeli begann. Ich weiß nicht, wo ich seinen Namen zuerst hörte, wer ihn mir nannte. Der Name, wie man so sagt, tauchte auf wie eine Ahnung. Den Meister selber aber hatte niemand von denen, die ich kannte, jemals spielen gehört. Es war wie mit Gespenstern: jeder kennt Leute, die Leute kennen, die Gespenster gesehen haben. Doch jemanden zu treffen, dem selber einmal ein Gespenst begegnet ist, scheint schwer, wo nicht unmöglich. So kannte auch damals jeder irgend jemanden, der Campo Sant'angeli gehört haben wollte. Der eine hatte einen Freund, der gerade in Sydney war, als Campo Sant'angeli dort konzertierte. Der Freund hatte mit eigenen Augen die Plakate gelesen. Danach habe man Fabelhaftes von der Kunst des Meisters in der Stadt erzählt. Ein anderer hatte Bekannte in Zürich, wo Campo Sant'angeli ein Konzert geben wollte, es dann aber kurzfristig absagte. Auch in Zürich erzählte man sich, unbeschadet der Absage, Unerhörtes. Ein Dritter hatte ihn in Tokio sogar gesehen – allerdings nicht gehört. Er war begeistert. Mindestens zehn bis zwölf Konzerte sollte der Meister pro Jahr in Nordamerika geben. Man zählte Städte auf, deren Namen ich noch nie im Leben gehört hatte: Spokane, Topeka, Seattle ... – Kein Mensch kannte Seattle! – Ein vierter Freund hatte bei Freunden in Stockholm eine Platte, eine Privatpressung, im Handel nicht erhältlich, gesehen. Der Plattenspieler war zwar gerade kaputt gewesen, aber die schwedischen Freunde erzählten Wunderdinge. – Ein flüchtiger Bekannter eines entfernten Vetters von uns wollte dabei gewesen sein, als Campo Sant'angeli in einer geschlossenen Matinée vor Casals spielte. Casals soll sich daraufhin eine Zeitlang mit dem Gedanken getragen haben, Klarinette zu lernen!«

»Casals konnte aber Klarinette spielen«, sagte Lenz.

»Das weiß ich auch, aber Dorimena wußte es scheint's nicht, und *ich* war taktvoll genug, es stillschweigend zu übergehen!« sagte ich.

»Das alles«, fuhr sie fort, »von der raunenden Ahnung einiger Interpretations-Mystiker bis zur donnernden Gewißheit umfassenden Vorurteils anschwellend, festigte natürlich den Ruhm des Meisters. Man erfuhr bald auch von seinen Lebensumständen – äußerst Widersprüchliches –, so etwa von seinem sagenhaften, ererbten Reichtum, von seinem Eigensinn, von seinem spottkleinen Repertoire, wobei man allerdings nicht wissen wollte, ob er nicht in Wirklichkeit über ein geradezu gigantisches Repertoire verfügte und es – manche sagten, aus Demut, die anderen, aus Snobismus – nur nicht offenbarte. Dann kam auf einmal die Nachricht, Campo Sant'angeli habe sich für zwei Jahre in die Einsamkeit zurückgezogen, um ein neu aufgefundenes Konzert von Haydn zu lernen. – Das sei nicht wahr, sagten besser Informierte, er lerne keine Konzerte, es handle sich um eine bestimmte Passage in einer Sonatine von Dotzauer. Kurz darauf platzte die Neuigkeit wie eine

Bombe, oder vielmehr fiel wie ein brennendes Zündholz in den vom Benzin des Vermutens triefend getränkten Werghaufen des präsumtiven Publikums: Campo Sant'angeli werde in der Arena von Verona ein Konzert geben. Leider erwies sich dies als unwahr, aber schon wollten gewisse Zeitungen etwas von einem Konzert in Moskau gehört haben. Und ein paar Tage später, als ich bereits ernsthaft überlegte, ob ich nicht nach Moskau fahren sollte, kündigten Plakate ein Konzert an – bei uns in Rom!

Es war ein denkwürdiges Ereignis. Auf dem Programm standen eine Solo-Suite von Bach, danach die Sonate von Debussy, dann eine Solo-Suite von Reger und zum Schluß die Arpeggione.

Über tausend Beziehungen hatte ich eine Karte erhalten und saß nun, bebend vor Aufregung, inmitten der Crème der internationalen Musikfreunde im Parkett.

Zunächst warteten wir eine gute halbe Stunde.

Dann verkündete ein von den vorderen Reihen kommendes Munkeln, Campo Sant'angeli sei soeben eingetroffen. ›Es dauert noch eine Zeitlang‹, sagten Kenner, ›er meditiert stets vor dem Vortrag.‹ – ›Wie lang?‹ – ›Zwei Stunden.‹ – ›Nein, er steht nur zehn Minuten auf dem Kopf!‹ ... Daraufhin brandete die Nachricht herüber, jetzt habe er seinen Frack angezogen. Die Spannung stieg. Von der anderen Seite des Saales wogte das Dementi heran: nein, nicht er, sein Klavierpartner habe den Frack angezogen. Leute sprangen auf und liefen nervös im Saal herum. Eine alte Dame, die noch Julius Klengel gehört haben soll, bekam Krämpfe. Ein Sanitäter wurde ohnmächtig und hinausgetragen. Experten neigten zu diesem Zeitpunkt noch zu der Ansicht, der Meister werde spielen ... Da trat der Impresario aufs Podium und erklärte, das Konzert fände nicht statt. Wir bekamen unser Geld zurück. In den Zeitungen hieß es tags darauf, der Meister habe dem erwähnten Sanitäter Blumen ans Krankenbett geschickt. Ich aber erlebte das seltsame Phänomen, daß alle, die das Konzert – wenn man es so nennen kann – besucht hatten, wie bezaubert waren. Es war ... ich kann es nicht sagen, es war eben ein Ereignis. Ein Charisma umgab uns alle.

Ich beschloß, koste es was es wolle, Unterricht bei Campo Sant'angeli zu nehmen, und bildete mir ein, dies lasse sich durch meine, sagen wir: guten Beziehungen zum Vatikan arrangieren. Die vermögen doch sonst alles ... Man kann ermessen, wie schwer es war, Schülerin Campo Sant'angelis zu werden, wenn ich sage, daß sie hier nichts – vielmehr nur auf Umwegen genützt haben! Kardinal N., ein guter Freund meiner Mutter – ich nenne ihn Onkel –, begab sich persönlich zur Mutter des Meisters, der frommen Witwe Campo Sant'angeli, mit deren Gatten, mithin dem Vater des Meisters, er aufs Gymnasium gegangen war. Campo Sant'angeli aber war bei geradezu entrückender Religiosität und strengstem Katholizismus scharf antiklerikal eingestellt. Ich erfuhr später, daß der Besuch des Kardinals ihn für einige Tage aufs Krankenlager geworfen hatte. Allein der Anblick eines Priesters konnte, bei ungünstigen Witterungsverhältnissen, Nasenbluten bei ihm hervorrufen. – Zum Glück erfuhr er nie den Zusammenhang zwischen dem Besuch des Kardinals und mir, sonst hätte es mir wohl auch nichts genützt, daß ein junger Freund des Kardinals, der einen hohen Rang in der Jesuiten-Universität in Rom bekleidete, gleichzeitig – sagen Sie's nicht weiter! – Logenbruder Campo Sant'angelis in der Loge ›Vergänglichkeit zu den drei Weltteilen‹ war ... So kam ich – alles nahm gut ein halbes Jahr in Anspruch – zu jenem eigenartigen Schreiben, einer Karte, auf der mit großer, aber dennoch eher weiblicher Schrift ungefähr zu lesen stand: *Kommen Sie am nächsten Montag um 11 Uhr 24 zu mir, oder sonst irgendwann, wann es Ihnen paßt. L. C.* Campo Sant'angeli kümmerte sich offenbar beim Schreiben wenig um das Format des zu Beschreibenden, denn die Karte war nicht nur bis zum Rand vollgeschrieben, sondern er war mit seiner großen Schrift scheint's häufig auch über den Rand hinausgefahren. Im ganzen machte die Note den Eindruck, als sei sie ein aus einem größeren beschriebenen Bogen ausgeschnittenes Schriftwerk.

Als ich ihn dann sah und mit ihm sprach, mußte ich feststellen, daß sich in den seine Person betreffenden Gerüchten Erfundenes und Wahres mischten. Von ererbtem Reichtum war er zweifellos. Er wohnte in einer Villa – Villa im alten Sinn – am Meer, und zwar an der ligurischen Küste, dort, wo sie ziemlich felsig ist. Die Landseite des Besitztums schützte ein breiter Park. Dem Meer zu war es offen. Die Villa stand auf einer Felszunge, die in das flache Meer hinausragte. Kunstvoll waren die natürlichen Stufen im Gestein in die Komposition eines weiten, bizarren Steingartens einbezogen. Vom Haus führten Treppen bis ans Meer hinunter. An ihrem Fuß, überschattet von Bäumen, umgeben von bizarren Felsbildungen und hie und da einer verwitterten Statue oder einer steinernen Vase, war eine Bank aus dem Felsen gehauen. Darüber fand sich eine Marmortafel, deren Inschrift aber nicht mehr zu lesen war. – Selten, und nur bei rauher See, schlugen die Wellen über den vorgelagerten Sandstrand, die Bank jedoch, die Stufen davor und eine kleine Balustrade waren so sinnvoll gestaltet, daß kein Tropfen sie traf: Campo Sant'angeli konnte ungefährdet das Meer betrachten, das wie ein an der Kette hängendes wildes Tier vor ihm tobte ... Aber ich greife vor. Diesen schwermütigen Lieblingsplatz des Meisters sah ich erst später. Er pflegte dort stundenlang zu sitzen, ein aufgeschlagenes Buch in der Hand, ohne darin zu lesen.

Campo Sant'angeli empfing mich in der Villa. Er saß auf einem Sofa, in schwarzem Rollkragenpullover, schwarzen Hosen und barfuß. Als er aufstand, sah ich, daß er sehr klein war, klein und schmal. Auf Bildern war er mit ganz kurzem Haar und einem stark gestutzten, jedoch nicht ausrasierten Schnurrbart gezeigt gewesen. Auch jetzt trug er die Haare zwar kurz geschnitten und den Schnurrbart gestutzt, aber Haar und Bart schienen mir unwägbar ungepflegt, nicht schmierig, eher verwachsen, so als habe sie ein schlechter Friseur zu kurz geschnitten und der mindere Haar- und Bartschnitt zeige sich nun, im Laufe des Nachwachsens. Die ersten Minuten waren qualvoll, Campo Sant'angeli bot mir lediglich einen Platz an – weit weg von dem seinen – und ringelte sich wieder in sein Sofa. Die bloßen Füße deckte er jetzt mit einem Kissen zu. Er sprach kein Wort und schaute mich nur an. Ich wußte nicht, ob ich etwas sagen sollte, hatte aber andererseits auch nicht das Gefühl, daß er es erwartete. Warum ich gekommen war, wußte er ja. Ich blieb also eine Zeitlang sitzen, dann stand ich auf; auch er erhob sich; er gab mir die Hand, und ich ging. Ich fuhr noch nicht lang mit meinem Fiat auf der staubigen Landstraße in Richtung Rom, da überholte mich ein froschgrüner Maserati in höllischem Tempo, und während er vor mir waghalsig schlitternd in die nächste Kurve heulte, winkte mir Campo Sant'angeli aus dem offenen Wagen zu.

Ich kam nun öfters in die Villa. Manchmal war der Meister nicht da – eine feste Zeit mit ihm auszumachen war nicht möglich, seine ständige Redensart war ja: ›Kommen Sie um fünf Uhr zehn oder sonst irgendwann‹ – manchmal wartete er unten auf der Felsenbank; nie sagte er mehr als einen Gruß, vielleicht ein Wort über das Wetter allenfalls. Nur mit seiner Mutter plauderte ich hie und da.

Einmal traf ich ihn – es war eine völlig unübliche Zeit dafür – beim Essen. Er saß auf einer Terrasse in seinem schwarzen Rollkragenpullover und hatte einen Teller mit Käse, Oliven und Trauben vor sich. Er erklärte mir des langen und breiten das Wohltuende und Natürliche dieser Geschmackskomposition – ergänzt von grobem Weißbrot und leichtem Rotwein –, beleuchtete das Problem des Essens aus allen möglichen Gesichtspunkten, vom Ästhetischen, vom Medizinischen, vom Historischen, ja vom Astrologischen und Mythologischen her, brachte allerlei geheimnisvolle hermetische Beziehungen zwischen die einzelnen Speisen und kam immer wieder auf die gepriesene Komposition von Käse, Oliven und Trauben mit grobem Weißbrot und leichtem Rotwein zurück. ›Denn im Grund‹, flüsterte er mir zu, ›im Grund bin ich ja, Sie sehen – Käse, Oliven ..., bin ich ja doch ein Bauer.‹ Inzwischen hatte er den Käse und die Oliven verzehrt, auch das Weißbrot und die Hälfte der Trauben. Auf dem Teller lag nur noch eine üppige Rebe neben dem Skelett eines abgepflückten Traubenstrunks. Das Bild berauschte ihn. Er hob den Teller hoch. ›Sehen Sie‹, sagte er, ›die schwellende Rebe und das abgegessene Skelett – Werden und Vergehen –‹ Er stellte den Teller auf das Geländer der Terrasse in die späte Sonne. Bis zu restloser Schwermut beglückte ihn, daß einer der Pfauen, die im Garten gehalten wurden, aufs Geländer sprang und eine Weinbeere, eine einzige, vom Teller pflückte und davonschritt.

Es war im Lauf der Zeit nicht zu umgehen, daß ich auch andere Schüler Campo Sant'angelis in der Villa traf. Waren es mehr als drei, die zufällig zusammenkamen, neigte der Meister dazu, eine Unterrichtsstunde zu erteilen.

Bei diesem Unterricht – die Stunde kostete übrigens, ich zitiere *›15.282 Lire, oder wieviel Sie eben zahlen wollen‹* – rührte Campo Sant'angeli nie ein Cello an, und ich meine das wörtlich! Nicht nur, daß er nicht spielte, er vermied es auch ängstlich, mit einem der zwangsläufig sich im Raum befindlichen Instrumente in Berührung zu kommen. Er ließ uns spielen – ›Spielen Sie den ersten Satz der g-Moll Sonate von Beethoven, und zwar diese eine Passage im soundsovielten Takt oder was Sie wollen –‹, manchmal nörgelte er Unverständliches vor sich hin. Oft, wenn er uns korrigierte, sang er die entsprechenden Stellen vor oder aber er platzte, nachdem er lang nach Worten gerungen hatte, mit einem ungeheuer schlüssigen Bild heraus. Ich erinnere mich an einen Schüler, der das Dvorák-Konzert studierte. Es handelte sich in diesem speziellen Fall um den herrlichen Einsatz auf h-Moll, den ersten Einsatz des Soloinstrumentes in der Reprise, nachdem, *grandioso*, das ganze Orchester das Thema vorgetragen hat, und das Cello in Doppelgriffen in hoher Lage quasi aus der allmählich beruhigten Orchesterraserei heraustritt. Es ging um Fragen der Dynamik. Unter der Solostimme steht, wenn ich mich recht erinnere, *fortissimo*, begleitet wird sie von Oboen – *piano*, Geigen – *pianissimo*, Violen – *forte/piano*, und noch ein bißchen anderem. Das Problem war, was unter ff hier zu verstehen sei und wie man ff in so hoher Lage spielen könne, ohne daß es kreischt.

Campo Sant'angeli pfiff und sang und äußerte bald dies, bald das, aber alles befriedigte ihn sichtlich nicht, bis er endlich sagte: ›Es kann ein wenig kreischen, es zuckt. Ich habe einmal in den Bergen an einem heißen Tag ein Gewitter aufziehen sehen. Eine schwarze Wolkenwand kam zwischen zwei Bergen herauf. Ich schaute mit einem Fernglas zufällig hin. Über dem Tal, noch in der klaren Luft, noch nicht vom unruhigen Dunst des Gewitters erfaßt, aber von den gespannten Schichten der Luft getragen, schwebte ein Vogel – jenseits aller Flugkünste, hoch über den Fichten, Kraft ohne Anstrengung – ein Falke vor dem Sturm. Lassen Sie *forte/piano* und Kreischen‹ – er sang die Stelle gelöst vor, er hatte es gefunden: ein Falke vor dem Sturm ...

Ungefähr ein Vierteljahr war ich bei ihm, da begann er,

wenn das möglich war, noch launischer zu werden. Von seiner Mutter wußten wir, daß er kaum schlafen konnte. Er aß wenig, trank Tee von Hibiskusblüten und, ganz ungepflegt aus Wassergläsern, viel Sekt. Flaschen kostbarsten französischen Champagners stöpselte er mit einem zusammengedrehten Zeitungsblatt zu und stellte sie, wie ein Biermusiker den Krug, unter seinen Stuhl. Nicht selten trank er aus der Flasche. Seinen Maserati, erfuhren wir, benutzte er kaum noch, denn er zitterte häufig am ganzen Körper, und lebensgefährlich war geworden, daß er anfing, links und rechts zu verwechseln, in dem Sinn, daß sein Bewußtsein zeitweise spiegelverkehrt reagierte.

Als wir, die Schüler, zufällig einem außerordentlich aufgeregten dummen Menschen in Campo Sant'angelis Villa begegneten – es war sein Manager –, glaubten wir, den Grund für des Meisters körperlichen Verfall – ja, Verfall, anders war es nicht zu nennen – zu erkennen: der Meister hatte ein Konzert vereinbart, und das reute ihn jetzt. Aus irgendeinem Grund konnte oder mochte er die Zusage, so vermuteten wir, nicht zurücknehmen. Das nagte an ihm und zerfraß ihn. Ein besonders kecker Schüler sprach Campo Sant'angeli, es war im September, direkt darauf an. Es hatte furchtbare Folgen: der Meister bekam einen hartnäckigen, tagelang währenden Schluckauf. – ›So als ob mindestens ein Dominikaner-Provinzial oder ein päpstlicher Geheimkämmerer in der Nachbarvilla zu Besuch wäre‹, murmelte die Mutter besorgt.

Als der Schluckauf vorbei war und wieder einmal genügend Schüler für eine Unterrichtsstunde versammelt waren, schenkte uns der Meister mit verschmitztem Lächeln ein Plakat. Es war die vom Manager vorbereitete, aber von ihm noch nicht freigegebene Konzertankündigung. ›Nur‹, merkte er der Aushändigung an, ›– stimmt das Datum nicht; das Konzert findet einige Tage früher statt oder später.‹

In der Folge erfuhren wir von weiteren Mystifikationen: an verschiedenen Stellen Roms wurden Plakate mit unterschiedlichen Uhrzeiten angeklebt. Auch stimmten die Programme sonst nicht überein, in jeder Plakatversion gab es einen anderen – kalkulierten – Druckfehler in Campo Sant'angelis Namen.

Es war kurz vor dem Konzert, das dann, ich erinnere mich genau, am 6. November stattfand. Ich kam allein zu Campo Sant'angeli. Er versuchte gerade ein kaltes Huhn zu essen, und ich sah mit Entsetzen, daß er immer wieder ein kleines Stück Fleisch in eine Schale mit Senfsauce tauchen wollte, aber einfach nicht die Kraft dazu hatte. Müde und entschuldigend lächelte er mich an. Dennoch war er sehr fröhlich, er erzählte mir, daß ihm eingefallen war, auch den Ort seines Konzertes, den Konzertsaal, zu verschleiern. Man hatte schon neue Plakate, um neue Versionen bereichert, in der Nacht über die alten geklebt. Insgesamt waren sechs oder sieben verschiedene Orte für das Konzert angegeben. Besonders belustigte Campo Sant'angeli, daß er unter anderem auch die Sixtina nennen ließ.

Das Publikum des Konzerts war also vom Zufall bestimmt, bestand es doch allein aus jenen, die die verhältnismäßig wenigen Plakate mit der richtigen Orts- und Zeitangabe gelesen hatten. – Tobend warteten Hunderte in der Maxentius-Basilika, am Grabmal der Cecilia Metella, in der Villa Borghese oder eben in der Sixtinischen Kapelle. – Wir Schüler hatten wenige Stunden vor dem Konzert die richtigen Angaben erfahren. Pünktlich wurden die Saaltüren geschlossen. Trauben von Studenten wurden von den rigorosen Saaldienern abgewiesen. Fünf Minuten danach erschien Campo Sant'angeli in einem tadellosen Frack, der wie ein Korsett saß und auch – das wußten wir ja – die entsprechenden Funktionen ausübte, auf dem Podium. Bis dahin hatte ich ihn nur barfuß gekannt, jetzt trug er Lackschuhe, so klein, so schmal und spiegelblank – Schuhe, sage ich Euch, nicht von dieser Welt. Solche Schuhe hebt man in Vitrinen auf, nur treuesten Dienstboten ist es erlaubt, sie abzustauben; fliegen dürfte man mit solchen Schuhen, wenn man es könnte. Den Boden berührt mit ihnen nur eine unaussprechlich sorglose Eleganz.

Am Anfang stand die Sonate in g-Moll von Beethoven. Mit Erregung sahen wir einen ganz unüblichen Vorgang: Janos Starker, der, rasend applaudiert, gleichzeitig mit Campo Sant'angeli das Podium betreten hatte – Benjamin Britten, der am Klavier begleitete, ging zwei Schritte hinter ihnen –, trug das Cello des Meisters. Während Campo Sant'angeli mit gesenktem Kopf stehenblieb, stimmte Starker das Instrument. Eine geflüsterte Unterhaltung fand statt, auch Britten wurde mit einbezogen. Dann stimmte Starker noch einmal nach und zupfte an allen vier Saiten. Campo Sant'angeli nickte. Starker stand auf und reichte – es kam der Moment, an den wir alle nicht hatten glauben wollen – reichte unserem Meister das Cello. Der nahm es, ganz einfach, nahm es, schlenzte die Frackschöße hinter den Stuhl und setzte sich.

Die Sonate für Violoncello und Klavier von Ludwig van Beethoven, in g-Moll, opus 6, Nummer 2 beginnt mit einem g-Moll-Akkord des Klaviers. Das Cello spielt den Baß-Ton, die leere g-Saite, mit und hat dann eine längere Pause. Noch hatte Campo Sant'angeli den Bogen nicht völlig ausgestrichen, da stürzte er vornüber und warf im Fall das Cello vor sich zu Boden. Der Steg schnappte um und schlug mit hartem Laut gegen den noch einmal nachhallenden Körper des berstenden Instruments – das brechende Herz, zuckte es mir durch den Sinn. Das alles spielte sich freilich in Bruchteilen von Sekunden ab. Das ›brechende Herz‹ ging unter im Aufschlag des Körpers auf das Podium. Benjamin Britten war aufgesprungen, als Campo Sant'angeli zunächst auf das Cello und dann seitlich aufs Podium fiel, wo er auf dem Rücken liegen blieb.

Auch das Publikum sprang von den Sitzen. Mich kam ein Grausen an, wie sonst nur im Traum. Ich lief hinaus.

Wissen Sie, wenn man so etwas liest, wenn man es im Theater oder im Kino sieht, dann erfaßt man es. Wenn man es aber erlebt, dann erfaßt man es nicht. Es war, als ob dieses mächtige, grausige Erlebnis wie eine Explosion mein Bewußtsein gestreift, es flackern gemacht, vielleicht für einen, eben jenen Augenblick aus mir herausgeblasen hätte. Der Tod stand für eine Sekunde spürbar körperlich im Raum.

Nun, andere waren weniger empfindlich als ich. Sie stürzten aufs Podium und sicherten sich die Splitter des Cellos. Noch Jahre danach wurden sie zu hohen Preisen gehandelt. Denn jener einzige Ton, das G auf der leeren Saite, begründete endgültig den überragenden Ruhm des Meisters – in der schnelllebigen Öffentlichkeit freilich nur für kurze Zeit, um sich dann aber im Kreis der Eingeweihten zur Gewißheit zu verdichten, daß Livio Campo Sant'angeli der größte Cellist war, den die Erde je getragen hat.«

Das Frühlingsgedicht
(1968)

Bekanntlich geht die Entdeckung Amerikas letztlich auf die Sache mit dem Ei zurück. Columbus neigte, wie fast alle Genueser, zur Albernheit. Aber auch andere welthistorische Ereignisse, bei denen die Urheber oder Vollstrecker durchaus keine albernen Menschen waren, sind oft auf winzige und nichtige Anlässe zurückzuführen. Wenn jener königlich preußische Bahnbeamte – als sein Name ist Armin Kniephövel überliefert, ob es stimmt, weiß man nicht – den blinden Güterzugpassagier Wladimir Iljitsch Uljanow in Lehnin in der Mark Brandenburg, wo er eigentlich hätte aussteigen wollen, aus dem Zug gelassen hätte, sähe die Welt heute anders aus. So fuhr der Zug weiter nach Rußland, und in Uljanow – der sich von da ab Lenin nannte – reifte der Plan zur Weltrevolution, aus Trotz – man kann es verstehen. Auch das aufsehenerregende Experiment, das Professor Ygdrasilović an der University of Gross Misdemeanour, Ohio, durchführte, erfuhr seinen Anstoß durch nichts als eine Zeitungsumfrage. Alljährlich zum Frühlingsanfang tritt ein großes amerikanisches Boulevardblatt an einige prominente Persönlichkeiten heran mit der Bitte, ein Frühlingsgedicht zu schreiben. Im Jahr 1965 wählte die Zeitung unter anderem Professor Ygdrasilović aus, der damals den Lehrstuhl für Technical Poetry an der genannten Universität innehatte.

Professor Ygdrasilović erinnerte sich bei diesem Ansinnen lächelnd daran, daß er in seiner Jugend einmal fast den Weg gefunden hätte, ein Dichter zu werden, und er schrieb ein vierzeiliges Frühlingsgedicht. Dann zeigte er es einem Assistenten. Der Assistent sagte, es erinnere ihn an ein Frühlingsgedicht von Juan de la Cruz (1542–1591). Ygdrasilović zerriß sein Gedicht und schrieb ein neues. Das neue Gedicht fand ein anderer Assistent einem Frühlingsgedicht Lermontows (1814–1841) ähnlich. Als ein Hilfsassistent in einem dritten Gedicht Ygdrasilović' eine verblüffende Parallele zu einem Jugendwerk von Johann Peter Uz (1720–1796) feststellte, gab Ygdrasilović auf, aber in den Worten, die er dabei sprach – »Ja, kann man denn in drei Teufels Namen kein neues Frühlingsgedicht mehr schreiben?« –, war sozusagen in nuce der Plan zu dem großartigen Experiment enthalten.

In jahrelanger Arbeit sammelten Ygdrasilović' Assistenten sämtliche Frühlingsgedichte, die jemals geschrieben wurden: vom anonymsten japanischen Haiku bis zum hinterletzten schlesischen Barockdichter, von Anakreon bis E. E. Cummings; alles, was nach Frühlingsgedicht aussah. Mit diesen Gedichten – es waren knapp achtzig Millionen – wurde der große Computer des Instituts gefüttert. Dann erhielt der Computer den Auftrag, ein neues Frühlingsgedicht zu produzieren. Das Ergebnis lautete:

der schneemann lacht
derweil das schneehuhn
im lenzschnee
männchen macht.

»Je, nun«, sagte Professor Ygdrasilović, als er dies las, »daß ich mir nicht vorstellen kann, wie ein Schneehuhn Männchen macht, ändert nichts am Wert des Experiments.«

Die wahre Geschichte von Tibo, dem Hehlerkönig (1969)

Tibo möge mir verzeihen, daß ich seine Geschichte hier aufschreibe, eine Geschichte, an der alles wahr ist. Ich hätte Tibo gefragt, ob er es erlaubt, daß ich seine Geschichte veröffentliche, und ich glaube, er hätte nichts dagegen gehabt, denn er wußte, daß ich nicht gegen ihn war, aber ich weiß nicht, wo ich Tibo finden könnte. Er wird von der Staatsanwaltschaft gesucht, habe ich erfahren. Es besteht wieder einmal ein Haftbefehl gegen ihn. Das ist das letzte, das ich von Tibo weiß.

Ein Angeklagter hat wohl meist das Gefühl, daß der Richter »gegen ihn« ist, obwohl der Richter unparteiisch sein soll. Tatsächlich sind unsere Richter, meine Kollegen, weit unparteiischer als die Masse der Menschen, aus denen sich ja die bedauernswerte Sonderklasse der Angeklagten rekrutiert, und vor allem als die Kreise gewisser Journalisten es wahrhaben wollen. Aber dennoch verkörpert der Richter mehr oder weniger die Obrigkeit, die Staatsgewalt und so fort, und derlei anonyme und sogar mysteriöse Instanzen empfindet wohl jeder als »gegen sich« gerichtet oder eingenommen. Gipfel dieser voreingenommenen Instanzen ist selbstverständlich das Finanzamt; aber das ist eine Abschweifung.

Tibo wußte, das glaube ich bemerkt zu haben, daß er in mir einen Richter hatte, der ihn verstand, der vor allem verstand, daß er trotz allem und vor allem ein Opfer der Umstände war. Die Tücke des Objekts hat, soweit ich sehe, nie irgend jemandem so grausam mitgespielt wie Tibo. Ich, der Richter, habe versucht, Tibo zu helfen, aber selbst wenn ich andere, größere Möglichkeiten dazu gehabt hätte, als einem Amtsrichter zur Verfügung stehen, gegen die offensichtlich finster und bis zum Äußersten entschlossene Tücke des Objekts hätte meine Hilfe nichts ausrichten können.

Tibo hatte (oder, hoffe ich, hat) einen französisch klingenden Namen, sagen wir: F. Sein Vorname war Theobald, französisch Thibaut, was sich auf der Schwanthaler Höh' – jenem Stadtviertel hinter der Bavaria, das noch in den fünfziger Jahren das proletarischste München beherbergte – zu dem Spitz- und Rufnamen Tibo abschliff.

Tibo war ein echter Münchner, und das trotz der für damalige Begriffe der Schwanthaler Höh' nahezu exotischen Umstände seiner Entstehung.

Während des Krieges kam ein Monsieur F., ein Belgier, nach München. Belgien war damals von den Deutschen besetzt, wie man weiß, und es gab Belgier, die sich mit der Besatzung arrangierten. Monsieur F. mußte wohl zu ihnen gehört haben, denn er kam nicht als Kriegsgefangener oder Deportierter nach München, sondern freiwillig. Was er in München tat, wovon er lebte, wußte Tibo nicht. Jedenfalls lernte er Tibos spätere Mutter kennen und heiratete sie. Tibo entstammte dieser Ehe. Die Genehmigung zur Eheschließung mit einem feindlichen Ausländer zu bekommen, war damals kompliziert. Daß die Dinge im belgischen Hintergrund des Monsieur F. noch weit komplizierter waren, stellte sich erst viel später, zu spät heraus.

Als Tibo zwei oder drei Jahre alt war, kurz vor oder nach Ende des Krieges, verschwand Monsieur F. Weder Tibo noch seine Mutter sahen ihn je wieder. Seine einzige Hinterlassenschaft war damals von unschätzbarem Wert: die belgische, nunmehr siegreiche Staatsbürgerschaft für Frau oder vielmehr Madame F. und ihren Sohn Tibo von der Schwanthaler Höh'.

Der Glanz war von kurzer Dauer, letzten Endes ein Danaergeschenk.

Solange Tibo in die Schule ging, fiel weiter nichts auf. Erst als seine Mutter für ihn eine Lehrstelle suchte, stellte sich die unfaßbare belgische Staatsangehörigkeit wie ein Block quer über Tibos Lebensweg. Kleinere Versäumnisse, Ungeschicklichkeiten in bürokratischen Dingen – Dingen, denen man auf der Schwanthaler Höh' seit jeher geringe Bedeutung beimißt, ja mit Verachtung begegnet – machten Stachel um Stachel das belgische Hindernis in Tibos Leben sperriger. Ausweise, Arbeitspapiere, Führungszeugnisse, für einen normalen Menschen schwer genug zu erringen – für Tibo waren sie aus dem fernen Belgien zu holen, von dem Tibo gar nicht so recht wußte, wo es lag. Auch der Geographie, muß man leider sagen, wurde auf der Schwanthaler Höh' nicht das geringste Interesse entgegengebracht. Jahre danach erst sollte Tibo Belgien kennenlernen; kennenlernen, liebenlernen nicht.

So lernte Tibo nie etwas Rechtes. Die kargen Papiere, die er sich beschaffen konnte, reichten nur für den Beruf eines Bauhilfsarbeiters. So weit, so gut, nur: eines Tages erwachte in Tibo, der zu einem stattlichen, von weiblicher Jugend nicht ungern gesehenen jungen Mann herangewachsen war, der Wunsch, sich zu motorisieren. Er fälschte nicht den Führerschein, aber er fälschte ein Papier, irgendein ganz kleines Papier, das man braucht, bevor man den Führerschein bekommt. Es kam auf und reichte für eine Jugendstrafe. Selbstredend war auch der Führerschein ungültig. Tibo, erst recht, nachdem er die Strafe abgesessen, mochte seines Motorrollers nicht mehr entraten. Fahren ohne Führerschein, in wiederholtem Falle: wieder eine Jugendstrafe. Eine unschöne tätliche Auseinandersetzung mit einem Polizisten beim dritten Mal – so kam eins zum anderen.

»Natürlich«, sagte mir Tibo später, »war ich selber auch

schuld. Mir läuft's Haferl so schnell über. Aber warum muß auch grad *ich* Belgier sein?«

Der Jugendfürsorger im Gefängnis legte dem Tibo nahe, sich doch endlich um die deutsche Staatsbürgerschaft zu bemühen. Tibo sprang die Hürde an. Hohnlachend wies man ihm seine Strafliste vor: Mit so einer Latte wollen Sie eingebürgert werden! Es sei keine Resignation gewesen, kein Trotz, nicht, daß er damals etwa auf dem Absatz kehrtgemacht habe und in die Unterwelt getaucht sei, nein, erzählte er mir später, er habe immer gehofft, hoffe es in manchen stillen Stunden selbst heute noch, eines Tages ein bürgerliches Leben führen zu können. Aber irgendwie habe er sich damals durchschlagen müssen. Arbeit habe er keine bekommen. Wenn einmal einer einen Vorbestraften in seinen Betrieb zu nehmen bereit gewesen sei, habe er nach Schilderung der ungeklärten belgischen Umstände Tibos abgewunken.

»Ich soll nach Belgien gehen, haben sie mir überall auf den Ämtern gesagt, Herr Rat«, erzählte er, »aber, sagen Sie selber, Herr Rat, was soll ich in Belgien, wo ich nicht einmal belgisch kann.«

Er wurde Hehler. Auch in diesem Gewerbe setzt sich Phantasie und Tatkraft durch. Tibo wurde Tibo, der Hehlerkönig. Als er zu mir in die Hauptverhandlung geführt wurde, standen die einfachen Hehler, Geschäftsfreunde wie Konkurrenz, Spalier auf dem Weg zum Sitzungssaal. Tibo, der sich von seiner Braut (ich wußte das, las ja auch wegen der Zensur die Briefe, die er aus der Untersuchungshaft schrieb) einen feschen Trachtenanzug für die Verhandlung schicken ließ, »den mit der Samtweste mit den gestickten Blumen«, Tibo, in Trachtenanzug und Samtweste, die rechte Hand in der Schelle, schritt in den Sitzungssaal. »Tibo! Tibo!« schrie das Spalier. Tibo mußte mit der linken Hand winken. Als die Vivat-Rufe nicht aufhörten, mußte ich nicht eingreifen. Tibo erledigte das selber. »Maul halten!« zischte er in den Zuhörerraum, worauf Stille eintrat.

Als ich über Tibo zu Gericht zu sitzen hatte, war er nicht wegen Hehlerei angeklagt, sondern wegen eines Delikts, von dem noch zu reden sein wird. Wegen der Hehlerei hatte er in den Jahren davor aber auch schon ein paarmal gesessen. Auch einen Hehlerkönig erwischt es ab und zu.

»Und dann«, erzählte Tibo, »wenn ich die Strafe abgesessen gehabt habe, haben sie mich immer nach Belgien abgeschoben. Und in Belgien – na ja, Vagabondage heißt man's dort, wenn man keine Arbeit, keinen Ausweis und keine Unterkunft hat. Sechs Wochen ist die Höchststrafe. Die habe ich dann immer schon gekriegt. Wissen Sie, Herr Rat, daß es in Belgien noch Arbeitshaus gibt, mit Steinbruch und so? Nein? Ich weiß es.«

Danach ist er, illegal natürlich, über die Grenze nach Deutschland zurück.

Ich mußte, sagte ich schon, Tibos Briefe aus der Untersuchungshaft zensieren. Alle Briefe, die Untersuchungshäftlinge schreiben oder bekommen (mit Ausnahme der Korrespondenz mit den Anwälten), müssen zensiert werden. Das wissen die Häftlinge natürlich, und sie hüten sich, verfängliche Dinge zu schreiben. Aber wenn nicht zensiert würde, würden sie die verfänglichen Dinge schreiben. Der eine oder andere ist immer dabei, der möchte besonders schlau sein. Er schreibt solche Dinge – zum Beispiel: daß sein Freund Leo so und so aussagen soll in der Verhandlung – zwischen den Zeilen. Aber der Richter durchschaut das selbstverständlich, denn der Richter ist schlauer als der Untersuchungshäftling. Einer, der schlauer als der Richter ist, kommt nicht in Untersuchungshaft. Tibo hat nie versucht, irgendwelche krummen Dinger mit seinen Briefen zu drehen. Sicher hat er Kassiber schmuggeln lassen, mit deren Hilfe er vermutlich das Hehlergeschäft während der Haft weiter betrieb. Grad als Hehler muß man am Ball bleiben (auch das weiß ich von Tibo), man ist unheimlich schnell von der Konkurrenz überflügelt. Aus Tibos Privatpost, also aus der, die durch die Zensur lief, ging hervor, daß er ein rührend besorgter Familienvater war, vielmehr: gewesen wäre.

»Wissen S', Herr Rat«, sagte Tibo bei einem unserer Gespräche, »wo ich hinlang, bei mir bleibt der Dreck an die Finger picken. Lernt ein anderer ein Mädchen kennen, gut, kriegt sie ein Kind. Bei mir – Zwillinge.«

Die Zwillinge, zwei Mädchen, waren damals fünf oder sechs Jahre alt. Tibo hätte die Mutter schon geheiratet, wenn die Beschaffung von Papieren nicht auf unüberwindliche Schwierigkeiten gestoßen wäre. Die junge Mutter war eine eher dralle Dame, die ihre sehr stark ausgeprägten Oberschenkel nicht daran hinderten, dem ehemaligen Modediktat ›Hot pants‹ zu folgen. Das waren ganz, ganz kurze, gesäßintensive Hosen für Damen. »Zie nicht imer Deine Hotpent an wenn du auf Besuchstag kommst«, schrieb Tibo einmal, »daß regd mich so auf.«

Es war damals ein Jahr her oder zwei, da war Baudoin, der König der Belgier, auf Staatsbesuch in die Bundesrepublik gekommen. Der König besuchte auch München. Halt! sagte sich Tibo, halt! Er zog seinen besten Anzug an und stellte sich schon am frühen Morgen gegenüber der Staatskanzlei auf, wo König Baudoin, so stand es in den Zeitungen, mittags in irgendein goldenes Buch seinen Namen eintragen würde. Tibo wollte es nicht versäumen, in der ersten Reihe zu stehen.

Als der König kam, schrie Tibo »Hoch! Hoch!«, durchbrach mit seinen Bärenkräften ohne Schwierigkeiten das Polizeispalier, lief auf den Wagen zu und rief: »Majestät, Majestät, ich bin Tibo –« Weiter kam er nicht. Die motorisierten Polizisten umringten den Tibo, der verzweifelt ruderte, um in die

Nähe des Königs zu kommen, der offensichtlich Tibo nicht erkannte und recht eilig in die Staatskanzlei geleitet wurde. »Laßd's mich aus!« gellte Tibo, »das geht euch nichts an. Das ist *mein* König! Hoch lebe mein König ...«

Er habe, sagte Tibo laut Polizeiprotokoll (das lag in den Akten, die ich später zu meinem Verfahren gegen Tibo beiziehen mußte), den König nur bitten wollen, ihm einen Paß zu geben. Leider zog sich dabei ein Polizist ein blaues Auge zu, ein anderer einen gebrochenen Daumen; Tibo ein halbes Jahr ohne Bewährung.

Ganz falsch habe er das gemacht, sagte damals der Staatsanwalt, der König habe keine Pässe bei sich. Tibo solle es doch einmal beim belgischen Konsulat versuchen.

Nicht gleich, nachdem Tibo wieder heraußen war – und so kommen wir zur Sache, weswegen er sich vor mir zu verantworten hatte –, nicht gleich, aber einige Zeit später, als er wieder einmal die Schwierigkeiten seines illegalen Lebens schmerzhafter spürte als sonst, erinnerte sich Tibo an den Rat des Staatsanwalts. Er suchte im Telefonbuch: Königlich Belgisches Generalkonsulat, Franz-Joseph-Straße 15.

»Sie wünschen?« fragte der Portier des Konsulats.

»Das geht dich gar nichts an«, sagte stolz der Belgier Tibo. »Ich will zum Konsul.«

So macht natürlich kein Portier die Tür auf. Ein Wort gab das andere. Der Portier erlitt Prellungen in der Rippengegend, außerdem Quetschungen am Hals, als ihn Tibo an der Krawatte aus dem Schalterfenster der Portiersloge ziehen wollte.

»Warum«, fragte ich Tibo in der Hauptverhandlung, »haben Sie den Mann so mißhandelt? Er hat Sie doch nur freundlich gefragt, was Sie wollen?«

»Er hat aber so deutsch geschaut, wo doch ich ein Belgier bin und nicht er.«

Unter Auswringen aller legalen Möglichkeiten konnte ich die

Strafe, zu der ich Tibo verurteilte, zur Bewährung aussetzen, unter der Bedingung allerdings, und die legte ich ausdrücklich im Bewährungsbeschluß fest, daß er energisch die Regelung seiner staatsbürgerlichen Verhältnisse betreiben und mir von den Schritten, die er in dieser Hinsicht unternimmt, monatlich einmal schriftlich oder mündlich Bericht erstatten müsse.

Es hatte sich nämlich inzwischen der Verdacht ergeben – Tibos Pflichtverteidiger hatte einen Briefwechsel geführt –, daß Tibos Vater, bereits bevor er nach München kam, in Belgien schon einmal verheiratet gewesen war. Das hieß, die Ehe des Monsieur F. mit Tibos Mutter war ungültig, das hieß weiter, Tibo war kein eheliches, sondern ein uneheliches Kind, das hieß letzten Endes: Tibo hatte Anspruch auf die Staatsangehörigkeit der Mutter, und die war, da die Eheschließung ungültig war, rechtens nie etwas anderes gewesen als eine deutsche. Tibo war wahrscheinlich gar kein Belgier.

Er bemühte sich redlich, aber nach drei, vier Monaten wurde es ihm wohl zu dumm. Um so verknotete bürokratische Umstände aufzulösen, hätte es eines anderen bedurft als des ungeduldigen Tibo. Auch verlor ich ihn deswegen aus den Augen, weil ich bald danach ein anderes Richterreferat übernahm, in dem ich mit Tibo nichts mehr zu tun hatte.

Ganz aus den Augen verlor ich Tibo nicht – er mich schon, ich ihn nicht. Wie ich von dem Folgenden Kenntnis erlangte, bleibt mein Geheimnis.

Es gibt unter den gar nicht so wenigen ungeklärten Entführungen den Fall des Bankiers Baron von Speckh. Der Fall ist unter anderem deswegen ungeklärt, weil der entführte und gegen ein Lösegeld in unbekannter Höhe wieder freigelassene Bankier jede, auch nur die geringste Mitwirkung bei der Fahndung ablehnte. Baron von Speckh war (und ist) ein nicht stadt-, sondern überregional bekannter Geizhals. Er ist derjenige, der sich vierzig Kilometer weit mit dem Auto fahren läßt, um sich bei einem Dorffriseur die Haare schneiden zu lassen, weil der Dorffriseur um dreißig Pfennig billiger ist als Friseure in der Stadt. Baron von Speckh ist derjenige, der bei der Beerdigung seiner Frau eine in der weichen Friedhofserde steckengebliebene linke Galosche fand und nach der Beerdigung mit seinem Chauffeur über zwei Stunden lang den ganzen Friedhof absuchte, in der Hoffnung, die passende rechte zu finden, obwohl die linke Galosche viel zu groß war. Man könne sie aber, sagte er zum Chauffeur, mit Zeitungspapier vorn ausstopfen, dann passen sie. Bankier von Speckh verlangte von der Polizei für seine Mitwirkung bei der Aufklärung seines Entführungsfalles zunächst den Ersatz der Geldsumme, die er den Entführern bezahlt hatte. Das konnte die Polizei natürlich nicht zahlen. Daraufhin verbuchte der Bankier das Geld als verlorene Investition, setzte es irgendwie von der Steuer ab und verbat sich jede weitere Belästigung in der Sache.

Tibo war der Entführer.

Er hatte, nachdem ihm die bürokratischen Finessen um seine Staatsbürgerschaft zu dumm geworden waren, beschlossen, einen ganz großen, einen endgültigen Coup zu landen, viel Geld zu machen und dann nach Neuseeland auszuwandern (»Obwohl ich nicht neuseeländisch kann; aber mit viel Geld kommt man schon durch«).

Zwei ehemalige Unter-Hehler waren am Rand beteiligt. Der Hauptwitz bei der Sache aber war die Art, wie Tibo das Geld aus der Bundesrepublik nach Neuseeland schmuggeln wollte. Es war ein an und für sich genialer Plan, wenn nicht die Tücke des Objektes gewesen wäre.

Von den vier Millionen, die Tibo bekam, zweigte er nicht mehr als Zwanzigtausend ab, dazu die Entlohnung für die beiden Mitentführer, die je ein paar Tausender bekamen. Den Rest beerdigte Tibo, und zwar ganz echt und offiziell. Er ließ ein paar Dokumente, Totenschein und dergleichen, fälschen; das ist alles nicht sehr schwer. Er kaufte einen Sarg und bestellte bei einem Bestattungsunternehmen eine Beerdigung dritter Klasse für Jean F., seinen Vater. Dann, so plante Tibo, würde er – mit einem ebenfalls falschen Paß – nach Neuseeland fliegen und nach ein paar Monaten durch ein internationales Beerdigungsunternehmen den ›Vater‹ aus München nach Neuseeland überführen lassen.

Es ging alles wunderbar. An einem Montag um ein Uhr sollte die Beerdigung sein. Tibo und seine Verlobte fanden sich ein, in Schwarz gekleidet. Tibo hatte einen Kranz dabei, damit die Tarnung perfekt ist. Kurz nach eins wurde ein anderer begraben, ein gewisser Zinkeisen Maximilian. Um zehn nach eins wurde Tibo unruhig. Er rannte die schaufensterartigen Sargboxen auf und ab. Kein Jean F. war da. Tibo gab den Kranz seiner Verlobten und eilte in das Büro der Friedhofsverwaltung. Der Beamte nahm gerade ein karges Mittagsmahl ein: zwei saure Heringe und ein hartes Ei.

»Entschuldigen S'«, sagte Tibo.

»Ja, bitte?« sagte der Beamte mit vollem Mund.

»Die Beerdigung von Jean F., nämlich von meinem Vater, bitte«, sagte Tibo.

»Jean F.?« sagte der Beamte, wischte zwei Finger der rechten Hand an einer trockenen Stelle des Papiers ab, in das die Heringe gewickelt waren, und blätterte in einem amtlichen Heft.

»Jean F.? 13 Uhr.«

»Jetzt ist es schon Viertel«, sagte Tibo.

»Ja und?«

»Er ist noch nicht beerdigt, das heißt, nämlich, der Sarg ist nicht da.«

»Der Sarg ist nicht da?«

»Nein, der Sarg ist nicht da.«

»Gibt's nicht«, sagte der Beamte. Er schaute nochmals ins amtliche Heft. »Ah! Da haben wir's schon. Sie haben eine Erdbestattung bestellt?«

»Freilich in der Erde«, sagte Tibo.

»Peinlich, peinlich«, sagte der Beamte und stand auf. »Ein Versehen. Es ist unter Feuerbestattungen eingetragen worden. Macht's Ihnen was aus?«

Zum Krematorium muß man durch den ganzen Friedhof, dann zu einem Tor hinaus, zu einem anderen wieder herein, dann einen Kiesweg hinauf – in abgehackten Worten schilderte Tibo im Laufen seiner Verlobten das Mißgeschick.

»Nimm doch den damischen Kranz wenigstens«, fauchte die Verlobte. Zweimal verzögerte sich der Lauf dadurch, daß die Verlobte einen Schuh verlor, einmal rannte Tibo in einen Gräberweg, der eine Sackgasse war. Tibo rannte dann voraus. Er kam in dem Moment ins Krematorium, wo sich der Sarg unter den Klängen eines lustlos gespielten Harmoniums (Largo von Händel) in den Ofen senkte.

Der Beamte, der hinten den dezenten Knopf bediente, gab Tibo die Hand und sagte: »Mein Beileid.«

Tibo hatte die Seelengröße – vielleicht war er auch nur vom Schock starr –, den Beamten nicht zu erwürgen. Auch seine Verlobte, die inzwischen nachgekommen war, erwürgte er nicht, obwohl er, wie er später meinem Gewährsmann anvertraute, das Gefühl gehabt hat, es hätte ihn erleichtert, wenn er irgend jemanden erwürgen hätte können.

Tibo und die Verlobte gingen an der Friedhofsmauer entlang zurück zum Auto. Als Tibo in seiner Tasche den Autoschlüssel suchte, bemerkte er, daß er immer noch den Kranz trug. Er warf ihn zornig wie einen Diskus über die Friedhofsmauer.

Es kommt selten vor, daß über eine Urne mit der Asche eines Feuerbestatteten von den Angehörigen nicht verfügt wird. Solche Urnen kommen in einen leerstehenden Keller des Krematoriums. Dort steht seit einigen Jahren auch die Urne mit der maschinengeschriebenen, schlicht aufgeklebten Aufschrift: »Sterbliche Überreste des Jean F. aus Belgien.«

Die springenden Alleebäume
(1970)

Jahr für Jahr geben die deutschen Autofahrerclubs und verwandte Institutionen ein Bulletin heraus, das die erschreckende Statistik der im letzten Jahr durch Alleebäume getöteten Autofahrer enthält. Dreitausend heißt es, sollen es jährlich sein. Es wäre zu einfach, diesen Problemkreis mit der Meinung des Amtsgerichtsrates Wegscheider abzutun, der dazu sagte: »Ich bin seit Jahren Richter in Straßenverkehrssachen. Mir ist noch kein Fall einer Kollision Autofahrer–Alleebaum vorgekommen, in dem nicht ein Versagen – meist zu hohe Geschwindigkeit – seitens des Autofahrers vorgelegen hat. Ich halte«, fuhr Amtsgerichtsrat Wegscheider fort, »den Alleebaum für eine bessere Institution zur Dezimierung von Verkehrsrowdies als z. B. unbeteiligte fremde Autos.«

Die Berufserfahrung des Herrn Amtsgerichtsrates Wegscheider in Ehren – aber so einfach ist die Sache nicht. Es liegt jetzt neuerdings eine ausgezeichnete und umfassende Studie aus dem Institut des weltberühmten Professors Ygdrasilović vor, die sich eingehend mit dem Verhalten des deutschen Alleebaumes befaßt.

Der deutsche Alleebaum, zu diesem Schluß kommt die erwähnte Studie, ist bösartig.

Es ist Nacht. Gemütlich tuckert ein Sportwagen mit 120 oder 140 km/h auf einer Landstraße dahin. Der Fahrer dämmert, weil eine nächtliche Fahrt auf einer Landstraße langweilig ist, im Halbschlaf. Der Alleebaum aber, der Alleebaum ist hellwach. Genüßlich – wir wissen es ja nicht genau, können ihn nicht fragen, aber alles deutet darauf hin, daß es genüßlich von ihm ist – genüßlich läßt der Alleebaum den Wagen herankommen, dann ... ein Sprung von nicht mehr als einem Meter in die Fahrbahn des Wagens. Der Mann am Steuer, der obendrein halb schläft, kann natürlich nicht mehr ausweichen, es kracht, Blech fliegt herum, vielleicht brennt es ein wenig. Behutsam klaubt – hoffen wir es – Sankt Christophorus den zerquetschten Fahrer aus den Trümmern und führt ihn in eine möglicherweise bessere Welt. Der Alleebaum, dem ja in der Regel außer ein paar Kratzern in der Rinde nichts passieren kann, rauscht hämisch mit den Blättern.

Es ist ganz merkwürdig, daß die Alleebäume – wenn man der Ygdrasilović-Studie glauben darf – übermüdete, schlafende oder betrunkene Autofahrer offenbar von weitem schon erkennen. Mit ganz besonderer Vorliebe springen die Alleebäume solchen Fahrern in den Weg, die ja viel langsamer reagieren als andere, also gegen die Tücken der Alleebäume so gut wie wehrlos sind. Möglicherweise senden Alleebäume radarartige Strahlen aus, wie Fledermäuse. Wie das vor sich geht, ist noch nicht geklärt. Daß die Alleebäume fast ausschließlich nachts den Autofahrern in den Weg springen, erklärt sich ganz einfach aus der angeborenen Tücke der Bäume. Wie raffiniert sie dazu noch sind, erhellt aus der Tatsache, daß drei Viertel aller Fälle, in denen Alleebäume sich Autos in den Weg stellen, bei Regen geschehen. Da das Auto nach dem Zusammenstoß oft zu brennen anfängt, wählen die Alleebäume für ihre Überfälle gern feuchtes Wetter, wo sie selber naß sind, und so der Brand nicht auf sie übergreifen kann.

Es ist ein Fall bekanntgeworden, wo ein Alleebaum in einer besonders gefährlichen Kurve hinter einem Gasthaus, das für sein gutes Bier bekannt ist, Posto gefaßt hatte, offenbar weil er wußte, daß ihm hier die wehrlosen, angetrunkenen Autofahrer in die Falle gingen, ohne daß er selber sich groß anzustrengen brauchte. Allein während eines Erntedankfestes überfiel dieser Baum dreiundzwanzig Autos. Bekannt ist auch der – behördlich überhaupt nicht genehmigte – Zuzug von Alleebäumen während des Oktoberfestes in das Stadtgebiet von München. Zwar konnte man die sehr geschickten Bäume noch nie auf ihrem ungesetzlichen Marsch ertappen, aber wie anders soll die Häufung von Auffahrunfällen auf Bäume während des Oktoberfestes sonst erklärlich sein?

Ein besonders krasser und dreister Fall von Heimtücke eines Alleebaumes ereignete sich in der Nähe von Kulmbach. Ein Autofahrer hatte friedlich in einem Landgasthaus seine vierundzwanzig Halbe Eisbock getrunken und sich dann auf die Heimfahrt gemacht. Auf schnurgerader Strecke sprang ihm, wie nicht anders zu erwarten, ein Alleebaum in den Fahrweg. Der Autofahrer konnte aber gerade noch bremsen und kam wenige Zentimeter vor dem Baum zum Stehen. Verschreckt und voll Furcht wendete der Autofahrer sofort und wollte zurück in die Gastwirtschaft flüchten. Der Alleebaum folgte ihm aber, überholte ihn, unbemerkt sogar, und stellte sich im umzäunten Parkplatz des Landgasthauses dem Autofahrer genau in den Weg, als dieser eben in die Einfahrt einbiegen wollte. Es kam zum Zusammenstoß, der Fahrer wurde aus seinem Wagen geschleudert, blieb aber nahezu unverletzt. Mit Recht glaubte sich der arme Kerl nun von allen Furien gehetzt und wollte nach Hause rennen, um sich in Sicherheit zu bringen. Da stellte sich ihm der Alleebaum ein drittes Mal in den Weg. Mit schwerer Gehirnerschütterung mußte der Mann ins Krankenhaus gebracht werden. Bei diesem Verbrechen muß sogar ein anderer Alleebaum Schmiere gestanden haben, der der Funkstreife, die kam, um den Baum dingfest zu machen, in den Weg sprang. Im allgemeinen trauen sich die Alleebäume sonst nicht, Funkstreifenwagen, die Feuerwehr und ähnliche Fahrzeuge, selbst wenn diese sehr schnell fahren, zu belästigen; wahrscheinlich, weil sie letzten Endes bei diesen Fahrzeugen den kürzeren ziehen, es würde nämlich in der Regel dann das Abholzen verfügt. Auch vor allen Schienenfahrzeugen haben Alleebäume einen heillosen Respekt.

So gibt uns die gründliche, wenngleich traurige Studie des Professors Ygdrasilović die Gewißheit, daß es nicht falsch ist, wenn die deutschen Autofahrervereinigungen kein anderes Mittel mehr sehen, als die restlose Ausrottung der Alleebäume zu verlangen. Keinesfalls dürfen wir es bei der leichtfertigen, ja zynischen und herzlosen Meinung des eingangs genannten Amtsgerichtsrates Wegscheider bewenden lassen, der gesagt haben soll: »Was? Dreitausend in einem Jahr? Das sind ja fast zehn am Tag. Da werde ich in Zukunft mich mit der freudigen Gewißheit in der Früh aus dem Bett erheben können, daß es, wenn ich heute wieder schlafen gehe, dank der Alleebäume zehn Verkehrsrowdies weniger gibt.«

Keine Spur von Kyselack
(1970)

Mein Großvater war ein glühender Verehrer von Joseph Kyselack. Wissen Sie, wer Joseph Kyselack war? Nein, natürlich nicht. In neueren Lexika nimmt Kybernetik so viel Raum ein, daß kein Platz mehr für die Erwähnung Kyselacks bleibt. Joseph Kyselack, ein frühvollendeter k. k. Registratur-Accessist an der Hofkammer in Wien, daselbst 1795 geboren und 1831 gestorben, machte sich dadurch buchstäblich einen Namen, daß er – wie es in Meyers Konversations-Lexikon von 1896, Band 10, ›Kaustik bis Langenau‹, heißt – »seinen Namen überall, selbst an den höchsten Felsen der von Touristen besuchten Gegenden«, anbrachte. Selbstverständlich hatte Kyselack auch Kärnten bereist (zu Fuß, nebenbei bemerkt), und als ich vor vielen Jahren widerwillig mit meinen Großeltern nach Pörtschach fuhr, äußerte mein sachkundiger Großvater im Angesicht der majestätischen Karawanken, daß, wenn irgendwo, Kyselack sich hier an diesen Wänden verewigt haben müsse, an diesen Wänden, die einen – so mein Großvater – förmlich zwingen, seinen Namen in gigantischen Lettern anzubringen, selbst wenn man nur Rosendorfer und nicht Kyselack heißt. Noch im Zug beschloß mein Großvater, nach Spuren der Kyselackschen Gigantomanie zu suchen, und im Hotel fragte er den Portier, noch ehe er nach den Zimmerschlüsseln verlangte, ob der Portier Kyselack kenne.

»Der Herr wohnt nicht bei uns«, sagte der Portier.

Mich interessierte Kyselack kaum, und die Aussicht auf

langwierige Spaziergänge war denkbar ungeeignet, das Interesse an dem verewigten k. k. Hofkammer-Registratur-Accessisten zu wecken. Mich faszinierte ein Umstand, der für die Erholungsindustrie Kärntens charakteristisch ist: die donnernde Nähe der Eisenbahn am Hotel.

Kärnten hat eine Reihe von Seen, die landschaftlich sozusagen erstklassig liegen. Das müssen auch die Verkehrsexperten früh erkannt haben, denn fast alle Seen sind korsettartig mit einem hautengen Straßengürtel umgeben, und wenn eine Eisenbahnstrecke in die Nähe eines Sees gelangt, so zwängt sie sich womöglich noch zwischen Straße und See. Die Hotels ›Seeblick‹, ›Waldesruhe‹, ›Alpenheim‹ oder ›Dreimäderlhaus‹ liegen dann nochmals entweder zwischen Straße und Bahn oder zwischen Bahn und Straße. Ohne Zweifel ist die Angabe auf dem Prospekt: »Herrlicher Blick auf den Wörther See« richtig. Den Blick hat man auch, wenn nicht grad der Tauernexpreß in Augenhöhe vor der Frühstücksterrasse vorübersaust und kleinere, leichtere Feriengäste durch den Sog ein paar Hotels weit mitreißt.

Nun, ich hielt mich stets am Tisch fest, und meine Großeltern zählten nicht zu den leichtgewichtigen Gästen, im Gegenteil: mein Großvater stand damals in einer Wette um ein Faß Bier, daß er bald 100 kg Lebendgewicht erreichen würde (er schaffte es nie, bei 99 kg brach der Krieg mit seinen Lebensmittelmarken aus, mein Großvater fiel auf 70,60 Kilo zurück und erholte sich nie mehr davon), und meine Großmutter näherte sich bereits deutlich sichtbar der Kugelform. Diese Kugelform war auch der Grund, warum wir nach Kärnten fuhren. Meine Großmutter wollte abnehmen. Sie glaubte, der bloße Aufenthalt in einem für seine mineralischen Heilkräfte berühmten Landstrich mache schlank.

»Hier muß doch Kyselack«, sagte mein Großvater und blickte von der Terrasse aus versonnen über den See hinüber zu den schroffen Abhängen der Gailtaler Alpen, »hier muß doch Kyselack ...«

Da rauschte zu meinem Entzücken der Nachmittagsexpreß in Richtung Villach. Die Kellner sprangen den leichteren Gästen nach und fingen sie nach Möglichkeit ein, meine Großmutter schrie auf, ich hielt mich fest, begeistert die Waggons zählend – »... heute sind *zwei* Schlafwagen dabei!« –, das Geschirr rasselte am Tisch, und als der Spuk vorbei war, tupfte mein Großvater mit der Serviette die Rußflecken von seiner weißen Lüsterjacke und fuhr fort: »... muß der Kyselack irgendwo Kyselack hingeschrieben haben.«

»Gestatten Sie: Bakosch ist mein Name.«

Erstaunt sahen wir, daß ein sehr kleiner alter Herr unter unserem Tisch hervorgekrochen kam. Es handelte sich um einen Gast des Hotels ›Jägerfriede‹, des übernächsten Hauses, und er war vom Eisenbahnsog zu uns geweht worden. Der Kellner erbot sich – entsprechend einer stillschweigenden Übereinkunft zwischen den Hotels – den Herrn Bakosch zurückzutragen. Herr Bakosch lehnte aber dankend ab. »In fünfundzwanzig Minuten kommt aus der anderen Richtung der ›Panslawia‹-Expreß, mit dem gehe ich wieder mit zurück.«

Es war dann eine angeregte Unterhaltung, obwohl auch Herr Bakosch Kyselack nicht kannte. Mein Großvater bestellte Wein, Herr Bakosch trank zwei Gläser oder drei, man plauderte über dies und das. Mein Großvater erzählte von seinen 99 Kilo und von Kyselack, und plötzlich kam ein fernes Donnern.

»Gestatten, habe die Ehre«, sagte Herr Bakosch, ein mächtiger Luftzug rauschte auf, die schwarzen Räder des Expreß wirbelten vor unseren Augen, ein Flattern, noch ein kurzer Gruß, und Herr Bakosch war wieder weg.

Herr Bakosch kam dann noch öfter, manchmal schon mit dem Morgenschnellzug. Wir erfuhren viele Einzelheiten über sein Darmleiden, über Herrn Kyselack erfuhren wir nichts. Da auch der sonst so genaue Baedeker keine Auskunft gab, beschloß mein Großvater, die Eingeborenen zu befragen. »Man muß sich natürlich an die alten Leute wenden«, sagte er, »die sich noch erinnern.«

Wir nutzten die Pause zwischen einem Güterzug und dem Mittagstriebwagen und spazierten die Promenade der Bahnstrecke entlang. Da kam uns tatsächlich eine sehr alte Frau in einem bodenlangen Kleppermantel mit einer Tragtasche am Schulterriemen entgegen. Die Frau blickte mißmutig und unfreundlich. »Das ist eine Einheimische«, konstatierte mein Großvater. Als er sie anredete, wurde ihr Gesicht noch eine Spur mißmutiger und unfreundlicher: die Dame war eine holländische Sommerfrischlerin. Nach diesem Fehlschlag wollte mein Großvater ganz sichergehen. Er ließ zahlreiche mißmutige und unfreundliche Erscheinungen in bodenlangen Kleppermänteln unangesprochen passieren und wagte eine neuerliche Anrede erst, als eine ganz besonders alte Frau mit einem schier unüberbietbar verhärmten und verrunzelten Gesicht, die eine Lodenkotze trug, uns entgegenkam. Aber selbst diese Dame war eine Holländerin. Mein Großvater schloß aus dieser Erfahrung, daß es gar keine Kärntner gäbe.

»Wenigstens nicht in der Saison«, sagte Herr Bakosch, der am Spätnachmittag wieder einmal zu uns geweht wurde. Gegen Ende unseres Sommeraufenthaltes in Kärnten rüstete mein Großvater zu einer Expedition nach Kyselacks Spuren auf eigene Faust. Es gelang uns eines Tages, die den See umgebende Straße zu überqueren, und wir marschierten zu dritt in den dicht von Holländerinnen in bodenlangen Kleppermänteln (seltener in Lodenkotzen) bestandenen Wald. Bald ging es aufwärts. Meine Großmutter mußte an einer Bank mit Rundblick auf mindestens drei Eisenbahnknotenpunkte zurückgelassen werden. Mein Großvater und ich stiegen weiter in die immer noch stark von Holländerinnen durchsetzte Einsamkeit hinauf. Nach langem Suchen fanden wir eine, allerdings recht bescheidene, Felsenwand. Bereits recht ermüdet, untersuchte sie mein Großvater ziemlich lustlos. »Keine Spur«, sagte er. »Keine Spur von Kyselack. Ist wohl alles schon verwittert.«

So fanden wir nichts, das vom k. k. Hofkammer-Registratur-Accessisten auf uns gekommen wäre. Aber immerhin hatten wir Herrn Bakosch kennengelernt, der es sich nicht nehmen ließ, als wir abreisend mit dem Zug an seinem Hotel vorbeifuhren, sich zwei, drei Häuser weit mitsaugen zu lassen.

Registerarie für Leporello
(1970)

Leporello: Ed io vado all' osteria
a trovar padron miglior

Nach dem Ende des Sextetts, das bekanntlich das zweite Finale des ›Don Giovanni‹ und damit die ganze Oper abschließt, schlich sich Leporello ziemlich rasch und so unauffällig wie möglich vom Schauplatz des letzten Aktes, »denn«, so sagte er sich, »mit der Inquisition ist es so eine eigene Sache. Zwar kann ich als Diener natürlich nichts dafür, was mein Herr angestellt hat. Im Grunde genommen bin ich sogar dagegen gewesen. Aber die Inquisition ... nachdem die neidischen, so gut wie kastrierten Hochwürdigen Gockel ihren Zorn an meinem zur Hölle gefahrenen Don Giovanni nicht mehr auslassen können, traue ich ihnen zu, daß sie wenigstens den Diener aufzuhängen versuchen.«

Er ging in eine jener Gastwirtschaften, die als Gesindemärkte bekannt waren, beschloß, sich Ramiretto zu nennen und unter diesem neuen Namen einen neuen Herrn zu suchen.

In der Gastwirtschaft ›Zum Fuchs im Loch‹, unmittelbar neben der Puerta Real, saßen drei Dutzend Kutscher, Läufer, Köche, Zofen, Gärtner, die alle auf einen neuen Herrn warteten. Es gab große, dicke, dünne, kleine Gärtner und Köchinnen und Zofen, alte und junge, hübsche und häßliche, ansehnliche und – meist – weniger ansehnliche, und auch einen Zwerg. Näherte sich ein Haushofmeister, der einen Domestiken suchte, so schrien alle sofort durcheinander, priesen in schrillen Tönen ihre Vorzüge (der Zwerg schrie am lautesten), fuchtelten mit ihren Zeugnissen, was meist alte, schmierige Fetzen waren, und gerieten nicht selten in ein Handgemenge, wenn eine gute Stelle in Aussicht stand. Die Kutscher hatten es etwas leichter, denn sie schnalzten mit ihren langen Peitschen, daß die Schnüre den anderen armen Teufeln nur so um die Ohren schnellten. Kutscher hielten sich schon immer für etwas Besseres.

Als Leporello-Ramiretto den ›Fuchs im Loch‹ betrat, waren die ganzen Kutscher und Gärtner mit dem Bereden des Ereignisses beschäftigt, dessen Kunde sich wie ein Lauffeuer durch die Stadt verbreitet hatte und selbstredend sofort auch in die sozialen Niederungen hinabgegurgelt war, wobei die Kunde je monströser wurde, desto tiefer sie sank. Die brotlosen Domestiken im ›Fuchs im Loch‹ wußten bereits genau, wie die vierundsechzig Teufel ausgesehen hatten, die in Begleitung des steinernen Komturs in Don Juans Haus eingedrungen waren, und schilderten sie in den gräßlichsten Farben, die aber längst nicht so gräßlich waren wie die Wirklichkeit, die nur einer kannte: Leporello, der sich bescheiden in die Ecke der Wirtsstube drückte und hoffte, nicht als Diener dieses vielbeschrienen Untiers entdeckt zu werden.

Aber wenn man, wie Leporello, lang genug im Dienst eines Herrn stand, der so bekannt war wie ein bunter Hund, hilft es einem auch nichts, wenn man sich zehnmal Ramiretto nennt. Als zwei Haushofmeister (der von Exzellenz Silva und der des Präfekten der Kapitel-Bibliothek) mit den Aufträgen, einen Kellermeister bzw. eine Hemdenbüglerin zu engagieren, fast gleichzeitig in die Wirtschaft traten, das ganze, ziemlich ungewaschene Gesindel sich um sie drängte und prügelte, sahen sie – ebenfalls fast gleichzeitig – den ›Ramiretto‹ ganz hinten sitzen, der sich nicht drängte und prügelte; Grund genug, sich für ihn zu interessieren. Nun wurden auch die anderen Domestiken-Aspiranten auf ›Ramiretto‹ aufmerksam, und sogleich schrien zwei oder drei: »Das ist doch Leporello, der Diener Don Giovannis.«

Leporello schrie: »Nein, nein, das bin ich nicht, ich heiße Ramiretto.« Aber die Tatsache, daß er zum Ausgang rannte, mit Gewalt das Freie suchte und draußen davonschoß wie der Blitz, strafte seine Behauptung Lügen genug. Die beiden Haushofmeister und so zehn von den stellungslosen Burschen eilten dem Leporello nach, im übrigen erhob sich ein Mordsgeschrei, und bald lief auch die Nachricht, daß Don Juans Diener eine neue Stelle suche, von Mund zu Mund.

Leporello sprang wie ein gejagter Hase durch die Gassen, aber bald wurde er von inzwischen vierunddreißig Haushofmeistern gestellt – darunter die zweier Herzöge, des Kardinals von Sevilla, vier hoher Prälaten und dem eines durchreisenden polnischen Prinzen –, die ihn bedrängten, in den Dienst ihres Herrn zu treten. Sie versuchten, sich gegenseitig mit den Angeboten zu übertrumpfen, boten mehr und mehr Geld, und das Gedränge verebbte erst dann allmählich, als sich Leporello dem Haushofmeister der verwitweten, steinreichen Herzogin von San Telmo verdingte, der ihm zugesichert hatte, daß er keine, aber auch wirklich keine Arbeit zu leisten habe und dafür ein Gehalt, das einen königlichen Admiral vor Neid erblassen hätte lassen, sowie viereinhalbtausend Tage vollkommenen Ablaß monatlich, sofern Leporello auch nur einen einzigen Rosenkranz im Monat bete. Die verwitwete Herzogin hatte nämlich ausgezeichnete Beziehungen zur hohen Geistlichkeit. Falls aber Leporello vorzöge, überhaupt keinen Rosenkranz zu beten, verblieben ihm desungeachtet dreitausendsiebenhundertfünfzig vollkommene Ablaßtage, so daß er pro Monat – vorausgesetzt, er verspiele beim Kegeln oder Tarockieren nicht mehr als zweitausend Tage – hundert Mal gotteslästerlich fluchen, drei unbescholtene, respektive sechs bescholtene Mädchen verführen, acht Kleriker verprügeln und einen Mohren ermorden durfte, wobei ihm immer noch an die dreihundert Tage für unvorhergesehene Fälle blieben, etwa, wenn er einmal am Sonntag die Messe verschlafe oder wenn ihm während der Wandlung ein Furz entfahre (was bekanntlich allein soviel Ablaß kostet wie die Unterschlagung von nicht mehr als tausend Dublonen einem Christen, von unbegrenzter Höhe einem Juden gegenüber).

»Vielleicht«, sagte sich Leporello, »ist es gar nicht so schlecht, daß ich in ein so wahnsinnig frommes Haus gekommen bin, nachdem ich vier Jahre lang einem Burlador gedient habe, der vor meinen Augen zur Hölle gefahren ist. Ich kann ja zwar nichts dafür, aber der spanische liebe Gott ist womöglich so neidisch wie die Inquisition, die, wenn man dem Ehrwürdigen Monsignore Don Mauricio, dem Busenfreund Ihrer Durchlaucht, glauben darf, sogar dem lieben Herrgott neuerdings übergeordnet ist und Weisungen nur noch seitens der Allerheiligsten Jungfrau respektiert.« Leporello riskierte also keinen einzigen Tag Ablaß beim Spiel, sondern hortete, soviel er konnte, um seine möglicherweise enorme Sündenschuld abzutragen. Im übrigen ging es ihm sehr gut, denn gerade, weil das Haus der Herzogin von Patres, Almosenieren, Dekanen, Monsignori, Äbten, Pröpsten und Prälaten wimmelte und Bischöfe aus- und eingingen wie in ihren eigenen Häusern, war es ein lustiges Leben. Wenn nicht gerade Rosenkränze, Litaneien, Novenen, Herz-Jesu-Freitage oder sonst etwas gebetet, gefastet oder abgehalten wurden, gab es Feste, Bälle, Spiel und Unsinn, und die Herzogin hatte die besten Köche der ganzen Granden Erster Klasse des Königreichs, was bis auf die Domestikenküche hinunter abfärbte.

Die Herzogin hatte Leporello nur ein einziges Mal gesehen, damals, als er am Tag seines Dienstantrittes seiner neuen, hohen Herrin vorgestellt wurde. Selbstverständlich kümmerte sich die Herzogin sonst nicht um die Dienerschaft, aber den

Leporello ließ sie sich zeigen. Die Herzogin war ganz in Schwarz gekleidet, in kostbare Seiden und Tafte und so weiter. Sie war noch nicht sehr alt, aber schon ein wenig fett. Die Wangen wabbelten merklich, und das Fleisch an ihren Handrücken schoppte über die kleinen, kurzen und prallen Fingerchen, in die eine Menge Ringe schnitten. Leporello fielen sofort die Nasenflügel der Herzogin auf, die gewissen zarten, schön deutlich gerundeten Nasenflügel. ›Teufel, Teufel‹, dachte Leporello. Er war lang genug Don Giovannis Diener gewesen, um zu wissen, was solche Nasenflügel bedeuteten.

Leporello hatte die Herzogin nur einmal gesehen. Nicht so die Herzogin den Leporello. In der Hauskapelle der Herzogin – eine sehr prächtige Kapelle, fast schon eine mittlere Kirche – wurde dem Leporello ein Platz angewiesen, der von der Loge der Herzogin aus gut zu sehen war. Auch hatte Leporello die Genehmigung, im inneren Garten spazieren zu gehen, der von den Gemächern der Durchlaucht aus zu überblicken war. Spazieren ging Leporello zwar nicht, aber er setzte sich ganz gern hierher, wo die unteren Diener sonst nichts zu suchen hatten, dachte hie und da nach, meist langweilte er sich nur. – ›Ob das ein richtiges Leben für mich ist?‹ – Er erinnerte sich, einmal zu Don Juan – Gott hab' ihn ... nein, pardon – zu Don Juan also gesagt zu haben, daß er selber gern den Herrn machen wollte. Nun lebte Leporello fast wie ein Herr, langweilte sich wie die meisten Herren, hatte mehr Geld als mancher Herr, aber ein Herr war er eher weniger als zuvor. Er war ein Museumsstück. ›Wenn nicht der immense Ablaß wäre, ich hätte mich längst bei dem Gedanken ertappt, davonzulaufen.‹

Am 13. August feierte man im Palast der Herzoginwitwe das Fest des Heiligen Hippolyt, denn die Herzogin hieß mit einem ihrer zahlreichen Vornamen Hippolyta, und sie hatte eine besondere Inklination zu diesem ihrem Schutzpatron. Es gab zwölf gebratene Ferkel und pro Nase zweihundert Tage Ablaß extra für das Gesinde. Leporello ließ der Haushofmeister zu sich rufen. Es war angeordnet worden, daß alle zu Ehren des Namenspatrons Ihrer Durchlaucht zum Beichten gehen sollten, und zwar vormittags. »Du«, sagte der Haushofmeister, »gehst aber am Abend.« Es würde Leporello als besondere Gnade der Herzogin eine vom Papst geweihte Kopie des Sandalenabdrucks vom Erzengel Gabriel nach der Beichte überreicht, was nicht alle zu wissen bräuchten. Jeder einigermaßen inbrünstige Kuß auf diese Sandalenabdruck-Kopie sühne die weltlichen Sündenstrafen für einen unabsichtlichen Totschlag oder die Unzucht mit einer Nonne an einem Freitag.

Na ja, also ging Leporello am Abend zur Beichte. Die Kirche war finster und menschenleer. Wenige Kerzen brannten am Altar. Sie ließen die schweren, goldenen Rahmen der Altarbilder rötlich aufzüngeln ... nicht viel anders, als es damals in Don Giovannis Speisezimmer gezüngelt hatte, nachdem der steinerne Komtur gekommen war. ›So nahe‹, dachte Leporello, ›liegen oft Heiliges und das Gegenteil beisammen. Scheinbar, selbstverständlich, scheinbar.‹

Leporello kniete sich in den Beichtstuhl, da öffnete sich das kleine Gittertürchen, durch das man sonst seine Sünden zu murmeln hatte, und heraus kam ein nackter, runder Arm, der ohne Zweifel weiblichen Ursprungs war. Leporello hörte gezischte und gepreßte Wörter nahe seinem Ohr, die gewiß keinem Beichtvatermund entstammten, während der nackte, runde Arm in die Öffnung seines Hemdes fuhr und die Haare auf der Brust kraulte. Dann öffnete sich vorn die Tür des Beichtstuhls. Leporello schlüpfte hinein. Da waren zwar Brüste und Schenkel und Beine, die alsbald strampelten – ein Beichtstuhl ist gar nicht so eng –, vor allem aber waren da diese kräftig gerundeten Nasenflügel ...

Zum Schluß bekam Leporello die Sandalenabdruck-Kopie mit einigem zärtlichen Zischen zugeschoben, während die Herzogin immer noch ein wenig nachstrampelte und -zuckte, wie es eben häufig bei Weibern mit solchen Nasenflügeln ist.

Man muß Leporello zugutehalten, daß ihm seine so veränderten Umstände im Haus der verwitweten Herzogin gleich nicht ganz geheuer waren. Zwar zuckte und strampelte die Herzogin infolge Bemühung Leporellos bald ziemlich häufig und nicht mehr im Beichtstuhl, sondern bei bequemeren Gelegenheiten, aber Leporello war nun wieder eindeutig Diener. Er suchte deshalb nach ungefähr drei Wochen um Audienz beim Haushofmeister nach, seinem nominellen Vorgesetzten.

Der Haushofmeister, ein langer, dürrer, ziemlich affiger Kerl, der nach Kräften bemüht war, alles Personal zu schikanieren, saß, ganz in nobles Schwarz gekleidet, in einem fast leeren, weißen Raum hinter einem Tisch. Das Zimmer war wegen der Hitze abgedunkelt. Daß der Haushofmeister trotz seines vornehmen Getues kein vornehmer Mensch war, bewies zwar nicht sein ununterbrochenes Olivenkauen, wohl aber, daß er ungeniert Kerne in die Ecke spuckte.

»Was gibt's?« fragte der Haushofmeister.

»Herr Haushofmeister«, sagte Leporello, »es war ausgemacht, daß ich keinerlei Dienst zu verrichten habe.«

»Ja. Und?«

»Nun«, Leporello drückte herum, »Sie wissen ...«

»Du kannst nicht erwarten, daß die Herzogin auch noch eine Venus ist.« Ein Olivenkern flutschte aus des Haushofmeisters Mund an Leporellos Ohr vorbei in die Zimmerecke.

»Ich verstehe nicht ...«

»Also rund heraus: ich habe nie mit Ihrer Durchlaucht zu schlafen die Ehre etc. etc. gehabt, habe sie auch nie im stato naturae purae gesehen – ich war ja schließlich nicht Diener eines Höllenhundes –, aber ich kann mir denken, wenn ich Ihrer Durchlaucht schicklicherweise sichtbare Körperteile betrachte, daß die unsichtbaren …«

»O nein, ganz im Gegenteil«, sagte Leporello. »Eine wahre, wenngleich ungewöhnliche Schicklichkeit sollte Ihre Durchlaucht eher veranlassen, die jetzt unsichtbaren Körperteile sehen zu lassen und das Gesicht zu verbergen. Ich sage Ihnen: Hüften, wie sie sonst nur …«

»Genug, genug. Was paßt dir dann nicht? Fürchtest du, daß dich die Sünden zuviel Ablaß kosten?«

»Ich habe Ablaß für zehn Herzoginnen. Nein, Herr Haushofmeister. Es geht ums Prinzip. Dienst ist Dienst, ob man ihn mit den Händen, mit den Füßen oder mit …«

»Du willst also Gehaltsaufbesserung.«

»Nein«, sagte Leporello. »Ich möchte den Dienst Ihrer Durchlaucht verlassen.«

»Das geht nicht«, sagte der Haushofmeister, »jetzt am allerwenigsten, denn nächste Woche kommt die Schwester Ihrer Durchlaucht, die Ehrwürdige Äbtissin von Santa Riparata, und zwar – im Vertrauen gesagt – einzig, weil sie von dir gehört hat.«

»Um Gottes willen.«

»Wegen des Ablasses brauchst du dich nicht zu sorgen. Die Hochwürdige Äbtissin ist die älteste Schwester Ihrer Durchlaucht. Ist über fünfzig. Und die Unzucht mit Nonnen über fünfzig gilt, theologisch gesehen, bereits wieder als Kasteiung.«

Die Audienz schloß mit einem Leporello nachgespuckten Olivenkern.

Die Herzogin hatte nicht nur insgesamt acht Schwestern (von denen nicht weniger als drei Äbtissinnen waren), sondern auch zwanzig, dreißig Cousinen und Freundinnen, die es alle nach einem Abglanz des inzwischen atemberaubend legendären Rufes, den der zur Hölle gefahrene Don Juan genoß, gelüstete.

Den Anstoß zu Leporellos endlicher Flucht gab die schöngeistige Neigung der Herzogin. Sie verfaßte nämlich eine ziemlich direkte Ode auf Leporello und war sehr stolz darauf. Sie rezitierte sie in Gegenwart Leporellos immer wieder, und es war nur eine Frage der Zeit, bis sie sie – selbstverständlich anonym – drucken ließ. Peinlich dabei war nicht, daß die Ode detaillierte Vorzüge des von der Herzogin an Leporello besonders geschätzten Körperteiles haarklein beschrieb. Leporello genierte eine Strophe, die – in Prosa – etwa folgendermaßen lautete: So wie der Sandalenabdruck einen Abglanz himmlischer Gnade vermittelt, so läßt dein Füchslein, das den Teufel gerochen, jeden Bau in höllischer Lust erbeben.

›Wenn das‹, fürchtete Leporello, ›der Inquisition zu Ohren kommt, bin ich erledigt.‹

Eines Tages packte er seine Sachen, vernähte sein Geld in das Wams – die gehäuften Ablässe brauchte er nicht zu vernähen –, schlich sich grußlos aus dem Palast, mietete einen Esel und ritt zwei Tage, zwei Nächte und wieder einen halben Tag. Dann war er daheim, wo ihn jeder kannte und wo niemand etwas wußte, in einem Dorf weit oben in den Bergen. Dort hatte er, erinnerte er sich, eine Frau und ein paar Kinder (vier? drei?), von dort aus hatte ihn sein erster Herr, dem auf der Reise sein Diener verunglückt war, mitgenommen.

Von den Ablässen soll nicht weiter die Rede sein. Das Geld aber, das Leporello im ›Dienst‹ der Herzogin von San Telmo gespart hatte, war bereits in der Stadt ein nicht unansehnlicher Batzen, auf dem Dorf war es ein Vermögen. Leporello war weitaus der reichste Mann der ganzen Gegend, selbst der Alcalde, selbst der reiche Müller, ja sogar die beiden kleinen

Landedelleute und Gutsbesitzer dort waren Schlucker gegen ihn.

Nachdem er sich von seiner Reise erholt hatte, ließ er sein Haus neu streichen, Zinnen auf das Dach setzen, sich ein Wams aus weinrotem Brokat mit eingewebten Fasanen nähen und verführte zunächst die beiden Töchter des Alcalden, dann die Müllerin, dann die Pfarrersköchin, dazwischen diverse Mägde, dann Rosaura, dann Clara, dann Pilar, Assunción, Ramona, Caterina, Dorothea, Annunciata, Elvira, Teresita, Eusebia, noch eine Caterina, eine durchreisende Engländerin, alle übrigen Mägde, die Zofen der durchreisenden Engländerin, und der bucklige Fernando, der Neffe des Wirtes, wurde von Leporello in den Dienst genommen und führte das Register.

Als Fernando wieder einmal am Abend Leporello das Register vorlas – Leporellos zweitliebste Unterhaltung –, fragte der Bucklige mittendrin:

»Ob man nicht Ihre Geschichten aus Sevilla, die Sie mir erzählt haben, mit der Herzogin und so fort, nicht auch ins Register aufnehmen soll?«

»Nein«, sagte Leporello. »Da war ich Diener. Jetzt, jetzt bin ich Herr.«

Was aus Leporello geworden ist? Ja – was ist aus ihm geworden? Jupiter versetzte ihn partiell an den Himmel. In jener Gegend Spaniens wird manchmal heute noch das bei uns als ›Großer Bär‹ bekannte Sternbild der ›Phallus des Leporello‹ genannt, was nun gewiß auch eine Form der Unsterblichkeit ist.

Eine Begegnung im Park
(1971)

Alles ist relativ. Nach einer Aufführung des ›Parsifal‹ im Festspielhaus erscheint der Park hinter dem Schloß besonders ruhig, obwohl da und so spät noch eine Menge Geräusche zu hören sind: das Gurgeln des Wassers, das Schnattern einer verschlafenen Ente, das Rauschen der hohen Bäume im leichten Sommerwind und hie und da Schritte auf dem Kies im Dunkeln. Die Schritte wurden allerdings zunehmend seltener. Ich war schon allein im Park, als ein Mann neben meiner Bank stand, offenbar unschlüssig, ob er mich ansprechen sollte oder nicht.

»Kein Platz in keinem Gasthaus«, sagte er dann endlich, ziemlich beiläufig, nachdem er schon zu lange vor der Bank, auf der ich saß, gestanden war, um noch ohne ein Wort weiterzugehen. Er sprach mit österreichischem Akzent.

Ich rückte auf meiner Bank etwas zur Seite, um anzudeuten, daß es mir nicht unangenehm sei, wenn er sich setze.

»Kein einziger Stuhl frei, in ganz Bayreuth nicht«, sagte er und setzte sich. Er war, wie man so sagt, untersetzt und ein klein wenig füllig – deutlich körperhaft, um höflich zu bleiben. Ein Schwan zog auf dem leicht bewegten Wasser vorbei, kostbar weiß im Mondlicht, und schaukelte auf den kleinen Wellen wie die welken Blätter, die auf dem Wasser lagen.

»Jaja«, sagte ich, »das ist hier so zur Festspielzeit. Ich habe schon Knappertsbusch in der ›Eule‹ mit einem umgedrehten Kübel als Sitzgelegenheit vorliebnehmen sehen.«

»Wen, bitte?« fragte er.

»Knappertsbusch.«

»Ah, so.« Ich hatte den Eindruck, er kannte Knappertsbusch nicht.

»Sie sind zum ersten Mal in Bayreuth?« fragte ich nach einer Weile.

»Ja«, sagte er. »Es ist schon sehr ein eigenartiger Eindruck.«

»Das kann man wohl sagen.«

»Ich möcht ja nicht unbedingt etwas sagen, ich weiß nicht, ob ich legitimiert dafür bin, aber es war schon ein eher sehr merkwürdiger Eindruck für mich.«

»Sind Sie kein Wagnerianer?«

»Kein was nicht?«

»Wagnerianer – einer von den Anhängern Wagners ...«

»Wagner«, sagte er, »das ist der, der die Oper von heut abend geschrieben hat?«

Ich staunte den Mann an. Er war jung, so Mitte dreißig, hatte eine ziemlich große Nase, und diese Nase kam mir irgendwie bekannt vor. Irgendwo, da war ich ganz sicher, hatte ich diese Nase schon gesehen. Eine verwischte Assoziation, so verwischt, daß ich sie nicht fassen konnte, huschte in meinem Gedächtnis ganz hinten vorüber ... Leibhaftig hatte ich dem Mann aber sicherlich nie gegenüber gesessen.

»Ja«, sagte ich etwas verwirrt, »natürlich – Richard Wagner.«

»Und da gibt es«, sagte er, »auch Wagnerianer?«

Ich lachte. »Leben Sie hinter dem Mond?«

Er schaute mich ernst an. ›Nein, ich lasse es mir nicht nehmen‹, dachte ich, ›dieses Gesicht kenne ich.‹

»Ja«, sagte er langsam, »ja, ich lebe hinter dem Mond, wenn man so sagen will.«

»Verzeihen Sie meine Bemerkung – ich wollte Sie nicht kränken. Ich wußte nicht, daß Sie von so weit her kommen.«

»Ich komme von weit her, das stimmt«, sagte er, »deswegen ist das alles so merkwürdig für mich.«

›Er ist ein emigrierter Österreicher‹, dachte ich, ›wahrscheinlich 1938 als Kind mit seinen Eltern vor den Nazis geflohen, nach Australien vielleicht oder Neuseeland. Aber woher kenne ich dann sein Gesicht?‹

»Sind die Leute«, sagte er, »eigentlich glücklich, wenn sie das hören, diese Oper heute abend? Ich möchte nicht unhöflich sein, wissen Sie, ich sage nichts dagegen, es steht mir ja gar nicht zu, und es interessiert mich nur – aus Profession ...«

»Sie sind Musiker?«

»Sind die Leute glücklich dabei? Hören Sie das gern?«

Meine Frage, ob er Musiker sei, hatte er absichtlich überhört. Was war der Mann? Der Mond war zwischen zwei Ästen durchgekommen und beleuchtete unsere Bank. Der Mann war jung und uralt zugleich. Unsinn – vielleicht war er nur müde ...

Kein Wunder nach dem ›Parsifal‹, und im Mondlicht sieht ohnedies jeder bleich aus.

»Eine eigenartige Frage«, sagte ich. »Sicher – im gewissen Sinn sind die Menschen glücklich, wenn sie das hören. Es ist eine ganz andere Art von Glück, als jenes, das man vielleicht bei Beethoven empfindet –«

»Bei wem?«

»Bei *Beethoven*«, war er schwerhörig?

»Ah –«, sagte er, »ja, ja, Beethoven ... richtig, warten Sie, Louis von Beethoven.«

Ich lachte.

»Warum lachen Sie?« sagte er.

»Weil Sie Louis von Beethoven sagen.«

»Heißt er nicht so?«

»Naja«, sagte ich, »allgemein sagt man Ludwig van Beethoven – aber mag sein, er hat sich Louis genannt.«

»Was ist aus ihm geworden?«

»Wie bitte?«

»Er ist wohl ein sehr berühmter Komponist geworden?«

In Bayreuth gibt es – nahe dem Festspielhaus – die große Nervenheilanstalt des Regierungsbezirks Oberfranken. Ich rückte etwas von dem Mann ab. Haben die Insassen so spät noch Ausgang? War der Mann entsprungen?

»Ein sehr berühmter Komponist«, sagte ich vorsichtig, »voriges Jahr, zu seinem 200. Geburtstag, konnte man sich gar nicht genug tun mit Beethoven-Büchern und Beethoven-Feiern ...«

»200. Geburtstag?« fragte er.

»Ja doch«, sagte ich.

»Wie die Zeit vergeht ...«

Der Mann trug einen Smoking, einen recht elegant geschnittenen Smoking, aber er wirkte irgendwie verkleidet. Wenn ein konservativer Indianer einen Smoking trüge, sähe das wohl so aus. Der Smoking war dem Mann ›verpaßt‹ wie eine militärische Uniform. Er fühlte sich in der Kleidung auch sichtlich nicht wohl, suchte Taschen, wo keine waren, knöpfte überall herum und zupfte an allen Enden. Ob die Irren, die ungefährlichen, sanfteren, mit anstaltseigenen Smokings hie und da eine Festspielaufführung besuchen dürfen? Vielleicht auf Grund einer Stiftung eines Wagner-Vereins (oder eines Anti-Wagner-Vereins?).

»Ich war überwältigt von der Präzision, mit der das Stück exekutiert worden ist«, sagte er. »Ich habe das Orchester zwar nicht gesehen, aber die Banda, soviel ich im Hören gezählt habe, waren mindestens vier Corni, drei Trompeten und vier Trombonen, ungezählt die von der Bühnenmusik – und so exakt – beneidenswert.«

»Ja«, sagte ich, »das Orchester ist gut.«

»Nur sehr lang ist das Stück«, sagte er, »sehr lang.«

»Es hat Ihnen also nicht gefallen?«

»Mir steht nicht zu, etwas darüber zu sagen; mich würde nur interessieren: sind die Menschen glücklich, wenn sie das hören?«

»Sie wären – bis auf wenige – sicher unglücklich, wenn sie nur das hören könnten.«

»Man hört auch anderes?«

»Aber doch freilich – allerdings nicht hier.«

»Hier hört man nur Wagner?«

»Ja. Nur Wagner.«

»Warum?«

»Das Festspielhaus wurde von Wagner für seine Bühnenwerke gebaut. Das hat man beibehalten –«

»Woanders wird Wagners Musik nicht gespielt?«

»Doch, doch –«

»Gibt es für alle Compositeurs solche Häuser!«

»Wie bitte? Ach so – nein, nein. Komische Fragen stellen Sie –«

»Ich weiß, entschuldigen Sie –«, er spielte interessiert mit seinen Manschettenknöpfen, knöpfte sie heraus und brachte sie nicht wieder hinein.

»Nein, für andere Compositeurs, wie Sie sagen, gibt es keine solchen Häuser.«

»Warum nicht?«

»Die haben keine Zeit oder kein Geld gehabt, solche Häuser zu bauen.«

»Und ihre Musik wird dann wohl nicht so oft gespielt, wie die von Wagner?«

»Das kann man nicht einmal sagen –«

»Tatsächlich?«

»Gewiß – zum Beispiel Beethoven, wie gesagt, den hat man voriges Jahr fast zu oft gehört; auch Bach –«

»Wirklich? Bach? Das freut mich –«

»Ja«, sagte ich, »die ›Matthäus-Passion‹ wird sicher zehnmal so häufig aufgeführt wie der ›Parsifal‹.«

»Bach hat eine ›Matthäus-Passion‹ geschrieben?«

»Entschuldigen Sie«, sagte ich, »ich weiß nicht –«

»Ich kannte die ›Sonaten und Rondos für Kenner und Liebhaber‹, und ›Herrn Professor Gellerts Geistliche Oden und Lieder‹ –«

»Ah! Sie meinen Carl Philipp Emanuel Bach –«

»Ja, aus Berlin –«

»Ich meine Johann Sebastian –«

»Den *alten* Bach?«

»Natürlich. Bach ohne Vornamen ist Johann Sebastian.«

»Interessant. Den kennt man noch?«

»Und wie!«

»Sagen Sie«, er schabte mit seinem Fuß im Kies, »kennt man auch – einen Compositeur – namens ...«

»Namens?«

»Wissen Sie«, sagte er dann ganz schnell, »es steht mir natürlich nicht zu, etwas darüber zu sagen, aber am Anfang dieser Oper ist es mir akkurat so vorgekommen, als wäre alles, das Riesenorchester und die Sänger, die so furchtbar schreien, und der Chor und diese Finsternis auf der Bühne ein einziges Durcheinander. Es hat so schrecklich falsch geklungen; aber wenn man genau hinhört, merkt man doch, daß es Absicht ist, und hie und da hörte ich – verzeihen Sie, ich sollte das wohl überhaupt nicht sagen – quasi eine Insel aus einer mir bekannten Tonwelt ... ich weiß nicht, wie ich das sagen soll. Es ist mir so fremd. Und diese Inseln sind, entschuldigens', banal. Aber großartig ist wohl das andere, das ich nicht verstanden habe –«

›Der kriegt vom Wagner-Verein mit Sicherheit keine Karte mehr‹, dachte ich mir, ›wenn er das in der Anstalt auch seinen Gönnern erzählt.‹

»Ja nun«, sagte ich, »man kann gegen Wagner natürlich viel sagen –«

»Ich will nichts gegen den Herrn sagen, steht mir nicht zu; wird wohl so gehören die Musik. Nur: die Oper ist schon unmäßig lang.«

»Wagner hat sie nicht als zu lang empfunden.«

»Ob Compositeurs, ob Schreiber und Auteurs, sie halten sich merkwürdigerweise immer was drauf zugute, ihrem Publico an Länge Unheimliches zuzumuten. Komisch – als ob es heldenhaft wäre, eine Oper von sechs Stunden zu schreiben. Höchstens ist es heldenmäßig, eine solche Oper anzuhören.«

»Aber wenn der Meister eben diese Zeit brauchte, das auszudrücken, was ihm vorschwebt –«

»Wenn ihm was Sechsstündiges vorschwebt, soll er's gefälligst nicht fürs Theater schreiben.«

›Wie so ein Narr redet‹, dachte ich mir und schaute in die Bäume hinaus. Nach einer Weile sagte ich:

»Ich glaube –«

Er war verschwunden. Ich schaute herum. Wo der kleine Seitenweg, an dem meine Bank stand, zwischen hohen Büschen in den Hauptweg mündete, sah ich ihn stehen. ›Ein unheimlicher Mensch‹, dachte ich, ›ob man die Polizei verständigen sollte?‹ Er stand dort und winkte mir. Ich lief hin. Nach einigen Schritten sah ich, daß das nicht der Mann, sondern eine von der Bank aus merkwürdig menschenähnliche Konstellation zweier Hecken war. Ein Nachtvogel hatte sich auf einen Ast gesetzt, der mir immer noch winkte …

Alles war verstummt. Auch der leichte Sommerwind hatte sich gelegt, und die Bäume rauschten nicht mehr. Da hörte ich auf einmal ganz deutlich, wie Musik erklang. Das war nicht ›Parsifal‹, das war – ich hörte hin – ja, das war es: »Voi, che sapete che cosa è amor …« Es hätte mich nicht gewundert, wenn eine der steinernen Nymphen auf der Insel im Park das gesungen hätte. Die Musik kam aber aus einem der erleuchteten Fenster des Freimaurer-Museums, das direkt am Park steht.

»Donne vedete, s'io l'ho nel cor ...«

Ich ging langsam aus dem Park. Die Musik begleitete mich wie ein flatterndes Band.

Föhn
(1971)

Die alte Volksschule an der Weilerstraße ist ein großer, grauer Kasten, der am Hochufer der Isar ungefähr zwischen den Stadtvierteln Au und Haidhausen steht. Wäre die Schule nicht so häßlich, könnte man sagen, sie stehe wie ein Schloß über den niedrigeren Stadtteilen. Aber vom Zimmer des Oberlehrers Stöckl aus sah man den häßlichen Kasten nicht, dafür hatte man den Blick über die Dächer und Türme der Stadt und heute sogar hinein ins Land und bis an die Berge. Watzmann und Benediktenwand und Karwendel, die ganze Kette war so deutlich zu sehen, daß man einzelne Schneefelder und Baumgruppen unterscheiden konnte; überhaupt sah es so aus wie auf den gewissen Postkarten, die den fernen Preußen vorgaukeln sollen, die Alpen lägen gleich draußen bei Icking und nicht erst hinter Garmisch.

Der Herr Oberlehrer Stöckl stand ächzend am Fenster und wischte sich die tränenden Augen. Der Schüler Bernhard Laudam hatte auch Tränen in den Augen, aber aus anderen Gründen.

»Du weißt also nicht die rechten Nebenflüsse der Donau –«

»Isar, Iller – Isar, Iller …«, murmelte der Schüler Bernhard Laudam.

»In Rechnen ungenügend, in Deutsch ungenügend, in Religion mangelhaft – und in Heimatkunde, deiner letzten Chance, versagst du. Eine letzte Frage: wer hat München, deine Heimatstadt, gegründet?«

Der Schüler Bernhard Laudam überlegte. Schweiß trat auf seine Stirn, die kleinen Backenknochen mahlten.

»Vielleicht –«, sagte er dann, »vielleicht der König Ludwig?«

Oberlehrer Stöckl trat wieder ans Fenster und legte die Hände hinter seinem Rücken ineinander. »Sag mir, Bernhard Laudam, spürst du etwas?«

»Nein, was? Herr Oberlehrer?«

»Spürst du den Föhn?«

»Ich spüre nichts, Herr Oberlehrer. «

»Dann bist du wirklich nur faul und dumm; und hiermit durchgefallen.«

Das war das erstemal, daß Bernhard Laudam wegen seiner Unempfindlichkeit gegenüber dem Föhn Nachteile hinnehmen mußte.

Der Föhn ist eine fürchterliche, unfaßbare Erscheinung, angeblich ein Wind – ein milder Fallwind aus dem Süden –, der in München alles bewirkt und alles verhindert, der unsichtbare, allmächtige König, der gottgleiche Herrscher über alle Münchner, dem die Münchner in einer nahezu unerklärlichen Haßliebe anhängen.

Ganz recht hatte der Oberlehrer Stöckl bezüglich des Schülers Bernhard Laudam nicht gehabt. Laudam war zwar keine Leuchte, aber dumm und faul war er eigentlich nicht. Er war nur etwas verklemmt und übermäßig schüchtern, und überdies war er von der Natur insofern benachteiligt, als er tatsächlich nicht unterm Föhn litt.

Die Eltern Laudam gaben ihren Sohn bei einem Lebensmittelkaufmann in die Lehre. Bereits im ersten Lehrjahr ereignete sich jener Vorfall, der Bernhards Lebensweg entscheidend beeinflussen sollte.

»Bernhard«, sagte der Kaufmann Piechler, »geh in den Keller und hole einen Karton Eier. Aber laß sie nicht fallen.«

Der Stift Bernhard nahm den Kellerschlüssel, stieg in den Keller hinunter, kam nach einiger Zeit wieder herauf und brachte keine Eier mit.

»Ich habe dir doch gesagt, du sollst –«

»Es sind keine Eier im Keller, Herr Piechler.«

»Das ist doch zum Rasendwerden!« schrie Piechler, riß dem Lehrling den Kellerschlüssel aus der Hand und rannte selber hinunter. Bernhard trat inzwischen aus dem Laden. Frau Schneemoser, eine Kundin, kam gerade vorüber.

»Frau Schneemoser«, sagte Bernhard, »entschuldigen'S ...«

»Was ist, Bernhard?«

»Ist heut Föhn?«

»Nein, nein, heut ist kein Föhn. Ja du lieber Gott, wenn Föhn wär', könnt ich ja gar nicht auf die Straßen.«

»Dankschön, Frau Schneemoser.«

Bernhard ging wieder in den Laden. Schwer schnaufend kam der Kaufmann und Lehrherr Piechler aus dem Keller heraufgeschossen – auch ohne Eier –, raste ins Magazin hinterm Hof: Dort waren die Kartons mit Eiern. Piechler nahm einen Karton, rannte in den Laden zurück, stolperte über seine eigenen Füße und fiel mitsamt dem Karton hin. Von den vierundzwanzig Eiern waren dreiundzwanzig zerbrochen. Das vierundzwanzigste warf Herr Piechler noch im Liegen an die Wand.

»Rotzbua, gottverreckter«, schrie Piechler.

Bernhard wußte nicht, was er sagen sollte. »Aber«, sagte er nur, »aber ...«

Da gab ihm der Lehrherr Piechler eine Ohrfeige.

Das war am Vormittag. Am Nachmittag zeigte sich Piechler wieder versöhnlicher. Als gerade kein Kunde im Laden war und sich Piechler eine frische Virginia anzündete, rief er den Buben zu sich.

»Weißt, Bernhard«, sagte der Lehrherr, »sowas wie mit die Eier, das darfst mit mir nicht mehr machen, wenn Föhn ist.«

»Aber es ist doch gar kein Föhn, Herr Piechler.«

»Ah, da schau her. Wie nachher das?«

»Die Frau Schneemoser hat gesagt, heut ist kein Föhn; sie weiß es sicher, weil sie sonst nicht auf die Straße gehen könnte.«

Herr Piechler lief rot an, atmete tief ein, warf die eben erst genüßlich angezündete Virginia zu Boden und schrie: »Natürlich ist kein Föhn. Aber ich bin ein Vorföhner. Das könntest du dir doch denken. Wenn der Föhn da ist, macht er mir nix. Aber den Tag vorher! Den Tag vorher!«

Der Lehrherr trat wütend auf seine Virginia. »Jetzt ist die Zigarren auch hin. Hundskrüppel, verdammter!« Dann bekam Bernhard die zweite Ohrfeige.

Bernhard Laudam litt weder vor noch während des Föhns. Er spürte ihn überhaupt nicht. Nach jenem Ereignis in seinem ersten Lehrjahr begann Bernhard sorgfältig in sich hineinzuhorchen, genau jede seiner eigenen mißmutigen Regungen zu registrieren: sie hatten nichts mit dem Föhn zu tun. Wenn Frau Schneemoser wie ein getretener Hund trotz des Föhns auf die Straße ging und in den Laden geschlichen kam (statt Käse Seife kaufte, das Portemonnaie vergessen und nur einen Schuh angezogen hatte), so war Bernhard fidel und lustig, aufreizend für alle Föhnkranken. Bernhard erkannte bald, daß es gut für ihn war, sich anzupassen. Aber das war nicht so einfach. Woher soll man wissen, daß Föhn ist, wenn man ihn nicht spürt?

Nach beendeter Lehre trat Bernhard Laudam als Verkäufer in ein größeres Kaufhaus in der Innenstadt ein. Nach einigen Monaten hatte er sich die Anzahlung für ein Motorrad gespart. Mit dem Motorrad fuhr er bei Rot über eine Kreuzung und wurde von einem Polizisten aufgehalten.

»Sie sind bei Rot über die Kreuzung gefahren.«

»Unabsichtlich, Herr Wachtmeister«, sagte Laudam, »bei dem Föhn!«

»Wieso Föhn?« sagte der Polizist.

»Wie –«, sagte Laudam, »Sie spüren den Föhn nicht?«

»*Ich* den Föhn nicht spüren?« sagte der Polizist, »was erlauben Sie sich? Ich leide ganz speziell unter dem Föhn, ich möchte sagen: ich bin derjenige Beamte auf unserem Revier, der am allermeisten unter dem Föhn leidet. Sie! Ich bin kombinierter Vor-, Haupt- und Nachföhner! Ich spüre den Föhn Tage, bevor er kommt, an Föhntagen winde ich mich in Krämpfen und bin dienstunfähig, und erst *nach* dem Föhntag ...«

»Aber heute –«, sagte Laudam schüchtern.

»Heute ist absolut föhnfrei. Ihnen werde ich es zeigen, mir Föhn vorzutäuschen. Sie kriegen eine Anzeige, Sie Preiß.«

Ja, sogar ein so echter Münchner wie Bernhard Laudam kann selbst von einer Amtsperson für einen Preußen gehalten werden, wenn er den Föhn nicht spürt.

Bernhard zeigte sich in dem Kaufhaus, in dem er arbeitete, als freundlich, anstellig und fleißig, aber er kam nicht vorwärts. Ein Mensch, der nicht unter dem Föhn leidet, ist irgendwie unheimlich. Und die zaghaften und erfolglosen Versuche Laudams, Föhnempfindlichkeit zu simulieren, brachten ihn in den Verdacht, ein Heuchler zu sein. Rundherum machten seine Kollegen Karriere, wurden befördert, wurden Abteilungs- und Gruppenleiter und Prokuristen. Laudam kam in die besonders unbeliebte, staubige Bettfedernabteilung im Tiefparterre. »Wenn Sie den Föhn eh nicht spüren, ist es Ihnen ja Wurscht«, sagte der Chef.

Der Bettfedernkeller hatte einen Vorteil: Bärbel. Bärbel, eine junge Verkäuferin, war nicht wegen Föhnunempfindlichkeit in den Keller verbannt worden, sie war eben erst eingestellt und sollte hier ihren Aufstieg in der Firma beginnen.

Bettfedern werden nicht häufig gekauft. Gewiß: sie sind ein wichtiger Artikel, und wenn einmal jemand Bettfedern kauft, so läßt er einen größeren Geldbatzen da als eben bei ›Parfumerie‹ oder ›für Küche und Haushalt‹, aber es ist eben ruhiger in der Bettfedernabteilung, ruhiger, staubiger und langweiliger. Bernhard Laudam und Bärbel kamen sich, wie man so sagt, näher, wohl fast zwangsläufig.

Die Katastrophe trat bei einem Motorradausflug ein. Bärbel wollte zum Baden fahren, Bernhard wollte gleich nach Andechs auf eine Maß Bier. Bärbel bestand nicht auf ihrem Wunsch, war aber beleidigt. Bernhard ärgerte sich, daß Bärbel im Klostergarten von Andechs nicht lustig war, wie es eben so geht.

»Warum hast du mir nicht gesagt, daß du so gern zum Baden gefahren wärst?« fragte Bernhard.

»Ich habe es ja gesagt.«

»Aber dann hast du gesagt: Gut, fahren wir nach Andechs. Oder nicht?«

»Ja, aber das habe ich nicht so gemeint.«

»Woher soll ich das wissen?«

»Das hättest du eben wissen müssen. Außerdem ist Föhn.«

»So ein Quatsch«, sagte Bernhard, »Föhn ist ein warmer, südlicher Fallwind, steht im Lexikon ...« Bernhard hob den angefeuchteten Finger, »... also ein Wind. Heute ist absolute Windstille. Also kann kein Föhn sein.«

Da heulte Bärbel auf, schrie allerhand und rannte davon. Es war nicht so, daß Bernhard Bärbel nie wieder gesehen hätte. Hie und da sah er sie, die jetzt bei ›Vorhang- und Dekorationsstoffen‹ bediente, im ersten Stock, und sie nickte ihm buchstäblich von oben herab zu.

Bärbel hatte recht: der Föhn, obzwar ein Südwind, hat die Fähigkeit, auch bei Windstille zu wehen, ja selbst bei scharfem Nordwind. Man kann jeden Münchner fragen, er wird das bestätigen. Wie allerdings dieses Phänomen zustandekommt, wird er nicht zu erklären wissen.

Als Bernhard das stets aufs neue verwundende Grüßen der Bärbel von oben herab nicht mehr ertragen konnte, kündigte er und bewarb sich in einem hochrenommierten Delikatessengeschäft. Die Bezahlung war gut, das Arbeitsklima ausgezeichnet, das Geschäft war ein altes, hochvornehmes Haus und hatte nur den einen Nachteil, daß sein Inhaber ein angeheirateter Neffe des vorletzten Kardinals und zudem ein Konvertit war. Der Chef war so katholisch, daß mancher Bischof vor Neid hätte erblassen können. Er glaubte an Heilige, die es gar nie gegeben hatte, und ließ jeden Tag sein Dienstmädchen in die Messe gehen. Von den Angestellten, die er einstellte, verlangte er die Vorlage der lückenlosen Kette von Osterbeichtzetteln ab dem 14. Lebensjahr. Da erinnerte sich die Mutter Laudam des Nachlasses der Großmutter. Tatsächlich fanden sich unter den Papieren der frommen Frau die Osterbeichtzettel aller vergangenen Jahre. Nur das laufende Jahr fehlte, denn da bezog die Oma ihre Absolution bereits oben im Großhandel, sozusagen.

»Dann gehst eben heuer beichten«, sagte die Mutter, »schadet eh nichts, beichtest gleich den Betrug von den falschen Beichtzetteln mit.«

»So, so«, sagte der Pfarrer im Beichtstuhl und ächzte vor lauter Föhn wie ein knorriger, alleinstehender Baum im Sturm, »du bist ein Münchner, mein Sohn, und leidest nicht unterm Föhn. Ich habe Bedenken, dir die Sünden zu vergeben, denn: bist du überhaupt getauft?«

Da ging Bernhard Laudam hin und erhängte sich auf dem Speicher an einem Balken mit Hilfe der Wäscheschnur.

»O mei, o mei«, sagten die Hausbewohner, als man den Erhängten fand, »der Föhn!«

Zu spät.

Skaumo
(1972)

I

Die Stadt Skaumo liegt im südlichen Teil des Landes, der fast noch karger und ärmer ist als der Norden. Wir Nordeuropäer sind gewohnt, die Berge unten bewaldet und oben kahl zu sehen. Hier ist es umgekehrt. Nach Skaumo führt die Straße (die einzige) durch eine felsige Schlucht, die nach oben hin nicht bewaldet wird, das wäre zuviel gesagt, aber mit diesen seltsamen Nadelsträuchern bewachsen ist, die entfernt an zwergenhafte Pinien erinnern. Die Einheimischen nennen diese Sträucher ›tos‹ oder ›tols‹; ich konnte das Wort nie richtig verstehen. Es ist die Frage, ob diese Zwerg-Piniensträucher nützen oder schaden. In ihnen und nur in ihnen gedeihen die giftigen Zikaden, die für die ganze Gegend hier im Sommer eine Plage sind, und zwar eine so ernsthafte Plage, daß sie von manchen Leuten, sogar von der Regierung als Hauptgrund für die zunehmende Abwanderung der Bevölkerung angesehen wird. Aber ohne die Sträucher verkarstete die Gegend noch mehr, etwas anderes wächst nicht, und immerhin sind sie grün; das heißt im Moment waren sie bräunlich, weil sie zu den Sorten Nadelgewächsen gehören, die im Winter die Nadeln verlieren.

Skaumo sieht man, sobald man die Schlucht auf der im letzten Teil gewunden ansteigenden Straße verläßt. Die Stadt liegt auf einer flach und felsig ansteigenden Hochebene am Horizont gegen den Himmel. Ihre Türme und Zinnen des Kastells heben sich dunkel gegen den grauen Himmel ab. Berge und Hügel sind zurückgetreten. Dahinter ist nichts.

Skaumo ist das Ende der Welt. Man versteht, wenn man die Stadt so liegen sieht, diese Legende.

II

Die Stadt Skaumo hat einen äußerst merkwürdigen Grundriß. Sie hat ihre Stadtmitte am Rand, wenn man unter solchen Umständen überhaupt von einer ›Mitte‹ sprechen kann. Die Einheimischen finden das ganz natürlich, denn sie glauben (auch heute noch), am Ende der Welt zu leben. Ich vermute, daß umgekehrt diese merkwürdige Stadtentwicklung der Grund für diese Legende war. Der Haupt- und Marktplatz (›Migâl‹) liegt an der Großen Mauer. Rathaus, der ehemalige Palast des Wesirs und die mittelalterlichen Häuser der Kapitäne (›Kawidin‹) der Stadt liegen hier. Von hier aus breiten sich die Straßen im Halbrund die flache Felsebene hinab bis zur Kleinen Mauer, die die Stadt einst in einem Halbkreis umschlossen hat. Die Kleine Mauer (eigentlich müßte man sagen: Niedrige Mauer) steht zum Teil heute noch. Der größere Teil wurde kurz nach der Türkenzeit niedergerissen; aber die Stadt hat sich nicht sehr viel weiter über den Halbkreis der Kleinen Mauer hinaus ausgedehnt, und selbst in diesen relativ neuen Vierteln findet man viele verlassene Häuser.

Skaumo hatte durch die Jahrhunderte nur einen Zugang, deshalb nur ein Tor, zur Schlucht hinunter, für die auch heute noch einzige Straße. Das Tor war vermutlich immer schon befestigt. Die Johanniter, die zweihundert Jahre über die Stadt herrschten, bauten um und über die alte Befestigung ihr Kastell. Sie nannten das Kastell und deshalb auch die ganze Stadt ›St. Antonius‹. Das Kastell ist, anders als die Häuser der Stadt, aus hellen, grünlichen Steinen gebaut, eine große, weit ausladende Befestigung, die auch heute noch in gutem

Zustand ist und sogar bewohnt wird, allerdings natürlich nicht von Johannitern. Im Schloß liegt eine sehr hübsche spätgotische Kapelle. Das war die ehemalige Schloßkapelle. Über ihrem Tor zerbröckelt das Wappen des Großmeisters Philibert de Naillac: zwei Leoparden übereinander und links gewandt, jeder hat die rechte Tatze erhoben. Die Kirche dient dem katholischen Ritus, aber da es schon längere Zeit keine Katholiken mehr gibt, werden keine Gottesdienste mehr abgehalten. Die Kirche verfällt. Als ich sie besuchte, waren bereits alle Fenster zerbrochen, und von den zwei Leoparden des Philibert de Naillac war nur mehr einer – der obere – zu erkennen.

Man kann sich denken, daß dieses mächtige Kastell an der strategisch günstigen Stelle Skaumo zu einer fast uneinnehmbaren Festung gemacht hat. Tatsächlich hat der letzte Johanniter-Gouverneur Girolamo Colonna die Stadt nach dem 1. Januar 1523, dem Tag, als der Großmeister in Rhodos vor den Türken kapitulierte, noch zwei volle Jahre, zum Schluß sogar gegen den Willen des Ordens, verteidigt.

Girolamo Colonna, heißt es in einem alten Bericht, den ich in Skaumo lesen konnte, ein kühner Condottiere, der auch den Teufel nicht gefürchtet habe, habe im zweiten Jahr der Belagerung, als eine Dürre hereinbrach, alles Wasser erschöpft und sogar die Quelle innerhalb der Stadt versiegt war, den Gedanken erwogen, durch die Große Mauer ein Loch brechen zu lassen und dadurch abzuziehen, und wenn es über die Grenzen der Welt hinaus gewesen wäre. Wie man Girolamo Colonna gekannt habe, heißt es in dem Bericht weiter, hätte er womöglich den gotteslästerlichen Gedanken in die Tat umgesetzt. Ein Regen hat die Stadt aber dann doch noch für ein halbes Jahr gerettet. Erst der – natürliche – Tod des Gouverneurs habe den Verteidigern den Mut gebrochen.

Die Türken, die gar nicht so barbarisch waren, wie in unseren Büchern immer getan wird, haben sich äußerst ritterlich gezeigt. Als sie in Skaumo einmarschierten, lag Girolamo Colonna noch aufgebahrt in der Kapelle. Der Pascha, der das Belagerungsheer befehligte, verlangte unverzüglich, vor seinen toten Gegner geführt zu werden. Er küßte dem Toten nach muselmanischer Art die Stirn, nahm ihm das Ritterschwert aus der steifen Hand und legte seinen eigenen Säbel an dessen Stelle. Später errichtete er ihm in der Stadt ein Grabmal. Ich weiß nicht, ob es noch einen Johanniter-Ritter gibt, der mit einem Türkensäbel in den Händen begraben ist. –

Die fast gerade Straße, die, leicht aufwärts führend, etwa drei Kilometer lang, unterbrochen von drei oder vier verschieden großen Plätzen, das alte Tor mit dem ›Migâl‹ an der Großen Mauer verbindet, ist die Lebens- und Schlagader der Stadt. Aber diese Bezeichnung ist eher ein Hohn für eine Stadt wie Skaumo. Sagen wir: wenn sich Leben in der Stadt findet, dann in diesem Straßenzug.

III

Wie die ganze Stadt ist auch der Hauptplatz, der ›Migâl‹, halbkreisförmig. Alle Einheimischen, die ich gesprochen habe – mit Ausnahme des Bibliothekars –, haben zwar die Absicht bestritten, aber ich kann mir nicht denken, daß es Zufall sein sollte: der Platz ist so aufgebaut und eingerichtet, als hätte die Große Mauer die andere Hälfte davon abgeschnitten. Die Gebäude – hohe Häuser, aber alle niedriger als die Mauer – ziehen sich im Halbkreis rundum, auch die Bäume, die hier gepflanzt sind, bilden einen Halbkreis von der Mauer zurück zur Mauer. Bäume sind rar in Skaumo. Außer diesem auf dem ›Migâl‹ habe ich nur noch im Garten des ehemaligen Katharinenklosters welche gefunden. Die im Garten sind sozusagen echte Bäume. Die dürftigen Oleanderbäumchen auf dem ›Migâl‹, kaum mehr als blühende Besen, wachsen in großen Betonkübeln, die in die Erde eingelassen sind. Man darf nicht vergessen: Skaumo liegt auf einer großen, flach abfallenden schieferigen Steinplatte, fast ohne Vegetation.

In der Mitte des ›Migâl‹ – in der angenommenen Mitte, in der Mitte des Kreises, den es nur zur Hälfte gibt – ist ein großer Stern aus gelbem Stein in das Pflaster eingelassen; die Hälfte eines Sternes, denn auch ihn schneidet die Mauer scheinbar in zwei Teile. Vom ›Migâl‹ führen mehrere Straßen weg: jeweils der Mauer entlang düstere Gassen, eine Straße zum Kastell, die ich schon erwähnt habe, und noch ein paar andere Straßen. Nähert man sich dem ›Migâl‹ von woher man will, sieht man am Ende der Straße, jenseits des Platzes, die Große Mauer aufragen, den Blick abschließen. Sie ist ganz anders als die Mauern des Kastells und die Reste der Kleinen Mauer, aus dunklerem Stein, aus größeren Quadern, gigantisch ohne Mörtel aufeinandergefugt, eher ein Naturphänomen als Menschenwerk.

Obwohl die Große Mauer im Bild der Stadt allgegenwärtig ist, reden die Bewohner nicht davon. Sie müssen ein merkwürdiges Verhältnis zu diesem zwar kunstlosen, aber beeindruckenden Bauwerk haben. Manche, die ich gesprochen habe, leugnen groteskerweise die Existenz der Mauer. Durch den Augenschein überführt, sagen sie dann: »Ach so, ja, ja« und wenden sich ab. Ein paar allerdings gibt es, die erwähnen die Große Mauer mit einem gewissen Stolz. Es ist dann aber ein freundlich-zotiger Stolz; der Stolz eines Händlers pornographischer Bilder, der einem Kenner unter der geöffneten Jacke besonders unanständige Ware zeigt, die er unlängst hereinbekommen hat. Ein solcher war mein Wirt.

Das Hotel lag an einem der Plätze, die die erwähnte Achse Migâl–Kastell unterbrechen. Der Platz – klein, unschön, ohne Grün – hieß ›Platz der Freiheit‹. Auch das Hotel hieß ›Hotel Freiheit‹, aber die große grüne Schrift auf der Vorderfront war schon verblaßt, und man konnte darunter den alten Namen erkennen: ›Hotel Kaiserin Elisabeth‹. Ein alter, versiegter türkischer Brunnen stand gegenüber dem Hoteleingang, seitlich davon der Sockel eines Denkmals, auf dem ehemals Feldmarschall Radetzky stand. Die Italiener entfernten und ersetzten ihn durch Garibaldi. Die Inschrift auf der Vorderseite meißelten die Italiener heraus und brachten eine Metallinschrift ›Giuseppe Garibaldi‹ an. Die italienische Herrschaft über Skaumo war aber offenbar zu kurz, um auch die Rückseite des Sockels zu bereinigen. So stand Garibaldi lange Zeit mit der Unterschrift da: ›In Deinem Lager ist Österreich‹.

In jüngster Zeit hat man aber auch den Garibaldi beseitigt. Wen man an seine Stelle setzen wolle, sagte mir der Wirt – ein Grieche –, würde erst entschieden, wenn sich die politischen Verhältnisse konsolidiert hätten.

Das ›Hotel Freiheit‹ hat seinen Komfort seit den Zeiten, als es ›Hotel Kaiserin Elisabeth‹ hieß, nicht geändert. Aber es ist das beste Hotel, und ich will nicht klagen.

Der Wirt – er hieß Byron Smaragdakis – freute sich, als ich mich für die Große Mauer interessierte.

»Dza! Dza! Dza!« sagte er und lachte augenzwinkernd. »Der Herr interessiert sich für das Mäuerchen.« Es hätte nicht viel gefehlt und er hätte hinzugesetzt: »– Sie kleiner Schlingel.«

Ich habe keine Ader für Witzbolde.

»Was ist daran so komisch?«

»Ich werde es Ihnen zeigen, das Mäuerchen«, sagte Smaragdakis, »das kleine, winzige Mäuerchen.«

»Die Mauer mir zeigen? Wieso? Mir scheint sie so groß zu sein, daß ich sie von alleine finden kann.«

Der Wirt war eben im Begriff, mit einem Tablett rauchender Hammelkoteletts in die Gaststube zu eilen. Auf meine Bemerkung blieb er, den eilenden Fuß noch erhoben, wie in Erz gegossen stehen, offenen Mundes.

»Ah –«, preßte er dann heraus, geriet wieder in Bewegung, lief durch die Schwingtüre in die Gaststube, kam aber gleich wieder zurück.

»Was ist daran so erstaunlich?« sagte ich.

Er hatte sich inzwischen gefaßt.

»Und wer erklärt sie Ihnen?« sagte er.

Gut. Ich vermutete, daß er ein Trinkgeld verdienen wollte. Ich willigte ein, mir die Große Mauer von ihm zeigen zu lassen. Das war dann aber doch sehr merkwürdig. Es begann damit, daß Smaragdakis mich bat, seiner Frau nichts davon zu sagen; höchst überflüssig, denn selbst wenn ich auf diesen mir mehr als fernliegenden Gedanken gekommen wäre, hätte ich es ihr nicht sagen können. Frau Smaragdakis war Armenierin und sprach nichts außer ihrer Muttersprache.

Ich solle in der Gaststube warten, sagte mir der Wirt, er müsse nur einige Kleinigkeiten erledigen; wir könnten dann gleich gehen. Wenn ein Grieche ›gleich‹ sagt, ist Skepsis am Platz. Es war später Nachmittag, ein gewöhnlicher Wochentag. Ich setzte mich in die Gaststube und las die Post und die Zeitungen durch, die ich mir – wie ich es zu tun pflege – hatte nachschicken lassen. Dann arbeitete ich ein wenig an dem Manuskript. Es wurde Abend. Der Wirt lief hin und her. Ich konnte nicht feststellen, daß er irgendwelche dringenden Geschäfte erledigte. Zwar wischte er mit klatschenden Bewegungen über die meist recht wackeligen Tische, brachte den wenigen Gästen – alles Einheimische – Wein, türkischen Kaffee oder den abscheulichen »Čumpf«, den Spezialschnaps jener Gegend, angeblich ein Apfelgeist, der aber eher (ich habe ihn einmal probiert und nie wieder) wie Brennspiritus mit Lebertran schmeckt, aber Weiteres tat der Wirt nicht. – Ich aß zu Abend. – Der Wirt nickte mir gelegentlich aufmunternd zu, tröstete mich, wenn er mich ungeduldig meinte, und mit der Zeit wurde ich es auch, tröstete mich mit einem ›gleich, gleich!‹ und rannte wieder hinaus.

Gegen zehn Uhr ging der letzte Gast. Es war nicht zu verkennen, daß Smaragdakis den letzten Gast hinausdrängte, fast hinauswarf und erleichtert hinter ihm zusperrte. Dann kam er händereibend zu mir und sagte, daß wir uns nun ›sofort‹ auf den Weg machen würden. Auch gegenüber dem griechischen ›sofort‹ ist innere Reserve am Platz. Obwohl ich das recht gut wußte, stand ich doch auf, um vielleicht wirklich sofort aufzubrechen. Smaragdakis setzte sich aber zu mir, nahm zwei oder drei Gläschen Člumpf zu sich. Ich entging der Nötigung zu einem Člumpf nur, indem ich die Einladung zu einem Glas – auch ziemlich miserablem – Weißwein annahm.

Endlich, als draußen auf den Straßen schon alles ganz still war, gingen wir wirklich. Wir betraten die Straße mitnichten durch die Haustür, sondern durch die Hintertür, wo wir auf eine höchst schmutzige, enge Gasse kamen. Dabei beobachtete ich einen sehr befremdlichen Vorgang.

Die hintere Tür war verrostet. Der Schlüssel knarzte im Schloß; auch lag ein breiter Balken vor der Tür, den man erst wegdrehen mußte. Der Wirt wollte mir, als die Tür offen war, den Vortritt lassen, schob mich aber dann mit theatralischer Verschwörergeste zurück und trat selber als erster halb hinaus, wobei er wichtig die enge Gasse beobachtete. Dann winkte er mir, aber im selben Moment drückte er mich wieder zurück, denn ein Hund kam mit großem Gekläff die Gasse heruntergeschossen, ein Mann hinterdrein, und – ich konnte es eben noch sehen, obwohl Smaragdakis schnell die

Tür zuzog – gerade vor der Tür erwischte der Mann den Hund, packte ihn am Hals und warf ein Netz über ihn.

»Was ist das?« fragte ich.

»Pst«, machte der Wirt.

Das Hundegekläff wurde für einen Moment schrill und wütend, dann erstarb es wie abgeschnitten. Schritte entfernten sich.

Der Wirt wartete ein wenig, dann gingen wir endlich hinaus.

»Was war das?« fragte ich wieder.

»Was?« sagte er.

»Das mit dem Hund.«

»Ich weiß nicht«, sagte er. –

Ich bemerkte, daß mich der Wirt durch enge und schmale Gassen führte, obwohl man auf der einen großen Straße, die das Kastell mit dem ›Migâl‹ verbindet, sicher schneller zur Großen Mauer gekommen wäre.

»Sie tun grad«, sagte ich, »als sei es verboten, die Große Mauer anzuschauen.«

»Nein«, sagte er, »wieso?«

Ich ließ es auf sich beruhen.

Als wir an die Große Mauer kamen, war es bald Mitternacht. Es war dunkel. Sind schon die wenigen größeren Straßen sehr schlecht beleuchtet, so fehlt es in den Straßen und Gassen an der Mauer völlig an jeder Beleuchtung. Die Häuser waren schwarz, der Himmel war schwarz, die Mauer war schwarz. Wir sahen gar nichts.

Etwas gereizt fragte ich Smaragdakis: »Nun, was zeigen Sie mir?«

Smaragdakis wurde etwas verlegen, fürchtete wohl um sein Trinkgeld, gab sich aber überlegen-vertraulich und schlug mit der flachen Hand ein paar Mal anpreisend auf einen Quader des kyklopischen Bauwerkes. Ich habe oben gesagt, daß der

Wirt ein merkwürdiges Verhältnis zur Mauer zu haben schien, wie zu etwas Unanständigem. Diese Bewegung erinnerte daran. Er klatschte auf die Mauer wie auf große Schenkel.

Dann fiel ihm ein, was er mir speziell zeigen könnte: die Stelle, wo die Johanniter während der Türkenbelagerung die Mauer durchbrechen wollten. Er fand die Stelle erst nicht – kein Wunder bei der Finsternis, selbst für einen Einheimischen –, dann doch, das heißt, er behauptete, daß dies, was er gefunden, die Stelle sei. Man sah nicht mehr und nicht weniger als an anderen Stellen. Doch, sagte der Wirt, dort und dort und da – er zeigte in der Dunkelheit herum – sähe man die Spuren der Meißel.

»Ich sehe nichts«, sagte ich.

»Doch, doch«, sagte er, »schauen Sie nur –«

Ich ließ es auf sich beruhen. Wir gingen wieder heim. Auf dem Heimweg fragte ich ihn direkt. »Was ist hinter der Mauer?«

»Ich weiß es nicht«, sagte er.

»Aber – das gibt es doch nicht.«

»Ich weiß es nicht«, sagte er, »niemand weiß das.«

»Hat noch niemand über die Mauer geschaut?«

»Nein, wie kommen Sie darauf? Das kann man gar nicht.«

»Das verstehe ich nicht«, sagte ich.

»Es ist aber so«, sagte er.

»Und, wenn Sie es nicht *wissen,* was hinter der Mauer ist – was *glauben* Sie?«

»Die Leute glauben: das Ende der Welt.«

»Die Leute – gut; das mag ein alter Aberglaube sein. Sie sind doch Grieche. Sie sind nicht von hier. Glauben Sie es?«

»Ich bin zwar Grieche«, sagte er, »aber ich bin doch von hier. Mein Großvater ist nach Skaumo gekommen. Mein Vater ist schon hier geboren.«

»Sie glauben also auch wie die Skaumer, daß hinter der Großen Mauer das Ende der Welt ist?«

»N-nein«, sagte er.

»Und was glauben dann Sie?«

»Nichts«, sagte er.

»Wie soll ich das verstehen?«

»Daß nichts dahinter ist, glaube ich.«

»Aber das gibt es doch nicht.«

»Wenn *Sie* das sagen, Herr Professor, dann wird es so sein.«

Ich gab ihm dann zwanzig Schibli, zehn, denke ich, hätten es zwar auch getan.

IV

Die wichtigste Bekanntschaft, die ich in Skaumo gemacht habe, war selbstverständlich die des Bibliothekars. Es war keine Zufallsbekanntschaft, denn ich hatte ein Empfehlungsschreiben des Generalsekretärs unserer Gesellschaft an ihn dabei; außerdem war ich ihm offiziell avisiert. Ich weiß nicht, was mich daran hinderte, ihn nicht früher als eine Woche nach meiner Ankunft in Skaumo aufzusuchen.

Er habe mich schon längst erwartet, sagte er mir dann auch. Wenn ich mich nicht aus Überempfindlichkeit täusche, so war er ein wenig befremdet. Ob er mir überhaupt noch etwas zeigen könne?

Ich weiß wirklich nicht, warum ich ihn nicht früher aufgesucht habe. Vielleicht war es nur die Scheu davor, sozusagen mit der Tür ins Haus zu fallen. Oder war mir die Person und die Stellung des Bibliothekars insgeheim unheimlich? Ich kannte ihn vorher nicht, hatte nie ein Bild von ihm gesehen, nie eine Zeile mit ihm gewechselt. Was aber erwartet man von einem Menschen, der einerseits einen – was mich betrifft –

vertrauten Beruf ausübt, anderseits von einem Regime, wie es hier zur Zeit herrscht, an diese verantwortungsvolle Stelle gesetzt wurde? Oder war die Stelle gar nicht so bedeutend? War sie im Gegenteil gerade unbedeutend, provinziell, ein totes Geleis für einen unbequemen Mann, der dennoch so viele Verdienste hat, daß er nicht sang- und klanglos ganz beseitigt werden kann? Das wäre mir nicht weniger unheimlich gewesen, oder besser gesagt: unangenehm.

Das Katharinenkloster zu Skaumo liegt etwas abseits des Hauptstraßenzuges. Gegründet unter der byzantinischen Herrschaft, wurde es von den Rhodos-Rittern latinisiert, das heißt, es zogen lateinische, genauer gesagt italienische Mönche ein, Dominikaner. Aus dieser Zeit stammt der Großteil der Klostergebäude und auch die Klosterkirche. Die Dominikaner verließen die Stadt mit den Johannitern. Unter den Türken zogen wieder griechische Mönche ein. Da die Kathedrale von den Türken in eine Moschee verwandelt wurde, diente die Klosterkirche als Bischofskirche. (Heute gibt es keinen Bischof von Skaumo mehr.) Das Kloster ist jetzt aufgehoben. Das Hauptgebäude dient als Sitz der Bezirksverwaltung, im ehemaligen Wirtschaftsgebäude ist der Arbeiter-Kultur-Club untergebracht, der – solange ich in Skaumo war – nicht von sich reden machte. Die Stallungen des Klosters sollten zu einem Konzert- und Theatersaal umgebaut werden. Das Unternehmen blieb im ersten Anlauf stecken. Der Trakt ist eine eingestaubte Baustelle. Der große Garten ist theoretisch für die Bevölkerung geöffnet, praktisch aber haben nur die Beamten der Bezirksverwaltung Zutritt, die dort ihre Mittagspause zubringen. Das geschieht aber selten, denn die besser bezahlten Beamten gehen spätestens um zwölf Uhr nach Hause, die schlechter bezahlten – das sind die meisten – verlassen den Dienst womöglich noch früher, um ihren Nebenbeschäftigungen nachzugehen.

So liegt der große, einst schöne Park mit den vielen hohen Bäumen (die einzigen ›echten‹ Bäume von Skaumo, wie ich schon erwähnt habe) meist menschenleer da und verwildert.

Der Bibliothekar kann von der Terrasse seiner Dienstwohnung aus zu jeder Stunde in den Park. Normalerweise, sagte er mir, spaziere er auch oft darin herum, nur sei das jetzt unmöglich, weil die Kellerfenster der Bezirksverwaltung auf den Garten hinausgehen. Was es mit dem Keller der Bezirksverwaltung auf sich hatte, sollte ich bald erfahren. –

Die Bibliothek des Katharinenklosters von Skaumo war schon im Mittelalter berühmt. Sie war zunächst im Kloster selbst untergebracht. Der alte Bibliothekssaal sei sehr schön, ist allerdings jetzt Geheimarchiv und nicht zugänglich, sagte mir der Bibliothekar. Er sei auch nur einmal drin gewesen. Wie geheim die Akten seien, die in den Regalen herumlagen, konnte er nicht ermessen. Jedenfalls aber sei ein großer Safe in dem Saal, der dem Bezirks-Verwaltungs-Präsidenten zur Verfügung stehe. Vielleicht sei das der Grund für das Staatsgeheimnis. Als nach der Aufhebung einiger anderer Klöster im Land deren Bibliotheken nach Skaumo gebracht wurden, errichtete die italienische Regierung ein eigenes Bibliotheksgebäude, weil sich der Bücherbestand verdreifachte. Das jetzige Regime löste alle Klöster im Land auf, und weil man einmal angefangen hatte, alte Klosterbibliotheken nach Skaumo zu bringen, wies das Kulturministerium alle Bücher der aufgelösten Bibliotheken Skaumo zu, dessen Klosterbibliothek in den Rang einer Staatsbibliothek erhoben wurde.

Zwar hatten die Italiener in ihrem faschistischen Drang zur Monumentalität das Bibliotheksgebäude zum Glück groß genug gebaut (dabei aber, im Gegensatz zu vielen Bauten der Italiener hier im Land, nicht geschmacklos, im Stil zum alten Kloster passend), aber doch nicht groß genug, die ganze

Masse der Bücher zu fassen, die nach der Aufhebung der Klöster nach Skaumo kam.

Sein Vorgänger, erzählte der Bibliothekar, Pater Lavrentij, der letzte Mönch von Skaumo, der einzige, der bleiben durfte, weil er ein anerkannter Fachmann war, habe versucht, Ordnung in die Bücher zu bringen. Anfangs sei es ihm gelungen, er habe sogar einige Aufsehen erregende Funde unter den zum Teil verwahrlosten Bibliotheken gemacht, so eine vollständige Handschrift der Velimir-Legende des Abtes Georg von Spolac, aber später habe er es aufgegeben, weil er zu alt geworden sei.

Ob Pater Lavrentij gestorben sei, fragte ich.

»Nein«, sagte der Bibliothekar, »er ist entlassen worden.«

»Was wurde aus dem Mann?«

»Ich weiß es nicht.«

»Hat er eine Pension zugesprochen bekommen?«

»Es hat ihn niemand«, sagte der Bibliothekar mit etwas Distanz, »niemand gezwungen, Mönch zu werden.«

Der Bibliothekar – Dr. Suvin hieß er – hat offensichtlich Versuche seines Vorgängers, die Bücher zu ordnen und zu katalogisieren, nicht fortgeführt. Ob Dr. Suvin angesichts der ohne bibliothekarische Hilfsmittel und Helfer nahezu undurchführbaren Aufgabe kapitulierte, ob er schon vorher resigniert hatte, weil man ihn auf den Posten in Skaumo abgeschoben hatte (seit ich die Bibliothek kannte, wußte ich sehr wohl, daß seine Stelle keine Auszeichnung war), oder ob er schlichtweg ein träger Mensch von vornherein war, kann ich nicht sagen. Ich weiß auch nicht, um das hier einzuflechten, wie seine kühle Distanz bei der wohl leider eindeutigen Antwort auf die Frage über das weitere Schicksal des Paters Lavrentij aufzufassen war: war es ihm wirklich gleichgültig? War er der Meinung, es ginge mich, den Ausländer, nichts an? Oder bekümmerte es ihn selber, und er wollte es mir gegenüber nicht zugeben, weil er noch nicht abschätzen konnte, was er von mir zu halten habe?

Bevor ich das erstemal den Bibliothekar aufsuchte, wollte ich anrufen. Mein Wirt, der Hotelier der ›Freiheit‹, hatte zwar ein Telefon, nicht aber der Bibliothekar, nicht einmal die ›Staatsbibliothek‹. »Auch wenn er eins hätte«, sagte Smaragdakis, »wer weiß, ob es ginge.« Er bot an, seinen Sohn Herakles mit einem Zettel hinüberzuschicken. Ich schrieb einen kurzen Brief und legte das Empfehlungsschreiben bei. Herakles kam nach kurzer Zeit mit der Antwort zurück: Dr. Suvin erwarte mich, wann immer ich zu kommen wünschte, sofort oder später.

Ich ging am nächsten Tag um elf Uhr hin. Für mich war es so selbstverständlich, daß die Klosterbibliothek – auch wenn sie jetzt Staatsbibliothek heißt – im Kloster sei, daß ich mich gar nicht erkundigte. Ich ging zum Klostergebäude, das ich von außen schon kannte. Der Portier der Bezirksverwaltung, der zum Glück das Wort ›Bibliothek‹ verstand, deutete mir den Weg. Ich mußte um die Ecke in eine Seitenstraße gehen. Dort war der Eingang zum neuen Bibliotheksgebäude.

Als ich an der Portiersloge stand und mit dem Portier radebrechte, kam ein alter, schmutzig gekleideter Mann, der einen Sack auf dem Rücken trug, in dem es lebhaft zappelte. Der Portier kannte den Mann offenbar, sie wechselten einen Gruß oder einen Ruf. Der Portier warf dem alten Mann einen großen Schlüssel zu. Der Mann verschwand mit dem zappelnden Sack nach innen. Ich war zufrieden, daß ich imstande war, den Portier nach dem Weg zur Bibliothek zu fragen. Nach diesem merkwürdigen Mann mit dem Sack mich zu erkundigen, hätte die Möglichkeiten meiner Zeichensprache überschritten. Abgesehen davon, hätte mir der Portier, wie ich die Sitten hier kennengelernt habe, nichts gesagt.

V

Der Bibliothekar Dr. Suvin war ganz anders, als ich ihn mir vorgestellt, als ich befürchtet hatte. Er war weder ein regimehöriger Karrierebeamter noch ein in die Provinz abgeschobener unbequemer Wissenschaftler. Als ich ihn aber das erstemal sah, erschrak ich. Er war so häßlich, daß ich meinte, ich könne vor körperlichem Widerwillen keine Viertelstunde seine Gesellschaft aushalten. Nicht, daß er unappetitlich gewesen wäre, unsauber und unordentlich oder gar schmutzig, oder daß er gestunken hätte; nein, er war sauber, ordentlich – weit sauberer als durchschnittlich die Bevölkerung von Skaumo –, aber eben häßlich. Nein, er hat nicht gestunken; jedesmal war seine Häßlichkeit so aufdringlich, so ins Auge springend, dermaßen *sinn*fällig, daß lange Zeit gegen mein besseres Wissen meine Nase nicht von der Wahrnehmung abzubringen war, Dr. Suvin stinke. Vielleicht kann ich es auf diesen Nenner bringen: die ungewöhnliche Häßlichkeit Dr. Suvins ist in alle Wahrnehmungsorgane, auch in die Nase, eingedrungen.

Ich nahm mich zusammen und trat ein.

Dr. Suvin wohnte in einer Dienstwohnung innerhalb des Bibliotheksgebäudes. Um in seine Wohnung zu kommen, mußte man durch den Vorsaal der Bibliothek, in dem Berge von unkatalogisierten Büchern lagen. Die Bibliothek war geschlossen, als ich kam. Sie sei fast immer geschlossen, sagte mir Dr. Suvin, eigentlich überhaupt immer. Er seufzte.

Dr. Suvin war selber zur Tür gekommen und führte mich zur Wohnung. Selbst von hinten war er häßlich, stellte ich fest, als er mir vorausging.

Aber ich nahm mich zusammen. Suvin machte es einem dann auch nicht schwer. Er wußte wohl genau um den anspringenden Charakter seiner Häßlichkeit. Er versteckte sich nicht, drängte sich aber auch nicht auf. Er ließ einem einen genügenden Spielraum, in dem man höflich sein konnte und doch nicht genau auf ihn hinzuschauen brauchte. Er machte es wie manche sehr schöne Frauen, die einem auch anheimstellen, sie erst dann zu bewundern, wenn einen ihre Schönheit nicht mehr verwirrt.

Wir sprachen sehr bald über nüchterne Dinge, über den sozusagen geschäftlichen Auftrag, der mich namens meiner Gesellschaft hierher geführt hatte. Suvin bewirtete mich mit einem sehr guten Wein. Selbstverständlich half seine sogleich zutagetretende Intelligenz, seine umfassende Bildung, die Klugheit seiner Rede über seine Häßlichkeit hinweg. Er sprach fließend Deutsch, Englisch und Französisch, auch eine slawische Sprache, ich vermute, daß er Latein, Griechisch und Hebräisch beherrschte und einiges andere; meine Muttersprache sprach er nicht. Nach der Viertelstunde, die ich nicht auszuhalten geglaubt hatte, hatte ich seine äußere Erscheinung überwunden.

Ich blieb bis zum Abend. Wir aßen zusammen. Er zeigte mir die Bibliothek, einige interessante Handschriften und frühe Drucke und so fort. Zum Abendessen kam Dr. Suvins Neffe Robert, der zwar auch nicht schön war, aber normal aussah. Der Neffe Robert aß mit uns. Offenbar bediente er seinen Onkel. Nach dem Essen holte Robert noch eine Flasche Wein. Alle drei setzten wir uns ins Wohnzimmer Suvins (das auf die Terrasse hinausging), und dann kam die Rede auf die Mauer.

Vorauszuschicken wäre noch, daß Robert, der vorher schon kaum etwas geredet hatte, nachher, als wir im Wohnzimmer saßen, überhaupt nichts mehr sagte.

»Nun gut«, sagte Dr. Suvin. »Die Mauer ist eben die Mauer.«

In einem hatte ich mich nicht getäuscht: Dr. Suvin war ein

Mann – der einzige in der Stadt? –, der kein verklemmtes Verhältnis zu dem merkwürdigen Bauwerk hatte.

»Was weiß man von der Mauer?«

»Sie steht«, sagte Dr. Suvin, »seit Menschen denken können.«

»Aber sie ist doch von Menschen erbaut.«

»Vermutlich. Ja, wohl – es ist anzunehmen.«

»So etwas fällt nicht vom Himmel.«

»Selten«, sagte Dr. Suvin, »und es wäre schon sehr komisch, daß sie dann gerade an diese Stelle gefallen ist.«

»Aber wer hat die Mauer gebaut?«

»Auf den ältesten Bildern erscheint Skaumo mit der Mauer. Ich habe in meinem Schlafzimmer einen Holzschnitt aus einer anonymen venezianischen Reisebeschreibung von 1518. Auf ihr ist die Mauer dargestellt. Das ist relativ neu. In der alten Ursinus-Kirche in Ragusa hat es ein Mosaik aus dem 9. Jahrhundert gegeben – es wurde Anfang des vorigen Jahrhunderts zerstört und ist uns nur in einem Stich um etwa 1780 überliefert –, auf dem das Martyrium der heiligen Aureliana dargestellt ist. Hintergrund der Szene ist Skaumo: mit der Mauer. Der Stich liegt in der Bibliothek. Wir können ihn suchen gehen –«

»Nein. Mich interessiert –«

»Im VII. Buch von Strabos ›Geographika‹ ist Skaumo erwähnt und als Besonderheit die Mauer –«

»Mag sein –«

»Sie haben recht«, lachte Dr. Suvin. »Das VII. Buch von Strabos Geographika ist das einzige der 17 Bücher, das nicht erhalten ist. Was wir als VII. Buch kennen, ist eine Fälschung, allerdings eine Fälschung aus dem 4. Jahrhundert nach Christus –«

»Auch das meine ich nicht. Ich frage Sie: was ist hinter der Mauer?«

»Eine sehr heikle, eine sehr direkte Frage.«

»Ja mm –«

»Nichts. Das Weltende. Der Abgrund; sagt man.«

»Das ist eine Legende.«

»Das glaube ich auch.«

»Was glauben *Sie* denn, was dahinter ist?«

»Ich bin Wissenschaftler. Ich glaube gar nichts. Entweder weiß ich etwas, oder ich weiß es nicht. *Glauben* tu ich nicht.«

»Und Sie *wissen* es nicht?«

»Nein.«

»Warum erforscht man es nicht?«

»Woher soll ich das wissen?«

»Warum erforschen *Sie* es nicht?«

»Ich bin von Haus aus – das wissen Sie nicht – vergleichender Sprachwissenschaftler; jetzt bin ich Bibliothekar. Ich bin weder Archäologe noch Geograph. Geht mich die Mauer etwas an?«

»Aber das Problem würde mir keine Ruhe lassen ...«

»Ich bin froh, daß Probleme mich in Ruhe lassen.«

»Hat denn nie jemand hinter die Mauer geschaut?«

»Nein.«

»Aber das ist doch nicht möglich.«

»Doch.«

»War nie jemand neugierig in Skaumo?«

»Das schon. Aber es ging nicht.«

»Ist noch keiner aufgebrochen und ist die Mauer entlang gegangen und am Ende drum herum und zurück; oder sie wird an einer Stelle so niedrig, daß man drüber steigen kann –«

»Das haben sie schon probiert.«

»Und?«

»Die Mauer ist sehr lang, immer gleich hoch. Sie verliert

sich in unwegsame Berge. Mag sein, der eine oder andere ist bis zum Ende der Mauer gelangt. Dann ist er aber nicht mehr zurückgekommen.«

»Und vom Flugzeug aus?«

»Ich habe von solchen Versuchen gehört. Skaumo soll vom Flugzeug aus nicht auszumachen sein. Entweder war schlechtes Wetter, oder der Pilot der Expedition hat sich verflogen. Sie haben es nie gefunden.«

»Aber man kann doch schlicht in Dreiteufelsnamen hinüberschauen; von einem Turm aus –«

»Die Türme von Skaumo sind niedriger als die Mauer; jedenfalls die in der Nähe stehen. Die höheren Türme, am Kastell, stehen weiter weg, also tiefer. Sie wissen, die Ebene senkt sich von der Mauer weg stetig ...«

»Warum baut man dann keinen hohen Turm in der Nähe der Mauer?«

»Mein lieber Freund. Die Stadt hat nicht einmal das Geld, ein ordentliches Pflaster für den Migâl zu bezahlen. Soll sie so viel Geld für einen Turm ausgeben, nur damit man einmal über die Mauer schauen kann?«

»Dann nehme ich morgen zwei Leitern, binde sie zusammen ...«

»Leitern gibt es nicht in Skaumo.«

»Es gibt keine Leitern?«

»Nicht einmal die Feuerwehr hat Leitern. Deswegen wirken sich Brände immer so verheerend aus. Trotzdem: es gibt hier keine Leitern.«

»Das ist merkwürdig.«

»Leitern sind verboten. Seit unvordenklichen Zeiten. Schon in dem Pseudo-Strabo, von dem ich Ihnen erzählte, steht, daß in Skaumo keine Leitern erlaubt sind, und zwar, damit keiner auf die Idee kommt, auf die Mauer zu steigen und hinüberzuschauen.«

»Gut, das mag für Strabos Zeiten gegolten haben. Aber heute –«

»Man wolle nicht, schreibt Pseudo-Strabo, daß jemand das Übergewicht bekomme und drüben herunterfalle.«

»Man kann sich festbinden.«

»Ich vermute auch, daß diese Vorsorge der Regierung eher scheinheilig ist. Das Verbot hat wohl einen anderen Grund.«

»Welchen?«

»Wahrscheinlich ist jenseits der Mauer etwas Schreckliches.«

»Was kann denn so schrecklich sein?«

»Das Ende der Welt. Das Nichts.«

»Aber man hat doch zum Beispiel vom Turm des Kastells aus, der sehr hoch ist –«

»– jedoch tiefer liegt als die Mauer –«

»– ja, gut – man hat doch sicher schon einmal von dort aus zur Mauer hingeschaut. Wenigstens flach darüberschauen muß man doch können?«

»Ja.«

»Was sieht man da?«

»Den Himmel.«

»Sonst nichts?«

»Nein.«

»Also nicht das schreckliche *Nichts* –«

»Vielleicht ist das *unten*, unter der Mauer –«

»Sie glauben doch nicht im Ernst an das alberne Märchen vom Ende der Welt –«

»Ich sagte Ihnen schon: entweder weiß ich etwas, oder ich weiß es nicht. Glauben tu ich gar nichts.«

Nach einer Pause machte ich einen neuen Anlauf. »Man muß doch ausrechnen können, wo Skaumo liegt. Die Meereshöhe –«

»400 Meter«, sagte Dr. Suvin.

»– die geographische Länge und Breite – und das trägt man in Karten ein –«

»Ist schon gemacht worden«, sagte Dr. Suvin. »Ich verstehe ja nichts davon. Ich bin von Haus aus vergleichender Sprachwissenschaftler –«

»Sie sagten es schon.«

»Irgendwie ging es nicht. Entweder geht es überhaupt nicht, oder sie haben irgendwelche Fehler in die Rechnung hineingebracht. Es stimmte nie. Die Stadt Kopenhagen soll nach der Berechnung auf der anderen Seite der Mauer liegen.«

»Da müßte man von Kopenhagen aus die andere Seite der Mauer von Skaumo sehen. 400 Meter hoch oben. Ich war oft in Kopenhagen. Ich kann Ihnen versichern, man sieht die Mauer nicht.«

»Eben.«

»Was eben?«

»Drum muß die Berechnung falsch sein.«

»Sie halten mich zum Narren, Dr. Suvin ...«

»Lieber Freund«, sagte er, »natürlich haben Leute zu erforschen versucht, was jenseits der Mauer ist. Zuletzt, es muß fünfzig Jahre her sein – nein, mehr: ich ging noch in die Schule, zuletzt ein Mann namens Ciga. Er hat einen Spiegel an einem Luftballon befestigt, den Ballon an einer Leine losgelassen und mit einem Feldstecher in den Spiegel zu schauen versucht. Aber er hat nichts gesehen, selbst wenn der Spiegel gerade den richtigen Winkel eingenommen hätte. Der Spiegel war zu klein. Einen größeren konnte der Ballon nicht tragen. Später hat dann derselbe Ciga eine Schnur mit einem Stein dran mit Hilfe eines Katapults über die Mauer geschleudert. Hundertachtzig Meter haben sich herüben abgespult, dann war die Schnur zu Ende.«

»Also der Stein ist nicht aufgefallen?«

»Nein.«

»Also ist drüben ein Abgrund von mindestens 180 Metern.«

»Oder sie haben an der Schnur gezogen?«

»Wer?«

»Die drüben.«

»Aha. Die Bewohner des Nichts.«

»Sie sagen ja selber, daß an das Nichts schwer zu glauben ist.«

»Was soll das dann heißen?«

»Das mit dem Ende der Welt ist nur eine Erklärung. Manche glauben an andere Erklärungen. So gibt es die Theorie, daß drüben die andere Hälfte unserer Stadt ist. Das Spiegelbild von Skaumo. OMUAKS. Ich finde das eine sehr schöne, fast poetische Legende.«

»Warum haben die dann keinen Stein herübergeworfen?«

»Ich nehme an, sie sind nicht auf diese Idee gekommen; und nachdem *wir* den Stein *hinüber* geworfen haben, hat es sich ja erübrigt.«

»Nein«, sagte ich, »lieber Herr Suvin. Sie sind nicht ganz ernst bei der Sache, nicht ganz aufrichtig ... Sie wissen mehr, als Sie mir sagen wollen –«

»Gewiß nicht«, sagte Dr. Suvin, »mir ist nur nicht ganz wohl bei Ihren Fragen. Wissen Sie, wenn man so wie ich ... aber was soll ich davon reden. Ich bin froh, wenn man mich in Ruhe läßt. Das soll nicht heißen, daß Ihre Gesellschaft mir nicht willkommen wäre. Ganz im Gegenteil, ganz im Gegenteil. Aber in meiner Lage ... gut; was rede ich. Ich bin sehr froh, wenn man mich in Ruhe läßt.«

VI

Es war nicht zu verkennen, daß mein erster Abend bei Dr. Suvin mit einem unnennbaren, aber für uns beide spürbaren Mißklang endete. (Was der Neffe Robert empfand, weiß ich nicht, denn er redete ja nichts mehr; gab mir selbst zum Abschied nur stumm – aber nicht unfreundlich – die Hand.)

Vielleicht hätte die Rede nicht auf die Mauer kommen sollen. Vielleicht hatte selbst der gelehrte und erfahrene, alles andere als engstirnige Dr. Suvin, wenngleich in anderer Weise als die primitiveren Bewohner Skaumos, ein gestörtes Verhältnis zu dem Bauwerk. Vielleicht prägte die Mauer nicht nur das Bild der Stadt; vielleicht beeinflußte sie die Seelen ihrer Bewohner?

Diese Frage an Dr. Suvin zu richten, hatte ich schon nicht mehr gewagt.

Nach dem Gespräch über die Mauer suchte ich, suchte auch Dr. Suvin – ich merkte es deutlich – nach einem anderen Gesprächsgegenstand. Wir hatten aber beide das Gefühl, daß alles, wovon wir zu reden anfingen – das Wetter, die Politik, der Wein, die Philosophie, die Religion – nach zwei, drei Sätzen sozusagen in die unmittelbare Nähe der Mauer rückte, daß der nächste Satz oder der nächste Gedankengang die Mauer berühren müsse. So wurde dieser nächste Satz oder Gedankengang unterlassen. Es entstand eine peinliche Lücke im Gespräch.

›Es ist nicht mehr zu retten‹, dachte ich mir endlich, und fragte, ob es unhöflich sei, wenn ich mich nun verabschiedete.

Aus der Art, wie Dr. Suvin sofort aufstand, merkte ich, wie froh er war, daß ich ging.

So war es wie ein Pendel der Gefühle:

Am Anfang, als ich Dr. Suvins ungeheuer lange und knorpelige Nase, die so großporig war, daß sie fast wie ein Schwamm wirkte, seine enorm häßlichen Zahnlücken im Unterkiefer, auf die eine schlechte Oberkieferprothese bei jedem Zischlaut klappernd herunterfiel, und seine wässerigen Triefaugen sozusagen geruchartig wahrzunehmen glaubte, war ich abgestoßen. Danach, bei den vielen geistreichen und sympathischen Äußerungen bei Tisch, die Dr. Suvin als wendigen und klugen Mann auswiesen, hatte ich nicht nur sein Äußeres vergessen, hatte ich sogar für vielleicht eine Stunde das herzliche Gefühl, ich könnte hier einen neuen Freund gewinnen. Und der Abschied war kühl. Dr. Suvin war froh, daß ich ging. Vielleicht hätte man wirklich nicht auf die Mauer zu reden kommen sollen. –

Als ich schon draußen auf der Straße war, öffnete Suvin noch einmal die Tür. »Entschuldigen Sie«, sagte er.

Ich drehte mich erfreut um.

»Ich habe ganz vergessen«, fuhr er fort, öffnete die Tür nicht mehr als einen Spalt, »finden Sie heim?«

»Ich finde heim«, sagte ich. »Danke.«

»Wirklich?«

»Sicher, danke.«

»Mein Neffe könnte Sie sonst heimbringen.«

»Das ist nicht nötig. Wirklich nicht. Danke.«

»Ja, dann nochmals gute Nacht.«

»Danke. Gute Nacht.«

Ich ging gar nicht gleich heim. Wenn man eine Woche in einer fremden Stadt ist und ein paar Straßen kennt, überkommt einen in der Regel eine Art überhebliches Einheimischengefühl. Man bildet sich ein, die Stadt zu kennen und hofft, daß einen nicht gerade ein Einheimischer, aber vielleicht ein unbeholfener Bewohner der näheren Provinz, der sich in der Hauptstadt verlaufen hat, nach dem Weg fragt.

Ich ging also – zwar nicht in Erwartung des verirrten Provinzbewohners, oder im Hochgefühl, mich meinerseits nicht verirren zu können – hinunter zum Kastell, durch ein paar Gassen hin und her und kam an der ›Loggia‹ (die die Ragusaner Kaufleute als Markthalle errichtet hatten) wieder auf die Hauptstraße heraus. Die Glocken der großen Kirche von Skaumo sind längst eingeschmolzen, in Kriegsnot oder von korrupten Bürgermeistern. Die großen Türme sind stumm. Nur die recht schäbige orthodoxe Kirche – ein Geschenk des Zaren Alexander III. an die Rechtgläubigen von Skaumo –

hat eine kleine Glocke. Gerade als ich an die ›Loggia‹ kam, schlug es ein Uhr. Es war schon so spät? Ich wandte mich nach rechts, zum Hotel.

Da erhob sich ein riesiger Lärm, der in der leeren Straße hallte, daß die wohl längst schlafenden Bewohner Skaumos aus ihren Betten fallen mußten. (Meinte ich; es kümmerte sich aber niemand um den Lärm, keiner, weder neugierig noch aufgebracht, zeigte sich an einem Fenster.)

Eine Meute von mindestens einem Dutzend Hunden aller Größen und Farben, meist aber mischrassige Köter, raste die Straße herunter. Ich sprang zur Seite. Zwei Männer liefen hinter den Hunden her. Da kam gerade ein dritter Mann, ein Bär von einem Menschen, aus einer Seitengasse hervorgesprungen und schnitt den Hunden den Weg ab. Die vordersten Hunde machten kehrt, die hinteren schossen in die vorderen hinein. Es gab ein Knäuel von, wenn möglich, noch lauter kläffenden Hunden, in das die drei Männer mit starken und geübten Griffen hineinlangten und, die Hunde am Genick, Ohren oder Schwänzen gepackt, in erstaunlicher Eile in große Säcke steckten. In wenigen Augenblicken war aufgeräumt. Ich glaube, es konnte keiner der Hunde entkommen. Mit je einem großen Sack, in dem es zappelte, schritten die Männer rasch davon.

Das Schicksal dieser Hunde war wohl zu erraten. Der Vorgang wunderte mich, berührte mich aber nicht weiter. Ich liebe Hunde nicht. –

VII

Am nächsten Tag stand ich recht spät auf. Als ich zum Frühstück hinunterkam, war ich erstaunt, Dr. Suvins Neffen Robert vorzufinden. Er wartete auf mich. Er sei eben zufällig vorbeigekommen, sagte er, und habe sich gedacht: schau einmal herein. (Das stimmte sicher nicht, denn Smaragdakis sagte mir nachher, der Neffe Robert sei schon um halb neun dagewesen, wieder weggegangen, als er erfahren habe, ich schlafe noch; sei um halb zehn wiedergekommen und habe dann geduldig gewartet.) Als ich hinunterkam, war es elf Uhr. Ich lud ihn zum Kaffee ein.

Das Frühstück in Smaragdakis' Hotel ›Freiheit‹ war miserabel. Seine Küche war überhaupt nicht gut, aber das Frühstück war das schlechteste daran. Nun: das ist in vielen südlichen Ländern so. Da der Aufenthalt in Skaumo trotz der Aufträge seitens meiner Gesellschaft auch einen ferienhaften Charakter hatte, bemühte ich mich nicht gerade, beim ersten Hahnenschrei aufzustehen. Wenn ich zum Frühstück kam, war es zwar meistens nicht so spät wie heute, aber nie lang zum Mittagessen hin. Ich verschmähte also schon bald des Smaragdakis irgendwie unnatürliche Semmeln (auch die frischen hatten eine brüchig-harte Kruste und ein gummiartig zähes Inneres), seine ranzige Butter und die unglaublich klebrige Marmelade, trank nur den Kaffee und aß höchstens ein oder zwei der grauen Kekse. Ich nannte sie ›Johanniter-Kekse‹, denn sie schienen mir aus der Erbauungszeit des Kastells zu stammen. Sie hatten, wahrscheinlich auf Grund eines raffinierten Verfahrens, keinen Eigengeschmack. Wenn man sie aß, mußte man nach dem Abbeißen rasch den Mund schließen, weil sie fürchterlich staubten. Manchmal hatte ich das Gefühl, sie staubten aus den Ohren heraus. Ich bemängelte den sozusagen archäologischen Charakter dieser Kekse Smaragdakis gegenüber und erfuhr von dem beleidigten Wirt, daß es hausgemachte Kekse nach einem geheimen Rezept seiner Frau seien. Man müsse sie in den Kaffee tunken. Dazu konnte ich mich nicht entschließen.

Der Kaffee aber war trinkbar.

Wohl nicht, weil sich der Wirt des Frühstückes für mich,

derzeit seinem einzigen Dauergast, geschämt hätte, sondern eher, um mich vor dem Lärm der einheimischen Gäste in der großen Gaststube zu schützen, servierte er mir das Frühstück in einem kleinen, etwas saubereren, aber finsteren Nebenzimmer.

Was Suvins Neffe Robert von mir wollte, brachte ich nicht heraus. Daß er aus einem bestimmten Grund gekommen war, war mir klar. Merkwürdig war auch, daß er mich, scheinbar nebenher, als sei es im Grunde nicht wichtig, bat, seinem Onkel nichts von dem Besuch zu erzählen. Was er aber wollte, war nicht ersichtlich, am wenigsten aus dem, was er erzählte. Wollte er sich mit seinem Besuch für das kühle Verhalten seines Onkels gestern abend entschuldigen? Oder war es ein dunkler, ihm selber unbewußter Grund, der ihn zu mir führte?

Ich redete ihn einmal mit: Herr Suvin an. Da widersprach er: »Sie können es nicht wissen«, sagte er. »Ich bin ein eher entfernter Neffe Herrn Suvins. Ich bin der Sohn eines Vetters mütterlicherseits von Dr. Suvin. Mein Name ist Kismetic. Ein eigenartiger Name, nicht?« Wir sprachen englisch miteinander. Robert Kismetic sprach ein sehr schönes Englisch, weit akzentfreier als meines.

Nachdem wir den Kaffee getrunken hatten (in Anbetracht des vorgerückten Vormittags aß ich nicht einmal eins von Madame Smaragdakis' archäologischen Keksen), bot sich Robert an, mir die Mauer zu zeigen.

Smaragdakis hatte zur Mauer ein Verhältnis wie zu einer Obszönität. Für Dr. Suvin war die Mauer offenbar so etwas wie ein Aberglauben, vom wissenschaftlichen Standpunkt aus eigentlich auch unanständig, und wenn er – in der Haltung: »Die Wissenschaft kennt nur Fakten, keine Obszönitäten« – darüber sprach, sprach er eigentlich nicht über die Mauer, sondern einzig darüber, was die anderen, die nicht seine

Erkenntnisse hatten, über die Mauer dachten. Aus Roberts nebenbei und betont obenhin gemachtem Vorschlag war zu entnehmen, daß er zur Mauer etwa dasselbe Verhältnis hatte wie ein junger katholischer Priester zu einer schönen, verführerischen Frau. Er darf sich nicht anmerken lassen, wie sehr sie auch für seine Natur verführerisch ist. Er darf, sozusagen, nicht einmal wegschauen.

»Ich habe die Große Mauer schon gesehen«, sagte ich. »Der Hotelier Smaragdakis hat sie mir gezeigt.«

»Ja dann«, sagte Robert, »dann eben nicht.«

»Aber ich gehe gern noch einmal hin.«

»Ich habe nur gedacht«, sagte Robert, »weil eben heute auch Markt dort ist.«

Auf dem Weg fragte ich ihn, weniger aus Interesse, mehr, weil uns der Gesprächsstoff ausging, nach den Hundefängern.

»So, so«, sagte er. »Das wissen Sie auch?«

»Darf man das nicht wissen?«

»Na ja, dürfen schon, nehme ich an; aber sollen nicht.«

»Ich glaube nicht, daß ich indiskret war: ich habe zweimal solche Hundefänger zufällig beobachtet. Und auch durch Zufall habe ich gesehen, daß die gefangenen Hunde in das Bezirksamt, in das ehemalige Kloster, gebracht werden.«

»Ja, leider.«

»Wird Ihr Onkel dadurch belästigt?«

»Was heißt belästigt. Wenn er nur sonst in Ruhe gelassen wird.«

»Was geschieht mit den Hunden?«

»Sie werden verarbeitet, heißt es.«

»Verarbeitet?«

»Von den Amerikanern.«

»Gibt es hier Amerikaner?«

»Wo gibt es keine Amerikaner? Nirgends. Aber es haben

natürlich auch Einheimische ihre Finger drin. Natürlich, wo es ein Geschäft zu machen gibt.«

»Und wozu werden die Hunde verarbeitet?«

»Wir sind am Markt. Sehen Sie!«

Der Wochenmarkt, ein für das große, finstere Skaumo ungewohnt buntes Bild, fand am Migâl statt. Buden waren aufgestellt, Stände und Sonnendächer, vielfach wurden die Waren aber auch bloß in und auf Kisten und sogar auf Decken oder Sackrupfen auf dem Boden feilgeboten. Es gab Obst und Gemüse, lebendes und totes Geflügel, Hasen, Wild, Fische; Singvögel in Käfigen, überhaupt alles mögliche: Körbe, Stickereien, Wolle, Pelze, aber auch alten und neuen Plunder von Kugelschreibern über Heiligenbilder bis zu getriebenen Kupferkaffeekannen, alte Möbel, Tonpfeifen, Alabasterlampen, Transistorradiogeräte, alte Schallplatten, einzelne Schuhe, Musikinstrumente und antiquarische Beinprothesen. Ein Bauer stand vor einer Kiste mit falschen Gebissen und probierte eines nach dem anderen. Er probierte lange. Endlich schwankte er nurmehr zwischen zwei Gebissen. Robert übersetzte mir das Handelsgespräch.

»Das eine kostet acht Zimnik, das andere vierzehn«, sagte der Händler. (Zum Vergleich: ein Huhn, gerupft und ausgenommen, kostete sechs Zimnik, eine Tageszeitung einen halben Zimnou, das sind fünf Schibli.)

Der Bauer schwankte noch immer, wog in jeder Hand ein Gebiß. Nach einiger Zeit gab er sich einen Ruck und nahm das teurere, zu vierzehn Zimnik.

»Da haben Sie aber dann auch was Gutes«, sagte der Händler.

»Woher sind die Gebisse?« fragte ich Robert.

»Aus Nachlässen«, sagte Robert.

Ich verbiß mir die Frage, ob sein Onkel sein Gebiß auch auf dem Markt gekauft habe.

VIII

Ich konnte nicht übersehen, daß mich Neffe Robert mied, als ich am Nachmittag seinen Onkel wieder besuchte. Besuch ist zuviel gesagt. Es war der erste der vereinbarten Aufenthalte in der Bibliothek.

»Sie können jederzeit kommen«, sagte Dr. Suvin, »vielleicht nicht gerade um fünf Uhr in der Früh. Oder doch auch um fünf Uhr in der Früh. Es ist gleich.«

Ich versicherte, daß ich sicher nicht um fünf Uhr in der Früh kommen würde.

»Wollen Sie einen Schlüssel zur Bibliothek? Ich kann Ihnen gern einen geben. Ich bin zwar auch immer da. Ich gehe nicht fort. Aber Sie können einen Schlüssel haben.«

Ich dankte, lehnte aber ab.

Dr. Suvin hatte schon die Bücher und Handschriften herausgesucht, die ich brauchte. Er hatte sie – wohl durch Robert – in ein Nebenzimmer bringen lassen, in dem gebundene und ungebundene Kirchenzeitungen ein und zwei Meter hoch an den Wänden gestapelt lagen. (Wenn ich meine Arbeit unterbrach, las ich im Herumgehen in den Zeitungen. Der Sinn des Archivierens, stellte ich wieder einmal fest, hat seine Grenzen.) Das Fenster war von Kirchenzeitungen ausgespart. Dort stand ein Tisch und ein Stuhl. Der Raum war hoch und kahl. Eine nackte Birne hing von der Decke. Rußspuren über den Zeitungsstapeln zeigten, wo früher Möbel gestanden hatten. Nur ein Bild hing noch im Raum. Es hing sehr hoch und war sicher nicht als Schmuck gedacht. Es machte den Eindruck, als hätte ein Packarbeiter, der gefragt hatte: »Wohin?« und dem geantwortet wurde (noch von Pater Lavrentij?): »Tun Sie es irgendwo hin ...« hier einen zufälligen Nagel gefunden und das Bild drangehängt. Es hatte einen merkwürdigen Rahmen, war oben schmaler als unten, die Ecken waren geschweift, ungefähr wie der Querschnitt einer Glocke. Es hatte wohl genau in die Aussparung eines barocken Mauerwerkes gepaßt. Dargestellt war ein spitzbärtiger Mann in weißem Kragen, der mit einer fast peinlich gezierten Geste der rechten Hand den zweitobersten Knopf seines Wamses oder geistlichen Rockes hielt. Ignatius von Loyola war es nicht, denn es war kein Heiligenschein abgebildet, und das Bild war sicher nach 1622, nach der Heiligsprechung Loyolas, gemalt worden. Aber der Dargestellte sah Loyola ähnlich.

Ich wandte mich wieder meiner Arbeit zu. –

Von nun an kam ich jeden Tag hierher. Das Zimmer mit den Kirchenzeitungen wurde eine mir vertraute Zelle der Welt. Die Stapel von altem Papier traten zurück und bildeten nicht mehr als einen kurzen Trichter, der mich an den kleinen Tisch am Fenster und zu meiner Arbeit zog. Es war eine angenehme Arbeit. – Auch ›Loyola‹ trat nach einigen Tagen sozusagen hinter die Wand zurück. Ein Bild hat es schwer bei mir – ich bin kein Augenmensch –, auf sich aufmerksam zu machen. Nur selten noch gelang es ›Loyola‹, entweder mit den merkwürdig geschweiften Ecken seines Rahmens oder mit der immer noch fast peinlich gezierten Geste, mit der er den zweitobersten Knopf seines Wamses hielt.

Aber etwas anderes machte auf sich aufmerksam: ein Geruch – nein – ein Gestank. Er kam nicht durchs Fenster herein. Die Fenster öffnete ich nie; der Raum war groß und kühl, ich hatte auch bei geschlossenen Fenstern genug Luft. Außerdem zweifelte ich, daß sich die verrosteten Angeln überhaupt noch drehen ließen. Der Gestank war auch nicht unvermittelt oder plötzlich da, so daß man seinen Ursprung hätte orten können. Dennoch sprang er mich eines Tages mit Wucht an, er drang von unten her wie ein Ausbruch in mein Bewußtsein. Ich mußte meinen Füllfederhalter hinlegen und meine Aufmerksamkeit dem Gestank zuwenden. Dabei stellte ich fest, daß ich eigentlich den Gestank gestern schon wahrgenommen hatte; oder vorgestern? Zum Schluß war ich nicht sicher, ob der Gestank nicht schon dagewesen sei, als ich das Zimmer zum ersten Mal betrat.

Was ist ein Gestank, und was ist noch kein Gestank oder keiner mehr? Ich schmeckte im Zimmer herum. Es war ein süßlicher, warmer Geruch, ein weicher Geruch. Ich schloß die Augen: der Geruch erinnerte an Apfelbisquit. Hätte ich den Gestank in einer Küche oder in einer Konditorei wahrgenommen, er wäre mir wie ein Duft vorgekommen.

Ich hielt es für ausgeschlossen, daß Dr. Suvin oder sein Neffe Robert seit Tagen Apfelbisquits in großen Mengen buken. Da wurde der Duft gleich wieder Gestank. Kam er von den alten Zeitungen? Waren Ratten unter den Zeitungen? Ratten riechen anders: schärfer, modriger. Außerdem hätte ich es dann irgendwann einmal rascheln hören müssen.

Nun versuchte ich doch ein Fenster zu öffnen. Beim dritten gelang es mir. Natürlich blieb der Gestank oder Geruch, aber ich hatte wenigstens das Gefühl, für frische Luft gesorgt zu haben. Aber ich nahm den Geruch mit. Ich nahm ihn mit, wenn ich abends das Zimmer abschloß, nahm ihn mit hinaus in den Gang, sogar mit hinaus auf die Straße, ließ ihn anfangs an der Ecke des alten Klostergebäudes stehen, wo er mich am nächsten Morgen wieder erwartete. Allmählich folgte er mir aber bis zur Hauptstraße, bis fast ans Hotel. Es gab dort eine Stelle in einer Nebenstraße, durch die ich immer ging (die Straße hieß ›Knu-Ulca‹, was ungefähr ›Keine Straße‹ oder ›Un-Straße‹ bedeutet), in der sich das Pflaster änderte. Kam man von der großen Straße, der Verbindungsstraße vom Kastell zum ›Migâl‹, so war die ›Kleine Straße‹ erst mit grauen Katzenkopfsteinen gepflastert, dann kamen glatte, rote Platten. Genau an der Stelle, wo die Platten die Katzenköpfe ablösten, wartete der Geruch nach dem Apfelbisquit auf mich. Ich führte das darauf zurück, daß ich bis zu jener Stelle – ich bin so pedantisch – Freizeit hatte, von dort an sich meine Gedanken um die Arbeit sammelten, die auf mich wartete. Mit der Arbeit verband sich aber, dachte ich, unterschwellig der Geruch nach Apfelbisquit, so daß ich ihn zwangsläufig wahrzunehmen glaubte, wenn ich mich dem Gedanken an die Arbeit zuwandte. Die Theorie schien unterstützt von der Beobachtung, daß ich auch – wenngleich viel flüchtiger und weniger intensiv – den Geruch wahrnahm, wenn ich im Hotel, sei es in der Gaststube, sei es in meinem Zimmer, an die Arbeit dachte, was allerdings – ich sagte schon: ich bin Pedant; ich trenne die Dinge – nicht oft vorkam.

Es war ganz anders. Dennoch rieche ich auch heute noch das Apfelbisquit, dieses gräßliche und entsetzliche Apfelbisquit, wenn ich an die Arbeit in Skaumo denke; auch jetzt, während ich diese Zeilen schreibe. Vielleicht verschwindet der Geruch, wenn ich den Bericht endlich niedergeschrieben habe. Vielleicht schreibe ich ihn nur, um den Geruch loszuwerden. Dabei ist es schon viel besser geworden in den letzten Jahren. Als ich damals meinen offiziellen Bericht für meine Gesellschaft schrieb (die Zusammenfassung meiner Exzerpte aus Skaumo), war die Erinnerung an den Gestank fast unerträglich. Zu der Zeit wußte ich natürlich schon, woher der Geruch kam. Dabei hatte sich der Geruch in Skaumo noch während meines Aufenthaltes verzogen. Das war an einem ganz bestimmten Tag gewesen, dem Donnerstag vor meiner Abreise. Ich bog in die ›Un-Straße‹ ein, kam an die Grenzlinie von grauem Katzenkopf und roten Platten und stellte fest: der Geruch ist nicht mehr da. Ein lächerlicher Gedanke schoß mir durch den Kopf: er hat sich heute verspätet.

IX

Ich bin Philologe. Die Handschriften, die ich für meine Gesellschaft zu exzerpieren hatte, betrafen mein Fach. Ich hätte nicht erwartet, daß ich mitten in diesen Handschriften einen erstaunlichen Hinweis auf die Mauer bekommen würde, einen Hinweis auf ein Ereignis, das – wie sich herausstellte – selbst Dr. Suvin unbekannt war. Es war ein indirekter, aber darum fast erschreckender, fast gespenstischer Hinweis. In einer der Handschriften lag ein Zettel, der offensichtlich früher einmal als Lesezeichen benutzt worden war. Er war dort, wo er über den Rand des Buches hinausgeragt hatte, eingerissen, eingerollt, gebleicht. Dort, wo er zwischen die Blätter eingepreßt war, war er zwar vergilbt, aber glatt. Ich legte ihn zunächst beiseite. Später schaute ich ihn kurz und mehr gedankenlos an, bevor ich ihn in den Papierkorb werfen wollte. Meine Gedanken waren bei meiner Arbeit, ganz woanders. Was ich aber – quasi nur mit körperlichen Augen – auf dem halb gerollten, eingerissenen, halb vergilbten, geglätteten Zettel las, zog meine Aufmerksamkeit auf sich, als wäre sie in einen blitzschnellen Strudel geraten, dessen trichterenger Ausgang just auf dem einen Punkt, dem Zettel, lag.

Der Zettel war eine alte Katalogkarte. Sie verwies auf ein Psalterium aus der Rhodos-Ritter-Zeit, dem eine unentzifferte Handschrift beigebunden war. Der Titel der unentzifferten Handschrift war äußerst ungelenk angeführt, offenbar nur optisch, ohne Verständnis abgeschrieben. Aber selbst daraus erkannte ich sofort, daß die Handschrift in meiner Muttersprache abgefaßt sein mußte, in einer Sprache, die freilich hier in Skaumo seit Bestehen der Welt kaum jemand gesprochen hat, weshalb man sie mit Fug und Recht für nicht entzifferbar hielt.

Ich kannte mich in der Bibliothek längst aus, hatte Erlaubnis von Dr. Suvin, mir selber zu holen, was ich brauchte. Ich fand die neue Katalogkarte für das Psalterium. Das Werk selber lag in einem abgeschlossenen kleinen Raum, wo die wertvollsten Werke aufbewahrt wurden. Auch zu diesem Raum hatte mir Dr. Suvin den Schlüssel anvertraut.

Ich hatte mich nicht geirrt. Die dem Psalterium beigebundene Handschrift war in meiner Muttersprache abgefaßt. Nicht ohne eine gewisse Bewegung las ich diese uralten Zeilen, die vor mir vielleicht noch niemand gelesen, zumindest niemand verstanden hat. – Ich will auf die Frage nicht näher eingehen, wer die Zeilen geschrieben hat (es waren drei Pergamentblätter). Ich habe mir Gedanken darüber gemacht, und man könnte mehrere Theorien aufstellen. Es war ein schlichter Bericht. Vorausschicken muß ich, daß nach dem Tod des Großmeisters Aimerie d'Amboise im Jahr 1512 nicht gleich sein späterer Nachfolger Guy de Flanchefort gewählt wurde, sondern ein anderer, der in den Quellen als ›Raymundus de Monte‹ aufscheint. Dieser Raymundus de Monte wird als ›deutscher Ritter‹ bezeichnet, was aber nichts anderes bedeutet, als daß er der ›Zunge von Deutschland‹ angehörte. Es gab acht Zungen in der Rhodos-Ritterschaft: drei französische (Frankreich, Auvergne und Provence), zwei spanische (Aragon und Kastilien), eine italienische, eine englische und eine deutsche. Ungarn, Holländer, Polen und alle Nordländer gehörten zur ›deutschen Zunge‹. Raymundus de Monte war entweder Gouverneur von Skaumo, oder er hielt sich gerade in Skaumo auf, als er zum Nachfolger Aimeries gewählt wurde. Er starb auf dem Weg nach Rhodos zur Inauguration. In den meisten Quellen wird er daher auf den Listen der Großmeister nicht mitgezählt.

Das Dokument, das ich in Händen hatte, schilderte erschütternd schlicht das Geschick von Raymund de Montes Neffen ›Gebhardus‹. Ich halte es für möglich, daß der designierte Großmeister selber die Zeilen niedergeschrieben und sich dabei seiner Muttersprache – meiner alten Muttersprache – als einer Geheimschrift bedient hat. Wie weit oder wie wenig es wahrscheinlich ist, daß ein Rhodos-Ritter schreiben konnte, mag dahingestellt bleiben. Das Dokument enthielt einen Hinweis auf die baldige Abreise Raymunds und auf die künftige Großmeisterwürde. Es mußte also in den letzten Tagen seines Aufenthaltes in Skaumo abgefaßt worden sein.

Der Neffe ›Gebhardus‹ hatte ein Katapult konstruiert – er schützte vor, an einer kriegerischen Erfindung zu arbeiten –, das er auf dem ›Migâl‹ aufstellte, und mit dessen Hilfe er sich, als es fertig war, über die Mauer schleuderte. Raymundus habe, schrieb er, seinen Neffen sehr geliebt. Er habe seiner Schwester, der Mutter des ›Gebhardus‹, das Gelübde getan, auf ihn aufzupassen. Nun habe er dieses Gelübde gebrochen. Warum sich Gebhardus über die Mauer katapultierte, wußte wohl nur der junge Mann allein. Der Onkel in seinem Bericht äußerte kurze und dunkle Vermutungen. Offensichtlich wollte er sich nicht festlegen, denn es war – und ist bis heute – nicht entschieden, was als größerer Frevel zu gelten hat: Selbstmord oder der gotteslästerliche Forscherdrang, der wissen will, was jenseits der Mauer von Skaumo ist.

X

Mein Aufenthalt in Skaumo näherte sich seinem Ende. Ich war nun schon sechs Wochen hier und hätte einem neu ankommenden Fremden ohne weiteres auch den letzten Winkel der Stadt zeigen können, was immer er auch sehen hätte wollen. Es kamen aber keine Fremden.

In der letzten Woche meines Aufenthalts schwänzte ich jeden zweiten Tag die Bibliothek. Meine Arbeit war so gut wie fertig. Vorausschicken muß ich noch, daß ich Dr. Suvin von meinem Fund der unentzifferten Handschrift erzählte.

Dr. Suvin war nicht übermäßig interessiert, es betraf ja nicht sein Fach. Dennoch bat er mich – mehr pflichtgemäß – um eine Übersetzung. Ich übersetzte die Handschrift ins Englische. Dr. Suvin gab mein handgeschriebenes Manuskript seinem Neffen Robert, der es mit der Schreibmaschine kopieren sollte.

Ich lag am Mittwoch vor meiner Abreise (am Samstag wollte ich fahren, das Taxi zur nächsten Bahnstation war bestellt) abends schon im Bett, da kam Byron Smaragdakis aufgeregt herauf und bestellte mir, daß unten in der Gaststube ein Herr mich erwarte. Ich zog mich rasch an und ging hinunter. Es war Robert. Sehr verlegen erklärte er – er log sichtlich –, daß er als sicher angenommen habe, ich sei noch auf, sonst wäre er nicht gekommen. Ich fragte, was es gäbe. Er habe, sagte er, durch Zufall heute den Schlüssel zum Turm der Katharinenkirche. Ob ich mit hinaufsteigen wolle.

So stiegen wir gegen Mitternacht, Robert und ich, in den Turm der Katharinenkirche hinauf.

»Ich bin einmal«, sagte ich im Hinaufsteigen, »sehr unbedacht genau zur Mittagsstunde auf den Turm der Markuskirche hinaufgefahren. Als ich oben war, haben die Glocken zu läuten angefangen. Das hat gedröhnt ... ich hatte das Gefühl, mir fallen die Zähne heraus.«

»Im Turm der Katharinenkirche läuten keine Glocken mehr«, sagte Robert, »nicht zu Mittag und nicht zur Mitternacht.«

Robert hatte eine Taschenlampe dabei. Die Stiege und die ganzen Balken waren, soweit der fahle Schein der Lampe reichte, mit Taubenkot und Exkrementen von Fledermäusen bedeckt, die ätzend stanken und stellenweise bereits stalagmitenartige Bildungen annahmen, und durch uralte, mir schien es seildicke, Spinnweben verfilzt. Die anfänglich breite Stiege verjüngte sich quasi in den Turm nach oben hin zur Leiter. (»Die einzige in Skaumo zugelassene Leiter«, sagte Robert.)

Die Sprossen waren stellenweise von jahrhundertealtem Taubenkot so verkrustet, daß man kaum steigen konnte.

Obwohl es – außer der neuen Perspektive – vom Turm aus vorerst nichts von der Stadt zu sehen gab, was ich nicht schon kannte, bereute ich nicht, mit Robert hier heraufgestiegen zu sein.

»Ich dachte mir«, sagte Robert wie entschuldigend, »daß es eine seltene Gelegenheit ist. Und weil Sie ja schon bald wegfahren; und nachdem ich durch Zufall den Schlüssel bekommen habe ...«

Es war dunstig. Sterne waren kaum zu sehen, nur ein paar drangen mit ihrem Licht durch den Dunst. Drei oder vier Schattierungen von Nachtblau oder Blauschwarz wölbten sich übereinander. Der Mond stand über der Großen Mauer, von einem schmalen staubgrauen Wolkenstreif durchschnitten. Da kam ein großer schwarzer Vogel herüber. Mit einigen schweren, trägen Flügelschlägen hob er sich hinter der Großen Mauer hervor, durchquerte just die Scheibe des Mondes und verschmolz darüber mit der nachtblauen Wölbung.

»Gebhardus' Seele?« sagte Robert und lachte.

»Meinen Sie?« sagte ich.

»Ob es einen Sinn gehabt hat?« sagte Robert.

»Sie meinen: was Gebhardus getan hat?«

»Er weiß oder er wußte, was jenseits der Mauer ist«, sagte Robert. »Der Einzige, bis heute. Er wußte es, vielleicht nur für ein paar Sekunden. Hat das einen Sinn? Die Erfahrung für ein paar Sekunden. Immerhin hat es *ein* Mensch einmal gewußt. Er schleudert sich hinaus – stelle ich mir vor –, und in dem Moment, wo er die Mauer überfliegt, öffnet sich ihm die Erkenntnis; die Erkenntnis, die nur er allein hat –«

»Es kann die Erkenntnis von etwas Schrecklichem gewesen sein«, sagte ich.

»Aber er hat es gesehen –«

»Uns hilft es nichts«, sagte ich.

»Hat es ihm geholfen?« fragte er.

»Was ist das?« fragte ich.

Unten an dem ehemaligen Klostergebäude – am alten Bau, nicht an der Bibliothek – hatte man Licht gemacht. Ein Lastwagen war vorgefahren, und, für hiesige Verhältnisse erstaunlich leise, Männer hatten angefangen, geschäftig hin und her zu laufen.

»Sie sind noch nicht draufgekommen?« sagte Robert.

»Worauf?«

»Das sind die Hunde«, sagte er.

Die Männer unten schleppten tote Hunde aus dem Kloster und warfen sie auf den Lastwagen. Es ging sehr schnell. Bald war der Wagen voll und fuhr ab. Ein zweiter Wagen kam. Schon hatten die Männer wieder tote Hunde heraufgeschleppt und aufs Pflaster geworfen. Rasch wurden auch diese Kadaver aufgehoben.

»Es soll natürlich geheim bleiben«, sagte Robert. »Das sind die Amerikaner. Sie kaufen die toten Hunde auf und machen ein spezielles Getränk draus.«

»Ich habe immer schon eine Abneigung gegen dieses Getränk gehabt«, sagte ich.

Als ich am Tag darauf, am Donnerstag, in die Bibliothek ging, war, wie ich schon geschrieben habe, der Gestank weg. Offenbar waren alle Hunde fortgeliefert worden.

XI

Es war von Freitagmittag an natürlich das einzige Stadtgespräch in Skaumo, daß sich Dr. Suvins Neffe mit Hilfe eines selbstgebauten Katapultes über die Große Mauer geschleudert hatte.

Byron Smaragdakis, der Wirt, schilderte das schreckliche Ereignis, als sei er dabeigewesen. Da in seiner Gaststube alle Nachrichtenströme der Stadt zusammenbrandeten, war er in einem gewissen Sinn auch immer im Schnittpunkt aller Vorkommnisse.

Smaragdakis wußte, daß Robert im Hof eines nur von einer alten Frau (einer entfernten Cousine von Frau Smaragdakis) bewohnten Hauses nahe der Mauer einen Apparat aus Balken, Seilen und einem großen Stein gebaut habe. »Der alten Frau hat er gesagt«, sagte der Wirt, »daß er ein mechanisches Experiment mache. Sie heißt Panteli und ist strohdumm. Sie hat überhaupt nichts gemerkt. Ein entsetzliches Schicksal!« Smaragdakis jammerte, aber man hatte den Eindruck, er nahm soviel Anteil an dem Fall wie das Zeitungspapier an einer Schauernachricht, die auf ihm gedruckt ist. »Ein Großonkel meiner angeheirateten Nichte Georgiana Kantcukov, ein gewisser Sugu, den sie den alten Zwonimir nennen, hat es zufällig gesehen. Der alte Zwonimir wohnt nur drei Häuser weiter. Er hat zufällig das Fensterbrett an einem Fenster repariert – Sugu ist Zimmermann –, das auf die Große Mauer hinausgeht. Ein furchterregender Schicksalsschlag! Zufällig hat er nach oben geschaut – er ist ein Freund von mir –, da fliegt Dr. Suvins Neffe vorüber. Er hat bei der Geschwindigkeit und auf die Entfernung natürlich nicht gesehen, daß es Dr. Suvins Neffe war. Er ist geflogen, wie man eine Puppe wirft, sagte der alte Zwonimir. Er hat sich steif in der Luft gedreht, und die Arme sind so hin und her geschlenkert.« –

Ich will mir nicht ersparen, meinen Abschieds- und nun Kondolenzbesuch bei Dr. Suvin am Freitagabend zu schildern. Ich will auch nicht verhehlen, daß ich erwog, gegen alle Regeln der Höflichkeit gar nicht hinzugehen und – das Taxi war ja schon bestellt – morgen ohne Gruß aus Skaumo zu verschwinden. Wäre es so unhöflich gewesen? Auf dem Weg zu Dr. Suvin überlegte ich, ob ich ihm von dem Gespräch mit Robert auf dem Turm der Katharinenkirche erzählen sollte. Das Geschenk für Dr. Suvin – ein wertvolles Buch, das ich mir bald nach dem ersten Gespräch mit Suvin von meiner Gesellschaft hatte hierher schicken lassen – nahm ich gar nicht mit. Ich würde es, nahm ich mir vor, am Samstag dem Wirt Smaragdakis übergeben mit einer Karte meiner Gesellschaft und Trinkgeld für einen Boten. Ob Smaragdakis ehrlich ist? Mit dem Buch kann in ganz Skaumo ohnedies niemand etwas anfangen außer Dr. Suvin. Also wird Smaragdakis ehrlich sein, in dem Fall.

Dr. Suvin hatte sich eine schwarze Krawatte umgebunden. Er hatte sie – eine neue, sehr häßlich glänzende schwarze Krawatte – mit einem großen, ungelenken Knoten um den Kragen seines verwaschenen, zerschlissenen Hemdes gebunden. Er war kühl und höflich zu mir. Ich setzte immer wieder an – wie sagt man: mein Beileid auszudrücken. Ich redete aber dann doch jedesmal nur davon, daß meine Arbeit nun abgeschlossen und daß sie sehr wertvoll für meine Gesellschaft sei, dank seiner, Dr. Suvins, Hilfe. Ich sagte das insgesamt viermal.

Ich erzählte nichts vom Turm der Katharinenkirche.

Der Moment, spürte ich, wo ich aufstehen mußte und endlich gehen, rückte näher. Noch immer hatte ich nicht kondoliert. Sollte ich es unterlassen? Durfte ich gar nichts sagen? Nein. Ich gab mir einen Ruck.

»Das mit Ihrem Neffen, Dr. Suvin …«, sagte ich.

»Ja?« Es war ein spitziges ›Ja‹.

»… es tut mir leid.«

»Ja, ja«, sagte Dr. Suvin.

Ein Keil von Kälte kam seitlich heran und schob sich zwischen uns, schob uns auseinander. Ich gab ihm die Hand und ging schnell.

Was trägt der Mann von Welt auf dem Denkmal? (1973)

Ich hätte nicht gedacht, daß es so etwas noch gibt. Ich bin selbstverständlich, wie jeder Schriftsteller, von meiner Bedeutung überzeugt. Manche Leute meinen, ich überschätzte mich, andere wieder sind anderer – also meiner – Ansicht. Ich bilde mir ein, daß diejenigen, die mich als bedeutend einschätzen, in der Überzahl sind, aber das kann eine Täuschung sein, weil ich natürlich mit solchen, die nicht meiner Meinung über mich sind, überhaupt nicht oder jedenfalls kein zweites Mal rede. Aber daß es so etwas noch gibt, hätte ich nicht gedacht.

Am Spätnachmittag des 26. Oktober vorigen Jahres läutete es. Vor meiner Tür standen drei Herren. Es handelte sich weder um reisende Handelsvertreter noch um missionierende Mormonen. Die drei Herren waren ein Ausschuß des Gemeinderates meiner Heimatgemeinde Eichkatzelried, unter ihnen der Kultur- und Sportreferent des Ortes, in dem meine Wiege stand. Da ich, seit ich diese Wiege verlassen habe, nur mehr sehr wenig mit Eichkatzelried zu tun hatte, war ich etwas überrascht, bat aber die Herren herein und bot eine Erfrischung an. Der Kultur- und Sportreferent wählte Kaffee, die beiden anderen Ausschußmitglieder einen klaren Obstschnaps.

Sie hätten, sagte nach dem Genusse der ersten Tasse Kaffee der Kultur- und Sportreferent (Dr. Kranabitter hieß er), die lange Reise von Eichkatzelried bis hierher zu mir nach reiflicher Überlegung unternommen. Man habe, fuhr er fort, in Eichkatzelried von meinem schriftstellerischen Wirken vernommen, mehr noch: man habe seit einigen Jahren meinen Werdegang aufmerksam verfolgt. Ich sei, sagte Dr. Kranabitter, da Eichkatzelried weder einen Olympiasieger noch einen Fußballnationalspieler, weder einen General noch einen Minister hervorgebracht habe, bislang der bedeutendste Sohn Eichkatzelrieds, und im Zuge der verkehrstechnischen Neugestaltung des Marktplatzes habe sich eine unschöne leere Ecke neben dem Rathaus (zwischen der Sparkasse und dem Gasthof ›Roter Adler‹) ergeben. Dort wolle man mir ein Denkmal setzen.

Ich habe, wie gesagt, nicht gedacht, daß es so etwas noch gibt. Die drei Herren nahmen mein Erstaunen als freudige Zustimmung zur Kenntnis. Dr. Kranabitter fuhr fort: Man habe einen akademischen Bildhauer der Landeshauptstadt bereits mit der Ausführung des Denkmals betraut. (Der Bildhauer hieß auch Kranabitter; er war ein Vetter des Kultur- und Sportreferenten.) Der Sockel mit der Inschrift sei bereits fertiggestellt. Man habe sich aber nun vor Anfertigung der Statue überlegt, daß ich – im Gegensatz zu zahlreichen anderen Dichtern – noch lebe. Man wolle mir die Wahl lassen.

Dr. Kranabitter legte mir vier Entwürfe des Bildhauers Kranabitter vor: Rosendorfer auf einem Pferd, mit der rechten Hand nach vorn zeigend; dito auf einer Art kurzem Kanapee sitzend, den Kopf sinnend in die Hand gelegt; dito aufrecht schreitend, ein Schriftstück vor sich ausrollend; dasselbe ohne Schriftrolle, versunken in die Ferne blickend.

»Ich pflege weder zu reiten noch auf Rollen zu schreiben«, sagte ich, »da mir das Kanapee überhaupt nicht gefällt, bleibt wohl nur Entwurf Nummer IV. Nur, meine Herren, sagen Sie selber, trage ich solche Hosen?«

Dr. Kranabitter, der die drei verworfenen Entwürfe schon wieder eingesteckt hatte, drehte betroffen den vierten Entwurf um, betrachtete abwechselnd die Zeichnung und meine Hose.

Auch die beiden anderen Ausschußmitglieder zeigten sich beunruhigt.

»Hm, hm«, sagte Dr. Kranabitter.

Auf dem Denkmalsentwurf trug ich ungefähr ein Mittelding zwischen Knickerbocker und Wickelgamaschen.

»Was hat sich denn Ihr akademischer Bildhauer dabei nur gedacht?« fragte ich.

Eine Spur von Unmut mischte sich in die Stimmung der drei Herren: »Woher soll Herr akademischer Bildhauer Kranabitter wissen, was für Hosen Sie tragen.«

»Solche Hosen trägt niemand«, sagte ich. »Das sind keine Hosen, das ist – mit Verlaub gesagt – ein Strampelanzug. Ich habe noch nie jemanden mit solchen Hosen gesehen. Oder trägt vielleicht Herr akademischer Bildhauer Kranabitter derartige Beinkleider?«

»Sie sind also, mein Herr, mit dem Denkmal nicht einverstanden«, sagte Dr. Kranabitter.

»Mit dem Denkmal schon, aber nicht mit der Hose.«

»Was wünschen Sie dann für eine Hose?«

Ich bat mir Bedenkzeit aus. Es sei dies, sagte ich, ein Garderobeproblem, mit dem ich mich bisher noch nie konfrontiert gesehen habe. Man möge einsehen, daß ich das nicht so von einer Minute auf die andere entscheiden könne.

»Gut«, sagte Dr. Kranabitter. »Wir kommen morgen wieder. Wir hätten zwar gedacht, daß wir heute noch nach Eichkatzelried zurückfahren können. Aber, na ja. Wir werden hier übernachten. Diese Spesen wird der Denkmalfonds auch noch verkraften.« Den akzeptierten Entwurf ließ man mir da.

Ich heftete ihn neben den großen Schrankspiegel meiner Frau, zog einen gedeckten Flanellanzug, getöntes Hemd und eine rotkarierte Krawatte an und stellte mich in die entsprechende Positur. Ich war nicht zufrieden. Ich probierte dann den Smoking, danach eine Kombination mit schwarzem Blazer, danach eine leinene Sommerhose und meine wollene Hausjacke. Das gefiel mir noch am ehesten. Da kam aber meine Frau dazwischen.

Sie machte mich darauf aufmerksam, daß die wollene Hausjacke zwar bequem sei, aber nicht unbedingt der Nachwelt übermittelt werden müsse. Die Caritas habe sie bei der letzten Haussammlung schon nicht mehr genommen.

Ich verzichtete also auf die Jacke.

»Das rot-weiß-blau gestreifte Hemd«, sagte meine Frau weiter, »ist dir erstens zu eng, und zweitens brauchst du dir über die Farben wohl keine Gedanken zu machen. Ich nehme an, dein Denkmal ist aus Erz oder Stein, also nicht bunt.«

Das war zweifellos richtig und vereinfachte die Sache etwas. Dennoch erkannte ich, daß ich die Sache systematisch angehen müsse. Ich fuhr in die Stadt und betrachtete mir alle Denkmäler. Dabei stellte ich fest, daß man auf dem Denkmal entweder Stiefel oder Sandalen trägt. Ich weiß nicht, ob ich gegen Stiefel oder Sandalen eine größere Abneigung habe. In Stiefeln oder in Sandalen in Erz gegossen zu werden, würde mir über den Tod hinaus Unbehagen bereiten. Einige wenige der ehernen und steinernen Herren trugen, soviel ich sehen konnte, Zugstiefeletten mit seitlichem Gummieinsatz. Größere Auswahl gab es unter den Kopfbedeckungen. Ich hatte zwar zunächst gedacht, daß ich mich barhaupt verewigen lassen wollte, meine Frau aber wies mit Recht darauf hin, daß sich häufig Tauben auf Denkmäler setzen. Das sieht weniger komisch aus, wenn man etwas auf dem Kopf trägt. Eine Krone oder ein Helm kam für mich nicht in Frage.

»Du kannst unmöglich deine karierte Schirmmütze tragen«, sagte meine Frau. »Nimm den Hut.«

Auch der Hut gefiel ihr nicht. Er hatte eine zu schmale Krempe, eigentlich überhaupt fast keine Krempe, es war nur so ein Jägerhütchen.

»Es müßte«, sagte meine Frau, »mehr ein weiter, breitkrempiger Schlapphut sein.«

Schlapphüte trage ich so wenig wie Sandalen.

»Dann ein Barett.«

Ich habe in meinem Leben noch nie ein Barett getragen. Barette und Baskenmützen finde ich lächerlich. Dazu gehört, für meine Vorstellung, unbedingt ein Kleppermantel und Hosen mit Fahrradspangen.

»Ein Mantel –!« sagte meine Frau. »Dann erübrigt sich fast alles andere.«

Sehr gut. Ich holte den Mantel. »Nicht den Trenchcoat, den wuzelst du immer so ins Auto, daß er ganz verknittert ist. Hol den Wintermantel.«

»Ich kann doch nicht jahraus, jahrein im Wintermantel da oben stehen. Ich weiß, wie heiß es in Eichkatzelried werden kann. Und ich im Wintermantel. Da lachen ja die Hühner.«

»Ich wüßte was«, sagte meine Frau, »aber das wirst du wohl nicht mögen.«

»Und?«

»Ganz einfach: ohne Kleider. Denke an den David von Michelangelo, zum Beispiel.«

»Hm«, sagte ich. »Irgendwie ist mir das auch nicht recht. So nackt herumstehen. Und in Eichkatzelried sind sie sehr katholisch ...«

»Wahrscheinlich bist du nur zu prüde dazu.«

»Ich bin überhaupt nicht prüde –«

»Ja, was andere anbelangt, besonders Mädchen.«

»Kurz und gut: nein. Ich lasse mich nicht nackt abbilden.«

»Dann eine Toga.«

Toga ... Es hätte den Vorteil, fuhr meine Frau fort, daß dann der Lorbeerkranz auf dem Haupt weniger anachronistisch aussehe als bei einem Straßenanzug.

»Von einem Lorbeerkranz hat niemand etwas erwähnt«, sagte ich.

»Willst du vielleicht einen Degen? Wie ein Feldmarschall? Wer was auf sich hält, trägt auf dem Denkmal einen Lorbeerkranz.«

»Ich weigere mich, einen Kranz aufzusetzen.«

»Das ist nur ungewohnt.«

»Ich will mich aber nicht daran gewöhnen.«

»Eine Leier wäre natürlich ein gewisser Ersatz für den Lorbeerkranz.«

»Leier!« schrie ich. »Ja – eine Leier, und zwar *so.*« Ich stellte mich in die Position: ›Rosendorfer, dem Denkmal-Ausschuß seine Leier nachwerfend‹.

»Du darfst die Leute nicht verprellen«, besänftigte mich meine Frau. »Sie meinen es gut.«

Ich beruhigte mich wieder. Wir sahen gemeinsam noch einmal den Entwurf des akademischen Bildhauers Kranabitter an. Da fiel mir ein, daß die Stadt Erewan im Kaukasus Tschaikowski ein Denkmal gesetzt hat. Das Denkmal stellte Stalin dar, Tschaikowski-Musik hörend. Wäre so etwas Ähnliches nicht eine Lösung? Stalin hat meine ja nun immerhin schon denkmalswürdigen Werke nicht gelesen. Es müßte aber auch nicht Stalin sein. Wer käme in Frage: Mao? Franco? Kennedy? Papst Johannes?

»Muß es eine politische Persönlichkeit sein?« wandte meine Frau ein.

»Du hast recht«, sagte ich. »Wer weiß, ob Stalin jemals Tschaikowski gehört hat. Ich werde vorschlagen: Goethe, Rosendorfer lesend. Dem Goethe können sie dann eine Toga anziehen.«

Als die drei Herren des Ausschusses am nächsten Tag wiederkamen, unterbreitete ich ihnen den Vorschlag mit Goethe. Die Herren zeigten sich etwas betroffen. Das wäre nicht in ihrem Sinne, sagte Dr. Kranabitter. Ich sah alle Probleme, die ich weggeräumt gedacht, mit einem Schlag wieder vor mir aufgetürmt. Ich erzählte von den Schwierigkeiten, der Toga, der Leier und von all dem. Dr. Kranabitter lachte:

»Da können Sie ganz erleichtert sein. Das Problem ist längst gelöst: Sie tragen auf dem Denkmal die original Eichkatzelrieder Standschützen-Tracht.«

Kniehosen mit großem Latz, Wadenstrümpfe, bestickte Hosenträger und einen kühnen Schlapphut mit Quasten. Ich wagte nicht, es Herrn Dr. Kranabitter ins Gesicht zu sagen: ich habe nie in meinem Leben die originale und dennoch für meinen Begriff unkleidsame Eichkatzelrieder Standschützen-Tracht getragen. Ich käme mir darin vor wie ein Clown.

»Und einen Stutzen über die Schulter«, sagte Dr. Kranabitter, »das gehört zur Tracht.«

Ich konnte meinen Mund nicht schnell genug halten und fügte hinzu: »– und eine Fahne in der Hand.« Ich befürchtete, daß mir Dr. Kranabitter eine Ohrfeige gäbe, er sagte aber nur: »Wenn Sie wollen ... nicht schlecht, im Grund genommen. Hier ist übrigens der Entwurf des Herrn akademischen Bildhauers Kranabitter für den Kopf des Denkmals. Wir haben vergessen, Ihnen das Blatt gestern zu zeigen. Aber Sie wissen ja wohl, wie Sie aussehen. Der Kopf ist nach dem Foto gearbeitet, das auf Ihrem letzten Buch hinten drauf ist. Nur der Bart ist Zusatz des Künstlers.«

»Wieso einen Bart?«

»Der Bildhauer glaubt, Ihren Kopf ohne Bart künstlerisch nicht vertreten zu können.«

»Aha«, sagte ich. Einen Schnurrbart hätte ich mir noch eingehen lassen. Aber von dem Entwurf blickte mir ein finsterer Rübezahl mit einer filzigen Matratze bis zum unteren Bildrand entgegen.

»Mit Stutzen und Fahne«, sagte ich, »und in der Tracht mit Schlapphut ... das ist ja der reinste Andreas Hofer.«

Dies hätte ich nicht sagen sollen. Die drei Herren sahen sich an. Nachzutragen wäre hier, daß Eichkatzelried, meine Heimat, in dem schönen Tirol liegt. Die drei Herren sahen sich lange an. Und so bekam Eichkatzelried ein Andreas-Hofer-Denkmal.

Die Reise mit dem Grossvater von Köln nach Paris (1973)

Die entscheidende, die wichtigste Sache, die Sache, die mich im Zusammenhang mit dieser Reise bewegte, nicht nur bewegte, sondern sozusagen innerlich, seelisch bis auf den heutigen Tag präparierte, war die Tiefe. Man kann auch sagen: die Höhe. *Altitudo,* altitudinis (feminin) heißt sowohl *Höhe* als auch *Tiefe*; von altus: ›hoch‹ oder ›tief‹, je nachdem. Ein tiefer Fluß ist ›altus‹ und ein hoher Berg ist ›altus‹. In unserem Fall war es ein Haus, ein unvorstellbar hohes – oder tiefes – Haus, ein ganz unvorstellbar hohes, ein erschreckend hohes Haus.

Daß ich noch nicht angezogen war, bemerkte, wie sich herausstellte, der Großvater gar nicht. Normalerweise stehe ich nicht spät auf, obwohl ich auch nicht gerade zu denen gehöre, die mit dem ersten Hahnenschrei aus dem Bett springen; aber ein eigentlicher Langschläfer bin ich nicht. Schon gar nicht frühstücke ich im Bett. Mich stören nicht die Brösel, die abfallen könnten, stört nicht die unbequeme Haltung, die man zwangsläufig einnehmen muß, wenn man im Bett frühstückt – irgendwie schläft einem immer ein Bein ein oder ein Arm, weil man abgewinkelt hockt, und man kann, weil man das Tablett auf dem Knie hat, seine Stellung nicht ändern, ohne daß das Geschirr durcheinanderfällt – nein, das alles stört mich nicht, mich stört vielmehr, daß ich das Beste vom Morgen, das Frühstück, schon hinter mir habe, wenn ich mich an die Mühe des Aufstehens mache. Das Frühstück ist für mich die Belohnung für das Aufstehen. Auch rasiere ich mich nicht gern. Das

Frühstück ist auch eine Belohnung fürs Rasieren. Es kommt zwar vor, daß ich den ganzen Tag im Bett verbringe, dann schlafe ich aber auch den ganzen Tag, esse nichts, lese nichts, schlafe nur. Einmal habe ich das vier Tage lang durchgehalten, von einem 20. Dezember an – vor einigen Jahren war das –, und ich weiß nicht, wie lange ich es durchgehalten hätte, wenn nicht nach vier Tagen der 24. Dezember gekommen wäre, der Heilige Abend. Da mußte ich zwangsläufig aufstehen und zu meiner Großmutter fahren, die sonst, ohne Aussicht auf Versöhnung, beleidigt gewesen wäre.

Man sieht also: ich stehe zwar nicht gern auf, aber wenn ich aufstehe, dann sozusagen vorbehaltlos. Daß ich, als mein Großvater kam, im Morgenmantel in meinem Zimmer saß, obwohl es schon auf ein Uhr zuging, hatte andere Gründe. Es hatte sich damals auf eine meiner Annoncen ein Mann gemeldet, der mir einen Auftrag vermitteln wollte. Der Mann hatte nicht den besten Eindruck gemacht, dennoch habe ich ihm meinen Anzug geliehen.

»Entschuldige, bitte«, sagte ich zu meinem Großvater, »daß ich hier noch im Morgenmantel herumsitze, wenn du kommst.«

»Denk dir nichts«, sagte der Großvater, »ich habe es gar nicht bemerkt. Wenn du es nicht gesagt hättest, hätte ich es übersehen. Wenn du wüßtest, wie gut ich gelernt habe, alles mögliche zu übersehen.«

Ich schlug meinen Morgenmantel ein wenig auseinander, um meinem Großvater zu zeigen, daß ich unterm Morgenmantel angezogen war, das heißt: die Unterwäsche trug, Strümpfe und alles, auch ein Hemd und sogar eine Krawatte, nur eben keinen Anzug.

»Der Mann«, sagte ich zu meinem Großvater, »der sich auf meine Annonce gemeldet hat, hat nicht den besten Eindruck gemacht. Aber er hat versprochen, mir einen Auftrag zu vermitteln. Zu dem Zweck aber, hat er gesagt, müßte er zu einem bestimmten Herrn gehen, einem Herrn namens Lavell, der der eigentliche Vermittler des Auftrages sei. In dem Anzug, in dem er aber hier vor mir stehe, könne er unmöglich Herrn Lavell gegenübertreten, das heißt: gegenübertreten könne er ihm natürlich schon, aber dann sei jedes weitere Wort zwecklos. Den Auftrag würde Herr Lavell niemals einem Mann mit einem abgetragenen Anzug weitervermitteln. Ich müßte also, hat der Mann gesagt, ihm meinen Anzug leihen, damit er Herrn Lavell mit einiger Aussicht auf Erfolg gegenübertreten könne.«

»Hat denn dem Mann dein Anzug gepaßt?« fragte der Großvater.

Ich hatte den Besuch meines Großvaters nicht erwartet. Ich muß gestehn, daß ich, bis der Großvater ins Zimmer trat, der Meinung gewesen war, er wäre gar nicht mehr am Leben. Ich war immer an den hohen Feiertagen und auch sonst gelegentlich bei meiner Großmutter, aber von meinem Großvater war die ganzen letzten Jahre nicht mehr die Rede. Hätte man mich damals gefragt, ich hätte ohne Zögern geantwortet, mein Großvater sei gestorben. An ein Todesdatum hätte ich mich natürlich nicht erinnert, auch nicht an ein Begräbnis, aber ich hätte das darauf zurückgeführt, daß meine Großmutter dem Tod meines Großvaters wenig Bedeutung zugemessen hat, und daß er ohne größere Zeremonien beerdigt worden ist, selbstverständlich nicht in der Familiengruft meiner Großmutter, sondern abseits, draußen auf dem gewöhnlichen Friedhof.

Jetzt, in dem Augenblick, als mein Großvater so überraschend in mein Zimmer getreten war, fiel mir ein: einmal bei meiner Großmutter war im Kreis meiner versammelten Onkel davon gesprochen – oder besser: geraunt – worden, daß dem Großvater ein Zimmer jenseits des Badezimmers zugewiesen worden wäre. Dazu muß man wissen, daß meine Großmutter seinerzeit, vor vielen, vielen Jahren, als sie den Großvater geheiratet hatte (»Warum?« seufzte sie oft, »ja, liebes Kind, wenn mir das einer sagen könnte: warum –«), ein großes Haus erwarb. Sie und der Großvater bezogen eine Wohnung im zweiten Stock dieses Hauses. Später, als mehrere Kinder gekommen waren und sich auch die geschäftlichen Unternehmungen meiner Großmutter äußerst günstig entwickelt hatten, kündigte meine Großmutter der Mietpartei, die die andere Wohnung im zweiten Stock bewohnte, und vereinigte das ganze Stockwerk zu einer großen Wohnung. Noch später, als die vielen Söhne meiner Großmutter – Töchter hatte sie nicht – schon nahezu erwachsen waren und man noch mehr Platz brauchte, hatte sich die Gelegenheit ergeben, das Nachbarhaus dazuzukaufen. Meine Großmutter hat das unverzüglich getan. Dann hat sie den zwei oder drei Mietparteien, die drüben den zweiten Stock bewohnten, nach und nach gekündigt, und, als das Stockwerk drüben leer war, die Zwischenmauer durchbrechen lassen. Das ergab eine riesige, schon nahezu unübersichtliche Wohnung. Übrigens waren die Stockwerke dieser beiden Häuser, wie nicht anders zu erwarten, nicht auf ganz gleichem Niveau. Der zweite Stock drüben lag etwa einen halben Meter tiefer. In dem ganz großen Wohnzimmer, das als Bindeglied zwischen den beiden Häusern entstand, mußten deshalb eine Treppe von drei Stufen und eine Balustrade eingebaut werden.

Der Haupteingang der Wohnung blieb aber im alten, also im ersten Haus meiner Großmutter. Die Straße, an der dieses Haus lag, war auch die breitere Straße, war die bessere Adresse. Der Erwerb des zweiten Hauses, das seinen Ausgang in eine andere Straße – in eine Gasse eigentlich, eine häßliche Gasse mit einer offenen Kloake – hatte, der Umbau und alles, was damit zusammenhing, war lange Zeit vor meiner Geburt gewesen. Ich kenne die Geschichte nur aus Erzählungen. Die Wohnung selber, diese unübersichtliche, unbeschreibliche Verästelung von Zimmern, Fluren, Küchen, Terrassen, kenne ich natürlich. Meine Großmutter und einige meiner Onkel wohnen ja heute noch dort. Seinerzeit, heißt es, sei die Wohnung hell und freundlich gewesen. Davon ist jetzt nichts mehr zu spüren. Das hängt einmal mit dem natürlichen Lauf der Dinge zusammen, die mit dem Alter oft dunkler werden, die Scheiben blind, die Wände staubig, aber auch damit, daß meine Großmutter die verfallenen Pfänder vielfach nicht mehr verkaufen konnte oder wollte. Wenn die Leute bei meiner Großmutter, die inzwischen enorm reich geworden war, Geld borgten, gaben sie meistens auch nicht ihre besten, ihre neuen Möbel zum Pfand her, sondern schwere, alte, häßliche Stücke. Konnte meine Großmutter, wenn das Pfand verfallen war, so ein Stück nicht mehr absetzen, stellte sie es aus Sparsamkeit in ihrer Wohnung auf. Platz war ja genug. Aber mit der Zeit füllte sich selbst diese Wohnung. In Zeiten, an die ich mich schon erinnere, war die Wohnung dunkel und voll von Schränken, Truhen, Sekretären, Borden, Klavieren, Teppichen, Statuen, Tischen, Chaiselongues, Herrenkommoden und was es alles gibt. Auch viele dunkle Bilder waren an den Wänden. Mein Großvater, der Bilder liebte, versuchte – als er noch lebte, hätte ich fast geschrieben, ich muß also sagen: als er noch *vorn* lebte – die dunkle Schicht von den Bildern abzuwaschen. Die meisten Bilder blieben dunkel oder zerfielen ganz; wahrscheinlich hatte er zu scharfe oder überhaupt eine falsche Lauge genommen. Bei einigen Bildern wurden allerdings erstaunliche Darstellungen sichtbar, so eine nackte Diana, worauf meine Großmutter dem Großvater weiteres Abwaschen verbot.

Die Diana wurde dann ganz nach hinten gehängt, in einen der hintersten Räume, wo fast nie jemand hinkam. Sonst erinnere ich mich übrigens nicht, daß jemals irgend etwas in der Wohnung umgestellt worden wäre; es wurde nur dazugestellt.

Ich habe schon erwähnt, daß es sich um ganz alte, um Hunderte von Jahren alte Häuser gehandelt hat. In den ganzen insgesamt vier oder vielleicht sogar fünf ursprünglichen Wohnungen gab es nur ein einziges Badezimmer. Es gab zwar einige Aborte, einer mit Marmorfußboden, alle Aborte dicht möbliert mit eichengeschnitzten Schränken und dergleichen, aber Badezimmer nur eins. Es wurde kaum benutzt, weil es so groß und kaum zu beheizen war. In den Aborten waren meist gußeiserne Brunnen, auch Spiegel, grüne, an den Rändern blinde Spiegel. Ich sah oft die Onkel mit einer dampfenden Wasserkanne aus einer der Küchen in einen der Aborte rennen, um dort Toilette zu machen. Das war zwar unbequem, aber immerhin noch angenehmer als hinten in dem kalten, schwer sauber zu haltenden Bad den Ofen anzuheizen, der schlecht zieht. Schon jahrelang ist die Rede davon, daß eine moderne Installation eingebaut werden soll, aber vor so einer Veränderung schreckt meine Großmutter zurück. Auch ein Architekt, der deswegen einmal gefragt wurde, riet ab, erstens wegen der Kosten und zweitens, weil das Haus, oder vielmehr: die Häuser den Umbau kaum noch aushalten würden.

Das Badezimmer hat drei Türen. Die eine Tür geht in ein Zimmer, das dem vorderen, stärker bewohnten Bereich zuzuordnen ist. Die andere Tür geht auf einen gekrümmten Korridor, der zu einem Stiegenhaus führt. Die dritte Tür ist seit eh und je zur Hälfte von einem alten, schweren Schrank, auf dessen Türflügel Sphingen in Relief geschnitzt sind, verdeckt. Ich hatte immer angenommen, daß diese Tür versperrt wäre. Einmal – auch das ist lange her, ich war vielleicht zwölf Jahre alt – versuchte ich diese Tür aufzumachen, drückte die Klinke nieder, und sieh da, die Tür gab nach, ging auf. Ich mußte den Schrank ein wenig nach vorn schieben, was sehr schwierig für mich war, um die Tür soweit aufmachen zu können, daß ich mich durchzwängen konnte. Dahinter waren Zimmer, in denen ich noch nie gewesen war. Lüster, an denen viele Glasperlen fehlten, hingen bis zum Boden. Stehengebliebene Uhren unter gesprungenen Glasstürzen standen auf Kommoden, denen ein Bein fehlte. Ich ging nur zwei, drei Zimmer weit, dann kehrte ich um. Die Zimmer waren sehr niedrig da hinten. Es mag sein, daß man sie auch auf anderem Weg als durch jene Tür im Badezimmer erreichte, aber bewohnt wurden sie damals offensichtlich so gut wie nicht mehr.

Dorthin, jenseits des Badezimmers, wurde also, erinnerte ich mich jetzt, der Großvater umquartiert. Da die Zimmer da hinten ihren eigenen Ausgang in die andere Straße hatten, tauchte der Großvater in den vorderen Räumen der Wohnung nicht mehr auf.

»Ja«, antwortete ich dem Großvater. »Er hatte ungefähr meine Figur. Er war viel älter als ich, hatte ein ganz faltiges Gesicht und wenig Haare, schaute einen von unten her an wie ein Frosch, aber die Figur hatte er ungefähr wie ich.«

»Den Anzug siehst du nie wieder«, sagte mein Großvater. »War es dein einziger?«

»Ich nehme eher schon an, daß er mit dem Anzug zurückkommen wird«, sagte ich. »Im Grunde genommen hat der Mann doch einen vertrauenswürdigen Eindruck gemacht. Er hat eigentlich einen sehr vertrauenswürdigen Eindruck gemacht. Nein, nein – es ist ja klar, es leuchtet ja ohne weiteres ein, daß er in *seinem* Anzug dem Herrn Lavell nicht unter die Augen treten kann.«

»Ob es dein einziger Anzug war?!«

»Ja, schon«, sagte ich.

»Und wo ist *sein* Anzug?«

»Wessen Anzug?«

»Der Anzug von deinem vertrauenswürdigen Freund? Er wird ja nicht zwei Anzüge übereinander angezogen haben? Wo habt ihr die Anzüge gewechselt? Du hast den Menschen doch hoffentlich nicht mit ins Zimmer genommen?«

»Nein«, sagte ich, »wo denkst du hin. Er hat vorn im Flur gewartet. Das heißt: er ist dort auf die Herrentoilette gegangen, hat sich ausgezogen, und ich habe hier meinen Anzug ausgezogen und habe ihn dann vorgebracht und in die Toilette hineingereicht.«

»Den Anzug siehst du nie wieder. Und wo, sagst du, ist *sein* Anzug?«

»Naja«, sagte ich. »Daran hatte ich nicht gedacht. Den hat er wahrscheinlich mitgenommen. Aber so einen schäbigen Anzug hätte ich nie angezogen. Außerdem war der Anzug braun.«

»Ein brauner Anzug ist immer noch besser als gar keiner. Wann wollte der Mensch zurück sein?«

Ich schaute auf die Uhr.

»Immerhin«, sagte mein Großvater, »deine Uhr hast du ihm nicht gegeben.«

»Wo denkst du hin!«

»Hat er sie haben wollen? Damit er pünktlich beim Herrn Lavell ist, sich nicht verspätet? Hat er nicht so gefragt?«

»Ja, woher weißt du denn das?« sagte ich.

Der Großvater seufzte. »Es glaubt mir ja niemand, daß auch ich meine Erfahrung habe. Wann wollte er zurück sein?«

Ich schaute auf die Uhr und antwortete nichts.

»Gut«, sagte der Großvater und stand auf, »es wäre natürlich leichter, du könntest mitkommen, einen Anzug kaufen. Womöglich paßt er dir sonst nicht. Aber – du kannst ja nicht im Morgenmantel auf die Straße … oder, halt!« Mein Großvater musterte meine Beine. »Schuhe und Socken hast du ja an, hast du auch Strümpfe? Ich meine Kniestrümpfe? Und hast du einen Mantel?«

Ich wechselte die Socken gegen ein paar Kniestrümpfe, zog über die Unterwäsche meinen Mantel an. Unten am Mantel heftete mein Großvater meinen dunkelblauen Shawl so um meine Beine, befestigte ihn innen mit Stecknadeln am Mantel, steckte ihn mir in die Strümpfe, daß es aussah, als trüge ich Knickerbocker.

»So geht es«, sagte er.

Ich mußte sehr langsam und vorsichtig gehen.

Dadurch, daß wir erst im dritten Bekleidungshaus einen passenden Anzug fanden, der auch meinem Großvater gefiel, und dadurch, daß wir, bevor ich die ersten zwei Probierkabinen verlassen konnte, zweimal das schwierige Knickerbocker-Arrangement erneuern mußten, konnten wir erst den Abendzug nach Paris nehmen, und auch diesen Zug erreichten wir nur, weil ich schweren Herzens darauf verzichtete, vorher nochmals zurück in meine Pension zu gehen.

»Woher hast du denn das Geld, daß du mich einladen kannst, nach Paris zu fahren?«

»Ich habe mich nützlich gemacht«, sagte der Großvater.

»Bei der Großmutter?«

Der Großvater lachte. »Keine Spur. Die weiß nichts davon. Das heißt: die weiß schon davon. Ich habe es ihr gesagt. Ich habe es ihr auch gesagt, daß ich Geld dafür bekommen habe.«

»Das war unvorsichtig«, sagte ich.

Der Großvater verstummte. Er schaute zum Fenster hinaus. Eine dunkle, flache Landschaft zog vorüber; es wurde Nacht. »Sie hat es nicht geglaubt«, sagte er, »daß ich mich nützlich machen konnte.«

»Sie hat dir das Geld nicht weggenommen?«

Der Großvater schüttelte den Kopf. »Sie hat nicht geglaubt, daß mir jemand Geld dafür gibt, weil ich mich nützlich machen konnte.«

»Ist es denn viel?«

»Nicht viel. Natürlich nicht. Sehr nützlich machen kann ich mich nicht mehr. Aber es wird reichen. Außerdem ist vor zwei Monaten mein Bruder gestorben. Er hat mir eine Erbschaft hinterlassen. Das Geld habe ich beim Notar bekommen.«

»Hat sie das nicht erfahren?«

»Doch«, sagte der Großvater, »aber sie hat nicht geglaubt, daß ich einen Bruder gehabt habe.«

»War es eine große Erbschaft?«

»Nein«, sagte der Großvater, »aber die beiden Summen miteinander werden reichen.«

Es war im Abteil ganz dunkel geworden. Blau in blau zog draußen immer noch die flache Landschaft vorbei.

»Ich werde Licht machen«, sagte der Großvater, »dann können wir was lesen.« Er stand auf und machte Licht. Eine fahle Birne erleuchtete das Abteil. Das Fenster spiegelte nun. Von der Landschaft draußen war nichts mehr zu sehen. Bevor er sich setzte, nahm der Großvater eine Zeitung aus seiner Reisetasche, nahm sie auseinander, gab die Hälfte mir, die andere Hälfte behielt er.

»Das ist das erste Mal«, sagte er.

»Was? – das erste Mal?«

»Daß ich mit meinem Enkel verreise.«

»So«, sagte ich. »Das erste Mal?«

»Ich meine: *allein* mit meinem Enkel«, sagte er und faltete seine Hälfte der Zeitung auseinander.

An die Höhe oder Tiefe – an die altitudo – kann man sich gewöhnen. Sie ist außerdem unberechenbar und launisch, zum Beispiel beim Fliegen. Ich bin nicht oft in meinem Leben mit dem Flugzeug geflogen. Meine Großmutter pflegt zu sagen, daß sie nie in ihrem Leben einen Fuß in so eine Maschine gesetzt habe und dennoch inzwischen über achtzig Jahre alt geworden sei. Mein Großvater allerdings habe einmal versucht – zu Zeiten, wo sie beide noch gereist seien –, in Wien, wo sie eine Schwester der Großmutter für einige Tage besucht hatten, die mit einem der legendären Dienstmänner Wiens, einem gewissen Herrn von Derendinger, verheiratet war, die Großmutter dazu zu verleiten, für die Rückreise statt des Zuges ein Flugzeug zu benutzen. Auch die Schwester, Frau von Derendinger, habe abgeraten. Außerdem sei der Großvater ein notorischer Verschwender, und man habe ja seine Verschwendungssucht nicht unbedingt auch noch unterstützen müssen. Selbstverständlich habe man dann doch den Zug genommen. Es hinderte meinen Großvater nicht daran, oft, sogar noch in der Zeit, an die ich mich erinnere, von dem Flug zu schwärmen, den er beinahe unternommen hätte.

Unter den vielen Bildern, die in der alten Wohnung hingen, befanden sich auch ein paar gerahmte Photographien. Eine davon, in der Größe einer Postkarte, zeigte in bräunlichen Tönen das Ehepaar von Derendinger. Frau von Derendinger war im Pelz, Herr von Derendinger – mit einer Schürze und einer Mütze mit Nummer dargestellt – hatte einen Arm auf seinen Dienstmann-Karren gestützt. Der Kaiser hatte seinerzeit alle Dienstmänner geadelt, was die Bildung der Legenden um diesen Berufsstand förderte. Herr von Derendinger allerdings verkaufte später seinen Adelstitel an einen getauften Perser und kaufte sich dafür ein Haus, ich glaube, in Döbling. Ich war nie in Döbling, ich war überhaupt nie in Wien, aber die Erzählungen von dem Haus des Großonkels in Döbling und die Schilderung der legendären Erscheinung des Dienstmannes umkränzten für mich den Namen Döbling mit einer Ranke von Phantasie, die diesen Ortsteil etwa in gleiche Höhe wie andere ferne, glänzende Stätten wie Samarkand oder Granada hob. Vielleicht werde ich nie nach Döbling kommen. Der getaufte Perser klagte übrigens nach dem Sturz der Monarchie und der Abschaffung der Adelstitel auf Rückzahlung des Kaufpreises. Er verlor den Prozeß.

Ab und zu hat sich für mich die Gelegenheit ergeben zu fliegen, aber sehr selten. Einmal *mußte* ich sogar das Flugzeug benutzen, weil ich mich gerade in Stockholm befand und dort länger blieb in Erwartung eines Auftrags, so daß ich anders als auf dem Flugweg nicht mehr rechtzeitig zum Namenstag meiner Großmutter bei ihr gewesen wäre. Ich habe ihr das allerdings verschwiegen.

Abgesehen vom Starten und Landen, wo – wenigstens mir geht das so – man kaum Gelegenheit hat, zum Fenster hinauszuschauen, weil man ausschließlich mit der Angst beschäftigt ist, das Flugzeug könnte abstürzen (fast alle Abstürze, habe ich gelesen, ereignen sich während des Startens oder Landens), abgesehen davon fliegt man im allgemeinen so hoch, daß die Entfernung von der Erde unwirklich wird. Man nimmt die Entfernung von der Erde nicht mehr richtig wahr. Die Höhe oder Tiefe, die unberechenbare altitudo, ist *zu* groß für die Angst geworden. Den Punkt, wo man unten aufprallen könnte, können wir nicht mehr sehen. Das Band der Angst, das sich über die altitudo zu uns herauf spannt, ist zu weit gedehnt worden, hat die Abstraktion nicht ausgehalten, ist gerissen. Die Angst vor der altitudo ist nur wirklich, wenn der Punkt des möglichen Aufpralls sichtbar ist. Vom Flugzeug aus entfaltet sich da unten nur eine Landkarte, keine harte Erde. Der kritische Punkt für die altitudo liegt viel tiefer als ein Flugzeug fliegt, bei zehn, zwanzig Metern.

Das Hotel in Paris hatte vierundsechzig oder sogar siebenundsechzig Stockwerke. Ich sage absichtlich nicht, daß das Hotel hundertvierundsechzig oder hundertsiebenundsechzig Stockwerke gehabt hat, denn ich möchte nicht übertreiben. Es könnte aber sein, daß das Hotel sogar hundertvierundsechzig oder hundertsiebenundsechzig Stockwerke gehabt hat. Ich war viel zu erregt, um die Zahlen neben den Knöpfen im Lift zu lesen.

Der Zug des Bandes war selbst im Lift, der sich innen, im sicheren Kern des Hauses befand, so stark, daß ich spürte, wie der Lift mit der Zeit langsamer fuhr, weil mich das ungeheuer gespannte Band der Angst nach unten, zum Punkt des Aufpralls zog. Das Band war endlich so gespannt, daß das Haus nicht mehr anders konnte als sich zu biegen. Als wir ausstiegen, hatte sich der Korridor nach außen hin gesenkt. Ich vermute, daß das Hotel oben pilzförmig auseinanderging, verzerrt vom Band der Angst, das mich festhielt. Aber noch fühlte ich mich einigermaßen sicher. Selbst wenn ich nach einem unvorsichtigen Schritt hätte hinfallen sollen und hinunterrollen, wäre eine Wand dagewesen, die mich aufgehalten hätte. Aber die Wände waren dünn.

Der Großvater ging in tiefen Gedanken. Er spürte offenbar das Band nicht. Der Neger, der den Koffer des Großvaters trug (ich hatte ja nicht mehr Gelegenheit gehabt, Gepäck mitzunehmen), war vermutlich an die altitudo gewöhnt. Man kann sich daran gewöhnen. Ich habe einmal in einem Hochhaus im fünfzehnten Stock gewohnt. Schon nach wenigen Tagen hatte ich bemerkt, daß die Stahlsehne, die mich bis dahin ständig über den Balkon hinausschnellen lassen und hinunterziehen wollte, nachließ. Die Sehne ermüdete. Mit der Zeit richtete sie sich auf die altitudo vom fünfzehnten Stock ein, erschlaffte förmlich, und nach einigen Wochen konnte ich gefahrlos auf den Balkon treten, konnte mich nach einigen Monaten sogar auf das Geländer des Balkons setzen. Als ich nach einem Jahr wieder aus dieser Wohnung auszog (die Wohnung war teuer, die Aufträge, die ich damals in Aussicht hatte, auf die hin ich die Wohnung mietete, blieben aus), regenerierte sich die Stahlsehne, schneller, als sie seinerzeit abgestumpft war.

Vielleicht hatte dieser Neger, der die Gäste im obersten Stockwerk bediente, überhaupt keine Stahlsehne mehr oder hatte sie von Natur aus nicht, wie Angehörige gewisser Indianerstämme, von denen ich gelesen habe, die den Amerikanern die Gerüste der Hochhäuser bauen.

Als wir das Zimmer betraten, neigte sich der Fußboden wie ein dünner Ast, auf dem man sitzt. Der Großvater ging auf den Balkon. Das Geländer war kein Schutz mehr, denn der Fußboden des Balkons hatte sich soweit gesenkt, daß er praktisch schon senkrecht war, das Geländer wie ein schmales Bord waagerecht nach außen stand. Durch die Gewalt der Stahlsehne begann sich das Hotel leise zu wiegen oder vielmehr wiegend zu drehen. Mitten unter den unendlich kleinen Automobilen, deren Lärm durch das weiße Summen der altitudo nicht zu uns heraufdringen konnte, rasten die senkrechten Perspektiven auf den roten Punkt zu, an dem ich aufs Pflaster aufprallen würde.

»Merkwürdig«, sagte mein Großvater, »daß sie in einem modernen Gebäude, das praktisch nur aus Glas und Beton besteht, altmodische Wäschetrockenleinen vor den Balkonen angebracht haben. Schau her!«

Er war an das Geländer getreten und schaute hinunter.

»Dabei«, sagte er, »ist es gar nicht gestattet, im Zimmer Wäsche zu waschen, habe ich auf dem Zettel an der Tür gelesen.«

»Kannst du französisch lesen?« preßte ich hervor.

Der Großvater beugte sich über das Geländer. Die Krümmung der Erde war von dieser Höhe aus wahrzunehmen.

Es hing nirgends Wäsche, soweit man hinunter sehen konnte, obwohl überall, hinunter und hinunter, Wäschetrockenleinen an den Balkonen angebracht waren. Weiter unten verschwammen allerdings die Einzelheiten perspektivisch. Es waren vier Wäscheleinen, wahrscheinlich feste Leinen, innen vielleicht sogar aus Draht, dann mit Kunststoff umgossen. Die Konstruktion war an allen Balkonen gleich: links und rechts außen ragte eine Stange hinaus mit vier Löchern, links innen war der Anfang der Leine verknüpft, nach rechts durch das erste Loch rechts gezogen, über das zweite Loch rechts wieder nach links und so weiter, bis links außen am äußersten Loch die Leine wieder verknüpft war.

»Ich rechne damit«, sagte der Großvater, »daß bis untenhin durch alle Stockwerke solche Wäschetrockner hängen. Dann kann nichts passieren. Die Stockwerke sind so niedrig, daß man sich ohne Gefahr von einer Wäscheleine in die andere wie in ein Netz fallen lassen kann.« Er rüttelte an den Stäben, zog an der Leine. »Es ist stabil genug.« Er stieg hinaus.

Die Stahlsehne riß an mir, daß ich den Halt verlor. Ich klammerte mich an die innerste Leine. Der Großvater war schon ein Stockwerk tiefer. »Es schaut nur so aus«, rief er herauf, »als ob die Front des Hotels überhängen würde. Das macht nur die Perspektive.«

Ich wälzte mich zum Lift. Der Großvater war schon zwei Stockwerke tiefer. Er lag ausgestreckt auf den Leinen; die Leinen hingen durch, die Stangen links und rechts federten. Es kam ein Lift. Der Neger war nicht mehr da. Der Großvater hing an den federnden Leinen und versuchte, mit den Füßen die Leinen des nächst unteren Stockwerks zu erreichen. Der Lift fuhr aber nicht nach unten, der Lift fuhr nach oben. Ich hatte gedacht, wir wären schon im obersten Stockwerk, aber der Lift fuhr weiter nach oben. Die Tür des Lifts öffnete sich. Eine weite spiegelnde Stahldachplatte wölbte sich nach unten. Es war, als stünde ich auf einer polierten Kugel. Ich preßte mich in den Lift zurück, in dem ich das Vibrieren meiner Stahlsehne hörte. Der Großvater war schon zehn oder elf Stockwerke hinuntergeturnt. Er hatte noch gut hundertfünfzig vor sich.

»Wenn im ersten Stock, wo keine Zimmer sind, sondern die Speisesäle«, schrie er herauf, »*keine* Wäscheleinen angebracht sind, dann muß ich vom zweiten Stock hinunterspringen. Sag ihnen, sie sollen ein paar Matratzen hinlegen. Ich zahle alles ...«

Ich rutschte nach außen über den Rand des gewölbten Dachs. Das Band riß. Ich flog. Die altitudo erwärmte sich. Wie unberechenbar war sie. Ich schwebte auf der altitudo wie auf einem Kissen. Ich liebte die altitudo. Vögel können ohne die altitudo nicht leben. Der Großvater lag erschöpft zwanzig oder dreißig Stockwerke tiefer auf den Leinen. Es war mir klar, daß er seine Kräfte überschätzt hatte. Rasch stieg ich ihm nach. Ich war schnell bei ihm.

»Hinunter sind es noch hundertvierzig Stockwerke. Wenn auch der Weg hinauf mühsamer ist, so ist er doch um das Siebenfache kürzer.«

Der Großvater nickte. Ich stellte mich auf die Leinen, der Großvater kletterte an mir hoch, reckte sich, auf meinen Schultern stehend, nach oben, zog sich hinauf, reichte mir dann die Hände, so daß ich mich ihm nachschwingen konnte. Wir mußten oft ausruhen. Zum Glück wurden die Stockwerke nach oben niedriger. Ich konnte zum Schluß den Großvater, wenn auch mit Mühe, hinaufheben.

»Wir werden«, sagte er, als wir oben waren – seine Stimme versagte fast –, »doch ein Zimmer weiter unten beziehen.«

So endete meine Reise mit dem Großvater von Köln nach Paris damit, daß wir ein Zimmer im zwanzigsten oder dreißigsten Stock bezogen. Wir saßen auf den Betten und schauten durch das Fenster nach Westen, wo die Sonne hinter der gekrümmten Erde unterging.

Kurtz' Geschichte
(1976)

Er hieß Kurtz und trug einen Arm in der Schlinge. Was, fragte sich Berenfelder, läßt sich mit einer Feststellung: er hieß Kurtz und trug einen Arm in der Schlinge, anfangen? Wir müssen vor allem darauf achten, sagte sich Berenfelder, daß die Sache nicht irgendwie ausufert, verflacht oder meinetwegen zerrinnt, wenn Sie so wollen.

Kurtz, der den einen Arm in der Schlinge trug, blieb am Randstein stehen und schaute nach links und nach rechts. Irgendwie ist es schon merkwürdig, sagte sich Berenfelder, jetzt hat er sich allenfalls den Arm gebrochen, allenfalls! Nicht einmal das glaube ich, wahrscheinlich hat er nur einen Abszeß am Ellenbogen oder womöglich nur einen eingewachsenen Nagel, und schon benimmt er sich wie ein Krüppel. Tappt mit den Fußspitzen am Randstein hin und her, als wäre er blind. Sehr widerwärtig. Obwohl man natürlich, sagte sich Berenfelder, nicht so einfach in einen Menschen hineinschauen kann; wer weiß, was da alles für merkwürdige Dinge vorgehen. Zum Beispiel in mir, sagte Berenfelder, was zum Beispiel in mir alles vorgeht: ich bin Hypochonder. Hypochonder sind nie krank, das weiß man. Solange ich also Hypochonder bin, das heißt: solange mir alles mögliche weh tut, bin ich sicher, daß mir nichts fehlt. Erst wenn ich spüre, daß mir nichts mehr weh tut, daß ich ohne Tabletten schlafen, daß ich ohne eingelegte Dörrpflaumen aufs Klo gehen kann, wenn ich nicht mehr wegen einer pfenniggroßen roten Stelle auf der Hand gleich meine, mir würde der Arm amputiert, erst dann, wenn mir nichts mehr fehlt, dann bin ich wahrscheinlich wirklich krank. Vor dem Moment fürchte ich mich.

Kurtz ging etwa bis zur Mitte der Straße, dort blieb er stehen, dachte kurz nach, drehte sich um und kehrte zur diesseitigen Straßenseite zurück. Beim Umdrehen, ja, wie soll ich das sagen, fragte sich Berenfelder, beim Umdrehen, das mit einem gewissen Schwung erfolgte, *scherte* der eingeschlingte Arm *aus*. Schwang weg vom Körper infolge der Zentrifugalkraft, als ob der Arm oder besser: der Unterarm nicht zum Körper gehörte, nur mittels der Schlinge am Körper hing, am Körper hing wie zum Beispiel eine Umhängetasche oder ein Brotbeutel. Man müßte das, sagte sich Berenfelder, viel einfacher ausdrücken können. Zum Beispiel: sein Arm *schweichte*. Schweichte, infinitivum: schweichen, heißt ein Gliedmaß in Schlinge schwingt infolge Einwirkung der Zentrifugalkraft etwa bei raschen Bewegungen (Umdrehen auf Straße etc.) kurz vom Körper weg. Wegschweichen, wieder hinschweichen. Können auch Beine schweichen? Das dürfte begrifflich ausgeschlossen sein. Wenn man ein Bein in der Schlinge hat, kann man keine raschen Bewegungen machen. Höchstens in einem Drehsessel. Wenn also Kurtz, zum Beispiel, sagte sich Berenfelder, statt seines eingebildeten Abszesses am Ellenbogen einen eingebildeten oder meinetwegen sogar wirklichen Abszeß am Bein hätte, am Knie etwa, und er hätte das Bein in der Schlinge, also abgewinkelt und heraufgebunden, storchartig, und er säße auf seinem Drehsessel, sagen wir: am Klavier, und spielte, sagen wir, die Sonate für das Pianoforte Nummer 29 in B-Dur opus 106, genannt ›Große Sonate für das Hammer-Klavier‹, gewidmet dem Erzherzog Rudolph, obwohl ich Kurtz nicht einmal zutraue, daß er ›Hänschen klein‹ (ohne Opus-Zahl, niemand gewidmet) spielen kann, aber egal: und er käme an diese blöde Stelle, wo für sechs Takte statt wie bisher zwei B plötzlich zwei Kreuz vorgeschrieben sind, und dann gleich wieder zwei B, und man vertut sich da natürlich, wenn die neue Notenzeile kommt, und man spielt statt d – fis – h – d d – f – b – d, und Frau Kurtz, die, sagen wir, die ›Hammerklaviersonate‹ unheimlich gut kennt, schreit: fis! fis! und Kurtz drehte sich mit Schwung – »Wie bitte?« – auf seinem Klavierstuhl um, *schweicht* dann sein eingeschlingtes Bein?

Aber auch das, sagte sich Berenfelder, ist doch eine Schande. Wieviel Wörter man braucht, um einen im Grunde so simplen Sachverhalt: wie einer bei einer zugegeben etwas, aber durchaus nicht übermäßig schwierigen Stelle in der Sonate für Pianoforte Nummer 29 in B-Dur opus 106, genannt ›Große Sonate für das Hammer-Klavier‹, gewidmet dem Erzherzog Rudolph, dadurch, daß unvermutet an einer bestimmten Stelle statt zwei B zwei Kreuz stehen, ein wenig falsch spielt, was die wenigsten merken würden, statt richtig: d – fis – h – d falsch: d – f – b – d, und seine Frau, der das im Grunde genommen ganz gleich sein kann, sich sofort einmischt und sagt: fis! fis! und dabei übersieht, daß er nicht nur statt fis f, sondern auch statt h b gespielt hat, sehr weit her kann es also mit ihrer Kenntnis der ›Hammerklaviersonate‹ nicht sein, auf die sie sich soviel einbildet, und er, Kurtz, dreht sich um auf dem Klavierstuhl, mit Schwung, so daß sein Bein, an dem er einen vielleicht wirklich schmerzhaften Abszeß hat, und das er in einer Schlinge zu tragen gezwungen ist, sein Bein also schweicht, und er sagt: »Wie bitte?«, nicht »Ha?« oder »He?« oder »Was?«, nein, völlig die Form wahrend »Wie bitte?« – das alles müßte viel kürzer auszudrücken sein. In einem Wort. Zum Beispiel: Kurtz klehte »Wie bitte?«, zum Beispiel. *Kleben:* sich, am Klavier falsch gespielt habend, dies von Gattin bemerkt worden, darauf angesprochen, sich mit eingeschlingtem Bein, das dabei schweicht, rasch auf dem Klavierdrehstuhl umdrehen.

Kann man auch sagen: ein Polizist *schweicht?* Einen Moment, sagte Berenfelder zu sich selber, erst was anderes. Man müßte überhaupt für alle komplexen Vorgänge einfachere Begriffe finden. Zum Beispiel: wenn der Regen auf die Straße trommelt, und die Tropfen spritzen zurück, und die zurückspritzenden Tropfen prallen mit nachfolgenden Regentropfen zusammen, und beide Tropfen sprühen auseinander, so daß, wenn man sich zum Boden niederbeugt und schaut über den Asphalt hin, man meint, man sähe ein Zwergenfeuerwerk aus Wasser – so ein Phänomen, obwohl es so schön und poetisch ist, hat keinen Namen. Ich schlage vor: das *Bratzlicken.* Tucholsky hat für jenes unnennbare, unbeschreibliche Mittelding zwischen Flirren und Zittern, das das Pappellaub macht, wenn ein leichter Wind durchfährt, ein Wort erfunden, ich weiß nur nicht mehr, wie das Wort hieß, sagte sich Berenfelder; abgesehen natürlich von so hanebüchenen Dingen wie, daß es zwar ein Gegenwort zu hungrig, nämlich satt, gibt, zu durstig aber keines. Ich schlage auch vor: *Es boduhmt. Boduhmen* bedeutet: Ruhe über Gipfeln, kein Hauch über Wipfeln, schweigende Vögel, warten mit Aussicht auf baldige Ruhe; dies am 6. September 1780, einem Mittwoch, an die Bretterwand der Jagdhütte auf dem Gickelhahn bei Ilmenau schreiben. Es boduhmt, wäre viel kürzer, und jeder wüßte doch, was gemeint ist: »Über allen Gipfeln ist Ruh ...« und so weiter. Oder: *es bodderdommert.* Das bedeutet: »Im dunkeln Efeu saß ich, an der Pforte / Des Waldes, eben, da der goldene Mittag, / Den Quell besuchend, herunterkam / Von Treppen des Alpengebirges ...« etcetera, sage und schreibe fünf Seiten lang, und zum Schluß: »... oder auch / Bei Nacht, wenn alles gemischt / Ist ordnungslos und wiederkehrt / Uralte Verwirrung.« Sehr schön, aber doch sehr umständlich. Es bodderdommert ... jeder wüßte Bescheid. *Das Gentz-Letzetten.* Das ist, mehr braucht man nicht zu sagen, die Geschichte von den Brüdern

Karamasow. Man müßte alles, und wenn es noch so kompliziert ist, in einem Wort ausdrücken können. Für diese Geschichte hier, die Geschichte mit Kurtz, sagte sich Berenfelder, würde ich *Das Lellof* vorschlagen. *Lellof* bedeutet: ... ich will das jetzt nicht wiederholen, das bedeutet eben, was bisher mit Kurtz passiert ist, Arm in der Schlinge, Bein in der Schlinge, Klavierstuhl, ›Hammerklaviersonate‹, Frau Kurtz, die sich seit Jahren so unheimlich viel auf ihre Bildung zugute hält, das muß einem auf die Nerven gehen, noch dazu so einem kleinkarierten Charakter wie Kurtz, der sich wegen jedem windigen Abszeß das Bein in eine Schlinge legt, daß er dasteht wie ein Storch.

Kann man sagen: ein Polizist *schweicht?* fragte sich Berenfelder. Im übertragenen Sinn: ja, wenn nämlich der Polizist auf dem Trittbrett eines Polizeiautos steht, das gerade um eine Kurve fährt, so daß, sofern der Polizist an der Seite des Polizeiautos steht, das den äußeren Kreis der Spur beschreibt, der Polizist durch die Einwirkung der Zentrifugalkraft vom Auto weggedrückt wird, dort hängt wie ein Brotbeutel, Objekt ist statt Subjekt, sich krampfhaft festhält, daß er nicht davonschnellt, dann, sagte sich Berenfelder, kann man davon sprechen, daß ein Polizist schweicht.

So eine Bildungshyäne sagt *einmal* fis! fis! Sie sagt zweimal: fis! fis! oder so etwas Ähnliches. Es passiert nichts. Sie sagt es hundert Mal; das kann so einem wie Kurtz, der natürlich, wie nicht anders zu erwarten, kein Nervenkostüm aus Gußeisen hat, schon gehörig mitnehmen. Aber sie sagt es nicht hundert Mal, sie sagt es auch nicht tausendmal, sie sagt es – sagen wir, sagte sich Berenfelder. (Fußnote, die um der besseren Übersicht willen nicht unten, sondern im Text abgedruckt ist – abgesehen davon: ziehen Fußnoten das Auge des Lesers magisch an und vom eigentlichen Text ab. Das soll nicht sein. Ich kenne Leser, sagte sich Berenfelder, die lesen in Büchern nur die Fußnoten. Fußnote also: *sagen,* so oft *sagen,* das ist auch so etwas. Natürlich gibt es da Tricks: redete ..., sprach ..., flüsterte ..., eine Zeitlang war es Mode, hier Wörter zu gebrauchen, die mit dem Akustischen nichts zu tun haben, der ›Spiegel‹ hat das aufgebracht: »... der Kanzler drehte sich um: ›Und ich sage Ihnen! ...‹«, oder »Halloh!« hechtete Freddy über die Mauer ... Erstens ist das inzwischen schon wieder abgekommen und zweitens ist das so, daß jeder gleich sieht, das soll zwangloser Stil sein, eleganter Stil. Dabei ist es mit dem eleganten Stil so wie mit den englischen Herrenanzügen früher. Elegant ist es nur, wenn man es nicht merkt. Ich schlage deshalb vor, das Wort *sagen* abzuwandeln: *saken, sahgen, saggen, sagän, ßagen.* Aber für diese Geschichte hier ist das schon zu spät.) Es wäre jetzt am besten, sagte sich Berenfelder, man läse noch einmal den Satz vor der Parenthese und dann, ohne nochmals die Parenthese zu lesen hier weiter: es ist ja ganz gleich, was wir für eine Zahl nennen, es muß nur eine hohe Zahl sein, sagen wir, sie sagt es in ihrem Leben sechzehntausendvierhundertdreiundvierzig Mal. Sechzehntausendvierhundertzweiundvierzig Mal passiert nichts, höchstens, daß Kurtz sagt: »Wie bitte?« oder er sagt gar nichts und geht hinaus. Und nach dem sechzehntausendvierhundertdreiundvierzigsten Mal sagt Kurtz zwar auch noch »Wie bitte?«, weil er die Form wahrt, trotz allem, aber es war das letzte Mal. Das Bein schweicht, aber Kurtz sieht da auf einer Konsole – die Alte hat natürlich auch einen Möbeldünkel, die Konsole, wer hat sonst schon sowas, stammt aus dem Besitz einer ihrer Tanten, die mit einem Professor verheiratet war, der einmal in der engeren Auswahl für den Nobelpreis gestanden hat, auch damit hält die Alte natürlich nicht hinterm Berg – sieht da auf der Konsole, was der zigeunerartige Typ vor einer halben Stunde vom Schleifen zurückgebracht hat. Offenbar hat man zuviel bezahlt, denn der Schleifer hat das Beil sogar in Papier eingewickelt. Ohne das Beil auszuwickeln, wohl aber sein Bein aus der Schlinge nehmend, weil er sonst nicht richtig ausholen kann – ja, und in dieser Kurtz, nicht nur, daß er statt d – fis – h – d d – f – b – d gespielt hat, er hackt sich auch noch mit dem Beil auf den Daumen der linken Hand, mit der er den Kopf der Alten festhält. Und so war es das letzte Mal, daß sie fis! fis! gerufen hat.

Der Polizist, der in der Kurve geschweicht hat, springt herunter. Das gibt natürlich Schwung. So einer wie Kurtz macht zwar noch einen Hupfer, und dann hat er ihn, der Polizist den Kurtz. Wie er ihn umdreht, der Polizist den Kurtz, schweicht noch einmal Kurtz' Arm.

Die Suche nach der verlorenen Zeit, sagte sich Berenfelder, sieben Bände: das ist zwei Wörter wert, da braucht man zwei Wörter, um das auszudrücken: *Das Tempf* und *die Bohweiß*, zum Beispiel, solang nichts Besseres erfunden ist.

Der am Stillen verhinderte Patriarch
oder
Zehntausend Osterpostkarten
(1977)

Meine Sippe väterlicherseits war eine patriarchalische Familie im römisch-katholischen Sinn: der Vater – der zu der Zeit, an die ich mich erinnern kann, natürlich schon ›der Großvater‹ war – der Hausvater, das Familienoberhaupt, der Patriarch wurde nach außen hin geehrt, erfüllte Repräsentationspflichten, erledigte gelegentlich Gänge auf Ämter und hatte der Familie seinen Namen gegeben. Im Haus und im Geschäft regierte die Großmutter. *Sie* hatte das Geld und die Schlüssel. Der Großvater hatte ungefähr den Einfluß auf das Hauswesen und die Familie, wie ihn ein konstitutioneller Monarch auf die Regierung seines Landes hat, nämlich keinen. Ich weiß nicht, was die Feministinnen immer haben: nirgends habe ich eine so festgefügte Frauenherrschaft erlebt wie in meiner patriarchalisch-tirolischen Großfamilie römisch-katholischen Zuschnitts. Der Patriarch, der Großvater, hatte nach Abschluß des Zeugungsvorganges seinerzeit für Weib, Kinder, Familie, Geschäft jede Bedeutung verloren. Gelegentlich hörte ich Seufzer meiner Großmutter: es sei ihr im Grunde genommen unklar, wieso man diesen nichtsnutzigen Menschen durchfüttere, noch dazu in einer so schweren Zeit (es war Krieg damals, die Nazizeit). Sechs Kinder hatten meine Großeltern, fünf Söhne und eine Tochter. Bei der Vornamenswahl wurde dem konstitutionellen Patriarchen noch ein gewisses Mitspracherecht eingeräumt. Die Geburt des ältesten Sohnes, des ersten Kindes, sei – wurde meine Großmutter selbst in hohem Alter zu erzählen nicht müde – sehr schwer gewesen; sie habe sie fast nicht überlebt. Die Großmutter erzählte das stets mit deutlich vorwurfsvollem Unterton gegen den Großvater, der dann auch immer schuldbewußt den Kopf senkte. Der tirolisch-katholische Patriarch hat immer auch Sündenbockfunktionen. Die Geburt sei sehr schwer gewesen, außerdem sei ihr das Kind äußerst ungelegen gekommen – das heißt: das Kind an sich nicht, nur der Zeitpunkt, zu dem sie es zur Welt bringen mußte. Sie wäre nämlich in Gründung eines Möbelgeschäftes begriffen gewesen. Das neue, junge Unternehmen, finanziell noch auf zarten Füßen, sei durch den wochenbettbedingten Ausfall der Gründerin fast wieder zugrunde gegangen. Daneben habe der Betrieb des gepachteten Gasthofes – des ›Höllerhofes‹ in St. Jakob bei Bozen – weitergehen müssen. Der Großvater – ›Tatti‹ nannte sie ihn – sei keine Hilfe gewesen. Er habe eigentlich nur – was auch wichtig sei, natürlich – mit den Stammgästen Karten gespielt. Eine schwere Zeit, alles in allem. Wenn nicht die Hilfe des heiligen Antonius gewesen wäre, außerdem die der heiligen Emerenzia von Weißenstein sowie der Drei Heiligen Fußabdrücke zu Schwarzquell im Geißenthal, denen allen sie je eine vierpfündige Kerze versprochen hätte in der Stunde ihrer Not, wäre es nicht gut gegangen. »Wofür ich den Tatti durchfüttere, kann mir kein Mensch sagen …«

So, in all diesen Wirrnissen, wollte die Großmutter den ältesten Sohn ›Schmerzensreich‹ nennen. Schmerzensreich Rosendorfer. Da muß der konstitutionelle Patriarch Friedrich Rosendorfer doch irgendwie seine letzten Kraftreserven gegen das Matriarchat aufgeboten haben. Zwar mit dem Einwand: Schmerzensreich sei kein christkatholischer Vorname, drang er nicht durch, denn die Großmutter wies auf den Reinmichel-Kalender, in dem für den 11. September klipp und klar der Tag des St. Schmerzensreich, Bekenner und Märtyrer, ausgewiesen war. Aber die Bedenken meines Großvaters, was ein mit dem

Vornamen Schmerzensreich behaftetes Schulkind seitens seiner Kameraden zu erwarten hätte, konnte meine Großmutter nicht von der Hand weisen. So gab die Großmutter – vermutlich das letzte Mal in ihrem Leben – ihrem Mann nach. Der älteste Sohn wurde nach dem Vater schlicht Friedrich getauft.

Gelegentlich, noch viele Jahre später, als der Patriarch längst Großvater war – von den Enkeln ›Atatta‹ genannt – muckte er noch auf, wenn die Großmutter zu lang vorrechnete, was die Zigaretten kosten, die Tatti so gern rauchte. Dann brachte er mit verhaltenem Groll die Sache mit ›Schmerzensreich‹ wieder aufs Tapet und machte allerhand Abkürzungen und Kosenamen draus: ›Schmerzer‹ oder ›Schmerzi‹.

In der Zeit nach dem Krieg, die in vielerlei Hinsicht fast schwerer war als die eigentliche Kriegszeit, war das Geschäft in der Bahnhofstraße in Kitzbühel – die bis 8. Mai 1945 ›Adolf-Hitler-Straße‹ hieß – nur mit Mühe zu betreiben. Eigentlich war es (und ist es heute wieder) ein Textilgeschäft, aber Textilien gab es kaum. Die Regale waren leer. Meine Großmutter und mein Onkel Fritz – jener älteste Sohn, der nur um Haaresbreite um den Vornamen Schmerzensreich herumgekommen war – wichen auf sogenannte nicht-bewirtschaftete Handelsgüter aus: Holzspielwaren und Andenkenartikel. Chefin war meine Großmutter, formal Inhaberin des Unternehmens; die Arbeit machte mein Onkel, außerdem war eine ›Ladnerin‹ da, also eine Verkäuferin, und ein Lehrling, der unter den oben genannten Umständen nicht viel mehr als Abstauben, den Hof kehren und Brotzeit holen lernen konnte. Pro forma, und um ihn nach außen hin nicht bloßzustellen, hatte meine Großmutter ihrem Mann Prokura erteilt, aber es war Sorge getragen, daß er im Geschäft kein Unheil anrichten konnte: er verrichtete nur Heizer-Dienste.

Es muß im Januar oder Februar 1946 gewesen sein, da ergab

sich aber die verhängnisvolle Konstellation, daß doch einmal ›Tatti‹ für eine halbe Stunde allein im Laden war. Mein Onkel mußte aufs Finanzamt oder irgendwohin, mit dieser Besorgung überschnitt sich zeitlich, daß meine Großmutter ihren wöchentlichen Termin beim Friseur hatte, die Ladnerin war krank, der Lehrling in der Berufsschule. Es ergab sich eine Lücke von einer halben Stunde. In der Not – denn auch in schlechten Zeiten hielt meine Großmutter die Geschäftsmoral hoch: der Laden mußte unter allen Umständen offen bleiben – erinnerte man sich an den Prokuristen ›Tatti‹ und beorderte ihn, in der Hoffnung, daß in der halben Stunde, wo er allein sein würde, kein Kunde kommen und damit der Großvater keine Gelegenheit haben würde, Unsinn zu machen.

Nicht ohne Stolz legte mein Großvater seinen blauen Schurz ab, den er über Hose und ›Gilet‹ immer quasi als Hauskleidung trug, schlüpfte in seine gute Anzugjacke und ging in den Laden. Ich ging mit. Das hatte einen Grund: ›Atatta‹ war ein leidenschaftlicher Leser der Sherlock-Holmes-Geschichten von Conan Doyle gewesen. In der Zeit, in der meine Großmutter in Bozen, vor der Übersiedlung nach Kitzbühel, neben der Möbelhandlung, von der schon die Rede war, und nachdem sie den ›Höllerhof‹ als nicht mehr rentabel (und vielleicht auch reputierlich) genug aufgegeben hatte, auch ein Antiquitätengeschäft betrieb (Trödlerei sagte man damals), hatte sie einmal aus dem Nachlaß eines verschuldeten Barons einen Posten alten Geschirrs mit Goldrand und Krone, eine Statue des heiligen Amynthias von Segeste (es kann auch – ich erinnere mich nicht genau – der heilige Constantius von Forno gewesen sein) und eine Reihe gleich eingebundener Bücher angekauft. Das Geschirr verkaufte sie mit Gewinn weiter, die Statue stiftete sie der Franziskanerkirche (wo auch eine Frühmeß-Stiftung von ihr bestand: »Frühmeß-Stiftung Frau Anna Rosendorfer: zur Erflehung von Hilfe zu günstiger Steuerveranlagung«), die Bücher wollte sie eigentlich nicht kaufen, die mußte sie nehmen, weil sie das andere sonst nicht bekommen hätte. Bei den Büchern handelte es sich um eine komplette deutsche Übersetzung der Sherlock-Holmes-Geschichten von Conan Doyle. Die brachte mein Großvater auf die Seite und las sie. Er las sie alle mehrmals. Dann wurden die Bücher doch noch verkauft, aber ›Atatta‹ behielt die Geschichten vom großen Detektiv Sherlock Holmes in lieber Erinnerung, und als ich alt genug dazu war, erzählte er sie mir nach und nach. Zwischen der Lektüre der Geschichten und dem Wiedererzählen lagen wohl dreißig Jahre. In den Jahren machten die Geschichten im Gedächtnis meines Großvaters Wandlungen durch, vermischten sich, weiteten sich aus, verbanden sich mit eigenen Erinnerungen oder Erfindungen meines Großvaters, und was er mir erzählte, hatte wenig mit dem originalen Sherlock Holmes zu tun, war aber nicht weniger großartig.

Leider war mein Großvater sparsam mit seinen Erzählungen. Die Großmutter mochte es auch nicht gern, daß er dem Kind so unchristliches Zeug vorlog. In der vermutlich langweiligen halben Stunde, die im Laden zu erwarten war, hoffte ich, daß mir ›Atatta‹ zum Zeitvertreib eine Geschichte erzählen würde. Deshalb begleitete ich ihn in den Laden und wurde so Zeuge eines Vorganges von gigantischem Ausmaß und nachhaltiger Wirkung.

Kunde kam in der halben Stunde keiner, es kam aber ein Vertreter, ›Reisender‹, wie es damals hieß. Er führte nur einen Artikel: Osterpostkarten. Es gibt keinen in der Familie, der sich an diese Osterpostkarten nicht erinnert. Man bedenke die schlechten Zeiten damals: die Postkarten waren auf hartes, holziges Papier gedruckt, glanzlos und einfarbig, das heißt, auf weißem Grund waren insgesamt vier Motive gezeichnet – Osterhase mit Osterei, Osterhase mit Palmzweig, zwei Osterhasen mit je einem Ei im Buckelkorb, zwei Osterhasen ein großes Osterei tragend. Jedes der Motive gab es in vier verschiedenen Farben: blau, grün, rot und gelb, insgesamt also sechzehn Muster. Besonders unerfreulich war die gelbe Ausführung, denn das matte Gelb hob sich von dem gelblichen Karton des Untergrundes kaum ab. Man konnte die Zeichnung nur erkennen, wenn man die Karte scharf schräg gegen das Licht hielt.

Der ›Reisende‹ legte seine Kollektion, die sechzehn Karten, vor.

»Hm«, sagte Atatta. Der Reisende blätterte in seinem Auftragsbuch zurück.

»Der ›Tscholl‹«, sagte er, »hat hundert Stück geordert.«

Der ›Tscholl‹ war das größte Schreibwarengeschäft am Ort.

»Hm«, sagte Atatta. Der Reisende blätterte weiter zurück: »Der ›Skoslowski‹ achtzig.« Der ›Skoslowski‹ war der zweitgrößte Schreibwarenladen.

»Hm«, sagte Atatta.

»Der ›Schiestl‹«, sagte der Reisende – der ›Schiestl‹ war eine sogenannte Leihbücherei mit angegliederter, bescheidener Buchhandlung – »der ›Schiestl‹ fünfzig.«

»Zehntausend«, sagte mein Großvater.

Der Reisende schnappte nach Luft, aber nur kurz, dann fing er sich, schrieb ganz schnell den Auftrag in sein Buch, Atatta setzte seine sehr schöne, von der leichtfertig erteilten Prokura gedeckte Unterschrift darunter, der Reisende klappte sein Auftragsbuch zu, raffte rasch seine Kollektion zusammen und verschwand.

Die alte und ehrwürdige Stadt Kitzbühel hatte damals etwa 9000 Einwohner, die Flüchtlinge, die sich in den letzten Kriegsmonaten angesammelt hatten, eingerechnet. Die lächerlichen Bestellungen der Firmen Tscholl, Skoslowski und

Schiestl außer acht gelassen, hätte also jeder Einwohner Kitzbühels, vom Säugling bis zum Greise, mindestens eine Osterkarte bei uns kaufen müssen, tausend Einwohner sogar zwei, wenn die Bestellung meines Großvaters umgesetzt werden sollte. Als nach der halben Stunde mein Onkel wieder kam und der Patriarch Atatta wieder in den Heizungskeller entlassen wurde, sagte Atatta nichts. Einen Monat später aber kam ein Lastwagen mit einer Kiste.

Es müsse sich um einen Irrtum handeln, sagte mein Onkel. Die mürrischen Fuhrleute ließen sich nicht darauf ein. Sie sagten, sie hätten nur den Auftrag, die Kiste abzuliefern, luden sie ab und stellten sie vor die Tür. Eine Kiste mit zehntausend kartonschweren Osterkarten – vier Motive in je vier verschiedenen Farben. Eine kurze Korrespondenz mit der Lieferfirma deckte den Sachverhalt auf. Es war nichts zu machen, die Unterschrift des Großvaters galt. Mein Onkel schimpfte, meine Großmutter jammerte: nie mehr würde der Alte im Laden allein gelassen werden – aber das half für die gegenwärtigen, zentnerschweren zehntausend Osterkarten nichts mehr.

Vor Ostern 1946 wurden zweihundert Stück verkauft. Die restlichen 9800 wurden verpackt und für Ostern 1947 aufgehoben. 1947 wurden weitere 60 Stück verkauft. 1948 gab es bereits wieder vielfarbige, glänzende Osterpostkarten, die 9740 Stück waren unverkäuflich. Es wurden allen Verwandten und Bekannten, deren Adressen man sich erinnerte, Ostergrüße geschrieben. Es blieben immer noch 9718 Karten. Es wurden auch nach Ostern, bis Pfingsten, ja sogar im Sommer noch Grüße auf Osterpostkarten verschickt. Ich kam 1948 nach München aufs Gymnasium; jede Nachricht, die ich von meinen Großeltern erhielt, war auf eine Osterpostkarte geschrieben, auch als ich schon auf der Universität war. Die gesamte Geschäftskorrespondenz der Firma Rosendorfer wurde durch Jahre auf Osterpostkarten geführt. Nach einiger Zeit begann man, Kunden beim Kauf irgendeines Artikels – inzwischen gab es ja wieder Textilien, die Regale waren wieder voll – als Zugabe eine Osterpostkarte beizupacken. Unter dem Ladentisch – die ›Ladenbudel‹ sagte man damals – lag immer ein Stoß solcher Osterpostkarten. Es sprach sich herum. Manche Kunden sagten schon:

»Bitte ein Paar Socken Größe elf – aber ohne Postkarten.«

Mein Onkel, meine Großmutter, die Ladnerin packten dennoch bei – ein rascher, verstohlener Griff unter die Ladenbudel, vor dem Einschlagen der Ware ... wieder zehn weniger.

Der Vorrat in der Kiste, die im Magazin stand und Platz wegnahm, schmolz kaum merklich. An den Seiten waren die Stapel so hoch wie zu Anfang, nur in der Mitte bildete sich mit der Zeit eine leichte Mulde. Atatta verwendete die Karten zum Anheizen. Als Abortpapier eigneten sie sich nicht, weil sie zu hart waren. Mitte der fünfziger Jahre verlegte mein Onkel das Geschäft in ein anderes Haus näher ans Ortszentrum. Die Kiste übersiedelte mit. Der Boden der Kiste war noch nicht zu sehen.

Meine Großmutter starb. Alle erwarteten, daß Atatta nun aufleben würde – nein, er versank rätselhafterweise in Melancholie. Er rasierte sich nicht mehr, weil es sich, sagte er, in seinem Alter nicht mehr rentiere. Er kam in ein von Nonnen geleitetes Altersheim. Die Schwester Oberin klagte mir einmal ihr Leid: keiner mache beim Baden so einen Zirkus wie der alte Rosendorfer. Sie, die Oberin, hätte gegen alle Vorschrift die Badepflicht für den alten Rosendorfer eh schon von einem Bad pro Woche auf ein Bad pro Monat herabgesetzt. Aber auch da wehre er sich mit Händen und Füßen und würde entweder bös oder weinerlich. Einmal habe er sich vor ihr auf die

Knie geworfen und mit aufgehobenen Händen gefleht: Bitte nicht baden – es rentiere sich nicht mehr in seinem Alter. Vier stämmige Nonnen hätten ihn dann ins Bad tragen müssen. Allerdings, so fügte die Schwester Oberin versöhnlich hinzu, die schönen Osterkarten, die der Onkel immer mitbringe, freuten sie schon – und immer gleich so viele.

Eichenlaub und Judenstern
(1977)

Ob man sagen soll: das Unglück begann damit, daß Albin Kessel in dem Kurzgeschichten-Wettbewerb *keinen* Preis bekam? War es überhaupt ein Unglück? Gelegentlich gibt Albin Kessel sogar zu, daß es ein paar lustige Wochen waren, wenn auch nicht gerade ungefährliche.

»Zum Glück«, sagte Kessel, als er die Geschichte erzählte, »hat zum Schluß eine Bombe das Hotel getroffen, da habe ich wenigstens die Hotelrechnung nicht bezahlen müssen. Es hat mich eh eine Stange Geld gekostet; und daß ich von den Banditen nie einen Pfennig sehe, ist ja klar.«

Mit den Banditen meint Albin Kessel die Inhaber einer Filmgesellschaft. Nicht, daß wir zu zimperlich wären, die Gesellschaft beim Namen zu nennen, Albin Kessel kann sich auf den Namen absolut nicht mehr besinnen, was den, der Albin Kessel kennt, nicht wundert.

Der Kurzgeschichten-Wettbewerb war vor Jahren von einer norddeutschen Kleinstadt ausgeschrieben worden, und Albin Kessel, der bis dahin nie etwas anderes als Gedichte verfaßt hatte, versuchte es mit einer Kurzgeschichte, »nicht mehr als fünf Seiten à 30 Zeilen zu maximal 65 Anschlägen«. Hätte Albin Kessel den Preis gewonnen, wäre er um dreitausend Mark reicher gewesen und die Sache hätte sich gehabt. Aber Albin Kessel bekam seine Kurzgeschichte zurückgeschickt, ärgerte sich und brachte es tatsächlich fertig, sein Manuskript bei einer großen Zeitung unterzubringen. Und so nahm das Unglück – wenn man bei der Bezeichnung bleiben will – seinen Lauf.

In der Geschichte verarbeitete Kessel ein Kriegserlebnis seines Vaters aus dem Nordafrika-Feldzug. Es handelte von einem jungen deutschen Juden, dem es irgendwie gelungen war, seine jüdische Herkunft zu verschleiern und Soldat zu werden. (»Für einen Juden ist es in Deutschland gefährlicher als an der Front«, sagte der junge Jude zu den wenigen, denen er sich anvertraute; Albin Kessels Vater gehörte dazu.) Nicht genug damit: der junge Jude war ein tapferer und zudem noch intelligenter Soldat. Er erhielt das Eiserne Kreuz zweiter und erster Klasse, wurde Unteroffizier, bekam – was im ganzen Krieg nur ein dutzendmal vorkam – als Unteroffizier das Ritterkreuz, wurde vor El-Alamein von Rommel unter Umgehung aller Vorschriften zum Leutnant befördert und im Wehrmachtsbericht namentlich erwähnt. (Er hieß Siegfried Klausnik, ein Name, der den Kenner eigentlich hätte stutzig machen müssen.) Nach einer Verwundung – Klausnik war schon Oberleutnant und sollte das Eichenlaub zum Ritterkreuz bekommen – entdeckte ein Feldarzt, daß Klausnik beschnitten war, und hatte nichts Eiligeres zu tun, als das zu melden.

Es sei eine der peinlichsten Situationen gewesen, soll Hitler gesagt haben, in die die Wehrmacht je gekommen sei. Die Verleihung des Eichenlaubs konnte gerade noch rückgängig gemacht werden. Die Sache wäre noch zu richten gewesen, wenn sich Klausnik damit einverstanden erklärt hätte, zum Ehrenarier ernannt zu werden. Aber er lehnte ab. Er sei Jude. Rommel selber verwandte sich für den Verbleib Klausniks in der Wehrmacht. Es wurde abgelehnt. (Diese Düpierung sei einer der Gründe für Rommels Zerwürfnis mit dem Oberkommando der Wehrmacht gewesen, meinen einige Rommel-Biographen.) Klausnik verschwand. Was aus ihm geworden ist, hat nie jemand erfahren …

Ist das ein Filmstoff oder ist das keiner? Natürlich ist das ein Filmstoff. »Wissen Sie«, sagte der Produzent zu Kessel,

»das ist sogar der ideale Filmstoff. Rommel und ein Jude, ein toller Hecht mit Ritterkreuz und doch kein Nazi ... Herrschaftsseiten, daß uns das nicht früher eingefallen ist. Wir können es krachen lassen nach Herzenslust, und keiner kann uns vorwerfen, daß wir dafür sind. Klare, kritische Stellungnahme. Wissen Sie, im Grunde genommen wird es den Leuten doch warm ums Herz, wenn sie die alten Uniformen sehen und den Rommel mit der Staubbrille am Käppi. Ihr Titel ist natürlich Scheiße: ›Der blonde Siegfried‹. Da finden wir was anderes. ›Eichenlaub und Judenstern‹ oder so.«

An den Originalschauplätzen, in Libyen, konnte nicht gefilmt werden. Da ist für so etwas keine Erlaubnis zu bekommen. Also drehte man in einem Land, das kein Erdöl hat und gerne das Geld sieht, das eine Filmfirma zahlt: in der Republik Ubangi. Sie liegt zwar schon ziemlich weit südlich, aber Sand haben sie da gerade noch, im Norden reicht ein Zipfel der Sahara hin.

Es wurde ein Riesenaufwand getrieben. Es sollte ein ganz großer Film werden: »Eichenlaub und Judenstern«.

»17 Millionen«, sagte Albin Kessel, »kann auch sein, 34 Millionen, ich weiß das nicht mehr so genau. Ich Blödmann wollte superschlau sein und habe mir keine Pauschale für das Drehbuch geben lassen – 15 000 hätten sie bezahlt –, sondern habe auf fünf Prozent vom Einspielergebnis beharrt. Ich habe damals noch nicht gewußt, daß es nur einen einzigen Film gibt, bei dem die Produzenten nicht anders konnten, als auch dem Drehbuchautor seinen Anteil am Einspielergebnis zu bezahlen, und das war ›Vom Winde verweht‹. Alle anderen Filme haben kein Einspielergebnis, wenn der Drehbuchautor wegen seiner fünf Prozent daherkommt. Na ja – wenigstens mußte ich die Hotelrechnung von ›Ubangi Palace‹ nicht bezahlen.«

Drei alte Fieseler-Storch, zwei Ju 88, mehr als ein Dutzend

Feldhaubitzen, deutsche und englische Panzer – alles in Wüstengelb –, Wehrmachtslastwagen, Zelte, Maschinengewehre, Feldküche, Lazarett, sogar Munitionskisten und nicht genug damit: auch Munition wurde angeschafft und nach Ubangi transportiert. Ursprünglich dachte man daran, die ubangische Armee als Komparserie anzuheuern und in Rommel-Khaki zu stecken, aber die Ubangi sind ja Schwarze. Also mußte man auch die Statisten mitbringen. Zum Schluß wurde dann Curd Jürgens eingeflogen, der den Rommel spielen sollte, und Klaus Kinski als Darsteller des Siegfried Klausnik.

»Als ich von dieser Besetzung erfuhr«, sagte Albin Kessel, »wußte ich natürlich, daß von meiner ursprünglichen Geschichte gar nichts mehr übrig bleiben würde. Bedenken hatte ich schon, als mir gesagt wurde, ein äußerst routinierter Autor, ein hervorragender Mann, habe mein Drehbuch überarbeitet. Immerhin war mir gestattet worden, die neue Fassung zu lesen. Es war natürlich Käse, allerdings routinierter Käse. Aber als ich von Curd Jürgens erfuhr und Klaus Kinski, sagte ich mir: gute Nacht ...«

Curd Jürgens und Klaus Kinski kamen erst, als die Statisten und das Personal – insgesamt knapp 500 Leute – schon da waren.

»Was für einen Stellenwert, um einmal das dumme Wort zu gebrauchen, der Autor beim Produzenten hat«, sagte Albin Kessel, »war an den Zimmern abzulesen, die für uns im ›Ubangi Palace‹ bestellt waren. Kinski kam mit drei Freundinnen und erhielt eine Suite. Jürgens reiste mit einer Freundin an und bekam eine noch größere Suite. Meine Verflossene, die damals, wenn ich mich nicht irre, dem Papier nach immer noch mit mir verheiratet war, wäre natürlich auch gern mitgefahren – aber nichts da, sagte ich ihr. Schließlich wollte sie sonst auch nichts von mir wissen. Ich kam also allein, und für mich war natürlich keine Suite reserviert. Da das ganze Hotel mit Leuten von unserer Produktion belegt war, hätte ich glatt wieder abreisen können – es gibt nur ein Hotel in Ubangi –, wenn mir nicht der Aufnahmeleiter, ein gewisser Lochner Karl, angeboten hätte, seine Suite mit mir zu teilen.«

Lochner war nicht nur Aufnahmeleiter, er war auch der Ersatz für den wissenschaftlichen Berater, das heißt, für einen, der Bescheid weiß, wie es damals im Krieg zugegangen war. Lochner, ein etwa fünfzigjähriger kleiner, dicker Mann mit einer Glatze, war im Krieg Hauptmann gewesen, und dem Ton nach, mit dem er die Leute anherrschte, war zu schließen, daß er ein sehr unangenehmer Hauptmann gewesen war. Aber die Produzenten nahmen ihn gern, weil er immer noch die Dienstvorschriften der Wehrmacht aus dem Effeff beherrschte, und wenn er sagte: ein Oberfeldveterinär trug geflochtene Achselstücke in Silber, so konnte man Gift darauf nehmen, daß ein Oberfeldveterinär geflochtene Achselstücke in Silber getragen hatte. Wer Lochner bei einem Kriegsfilm engagierte, sparte zwei Professoren.

Als Jürgens im ›Ubangi Palace‹ ankam, hielt er als erstes eine Pressekonferenz ab. Er sagte, daß dieser Film, hier in der Wüste, am Rand der Zivilisation gedreht, eine echte Herausforderung für ihn sei. So ein Film – das sei fast die letzte Gelegenheit in unserer Welt, sich als Mann zu bewähren. Nach dem Interview mußten alle Journalisten hinaus, bevor Jürgens aufstand, weil er sich schwer damit tat. Er hatte irgendeinen eingeklemmten Nerv am Gesäß oder so etwas. Er machte dem Hotelmanager auch ein fürchterliches Spektakel, weil das warme Wasser im Bidet nicht richtig lief.

Das alles war nur Vorspiel, und die eigentliche Geschichte fing erst an, nachdem fast die Hälfte des Films abgedreht war.

Eines Tages brachte ein Bote auf einem Motorrad einen versiegelten Brief ins Hotel. Der Umschlag war ›An den Film

Eichenlaub und Judenstern‹ adressiert. Der Aufnahmeleiter überreichte ihn dem Produzenten. Der Brief enthielt eine mehr allgemein gehaltene Einladung an ›die Herren vom Film‹, ins Präsidentenpalais zu kommen.

»Je nachdem, wie man das liest«, sagte der Produzent, »kann damit ein Galadiner oder ein Verhör gemeint sein.«

Da der Brief nicht an eine bestimmte Person gerichtet war und unmöglich alle Herren vom Film gemeint sein konnten, entschied der Produzent, daß er selber nicht hingehen würde. Auch der Regisseur lehnte ab: »Auf ein Verhör lege ich keinen Wert, und wenn es ein Galadiner sein sollte: Ich mag keinen gebratenen Missionar.«

»Sie sind ein Rassist?« fragte der Produzent.

Jürgens hatte sich einen Knöchel vertreten (er mußte zum Drehen getragen werden), Kinski war gerade beleidigt, da fiel dem Produzenten der Drehbuchautor Albin Kessel ein. Damit die Delegation nicht gar so kläglich aussah, wurde ihm ein Kameraassistent und ein Scriptgirl mitgegeben.

Präsident Kona Konega saß auf einem erhöhten Thron und hatte ein Tischchen mit Speisen neben sich. Für die anderen Gäste war ein langer Tisch gedeckt. Es gab Heringe mit Bandnudeln, geeisten Gurkensalat und gebratene Himbeeren. Der Chefkoch hatte im ›Sacher‹ in Wien gelernt, war aber von schwachem Gedächtnis. Wenn er etwas nicht wußte, rief er in Wien in der Küche vom ›Sacher‹ an und fragte seinen ehemaligen Lehrmeister. Da die Verbindung oft gestört wurde, ergaben sich Mißverständnisse.

Peinlich war, daß sichtlich eine größere Anzahl der ›Herren vom Film‹ erwartet worden war. Auf der einen Seite des Tisches saßen mindestens achtzig Einheimische, alle tadellos im Smoking, wohl die Crème des Landes. Jedem Einheimischen gegenüber war ein freies Gedeck. Man hatte mit achtzig Gästen gerechnet.

»Setzt euch wenigstens weit auseinander«, zischte Kessel, »daß wir wie mehr wirken – naja.« Es half nicht viel.

Albin Kessel überlegte schon, ob er in seine Begrüßungsworte eine Entschuldigung wegen der geringen Zahl der Filmleute einflechten solle, aber der Präsident übersah den Fauxpas. »Man muß es ihm lassen«, erzählte Albin Kessel, »er behandelte uns, als wären wir dreißig.«

Nach dem Essen wurden die Gäste zu einem Gespräch in kleinerem Rahmen gebeten. In einem Rauchsalon mit Kamin, in dem trotz der Hitze ein Feuer brannte, wurden Getränke und Zigarren gereicht. Außer dem Präsidenten waren noch ein älterer Schwarzer in Uniform und ein junger Mann dabei. Der junge Schwarze war ein Dolmetscher, aber da Kessel Französisch sprach, brauchte man ihn nicht.

Auf einem runden Marmortisch lagen die Einfuhrdeklarationen für das Filmmaterial. Der Präsident las Kessel die Liste vor. Er überflog schnell die eigentliche Filmausrüstung, Kameras, Scheinwerfer, Mikrophone und so weiter, las aber sehr genau die einzelnen Posten der Kriegsstaffage: 70 Maschinengewehre, 400 Gewehre, 14 Panzerabwehrkanonen ... »Außerdem«, sagte der Präsident zum Schluß lächelnd, und nahm die einzige Zeitung des Landes, den »Etoile d'Ubangi« zur Hand, auf der ein ganzseitiges Foto von Curd Jürgens als Rommel prangte – »haben Sie einen sehr schönen General.«

Albin Kessel wurde es heiß, worauf wollte der Präsident hinaus? »Jenseits des Simbana-Flusses liegt die Republik Schatschari«, sagte der Präsident plötzlich, »dort regiert mein Vetter Georges Zimbu, ein Halbaffe. Dort werden Sie einmarschieren.«

Kessel redete jetzt wie ein Buch. »Ich habe Sachen gesagt, die mich an den Galgen hätten bringen können, dort unten ist man gar nicht zimperlich mit so etwas. Mir ist sogar in der

Not das französische Wort für Schnapsidee eingefallen, aber der Präsident hat überhaupt nicht zugehört. Er hat nur immer liebenswürdig gelächelt, und dann eine Landkarte bringen lassen, auf der die beiden Republiken eingezeichnet waren. Schatschari war zum Teil schraffiert. Dort wohnten angeblich Ubangis, die von den Schatscharis unterdrückt wurden und befreit werden mußten. Wie man eben so die Kriege moralisch unterfüttert – war ja bei uns früher auch nicht anders. Und dort unten sind sie noch nicht recht viel weiter, als wir Anno 1880 auf dem Balkan.«

Zum Schluß, es war schon gegen elf Uhr, brachte der Präsident Kona Konega einen Toast auf Feldmarschall Rommel aus und sagte auf Deutsch: »Ab fünf Uhr wird zurückgeschossen.« Hinzuzufügen wäre an dieser Stelle vielleicht, daß es sich bei dem Staate Ubangi um eine sozialistische Volksrepublik handelt.

»Der ist wahnsinnig«, sagte Curd Jürgens bei der eilig einberufenen Besprechung nach Kessels Rückkehr ins Hotel. »Fünf Uhr, da müßten wir ja mitten in der Nacht aufstehen.«

»Ich glaube«, sagte Albin Kessel, »daß das eher ein untergeordneter Punkt ist. Das war nur ein Zitat.«

»Ungenau«, sagte der Aufnahmeleiter Lochner, »Hitler hat nicht gesagt: ›Ab fünf Uhr wird zurückgeschossen‹, er hat gesagt: ›Seit fünf Uhr 45 wird zurückgeschossen.‹ Das war am 1. September '39.«

»Fünf oder dreiviertel sechs«, sagte Jürgens, »das ist doch so gut wie das gleiche.«

»Wenn wir«, sagte Albin Kessel, »ab halb elf Uhr zurückschießen, würde das, nehme ich an, dem Präsidenten auch recht sein.«

»Ich kann keinesfalls mit«, sagte Curd Jürgens, »wegen meines Knöchels.«

»Ihr lächerlicher Knöchel«, sagte der Aufnahmeleiter, »das reicht nicht einmal für einen Fronturlaub.«

Curd Jürgens begann leise zu weinen und sagte, er müsse sich sogleich auf das Sofa legen.

Der Produzent sagte: »Also Kinder, das ist absoluter Mist. Wir können doch nicht – und außerdem – das wäre ja, also die diplomatischen Verwicklungen – und wir haben überhaupt keine scharfe Munition.«

»Doch«, sagte Aufnahmeleiter Lochner, »ein paar Kisten scharfer Munition waren bei dem Restposten, den wir von der Bundeswehr gekauft haben, auch dabei. Ich habe sie zur Vorsicht auf die Seite getan. Damit den Statisten nichts passiert. Weil wir die ja immer einfliegen müssen.«

»Wie wäre es«, sagte Kessel, »wenn wir den deutschen Botschafter verständigen?«

Der Botschafter war gerade in Bonn. Es kam ein verschlafener Chargé d'affaires, ein junger Legationsrat oder so etwas, und wackelte bedenklich mit dem Kopf. Das beste sei, meinte er, die Filmleute würden so schnell wie möglich abreisen. Um eins ginge noch ein Flugzeug nach Kairo.

»Unmöglich«, sagte der Produzent, »erstens haben wir nicht alle in der Maschine Platz, wir sind fast fünfhundert Leute, und zweitens: wir können doch nicht zu drehen aufhören. Da stecken ja schon fünf Millionen drin.«

Der Chargé d'affaires wackelte wieder mit dem Kopf, sagte, daß er alles tun würde, was in seiner Macht stünde, und ging. Er tat dann auch alles, was in seiner Macht stand: er legte sich wieder ins Bett.

»Wir tun so«, sagte der Produzent, »als ob gar nichts gewesen wäre. Wir drehen weiter. Morgen hat der Gorilla das Ganze vergessen.«

Da kam ein weiterer Bote vom Präsidenten. Er brachte für den Feldmarschall Rommel den höchsten Ubangi-Orden und einen Brief, dessen Inhalt den Produzenten anderer Meinung werden ließ.

»Rommel, das bin ich«, sagte Jürgens, »her mit dem Orden. Her mit dem Orden, sage ich! Daß mir keiner das Ding anrührt.«

»Und wenn«, sagte der Produzent, und wandte sich das allererste Mal an Kessel, »wenn wir nun in drei Teufels Namen einen oder zwei Tage opfern – und«, er merkte, daß er sich an Kessel gewandt hatte und nicht an den Aufnahmeleiter Lochner, »und – Lochner, wo bist du! Ach, da bist du – wie lang würde es denn dauern, bis wir diese, wie heißen sie? – Schatschani ... oder? Die jagen wir doch durch Sonne und Mond ...«

»Da bin ich nicht so sicher«, sagte Lochner, »wir haben nicht die geringste Ahnung von der Stärke und den Stellungen des Gegners.«

»Hm – glaubst du nicht, daß wir wenigstens eine Stadt oder so erobern könnten? Vielleicht ist er dann zufrieden.«

»Ich habe mir das Gelände auf der Karte angesehen«, sagte Lochner. »Ungünstig. Der Simbana-Fluß. Wir haben keine Pioniere.«

»Ja, dann können wir einpacken! Stellen Sie sich vor. Fünf Millionen stecken schon drin. Das ist mein Ruin ...«

»Da wird ganz was anderes zu Ihrem Ruin werden«, sagte Kessel, der inzwischen den Brief des Präsidenten gelesen hatte. »Keiner von uns kommt aus Ubangi lebend hinaus.«

»Er muß uns hinauslassen«, schrie der Produzent. »Und er wird Schadensersatz zahlen.«

»Wenn er könnte«, sagte Kessel. »Ubangi schuldet aus der Zeit, wo es noch nicht Volksrepublik war, den Amerikanern nicht fünf, sondern fünfzig Millionen Dollar. Und wenn die schon keinen Pfennig sehen, dann ...«

»Dieser verfluchte Kanake«, unterbrach ihn der Produzent.

»Keinen Rassismus!« antwortete Kessel.

»Ich sage ja nicht, daß er ein Neger ist, ich sage ja nur, er ist ein Gauner«, rief der Produzent. »Was will er denn machen, wenn wir gehen wollen?«

»Er läßt uns einsperren«, sagte Kessel.

»Aber wir sind doch bis an die Zähne bewaffnet!«

Da blickten sich alle plötzlich an.

Und so kam es zum Präventivschlag. Aufnahmeleiter Lochner übernahm das Kommando. Es wurde mobilgemacht, das heißt, die Statisten wurden geweckt und, soweit nötig, informiert. Man muß schon sagen: Lochners schneidiger Ton verfehlte nicht seine Wirkung. Kaum einer murrte.

Kurz vor Tagesanbruch besetzte die Filmproduktion das Präsidentenpalais, den Sender, das Kriegsministerium, den Flugplatz, den Bahnhof und einige andere wichtige Plätze der Hauptstadt. Nur vereinzelt kam es zum Widerstand, der jedoch sofort gebrochen werden konnte.

»Ich schäme mich«, erzählte Albin Kessel später, »aber – ich habe eine Leutnantsuniform angezogen. Es muß irgendwie ein Instinkt sein. Ich kann nichts dafür. Es war ja auch nur ein Tag, wenn es länger gedauert hätte, wäre ich wieder zu Vernunft gekommen. Aber so?! Ich hatte einen Panzerspähwagen und zwei Lastautos. ›Aufsitzen!‹ befahl ich. Die Leute sprangen auf, und wir fuhren los. Die Hand am Abzug und Herzklopfen, ihr könnt mich erschlagen ... Die Häuser fallen hinter uns ins Knie, die Gassen biegen sich uns schief entgegen ... Stahlgewitter. Ich weiß, daß es Scheiße ist, aber immerhin: ich hab das Rathaus erobert. Ein Handstreich. Vierzig Gefangene.«

Leider entkam der Präsident und versuchte, von einem Vorort aus, seine versprengten Truppen zu sammeln. General Lochner bildete, gestützt auf seine Erfahrungen, eine Eliteeinheit, stieß blitzschnell nach und zersprengte die sich eben sammelnden Gegner aufs neue. Doch der Präsident entkam erneut; außerdem stellte sich heraus, daß Ubangi im Süden des Landes noch einen zweiten Flugplatz hatte, wo auch eine Jagdbomberstaffel stationiert war. Vier Flugzeuge waren einsatzbereit, und zwei Piloten gelang es, ihre Maschinen tatsächlich zu starten. Eine wurde von den Filmleuten abgeschossen, die andere warf ihre Bomben aufs Hotel ›Ubangi Palace‹. Ob Zufall oder Können – im Hotel wohnten ja schließlich alle Filmleute – war nicht zu erkennen. Eine Stunde lang herrschte große Aufregung um Curd Jürgens. Er war der einzige, der nicht mitmarschiert war. Aber zum Glück war er zum Zeitpunkt der Bombardierung schon vom Hotel ins Präsidentenpalais übergesiedelt.

Und dann kam eine überraschende Wendung: abends um sieben erschien ein Parlamentär und hinter ihm ein kleiner Konvoi, reguläre, aber unbewaffnete ubangische Truppen, die den gefangenen Präsidenten Kona Konega mit sich führten. Sie lieferten ihn den Filmleuten aus und waren nur mit Mühe davon abzubringen, den Aufnahmeleiter Lochner zum neuen Präsidenten von Ubangi auszurufen.

»An und für sich«, erzählte Kessel, »wäre die Ausgangsbasis für die Fortführung der Filmarbeiten gut gewesen. Die neue Revolutionsregierung hätte uns jede Freiheit gelassen, nur Jürgens wollte nicht mehr mitmachen. Er kündigte seinen Vertrag; formell wegen seines plötzlich ausgebrochenen Magenleidens, in Wirklichkeit aber war er beleidigt, daß man nicht ihn zum Präsidenten machen wollte, sondern den Aufnahmeleiter Lochner. Kinski kündigte gleich mit.

Und dann sind bei der Bombardierung des Hotels sämtliche bisher belichteten Filmrollen vernichtet worden und alle Drehbücher. Nein, nicht alle, eins hatte ich in meinem Panzerspähwagen dabei – aber das habe ich niemandem gesagt.

Einen Teil der Verluste zahlte die Versicherung dem Produzenten, der mitnichten ruiniert war, sondern um eine kostbare Erfahrung reicher. Er drehte danach den Film : ›Die Mühle im Schwarzwald‹.

Ja, so war das. ›Eichenlaub und Judenstern‹. Wenn ihr ein Bild von Curd Jürgens seht, schaut genau hin. Hie und da trägt er den ubangischen Orden in Gold, allerdings nur bei festlichen Anlässen.«

Blasslila Briefe. Eine Erzählung des alten Oberstaatsanwaltes F. (1978)

»Wenn Sie schon Ihren Vorgesetzten mit Fragen belästigen müssen«, sagte der alte, gutmütige Oberstaatsanwalt F. zum jungen Staatsanwalt B., »dann kommen Sie wenigstens ohne Akten. Sie werden sich ja von Ihrem Zimmer bis zu meinem merken können, was drin steht.

Sehen Sie«, fuhr er fort und schob angewidert die Akte ein wenig von sich, die der junge Kollege auf seinen Schreibtisch gelegt hatte, »sehen Sie: da meinen die Leute, weiß Gott, was ein Staatsanwalt alles ist. Staatsanwalt! ein Dämon der Gerechtigkeit ... und was ist er wirklich? Ein beamtetes, weisungsgebundenes Würstchen, das nicht mit der Gerechtigkeit, nicht einmal mit den Verbrechen, sondern hauptsächlich mit Aktendeckeln beschäftigt ist. Ich kann diese rosaroten Aktendeckel nicht mehr sehen, meiner Seel'. Manchmal dreht's mir den Magen um in der Früh, wenn ich schon dieses Papier in dem Aktenhund sehe – die Tiefpunkte im Beamtenleben. Na ja, Sie werden's auch noch merken. Sechshundertvierundsechzig Arbeitstage, den heutigen noch mitgerechnet, dann geh' ich in Pension.«

Oberstaatsanwalt F. schlug widerstrebend, als klappe er ein angeschimmeltes Wurstbrot auseinander, die Akte auf. Es war, wie sich Staatsanwalt B. zu referieren beeilte, ein von der Sache her einfacher, aber rechtlich komplizierter Fall von Betrug. Geschädigt sei eine ältere, sehr reiche Dame.

»Was ist denn das?« unterbrach ihn Oberstaatsanwalt F. und nahm einen blaßlila Brief aus der Akte.

»Ein Brief der Geschädigten an die Behörde. Sie schreibt mindestens einmal die Woche, immer auf blaßlila Papier.«

»Was schreibt sie denn?«

»Ob die Ermittlungen nicht schneller vorwärtsgebracht werden können.«

Der Oberstaatsanwalt ließ den blaßlila Brief in die Akte zurückfallen und schloß sie. Er schaute so aufmerksam an Staatsanwalt B.'s Kopf vorbei zum Fenster hinaus, daß der Staatsanwalt sich umdrehte und dem Blick des Chefs folgte. Es war aber nichts vor dem Fenster, außer der Glas- und Betonfront des erzbischöflichen Ordinariats, die immer da war.

»Ich weiß schon«, sagte der Oberstaatsanwalt F. nach einer Pause, »warum ich keine Akten sehen will. Blaßlila Briefe. Oder werden Sie gern an die größte Blamage Ihrer beruflichen Laufbahn erinnert? Aber Sie haben ja noch keine großen Blamagen erlebt. Kommt noch, kommt noch ... blaßlila Briefe.«

Und dann begann Oberstaatsanwalt F. zu erzählen:

»Nicht, daß Sie meinen, ich wäre bei all dem dabeigewesen, nein, natürlich nicht, ich bin in der Geschichte, von der ich nicht weiß, ob sie eine Komödie oder eine Tragödie war, erst ganz spät im fünften Akt aufgetreten, und auch da nur als Randfigur. Aber ich habe sehr viel darüber nachgedacht, und es kann nur so gewesen sein. Waldner hat er geheißen – nicht der Beschuldigte, aber der Hase, der im Pfeffer lag, oder wie man da sagen soll. Waldner, wie der Vater Arabellas, nur kein Graf Waldner, schlicht Waldner. Kennen Sie die ›Arabella‹? Natürlich, Sie lieben ja die Musik, haben Sie mir einmal erzählt. Waldner – ein arroganter Knopf. Ich baue auf Ihre absolute Vergeßlichkeit, wie bei allen jungen Kollegen, weil ich Ihnen den wirklichen Namen sage. Ich kann keine Geschichte erzählen und die Namen verändern; dann ändert sich die Geschichte. Waldner, Ludwig mit Vornamen, aber er hat sich Lutz genannt. Eine blöde Abkürzung, finden Sie nicht auch? Klingt wie Trutz oder Rotz ...«

»Ich heiße«, sagte Staatsanwalt B. leise, »Lutz mit Vornamen ...«

»Pardon«, sagte Oberstaatsanwalt F., aber ohne innere Anteilnahme, »spielt ja auch keine Rolle. Lutz Waldner, Diplom-Kaufmann; Makler war er. Damals, als die Geschichte spielte, war die einzige Sorge der Makler, daß sie Geld schneller verdienten, als sie es ausgeben konnten. Sie sind schon ganz krumm herumgelaufen, so haben sie verdient. Im Schlaf. Heute ist das anders, Gott sei Dank, kann man nur sagen. Lutz Waldner. Na ja.

Die Frau hat Steinbeiß geheißen. Grete Steinbeiß. Ich habe mir nie erklären können, wie eine so schöne, so schlanke zierliche Frau einen Mann heiraten konnte, der mit dem Namen Steinbeiß behaftet ist. Sie hätte Bellarosa oder meinetwegen Leblanc oder wenigstens Petersen heißen müssen, aber nicht Steinbeiß. Bauunternehmer war der Herr Steinbeiß, aus Regensburg, vielmehr aus einem kleinen Ort in der Nähe von Regensburg. Auch die Bauunternehmer haben damals Geld verdient wie Heu, nicht grad wie die Makler im Schlaf, aber schon auch ohne größere Mühe. Sie war keine ganz junge Frau mehr, aber sehr gepflegt. Sehr gut angezogen. Hätte ohne weiteres Contessa Beatrice Priuli heißen können. Nein: hat Grete Steinbeiß geheißen.

Es war natürlich nicht viel los in dem kleinen Nest in der Nähe von Regensburg, und der Herr Steinbeiß, der eigentlich kein Bauunternehmer, sondern ein auf die Butterseite gefallener Maurermeister war, hat ihr auch nicht alles das geboten in Regensburg, was so eine Frau, die Contessa Priuli hätte heißen können, vom Leben erwartet.

Und wie es eben so kommt: die Firma Steinbeiß war eines der Bauunternehmen, die an einem großen Bauprojekt beteiligt waren, da draußen im Osten. Eine der ersten wirklich großen anonymen Wohnmaschinen. Sie kennen's. Und der Herr Lutz Waldner war der Makler oder jedenfalls einer der Makler ... ja, und so haben sich die beiden kennengelernt, eines Tages, der Herr Waldner und die schöne, elegante Marguerita Contessa Priuli, die durch die dumme Laune des Schicksals nur Grete Steinbeiß geheißen hat.

Man muß der Wahrheit die Ehre geben: gut ausgesehen hat der Herr Waldner. Graumeliert – sportlich. Ein vorzüglicher Tennisspieler, hat es geheißen; freilich, er hat ja Zeit genug gehabt zum Tennisspielen. Auch während des Tennisspielens hat er ständig weiter Geld verdient, nicht nur im Schlaf.

Er habe nie die Absicht gehabt, hat mir Herr Waldner später erzählt, sich wegen der Dame Steinbeiß scheiden zu lassen und sie zu heiraten, und er habe das ganz zu Anfang des Verhältnisses klipp und klar gesagt, habe nie einen Zweifel gelassen. Aber wie eben Frauen sind, auch solche oder vielleicht grad solche, die gut und gern Beatrice Marguerita Contessa di Priuli heißen könnten: sie hat es nicht geglaubt, weil sie es nicht glauben hat wollen.

Erst hat er ihr immer postlagernd geschrieben, sie ihm auch, natürlich. Bei ihm war es keine Schwierigkeit, aber bei ihr: in dem kleinen Nest. Da hat der Briefträger immer aus Freundlichkeit auch die postlagernden Briefe mitgebracht, um der schönen Frau Steinbeiß den Weg zu ersparen. Dann hat sie gesagt, Waldner solle ihr postlagernd nach Regensburg schreiben. Aber da hat sie immer eine Gelegenheit abpassen müssen, um nach Regensburg zu fahren und die Briefe zu holen, und sie hat doch so darauf gebrannt, die Briefe zu bekommen.

Von wem der beiden dann die Idee war, weiß ich nicht. Ich weiß auch nicht, ob es eine gute oder eine schlechte Idee war, jedenfalls war es eine folgenschwere Idee: sie haben die Freundin Marion erfunden. Marion Winterfeld.

Ganz gelöst war das Problem damit natürlich noch nicht, daß jetzt, statt heimlicher Briefe postlagernd nach Regensburg, Briefe in blaßlila Kuverts direkt ins Haus kamen. Aber viel einfacher als vorher war es schon. Blaßlila Kuverts hatte sich Waldner angeschafft, aber auch blaßlila Briefpapier, denn er mußte ja jedem Brief einen fingierten Brief Marions beilegen, den Tarnbrief, wie sie ihn nannten, den Frau Grete herumliegen lassen, oder sogar ihrem Mann zeigen konnte, der sich aber wenig dafür interessierte – vorerst.

Das Abfassen dieser Tarnbriefe, gestand mir später Waldner, sei für ihn anfangs eine Qual gewesen, denn er habe ja nie gewußt, was er da schreiben solle. Grete habe ihn dann auf den an sich naheliegenden Gedanken gebracht, zum Namen Marion Winterfeld quasi eine Person hinzuzuerfinden. Auch das sei zunächst noch recht sperrig gegangen, aber mit der Zeit habe es ihm dann zu seiner eigenen Überraschung richtiges Vergnügen bereitet. Er habe die ganze Familie Winterfeld dazuerfunden, Reisen Marions, ihre Vergangenheit, ihre Vorliebe für die Oper, kleinere Liebesaffären samt den dazugehörigen Männern. Um die Garderobe Marions zusammenzustellen, sei er oft stundenlang (Zeit hatte er ja genug, der Makler) die Theatiner- und die Maximilianstraße auf- und abgegangen, habe sich die Sachen ausgesucht, die Marion ›gekauft‹ habe, habe sich sogar die Preise notiert. All das schrieb er in den Tarnbriefen, und damit nicht irgendein Irrtum vorkomme, machte er von allen Briefen einen Durchschlag. Später legte er sogar für jeden einzelnen Verwandten und Bekannten Marions eine Karteikarte an.

Das war selbstredend längst alles Selbstzweck geworden. Herrn Steinbeiß, der äußerst selten und dann eher widerwillig einen Brief Marions las, den ihm Grete aus Alibigründen förmlich aufdrängte, wäre eine Unstimmigkeit in den Briefen vermutlich überhaupt nicht aufgefallen. Aufgefallen ist ihm allerdings, daß Marion, die so oft schrieb, ihre Freundin Grete nie besuchte und daß immer Grete nach München zu Marion fahren mußte. Ein paar Mal besuchte Marion dann ihre Freundin schon, aber immer zufällig dann, wenn Herr Steinbeiß verreist war.

Seine Liebesbriefe schrieb Lutz Waldner mit der Hand, die Tarnbriefe – um nicht die Schrift verstellen zu müssen und um leichter einen Durchschlag machen zu können – mit der Schreibmaschine. Ein Problem war der Absender: die ersten Briefe schickte Waldner ohne Absender, aber Grete meinte, das falle auf, und Lutz solle einen fingierten Absender angeben.

Herr Waldner, das habe ich schon erwähnt, war einer der Makler, die die Eigentumswohnungen in der großen Wohnmaschine draußen im Osten vermittelten oder zu vermitteln versuchten. Diese Wohnungen – meistens ziemlich luxuriöse Ein- oder Zweizimmerappartements – waren sehr teuer, was zur Folge hatte, daß zwar der Makler im einzelnen Fall viel verdiente, daß sie aber nicht grad weggingen wie warme Semmeln. Eins von den Appartements – ich kann Ihnen sogar die Nummer sagen: 626 im sechsten Stock, ich habe mir die Nummer sofort gemerkt damals, weil sie die gleiche ist, wie im Köchelverzeichnis die für Mozarts ›Requiem‹ – verwendete Lutz Waldner als Absender für die Tarnbriefe. Er ließ sich sogar Briefbögen und Kuverts drucken: blaßlila natürlich, mit Futter in dunklerem Lila und mit violetter Schrift, sogar geprägt, was einen Haufen Geld kostet, daran gemessen, daß es nur eine Spielerei war.

Dieses Appartement 626 hatte selbstverständlich auch noch einen anderen Zweck, wie Sie sich denken können: dort trafen sich Waldner und Frau Steinbeiß, wenn sie in München ihre Freundin Marion besuchte. Zwei Jahre dauerte das. Waldner richtete das Appartement ein, schrieb die Einrichtung sogar von der Steuer ab, der Lump, weil er es als Musterwohnung deklarierte, das heißt: er zeigte sie – und zwar tatsächlich – den Interessenten für seine Objekte in dem Haus und in ähnlichen anderen Häusern, die noch nicht fertig waren.

Eines Tages verkaufte dann Lutz Waldner dieses Appartement an Frau Marion Winterfeld. Wie er das machte? Mit einer notariellen Generalvollmacht von Frau Winterfeld. Als Makler kannte er ja genug Notare. Sowas geht. Es geht nicht leicht, aber es geht. Warum er das getan habe, habe ich ihn später gefragt.

Er hätte es nie, sagte er mir, übers Herz gebracht, diese Wohnung wirklich zu verkaufen, und sie ewig als Musterwohnung zu behalten, hätte er dem Bauträger und der Verwaltung gegenüber nicht plausibel machen können. Aber er bekam noch etwas anderes mit der Generalvollmacht und der polizeilichen Anmeldung usw.: einen Paß, einen richtigen, echten Paß für Marion Winterfeld. Das Paßbild war ein Bild Gretes. Auch das geht nicht leicht, aber auch das geht.

Zwei Jahre lief das, zwei schöne Sommer hindurch, zwei Winter, dreimal einen Herbst. An einem verregneten Novembertag – es war der 19., der Todestag Schuberts, deswegen habe ich mir das gemerkt – war Herr Steinbeiß, der übrigens noch dazu den für einen aus der Gegend von Regensburg stammenden ehemaligen Maurermeister völlig unangemessenen Vornamen Uwe trug – auf was für Ideen entmenschte Eltern in dieser Generation gekommen sind! – war also Herr Uwe Steinbeiß in München, wo er geschäftlich zu tun hatte, und er kam auf die unglückselige Idee, Marion Winterfeld zu besuchen.

Ich war selber bei der ersten Vernehmung Steinbeißens durch den Ermittlungsrichter – bei der Polizei hatte er keine Aussage gemacht – dabei. Es sei, sagte er, eine plötzliche, zufällige Idee von ihm gewesen. Er habe seine geschäftlichen Dinge erledigt gehabt und noch eine Stunde Zeit bis zu einer weiteren Verabredung, und da habe er sich gedacht, er wolle einmal die Freundin seiner Frau anschauen, von der er soviel gehört und die er in den ganzen Jahren nie zu Gesicht bekommen habe.

Ich glaube, daß es keine zufällige und spontane Idee war. Steinbeiß hatte wohl schon länger Verdacht geschöpft, vielleicht sogar – das vermute ich sogar noch eher, das Verhalten Steinbeißens deutet darauf hin – waren ihm die echten Briefe Waldners in die Hände gefallen.

Es sei dem, wie ihm wolle: Steinbeiß ging in die große Wohnmaschine, erkundigte sich beim Portier nach dem Appartement der Frau Winterfeld – ein Fehler von ihm –, fuhr mit dem Lift in den sechsten Stock und läutete am Appartement 626. Es machte niemand auf. Dann rannte er die Tür ein. Er durchsuchte das Appartement, fand im Grunde genommen gar nichts, denn es war nichts zu finden, außer den Briefen Gretes an Waldner, aber die hatte Waldner im Backrohr versteckt, wo Steinbeiß nicht nachschaute. Dann ging Steinbeiß wieder.

Zwei Tage danach wurde er festgenommen. Warum? Wegen Verdacht des Mordes an Marion Winterfeld. Ja, sehen Sie: und das war meine klägliche Rolle im fünften Akt dieser Salontragödie. Sechs Monate vorher war nämlich in dem großen Haus tatsächlich ein Mord passiert, ein Mord an einer Prostituierten. Es hatten sich, wie man weiß, eine Menge Nutten der gehobeneren Klassen dort einquartiert. Eine davon war eines Tages verschwunden, und ihr Appartement war aufgebrochen, erst viele Wochen später wurde die Leiche gefunden, der Täter nie.

Ich war überzeugt, daß auch im Fall Winterfeld ein Mord vorlag. Noch am gleichen Tag bemerkte eine Putzfrau die aufgebrochene Tür des Appartements 626, der Portier erinnerte sich an den Mann, der sich nach der Wohnung Winterfeld erkundigt hatte, und noch mehr: Steinbeiß hatte in bodenlosem Leichtsinn, nachdem er das aufgebrochene Appartement verlassen hatte, telephoniert. Neben der Portiersloge sind Telephonzellen, also nicht eigentlich Zellen, so offene Muscheln, man versteht jedes Wort. Steinbeiß hatte mit dem Aufbrechen und Durchsuchen länger gebraucht, als gedacht, und er mußte seine nächste Verabredung verschieben. Er meldete sich mit vollem Namen, und weil die Sekretärin oder wer immer auf der anderen Seite am Apparat war, nicht gleich wußte, um wen es sich handelte, sagte er nochmals seinen Namen und fügte: aus Regensburg hinzu. Auch daran erinnerte sich der Portier. Steinbeiß gibt's nicht viele. Nach zwei Tagen, wie gesagt, war er festgenommen.

Daß es keine Leiche gab, störte mich nicht, wenn Sie den etwas zynischen Ausdruck erlauben; im Gegenteil: das war für mich förmlich ein Indiz, denn auch in dem scheinbaren Parallelfall das halbe Jahr davor, hatte es keine Leiche gegeben, jedenfalls nicht sofort.

Steinbeiß leugnete natürlich. Dabei machte er einen neuen Fehler: er leugnete zuviel. Er sagte, er habe geläutet, es habe niemand aufgemacht, worauf er wieder gegangen sei. Man wies ihm anhand von Fingerabdrücken unschwer nach, daß er in der Wohnung gewesen sein mußte. Nach einigen Tagen mußte er das wohl oder übel zugeben, und nun war es natürlich für mich ganz unmöglich, ihm zu glauben, daß er den Mord nicht begangen hatte.

Selbstverständlich hätte die Frau mit einem Wort die ganze Sache klären können, mit einem Wort allerdings, das ihre Untreue und ihr Verhältnis mit Waldner offenbart hätte. Aber nicht nur deshalb schwieg sie. Das heißt: geredet hat sie, eine Menge. Auch bei *ihrer* Vernehmung war ich dabei. Und das war nun – scheinbar – interessant. Frau Grete erzählte viel von ihrer Freundin und zeigte uns die vielen blaßlila Briefe. Sie habe, sagte sie, die Freundin von ihrem Mann ferngehalten, denn sie traute weder der einen noch dem andern in der gewissen Beziehung. Sie war verzweifelt, weinte, und endlich brach es aus ihr heraus: sie vermute, daß schon seit längerer Zeit ihr Mann Beziehungen zu Marion unterhalte, hinter ihrem Rücken versteht sich – anderseits wisse sie, daß Marion auch einen weiteren Freund habe ... aber nie im Leben habe sie annehmen können, daß ihr Mann wegen dieser sozusagen illegalen Eifersucht einen Mord begehen könne.

Diese Vernehmung – aus taktvollster Rücksicht gegenüber der schönen Frau habe ich das in ihrer Wohnung geführt, aber mit Protokollführer, daß Sie ja nichts Falsches denken, und mit zwei Kriminalern – diese Vernehmung hat sich über Stunden hingezogen. Zusammenbrüche, Aufschreie, Tränen, wieder tapfere Fassung ... alles Theater, hervorragendes Theater, aber alles gelogen. Und alles habe ich ihr geglaubt.

Ja, und um mir die Blamage voll zu machen, habe ich auch noch die Leiche gefunden. Sie staunen? Ja, ich habe die Leiche gefunden, die Leiche einer Toten, die es nicht gegeben hat. Mitte Dezember. Sie müssen nicht denken, daß der Haftbefehl gegen Steinbeiß so leicht aufrechtzuerhalten war. Die Indizien waren, bei Licht besehen, doch eher dünn. Vor allem die fehlende Leiche. Für mich war es ein Kampf gegen die Zeit. Wenn nicht Frau Steinbeiß eine so schöne Aussage gemacht hätte, wäre der Haftbefehl schon Ende November aufgehoben worden. Aber nun hatte ich die Leiche: eine nackte, weibliche Leiche, jüngere Frau ... erwürgt. Gefunden wurde sie draußen im Landkreis irgendwo in einem Geräteschuppen einer Kleingartenanlage. Die Leiche der Nutte von damals wurde auch im Landkreis gefunden, auch nackt, und erwürgt und – in einem Geräteschuppen eines aufgelassenen Bahnhofs.

Eine Leiche, die einen Monat in einem Geräteschuppen liegt, ist nicht mehr schön, sofern Leichen überhaupt schön sein können. Na ja, Sie sind ja auch schon so lange im Geschäft, daß Sie das kennen. Die Polizeispezialisten haben ein Foto von ihr angefertigt, das sie so lange retuschiert haben, bis sie ausgesehen hat, als lebe sie noch. Ich bin mit dem Bild in die Wohnmaschine gegangen und habe es dem Portier, den Putzfrauen, den Nachbarn gezeigt. – Wundert es Sie, daß alle einwandfrei Marion Winterfeld wiedererkannt haben? Wenn man richtig und oft genug fragt, bekommt man die Antwort, die man haben will.

Zwei Umstände haben den Fall aufgeklärt, nicht den Fall der Toten von der Kleingartenanlage, der ist meines Wissens heute noch ungelöst, aber den Mordfall Winterfeld. Den einen dieser Umstände kenne ich aus eigener Anschauung, den anderen kann ich nur vermuten. Ich fange mit dem an, den ich vermute. Grete Steinbeiß ist zu Lutz Waldner gegangen und hat gesagt: mein Mann bekommt lebenslänglich, und ich bin frei. Sie wird unschuldig geschieden, bekommt die Kinder – zwei hatten sie – und das Vermögen. Ob Lutz Waldner, obwohl er Makler war, die Aussicht, mit dem schlechten Gewissen weiterzuleben, abgeschreckt hat, oder ob er wirklich von vornherein nie die Absicht gehabt hat, sich seinerseits scheiden zu lassen und die Grete zu nehmen, weiß ich nicht. Mir hat er gesagt, und das leuchtet mir sogar ein, daß von seiner Seite das Verhältnis eigentlich schon recht abgekühlt war. Ihn hätte eigentlich die Geschichte und das Leben der Marion Winterfeld fast schon mehr interessiert als Grete. Die blaßlila Tarnbriefe waren sozusagen echt geworden.

Kurzum: in einer, wie ich aus dem vermuten kann, was ich von der Vernehmung der Frau Steinbeiß weiß, grandiosen tragischen Szene zwischen Frau Steinbeiß und Herrn Waldner ist die illegale Liebeswelt der Dame zusammengebrochen, und in einer Stimmung von tiefster Enttäuschung ist sie heimgefahren nach Regensburg.

Aber auch für uns hat die Sache bei aller Blamage ein Trostbonbon bereitgehalten. Kennen Sie den Richter M.? Er war damals als junger Assessor bei mir, und er ist auf die geniale Idee gekommen, im Backrohr der Wohnung Winterfeld nochmal nachzuschauen – und er hat die Briefe Gretes an Waldner gefunden. (Die Wohnung war selbstverständlich versiegelt, Waldner konnte nicht dran, um sie auf die Seite zu bringen, was ihm schlaflose Nächte bereitet hat, wie er mir gestand. Ich gönnte es ihm.) Zunächst, wie ich die Briefe gelesen habe, konnte ich mir keinen rechten Reim darauf machen, aber bei einer weiteren Vernehmung der inzwischen so tief enttäuschten Dame Grete brach sie – diesmal echt – zusammen und gab alles zu. Unter heftigem Schluckauf und einem Weinkrampf schob sie mir den falschen Paß der Marion Winterfeld über den Tisch. Noch am gleichen Tag habe ich die Aufhebung des Haftbefehls gegen Uwe Steinbeiß, Maurermeister und Bauunternehmer, beantragt. Es hat dann zwar noch ein wenig gebrodelt: ein Verfahren wegen falscher Anschuldigung, wegen Urkundenfälschung – ich weiß im einzelnen nicht mehr, was dabei herausgekommen ist. Keine Ehescheidung übrigens, ich habe mich erkundigt. Merkwürdig! Vielleicht wegen der Kinder? Vielleicht haben sich die Steinbeißens wirklich versöhnt? Ich weiß es nicht.«

Es war dunkel geworden. Durch den Regen des frühen Novemberabends blitzten die Straßenlaternen in das finstere Büro. Oberstaatsanwalt F. knipste die Schreibtischlampe an.

»Das ist direkt eine spannende Geschichte«, sagte B.

»Ja«, sagte Oberstaatsanwalt F., »wenn man lang genug dabei ist, erlebt man so etwas auch ab und zu. Aber selten, selten. Viel seltener, als die Leute meinen. Fünfundneunzig Prozent der Fälle sind Mist, Akteninhalt, nicht der Erinnerung wert. Sie werden's auch noch sehen.«

»Sie sollten die Geschichte wirklich aufschreiben«, sagte B.

»Vielleicht«, sagte Oberstaatsanwalt F., »eines Tages. Wie spät ist es? Halb sechs? Schluß für heute. Mit Ihren Akten kommen Sie morgen wieder, das heißt: mit dem Fall, aber ohne Akten. Und einen schönen Abend noch.«

Staatsanwalt B. nahm seine Akten, verabschiedete sich und ging. Oberstaatsanwalt F. schob die Laden seines Schreibtisches zu, legte die Bleistifte in die Bleistiftschale, stellte den Datumsstempel auf den nächsten Tag, zog den Mantel an, setzte den Hut auf, und bevor er die Schreibtischlampe auslöschte, hob er die gummierte Schreibunterlage auf. Dort lag ein Zettel. Auf dem Zettel standen ganz klein geschrieben viele Rubriken von Zahlen. Alle waren ausgestrichen, bis auf die letzte: 664. Oberstaatsanwalt F. strich nun auch die letzte aus und schrieb darunter: 663.

»Wenn nicht«, murmelte er, »das Pensionsalter demnächst herabgesetzt wird.«

Fräulein Mary Doll
(1979)

Fräulein Mary Doll war gebürtige Wienerin und von unbestimmbarem Alter. Obwohl sie weit davon entfernt war, jemals eine Olympiamedaille gewonnen zu haben, ja nicht einmal Ski fuhr, war sie eine der bemerkenswertesten und zugleich pittoreskesten Erscheinungen Eichkatzelrieds. Eigentlich gebührte ihr ein Denkmal in Eichkatzelried, aber sie hatte nur ein Grab an der Friedhofsmauer, und das ist heute verfallen.

Ich habe mir damals keine Gedanken darüber gemacht, wie alt Fräulein Doll gewesen sein könnte. Es hätte auch nichts geholfen: sie war zeitlos unschön. Erst nachträglich kann ich aus ihren Lebensumständen, die sie erzählte, schließen, daß sie zu Anfang der zwanziger Jahre nach Eichkatzelried gekommen sein mußte und damals etwa dreißig Jahre alt gewesen sein dürfte. Auch 1945, als sie meine Englischlehrerin wurde, kleidete sie sich nach der Mode von 1925, und zwar nicht nach der gängigen und landläufigen Mode von 1925, sondern nach der extravaganten. Es wirkte, weil Fräulein Doll eine Vorliebe für Turbane hatte, leicht derwischhaft.

Selbstverständlich war mir die bunte Erscheinung Fräulein Dolls auch schon vor der Zeit geläufig, in der sie mich in Englisch unterrichtete. Sie wohnte nicht weit von uns in der Nähe vom Bahnhof, und ihr Weg in die Stadt und wieder zurück führte sie zwangsläufig an unserem Haus vorbei. Aber auch ohne dies wäre sie mir aufgefallen, sie fiel jedem auf. Ich kannte sie also, kannte die Dame, die, begleitet von ihrem sehr häßlichen Dackel, täglich zweimal am Haus vorbeiging, wußte aber nicht, wer sie war. Später wußte ich dann zwar, daß sie private Englischstunden gab, noch später ahnte ich vielleicht ihren Wert, erst heute weiß ich, wer und was sie wirklich war.

Bakosch, der unselige, unglückliche und ungewaschene Klavierlehrer, brachte sie ins Haus. Das war Ende des Jahres 1944, als der offizielle Englischunterricht in der evakuierten Oberstufe eingestellt wurde, bald auch der ganze Unterricht. Meine Großeltern hatten keine große Achtung vor den Werten der Kultur und Bildung. Meine Großmutter hatte außer für die Familie und das Geschäft so gut wie keine Interessen. Mein Großvater schätzte zwar die Künste, aber sein Interesse stieß in der Musik bei dem Lied ›I kenn a klaanes Wegerl im Helenental‹, in der Malerei bei dem Öldruck ›Die Erschießung der Schillschen Offiziere‹ und in der Literatur bei den Werken des oberösterreichischen Heimatdichters Franz Resl an die oberen Grenzen seiner Aufnahmefähigkeit. Ich bin weit davon entfernt, ihn zu tadeln, sofern mir das überhaupt zukäme. Er ist in dürftigen Verhältnissen aufgewachsen, und ich habe Anhaltspunkte dafür – das zu schildern würde jetzt hier zu weit von Fräulein Doll wegführen –, daß er bei besseren Chancen ein künstlerisch interessierter Mensch geworden wäre. Kultur jenseits von Franz Resl, den Öldrucken und Weaner Liedern galt im Haus als Firlefanz. Nur *eine* Bildung wurde hochgeschätzt: Sprachkenntnisse. Das möchte damit zusammenhängen, daß man zeitlebens in Fremdenverkehrsgebieten gelebt hatte. Die Fremden, also die besseren Menschen, die Menschen, die mehr Geld haben, sprechen fremde Sprachen. Der Umkehrschluß, daß man selber ein besserer Mensch ist, wenn man fremde Sprachen spricht, liegt nahe. Schon bei ihren Kindern legten meine Großeltern großen Wert auf die diesbezügliche Ausbildung (ein besonders sprachbegabter Onkel, der Herbert Rosendorfer hieß wie ich, brachte es auf sieben Sprachen, die er in Wort und Schrift beherrschte, darunter Finnisch), und bei mir war es nicht anders. Dem versickernden Unterricht im allgemeinen in der Essener Oberschule wurde seitens meiner Großeltern nicht nachgetrauert, wohl aber im besonderen dem Englischunterricht. Bakosch machte darauf aufmerksam, daß Fräulein Doll private Englischstunden erteilte und fügte hinzu (ich sollte es nicht hören, hörte es aber doch): »Sie ist abgrundhäßlich. Ich hab' schon überlegt, ob ich sie nicht heirat', das Häusel, das sie hat, immerhin – aber nein, sie ist zu häßlich ...« (Aus Späterem habe ich Anlaß zu vermuten, daß eher konträr Fräulein Doll sich wohl geweigert hätte, den ungewaschenen Professor Bakosch zu ehelichen.)

Sie war unschön. Sie war klein und dürr und hatte einen unverhältnismäßig großen Kopf, den sie nicht nur durch ihre Turbane, sondern auch noch durch eine hochaufgetürmte, äußerst unvorteilhafte Frisur betonte. Die Größe ihres Kopfes wiederum wurde betont durch eine riesige Nase, und auf der Nase hatte sie – es klingt wie erfunden und wie ein Klischee; aber es ist wahr; das Leben greift oft mit vollen Händen in die billigste Klischeekiste – hatte sie eine große Warze. Sie sah aus wie die Schwester von Zwerg Nase. Gegen sie wirkte ihr häßlicher, fleischiger Dackel Hexi direkt schön.

Der Dackel Hexi war nicht ihr einziges Haustier. Sie hatte noch mehrere Katzen, die allerdings halbwild lebten, in der Veranda schliefen und gefüttert wurden und im übrigen ihren eigenen Weg gingen. Außerdem waren da eine Taube in einem Käfig und eine Schildkröte, die in einer großen Zinkwanne lebte. Hexi, Taube und Schildkröte teilten sich mit Fräulein Doll einen einzigen, finsteren Raum, der gleichzeitig Küche, Wohnzimmer und Unterrichtsraum war, sofern

Fräulein Doll nicht – wie bei mir – zum Unterricht ins Haus kam.

Eine damals ungeheuerliche Extravaganz Fräulein Dolls muß noch nachgetragen werden: sie rauchte. Sie rauchte Zigaretten. Die später Hitler zugeschriebene Äußerung, daß die deutsche Frau nicht rauche, war in Tirol ein längst und uneingeschränkt gültiger Grundsatz von eherner Strenge. Nicht einmal die Stenographielehrerin Bromberger, die sich die Fußnägel lackierte, nicht einmal die Inhaberin des sündigen Pediküresalons Ehrenbreit hat geraucht. Aber Fräulein Doll, und das in aller Offenheit und noch dazu – sofern sie Zigaretten hatte – ununterbrochen. Sie rauchte wie ein Mann. Vielleicht ist die Erklärung dafür, daß sie dennoch nicht nur nicht aus der Gesellschaft ausgeschlossen, sondern sogar allseits geachtet wurde, darin zu sehen, daß ihr aufgrund ihrer Häßlichkeit ein, schon nicht mehr weiblicher, sondern schon nahezu männlicher Status konzidiert wurde.

Fräulein Doll – ob sie Mary getauft worden war, was ich für betreffende Zeit im alten Österreich für unwahrscheinlich halte, oder ob sie Maria hieß und Mary von ihren Eltern gerufen worden war oder sich so nannte, aus Zuneigung zur englischen Sprache, weiß ich nicht; in Eichkatzelried war sie seit eh und je als Mary Doll bekannt – Fräulein Doll war das einzige Kind eines, als ich sie kennenlernte, längst verstorbenen Buchdruckers und kleinen Verlegers aus Wien, der sich einst, als sein Geschäft noch blühte, ein Sommerhäuschen in Eichkatzelried gekauft hatte. Einmal zeigte mir Fräulein Doll ein Buch, das ihr Vater, ich weiß nicht mehr: verlegt oder zumindest gedruckt hatte; eine reich mit Holzstichen illustrierte, üppige Geschichte der Stadt Wien. In der Zeit des Ersten Weltkriegs, des Zusammenbruchs der alten Monarchie und der nachfolgenden Inflation scheint auch das Unternehmen des Herrn Doll untergegangen zu sein. Es blieb allein das kleine Sommerhäuschen in Eichkatzelried, und dorthin zog Fräulein Doll und lebte fortan davon, daß sie private Englisch- und Französischstunden gab.

Das Häuschen von Fräulein Doll stand in einer grünen Wildnis, war umgeben von verwilderten Gärten und überwuchert von dem Gebüsch und den Bäumen, die sich hinter dem Haus einen Abhang hinaufzogen. Eigentlich bestand das Anwesen aus zwei Gebäuden, wenn man von einigen Hühnerställen und Hundehütten absieht, die an- und dazugebaut worden waren: das Haupthaus und ein langgestreckter Schuppen aus Holz, dem, angelehnt an den wildbewachsenen Abhang, ein erster Stock aufgesetzt war.

Fräulein Doll bewohnte im Hauptgebäude zwei Zimmer im Parterre, das übrige Haus, namentlich den ersten Stock, hatte sie einer, wenn ich mich recht erinnere, ziemlich kinderreichen und insgesamt eher farblosen Familie namens Hinterstoißer vermietet. Von den beiden Zimmern, die Fräulein Doll in ihrem Haus bewohnte, war das eine die schon beschriebene Wohnküche mit Zoofunktion, das andere, das ich nie betreten habe, war das Schlafzimmer, in dem sie eines Tages des Jahres 1951 der Uhrmacher und Mammutknochenforscher Scherzinger fand, tot und völlig verkrampft im Bett liegend.

Es war im Sommer 1951, ich lebte schon nicht mehr bei meinen Großeltern in Eichkatzelried, war aber die Sommerferien über dort, hatte längst keinen Unterricht mehr, besuchte Fräulein Doll aber, entweder allein oder mit einem meiner Freunde, Peter Schratt oder Franz List, wohl jeden Tag. Am Tag vor ihrem Tod hatte ich sie nicht besucht, aber ich habe sie gesehen, wie sie, wie immer gegen Abend, einen bunten Turban auf dem Kopf, die häßliche Hexi hinter sich, die Bahnhofstraße hinunter nach Hause ging. Warum gerade der Uhrmacher Scherzinger sie fand, weiß ich nicht. Vielleicht wollte er – es könnte sein, daß es ein Sonntag war –, auf der Fahrt zu einer vermeintlichen Mammutknochenfundstelle, bei ihr hineinschauen und ihr einen schönen Tag wünschen, daß es ihm weiter merkwürdig vorkam, sie gegen ihre Gewohnheit (sie war Frühaufsteherin) noch nicht wach zu finden, daß er sie krank glaubte, zusammen mit dem Mieter Hinterstoißer nachschaute ... Der Uhrmacher Scherzinger war seit vielen Jahren mit ihr befreundet, war der einzige Mensch, von dem ich weiß, mit dem sie sich duzte. Es kam deshalb zwangsläufig das Gerede auf, daß Scherzinger mit Fräulein Doll ein Verhältnis habe. Einmal, als Scherzinger bei uns im Hause eine Standuhr reparierte, kam er meinem Großvater gegenüber darauf zu sprechen, und meinte dazu: wenn es so wäre, ginge es niemand was an, aber daß es nicht so sei, dafür spräche doch das Aussehen von Fräulein Doll.

Der Uhrmacher Scherzinger verzichtete dann wohl für diesen Tag auf seine Mammutsuche und übernahm mangels irgendwelcher näherer Verwandter die traurigen Verpflichtungen, die ein Todesfall nach sich zieht. Ich hatte 1951, als Fräulein Doll starb, noch nie einen mir nahestehenden Menschen durch den Tod verloren außer meinen Vater, aber der fiel im Krieg und war durch seinen Tod nicht viel weiter weggerückt, als er es durch den Krieg die ganzen Jahre ohnedies gewesen war. Sein Tod, der mich schon schmerzte, war ein abstraktes, weit entferntes Ereignis, und seine Tragweite erkannte ich erst langsam und schleichend im Lauf der Jahre. Einen plötzlichen, unmittelbaren Verlust eines geliebten Menschen hatte ich noch nicht erleben müssen, Fräulein Doll war der erste. Als der Uhrmacher Scherzinger – ich glaube: gleich auf dem Weg vom Haus der Toten zurück in die Stadt hinauf – den Tod Fräulein Dolls meinem Onkel mitteilte, und der es mir sagte, empfand ich zum ersten Mal in meinem Leben den Einbruch des Ernstes. Ich empfand den Unterschied zwischen dem bloßen Unbill, was einem so im Alltag widerfährt (was bei mir damals in der Hauptsache verhauene Schularbeiten und dergleichen waren) und dem Fall, in dem das Leben oder vielmehr der Tod ernstmacht. Ich spürte, daß das ein Punkt war, an dem Morgen nicht mehr so sein würde wie Gestern. Ich war siebzehn Jahre alt. Einer, der siebzehn Jahre alt ist, fühlt sich mehr als Mann als ein Vierzigjähriger. Ein siebzehnjähriger ›Mann‹ weint nicht. Weil ich das Weinen verdrängte, entlud sich der Schmerz durch einen unvermuteten und deswegen ungeschützten Kanal: durch Lachen. Ich lachte zwar nicht gleich. Ich fuhr mit dem Rad zu meinem Freund Peter Schratt. Peter Schratt, der heute Burgschauspieler ist, lebte in den Ferien immer bei seiner vom Vater geschiedenen Mutter in Eichkatzelried, sonst war er in einem Internat in Salzburg. Ich lernte Peter Schratt, der zwei Jahre älter ist als ich, durch Fräulein Doll kennen. Er selber kannte Fräulein Doll viel länger als ich. Peter Schratt ist ein Langschläfer. Als ich hinkam, war es vielleicht elf Uhr, und er lag noch im Bett. Ich merkte gleich, daß er vom Tod Fräulein Dolls noch nichts wußte, und da war es, daß ich es nicht herausbrachte ... sie ging nicht aus mir heraus, die schreckliche Nachricht. Ich mußte ständig lachen, Peter wußte nicht, warum, und hielt mich für besonders albern. Ich ging nach einer Stunde wieder, ohne es ihm gesagt zu haben.

Die Beerdigung war angemessen großartig. Es kamen sehr viele Leute, und es war an der allgemeinen aufrichtigen Trauer zu bemerken, wie beliebt Fräulein Doll gewesen war. Merkwürdig berührte mich aber ein Punkt dieser Beerdigung, und ich erinnere mich, daß ich diesen Gedanken, den ich hier niederschreibe, ausdrücklich gedacht habe. Der Uhrmacher Scherzinger hatte die Erben Fräulein Dolls ausfindig gemacht. Es war ein ganz entfernter Vetter der Mutter von Fräulein Doll, ein Mensch, der Fräulein Doll wahrscheinlich so gut wie überhaupt nicht kannte, mit dem sie nie irgendeinen Kontakt gehabt hatte, der weit weg irgendwo in Niederösterreich wohnte, und von dem nie irgendwie die Rede gewesen war. Ich nehme nicht an, daß ein Testament zugunsten dieses Menschen bestand, er erbte wohl aufgrund gesetzlicher Erbfolge. Immerhin aber war er zur Beerdigung da (mit Frau und Kindern) und nahm am Grab die Beileidsbekundungen entgegen. Auch ich ging zu ihm hin, wie alle, gab ihm die Hand und sagte: mein Beileid. Dabei dachte ich: ›wie merkwürdig und wie dumm ist das, da steht er da, und ich sage ihm: mein Beileid, wo er doch viel eher mir sein Beileid aussprechen hätte müssen, sofern er in der Lage war, es zu empfinden‹. Aber er ahnte nicht, was für einen Verlust ich erlitten hatte.

Der entfernte Vetter verhielt sich, aus meiner Sicht gesehen, schofel. Nicht, daß er das Haus verkaufte, kreidete ich ihm an, das war ja wohl sein gutes Recht, wohl aber, daß er die ganze Bibliothek Fräulein Dolls, ihre ganzen Noten, ihre Papiere, ihre zahllosen Aufzeichnungen, ohne sie zu sichten oder auch nur anzuschauen, nicht an einen Buchantiquar, sondern an einen Altpapierhändler verkaufte. Nur die Tiere, die häßliche Hexi, die Taube und die Schildkröte nahm der Uhrmacher Scherzinger an sich. Die halbwilden Katzen blieben wohl, wo sie waren. Ich ärgerte mich sehr bald danach, gemeinsam mit Franz List und Peter Schratt, daß wir nicht die Bibliothek geplündert hatten. Es wäre unsere Pflicht gewesen, das zu tun, und es wäre ein leichtes gewesen, es zu bewerkstelligen, denn der Uhrmacher Scherzinger hätte uns den Zugang gewährt, und dem schoflen Vetter wäre es mit Sicherheit gleichgültig gewesen, ob er ein paar Kilo Altpapier mehr oder weniger geerbt hätte. Aber ich war in den Tagen nach dem Tod Fräulein Dolls wie gelähmt und schaute wie versteinert zu, wie der barbarische Altpapierhändler mit einem Lastwagen die Bücher und Papiere abtransportierte.

Nur ein einziges kleines Buch, eine im Stil der Gründerzeit elegant gebundene Goldschnitt-Ausgabe der ›Mirza-Schaffy-Lieder‹ von Friedrich Bodenstedt, ein schmales, rotes Bändchen, hatte ich einige Tage vorher von Fräulein Doll geliehen. Ich bildete mir damals, 1951, ein, nicht: ein Komponist zu werden, sondern einer zu sein. Ich hatte mir das Buch ausgeliehen, um zwei Gedichte zu vertonen. Dieses kleine Buch behielt ich. Selbstverständlich habe ich es heute noch. Es ist die einzige greifbare Erinnerung an Fräulein Doll, die ich habe; aber ich habe dafür einen unermeßlichen Schatz anderer Erinnerungen an sie. Heute weiß ich, daß ich ein anderer geworden wäre ohne sie, und das hat natürlich am allerwenigsten mit ihrem Englischunterricht zu tun. Ich weiß, daß ich jede Zeile, die ich schreibe, letzten Endes mittelbar ihr verdanke.

Vielleicht muß ich hier, wie oben der Uhrmacher Scherzinger, ein klärendes Wort einfügen, um Mißverständnissen vorzubeugen: meine Liebe und meine Verehrung für Fräulein Doll war ohne jede erotische Komponente, die ja zwischen einem Siebzehnjährigen und auch einer Fünfzigjährigen nicht ausgeschlossen wäre. Fast im Gegenteil: körperlich war sie mir immer unangenehm, schon, weil zwar nicht sie, aber ihre Behausung alles andere als sauber war. Als ich 1948 im Sommer von meinen Großeltern fort und zurück nach München zu meiner Mutter und meinen Geschwistern zog, ging ich natürlich zu Fräulein Doll hinunter, um mich zu verabschieden. Beim Abschied umarmte sie mich und gab mir einen Kuß auf die Wange. Es war das einzige Unangenehme, was ich je von Fräulein Doll erfahren habe.

Die Bibliothek Fräulein Dolls befand sich im ersten Stock jenes Schuppens, von dem ich schon gesprochen habe. Diese Bibliothek – oder dieser Salon – hatte zwei Nachteile: er war nicht zu beheizen und also nur im Sommer benützbar, und außerdem mußte man, um hin zu gelangen, durch die ebenfalls schon erwähnte Veranda hindurch, in der hauptsächlich die Katzen lebten. Die Veranda stank dermaßen nach Katzendreck, daß man buchstäblich nur mit angehaltenem Atem durchgehen konnte.

Für normale Schüler war der Salon nicht zugänglich. Auch ich durfte ihn erst nach längerer Zeit betreten. Außer den vielen Büchern befanden sich ein Klavier in dem Salon und ein Gerät, für das heute ein Vermögen bezahlt würde: ein Luxus-Orchestrion etwa aus der Zeit der Jahrhundertwende. Das war ein übermannshoher Schrank mit Glaswand. Man legte große, stählerne Scheiben senkrecht ein und mußte von Hand aufziehen. In einer Schublade unten im Schrank lag der Vorrat von Scheiben, der bunt gemischt war: Märsche, Tänze, Schlager der damaligen Zeit, aber auch sogenannte ernste Stücke: barbarisch bearbeitete und verkürzte Beethoven-Symphonie-Sätze, sogar Bruckner und eine verknappte Fassung des Sieben-Schleier-Tanzes aus der *Salome.* Man muß aber hinzufügen, daß das nicht der musikalische Geschmack von Fräulein Doll war. Auch sie betrachtete das Orchestrion als Kuriosität. Ihre Liebe galt Mozart, und sie kannte die Beethoven-Symphonien ganz und vollständig, und zwar sehr gut. Nebenbei war sie auch eine vorzügliche Pianistin, erteilte gelegentlich auch Klavierunterricht. Aber sie war auch keine musikalische Zelotin. Peter Schratt, der damals davon träumte, Sänger zu werden, sang, von ihr begleitet, nicht nur Schubert-Lieder in dem Salon hinter der Katzenveranda, sondern auch uralte Schnulzen mit dem Titel ›Eine Nacht in Florenz‹ oder ›Kleopatras Traum‹ aus vergilbten Notenblättern, die Fräulein Doll aus Stapeln von Papier und Zeitungen hervorkramte ... »Peter«, sagte sie etwa, »du singst jetzt den ›Tambour von Saint Privat‹ –« holte die

Noten, setzte ihren Zwicker auf (ja: sie trug einen Zwicker) und griff in die Tasten. Franz List und ich krümmten uns vor Lachen, auch Fräulein Doll lachte, daß ihr fast der Zwicker von der übergroßen Nase fiel; nur Peter Schratt konnte nicht lachen, weil er ja singen mußte.

Die Bibliothek enthielt in sorgfältigen, vorzüglichen Ausgaben praktisch alle deutsche Literatur der Klassik und Romantik und einen großen Schatz an englisch- und französischsprachiger Literatur, die sie alle gelesen hatte und die ihr alle in einer heute gar nicht mehr selbstverständlichen Art von großflächiger Bildung gegenwärtig und geläufig war. Ich erinnere mich, daß ich wenige Tage vor ihrem Tod mit ihr über E. T. A. Hoffmann gesprochen habe. Ich hatte E. T. A. Hoffmann gerade für mich entdeckt und schwärmte ihr vor. Ja, sagte sie, sie müsse wohl auch wieder einmal E. T. A. Hoffmann lesen. In den ganzen Jahren sei sie nicht dazu gekommen, deutsche Literatur zu lesen, weil sie nur englische und französische Bücher gelesen habe. Mangels Möglichkeiten zur Konversation habe sie nur so ihren Wortschatz auf der Höhe halten können. Aber sie suchte sich gleich einen Band mit Werken E. T. A. Hoffmanns heraus. Ob sie noch dazu gekommen ist, ihn zu lesen, weiß ich nicht.

Als Kennerin der englischen Literatur war Fräulein Doll selbstverständlich auch Kennerin und Liebhaberin des englischen Kriminalromans. Sie empfand hierin ganz englisch: machte keinen Rangunterschied zwischen der hohen Literatur und dem Kriminalroman. Sie las gern mit ihren Schülern englische Kriminalromane, richtig als Arbeit, mit Erarbeitung von Vokabeln und allem. Ich möchte fast sagen: sie unterrichtete entlang dem Kriminalroman, und vielleicht war das nicht die schlechteste Methode. Mit mir las sie ›Nine Taylors‹ von Dorothy Sayers. Ihr besonderer Liebling aber war natürlich Agatha Christie und daneben, abseits des Kriminalromans, P. G. Wodehouse. Und an Wodehouse entlang unterrichtete sie in meinem Fall unter anderem anhand von ›Leave it to Psmith‹. So begleiteten meine Jugend noch Lord Peter Winsey und Bertie Woodster gleichermaßen wie Karl May, den Fräulein Doll ebenfalls schätzte. Sie hatte ganz alte, seltene Ausgaben, und ihr verdankte ich es, daß ich – was Karl May anbetraf – in der Klasse ungeschlagen Erster war. Die alten grünen Karl-May-Bände hatten hinten bekanntlich ein Register aller erschienenen Bände. Es waren insgesamt 64 oder 65. (Ich konnte damals alle Titel der Reihe nach auswendig aufzählen. Die kompletten Namen Hadschi Halef Omars weiß ich heute noch im Schlaf herzusagen.) Es gab Knaben in meiner Klasse, die hatten 15 davon gelesen, es gab welche, die kamen auf 20, vielleicht auf 25. Recht viel mehr Karl-May-Bände waren in Eichkatzelried nicht im Umlauf. Neu aufgelegt wurde damals ja nichts, so daß es keine zu kaufen gab. Man war auf den Bestand angewiesen. Ich spürte verborgene Bände auf, die ich auslieh, und brachte es auf 30. Aber auch andere Leser bekamen Zugang zu diesen Bänden, ich blieb nur in Führung durch Fräulein Doll, die mir, und nur mir, solche Raritäten wie ›Im Lande des Mahdi‹ Band I bis III, ›Im Reiche des silbernen Löwen‹ und sogar ›Ardistan und Dschimistan‹ (4 Bände!) zu lesen gab. Bei meinem Weggang aus Eichkatzelried nahm ich mit – ich glaube – 7 gelesenen Bänden den Sitz am Chimborasso der Karl-May-Kenntnisse ein, den niemand mir streitig machen konnte. Merkwürdigerweise verließ mich das Karl-May-Fieber schlagartig mit dem Tag im August 1948, an dem ich Eichkatzelried verließ. Ich rührte danach nie mehr – mit einer Ausnahme – einen Karl May an. Einmal, das war diese Ausnahme, versuchte ich, als Erwachsener einen Karl May zu lesen. Das war 1972 in Riva am Gardasee, wo mein ältester Sohn ›Durch die Wüste‹ dabeihatte. Es war mir nicht möglich, das Buch zu lesen. Die Sprache war es, die mir widerstand. Es wehte auch nichts vom Geruch der Jugend aus diesem Buch. Der Karl-May-Geist von damals muß in mir verweht sein, und ich vermag die erwachsene Begeisterung ehrenwerter Männer nicht zu teilen.

›Im Lande des Mahdi‹ zu lesen, war körperlich schwierig, weil das, was mir Fräulein Doll gab, zwar der vollständige Text, aber kein Band war, sondern ein riesiges Paket von alten Zeitschriften, in denen das Werk in Fortsetzungen abgedruckt war. ›Ardistan und Dschimistan‹ zu lesen, war mir eine geistige Qual. Man weiß ja, daß das ein verstiegenes Werk ist, ein Alterswerk, in dem Karl May versuchte, philosophisch zu werden, so, als ob Robert Stolz mit achtzig versucht hätte, etwas wie die späten Streichquartette Beethovens zu schreiben. Aber ich biß mich durch und, merkwürdigerweise: die Erinnerung an diese verschrobenen Bände ist heute in mir lebendiger als die an alle anderen, die, rückblickend, in einem einheitlichen Old-Shatterhand- oder Kara-Ben-Nemsi-Brei zerfließen. Ich biß mich durch ›Ardistan und Dschimistan‹ aus Vollständigkeitswahn, weil ich auch diese vier Skalps an meinen Gürtel heften wollte.

Fräulein Doll war tief religiös und streng katholisch. Sie haßte Hitler und die Nazi wie die Pest und hielt den Mund auch während der Nazizeit nicht, machte kein Hehl daraus, daß sie die Feindsender hörte, und in ihrer Wohnküche hing, für jeden sichtbar, der hineinkam, direkt über der Zinkwanne mit der Schildkröte ein sehr großes Bild des von den Nazi ermordeten österreichischen Bundeskanzlers Dollfuß mit einem unübersehbaren Trauerflor. Wahrscheinlich passierte ihr nichts, weil der Eichkatzelrieder Obernazi und seine Spießgesellen Fräulein Doll für keine ernstzunehmende Person, sondern für eine spinnende alte Jungfer hielten, die einer

Verhaftung nicht wert war. Aber sie täuschten sich. Fräulein Doll verbreitete in den Englischstunden ihre Ansichten unter der Hand auch unter ihre Schüler. Von ihr erfuhr ich das erste Mal, daß Hitler eigentlich Schicklgruber hieß, von ihr erfuhr ich, daß Juden auch Menschen sind. Sie wußte, was in den Konzentrationslagern vor sich ging, und sie hielt nicht hinterm Berg damit. So wußte auch ich, was damals wirklich los war, ich, ein zehnjähriges Kind. Und ich sage, daß jeder lügt, der behauptet, nichts gewußt zu haben.

Fräulein Doll war tief religiös und gleichzeitig neigte sie, ich weiß nicht, ob das nur scheinbar oder aber wirklich ein Widerspruch ist, zum Spiritismus und zu allem Okkulten. Lange Jahre, bevor das Buch durch Filme und eine förmliche Mode wieder berühmt geworden ist, kannte ich durch sie Bram Stokers ›Dracula‹. Sie konnte faszinierend Geistergeschichten erzählen, und nicht selten war ein Diktat oder eine Nacherzählung, die ich machen mußte, ein Schauer erregender gothic tale. Sie gehörte wohl, davon erzählte sie mir allerdings nie, einem spiritistischen Zirkel an. Vielleicht hatte, das halte ich für möglich, Uhrmacher und Mammutknochenforscher Scherzinger hier seine Hand im Spiel. Freilich nahm Fräulein Doll den Spiritismus nicht ganz ernst, jedenfalls nicht immer, und betrachtete ihn mit Ironie oder *auch* mit Ironie. Es lebten eben nicht zwei, es lebten hundert Seelen in ihrer Brust, und auf Träume gab sie etwas. Einen offensichtlich prophetischen Traum erzählte sie mir: 1938, nachdem Österreich von Schicklgruber-Deutschland annektiert worden war, ging es Fräulein Doll sehr schlecht. Sie war einer von den – laut offizieller Statistik – 11 (elf) Judassen, die im Bezirk Eichkatzelried gegen den Anschluß gestimmt hatten. Sie machte auch daraus kein Hehl. Wenn auch die Nazibonzen später im Krieg dann Fräulein Doll in Ruhe ließen, damals scheint sie den Neu-Nazis ein Dorn im Auge gewesen zu sein. Man machte ihr Schwierigkeiten, überprüfte ihre Lehrbefähigung, prüfte mit besonderer Sorgfalt ihre Steuererklärungen, und was es eben für böswillige Behörden an Möglichkeiten gab. Gleichzeitig wurde sie im Ort wegen ihrer undeutschen Haltung schlechtgemacht, und sie verlor viele Schüler, deren Eltern es für nicht mehr opportun betrachteten, ihre Kinder zu Fräulein Doll zu schicken. Aber das war das wenigste: die Hauptkundschaft Fräulein Dolls waren einige sehr reiche Ausländer, die in Eichkatzelried lebten und ihre Kinder privat unterrichten ließen. Diese Ausländer – darunter viele Juden – verließen natürlich 1938 ihre Villen auf dem Sonnberg oder auf dem Lebenberg, und die Einnahmequelle Fräulein Dolls drohte ernstlich zu versiegen. Sie habe, erzählte sie mir, Ende 1938 buchstäblich dem Hunger gegenübergestanden. Sie hatte ihre Ersparnisse aufgezehrt, Einnahmen hatte sie nicht mehr, von der Miete, die die Hinterstoißer bezahlten, konnte sie gerade die laufenden Steuern und Unkosten für das Haus bezahlen, niemand war bereit, ihr zu helfen, auf irgendeine Arbeitslosenunterstützung oder dergleichen hatte sie keinen Anspruch, sie stand allein. Einmal sei sie wirklich völlig verzweifelt abends ins Bett gegangen und habe nicht gewußt, wie es am nächsten Tag weitergehen solle. Da habe sie geträumt, daß sie zusammen mit ihrer damals schon längst verstorbenen Mutter in einem Omnibus gefahren sei. Die Fahrt habe durch eine kleine Stadt geführt, und der Omnibus habe durch ein enges, altes Stadttor hindurchfahren müssen. Der Omnibusfahrer bremste den Wagen ab, weil er zweifelte, ob das Tor groß genug für die Durchfahrt wäre. Da sei ihre Mutter aufgesprungen, erzählte Fräulein Doll, und habe laut gerufen: »Wir kommen schon durch! Wir kommen schon durch!«

Mit diesem Ruf sei sie aufgewacht, sagte Fräulein Doll, und dieser Ruf sei förmlich akustisch noch im Raum gestanden, als sie längst schon wach war. Fräulein Doll unterließ es daraufhin, die größte Dummheit zu machen, die sie in ihrer Situation machen hätte können: ihr Haus zu verkaufen. Und der Traum bewahrheitete sich. Wenige Tage später schickte ein reicher deutscher Industrieller nach ihr, ein Mann, der seine Familie in sicherer Erwartung des Krieges und in weiser Voraussicht nach Eichkatzelried verlagert hatte. Der Mann war ein Nazi nur zum Schein (und wohl auch zu seinem Vorteil), und er hatte von den Schwierigkeiten Fräulein Dolls gehört. Er ließ seine Kinder von Fräulein Doll in allen nur erdenklichen Fächern – Englisch, Französisch, Klavierspielen, aber auch Handarbeit, Erdkunde und Aquarellmalen – unterrichten. Fräulein Doll hatte auf einmal wieder alle Hände voll zu tun, und außerdem trauten sich die Ortsnazi nicht mehr, sie zu schikanieren, ja: ihr Ansehen wuchs wieder, und allmählich wagten auch andere Leute auf ein neues, ihre Kinder in die erzieherische Obhut Fräulein Dolls zu geben.

Ein für mich damals unbezahlbarer Schatz aber waren die Kunstbände Fräulein Dolls. Es muß um die Zeit gewesen sein, als mein Privatunterricht bei Fräulein Doll einsetzte, da entdeckte ich – sicher ganz aus eigenem Antrieb, denn Anregungen in dieser Hinsicht erfuhr ich von meinen Großeltern nicht – die Kunst, die bildende Kunst. Ich fand nämlich in dem ziemlich lieb- und sorglos aufbewahrten Nachlaß meines oben erwähnten Onkels und Sprachgenies Herbert Rosendorfer ein paar Bücher. (Onkel Herbert war 1943 in Karelien gefallen, war unverheiratet gewesen.) Eins der Bücher war der erste Band der alten, gar nicht so schlechten Kunstgeschichte von Sprenger: ›Antike und Mittelalter.‹ Ich war von der Welt, die sich mir hier auftat, fasziniert. Ich begann, Bilder aus dieser Kunstgeschichte zu kopieren, und zwar in briefmarkenkleinen Formaten. Eines Tages zeigte ich diese winzigen Kopien Fräulein Doll, und es bestimmte wohl – das sage ich allen Ernstes – meine im weiteren Sinn künstlerische Laufbahn bis auf den heutigen Tag, daß sie diese mikrobischen Kunstversuche selbstverständlich ernstnahm, sie mit mir diskutierte. Sie erzählte mir von Tizian. Ich erinnere mich noch genau, wie ich diesen großen Namen das erste Mal hörte. Damals wußte ich es natürlich nicht, aber heute weiß ich es: sie führte mich in vorsichtigen, konzentrischen Kreisen oder, vielleicht besser gesagt, in einer großen Spirale an die Kunst heran, wobei sie die Kunst umfassend begriff: Kunst als Umwelt des denkenden Menschen, Kunst als Einheit, die Künste als Ausflüsse eines großen, künstlerischen Willens, der der höhere Sinn der Welt ist.

Sie brachte mir eine Monographie über Tizian. Es war ein Buch, das damals schon fünfzig Jahre alt war: es enthielt meistenteils schwarzweiße Abbildungen von eher schlechter Qualität, die wenigen farbigen Abbildungen (Heliogravüren) waren rot- oder gelbstichig. Dennoch war es für mich wie ein Rausch. Ich kopierte wie besessen (aber immer noch in Briefmarkengröße). Nach und nach brachte sie mir weitere Monographien: Leonardo, Michelangelo, Raffael, aber auch noch ältere Meister. Ich lernte Giotto kennen, Giovanni und Gentile Bellini, dann Dürer und vor allem ihren Liebling Holbein (was natürlich schon wieder Beziehung zum Englischunterricht hatte; ganz vergaß Fräulein Doll das Praktische nie). Was sie in mir zu fördern trachtete, war das eigene Urteil. Selten hörte ich eine Wertung von ihr. Offenbar beobachtete sie meine Reaktionen und förderte meine Erkenntnis in der Bahn der Vorlieben, die sich von allein herausbildeten. Aber es freute sie, daß ich immer wieder zu Tizian zurückkehrte, eine Liebe, die bis heute bei mir nicht nachgelassen hat. Als ich 1948 nach München kam, war einer meiner ersten Wege, schon nach ein paar Tagen, in die Alte Pinakothek, das heißt: ins ›Haus der Kunst‹, in der damals ein bescheidener Teil der Bestände der zerstörten Pinakothek ausgestellt war. Ich sah das erste Mal die Originale. Es war eine Offenbarung, und es wäre keine solche Offenbarung gewesen, wenn mir nicht Fräulein Doll die Rampe dazu gebaut hätte. Ich weiß noch gut, daß ich lange vor Tizians grandiosem Alterswerk, der fast impressionistischen, ganz unbegreiflichen ›Dornenkrönung‹ stand, eines meiner Lieblingsbilder bis auf den Tag, an dem ich dies schreibe. Ich erzählte in den nächsten Ferien Fräulein Doll davon, ich schwelgte in dem, was ich ihr erzählen konnte. Ich besuchte sie selbstverständlich in allen Ferien, und ich war ja in allen Ferien, möglichst vom ersten bis zum letzten Tag, in Eichkatzelried. Diese Besuche waren – vielleicht nicht nur aus meiner Sicht, ich war sicher kein guter Schüler – nicht mehr durch die Englischstunden belastet, die vorher immer der eigentliche Grund unserer gemeinsamen Stunde gewesen waren.

Als ich 1953 das Abitur in München machte, zwei Jahre nach dem Tod von Fräulein Doll, ging ich am Sonntag vor der Abitur-Woche, an dem Tag also, an dem, wie ich mir wohl richtig sagte, im Grunde alles gelaufen war, an dem es keinen Sinn mehr hatte, irgend etwas büffeln zu wollen, in aller Ruhe, ganz allein in die Pinakothek und feierte vor der ›Dornenkrönung‹ Tizians meinen privaten Gottesdienst zur Erinnerung an Fräulein Doll. Ich saß sehr lange vor dem Bild und ging dann in einer sehr merkwürdigen seligen und gelassenen Stimmung durch den regnerischen Sonntag nach Hause. Am Montag war Deutsch-Abitur. Die gelassene Stimmung verließ mich nicht. Das Aufsatzthema – oder eins der Aufsatzthemen, die man wählen konnte – hatte irgend etwas mit Kunst zu tun. Ich schrieb einen Aufsatz über Tizians ›Dornenkrönung‹, eine wohl schwärmerische Arbeit, die ich aber mit Fakten anzureichern imstande war, weil sie mir vom Tag vorher bis in die Jahreszahlen geläufig waren. Meine Mühe wurde nicht nur mit einem Einser, sondern mit einem zudem lobenden Extravermerk im Abiturzeugnis belohnt. Aber ich bin mir sicher, daß der Geist Fräulein Dolls die schützende Hand über mich gehalten hat.

Ich wollte im Lauf meiner Jugend erst Römisch-Deutscher Kaiser, dann Maler werden, dann Komponist. Schriftsteller werden wollte ich nie. Ich habe das Schreiben, daß jeder in der Schule lernt, nie als etwas Besonderes betrachtet und glaube auch heute noch, daß die Leute – und besonders die Schriftsteller – zuviel Aufhebens davon machen. Die Gesetze der deutschen Sprache kann man lernen, sich einen Stil anzueignen, ist nur Sache eines Talents, und Einfälle zu haben, das weiß ich nun wirklich aus eigener Erfahrung, kann man sich anerziehen. Ich glaube nicht an das poetische Talent. Aber – pflege ich dem hinzuzufügen, wenn ich derlei Äußerungen von mir gebe, die in der Regel als Koketterie gewertet werden und bei denen mir meist niemand glaubt, daß es mir ernst dabei ist – aber: ich bin natürlich froh darüber, daß so wenige wissen, wie leicht das Schreiben ist. Schriftsteller wollte ich also nicht werden. Daß ich es doch geworden bin, oder jedenfalls einen Teil meiner Zeit damit verbringe, was man als Schriftstellerei bezeichnet, ist irgendwie von allein gekommen. Es hat sich so ergeben. Aber auch das hat mit Fräulein Doll zu tun.

Obwohl sie nie etwas darüber gesagt hat, vermute ich, daß Fräulein Doll unter einem Umstand gelitten hat, daß dies zumindest für sie schmerzlich war: daß sie nicht reisen konnte. Sie hatte, das brauche ich wohl nach dem, was ich von ihr hier gesagt habe, nicht zu betonen, einen weltläufigen, weiten Geist. Und sie kam nie von Eichkatzelried fort.

Ein einziges Mal habe ich sie fortfahren sehen, und da ist sie nicht weiter als nach Wörgl gefahren, weil sie eine Wallfahrt nach Mariastein gemacht hat. Aus keiner ihrer Erzählungen ist hervorgegangen, daß sie, seit sie in den zwanziger Jahren nach Eichkatzelried gekommen war, jemals eine erwähnenswerte Reise getan hat. Offenbar hat sie in weit beengteren finanziellen Verhältnissen gelebt, als man in Eichkatzelried vermutete und als sie sich anmerken ließ. Aber sie reiste in ihrer Phantasie, und sie schrieb es auch nieder. Sie hat diese Arbeiten – von denen meines Wissens nie eine im Druck erschien – nicht gern hergezeigt. Nur ein einziges Mal hat sie mir den Entwurf eines Filmdrehbuchs zu lesen gegeben, den sie – damals schon vor langer Zeit – einmal, selbstverständlich vergeblich, einer Filmgesellschaft angeboten hat. Es war der Entwurf für eine Gespenstergeschichte und handelte von Reisen und Schiffen, von fernen Ländern und Meeren. Komischerweise kann ich mich an Einzelheiten dieses Entwurfs nicht mehr erinnern. Vielleicht verloren Fräulein Dolls Gedanken ihren Zauber, wenn sie sie niederschrieb, denn ich kenne heute noch alle Geschichten, die sie mir erzählt hat. Ich habe, und ich glaube, daß ich in ihrem Sinn gehandelt habe, zwei dieser Geschichten niedergeschrieben, und zwar so, daß sie – wie ich hoffe – ein wenig von dem Zauber wiedergeben, den sie für mich gehabt haben, wenn sie mir Fräulein Doll erzählt hat. Die eine Geschichte ist die Branković-Episode im ›Ruinenbaumeister‹, die andere ist die Erzählung ›Stephanie und das vorige Leben‹.

Ich denke oft daran, was Fräulein Doll, Fräulein Mary Doll, Zwerg Nases Schwester mit dem großen, weltläufigen, weiten Geist, was sie gesagt hätte, wenn sie erlebt hätte, daß die Sachen, die ich schreibe, gedruckt und gelesen werden. Vielleicht wäre sie stolz darauf gewesen. Wenn ein Rezensent etwas Böses oder Schlechtes über meine Sachen schreibt, wenn einer etwas verreißt von mir, dann denke ich mir oft: soll ich anders schreiben, damit's *dem* gefällt? Nein, ich schreibe nicht anders. Nur wenn ich überlege, daß das, was ich schreibe, Fräulein Doll nicht gefallen könnte, dann, und nur dann schreibe ich's anders. Die Erinnerung an sie ist das einzige Kriterium meiner Arbeit.

Mommer und Gottlieb
oder
Die Reise zum Begräbnis
(1980)

Mommer und Gottlieb beschlossen die Reise zum Begräbnis am Freitagabend. Mommer zählte sein Geld auf die Theke. Der Wirt – er hieß Streudinger, wurde aber nur ›der Mehlwurm‹ genannt – wollte das Geld einstreichen, weil er meinte, Mommer wolle bezahlen. Mommer schob aber schneller seine Hand über das Geld als der Wirt, und selbst Gottlieb, der sonst wirklich nicht der Schnellste war, schob seine Hand noch schneller als der Wirt über das Geld, respektive über die Hand Mommers, so daß für einen Augenblick die drei Hände auf der Theke übereinanderlagen wie bei dem Kinderspiel: unten die Hand Mommers, darüber die Hand Gottliebs und oben die Hand des Wirtes Streudinger, den sie aus irgendeinem Grund, niemand wußte mehr warum, den Mehlwurm nannten; unter der Hand Mommers lag das Geld. Es war nicht viel Geld. »Pardon«, sagte der Wirt, zog seine Hand schnell zurück und spülte wieder Gläser ab.

»Es reicht nicht, um zum Begräbnis zu fahren«, sagte Mommer, »aber im Grunde genommen ist es gleich, ob wir *hier* zu wenig Geld haben, oder ob wir auf der Fahrt zum Begräbnis zu wenig Geld haben. Das ist«, sagte Mommer, »gehupft wie gesprungen. Deshalb schlage ich vor, wir fahren zum Begräbnis.«

»Geht in Ordnung«, sagte Gottlieb.

Das war alles am Freitagabend. Es regnete. Es regnete nicht sehr, aber es regnete, und die Straßen waren sehr naß, auch die Häuserfronten waren sehr naß, weil es schon lange geregnet hatte. Und dort, wo der Putz der Häuser naß war, saugte er lange Streifen von Nässe an, die sich von den Dachrinnen herunterzogen wie breite, ausgefranste Tücher. Hellbraune Häuser wurden teilweise dunkelbraun, rosarote Häuser teilweise graubraun, weiße Häuser grau, graue Häuser schwarz. Aber man konnte das, am Freitagabend, gar nicht mehr richtig sehen. Auch die Bäume waren naß und tropften.

»Es wäre nicht schlecht«, sagte Mommer, »wenn wir einen Schirm hätten. *Einer* würde genügen für uns zwei. Aber es hat um diese Zeit kein Schirmgeschäft offen.«

Der Bahnhof war weder hellbraun noch rosarot noch weiß noch grau. Der Bahnhof hatte überhaupt keine Farbe.

»Der Bahnhof hat überhaupt keine Farbe«, sagte Mommer.

»Das gibt es nicht«, sagte Gottlieb, »nichts hat gar keine Farbe. Das gibt es nicht.«

»Doch gibt es das«, sagte Mommer, »schau deine Hose an.« Gottlieb schaute seine Hose an.

»Deine Hose«, sagte Mommer, »hat gar keine Farbe. Diejenigen, die deine Hose gemacht haben, haben sich nicht entschließen können: sollen sie sie grün machen oder sollen sie sie braun machen oder sollen sie sie grau machen. So haben sie sie grün, braun und grau gleichzeitig gemacht, und schau deine Hose jetzt an: kein Mensch könnte sagen, ob sie grün oder braun oder grau ist, sie ist alles gleichzeitig und also gar nichts.«

»Ich habe keine andere Hose«, sagte Gottlieb.

»Das ist eine unlogische Ablenkung«, sagte Mommer, »das ändert gar nichts daran. Auch wenn du hundert Hosen hättest, wäre *diese* Hose gar nichts, hätte gar keine Farbe.«

»Kein Mensch auf der ganzen Welt hat hundert Hosen«, sagte Gottlieb.

»Doch«, sagte Mommer, »der Sturz hat über hundert Hosen.«

»Welcher Sturz?«

»Der Christoph Sturz aus Grabfeld«, sagte Mommer.

»Ich kenne keinen Christoph Sturz aus Grabfeld«, sagte Gottlieb.

»Das erwartet auch niemand, daß einer wie du den Christoph Sturz aus Grabfeld kennt, der über hundert Hosen hat«, sagte Mommer.

»So«, sagte Gottlieb.

Sie waren am Bahnhof angekommen, allerdings auf der verkehrten Seite.

»Auf welches Begräbnis gehen denn die beiden?« fragte Herr Kilian den Wirt.

»Keine Ahnung«, sagte der Wirt, »ich kümmere mich nicht darum, auf welche Begräbnisse meine Gäste gehen; bei solchen wie dem Mommer und dem Gottlieb schon gar nicht. Wo käme ich denn da hin, wenn ich mich darum kümmern wollte, auf welche Begräbnisse die gehen.«

»Bei so einem Sauwetter!« sagte Herr Kilian.

»Es sterben die Leute«, sagte der Wirt, »ob es regnet oder ob die Sonne scheint. Wenn einer stirbt, denke ich mir, hat er andere Sorgen.«

»Ich meine nur«, sagte Herr Kilian.

»Es ist einer gekommen«, sagte der Wirt, »vorgestern ist einer gekommen und hat dem Mommer und dem Gottlieb ausrichten lassen, daß der Hans gestorben ist, kann auch sein der Karl – oder der Konrad, eher Karl, oder besser gesagt, der Benno – oder doch der Hans, ich weiß es nicht mehr.«

»War der verwandt?«

»Mit irgend jemand wird er schon verwandt gewesen sein. Jeder ist mit irgend jemand verwandt. Außer Adam und Eva, die waren mit niemandem verwandt, zunächst, später schon, natürlich, wie sie Kinder bekommen haben.«

»Darf ich eine theologische Frage stellen?« fragte Herr Kilian.
»Wieso nicht?« sagte der Wirt.

»Wen«, fragte Herr Kilian, »haben die Kinder Adams und Evas geheiratet?«

»Die Kinder Adams und Evas?« fragte der Wirt.

»Die müssen«, sagte Herr Kilian, »doch zwangsläufig ihre Geschwister geheiratet haben – und das ist doch verboten? Die Enkel – die konnten dann schon wenigstens nur ihre Cousins und Cousinen heiraten – aber für die Kinder von Adam und Eva blieb nichts anderes übrig, als ihre Geschwister zu heiraten. Das ist doch eine Sünde? Und außerdem ungesund, biologisch gesehen?«

»Kann sein«, sagte der Wirt.

»Ist zwangsläufig so«, sagte Herr Kilian, »vielleicht kommt *daher* das ganze Schlamassel.«

»Was für ein Schlamassel?« fragte der Wirt.

»Die Weltgeschichte«, sagte Herr Kilian.

Das Gleisfeld zog sich weit hin. Die nassen Schienen blitzten, wo das weiße Licht der Neonröhren sie erreichte. Auch die Drähte der Oberleitungen blitzten. Weiter hinten standen Güterwaggons. Mommer und Gottlieb stiegen eine Böschung hinauf.

»Bis wir bis zur Unterführung gegangen sind und durch die Unterführung durch und drüben wieder bis zum Bahnhof, das sind alles in allem zwei Kilometer; bei dem Regen; da ist der Zug längst davongefahren«, sagte Mommer.

»Ich mag diese gekachelten Unterführungen nicht«, sagte Gottlieb, »sie schauen aus wie ein langes Klo.« Sie rutschten ein paarmal im langen, nassen Gras, das auf der Böschung mehr lag als stand, aus. Im Drahtzaun war ein Loch, das Mommer mit einem Tritt vergrößerte.

»Hilft nichts«, sagte Mommer, »das wird die Kameraden

von der Bahn auch nicht umbringen, das Loch da. Wir haben keine andere Wahl, der Zug fährt uns sonst glatt davon.« Sie schlüpften durch das Loch und stiegen über die Schienen. Sie stiegen den Schotter hinauf, balancierten wieder über eine Schwelle, stiegen wieder den Schotter hinunter. Auch der Schotter war naß.

»Warum sie den Schotter so groß machen«, sagte Gottlieb, »man kann kaum gehen.« Manchmal meinten sie, daß weiter links oder weiter rechts ein Weg wäre, es war aber kein Weg.

»Das zieht sich ewig«, sagte Gottlieb.

»An den Masten solltest du dich besser nicht festhalten«, sagte Mommer, »die stehen manchmal unter Strom.«

Als sie näher an den Bahnhof kamen, gab es Betonbahnsteige. Sie mußten die Rucksäcke hinaufwerfen und sich hinaufstemmen. Mommer war stärker und gewandter. Er zog Gottlieb nach.

»Ho – ruck!« Gottlieb ächzte.

»Sei nicht so fad«, sagte Mommer, »im Zug kannst du dann ausrasten. Um diese Zeit bekommt man in jedem Zug einen Sitzplatz. Vielleicht finden wir sogar ein Abteil für uns allein.«

»Es kommt nur Nichtraucher in Frage«, sagte Gottlieb.

»Kurzhaxe«, sagte Mommer.

»Was: Kurzhaxe?« fragte Gottlieb.

»Dort steht: Kurzhaxe«, sagte Mommer und deutete auf eine Wand, auf der mit blauer Farbe eine Schrift gemalt war. »Firma Siebenschuh: Kurzhaxe«, sagte Mommer, »sie stellen Kurzhaxen her.«

»Blödsinn«, sagte Gottlieb, »meine Brille ist naß, ich kann es nicht lesen.«

»Im Moment haben die das Licht auch ausgeschaltet«, sagte Mommer, »jetzt kann ich es auch nicht mehr lesen. Es war eine blaue Schrift an einer weißen Wand: Firma Siebenschuh: Kurzhaxe.« Das ganze Bahnhofsgelände war jetzt dunkel. Die

Schienen und die Drähte der Oberleitungen blitzten nicht mehr.

»Die stellen Kurzhaxe her«, sagte Mommer.

»Glaubst du, daß da noch ein Zug kommt?« fragte Gottlieb.

»Kurzhaxe ...«, sagte Mommer, »was so alles hergestellt wird.«

»Wenn es Kurzhax*en* geheißen hätte«, sagte Gottlieb, »dann könnte man vielleicht meinen, notfalls, meine ich, daß die gewisse kleine Prothesen herstellen. Aber Kurzhax*e* ...«, Gottlieb schüttelte den Kopf.

»Vielleicht ist das ›n‹ vom Regen weggewaschen«, sagte Mommer.

»Möglich«, sagte Gottlieb.

Vor dem Bahnhof, auf der Straßenseite, stand ein Omnibus. Mommer entdeckte ihn, als er die Toilette suchte. Mommer und Gottlieb stiegen ein. Der Omnibus fuhr durch die Nacht wie durch einen Tunnel. Das Licht im Omnibus war so hell, daß man die Lichter draußen nicht sehen konnte. Der Regen fegte an den Seiten des Omnibusses wie zwei große Bürsten. Außer dem Fahrer saßen nur Mommer und Gottlieb in dem Omnibus. Die Straße, über die der Omnibus fuhr, wurde offenbar schlechter, denn er schleuderte auf und ab und rüttelte die Passagiere. Der Fahrer hatte es eilig, seine letzte Fahrt hinter sich zu bringen, außerdem stand es ihm nicht dafür, wegen dieser beiden Passagiere vorsichtiger zu fahren.

Mommer und Gottlieb saßen nebeneinander auf einer der braunen Kunstlederbänke und hielten sich mit beiden Händen jeweils seitlich ihrer Oberschenkel fest, die Füße fest auf den Boden gepreßt.

»Wann ist denn das Begräbnis?« fragte Gottlieb.

»Heute natürlich nicht mehr«, sagte Mommer, »sonst wären wir zu spät dran.«

»Fährt der Omnibus nicht in die entgegengesetzte Richtung?« fragte Gottlieb.

»Erstens«, sagte Mommer, »war das der einzige Omnibus weit und breit, überhaupt das einzige Beförderungsmittel, weil kein Zug mehr gefahren ist, hast du ja selber gesehen. Es blieb uns also keine andere Wahl. Zweitens: selbst wenn dieser Omnibus in die entgegengesetzte Richtung fährt, hilft uns das weiter, weil er notgedrungen an der Endstation umdreht und dann zwangsläufig in die richtige Richtung fährt.«

»Hast du gelesen, was steht: wo er hinfährt?« fragte Gottlieb.

»Nicht genau«, sagte Mommer, »ich glaube: Ostermann.«

Gottliebs Brille war inzwischen getrocknet. Er schaute sich im Wagen um. Auch im Wagen war ein Hinweisschild.

»Nicht Ostermann«, sagte Gottlieb, »Kriegerheim. Wie kann man statt Kriegerheim Ostermann lesen!«

»Kennst du den Ostermann?« fragte Mommer.

»Ich kenne ihn einesteils, andernteils kenne ich ihn nicht«, sagte Gottlieb, »außerdem kommt es darauf an, welchen Ostermann du meinst.«

»Den Ostermann mit dem Petersil«, sagte Mommer. Die beiden mußten schreien, weil der Omnibus so dröhnte.

»Schreien Sie nicht so!« schrie der Fahrer.

»Wir haben bezahlt«, schrie Mommer, »dann dürfen wir auch schreien!« Mommer wartete ein wenig, ob der Fahrer noch etwas schreien würde, und da der Fahrer nichts mehr schrie, sagte Mommer – schreiend – zu Gottlieb:

»Der Ostermann ist einmal in die Stadt gefahren. Von der Stadt aus hat er aus irgendeinem Grund daheim angerufen. Bei der Gelegenheit hat ihn seine Frau gebeten: Bring doch vier Bund Petersil vom Markt mit, ich möchte heute abend Petersilnockerl kochen.«

»Wenn Sie nicht sofort zu schreien aufhören«, schrie der Fahrer, »dann fahre ich nicht weiter!«

»Wir haben bezahlt«, schrie Mommer, »dann dürfen wir auch schreien!«

»Wir haben bezahlt«, schrie auch Gottlieb. Wieder warteten sie eine Weile, dann fuhr Mommer fort:

»Ostermann hat aber verstanden: vier *Pfund* Petersil. So hat er auf dem Markt vier Pfund Petersil gekauft. Er mußte von Stand zu Stand gehen, weil keiner so viel Petersil hatte. So hat er einen Stand nach dem anderen von Petersil leergekauft, bis er vier Pfund Petersil hatte. Die Marktfrauen haben hinter seinem Rücken den Kopf geschüttelt. Doch niemand hat ...«

»Wenn Sie nicht sofort ruhig sind!« schrie der Fahrer.

»Machen Sie sich nicht an!« schrie Mommer.

»Jawohlja!« schrie Gottlieb.

»... noch niemand hat, seit der Markt steht, so viel Petersil auf einmal gekauft. Der ganze Kofferraum von Ostermanns Wagen war voll. Seine Frau hat natürlich die Hände über dem Kopf zusammengeschlagen: Um des Himmels willen, hat sie gesagt, da kann man ja eine Kuh damit füttern. Vier *Bund* habe ich gesagt! Ich habe verstanden: vier *Pfund,* sagte Ostermann. Da kann man ja eine Kuh damit füttern, hat Frau Ostermann gesagt.« Gottlieb lachte, Mommer auch. Mommer wiederholte: »Da kann man ja eine Kuh damit füttern, hat Frau Ostermann gesagt.«

»Haben Ostermanns eine Kuh?« fragte Gottlieb.

»Eben nicht!« schrie Mommer.

Der Omnibus hielt ruckartig. Mommer und Gottlieb schlugen nach vorn gegen die Rückenlehne des vorderen Sitzes. Der Fahrer schaltete das Mikrophon ein.

»Raus!« schrie der Fahrer. Seine durch das Mikrophon verstärkte Stimme war so laut, daß der Regen draußen für einen Moment zurückzuweichen schien. Mommer und Gottlieb waren vom Schlag gegen die Rückenlehne des Vordersitzes und von der lauten Stimme aus dem Lautsprecher benommen. Sie saßen da und hielten sich fest und rührten sich nicht.

»Raus!« schrie der Fahrer noch lauter. Mommer und Gottlieb stiegen aus. Als der Omnibus, der von innen heraus die Umgebung wie eine riesige Laterne beleuchtet hatte, weggefahren war, war es ganz finster. Nach einiger Zeit gewöhnten sich Gottliebs und Mommers Augen an die Dunkelheit. Eine Reihe von Häusern zog sich hin, niedrigen Dorfhäusern, weiter hinten erhob sich eine Mauer.

»Möglicherweise ist das der Friedhof«, sagte Mommer und deutete auf die Mauer. Sie gingen an den Häusern entlang. In keinem war ein Fenster erleuchtet, die Hoftore waren zugesperrt.

»Ich verstehe nicht«, sagte Gottlieb, »warum die hier in Kriegerheim kein Wirtshaus haben.«

»Möglicherweise haben sie eins«, sagte Mommer. »Aber es hat schon zu.«

Die Mauer war vom Regen naß. An vielen Stellen bröckelte der Putz. Am Fuß der Mauer wuchsen große Büschel Löwenzahn und Brennesseln.

»Es sieht ganz so aus wie ein Friedhof«, sagte Mommer.

»Wer weiß«, sagte Gottlieb, »ob wir überhaupt schon in Kriegerheim sind. Es war ja noch nicht die Endstation. Der Omnibus ist weitergefahren.«

»Hab dich nicht so«, sagte Mommer, »das sieht aus wie eine Friedhofsmauer. Vielleicht haben wir Glück gehabt.«

Als sie meinten, schon ganz um das von der Mauer umfriedete Areal herumgegangen zu sein, öffnete sich die Mauer, das heißt: die Mauerenden schwangen in eine Spirale empor, auf der – hier und drüben genauso – ein Löwe oder eine Sphinx aus Stein saß, genau konnte man es in der Dunkelheit nicht erkennen. Die Öffnung schloß ein hohes Gittertor. Mommer preßte seinen Kopf durch die Stäbe.

»Paß auf«, sagte Gottlieb, »daß du den Kopf auch wieder herausbringst. Das ginge uns noch ab.«

Aber die Zwischenräume waren groß genug.

»Das ist kein Friedhof«, sagte Mommer, »da steht ein Haus drin. Das sieht aus wie ein Gutshaus oder wie ein Schloß.«

»Dann hat es keinen Zweck«, sagte Gottlieb. »Oder ist da Licht in dem Haus?«

»Nein«, sagte Mommer.

»Dann hat es keinen Zweck«, sagte Gottlieb, »sonst hätten wir fragen können.«

Sie gingen eine Bahnlinie entlang. Die Bahnlinie führte durch den Wald. Ab und zu öffnete sich der Wald und gab eine Schneise frei, in der eine Straße glänzte. An einer Straße stand ein Straßenschild, oben quer an einem weißlichen, kantigen Betonpfeiler.

»Kannst du lesen, was da steht?« fragte Mommer.

»Linienstraße«, sagte Gottlieb.

»Dann sind wir möglicherweise auf dem richtigen Weg«, sagte Mommer.

»Möglicherweise«, sagte Gottlieb.

Mommer blieb stehen und stieß seinen Stock in den weichen Lehm neben dem Weg: »Was soll das heißen?«

»Möglicherweise –«, sagte Gottlieb und schaute weg, zuerst zu den Schienen hinüber und dann zu den Baumwipfeln hinauf, als ob er einen Nachtvogel beobachte: »– möglicherweise, hast du selber gesagt. Ich habe nur wiederholt, was du selber gesagt hast!«

»Schau mich an, wenn du mit mir redest«, sagte Mommer, »in einem eigenartigen Ton hast du das wiederholt. Und ich möchte wissen, was du damit sagen willst.«

»Ich?« sagte Gottlieb.

»Ich möchte wissen, mit wem ich sonst reden soll außer mit dir: selbstverständlich du«, sagte Mommer.

»In gar keinem Ton«, sagte Gottlieb, »das mußt du nur so irgendwie falsch aufgefaßt haben.« Er drehte sein Gesicht wieder weg zu seinem nicht vorhandenen Nachtvogel.

»Ich habe ganz deutlich herausgehört«, sagte Mommer, »daß du *möglicherweise* in einem Ton wiederholt hast, der durchblicken läßt, daß du meinst: das hilft uns auch nicht viel.«

»Kurzhosen, vielleicht«, sagte Gottlieb, schaute immer noch nach oben.

»Wie – was?« sagte Mommer.

»Kurzhosen«, betonte Gottlieb, »vielleicht hast du falsch gelesen, und es heißt nicht Kurzhaxen, sondern Kurzhosen. Sie stellen Kurzhosen her, dort am Bahnhof.«

»Ein ›n‹ habe ich mit Sicherheit nicht gelesen«, sagte Mommer, »so blöd bin ich noch nicht. Ein ›n‹ keinesfalls. Also könnte höchstens Kurzhos*e* dortgestanden haben, nicht Kurzhos*en*. Und wegen *einer* Kurzhose bauen sie doch wohl keine Fabrik. Das wirst doch sogar du zugeben?«

»Weiß nicht«, sagte Gottlieb, »ich traue ihnen alles zu. Außerdem: vielleicht war einmal Kurzhos*en* dortgestanden, und das ›n‹ ist, wie du ja schon bei Kurzhaxe vermutet hast, abgewaschen worden; vom Regen oder so was.«

»Das habe nicht ich vermutet, das hast *du* vermutet«, sagte Mommer.

»Ein ›n‹ von Kurzhose*n* wäscht sich genau so leicht und schnell ab, wenn es sein muß, wie ein ›n‹ von Kurzhaxe*n*«, sagte Gottlieb, »das ist gehupft wie gesprungen. ›n‹ bleibt ›n‹.«

»Das hast *du* vermutet«, sagte Mommer, »nicht ich.«

»Das Schlimmste ist«, sagte Gottlieb, »daß die Zeit einfach nicht vergeht. Ich meine: in *unserer* Situation. Die anderen

Leute, die arbeiten und so weiter, die jammern immer darüber, daß ihnen die Zeit davonläuft, wie sie sagen, verrinnt, daß sie keine Zeit haben. Mir ist die Zeit noch nie davongelaufen. Dir? Eben. Noch nie ist mir die Zeit davongelaufen. Im Gegenteil: ich habe das Gefühl, die Zeit klebt an mir. Fällt dir nicht auf, Mommer, wie lang jetzt schon diese Nacht dauert?«

Mommer zog seinen Stock aus dem Lehm. Es gab ein Geräusch, als ob man den Stöpsel aus einer Flasche zöge.

»Jedenfalls *hier* –«, Mommer deutete mit dem Stock auf die Tafel ›Linienstraße‹, »– kriegen wir nichts zu essen.«

An einer der nächsten Schneisen stand ein Haus. Das Haus hatte zwei Eingänge, einen zur Straße hin, da führten zwei Stufen hinauf, da war auch ein baldachinartiger Vorbau aus gelblichen Glasziegeln errichtet, ein anderer Eingang führte seitlich vom Garten ins Haus, aber da stand das Unkraut bis zur Schwelle.

»Wart einmal«, sagte Mommer und blieb stehen. Seit einer halben Stunde etwa war der Mond herausgekommen, knapp Halbmond; dennoch regnete es weiter, kann auch sein, daß das, was wie Regen wirkte, nur das Wasser war, das der Nachtwind von den Blumen wehte. Schon dort, wo sie gemeint hatten, es wäre ein Friedhof, wo aber nur ein Schloß oder Gutshaus war, hatte Gottlieb seinen Übermantel ausgerollt und angezogen, einen grau-schwarzen, weiten Übermantel aus Gummistoff, der bis zum Boden reichte.

»Er hat nur einen Nachteil«, sagte Gottlieb, »du schwitzt darunter wie eine Sau.«

»Ich habe in meinem Leben«, sagte Mommer, »wenn ich richtig rechne, hunderttausend Säue gesehen. Ich habe mit eigener Hand, wenn ich vorsichtig rechne, zweihundert Säue geschlachtet. Beim Schlachten von vielleicht tausend anderen Säuen habe ich den Schwanz oder die Ohren festgehalten.

Beim Schlachten von vielleicht zweieinhalbtausend Säuen habe ich das Blut in Schüsseln aufgefangen oder irgendwie sonst geholfen. Ich habe Säue vor Angst grau werden sehen, wenn sie durch ein Gatter getrieben wurden, das ihnen unheimlich war, Säue, die vorher rosa waren, ich habe Säue weiß werden sehen vor Kälte, ich habe einmal gesehen, wie Schweine, denen man irrtümlich Tabak zu fressen gegeben hat, am Rücken grünlich geworden sind, auch einmal, Gottlieb, sage ich dir: einmal habe ich eine Sau weinen sehen, aber *schwitzen*, Gottlieb, *schwitzen* habe ich eine Sau nie gesehen. Ich weiß nicht, was dieser dumme Spruch soll: Schwitzen wie eine Sau –«

Das war dort an der Mauer gewesen. Jetzt stand Mommer da, betrachtete das Haus, stieß seinen Stock wieder in den weichen Boden und sagte:

»Wart einmal.« Gottlieb blieb stehen, drehte sich auch zum Haus und schaute aus wie ein kleines Zelt.

»Wart einmal –«, sagte Mommer.

»Das sagst du jetzt schon zum dritten Mal«, sagte Gottlieb.

»Kommt dir das Haus nicht bekannt vor?« fragte Mommer.

»Nein«, sagte Gottlieb.

»Das ist dem Bärmann sein Haus«, sagte Mommer.

»Ausgeschlossen«, sagte Gottlieb, »dem Bärmann sein Haus steht ganz woanders –«

»Woher weißt du«, sagte Mommer, »daß wir nicht ganz woanders sind?«

»Dem Bärmann sein Haus sieht ganz anders aus«, sagte Gottlieb.

»Und ich sage dir«, sagte Mommer, »daß das dem Bärmann sein Haus ist. Ich erkenne es wieder.« Er klopfte an der Tür. Es rührte sich nichts.

»Du wirst sehen«, sagte Mommer, »da kommt der Bärmann heraus.« Er klopfte wieder.

»Sofern er daheim ist«, sagte Gottlieb.

»Klar, sonst kann er ja nicht gut herauskommen«, sagte Mommer.

»Da steht aber ›Hurdesch‹«, sagte Gottlieb und deutete auf ein Emailleschild, das mitten an der Tür angebracht war. Die Tür war grün lackiert, soweit man das in der Dunkelheit erkennen konnte.

»Dann hat eben Bärmann bis vor kurzem noch da gewohnt«, sagte Mommer und klopfte weiter.

»Dann wäre das Schild«, sagte Gottlieb, »auf dem ›Hurdesch‹ steht, nicht schon so abgeblättert und verrostet.«

»Woher«, unterbrach ihn Mommer, »willst du wissen, daß die neuen Mieter nicht schon ein altes, ein womöglich *uraltes* Schild von ihrer früheren Wohnung mitgebracht haben?« Er wandte sich wieder der Tür zu und klopfte weiter, hämmerte mit den Fäusten an die Tür, schrie: »He – Bärmann! Bärmann! – aufmachen!«

Gottlieb suchte lange in seinen Taschen. Es war für ihn schwer, zu suchen, weil sein Zeltmantel vom Hals abwärts alles verdeckte und er daher blind suchen mußte. Dann fand er doch die Zündhölzer, schlug mit einem großen Schwung, für den er ausholte, indem er sich nicht nur ein wenig drehte, sondern sogar in die Knie ging, den Zeltmantel über die eine Schulter zurück und zündete ein Streichholz an. Mommer klopfte und pumperte weiter; weil ihm die Faust inzwischen weh tat, mit der flachen Hand.

»Da«, sagte Gottlieb. Das Streichholz brannte nicht lange, weil der Wind es gleich wieder ausblies, aber lange genug, daß Gottlieb einen Klingelknopf sah. Mommer hatte vor lauter Klopfen und Pumpern und Schreien gar nicht bemerkt, daß Gottlieb ein Streichholz angezündet hatte. Als sich Gottliebs Augen, nachdem das Streichholz ausgegangen war, wieder an die Dunkelheit gewöhnt hatten, sah Gottlieb den Klingelknopf auch im Finstern. Er drückte drauf.

Im Haus ertönte ein piepsendes Geräusch, danach machte eine Frau auf, die nicht nur größer als Gottlieb, sondern auch größer als Mommer war. Die Frau kaute. Sie war ganz alt, hatte ein strenggebundenes schwarzes Kopftuch auf und nahm aus der Tasche ab und zu irgend etwas, was das war, konnte man nicht erkennen, führte es zum Mund und kaute es.

(»Coriandoli«, meinte Gottlieb später. »Feigen«, meinte Mommer.)

»Ja, was?« fragte die alte Frau.

»Verzeihen Sie die späte Störung«, sagte Mommer, »aber wäre es möglich, Herrn Bärmann zu sprechen?«

»Wen?« fragte die alte Frau.

»Herrn Bärmann«, sagte Mommer, »Rolf D. Bärmann –«

»Er wohnt nicht hier!« flüsterte Gottlieb Mommer zu. Mommer schob Gottlieb beiseite und wiederholte, indem er jetzt sogar seinen Hut zog: »Rolf D. Bärmann.«

Die alte Frau schüttelte den Kopf. »Da hat noch nie ein Bärmann gewohnt.« Mommer trat näher an die alte Frau heran, beugte sich zu ihr – den Hut in der Hand – und sagte in bestimmtem Ton, aber mit höflichem Unterton, wie um nicht besserwisserisch zu erscheinen:

»Verzeihen Sie – nur: wir wollten ihn nur für einen Augenblick sprechen. Sagen Sie ihm: Mommer und Gottlieb sind da!«

»Hier hat nie ein Bärmann gewohnt«, sagte die Alte und kaute.

»Ja, nein –«, sagte Mommer, »dann: vielleicht gestatten Sie, daß wir auf Herrn Bärmann warten?« Mommer machte einen winzigkleinen, nicht drohenden, eher spielerischen Schritt in Richtung Tür, um zu zeigen, daß er erhoffe, *im* Haus warten zu dürfen. Die Alte trat beiseite und gab den Weg frei:

»Hier hat nie ein Bärmann gewohnt, aber meinetwegen. Ich kann sowieso nicht schlafen. Ich schlafe nie mehr, fast *nie* mehr.«

Der Regen war wieder stärker geworden. Das Zimmer hatte keine Vorhänge.

»Das ist mir unangenehm«, sagte Gottlieb, »wenn ein Zimmer keine Vorhänge hat.«

»Du lieber Himmel«, sagte Mommer und tat so, als schmerze ihn die Bemerkung Gottliebs in der Magengegend, »keine Vorhänge ... was der Mensch alles für Ansprüche stellt. Wo *ich* schon überall übernachtet habe, wo nicht die geringste Andeutung von Vorhängen ...«

»Nein«, unterbrach ihn Gottlieb, »nicht wegen Komfort oder so. Nur: weil man überhaupt nicht sehen würde, wenn einen einer von draußen beobachtet. Das würde man überhaupt nicht sehen. Das ist mir unangenehm. Wenn wir im ersten Stock wären, da würde es mir gar nichts ausmachen, daß keine Vorhänge da sind.«

»Auch im ersten Stock«, sagte Mommer, »könnte dich jemand von außen durchs Fenster beobachten, wenn er nämlich eine Leiter nimmt.«

»Da höre ich, wie die Leiter an der Mauer kratzt, wenn er sie anlegt.«

»Die Leiter«, dozierte Mommer in einem singenden, litaneiartigen Tonfall, so wie man hie und da einem unfolgsamen Kind einen Befehl zum dritten Mal wiederholt, »die Leiter *ist* schon angelehnt. Außerdem –«, Mommer ließ den Litaneiton und redete von ›Außerdem‹ an wieder normal, »– wer sollte Interesse daran haben, uns zu beobachten. Wenn wir Frauen wären und jünger und nackt, dann ja ... aber *uns*?«

»Ist dir etwas aufgefallen?« fragte Gottlieb.

»Wo? Hier?« fragte Mommer.

»An der Alten«, sagte Gottlieb.

»Daß sie sehr alt ist?« sagte Mommer.

»Das auch«, sagte Gottlieb.

»Daß sie ganz in Schwarz gekleidet ist? Und aus der Tasche ihres Schurzes Feigen klaubt und kaut?«

»Das meine ich auch nicht«, sagte Gottlieb, »ich meine: du hast doch gut und gern eine Viertelstunde lang geklopft und gepumpert und gebrüllt, und sie hat nichts gehört, und ich habe nur einmal geklingelt –«, Mommer drehte sich abrupt zur Wand, daß es wirkte wie ein böses Wort und Gottlieb sofort die Rede abschnitt. Gottlieb gestikulierte immer beim Reden (und auch unter dem Zeltmantel, aber da sah man es nicht oder kaum, nur sozusagen die Vergröberungen), er hatte auch eben gestikuliert. Als sich Mommer so abrupt zur Wand drehte, verstummte Gottlieb zwar, aber er gestikulierte weiter, begleitete – allerdings immer langsamer werdend – mit Gesten eine Rede, die er nicht hielt. Immer langsamer: nur noch mit einer Hand, dann nur noch eine fahrige, kreisende Bewegung mit der Hand, drei-, viermal, eine entschuldigende Bewegung. Dann verstummte Gottlieb auch gestisch.

»Natürlich«, sagte Mommer dann nach einiger Zeit, »klar, wenn der blöde Mommer den kühnen Gottlieb nicht hätte. Nur der kühne Gottlieb findet die Klingel.«

»Das wollte ich damit gar nicht sagen!« sagte Gottlieb. »Ich wollte nur sagen: den ganzen Lärm, den du gemacht hast –«

»Lärm?!« sagte Mommer scharf.

»Ein schöner Lärm, ein an sich zweckgebundener, zweckmäßiger Lärm, ein Lärm, der die Mondnacht waagerecht durchdringt und den Regen, der ja senkrecht kommt, schneidet, ein Lärm, der sich unter die ausladenden, schwarzen Äste der Fichten –«, sagte Gottlieb.

»Halt den Schnabel«, sagte Mommer.

»– auf den Lärm hat die Alte überhaupt nicht reagiert, aber

auf die Klingel«, sagte Gottlieb, »obwohl die Klingel ganz leise tönt. Gibt dir das nicht zu denken, Mommer?!« Mommer schaute Gottlieb an.

»Hast du Angst, Gottlieb?«

»Ehrlich gesagt, ja«, sagte Gottlieb.

Im Zimmer stand in der Mitte ein Tisch, davor vier Stühle, keiner davon war wie der andere: drei verschiedene Küchenstühle und ein Fauteuil, der mit Samt bezogen, aber ganz durchgesessen war. Der Fauteuil war viel zu tief für den Tisch. Wenn man auf dem Fauteuil saß, konnte man das Kinn auf die Tischplatte legen. Der verblaßte und verschossene Samtbezug war grünlich und rötlich.

»Eine arkadische Landschaft«, sagte Mommer, der den Fauteuil untersuchte.

»Nein«, sagte Gottlieb, »das waren einmal mehrere ineinander verschlungene Krokodile.«

»Jedenfalls ein wertvolles Stück«, sagte Mommer.

»Es *war* einmal ein wertvolles Stück«, sagte Gottfried, »jetzt ist es nichts mehr wert. Ich möchte nicht wissen, wo die Alte diesen ehemals wertvollen Stuhl her hat. Wahrscheinlich gestohlen. Wahrscheinlich aus einem Herrenhaus oder gar aus einem Schloß. Vielleicht aus dem Schloß, das wir vorhin gesehen haben. Man sollte das bei der Polizei anzeigen.«

Sonst waren noch verschiedene Schränke im Zimmer, alle verschlossen, einige Banktruhen mit Lehnen, verschiedene Blumenetageren und ein großer, zusammengerollter Teppich. Gottlieb schlug eine Ecke des Teppichs um.

»Es lohnt sich nicht, ihn mitzunehmen«, sagte Mommer, »der ist ganz abgetreten.« In einer Ecke stand ein Ofen, der aber an keinen Kamin angeschlossen war. Der Regen schlug gegen die Fenster.

Die Alte brachte eine Schüssel und zwei verschiedene Löffel.

»Danke«, sagte Mommer. Gottlieb sagte nichts. Die Alte

ging wieder. In der Schüssel war ein gelblicher Brei. Mommer faßte mit zwei Fingern hinein.

»Lauwarm«, sagte er.

»Polenta«, sagte Gottlieb, »ich kenne so was.«

»Sieht aus wie Wespenmus«, sagte Mommer.

»Wespen gibt es um diese Jahreszeit nicht mehr«, sagte Gottlieb.

Vom Plafond hing eine bloße Birne. Eine schwarze Litze führte von dort, wo die Birne an zwei Drähten aufgehängt war, genagelt bis zur Wand, dann senkrecht herunter bis zu einem Schalter neben der Tür.

»Wir sitzen hier wie auf dem Präsentierteller«, sagte Gottlieb, »jeder kann uns zuschauen, ohne daß wir ihn sehen.« Gottlieb ging reihum zu allen vier Fenstern (je zwei an den beiden Wänden über Eck), drückte sein Gesicht nahe an die Scheiben, schirmte seine Augen seitlich mit den Händen ab.

»Nicht einmal so kann man hinausschauen.« Mommer drehte am Schalter. Das Licht ging nicht aus, der Schalter drehte leer durch.

»Wir müssen die Birne herausschrauben«, sagte Gottlieb.

»Langst du hinauf?« fragte Mommer.

»Wenn wir einen Stuhl auf den Tisch stellen, ja«, sagte Gottlieb. Gottlieb stellte einen Stuhl auf den Tisch neben die Schüssel mit dem gelblichen Mus, aber bevor er noch hinaufstieg, schlug Mommer mit der Faust gegen den Schalter. Das Licht erlosch. Durch die vier Fenster fiel fahler Schein ins Zimmer. Gottlieb ging wieder von Fenster zu Fenster, stolperte einmal über den zusammengerollten Teppich, einmal über eine Blumenetagere.

»Es ist, scheint's, doch niemand da, der von draußen hereinschaut«, sagte Gottlieb.

»Vielleicht haben sie sich geduckt, wie das Licht ausgegangen ist?« sagte Mommer.

»Sollen wir das Mus essen?« fragte Gottlieb.

»Lieber nicht«, sagte Mommer. Er tappte in der Dunkelheit bis an den Tisch heran, suchte die Schüssel, fuhr mit zwei Fingern hinein, so daß etwas von dem Brei hängenblieb, und führte sie an die Nase.

»Lieber nicht«, wiederholte er.

»Mach wieder Licht«, sagte Gottlieb. Mommer tastete sich zum Lichtschalter zurück. Der drehte aber immer noch leer durch. Mommer schlug mit der Faust gegen den Schalter. Das Licht ging nicht wieder an. Mommer schlug fester. Nun tastete sich auch Gottlieb zur Tür. Sie hieben abwechselnd. Es blieb finster. Nach mehreren Hieben fiel der Schalter von der Wand und pendelte an der Litze.

»Saustall«, sagte Mommer.

»Pst –«, sagte Gottlieb und deutete zum Plafond. Sie hielten den Atem an.

»Hörst du nichts?« sagte Gottlieb dann.

»Nein«, sagte Mommer.

»Die Alte ist nicht allein im Haus«, flüsterte Gottlieb.

»Woran merkst du das?« fragte Mommer.

»Ich weiß nicht recht«, sagte Gottlieb, »komm, hilf mir, aber leise.«

Gottlieb begann, die drei Stühle – der durchgesessene Fauteuil eignete sich nicht – auf den Tisch zu stellen.

»Was stehst du denn da herum?« sagte Gottlieb, »soll ich alles alleine machen?«

Mommer schüttelte den Kopf, schob dann – Gottlieb wies ihn an – die Blumenetageren in die Mitte des Zimmers. Gottlieb stieg auf den Tisch, Mommer schob die Etageren hinauf, Gottlieb zog. Nicht alle Etageren waren aus Holz, einige waren auch aus Gußeisen. Es war alles sehr schwierig, weil es so finster war.

»Warum hilfst du mir nicht?« zischte Gottlieb. Mommer schüttelte nochmals den Kopf, machte sich aber daran, auch auf den Tisch zu steigen. Der Tisch knarzte und wackelte.

»Nicht!« rief Gottlieb, das heißt: er rief nicht, er rief, wenn man so sagen kann, leise oder, wenn man so eher sagen kann, flüsterte laut. »Nicht –! Es wird zu schwer, der Tisch kracht zusammen!«

»Was soll ich dir dann helfen?« sagte Mommer.

»Setz dich ins Eck und sei wenigstens ruhig«, zischte Gottlieb unwirsch. Mommer tappte herum, bis er das Fauteuil fand, setzte sich hinein und versuchte zu beobachten, was Gottlieb machte.

Gottlieb schichtete die Etageren auf die Stühle, dann stieg er hinauf. Es war sehr wackelig, aber letzten Endes so hoch, daß sich Gottlieb mit den flachen Händen am Plafond ein wenig abstützen konnte. Er legte sein Ohr an den Plafond.

»Was ich gesagt habe!« sagte Gottlieb, »die Alte ist nicht allein.« Gottlieb horchte. Mommer hielt den Atem an. »Es ist jemand bei ihr.« Gottlieb horchte. »Sie klappern mit Löffeln.« Gottlieb horchte. »Es sind Silberlöffel.« Gottlieb horchte. »Sie hauen sich ganz schöne Portionen in die Teller.« Mommer flüsterte: »Von dem gelben Zeug?«

Gottlieb horchte: »Das glaube ich nicht. Schweinernes und Würste.«

Mommer fragte: »Essen sie Schweinernes und Würste mit Löffeln?«

»Sei doch ruhig«, zischte Gottlieb, »wenn du willst, daß ich was höre. Weingläser. Und Flaschen. Mehrere Flaschen ... mindestens vier –«

»Das reicht«, sagte Mommer, »wir gehen. Wir können uns hier nicht vergiften lassen, oder was die Alte sonst vorhat.« Gottlieb stieg vorsichtig von seinem Gestell herunter. Eine der großen Etageren rutschte, Gottlieb rutschte mit, aber im letzten Moment konnte er alles auffangen, ohne daß es einen Lärm gab, nur den rechten Daumen zwickte er sich ein.

»Wir lassen alles stehen, wie es ist«, sagte Gottlieb, »die Furie soll selber aufräumen. Es gehört ihr nicht besser.«

Sie stiegen durch das Fenster, das sich am leisesten öffnen ließ, hinaus. Das Haus war dunkel. In keinem Fenster war Licht.

»Tafeln die im Finstern?« fragte Mommer. Gottlieb zuckte mit den Schultern und sagte:

»Ich kann nicht durch den Plafond hören, ob –«

Sie erschraken furchtbar. Neben einem Busch stand einer und knöpfte sich seinen Hosenschlitz zu. Gottlieb, der vorausgegangen war – er hatte wieder seinen Zeltmantel übergeworfen –, versuchte vor Schreck, sich hinter Mommer zu verbergen, gleichzeitig aber versuchte Mommer, sich hinter Gottlieb zu verbergen.

»Was habt ihr denn für Schiß?« sagte der Mann, der sich den Hosenschlitz zuknöpfte, »bist du nicht der Mommer?«

»Normalerweise«, sagte Mommer, »bin ich nicht so schreckhaft, aber wenn man grad erst einer drohenden Gefahr entronnen ist –«, Mommer deutete auf das dunkle Haus.

»Und wer ist *der?*« sagte der Mann, der jetzt seine bräunlich-grünliche, sehr lange, fast bis auf die Knie reichende Wollweste zuknöpfte.

»Ich bin der Gottlieb«, sagte Gottlieb.

»So«, sagte der Mann, der jetzt die Jacke über der Wollweste zuknöpfte. Die Jacke war einmal blaugrün-schwarz kariert gewesen, sehr elegant, aber davon sah man jetzt bei Nacht schon gar nichts mehr, auch bei Tag nur noch wenig. »Und«, sagte der Mann, »warum treibt ihr euch da herum, wenn man fragen darf?« Er knöpfte jetzt eine weitere Jacke, die früher einmal gelbe Streifen gehabt hatte, über der blau-grün-schwarzen Jacke zu.

»Wir gehen zum Begräbnis«, sagte Mommer.

»Aha«, sagte der Mann, der jetzt einen Mantel zuknöpfte, was aber schnell ging, weil der Mantel nur noch einen Knopf hatte. »Früh dran«, sagte der Mann, der jetzt einen zweiten, äußeren Mantel zuknöpfte, der noch mehrere Knöpfe hatte, »früh dran seid ihr nicht.«

»Es ist doch noch Nacht!« sagte Mommer. Ein Knopf löste sich vom Stoff und blieb dem Mann in der Hand. »Hol ihn der Teufel«, brummte der Mann und warf den Knopf über den Busch, »wieder einer weniger. Wie mit den Zähnen. Akkurat wie mit den Zähnen.«

»Man hätte ihn noch annähen können«, sagte Gottlieb.

»Blödmann«, sagte der Mann, der jetzt einen breiten Gürtel um seine Mitte zurrte und schloß, »aber Zähne kann man nicht mehr annähen. Natürlich ist noch Nacht. Aber wie schnell ist es Tag, und schon ist das Begräbnis vorbei.«

»Welcher bist *du* denn?«

»Du Arsch«, sagte der Mann, der jetzt einen Tornister auf seinen Rücken schwang und mit zwei heftigen Bewegungen seiner Schultern zurechtrüttelte, wobei er auch stampfte, »ich bin der Kurupek, werde aber Hals-Nasen-Ohren-Arzt genannt.«

»Ach so«, sagte Gottlieb, »bist du der, von dem sie erzählen, daß er vorigen Mai in Frankfurt zum Friseur gegangen ist?«

»Genau der«, sagte Kurupek und rülpste. »Weiß einer einen Gemüseladen, der noch offen hat?«

»Hast du Geld?« fragte Mommer.

»Auch wieder wahr«, sagte Kurupek.

»Ich möchte wissen«, sagte Kurupek, nachdem sie eine Weile gegangen waren, »wo das viele Geld bleibt. Die drucken doch Unmengen von Geld, jeden Tag drucken die Geld und machen Münzen. Kann mir einer von euch sagen, wo dieses ganze Geld bleibt? Ich weiß es nicht. Unerklärlich. Irgendwo muß es doch bleiben. Die Reichen – ja, gut, sagen wir: die kriegen die Geldproduktion von Januar bis August, jedes Jahr. Aber wo kommt das Geld hin, das von September bis Dezember gedruckt wird? Ein Rätsel. Ich denke oft darüber nach, aber gelöst habe ich es noch nie.«

»Der Max ...«, sagte Gottlieb.

»Von welchem Max redest du?« fragte Kurupek.

»Vom Max, dem Wirt«, sagte Gottlieb, »der hat immer Geld.«

»Max, den Wirt«, sagte Kurupek, »habe ich schon gefragt. Max, den Wirt, habe ich schon vor Jahren gefragt: er sagt, das Geld, das er hat, bekommt er von seinen Gästen. Und wo bekommen die Gäste das Geld her? Habe ich auch nachgeforscht: das ist verschieden. Irgendwoher bekommt jeder irgendwelches Geld.«

»Nicht jeder«, sagte Mommer.

»Ich habe das Gefühl«, sagte Kurupek, »daß eine bestimmte Menge mieses Geld, abgegriffene, zerrissene Scheine reihum gehen: von den Gästen zu Max, dem Wirt, von Max zum Bierlieferanten, vom Bierlieferanten zu einer Nutte, von der Nutte zu ihrem Louis, und von ihrem Louis zu Max, dem Wirt.«

»Oder«, sagte Gottlieb, »von den Gästen zu Max, dem Wirt, von Max, dem Wirt, in den Opferstock der St. Gabriel-Kirche ...«

»Erdferkel«, sagte Kurupek, »Max, der Wirt, hat noch nie einen müden Kreuzer in den Opferstock geworfen. *Der* nicht –«

»Das Problem ist«, sagte Mommer, »daß man sich irgendwo in den Kreislauf, der von Max, dem Wirt, ausgeht und wieder zu ihm zurückläuft, einschaltet. *Wo,* ist gleich, nur einschalten müßte man sich. Sich irgendwie dort hineindrängen. Das ist uns bisher noch nicht gelungen. Und exakt das ist das Problem, nichts anderes.«

»Ihr Baßfürze«, sagte Kurupek und nickte. Dann fuhr er fort: »Wo aber das gute, das neugedruckte Geld bleibt, an das auch Max, der Wirt, nicht herankommt – habt ihr jemals gesehen, daß dort einer mit einem neugedruckten Schein zahlt? Ich nicht. – Wo dieses neugedruckte Geld hinkommt, ist mir ein Rätsel.«

»Vielleicht«, sagte Gottlieb, »haben sie schon längst aufgehört …«

»Kusch!« schrie Kurupek, blieb wie angewurzelt stehen und streckte einen Arm flach hinaus. Mommer und Gottlieb blieben auch stehen, hielten den Atem an. Der Wind trieb Regen in unregelmäßigen Wellen in die Blätter der Bäume. In der Ferne pfiff ein Zug.

»Hört ihr nichts?« fragte Kurupek leise.

»Ein Zug pfeift«, flüsterte Mommer.

»Das meine ich nicht«, sagte, Kurupek, »hört ihr sonst nichts?«

»Nein«, sagte Gottlieb.

»Dann habe ich mich wohl getäuscht«, sagte Kurupek wieder laut, nahm den Arm herein wie zur Entwarnung. »Also«, sagte er dann, »ich muß jetzt da hinunter –«, er zeigte auf einen Weg, der sich nach links um eine Mauer aus aufgeschichteten Holzstücken wand und dann einen Drahtzaun entlangführte, soweit man in der Dunkelheit sehen konnte, »– und dann«, fuhr er fort, »ihr Eisenbrunzer, viel Vergnügen beim Begräbnis, das heißt«, er nahm seinen breiten, schwarzen Hut ab, »ich meine natürlich: mein Beileid.« Er gab jedem die Hand. Mommer war sehr gerührt, so gerührt, daß er irrtümlich auch Gottlieb die Hand gab. Kurupek setzte seinen Hut wieder auf. »Also!« sagte er dann.

»Du, Hals-Nasen-Ohren-Arzt«, sagte Gottlieb, »ob wir nicht mit dir mitdürfen?«

»An und für sich gern«, sagte Kurupek, »aber ihr wollt doch

zum Begräbnis. Mein Weg geht ja in die ganz andere Richtung.« Schon nach wenigen Schritten war Kurupek in der Dunkelheit verschwunden.

»›Kunstharze‹«, sagte Gottfried, »nicht Kurzhaxe; du hast dich verlesen.« Gottlieb deutete auf die wieder beleuchtete Schrift. Sonst war alles finster, nur die Schrift ›Kunstharze‹ war beleuchtet. Mommer blinzelte hin:

»Tatsächlich«, sagte er dann. Es war alles ganz still, der Bahnhof geschlossen. Omnibus stand keiner mehr da.

»Wir sind im Kreis gelaufen«, sagte Mommer.

»Das heißt also«, sagte Gottlieb, »wir hätten uns das alles sparen können.«

»Nicht ganz«, sagte Mommer, »wir wissen nämlich jetzt, daß dort, wo wir waren, das Begräbnis *nicht* stattfindet.«

»Seit einer Stunde«, sagte Gottlieb, »kommt es mir so vor, als würde diese Nacht überhaupt nicht vergehen.«

»Jede Nacht«, sagte Mommer, »vergeht irgendwann einmal.«

Sie gingen nebeneinander her. In dieser Gegend der Stadt brannte nur jede zweite Bogenlampe. Der Schatten, den die beiden Männer auf das nasse Trottoir warfen, wurde lang und länger, verdünnte sich gleichzeitig, franste am Rand aus; dann bildete sich hinter ihnen ein leichter zweiter Schatten, der immer kürzer, aber auch immer fester wurde, unter die Männer schlüpfte, wenn sie die nächste Bogenlampe erreicht hatten, aber gleich vor ihnen wieder hervorrutschte, länger und länger, aber auch blasser wurde. Gottlieb versuchte, auf seinen Schattenkopf zu treten. Es gelang ihm nur in der Nähe der Bogenlampe.

»Es kommt drauf an«, sagte Gottlieb, »ob die Welt bei Tag oder bei Nacht untergeht. Wenn sie bei Nacht untergeht, ist das eine Nacht, die nicht aufhören wird.«

»Das ist richtig«, sagte Mommer, »aber soweit sind wir noch nicht.«

»Woher weißt du das?« fragte Gottlieb.

»Weil ich Durst habe«, sagte Mommer.

»Max, der Wirt, hat nicht mehr offen«, sagte Gottlieb.

»Der hat schon längst zu«, sagte Mommer, »warst du übrigens dabei, wie der Kurupek zu Max, dem Wirt, hineinwollte?«

»Oft«, sagte Gottlieb.

»Nein, ich meine«, sagte Mommer, »wie er hinein*wollte,* aber nicht hinein*konnte.*«

»Warum nicht?«

»Weil er so viele Westen, Jacken und Mäntel übereinander anhatte. Er mußte vor der Tür erst ein paar Mäntel ausziehen.«

»Und dann?« fragte Gottlieb.

»Dann konnte er hinein«, sagte Mommer. Gottlieb dachte eine Weile nach.

»Nein«, sagte er dann, »da war ich nicht dabei.«

»Wer sagt dir«, sagte Gottlieb, »daß wir in Wirklichkeit nicht schon tot sind?«

»Hä?« fragte Mommer.

»Der Omnibus, mit dem wir gefahren sind«, sagte Gottlieb, »ist verunglückt. Wir waren mausetot, sofort. Der Tod ist wie ein Schlaf. Man träumt auch. Man träumt weiter, wo man gestorben ist. Das ist doch das einfachste.«

»Du meinst«, sagte Mommer, »die Seele oder was kommt aus einem herausgeschlängelt und tippelt weiter? Wie der Mensch weitergetippelt wäre, wenn man ihn nicht umgeklappt hätte?«

»Genau so«, sagte Gottlieb.

»Das wäre mir aber sehr unangenehm«, sagte Mommer, »das möchte ich nicht.«

»Ich auch nicht«, sagte Gottlieb, »aber vielleicht ist es so.«

An einer großen Kreuzung bauten sie, allerdings nicht jetzt, nicht in der Nacht. Eine riesige Grube erstreckte sich bis weit in die Dunkelheit hinein. Alles war dunkel, nur auf den Spitzen jedes Kranes brannte ein kleines, rotes Licht; die Lichter waren so weit oben, daß sie herunten nichts erhellten.

»Ich kenne einen«, sagte Mommer, »der baut hier mit. Von dem weiß ich, daß sie alle Häuser weit und breit abgerissen haben für den Bau dieser Kreuzung, nur eines haben sie vorderhand stehen lassen: als Bauhütte quasi. Das muß da drüben sein.« Sie rutschten in die flache, riesige Grube hinunter, stapften über die merkwürdig eckig gemusterten Furchen, die die Baggerraupen in den Lehm gerissen hatten, und kletterten weiter drüben die Böschung wieder hinauf.

»So ein Dreck«, sagte Gottlieb.

»Die bauen«, keuchte Mommer, »schon so lange, daß in der Baugrube schon wieder Büsche wachsen. Aber die werden natürlich bald wieder weggerissen.«

Das Haus, ein altes Haus mit Verzierungen aus Stein um Fenster und Türen, stand etwas zurückgesetzt hinter den letzten Baggern. Ein paar Meter von der alten Straße waren links und rechts des Hauses noch zu sehen, Straße mit Katzenkopfpflaster, aber ganz verschmutzt. Die Fenster im Parterre waren vernagelt, die Haustür war zugesperrt. Vierzehn Klingelknöpfe gab es an einem Messingschild neben der Tür. An ein paar Knöpfen standen noch Namen. Mommer drückte bei ›Dr. Kornberg‹. Es rührte sich nichts.

»Der wohnt doch längst nicht mehr da«, sagte Gottlieb.

»Das weiß ich auch«, sagte Mommer, »ich habe doch nur aus Jux gedrückt.«

Sie mußten durch eines der hinteren Kellerfenster einsteigen. Innen im Haus waren alle Türen offen, sogar die Tür zu einem Raum, in dem – wie Mommer im fahlen Licht erkannte, das von der sehr fernen Straßenbeleuchtung hereindrang – ein Eisschrank stand.

»Die Kantine!« rief Mommer. Aber der Eisschrank war leer. Gottlieb drehte am Wasserhahn. Es lief kein Wasser.

»Wahrscheinlich haben sie über die Feiertage alles abgestellt, und auch das Bier kommt erst wieder am ersten Arbeitstag«, sagte Gottlieb. Mommer seufzte, machte den Eisschrank noch einmal auf, machte im Eisschrank das Gefrierfach auf, zog die viereckigen Einsätze, in denen in Gittern die Würfel gefrieren, heraus – die Würfel schwammen schon im Eiswasser – und goß alles miteinander in seinen Hut. Dann setzte er sich hin und wartete.

»Zeit haben wir ja«, sagte er dann. »Ich kann in Ruhe warten, bis das Eis geschmolzen ist, sofern ich nicht vorher verdurste. Aber eiskalt soll man's ohnedies nicht trinken.«

»Da wirst du nicht viel davon haben«, sagte Gottlieb, »da wird höchstens dein Hut naß davon, und trinken kannst du nichts. Vielleicht am Hut lutschen.«

»Mein Hut ist imprägniert«, sagte Mommer, »wenn er das Wasser nach außen abhält, muß er es auch nach innen zusammenhalten. Und du glaubst wirklich, daß wir schon tot sind?«

»Glauben tu' ich es nicht«, sagte Gottlieb, »aber ich glaube, daß es sein könnte.«

»Ich schlafe im Tod«, sagte Mommer nachdenklich, »und träume das Leben – und wenn ich im Traum einen weiteren Tod träume?«

»Dann geht das Ganze von vorn an«, sagte Gottlieb, »aber ein Bier wäre mir jetzt wirklich lieber.«

Eine breite Straße führte über eine hohe Brücke über eine noch breitere, andere Straße, eine Autobahn, die an dieser Stelle bis weit in die Stadt hinein stach. Vor der Brücke oben an der Straße lag eine Tankstelle. Die Reklamebeleuchtung war ausgeschaltet, alles war finster, nur im Tankstellenhäuschen, das ganz aus Glas war, sah man ein kleines grünes Licht brennen. Gottlieb wollte wissen, warum da ein kleines grünes Licht brannte, drückte sein Gesicht dicht an die Scheibe, drehte den Kopf hin und her, preßte – wie ein Vogel, der irgend etwas genau sehen will – einmal sein eines, dann sein anderes Auge gegen das Glas, aber er konnte es nicht ergründen. Der Wind schob eine leere Tonne aus Blech auf dem nassen Asphalt hin und her. Die Tonne rasselte. Mommer gab der Tonne einen Tritt, so daß sie nach hinten aufs Gras rollte, dann war Ruhe bis auf das Knattern der Reklamefähnchen im Wind und das Klingeln eines Ringes der Leine, an der die Fähnchen hingen.

»Das war natürlich eine große Sache«, sagte Gottlieb, »als sich Kurupek die Haare schneiden ließ. Jahrelang hat sich Kurupek geweigert, seine Rente abzuholen, weil er, wie er sagte, von dieser Regierung keine Kopeke nimmt. Andere sagen: er hätte von jeder Regierung Geld genommen, er hat nur nicht gewußt, daß es ihm zusteht. Jedenfalls hat er eines Tages – kann sein, die Regierung hat gewechselt, kann sein, Kurupek hat irgendwie von seiner Rente Wind gekriegt – eine ungeheure Nachzahlung bekommen. Da ist er sofort zum Friseur gegangen. Ihrer einundvierzig sind mitgegangen. Das waren: der Freitanz, der Walter ohne Schienbein, der andere Walter, den sie immer mit dem Walter ohne Schienbein verwechseln, der lange Horst, der eine, von dem niemand weiß, wie er heißt, der so eine Beule an der linken Schläfe hat, der Günther, der auch eine Beule hat, der Günther ohne Beule, der Herbert mit dem Plattfuß, der kleine Herbert, der kleine Willy, der Fußballer Gerd, der Rabbiner, der lange Karl und der Karl mit einem Arm, der, den sie Kunigunde nennen, der König, der Hans, der einmal vierhundert Mark hatte, der Hans aus Magdeburg, der Walter, der zu Ostern in dem Jahr, wo es im Juni noch geschneit hat, die Maulsperre hatte, Helmut, der

Bandwurm, der grüne Manfred, der Filzschuh-Kurt, der Kurt ohne Läuse, der Rabbiner –«

»– den Rabbiner hast du schon aufgezählt«, sagte Mommer und gähnte.

»Pardon«, sagte Gottlieb, »also ... jetzt muß ich noch einmal von vorn anfangen ...« Gottlieb repetierte, stumm die Lippen bewegend und an den Fingern abzählend, bis ›Kurt ohne Läuse‹ und fuhr dann laut fort:

»– und Burschi, Kanapee-Fritz, der weiße Columbus, der Russe, der andere Russe, der aber in Wirklichkeit ein Ungar ist, Werner, der Advokat, Erwin mit der gezähmten Ratte, der Werner ohne Zeigefinger, der taubstumme Georg, der Liliputaner, der andere Liliputaner, Kurt mit dem schiefen Mund, Martin mit den schönen Zähnen, der Martin ohne Zähne, der weinerliche Zimmermann und der blonde Pfeifer mit der Brille.«

»Das sind zweiundvierzig«, sagte Mommer. Gottlieb rollte die Augen nach oben und zählte nochmals nach.

»Du hast recht«, sagte er dann, »es waren aber einundvierzig – also: schon zweiundvierzig, wenn man den Kurupek selber mitrechnet – genau gesagt also: Kurupek plus einundvierzig. Hm. Kann sein, daß Günther ohne Beule nicht dabei war –«

»Ist ja egal«, sagte Mommer.

»Ist ja egal«, sagte Gottlieb, »jedenfalls kannst du dir denken, wie der Friseur erschrocken ist. Der Laden war dann natürlich gerammelt voll. Die anderen Kunden haben fluchtartig den Laden verlassen, aber bevor der Friseur irgend etwas sagen konnte, hat ihm Kurupek das Geld unter die Nase gehalten, und dann hat der Friseur dem Kurupek die Haare geschnitten, was sehr lange gedauert hat, was derjenige sofort begreift, der Kurupek damals gekannt hat.«

»*Wie* hat sich Kurupek die Haare schneiden lassen?« fragte Mommer, »ich meine: welche Façon?«

»Kurz«, sagte Gottlieb, »sehr kurz. Nach sechs Wochen hat Kurupek seine Mutter besucht – im Altersheim, er wollte sich Geld ausleihen –, und da hat seine Mutter gefragt: Kommst du eben vom Friseur? So kurz.«

»Hat sie ihm Geld geliehen?«

»Weiß ich nicht«, sagte Gottlieb, »und obwohl sich Kurupek die Haare so unheimlich kurz schneiden hat lassen, keine Dauerwelle oder so was Ähnliches, nichts – trotzdem wollte er unter die Trockenhaube. Naja, hat halt der Friseur die Trockenhaube hervorgeschoben und hat sie über Kurupeks Kopf gestülpt und eingeschaltet. Die Kameraden haben sich zerkugelt, wie der Kurupek so unter der Trockenhaube hervorgegrinst hat. Ein unvergeßliches Bild. Ja, und dann hat sich der Kurupek noch *maniküren* lassen, und dann hat er die Schuhe und Strümpfe ausgezogen und hat sich die Zehennägel schneiden lassen. Das, und das Maniküren, hat nicht der Friseur selber gemacht, sondern eine spezielle junge Dame, die beim Friseur angestellt war. Die hat recht die Nase verzogen, schon bei den Fingernägeln, und erst, wie der Kurupek die Schuhe und Strümpfe ausgezogen hat!

›Das kostet das Doppelte‹, hat der Friseur gerufen.

›In Ordnung‹, hat der Kurupek gesagt und hat wieder mit seinen Scheinen gewunken. Da hat der Friseur streng mit dem Finger gedeutet, und die Nägelschneiderin mußte hinunter zu den Füßen Kurupeks. An die zwei, drei Stunden hat alles in allem schon gedauert.«

»Und was hat es gekostet?« fragte Mommer.

»Das weiß ich nicht – es hat soviel gekostet, wie der Kurupek Rentennachzahlung bekommen hat, weil, nachher hatte er nichts mehr. Aber! Die Kameraden haben hinter dem Rücken des Friseurs die ganzen Flaschen mit Haarwasser ausgetrunken. Deshalb waren sie doch so lustig. Am nächsten Tag haben sie nachgerechnet oder umgerechnet oder wie man sagen will. Es war eine sehr schwierige Rechnung. Einundvierzig *solche* Räusche, wie die Kameraden von dem Haarwasser hatten, hätten in einem normalen Stehausschank unter Brüdern zweitausend Mark gekostet.« Gottlieb nickte. »Unter Brüdern!« wiederholte er und hob den Zeigefinger. »Unter Brüdern!«

»Ich muß einmal austreten«, sagte Mommer, nahm seinen Rucksack und ging die Böschung zur Autobahn hinunter. Im Nachtschatten der Büsche war es noch düster. Ein Motorrad kam auf der Autobahn daher. Es fuhr sehr langsam. Mommer staunte: daß ein Motorrad überhaupt so langsam fahren kann und nicht umfällt? Der Scheinwerferkegel des Motorrads fuhr auf der nassen Straße hin und her wie ein Greis mit dem Zeigefinger auf einer Buchseite, oder so wie ein Blinder mit dem Blindenstock am Randstein tappt. Sauber! dachte sich Mommer. Er winkte. Der Motorradfahrer hielt, er war eingemummt, zurrte seinen Schal vom Mund weg und sagte:

»Kriegerheim?«

»Logisch«, sagte Mommer.

»Bin ich da richtig?« fragte der Motorradfahrer und zeigte nach vorn.

»Logisch«, sagte Mommer.

»Und da vorn? rechts oder links?«

»Ich muß auch zum Kriegerheim«, sagte Mommer, »zu einem Begräbnis.«

»Dann sitzen Sie auf!« rief der Motorradfahrer und ließ den Motor knattern. »Aber halten Sie sich gut fest!« schrie er dann noch, bevor er den Schal wieder in den Helm stopfte.

Der Motorradfahrer stoppte sein Motorrad an der Friedhofsmauer, die aus Ziegeln aufgerichtet und von kleinen Türmen und von Toren mit größeren Türmen unterbrochen war, soweit man sehen konnte. Die Bogenlampen warfen die Schatten der kahlen Bäume an die Mauer. Das Laub lag auf dem

Boden und war glitschig. Der Motorradfahrer stemmte einen Fuß seitlich weg, der Motor knatterte weiter.

»Ist das der Friedhof, den Sie suchen?« schrie der Motorradfahrer.

»Wie bitte?« schrie Mommer, »ich verstehe Sie nicht!« Der Motorradfahrer schaltete den Motor ab.

»Ist das der Friedhof, den Sie suchen?«

»Wie bitte?« schrie Mommer. »Ich verstehe Sie immer noch nicht!« Der Motorradfahrer zerrte den Schal von seinem Mund.

»Ob das der Friedhof ist, den Sie suchen?« Mommer zwickte die Augen zusammen und musterte, ohne vom Beifahrersitz zu steigen, die Friedhofsmauer.

»Ob hier«, sagte der Motorradfahrer ungeduldig, »Ihr Begräbnis stattfindet?«

»*Mein* Begräbnis?« fragte Mommer erschrocken.

»Das Begräbnis, meine ich«, sagte der Motorradfahrer, »zu dem Sie wollen –?« Er machte sich bereit, wieder zu starten, stopfte den Schal in den Helm.

»Wahrscheinlich«, sagte Mommer und schwang sich vom Beifahrersitz, das heißt: er schwang sich halb, brauchte nur das linke Bein aufzusetzen; bevor er das rechte hintenüberschwingen konnte, fuhr der Motorradfahrer an. Mommer schüttelte den Kopf und stellte nach einem Moment, in dem er dagestanden war wie ein Hund, der an einem Baum sein Bein hebt – nur ohne Baum –, auch den zweiten Fuß auf. Das Motorrad verschwand rasch. Mommer ging bis zu einem der turmflankierten Tore. Es war durch ein Gitter abgeschlossen. Mommer schaute hinein. Diesmal war das ummauerte Gebäude unzweifelhaft ein Friedhof. Dann trat Mommer auf die Straße hinaus, auf der Schienen im Regen glänzten. Er schaute in alle Himmelsrichtungen, aber noch nirgends war der Himmel heller.

»Das Gute an der Zeit ist«, murmelte Mommer vor sich hin, »daß sie vergeht.«

Die letzte Attacke
(1980)

I

Mit dem Ende der Wintersaison 1964/65 stellte das unrentabel gewordene Berghotel ›Adlerhof‹ am Gauer-Paß in den Berchtesgadener Alpen seinen Betrieb ein. Die örtliche Zeitung widmete dem ehemals berühmten Hotel einen Nachruf. Das Haus war eines der ersten Berghotels gewesen, ein im Stil der Gründerzeit erbauter Komplex, halb maurische Moschee, halb Trutzburg. Die ersten Schneeschuhläufer – damals noch englische Lords oder Bankierssöhne aus Frankfurt oder Amsterdam – waren dort abgestiegen. Das Hotel war mit der Geschichte des Fremdenverkehrs jener Nation unlösbar verbunden. In der maßvoll rustikalen Eingangshalle hatten Prinzessinnen und Konsuln den Zofen und Grooms die Leinen ihrer Windspiele in die Hand gedrückt, bevor sie ihre Handschuhe auszogen, um in das Anmeldebuch der Rezeption ihre erlauchten Namen einzutragen. Diese Bücher – einige Konvoluten – spiegeln die Geschichte fast eines Jahrhunderts; sie werden im Heimatmuseum der nächsten Kreisstadt aufbewahrt.

Der Chefportier war immer ein Gentleman; im Grünen Salon oder im Wintergarten des ›Adlerhofes‹ bedient zu haben, und sei es nur eine Saison, galt als hinreichendes Zeugnis für jede Vertrauensstellung in der Gastronomie.

Aber, schrieb das Blatt, die Zeit sei über das Hotel hinweggegangen. Modernisierungen seien versucht worden, aber um das zu erreichen, was heutige Touristen an Komfort erwarten, hätte man das ganze alte Haus umkrempeln müssen. Die heutigen Skifahrer begnügen sich für die Nacht mit Löchern, verlangen aber Schwimmbad, Sauna und Kegelbahn und nicht einen maurischen Wintergarten mit Blick auf die Gletscher, vor dem ein Kellner den Tee serviert und die »Times«. Es sei, schrieb das Blatt, billiger gewesen, ein neues Hotel zu bauen, als das alte umzugestalten.

Mit Beginn der Wintersaison 1968/69 eröffnete – auch diesem Ereignis widmete die örtliche Zeitung einen ausführlichen Artikel – das in über zweijähriger Bauzeit errichtete neue Hotel ›Adlerhof‹ seine Pforten: ein Hotel im Alpenstil, mit Schwimmbad, Kegelbahn und Sauna, mit halbgotischen Madonnen in indirekt beleuchteten Nischen an Rauhputzwänden, mit Schmiedeeisen und Kuhglocken, mit Ochsenjoch und Zirbentäfelung, praktisch, hygienisch und mit alpengrün gekleideten Kellnern, der Oberkellner sowie der Portier mit Talerketten geschmückt. Stilvoll, schrieb das Blatt.

Vom alten Hotel ›Adlerhof‹ – das etwa fünfzig Meter neben dem neuen gestanden hatte – lag zu dieser Zeit kein Stein mehr auf dem anderen. Die Abbruchkosten hatte die Gesellschaft, der das alte Hotel gehörte und die das neue baute, gespart. Sie hatte ein Abkommen mit der Bundeswehr getroffen. Nach Räumung des Hotels und unter den gehörigen Sicherungsvorkehrungen wurde das alte Haus am 2. August 1965 von einer Abteilung der Gebirgsartillerie im Rahmen eines Bergmanövers beschossen und nach etwas über einstündigem Feuer dem Erdboden gleichgemacht.

Im Herbst 1965, bei den Applanierungsarbeiten im Zuge des Neubaus, wurde unter den Trümmern des Hotels eine verkohlte Leiche gefunden.

II

Die Ermittlungen der Staatsanwaltschaft und der Kriminalpolizei im Zusammenhang mit der Leiche in der Ruine des zerschossenen Berghotels ›Adlerhof‹ gestalteten sich mehr als schwierig, das heißt: es war wenig zu ermitteln, es war kein Anhaltspunkt, kein Ansatz da. Dabei war klar, daß die Sache kaum mit rechten Dingen zugegangen sein konnte.

Selbstverständlich hatte längst vor der Beschießung des Hotels das Personal das Haus verlassen. Mitte März war, nach der Abreise der letzten Gäste, der Betrieb eingestellt worden. Noch im Lauf dieses Monats war das Mobiliar und überhaupt alles Inventar, soweit es irgend von einem Wert war, abtransportiert worden. Eine Anzahl alter Möbelstücke, auch abgetretene Teppiche und unansehnliche Vorhänge, waren im Haus belassen worden, aber diese Dinge wurden – schon unter Aufsicht der Bundeswehr – von einigen Altwarenhändlern oder sonstigen Interessenten abgeräumt, die nichts dafür zahlen, nur für den Transport sorgen mußten. Der Geschäftsführer des Hotels und der zuständige Offizier der Bundeswehr erinnerten sich an ergötzliche – wie der Offizier vermerkte – und an Plündereien gemahnende Szenen und daran, wie sich die Trödler um den alten Plunder, den sie gratis haben konnten, prügelten. Die meisten Altwarenhändler kamen mit dem Auto, zwei oder drei mit einem Pferdefuhrwerk. Ein buckliges Trödlerpaar kam zu Fuß – berichtete der Offizier dem Staatsanwalt –, ergatterte ein ziemlich schweres, durchgesessenes meergrünes Plüschsofa mit goldenen Troddeln und trug es zu Tal. Es sei sehr komisch gewesen: der Mann, der vorn ging, habe auf dem linken, die Frau auf dem rechten Bein gehinkt. Das Sofa habe geschwankt wie ein Schiff, als es mit den Trödlern im Wald bergab verschwand. Außerdem habe es bald danach zu regnen angefangen …

Auch der Staatsanwalt fand diese Schilderung des Offiziers belustigend. Für die Ermittlungen förderlich war sie nicht. Nach dem Abzug der Trödler war das alte Haus leer. Auch das wurde überprüft. Einige Tage vor Beginn des Manövers – also Ende Juli – wurde das Haus nochmals besichtigt, wiederum leer gefunden, sodann wurde bis zur Beschießung ein Cordon von Wachen in einer Entfernung von zwei- bis dreihundert Metern um den Platz gezogen. Bei Beginn des Manövers wurde dann ohnedies die ganze Berghöhe abgeriegelt. Daß irgend jemand unbefugt in dieser Zeit in das Hotel gelangt sei, war ausgeschlossen. Natürlich wurde die Möglichkeit erwogen, daß eine Leiche heimlich ins Haus geschleppt worden wäre. (Von einem der Trödler? Um einen Mord, anderswo begangen, zu vertuschen?) Aber dies wäre ja bei der letzten, sorgfältigen Besichtigung, bei der jedes, wirklich jedes Zimmer, jede Kammer, jedes Kellerloch überprüft worden war, nicht verborgen geblieben.

Assessor R., der Witzbold der Staatsanwaltschaft, warf eine Theorie in die Debatte: früher habe es in Bayern die weitverbreitete Sitte gegeben, beim Bau größerer Anwesen schikanöse oder sonst mißliebige Poliere einzumauern ... Die Theorie wurde nicht ernsthaft weiter in Erwägung gezogen.

Erschwert wurden die Ermittlungen nicht zuletzt dadurch, daß die Leiche erst einige Wochen nach der Zerstörung des Hauses gefunden wurde, daß sie völlig verkohlt war und daß es zu der Zeit keinerlei auf den Fall passende Vermißtenanzeige gegeben hatte. Die Obduktion – die auch sehr schwierig war – ergab nur, daß es sich bei dem Toten um einen Mann mittlerer Größe und eher vorgerückten Alters gehandelt hatte. Einige Reste von Textilfäden wurden chemisch analysiert, außerdem wurden einige Messingknöpfe in der Nähe der Leiche entdeckt. Auch das brachte die Ermittlungen nicht weiter.

Da bis zum Fund der Leiche schon eine Menge Schutt weggeschaufelt und weggebaggert, auch schon abgefahren und mit anderem Schutt untrennbar vermischt war, war es nicht ausgeschlossen, daß dadurch Spuren zerstört worden waren. Ein Gegenstand allerdings, ein längliches, verbogenes und zerschmolzenes Ding aus Metall, gab einen Hauch von Anhaltspunkt: ein zerstörtes Ding, das – nach materialkundlichen Ermittlungen des Landeskriminalamtes – einmal ein Säbel gewesen war.

III

Nicht die Staatsanwaltschaft, auch nicht die Kriminalpolizei, sondern ein gar nicht mit dem Fall befaßter Amtsgerichtsdirektor in Traunstein – dem zuständigen Bezirk – gab den ersten Anstoß zur Aufklärung des Falles. Der Amtsgerichtsdirektor, er hieß Knöller, war, obwohl oder vielleicht gerade weil er selber nie Soldat gewesen war, ein ausgezeichneter Militärhistoriker. Namentlich interessierten ihn die Schicksale militärischer Verbände. Aber auch die Benennung, der Standort und die Adjustierung aller Regimenter der deutschen, bayerischen und auch österreichisch-ungarischen Heere waren ihm geläufig. Dennoch wäre es auch zu diesem Anstoß nicht gekommen, wenn nicht außerdem der Amtsgerichtsdirektor Knöller und der in dem Fall der Leiche vom Hotel ›Adlerhof‹ federführende Erste Staatsanwalt Dr. Walther einem losen Kreis von Schafkopfspielern angehört hätten, der sich jede Woche am Mittwochnachmittag von vier bis sieben Uhr im Café ›Lobendanck‹ am Stadtplatz traf.

Während des Mischens der Karten erkundigte sich Knöller eher beiläufig, wohl eigentlich ohne größeres wirkliches Interesse und vielleicht nur, um eine gewisse Anteilnahme an der Arbeit des Kollegen zu zeigen, nach dem Fortgang der Ermittlungen in dem ›Adlerhof‹-Fall. Nach dem darauffolgenden Spiel – einem Solo, das der erwähnte Assessor R., ein gefürchteter Schafkopfer, mit drei Laufenden nebst einem voreilig von Knöller gegebenen Stoß gewann – beim neuerlichen Mischen gab Erster Staatsanwalt Dr. Walther das oben geschilderte Ermittlungsergebnis in dürren Worten, dürr wie das Ergebnis, bekannt. Auch das mit dem Säbel erwähnte Dr. Walther.

Das folgende Spiel verloren Amtsgerichtsdirektor Knöller und Assessor R., allerdings knapp und nur – wie R. mit gebührendem Respekt zu vermerken sich erlaubte –, weil Knöller nach dem dritten Stich Farbe nachgespielt hat, anstatt seinen Laub-Unter vorzulegen. Es kostete Knöller und R. je 20 Pfennige, weil geklopft worden war.

Nun war Direktor Knöller am Mischen. »Das mit dem Säbel«, sagte er und gab aus, »interessiert mich.«

»Hm«, sagte Dr. Walther, der links neben Knöller und also *vorn* saß, »hm«, sagte er, musterte die ersten vier Karten, »dann kommen Sie morgen zu mir. Ich zeige Ihnen die Asservaten. – Ich spiele mit der Schellen-As.« (Dr. Walther, ein für Traunsteiner Verhältnisse grandseigneurhafter Beamter, pflegte sich gewählt auszudrücken: Schellen-As sagte er, nicht Schellen-Sau.)

IV

Am nächsten Tag besuchte, wie vereinbart, der Amtsgerichtsdirektor Knöller den Ersten Staatsanwalt Dr. Walther in dessen Dienstzimmer. Dr. Walther hatte die Asservate und die diversen Befunde der Gerichtsmedizin und des Landeskriminalamts schon vorbereitet. Die medizinischen Ausführungen interessierten Knöller wenig, er schob sie samt den naturgemäß wenig ansprechenden Photographien der verkohlten Leiche beiseite und nahm das Wrack des Säbels, das in einem durchsichtigen Plastiksack stak, in die Hand.

»Darf ich?« fragte Knöller.

»Selbstredend«, sagte Dr. Walther. »Es waren keinerlei Fingerspuren dran.«

»Säbelhiebe auf dem Schädel? Ist da irgend etwas festgestellt worden?«

»Der Schädel war zertrümmert. Ob das von den herunterstürzenden Plafondbrocken gekommen ist oder von einem Säbelhieb –«

»– kann kein Gerichtsmediziner der Welt nachprüfen«, vollendete Knöller den Satz und nickte. »Ein österreichischer Infanteriesäbel«, sagte Knöller dann.

»Ach«, sagte Dr. Walther, »das ist interessant. Kämpft das österreichische Bundesheer noch mit Säbeln? Also, ich meine –«

»Nein«, sagte Knöller, »nicht von heute; ein *alter* Säbel, k. u. k.«

»Recht viel wird uns das wahrscheinlich auch nicht weiterbringen. Aber immerhin – wie alt ist so ein Säbel?«

»Auswendig weiß ich das nicht; ich müßte erst daheim nachschauen. Jedenfalls aus dem Ersten Weltkrieg. Und das«, sagte Knöller und schüttete aus einem anderen, kleineren Plastiksack die verschmorten Messingknöpfe auf die Hand, »das sind Uniformknöpfe. Darf ich den Bericht der Analyse sehen, den das Landeskriminalamt –?«

»Bitte«, sagte Dr. Walther und reichte Knöller einen schmalen Aktenhefter. Knöller las, hielt winzige, farbige Faserspuren – in Cellophan eingeschweißte Anlagen zum Bericht – gegen das Fenster, blätterte, las weiter, legte dann den Bericht zur Seite und sagte: »*Hechtgrau, rosenrote* Egalisierung, *gelbe* Knöpfe. Sagt Ihnen das nichts?«

»Ehrlich gesagt, nein«, sagte Dr. Walther.

»Das berühmte Hechtgrau«, sagte Knöller in einem schon nahezu schwärmerischen Ton, »das zumindest seinerzeit so berühmte Hechtgrau. Nicht eigentlich ein Grau, eher schon ein Graublau oder Blaugrau. Hechtgrau! Die einheitliche Farbe der k. u. k. Infanterie seit 1909 –«

»Hochinteressant«, sagte Dr. Walther. »Aber diese Farbe dürfte doch wohl –«

»Kein Zufall«, rief Knöller, »isoliert vielleicht ja, aber sehen Sie ... das Asservat ... das war die Egalisierung, also die Kragenaufschläge und die Messingknöpfe ... und schließlich und endlich der Säbel. Kein Zweifel: der Tote hat eine kaiserlich und königliche österreichisch-ungarische Infanterieuniform getragen.«

»Das wäre allerdings in der Tat recht merkwürdig«, sagte Dr. Walther.

»Die genaueren Einzelheiten sage ich Ihnen morgen«, sagte Knöller in steigender Begeisterung. »Ich muß nur daheim nachschauen. Auswendig weiß ich's nicht ganz genau. Vier Regimenter haben Rosenrote Aufschläge getragen, nehme ich an, vier ...«

»Hochinteressant«, sagte Dr. Walther.

V

Nicht erst am nächsten Tag, noch am gleichen Nachmittag kam Amtsgerichtsdirektor Knöller – unter dem Arm ein Paket alter Bücher, darunter ein in Packpapier eingeschlagenes Konvolut – wieder zu Dr. Walther. Knöller hatte sich das Mittagessen versagt und war schnell heimgefahren (er wohnte etwas außerhalb), um den angerissenen Dingen auf den Grund zu gehen.

»Das«, sagte Knöller und schlug eines der Bücher auf, »ist das so berühmte ›Farbenkastl‹ der k. u. k. Infanterie. Von oben nach unten: Hosen und Knöpfe, von rechts nach links: die Farben. Die Zahlen in den Kästchen, die sich so ergeben, beziehen sich auf die 102 Infanterieregimenter. Es war natürlich nicht einfach«, dozierte Knöller, »für ein-hundert-und-zwei Infanterieregimenter verschiedene Egalisierungsfarben zu finden. 102 verschiedene Farben gibt es gar nicht. Also hat man Farbschattierungen einführen müssen. So wurde Gelb – sehen Sie hier – eingeteilt in *Schwefel-*, *Kaiser-* und *Orange*gelb, Grün in *Meer-*, *Apfel-*, *Meergras-*, *Papagei-*, *Gras-* und *Stahl*grün. Es bedurfte schon eines geübten Auges – der Kaiser soll es gehabt haben –, um Meergrün, Grasgrün und Meergrasgrün voneinander zu unterscheiden. Man hat«, sprach Knöller mit beruhigendem Ton, »vernünftigerweise allerdings etwa meer- und meergrasgrün adjustierte Regimenter, also farblich benachbarte, geographisch weit voneinander entfernt stationiert. Zum Beispiel: Meergrün ...« Knöller fuhr in der betreffenden Rubrik seines ›Farbenkastls‹ mit dem Finger nach unten »– Nummer 87 ...« dann schlug er ein anderes Buch auf, »das ist der Schematismus der Infanterieregimenter ... 87 ... 87 ... 87 ...«, er blätterte, »hier: k. u. k. Infanterieregiment No. 87 ›Freiherr von Succovaty‹, errichtet 1883, Stab und zwei Bataillone in Pola, die beiden anderen in Cilli und Skutari, also im Süden der Monarchie, dann – sehen wir, wer noch Meergrün getragen hat – aha – 21 ...«, wieder blätterte er, »k. u. k. Infanterieregiment No. 21 ›Graf von Abensperg und Traun‹, errichtet 1833, Stab und zwei Bataillone in Kuttenberg und Časlau ..., also im Norden der Monarchie.«

»Hochinteressant«, sagte Dr. Walther.

»Ja«, sagte Knöller feurig. »Und denken Sie sich: es gibt heute noch Leute, die wissen das alles auswendig.«

»Erstaunlich.«

Knöller bemerkte die Ironie in Dr. Walthers Stimme nicht und fuhr unbeirrt und begeistert fort: »Von Rot gab es die meisten Nuancen. Sehen Sie: *Scharlach-*, *Amarant-*, *Krebs-*, *Krapp-*, *Bordeaux-* usw., und hier *Rosen*rot.«

»Aber woher wissen Sie, daß das Rot, das diese paar Fäden mühsam erkennen lassen, Ihr ärarisches k. u. k. Rosenrot ist?«

»Ja!« lachte Knöller verschmitzt und band den Konvolut

auf, den er dabei hatte. »Ein Fund, um den mich viele Sammler beneiden. In einer Trödlerei in St. Pölten. Der Trödler hat es für den Nachlaß eines Textilvertreters gehalten. Aber es ist das authentische Musterbuch der Heeresschneiderei Wiener-Neustadt! Hier –«, Knöller nahm das Farbmuster ›Rosenrot‹ heraus und hielt es neben das Präparat des Landeskriminalamts. »Was sagen Sie jetzt?«

»Hochinteressant«, sagte Dr. Walther und dachte – sagte es aber nicht –, daß schon bald danach, damals, die ganzen Meergrasgrün, Hechtgrau und Lichtblau von anderen Nuancen: vorwiegend Durchfallbraun, Uringelb, Rußschwarz und namentlich Hämoglobinrot überspült worden waren.

»Nun«, dozierte Knöller weiter, »hat es also vier Infanterieregimenter mit rosenroter Egalisierung gegeben: 5 – ›Freiherr von Klobučar‹; 6 – ›Carol I. König von Rumänien‹; 13 – ›Jung-Starhemberg‹ und 97 – ›Freiherr von Waldstätten‹. No. 6 und No. 97 fallen weg, denn die hatten Silberknöpfe, wie sie am ›Farbenkastl‹ unschwer erkennen können.«

»Unschwer«, nickte Dr. Walther.

»Bleiben No. 5 und 13. – Man müßte wissen«, sagte Amtsgerichtsdirektor Knöller, »welche Hosen!«

»Ich verstehe nicht?«

»Die Hosen! Ob der Tote die österreichischen Pantalons getragen hat – dann wäre es das Regiment Nr. 13 – oder die bestickte, enge sogenannte Ungarische Hose – dann wäre es No. 5?«

»Das wird sich wohl nie mehr feststellen lassen.«

Knöller nickte bedauernd und klappte seine Nachschlagewerke zu.

»Glauben Sie, daß sich ein Angehöriger dieses Regiments –«, Dr. Walther rechnete – »von 1918 bis 1965 ... siebenundvierzig Jahre lang im Keller des Hotels ›Adlerhof‹ in Berchtesgaden verschanzt gehalten hat? Meines Wissens hat die k. u. k. Armee *nicht* in der Gegend von Berchtesgaden operiert, jedenfalls nicht im Ersten Weltkrieg.«

»Ausgeschlossen«, sagte Knöller.

»Da wird uns also das ganze schöne Rosenrot und Hechtgrau nichts bringen«, sagte Dr. Walther nicht ohne einen leisen – und wie er schnell danach zugeben mußte: ungerechten – Unterton des Vorwurfs.

»Ich habe nur gesagt, was ich weiß«, sagte Knöller beleidigt. »Schließlich: besser als gar nichts.«

»Selbstverständlich«, beeilte sich Dr. Walther zu versichern, »da haben Sie ganz recht. Besser als gar nichts.«

Er sollte bald erfahren, daß die Erkenntnisse Knöllers *weit* besser als gar nichts waren.

Die Sache mit der Uniform und der genaue Sachverhalt, soweit bekannt, wurden rundum allen Polizeidienststellen bekannt gemacht, gelangte auch zu den Instanzen der Bundeswehr, die – weil ja ein Zusammenhang mit einem Manöver bestand – in die Ermittlungen eingeschaltet waren.

Der Oberstleutnant – er hieß Semmelknie –, der für die Sicherheitsvorkehrungen bei der Beschießung des ehemaligen Hotels verantwortlich gewesen war und wegen der Leiche zahllose Berichte und Rapporte hatte schreiben müssen, las die Mitteilung von der k. u. k. Uniform mit großer Aufmerksamkeit.

Abgesehen von den lästigen Ermittlungen der Polizei, hatte Oberstleutnant Semmelknie einen raumgreifenden Anpfiff seitens des Divisionskommandeurs wegen der Leiche im Hotel erdulden müssen. Der Anpfiff gipfelte in dem Befehl: »Entweder Sie bekommen binnen 24 Stunden heraus, wer der Kretin war, den Sie da niedermähen haben lassen, oder –«

Was die Alternative war, verschluckte der Divisionskommandeur. Oberstleutnant Semmelknie zog es vor, nicht danach zu fragen, raffte seine Akten zusammen, salutierte und ging hinaus. Er herrschte nun seinerseits alle Soldaten an, die damals Posten geschoben hatten, und vergatterte sie, ihre Spatzenhirne zusammenzunehmen und angestrengt nachzudenken, ob nicht irgend jemand in der Nacht vor der Beschießung das Hotel betreten hatte. Niemand. Absolut niemand. Auch nicht der Versuch. Keine Maus.

Dem ersten der Berichte, die Oberstleutnant Semmelknie vorlegte und in dem er die Aussagen der Wachtposten zusammenfaßte und darlegte, wie minutiös die Sicherheitsbestimmungen gerade in diesem Fall eingehalten worden waren, konnte der Divisionskommandeur nichts anderes als ein unwilliges Brummen entgegensetzen.

Nun, nachdem der Oberstleutnant das mit der alten Uniform gelesen hatte, rührte sich der Ärger in seiner Seele wieder, und er wendete seine Gedanken hin und her. Ein Bild, das dem Dossier beigegeben war, ließ ihn nicht los. Das Bild war die Kopie einer Darstellung, die Amtsgerichtsdirektor Knöller aus seinen privaten Materialien zur Verfügung gestellt hatte: ein k. u. k. Infanterieoffizier in vorschriftsmäßiger Kleidung, flott, ein Bein vors andere gestellt, den Säbel lässig in beiden Händen, ein schmales kleines Schnurrbärtchen im Gesicht, die Uniform unter Aufsicht Knöllers koloriert: Hechtgrau mit rosenroten Aufschlägen. Ein – sozusagen idealer – Hauptmann der k. u. k. Infanterie.

Oberstleutnant Semmelknie suchte die Liste mit den Soldaten, die damals Wache geschoben hatten, heraus. Schon am nächsten Tag machte er sich auf den Weg zu der Einheit, der die Mehrzahl dieser Soldaten angehörte. Einen nach dem anderen ließ er kommen, einem nach dem anderen zeigte er dieses Bild. Daß es ausgerechnet der dreizehnte Soldat war, der angesichts dieses Bildes stutzig wurde, berührte Semmelknie eigenartig. Er vermerkte dieses Detail später in seinem Aufsehen erregenden Bericht aber nicht.

»Ach so –«, sagte der dreizehnte Soldat. Es handelte sich um einen Wehrpflichtigen namens Kassian.

»Was: ach so?«

»Der da –«

»Wieso? Kennen Sie so einen?«

»Kennen nicht. Aber gesehen habe ich ihn schon.«

Der Oberstleutnant sprang auf. »Wo? Wann?«

Der Soldat Kassian rückte nach mehreren strengen Ermahnungen und nach der Zusicherung, daß die Sache für ihn glimpflicher ausgehen würde, wenn er gleich alles sage, mit seinem Wissen heraus. Die Ausgangssperre, die er später bekam, wurde übrigens versüßt durch sein Drittel Anteil an den 5000 Mark Belohnung, die die Polizei inzwischen für Hinweise zur Klärung des Falles ausgesetzt hatte.

Ein Mann in so einer Uniform sei, rapportierte Kassian, in der fraglichen Nacht an ihm vorbeigegangen. Er, Kassian, habe den Unbekannten vorschriftsmäßig angehalten, der fremde Offizier in der merkwürdigen Uniform habe ihn aber derart fachmännisch – »... ich möchte sagen«, sagte Kassian, »routiniert ...« – angeschnauzt, vollkommen offiziersmäßig, wenngleich mit fremdem Akzent, daß er – Kassian – den Fremden auch ohne Parole habe passieren lassen. Er habe den Offizier für einen ausländischen Manövergast gehalten, für ein hohes Tier, einen Militärattaché oder so.

»Und wo ist der hin?«

»Im Dunkeln verschwunden.«

»In Richtung Hotel?«

»Jawohl, Herr Oberstleutnant.«

Warum Kassian am nächsten Tag diesen Vorfall nicht gemeldet habe? Er habe nicht mehr daran gedacht. Auch später bei den Vernehmungen hätten alle immer nur von Zivilisten gesprochen, die sich da eventuell herumgetrieben hätten. Von einem Militärattaché sei nie die Rede gewesen.

VI

In München, im eher übelbeleumundeten Stadtteil Giesing, in Untergiesing in der Pilgersheimer Straße auf Nummer 11, befindet sich eine von der katholischen Kirche betriebene Sozialeinrichtung, die offiziell ›Männerübernachtungsheim‹, im Volksmund, jedenfalls in den einschlägigen Kreisen, aber schlicht das ›Pilgersheim‹ heißt. Es ist Zufall, daß sich dieses traurige Haus, das für viele oft die letzte Rettung vor dem Erfrieren ist, in der Pilgersheimer Straße befindet, ausgerechnet in der Straße mit diesem Namen, und dennoch ist die abgeschliffene Bezeichnung ›Pilgersheim‹ nicht ohne tiefen Sinn. *Wohnen* dürfen die bedauernswürdigen Pilger dort nicht, nur schlafen. Um acht Uhr früh werden sie von der mit Recht – es geht nicht anders bei solchen Dingen – strengen Hausleitung aus dem Haus geschickt – und ab und zu geworfen –, dann pilgern sie durch die Stadt, ziellos wie durch ihr ganzes Leben, pilgern ab und zu, eher selten und fast immer vergeblich zum Arbeitsamt, oder pilgern zur Großmarkthalle, wo sie hoffen, für eine Stunde oder zwei beim Abladen von Obst oder Gemüse ein paar Mark zu verdienen, pilgern zu den mildtätigen Stellen, wo gratis Essen verteilt wird, pilgern zu ihren Stamm-Bettelplätzen, pilgern sehr häufig von Stehausschank zu Stehausschank, und nicht selten führt ihre Pilgerreise über den Schnellrichter im Polizeipräsidium und die ebenfalls in Giesing gelegene Justizvollzugsanstalt – weil in der Stadelheimer Straße gelegen ›St. Adelheim‹ genannt – nach einigen Tagen oder Wochen zum ›Pilgersheim‹ zurück.

Ein paar gibt es im ›Pilgersheim‹, die genießen ein bescheidenes Privileg: während die normalen Pilgersheimer ihren Besitz, meist ein weder hechtgraues noch rosenrotes, sondern eher abfallolives Bündel oder einen Rucksack und ein paar

Plastiktüten mitnehmen müssen, wenn sie in der Früh das Haus verlassen, dürfen einige, die sich durch brave Führung, relative Ordnung, womöglich Sauberkeit und Pünktlichkeit hervorgetan haben, ihre Habseligkeiten über Tag in einem Spind verwahren.

Lotzi gehörte zu ihnen.

Lotzi, erzählte der Leiter des Heimes der Polizei – ein katholischer Geistlicher – habe man sogar darüber hinaus die noch seltenere Vorzugsbehandlung angedeihen lassen, daß er sich mit der Adresse des Heimes polizeilich melden habe dürfen. Lotzi, der in Kreisen der Stammbewohner des ›Pilgersheimes‹ auch ›der Oberst‹ genannt wurde, sei ein ruhiger, sehr sauberer, aber verschlossener, alter Mann gewesen, der – auch weil er sich nie an den Besäufnissen beteiligte – deswegen bei manchen Kameraden als hochmütig galt. Lotzi – mit wirklichem Namen Loczwadowski Michael – sei Ende Juli oder Anfang August verschwunden, sagte der Geistliche, genau wann, könne er nicht sagen; Buch geführt werde nicht, und sei bis heute, und jetzt haben wir Dezember, nicht wieder aufgetaucht. Ab und zu sei Lotzi auch früher schon ein paar Tage weggeblieben. Aber so lange nicht.

»Als ich das«, sagte der Geistliche, »mit der Uniform in dem polizeilichen Aufruf in der Zeitung gelesen habe, ist mir sofort Lotzi eingefallen. An und für sich war Lotzi sehr wortkarg, aber einmal hat er mir doch erzählt, was in der verschnürten Schachtel war, die er in seinem Spind verwahrt hatte. Lotzi war für unsere Verhältnisse in ›Pilgersheim‹ geradezu penibel auf seine Garderobe bedacht, wenn man von den uralten Klamotten, die er hatte, überhaupt so reden kann. Einen großen Teil seiner ganz kleinen Rente gab er für Zwirn und Flicken und Knöpfe aus. Oft saß er da und flickte seine Sachen. Bügelte sogar. Das Bügeleisen hat er sich ausgeliehen. Die altmodische Formulierung: ›ärmlich, aber sauber‹ hätte auf ihn zugetroffen. In der Schachtel aber hatte er eine tadellose Uniform, eine uralte, aber picobello gestriegelte und geschniegelte Uniform mit Tschako, Stiefel, Koppel, Säbel und ich weiß nicht was. Fragen Sie mich nicht, was es für eine Uniform war. Menschenskind, Lotzi, sagte ich oft zu ihm, da laufen Sie bei so einem Wetter in zerrissenen Schuhen herum. Ziehen Sie doch die tadellosen Stiefel an. – Nein, sagte er, wer weiß, wozu ich die noch brauchen werde. Hie und da verdiente er sich übrigens ein paar Mark, wenn er polnisch dolmetschen konnte. Aber wann braucht schon irgend jemand einen polnischen Dolmetscher.«

Der Spind Lotzis wurde von der Polizei geöffnet. Die verschnürte Schachtel fehlte.

VII

Michael Łoczwadowski, geboren 1890 in Krakau, Beruf: Oberst a. D., polizeilich gemeldet seit 1953 in München, zuletzt in der Pilgersheimer Straße 11, vorher wohnhaft in der ›Familienpension Frieda‹ in der Kaiserstraße in Schwabing, 1953 aus den Vereinigten Staaten nach München zugezogen.

Über die amerikanische Vergangenheit Łoczwadowskis konnte mangels irgendwelcher näherer Angaben nichts in Erfahrung gebracht werden. Die ›Familienpension Frieda‹ gab es nicht mehr. Die Tochter ihrer verstorbenen Inhaberin aber konnte ausfindig gemacht werden. Sie erinnerte sich dunkel an den ›Herrn Oberst‹, einen Polen, der aus Amerika gekommen war und in der Familienpension ein ruhiges und bescheidenes Leben geführt hatte. Ob er etwas und wenn ja, was er tat, hatte man nie erfahren.

»Eine für damalige Begriffe nicht unerhebliche Summe aus dem Lastenausgleich oder so etwas hat er gehabt«, sagte die Tochter der Pensionsinhaberin, »aber er hat wohl von der

Substanz gelebt. Am Dienstag und am Donnerstag hat er mit der Mutter immer Rommé gespielt. Die letzte Monatsmiete – war das 1958 oder 1959? - konnte er nicht mehr zahlen. Er hat meiner Mutter dafür zwei alte Bilder gegeben. Dann ist er ausgezogen. Ich habe die Bilder nach dem Tod meiner Mutter verkauft mit dem ganzen anderen Plunder aus der Pension. Sie können sich gar nicht vorstellen, was das für Zeug war. Uhren unter einem Glassturz. Samttischdecken mit Quasten. Zimmerlinden. Und eben die Bilder vom Herrn Oberst. An den Namen hätte ich mich nicht mehr erinnert. Aber Łoczwadowski oder so stimmt schon. Seine Eltern sind es gewesen, auf den Bildern. An das Bild mit dem Mann erinnere ich mich: in Uniform und mit einem Schnauzbart so groß wie ein Handfeger.«

Auch an die alte Uniform konnte sich die Tochter der verstorbenen Pensionswirtin erinnern. Schon damals habe er die Uniform, auch die Stiefel, den Tschako und den Säbel immer sorgfältig verwahrt gehabt – in einem Lederkoffer, in einem sehr altmodischen Koffer aus ganz dickem Leder mit Messingbeschlägen. Der Koffer sei förmlich ein Wertstück gewesen, wahrscheinlich mehr wert als die dummen, alten, nachgedunkelten Bilder. Die Mutter hätte lieber den Koffer gehabt. Der Oberst habe geschwankt, habe sich aber dann doch lieber – wenngleich auch das schweren Herzens, könne man ja verstehen – von den Bildern getrennt, nicht vom Koffer. Wahrscheinlich habe er aber dann später den Koffer auch noch verkaufen müssen, in der Not. Daß der ›Herr Oberst‹ die Uniform jemals angehabt habe, daran konnte sich die Tochter nicht erinnern. Aber hergezeigt habe er sie einmal. – Hechtgrau? Kann sein, Hechtgrau. Einzelheiten wisse sie nicht mehr, aber das, daß der Oberst gesagt hat: das sei seine Leutnants-, kann auch sein Oberleutnantsuniform aus dem Ersten Weltkrieg. Sie sei mehr als ein Andenken. Das sei seine Heimat.

VIII

Oberst a. D. Michael Łoczwadowski hatte einen Fremdenpaß gehabt. Seine Staatsangehörigkeit war, wie sich aus den Unterlagen des Paß- und des Ausländeramtes ergab, ungeklärt. Er wurde als ›staatenlos‹ geführt. Der Paß war bei den wenigen Habseligkeiten, die im Spind des Heimes in der Pilgersheimer Straße sichergestellt wurden, nicht dabei. Falls es sich bei dem Toten des Hotels ›Adlerhof‹ um den ehemaligen polnischen Oberst und noch ehemaligeren k. u. k. Leutnant oder Oberleutnant Łoczwadowski gehandelt hat, war also anzunehmen, daß er seinen Paß mitgenommen hat, und daß er mit verbrannt ist.

Ein Paßbild war allerdings bei den Unterlagen des Ausländeramtes: ein langes, etwas unregelmäßiges, zerfurchtes Gesicht mit einer Adlernase.

Auf die Veröffentlichung des Bildes und eine neuerliche Beschreibung aller Umstände in den Zeitungen meldete sich ein Mann namens Vorländer bei der Polizei.

Er habe, sagte Herr Vorländer, wohl die Aufrufe mit dem Hinweis auf die komische Uniform nicht gelesen, sonst hätte er sich schon früher gemeldet. Auf das nun abgedruckte Bild hin erkenne er den Mann wieder, aber besonders gut erinnere er sich an die Uniform. Er habe schon fragen wollen: Gehen Sie im August auf einen Maskenball? Das sei ihm schon auf der Zunge gelegen, aber er habe es dann doch nicht gefragt, um den Mann nicht zu beleidigen.

Um das vorwegzunehmen: auf äußerst dringende Veranlassung des Amtsgerichtsdirektors Knöller wurde Herr Vorländer bald nach seiner Vernehmung ein zweites Mal vernommen. Bei der ersten Vernehmung war für Knöllers Begriffe nicht genau genug nach den Einzelheiten der Uniform gefragt worden. Das wurde das zweite Mal nachgeholt. Vorländer erinnerte sich gut: die Hose war *nicht* bestickt.

»Also!« sagte Knöller befriedigt, als sei der Fall damit geklärt, »österreichische, respektive cisleithanische Pantalons. Dann ist es klar: k. u. k. Infanterieregiment No. 13 ›Jung-Starhemberg‹.«

»Hochinteressant«, sagte Dr. Walther.

Es sei ihm aufgefallen, sagte Herr Vorländer, daß sich der Anhalter vorgestellt habe. Er sei viel beruflich unterwegs (Vertreter in Baumaschinen), immer allein, und er nehme zu seiner Unterhaltung gern Anhalter mit. Er habe schon unzählige Anhalter mitgenommen, aber daß einer, bevor er einstieg, sich vorgestellt habe, das sei ihm noch nie passiert. Den Namen des alten Mannes allerdings habe er nicht behalten, weil er ihn gar nicht verstanden habe.

Die ganze Sache, gab Herr Vorländer zu Protokoll, sei ihm natürlich äußerst merkwürdig vorgekommen. An und für sich nehme man als erfahrener Autofahrer selbstverständlich keine offensichtlichen Narren mit. »Wer weiß, was so einer macht im Auto, ob er nicht einen Anfall kriegt oder weiß der Himmel was bei sich hat, das entweder verboten ist oder noch im günstigsten Fall zu stinken anfängt.« Nein, so Spinner nehme er nicht mit, aber der Alte in seiner Uniform am Straßenrand habe so komisch ausgeschaut, daß er – Vorländer – quasi automatisch gebremst habe, und als er gemerkt habe, daß das nur ein Narr sein könne, habe der Narr schon gemerkt gehabt, daß er – Vorländer – gebremst habe, habe so bittend und erwartungsvoll geschaut, daß er sich vor sich selber geniert habe, weiterzufahren. Dann sei der Alte an das Auto herangetreten, habe sich mit einer knappen Verbeugung vorgestellt – was Vorländer, wie gesagt, noch nie passiert sei in all den Jahren –, und dann sei es zu spät gewesen, abzuwinken, ohne daß der Alte gekränkt gewesen wäre.

»So *direkt* ins Gesicht hinein beleidigen«, berichtete Herr Vorländer, »kann ich niemanden.«

»Gestatten – Łoczwadowski, Oberst Michael Łoczwadowski, erlauben Sie die Frage: wie weit belieben Sie zu fahren?«

Er habe mit Akzent gesprochen, mit so einem angenehmen, rauhen Akzent. Er – Vorländer – kenne sich zwar im Bereich Baumaschinen aus, nicht aber bei Sprachen. Was für ein Akzent das war? Das könne er nicht sagen. »Es gibt einen Schauspieler, ich kann mich jetzt an den Namen nicht erinnern, der erzählt jüdische Witze mit dem Akzent.«

»Bis Berchtesgaden«, sagte Vorländer.

»Erlauben Sie, daß ich Ihnen Gesellschaft leiste? Bis Berchtesgaden?« fragte der Alte.

Das habe er wörtlich gesagt; nicht: Nehmen Sie mich mit? Oder sowas, oder gar nichts, nur fragend geschaut wie die meisten Anhalter, braucht man ja nichts fragen, ist ja eh klar, was sie wollen, sondern: Darf ich Ihnen Gesellschaft leisten?

Am Rand der Straße stand hinter einem Busch eine mit Spagat zugebundene Schachtel.

»Steigen Sie ein –«, sagte Vorländer. »Gehört die Schachtel dort Ihnen?«

»N – nein«, sagte Łoczwadowski zögernd und stieg, den Säbel klemmte er zwischen die Beine, in das Auto ein. Im Auto nahm er den Tschako ab und hängte ihn wie auf einen Kleiderhaken über den Griff des Säbels.

Abgesehen von seinem Äußeren, erzählte Herr Vorländer, sei der Unterhaltungswert des Offiziers gleich Null gewesen. Trotz einiger Anläufe von seiner – Vorländers – Seite, sei ein Gespräch nicht zustande gekommen.

»Recht warm jetzt«, sagte Vorländer.

»Jawohl«, sagte der Alte.

»Aber das tut ganz gut, nach dem ganzen Regen in den letzten Wochen«, sagte Vorländer.

»Ihrer Meinung«, sagte der Alte.

Im übrigen habe sich der Alte völlig korrekt verhalten, habe weder einen Anfall bekommen noch gestunken. In Berchtesgaden, bevor man in den Ortsbereich kam, habe der Alte gebeten, aussteigen zu dürfen. Er – Vorländer – habe angehalten. Der Alte sei ausgestiegen, habe die Hacken zusammengeschlagen, salutiert und gesagt: »Erlaube mir verbindlichst zu danken.«

Im Rückspiegel habe Vorländer dann gesehen, daß der Alte eine kleine Landkarte aus einer Tasche seiner Uniformbluse gezogen, sie entfaltet und studiert, sich dabei umgesehen hat. Offenbar habe er begonnen, sich im Gelände zu orientieren.

Er – Vorländer – habe nach längerem Nachdenken über den kuriosen Fall angenommen, daß es sich bei dem Offizier um irgendeinen ausländischen Militärbeobachter der Manöver gehandelt habe, der seinen Transport oder was verpaßt und kein inländisches Geld dabei gehabt hat und deswegen – was ihm ja sichtlich peinlich war – per Anhalter schauen mußte, daß er zu den Manövern käme. Daß es sich um einen Spion handeln könne, habe er – Vorländer – schon auch überlegt, den Gedanken aber sofort verworfen. Ein Spion wird sich ja nicht gerade anziehen wie ein bunter Hund.

Der spagatverschnürte, weiße Karton, von dem Herr Vorländer gesprochen hatte, wurde – durchweicht – an der angegebenen Stelle gefunden. Er enthielt Kleidungsstücke. Der Heimleiter des ›Pilgersheimes‹ identifizierte sie mit Sicherheit als die, die Lotzi getragen hatte.

IX

Michael Łoczwadowski, Oberleutnant im k. u. k.-Infanterieregiment No. 13 ›Jung-Starhemberg‹, stieg – der Weg war für den alten Mann in der unbequemen und ungewohnten Uniform eher beschwerlich – an den letzten Häusern des Ortes vorbei die Berglehne hinauf. Ab und zu begegnete ihm ein sonntäglicher Spaziergänger. Łoczwadowski achtete nicht darauf. Wenn aber – was nicht oft vorkam – ein militärisches Fahrzeug herannahte, trat er hinter einen Busch oder hinter einen Stadel und wartete, bis es außer Sichtweite war.

Die kleine Landkarte brauchte er nicht mehr zu Rate zu ziehen. Er hatte sich einmal den Weg eingeprägt, und das behielt er.

Als ein kleiner Steig von der geteerten Straße abzweigte, folgte Łoczwadowski diesem Steig, der ihn bald in den Wald führte. Auf einer Bank ruhte er aus, nahm den Tschako ab, wischte mit dem ärarischen Taschentuch innen über den Mützenrand und legte den Tschako mit der Öffnung nach oben neben sich. Den Säbel legte er über die Knie und schaute ins Tal. Ein leichter Wind kam auf, fuhr in die Bäume und schüttelte sie. Łoczwadowski empfand den Luftzug als kühlend und angenehm.

Es war eines zum anderen gekommen, und rückschauend erschien Łoczwadowski die Entwicklung als folgerichtig und vielleicht sogar vorbestimmt. Gibt es eine Vorher-Bestimmung? Glaubte der Oberst an Gott? Łoczwadowski war katholisch, er glaubte an Gott in der quasi dienstpragmatischen Form, wie ihn die k. u. k. Armee für ihre Angehörigen römisch-katholischer Konfession vorschrieb. Der kürzeste und schlüssigste Extrakt dieses Glaubens war das Kommando: Helm ab zum Gebet.

Łoczwadowski konnte sich Gott nicht anders als einen höchsten, allerdings gütigen und etwas weltfernen Generalstabschef vorstellen (in flaschengrüner Uniform, versteht sich), als eine Art Über-Radetzky. Es gibt – nicht, daß sich Łoczwadowski Gedanken darüber gemacht hätte, das ist nur die Umgrenzung der Seelenwelt des alten Offiziers, zu der er gekommen wäre, wenn er darüber nachgedacht hätte –, es gibt den Gott der französischen Armee, der ähnelt natürlich Napoleon, hält die Tricolore und reitet bleich über die elysischen Felder, hinter ihm der Knochenmann, der die Marseillaise bläst und die alten Krieger aus ihren Gräbern weckt; es gibt den Gott der britischen Armee, Her Majesty's Own God, eine Art Lord Nelson mit einerseits heroischen Zügen, anderseits verhaltenem Club-Charakter; dann gibt es den bekannten preußischen Gott, hat ihn zumindest gegeben, der finster am Rhein saß und im wesentlichen damit beschäftigt war, das Eisen wachsen zu lassen. Der k. u. k. Gott in flaschengrüner Generalstabsuniform war eher ein gemütlicher Herr, sofern alle Vorschriften genau befolgt und keine unangenehmen Turbulenzen verursacht wurden. In seiner Freizeit spielte er wahrscheinlich Tarock oder Preferenzeln.

Als Łoczwadowski vor etwas mehr als einer Woche so wie jetzt über dem Tal (nur nicht in Uniform natürlich) auf einer Bank in den Isaranlagen in der Nähe der Maximilianskirche gesessen war, im Regen, und in die durchweichte ›Abendzeitung‹, die irgend jemand auf der Bank liegengelassen hatte, ohne sie anzufassen hineinschaute, achtlos und gedankenlos auf die Zeitung schaute und die Notiz über die bevorstehende Beschießung des Hotels ›Adlerhof‹ las, war ihm klar – nach dem, was vorhergegangen war an dem Vormittag –, daß diese Notiz eine Art Gestellungsbefehl des Alten Herrn in Flaschengrün war, die letzte Einberufung zur Großen Armee.

Natürlich waren damals, in den Jahren vor dem Ersten Weltkrieg und dann erst recht im Krieg, die panslawistischen Gedanken und Feuerfunken auch in den Offizierskasinos der galizischen Regimenter umgegangen. Im Gegensatz aber zu den kroatischen oder gar den tschechischen Soldaten zündeten diese Funken bei den Polen kaum jemals. Das beschämende Verhalten des Infanterieregiments No. 11, des Prager Hausregiments, das mit ›klingendem Spiel‹, mit allen Fahnen geschlossen zu den Russen überlief, wiederholte sich bei den polnischen Regimentern im ganzen Krieg nie. Die Polen hatten sich im Schoß der habsburgischen Monarchie immer wohl gefühlt, und die Proklamation einer selbständigen polnischen Republik wurde zwar nicht ablehnend, aber mit recht gemischten Gefühlen begrüßt.

Dennoch trat Łoczwadowski, dem als Berufsoffizier auch gar nicht viel anderes übrigblieb, in die neue polnische Armee über, wurde im gleichen Rang als Oberleutnant übernommen und durfte die ›Große Silberne‹ mit dem Bild Kaiser Franz Josephs auch auf der neuen Uniform tragen. 1939, als die Deutschen – für einen Großteil der Polen hieß das: die Preußen – und die Russen gemeinsam über Polen herfielen, war Łoczwadowski Oberst, wehrte sich so gut es ging, wie dieses ganze tapfere Volk, floh nach dem Zusammenbruch des polnischen Widerstandes mit vielen seiner Kameraden über die noch freie Südgrenze nach Rumänien, später nach Frankreich, nach Amerika.

Ein politischer Kopf war Łoczwadowski nie gewesen. Auf eine derartige Ausbildung hatte die k. u. k. Kadettenanstalt keinen Wert gelegt. In Amerika verfolgte Łoczwadowski die Nachrichten in den Zeitungen und wunderte sich nur, daß man 1945 nicht die Gelegenheit ergriff, in dem ganzen Durcheinander die alte Habsburger Monarchie wieder aufzurichten, um Ordnung und Geborgenheit neu herzustellen. Zur polnischen Legion hatte sich Łoczwadowski wohl gemeldet, aber da war er schon gesundheitlich recht angeschlagen gewesen. Man hatte ihn nicht gerade abgelehnt, aber eigentlich auch nicht genommen. Die Alliierten legten keinen Wert auf marode alte Offiziere. Manchmal hatte man den Eindruck, sie legten keinen Wert auf die Polen überhaupt. Nach dem Krieg kehrte Łoczwadowski nach Europa zurück. Das kommunistische – russische, sagte der Oberst – Polen kam für ihn nicht in

Frage. Am liebsten wäre er nach Wien gezogen oder nach Graz, aber in Österreich bekam er keine Rente, wohl aber in der neuen Bundesrepublik. So ging er nach München.

Den Koffer mit seiner alten österreichischen Uniform hatte er mit ein paar anderen Sachen nicht nur über die polnisch-rumänische Grenze weg, sondern auch über die ganze schwere Zeit hin gerettet.

Heute vormittag war er in die Stadt gegangen. Trotz des kalten Regens hatte er geschwitzt. In der Passage vom ›Loden-Frey‹ hatte er sich müde an einen der Pfeiler gelehnt. Wenn er sonst müde war von seinen ziellosen Spaziergängen durch die Stadt, setzte er sich immer auf eine Parkbank, aber die waren heute alle triefend naß. Also lehnte er sich an einen Pfeiler. Er nahm seinen Hut ab, wischte sich die Stirn mit dem Taschentuch. Er schloß die Augen für einen Moment. Als er sie wieder öffnete, sah er, daß ein Passant ein Markstück in den zufällig wie einen Topf hingehaltenen Hut geworfen hatte.

Łoczwadowski nahm das Markstück aus dem Hut. Es kam ihm vor, als glühe es. An einem anderen Pfeiler der Passage saß ein einbeiniger Greis und verkaufte selbstgezeichnete Postkarten. Der Alte war dem Obersten schon oft aufgefallen, weil er immer an dieser Stelle saß und sommers wie winters eine dicke lederne, pelzgefütterte Fliegermütze trug. Den straffen Kinngurt der Mütze hatte der Alte umgeschnallt, die Brille hatte er auf die Stirn geschoben. Die schneidigen Kameraden vom k. u. k.-Fliegercorps hatten solche Mützen gehabt. Einen hatte er einmal auf einem seiner letzten Urlaube in Wien näher kennengelernt: Gottfried, Freiherr von Banfield. Er sei, hatte er später gehört, bei der Niederschlagung der Insurrektion von Cattaro mit seinem Aeroplan abgestürzt und umgekommen.

Łoczwadowski warf dem Alten mit der Fliegermütze das heiße Markstück zu. Der Alte dankte und hielt dem Oberst eine Handvoll Postkarten hin zur Auswahl. Łoczwadowski nahm aber keine, rannte hinaus in den Regen.

Noch zielloser als sonst lief er durch die Stadt, wagte nicht stehenzubleiben. Das Schlimmste ist, dachte er immer wieder, daß die Zeit nicht vergeht. An der Maximilianskirche setzte er sich, obwohl in andauerndem Regen, auf eine Anlagenbank. Die Turmuhr der Kirche zeigte dreiviertel Vier. Erst um fünf Uhr durfte man ins ›Pilgersheim‹.

Da sah Łoczwadowski seinen Einberufungsbefehl in der durchnäßten ›Abendzeitung‹, die jemand liegengelassen hatte.

X

Der k.u.k. Oberleutnant Łoczwadowski setzte seinen Tschako auf und stieg durch den Wald weiter hinauf, bis er das Hochplateau erreichte, auf dem das Hotel stand. Sein geübtes Auge machte die Wachtposten aus. Er prägte sich ein, wo sie standen, dann suchte er sich einen Heustadel, in den er nicht ohne Mühe kletterte, um sich für ein paar Stunden hinzulegen.

»Herr Oberleutnant«, hörte er seinen Burschen sagen, »legen Sie sich aufs Heu. Ich setz' mich vor den Stadel. Ich wecke Sie. Es geht früh genug los.«

Der Bursche war ein braver Kerl gewesen. Geldzahler hatte er geheißen, ein galizischer Jude. Später, es könnte um 1930 gewesen sein, hatte er ihn zufällig in Krakau wiedergesehen. Er hatte geheiratet, erzählte er freudig, vier Kinder und einen Schusterladen aufgemacht in einem kleinen Nest in der Nähe der Stadt. Er wird es wohl auch nicht überlebt haben, er und seine Familie, dachte Łoczwadowski. Dabei hieß er Siegfried.

Es war wenig Heu in dem Stadel. Łoczwadowski raffte in einer Ecke einige Bündel zusammen und machte es sich bequem. Er gab sich den Befehl: zwei Uhr.

Pünktlich um zwei Uhr wachte er auf, klopfte sich das Heu von der Uniform, schnallte den Säbel wieder um und kletterte hinaus. Es war eine sternklare Nacht. Mit zwei Blicken hatte sich Łoczwadowski orientiert. An der Wache vorbeizukommen, war kein Problem. Den Kommandoton beherrschte er noch.

Das Hotel war nicht verschlossen, die große Eingangstür sogar nur angelehnt.

Łoczwadowski stieg in den ersten Stock hinauf und schaute aus dem Fenster.

Um fünf Uhr krachte die erste Salve. Sie war zwanzig, fünfundzwanzig Meter zu kurz. Sand und Geröll prasselte gegen die Front des Hotels, zertrümmerte ein paar Fensterscheiben. Die nächste Salve war zu weit, sie ging hinter dem Hotel nieder.

»Ihr habt auch zuviel Pulver«, sagte Łoczwadowski und zog den Säbel. »Auf!« schrie er, »es geht los!«

Die Einschläge hagelten. Die ersten Geschosse trafen das Haus. Die Erde dröhnte. Da sprang die große Doppeltür zum Nebenzimmer auf. »Majestät!« schrie Łoczwadowski, »Sie hier? Majestät – bringen Sie sich in Sicherheit –«

»Oberleutnant Łoczwadowski? Oder?« sagte der Kaiser. Łoczwadowski traten die Tränen in die Augen: der alte Kaiser hatte ihn erkannt, obwohl er ihm nur ein einziges Mal begegnet war bei den Kaisermanövern 1913. »Zu Befehl, Majestät«, konnte Łoczwadowski sagen und bemühte sich, den Monarchen seine Rührung nicht merken zu lassen.

»Brav, brav«, sagte der Kaiser, klopfte den Oberleutnant auf die Schulter und ging hinaus. Als die Tür zufiel, wurde die Musik lauter. Die Trompeten züngelten die alte, die süße, die herzbewegende Melodie über dem alles mitreißenden Rhythmus der Bässe: der Radetzkymarsch. »Jetzt!« schrie Łoczwadowski, »jetzt Leute, kann nichts mehr passieren!« Er wandte sich wieder ans Fenster. »Es lebe Seine Majestät, der Kaiser! Sprung auf, marsch – marsch!«

Die Trompeten gellten auf. Die nächste Salve traf das Hotel voll. Die Mauern barsten, legten sich zur Seite und sanken langsam nach innen.

Die Sonne ging über den Bergen auf. »Sie haben sich brav gehalten«, sagte der auch schon längst pensionierte Gott in Flaschengrün, als sich sein letzter Oberleutnant des k. u. k. Infanterieregiments No. 13 ›Jung-Starhemberg‹ endlich zur Stelle meldete.

Gehehe, der sehr grosse Vogel
(1980)

Unter den vielen tausend Inseln des indonesischen Reiches hat es in den fünfziger Jahren unseres Jahrhunderts einige gegeben (vielleicht gibt es heute noch welche), die noch unberührt waren. Ihre Bevölkerung war noch nie mit der übrigen Welt in Berührung gekommen, war isoliert, lebte so wie seit Jahrtausenden, ohne Geschichte, ohne Erinnerung, wie ihre Ahnen auf die Insel gekommen waren. Sie hielten ihre Insel für die Welt, das Meer für das Weltall.

Eine dieser Inseln hieß *Tam,* was in der Inselsprache (einem polynesischen Unterdialekt) soviel wie: *die bewohnte Erde* bedeutete. Auf Tam lebten etwa vierhundert Menschen. Die Sterblichkeit glich die Geburtenrate immer ungefähr aus: manchmal gab es vierhundertzehn Tamesen, manchmal dreihundertneunzig; fünfhundert nie, weniger als dreihundert auch nie. Im übrigen wußten sie selber nicht, wie viele sie waren, denn sie konnten nicht weiter als bis drei zählen: *hom* = eins, *gom* = zwei, *mom* = viele.

Sie lebten von den vielen Früchten, die auf der Insel wuchsen, und vom Fischfang. Ihre Boote waren so einfach, daß sie nicht wagen konnten, weiter als auf Sichtweite der Insel aufs Meer hinauszufahren. Wenn die Kuppe des Inselberges unter der Kimm zu verschwinden drohte, kehrten sie um. Auch war ihnen Navigation unbekannt. Sie sahen auch keinen Grund, weiter hinauszufahren, denn das Wasser um die Insel war ausnehmend fischreich – mehr als man brauchte –, und ihrer Meinung nach war außerhalb ohnedies nichts. Genauere Vorstellungen von diesem *Nichts* zu machen, lag den Tamesen fern.

Sie lebten in Familienverbänden. Ansatzweise waren politische Strukturen vorhanden: jede Familie hatte einen Ältesten, die Ältesten kamen ab und zu zusammen und losten einen Häuptling aus, der dann auf Lebenszeit amtierte und eine gewisse Autorität hatte. Er schlichtete die Streitigkeiten.

Die Religion war sehr einfach: Naturphänomene galten als gute oder böse Gottheiten. Die Menschenseele wird nach dem Tod ein nicht-eßbarer Fisch.

Vor mehr als zwei, also vor vielen Jahren, trat ein Phänomen auf, das bei allen solchen und ähnlichen Gemeinwesen ein religiöses Umdenken bewirkte, und das in der Ethnologie unter dem Begriff *Cargo-Kult* bekannt ist. Die Tamesen, deren Insel weitab von allen Schiffsrouten lag, hatten nie ein fremdes Schiff, auch nicht am Horizont, gesehen. Als aber der amerikanisch-japanische Pazific-Krieg ausbrach, sahen sie Flugzeuge. Die Auswirkung war klar: sie hielten diese dröhnenden, in der Sonne blitzenden Vögel für neue Gottheiten. Binnen weniger Jahre etablierte sich eine neue Religion, die Anbetung der Flugzeuge. *Flugzeug* hieß auf Tamesisch: *Gehehe* (= sehr großer Vogel). Da das Flugzeug am Himmel als Kreuz erscheint, verehrten die Tamesen von da ab das Kreuz-Zeichen. Sonst lief alles seinen gewohnten Gang weiter.

Zu der Zeit, als *Demong* aus der Familie der *Nede* zum Häuptling ausgelost wurde (nach dem Tod des Häuptlings *Heng*), und zwar, als *Demong* schon mehr als zwei Jahre regiert hatte, ereignete sich etwas, was das Weltbild der Tamesen völlig umkrempelte. Am Horizont tauchte ein *Gehehe* auf. Demongs Hauptfrau, eine von Natur aus neugierige Person, die alles scharf beobachtete, saß gerade am Strand und weichte

Palmwedel ein. Sie stellte sofort fest, daß dieses Gehehe weit niedriger flog als üblich. Sie schrie. Die anderen Frauen kamen gelaufen, dann auch die Männer. Demong beschattete seine Augen mit der Hand. »Das Gehehe berührt mit dem Bauch das Wasser«, schrie die Hauptfrau des Häuptlings (sie hieß Atma). »Unsinn«, sagte Demong. Da spritzte weit draußen das Wasser auf, es gab einen bis auf die Insel hörbaren Knall, ein Feuerpilz war zu sehen, Rauch stieg auf – und das Gehehe war verschwunden.

Am Abend kehrten Fischer zurück und brachten einen nassen Menschen mit, wie die Tamesen noch keinen gesehen hatten.

Es handelte sich um den Doktor der Botanik Malcolm S. Bolling aus Denville, Iowa, Professor an der University of Kansas, der mit vierzehn Kollegen zu einem Kongreß nach Bangkok fliegen wollte. Da auch in Sydney ein Kongreß war, flogen die fünfzehn zunächst nach Sydney, hörten oder hielten Vorträge über wichtige botanische Probleme, und stellten dann fest, daß sie einen guten Schnitt mit ihren Reise- und Tagegeldern machen würden, wenn sie zu dem weiteren Kongreß nach Bangkok nicht mit einer Linienmaschine, sondern mit einem gecharterten Flugzeug reisen würden. Das rechnete ein Botaniker aus Vernon aus, ein smarter Mittvierziger namens Burfried F. Beyle. Es war so ziemlich das letzte, was er in seinem Leben ausrechnete, denn das gecharterte Flugzeug, ein offenbar älteres Modell, verlor nach drei Stunden Flug aus ungeklärten Gründen an Höhe, ein Triebwerk fiel aus. Die Botaniker erbleichten. Der Pilot sagte über Bordlautsprecher: »Nur Ruhe, es kann nichts passie – –«, da platschte das Flugzeug auf dem Meer auf und explodierte.

Malcolm S. Bolling fand sich – nach wie langer Zeit, wußte er nicht – im Meer schwimmend, seine Hand umklammerte ein hölzernes Servierbrett, auf dem ihm die Stewardess kurz vor dem Absturz Kaffee serviert hatte. Es beruhigte Bolling ganz erheblich, daß er am Horizont die Kuppe eines Berges sah. Er versuchte seine Schwimmweste aufzublasen. Es ging nicht. Mit einiger Mühe gelang es ihm, die Schwimmweste wenigstens auszuziehen. Sie verschwand wie ein Stein in der Tiefe. Nach einer Stunde vielleicht ruderte ein primitiver Katamaran auf Bolling zu und nahm ihn an Bord. Was die vier nackten Fischer zwitscherten, verstand Bolling nicht. Das Servierbrett hielt er immer noch fest umklammert.

Die Tamesen, oder besser gesagt, die Familie, der das Boot gehörte, dessen Besatzung den nassen Menschen im Meer gefunden hatte, diskutierte die Frage: Soll dieser Fisch gebraten oder gesotten, oder kann er roh gegessen werden? Zunächst wurde er an einem Baum festgebunden. Das Servierbrett nahm der Familienhäuptling an sich. Bevor die kulinarische Frage aber ausdiskutiert war, drang die Nachricht von dem Fund zum Inselhäuptling, und der verfügte, daß der Mensch-Fisch unverzüglich, möglichst noch lebend, zu ihm zu bringen sei. Die Angehörigen der Familie, die ihn gefunden hatte, meuterten zwar, fügten sich aber dem Gebot, banden Dr. Bolling an Händen und Füßen an eine Stange, tauchten ihn ein paarmal ins Wasser, damit er naß bleibt, und trugen ihn ins – wenn man so sagen kann – »Hauptdorf«. (Schon als Dr. Bolling noch am Baum festgebunden war, hatten sie ihn, um ihn feucht zu halten, in regelmäßigen Abständen mit Wasser überschüttet.)

Demong ließ den Mensch-Fisch in einen kleinen Bach legen oder besser gesagt: hängen, indem die Stange, an der er festgebunden war, wie ein Steg über das Wasser gelegt wurde. Dem Häuptling fiel dabei auf, daß der Mensch-Fisch verzweifelt darauf achtete, seinen Kopf über Wasser zu halten. Demong machte sich seine Gedanken darüber.

Mit der Familie der Fisch-Mensch-Finder wurde folgendes vereinbart: falls der Fund gegessen würde, wird die Mahlzeit zwischen Häuptlings- und Finder-Familie geteilt. Das ohnedies Wertvollere (das Servierbrett) dürfe der Finder-Familienhäuptling behalten. Im übrigen hielt Häuptling Demong den Fisch-Mensch oder Mensch-Fisch auf Grund seiner seltsam faltigen Haut für nicht eßbar, weswegen er womöglich als Seele eines Verstorbenen zu betrachten wäre. (Was Demong für Haut hielt, war Dr. Bollings Anzug. Kleidung war auf der Insel Tam unbekannt.)

Demong setzte sich an den Bach und betrachtete den Fang, der da ins Wasser hing und seinen Kopf verrenkt aus dem Wasser reckte. »Er schaut fast wie ein Mensch«, sagte Demong zu seinem Freund und Vetter Gamong. »Mhm«, sagte Gamong. »Und ich habe auch noch nie einen Fisch so schreien hören«, sagte Demong. »Klingt fast so, als wollte er uns was sagen«, sagte Gamong. »Vielleicht ist er gar kein Fisch«, sagte Demong, »komm einmal, wir probieren's.« Sie standen auf und hoben die Stange mit Dr. Bolling aus dem Bach, legten ihn – immer noch angebunden – in die Sonne. »Wenn er trocknet und doch nicht stirbt, ist er kein Fisch.« »Er lächelt, kommt mir fast vor«, sagte Gamong.

Als nach zwei Stunden der Mensch-Fisch ganz trocken und doch nicht tot war, verdichtete sieh in Demong eine Vermutung. Er ließ seine Lieblingsfrau Atma und nochmals die Fischer kommen, die das Wesen aus dem Meer gefischt hatten, und befragte sie, begab sich auch mit ihnen an die Stelle am Strand, von wo aus Atma das Verschwinden des Gehehe im Meer beobachtet hatte. Es gab bald für Demong keinen Zweifel: die Fischer hatten das Wesen mit der faltigen Haut genau dort aus dem Meer gezogen, wo das Gehehe verschwunden war.

»Du meinst, erlauchter Häuptling und Vetter –?« fragte Gamong. »Ja«, sagte Demong, »wir müssen jedenfalls vorsichtig sein. Vielleicht geben wir ihm etwas zu essen.«

Dr. Bolling rieb sich die Handgelenke. Die Tortur im Bach hatte er kaum überlebt. Lang hätte er den Kopf nicht mehr über Wasser halten können. »Ihr Blödmänner – ich bin ein Mensch – Hilfe! Hilfe!« und dergleichen hatte er geschrien. Auch der große Kessel, den die Frauen mit Blättern auswischten und dabei immer zu ihm herüberschauten, entging ihm nicht. Es entging ihm allerdings auch nicht – obwohl die Beobachtung angesichts seiner Situation untergeordnet war –, daß die Frauen völlig nackt und sehr hübsch waren. Als er dann in der prallen Sonne lag, bekam er fast einen Sonnenstich und hatte schon Wahnvorstellungen. Er hörte sich schreien: »Gestatten, mein Name ist Malcolm S. Bolling«, und »ich bin aus Denville, Iowa und Bürger der Vereinigten Staaten«, und mußte dann selber darüber lachen, und mußte dann darüber lachen, daß er in dieser Lage lachen mußte –

Aber dann wurde, schon eine ungemeine Beruhigung, der Kessel weggeräumt, und dann banden die nackten Wilden ihn los, nur den rechten Fuß banden sie nicht los, sondern ließen ihn angebunden und banden das andere Ende an einen Baum; wie man einen Hund anbindet. Sie gaben ihm zu essen: gekochtes Gemüse und ein paar Stückchen Fisch, gar nicht schlecht. Als eine der nackten Schönen – auch gar nicht schlecht, dachte Bolling – das Essen vor ihn hinstellte, merkte er, daß er Hunger hatte. Seit den drei Plätzchen, die neben dem Kaffee auf jenem Servierbrett lagen, das ihm die Stewardess serviert hatte, die jetzt mit vierzehn Botanikern und einem Piloten und einem Copiloten von Fischen angeknabbert wird, seit jenen Plätzchen hatte er nichts mehr gegessen.

Die Kanaken (so nannte sie Bolling für sich, nicht ganz

falsch, ethnologisch gesehen, aber er meinte es als Schimpfwort) umsaßen ihn, während er aß, in einem Umkreis mit einem Durchmesser von respektvollen zehn Metern und gafften ihn an. Nur Männer saßen da. Die Frauen und Mädchen mit den Kindern hüpften weiter hinten hin und her und kicherten.

Als Bolling fertig gegessen hatte, stand einer der Wilden auf und kam zu ihm her. Auch Bolling stand auf. Der Wilde verbeugte sich, zog zweimal an seinem Penis und sagte: »Demong.« Bolling verbeugte sich nur und sagte: »Bolling.«

Demong verbeugte sich nochmals, zeigte auf Bolling und sagte: »Bolling?« Bolling verbeugte sich und sagte: »Bolling.« Dann zeigte er auf Demong und sagte: »Demong?« Demong lachte und sagte: »Demong.«

Als Demong sicher war, daß Bolling so, ohne Gehehe, nicht fliegen konnte, wurde er losgebunden. Er durfte in der Häuptlingshütte schlafen, merkte allerdings, daß stets eine Wache am Eingang saß, die Bolling nicht aus dem Auge ließ. Die Wachen wechselten sich natürlich ab.

Bolling wurde gut ernährt. Er nahm seine Mahlzeiten mit dem Häuptling, manchmal auch mit Vetter Gamong ein. In der dritten Nacht ließ Demong seine Lieblingsfrau Atma kommen und besprang sie unter lautem Gelächter. Als er fertig war, machte er eine höfliche Verbeugung und deutete auf Bolling. Atma kicherte weiter, kniete da mit offenen Beinen und reckte den goldbraunen Hintern in die Höhe.

Bolling zögerte. »Bolling! Bolling!« schrie Demong und lachte. Seit sich Bolling von seiner Frau – Mrs. Joyce Bolling – an einem Abend vor ... vor wieviel Tagen? Bolling war in der Zählung der Zeit durcheinandergekommen durch all das, was er erlebt hatte ... seit er sich da ehelich verabschiedet hatte, bevor er nach Sydney flog, hatte er in der Hinsicht enthaltsam gelebt. Als elf der Kollegen in Sydney ins Bordell gingen (das letzte Mal in ihrem Leben, was sie aber natürlich nicht wußten), war Bolling nicht mitgegangen. Was wohl Joyce jetzt gerade machte? Ob sie schon ... »Bolling! Bolling!« schrie Demong und lachte. Bolling zog seine Hose aus.

Bolling hielt es für Höflichkeit und Gastfreundschaft, daß ihm Demong seine Frau leihweise überließ. Das war es auch, aber nur zum Teil, zum Teil war es auch Neugier. Demong wollte sehen, ob Bolling einen Penis hatte. Nun sah er das, stellte gleichzeitig fest, daß Bolling unter der blauen, faltigen Haut noch eine etwas glattere, rosarote Haut hatte.

Als am nächsten Abend die erste Nebenfrau Demongs gerufen wurde – sie hieß Tatma –, ließ Demong schon höflich Bolling den Vortritt.

Nach wenigen Tagen hatte Bolling schon so viele Wörter in der Sprache dieser Wilden aufgeschnappt, daß er sich, was die einfachsten Bedürfnisse betraf, verständigen konnte. Nach vier Wochen war eine primitive Unterhaltung möglich, nach drei Monaten – beflügelt durch den Zwang – beherrschte Bolling die Tamesensprache fließend.

»Es gibt also«, sagte Demong, »außer uns auf dieser Insel noch andere Länder und Menschen?«

»Viele Tausende«, sagte Bolling. (Er sagte: »mom-mom, mal mom-mom mal mom-mom.«)

»Hm«, sagte Demong. »Und die Gehehe sind keine Vögel, sondern Schiffe, die durch die Luft gleiten?«

»So ist es«, sagte Bolling, »und jeder kann in so ein Gehehe einsteigen – es sieht drin aus wie in einer eisernen Hütte, etwa mom-mom-mal so groß wie die hier – und damit übers Land oder übers Meer fliegen. Es ist völlig ungefährlich. Meistens«, fügte er schnell hinzu.

»Und die Menschen alle haben so eine zweite Haut an wie du?«

»Mehr oder weniger«, sagte Bolling.

»Ist das nicht scheußlich unbequem?«

»Man gewöhnt sich daran«, sagte Bolling.

Demong hatte einmal aus Jux Bollings Jacke probiert, hatte sich fast totgelacht. Er zeigte sich damit seinem Volk, drehte sich herum und stolzierte auf und ab. Auch das Volk lachte sich fast tot. »Ich weiß nicht, ob du das tun solltest«, hatte Bolling gesagt, »es schadet möglicherweise deiner Würde als Häuptling.« »Da hast du wahrscheinlich recht«, sagte Demong und ließ die rangniedrigste Nebenfrau – sie hieß Pip –, die besonders laut gelacht hatte, schlachten und braten. Zur Abschreckung. Bolling aß nicht mit. Noch nicht.

»Ich versteh' nicht«, sagte Bolling, »warum ihr Menschen eßt, nicht aber die nicht-eßbaren Fische?«

»Die nicht-eßbaren Fische sind die Seelen der Verstorbenen«, sagte Demong. »Wir essen nur Fleisch, keine Seelen.«

Übrigens war Bollings äußere, faltige Haut – ein dunkelblauer Flanell-Anzug – in einem sehr schlechten Zustand, wie man sich denken kann: das Salzwasser und überhaupt das feucht-heiße Klima; der Stoff war nach wenigen Monaten kurz davor, sich in Fäden aufzulösen. Nur das Seidenfutter hielt ihn vorerst noch zusammen. Schuhe hatte Bolling ohnedies keine mehr, die waren wohl, als er aus dem explodierenden Flugzeug geschleudert wurde, davongeflogen. Meistens ging Bolling in der Unterwäsche herum, die allerdings auch nicht mehr gut ausschaute. Das Hemd und die Socken, die noch am ehesten angingen, hob Bolling für alle Fälle auf. Was sollte für ein ›Fall‹ auftreten? Bolling wußte es nicht.

Als wieder einmal – nach Bollings kursorischer Berechnung war Dezember – ein Gehehe hoch über der Insel vorbeiflog, veranlaßte Bolling die Tamesen, ein großes Feuer zu machen und versuchte mittels Palmwedel Rauchsignale zu geben (Bolling war in seiner Jugend Pfadfinder gewesen), aber es passierte natürlich gar nichts. Ein paar Mal probierte Bolling Demong zu überreden, mit einem Boot weiter nach Westen zu fahren, dort – meinte Bolling – müsse die nächste Insel sein. Aber Demong zeigte überhaupt kein Entgegenkommen.

»Könnte auch *ich*«, fragte Demong, »in einem Gehehe mitfliegen?«

»Selbstverständlich«, sagte Bolling.

Demong dachte lang nach.

»Du müßtest es nur gestatten, daß wir mit einem Boot weiter nach Westen fahren«, sagte Bolling wieder einmal, »wir müßten vielleicht Proviant für längere Zeit mitnehmen, und Wasser. Vielleicht könnten wir ein festeres Boot bauen ...«

»Nein, nein«, sagte Demong, »das ist viel zu gefährlich. Das Meer ist zu unsicher. Und denke an die ganzen Seelen der Verstorbenen, die darin herumschwimmen. Verstorbene sind mißgünstig. In der Luft schwimmen keine Seelen.«

»Was meinst du damit?«

»Du könntest etwas anderes bauen. Ein Gehehe.«

Bolling lachte.

»Du findest das auch einen guten Plan?« sagte Demong und lachte auch.

»Das geht nicht«, sagte Bolling. »Gehehe sind aus *Metall.*« (Er benutzte das englische Wort.)

»Was ist das: Metall?«

Einer der wenigen Gegenstände, die Bolling geblieben waren, war ein Taschenmesser, das er in der Hosentasche bei sich gehabt hatte. Von Anfang an hatte die Tamesen dieses Messer verwundert. Bolling zog es heraus und machte es auf. »Das ist *Metall.*«

»Hm«, sagte Demong, »aber ich bin sicher, daß man ein Gehehe auch aus Holz machen kann.«

»Nein«, sagte Bolling.

»Doch«, sagte Demong, und Bolling glaubte einen Unterton zu hören, der etwas entfernt von der gewohnten Freundlichkeit war. Abends – es war Vollmond – war dann zwar die alte Freundschaft wieder da. Demong rief zwei seiner Nebenfrauen in die Hütte, die sich sogleich auf alle viere niederließen, die Hintern hochreckten und die Schenkel öffneten. Unter großem Gelächter schoben sie Demong und Bolling ein paarmal durch die Hütte. Als sie dann auf dem Palmstroh lagen und sich von den Frauen mit Kokosöl einreiben ließen sagte Demong:

»Es ist aber doch nicht so, daß du nur dein Geheimnis für dich behalten willst?«

»Welches Geheimnis?«

»Wie man ein Gehehe baut.«

»Bestimmt nicht. Wenn ich dir sage: es ist ungeheuer schwierig, ein Gehehe zu bauen, und es gibt nur wenige, die es können –«

»Ich glaube aber doch, daß du nur dein Geheimnis für dich behalten willst«, sagte Demong, wieder sehr kühl.

»Ich *kann* es nicht«, sagte Bolling ärgerlich.

»Wenn du kein Gehehe baust«, sagte Demong, »dann bist du für uns von wenig Wert. Außer in gebratenem Zustand.«

Da fing Bolling am nächsten Tag damit an.

Selbstverständlich hatte Bolling für den Bau des Gehehe alle Vollmachten vom Häuptling. Bolling ließ dünne Bäume fällen. (Die Tamesen arbeiteten sehr geschickt mit Steinäxten.) Die so gewonnenen Stangen ließ er auf die Bergkuppe transportieren. Dort befahl er einen Abhang, der ihm geeignet erschien, zu roden. Das dauerte alles seine Zeit. Demong fragte jeden Tag, wann das Gehehe endlich fertig sei.

»Ein Gehehe zu bauen erfordert dort, wo sie dafür eingerichtet sind, schon ein *Jahr*«, sagte Bolling.

»Was ist ein *Jahr?*« fragte Demong.

»Mom-mom Tage, soviel Mondwechsel wie du Finger hast und zwei Zehen dazu«, sagte Bolling. Bolling war natürlich darauf aus, Zeit zu gewinnen. Wofür? Er hoffte – vielleicht unsinnigerweise, das sagte er sich selber –, daß doch noch ein Schiff auftauchen würde, daß man ihn womöglich sogar suchen werde. Eine winzige Chance. Den Häuptling davon zu überzeugen, daß es nicht ging, ein Flugzeug zu bauen, war aussichtslos.

Demong schaute seine Finger und seine Zehen an. »Soviel Finger und zwei Zehen?«

»Ja«, sagte Bolling.

»Gut«, sagte Demong, er war nicht ganz ohne Vernunft in der Sache, »hier brauchst du natürlich länger. Mom (also: drei) Zehen.«

Die Arbeitsgeschwindigkeit der Tamesen kam der Intension Bollings auf Zeitgewinn stark entgegen. Mehr als höchstens zwei Stunden pro Tag bewegten sich die Tamesen nicht. Demong ließ sich von Atma aus getrockneten und gefärbten Blütenblättern dreizehn kleine Dinge flechten, die er nebeneinander ans Kopfende seiner Schlafmatte legte. Beim ersten Mondwechsel steckte er den ersten an: an den linken kleinen Finger. Beim zweiten Mondwechsel den zweiten an den linken Ringfinger. Um die Zeit, als Demong den dritten Ring an den linken Mittelfinger steckte, kamen im Harem des Häuptlings die ersten hellerhäutigen Kinder zur Welt. Einen besonders kräftigen Knaben nannte Demong: Obolling (= kleiner Bolling).

Bolling war nicht nur Pfadfinder gewesen, er hatte auch gebastelt. Er versuchte sich zu erinnern. Er experimentierte. Demong schaute interessiert zu. Aus kleinen Stäbchen, die er mit seinem Taschenmesser zurechtschnitzte, band er ein Segelfliegermodell zusammen. Er kletterte damit auf Bäume, warf es. Das vierte Modell flog. Demong war begeistert. Er schenkte Bolling zwei eigene Frauen und ließ ihm eine eigene Hütte bauen. Bolling durfte sich die Frauen aussuchen. Er wählte Keka, eine Tochter Demongs, die, soweit Bolling die Sachlage überblicken konnte, die schönsten Brüste hatte, und ein Mädchen namens Leng aus dem Nachbardorf, die besonders gern und ausdauernd lachte.

Als Demong den Ring an den rechten Daumen steckte, begann Bolling das Modell – oben auf dem gerodeten Abhang – maßstäblich ins Große zu übertragen. (Der Abhang mußte oft nachgerodet werden; es wucherte alles sehr schnell auf Tam.) Gegen Ende des Jahres war das Gestell fertig. Es war auch höchste Zeit, Demong trug schon einen Ring am linken kleinen Zeh. Bolling verfügte, daß die Weiber aus Palmblättern ganz leichte Matten flochten. Das konnten sie, denn mit solchen Matten deckten sie ihre Hütten. Es gab sogar eine Art Leim aus Fischknochen. Bolling klebte die zugeschnittenen Matten auf das Gestell. Es sah nicht schlecht aus. Aus der Entfernung glich das Gehehe einem Segelflugzeug. Demong streifte den letzten Ring über. Bolling ließ neuerlich Stämme fällen, diesmal dickere, und eine Art Geleise bauen: eine Startbahn, die Lichtung hinab und unten über den Abhang hinausragend; zwei Reihen Stämme knapp nebeneinander, in deren Zwischenraum, hoffte Bolling, das Gehehe gleiten sollte. Mißmutig gestand Demong auf verzweifelte Hinweise Bollings einen zusätzlichen Mondwechsel zu. (Einen weiteren Ring ließ er sich nicht flechten.) Bolling ließ die Stämme der Gleitbahn polieren und einfetten.

Der große Tag kam. Bolling schwankte zwischen Angst und Hoffnung. Demong ließ sich mit Blumen schmücken, fraß allein vier Pfund Fische, hielt eine Ansprache an sein Volk und ließ sich dann von vier Mann zur Rodung hinauftragen. Dort hatte Bolling bereits seine Mannschaft aufgestellt. (Aus den ›Arbeitern‹ hatte er die acht geschicktesten ausgewählt und speziell gedrillt. Jeder Handgriff saß – so hoffte Bolling.) Dort, wo die Flügel den Rumpf kreuzten, war ein Sitz mit zwei Haltegriffen angebracht. Bolling wollte sich hineinsetzen – »Nein, nein«, sagte Demong, »das täte dir so passen. *Ich* fliege.«

Vier Tamesen hielten außen die Flügel und damit das Gehehe waagrecht. Demong stieg ein, klopfte sich an die Brust, hielt noch eine kurze Ansprache und befahl dann: »Los!«

Bolling gab seinen Leuten einen Wink, die anderen vier griffen auch an und schoben – immer schneller werdend, sie hatten es geübt, aber natürlich nie bis zum Abschnellen, unten mußte immer gebremst und dann das Gehehe wieder hinaufgetragen werden – und schoben das Flugzeug dem Abgrund zu. Es glitt vorzüglich, der Wind pfiff Demong um die Ohren, er lachte. »Auslassen!« schrie Bolling. Das Gehehe schoß über den Abgrund und – und segelte über den Busch hinaus. Von Luftströmungen und Thermodynamik und dergleichen hatte Bolling keine Ahnung. Vielleicht hatte er zufällig eine günstige Stelle gewählt. Bolling und die Tamesen standen am Abhang und schauten dem Gehehe nach. Es segelte – eine Minute, zwei Minuten, es segelte sogar aufwärts: drei Minuten, vier Minuten, dann ging es vorn steil in die Höhe, sackte über die linke Tragfläche ab und fiel wie ein Stein zur Erde. Demong war schwerer als das Gehehe, er fiel voraus. Man fand ihn nach mehreren Tagen. Er bestand nun aus zwei getrennten Teilen und war schon von Ameisen angefressen. Gamong wurde zum neuen Häuptling gewählt. Er ließ Bolling kochen und bei der zeremoniellen Häuptlingsweihe den Festgästen auftragen. Die Abmachung mit dem Dorf, dessen Männer seinerzeit Bolling aus dem Meer gefischt hatten, wurde nicht vergessen: sie bekamen die Hälfte. Der Dorfchef von dort war natürlich auch unter den Festgästen. Er ließ sich eine Wade Bollings – mit Fenchel garniert – auf dem Servierbrett vorsetzen.

DIE GLASWÜRFEL
(1982)

I

Lolo war die gescheiteste von den drei Töchtern. Ihre älteste Schwester sagte immer: »Wie gut, daß Lolo die jüngste ist. Nicht auszudenken, wenn sie älter wäre als Nadina und ich. Sie mit ihren guten Noten, und so brav, schon fast pathologisch. Wir hätten kein Leben gehabt, Nadina und ich, wenn Lolo älter wäre als wir: sie wäre uns bis zum Ekel als gutes Beispiel hingestellt worden. Aber zum Glück ist sie erst in die Schule gekommen, wie wir längst schon draußen waren.« Lolo, die bravste und jüngste war zwölf Jahre jünger als Fedora, die älteste Tochter und zehn Jahre jünger als Nadina, die mittlere.

Als Schaumberg – der vor einigen Jahren erschrak, weil irgend jemand hinter seinem Rücken gesagt hatte, aber er hatte es doch gehört: der *alte* Schaumberg – seine Frau verließ, blieb Lolo bei der Mutter. Fedora und Nadina brauchten nicht mehr zu wählen, bei welchem Elternteil sie wohnen wollten, denn Nadina war damals schon ein paar Jahre mit einem holländischen Kaufmann (»– wahrscheinlich Käse oder Tulpen«, sagte Lolo, »was verkauft sonst ein Holländer schon?«) mit dem eigenartigen Vornamen Fobbe in Amsterdam, kann auch sein in Rotterdam oder vielleicht in Den Haag, verheiratet, und Fedora (von der Lolo immer sagte: »– eine erfolgreiche Hetäre und spielt etwas Klavier –«) lebte als angebliche Meisterschülerin wechselnder Meister – meist Russen – in Wien. Der *alte* Schaumberg zahlte. Zum Glück verdiente er genug Geld.

Lolo (die eigentlich auf ›Maria Dolores‹ getauft war) lebte mit der Mutter zunächst in der großen Wohnung in der Lamont-Straße, im ersten Stock einer Gründerzeit-Villa, die der Witwe eines weltberühmten Philosophie-Professors gehörte. Unter mindestens einer Gründerzeit-Villa hatte es Schaumberg noch nie in seinem Leben getan. »Ich frage mich«, sagte Lolo, »was Schaumberg (sie redete, seit er aus der Wohnung ausgezogen war, nur noch als ›Schaumberg‹ von ihrem Vater) täte, wenn er nicht so viel Geld hätte. Nicht auszudenken. Er wäre wie eine leere Wursthaut. Wahrscheinlich nur komisch.« Eine Scheidung war nicht erfolgt. Auch die Trennung war nicht mit einem Schritt gekommen. Es ging sukzessive und fast unmerklich, wenn auch schmerzlich für die Mutter und Lolo. Seine vielen Freundinnen hatte Schaumberg seiner Familie gegenüber kaum kaschiert. Er betonte zwar im familiären und gesellschaftlichen Verkehr immer, daß er ›die jungen Leute‹ (die aber immer weiblichen Geschlechts waren) protegiere. Er fühle sich, sagte er, der jungen Generation gegenüber verpflichtet. Er, sagte er immer, habe die gesellschaftlichen Beziehungen, und da sei es doch nur recht und billig, daß er hoffnungsvollen Talenten, die diese Beziehungen eben noch nicht hätten, den Weg ebne. So ebnete er nach und nach und schon seit Jahren jungen Balletttänzerinnen, jungen Gebrauchsgraphikerinnen, jungen Übersetzerinnen, jungen Buchhalterinnen und jungen Blumenhändlerinnen die Wege.

Öfters mußte Dr. Schaumberg mit einem seiner jungen Talente eine Reise unternehmen. Sehr häufig – in den späteren Jahren – kam Schaumberg von diesen Reisen erst nach Wochen zurück. Eines Tages stellte sich heraus (Lolo hatte das herausgefunden, und zwar durch gezieltes Herumkramen in ihres Vaters Steuerunterlagen), daß Schaumberg in einem entfernteren Stadtteil eine Garçonnière gemietet hatte.

»Wahrscheinlich, um ruhiger arbeiten zu können«, sagte Lolo ernst. Der Vater schaute erstaunt auf. »Ja«, sagte er dann. »Wenn man nur wüßte, *was*«, sagte Lolo.

Immer häufiger blieb Schaumberg in seiner Garçonnière, und es fiel Lolo auf (ihrer Mutter nicht), daß nach und nach die Bücher, jedenfalls die wertvollsten, aus der Wohnung in der Lamont-Straße verschwanden.

»Es ist nicht so«, sagte Lolo später, »daß man sagen könnte: eines Tages ist Schaumberg aus der Wohnung verschwunden. Man muß sagen: eines Tages stellten meine Mutter und ich fest, daß Schaumberg verschwunden *war*. Ich könnte kein exaktes Datum nennen; höchstens den Tag, als er die gläsernen Würfel mitnahm.«

An dem Tag war Lolo etwa vierzehn Jahre alt.

II

Auch Doris hieß eigentlich nicht Doris. Doris hieß eigentlich Dagmar und war von Beruf Goldschmiedin. Das heißt: auch das kann man nicht so einfach sagen. Doris, die damals noch Dagmar hieß, war die jüngste Tochter eines zeit seines Lebens vom Geiz gebeutelten Mannes mit der eigenartigen Berufsbezeichnung ›Oberingenieur‹. Der Oberingenieur hätte gern gesehen, daß seine Kinder eine gediegene und solide Ausbildung erfuhren, nur sollte es nichts kosten. Dagmar aber zeigte Anlagen zur Verschwendung. Der alte Oberingenieur wälzte sich in schlaflosen Nächten im Bett. Die Erlösung kam, als Dagmar mit sechzehn Jahren zu heiraten wünschte. Der Oberingenieur beeilte sich, die notwendige Genehmigung beim Vormundschaftsgericht auszusprechen. Die fünf Mark Gebühren, die das kostete, erachtete der Oberingenieur als gut angelegt. Der Schwiegersohn war ganz nach dem Herzen des Oberingenieurs: er war zehn Jahre älter als Dagmar, leicht bigott und angehender Studienrat, bereits in jungen Jahren an Bausparverträgen, Altersversorgung und Vermögensbildung interessiert. Daß die Ehe nicht hielt – die übrigens kinderlos blieb –, war, muß man sagen, allein Dagmars Schuld. Sie trieb es zu bunt. Während der Studienrat – zeitweilig gemeinsam mit seinem Schwiegervater, dem Oberingenieur – Goldkurse oder steuerbegünstigte Anlagen studierte, vergnügte sich Dagmar mit den Freunden des Studienrats, mit seinen Brüdern und Vettern, mit seinen Kollegen. Lang drückte der Studienrat gewaltsam die Augen zu vor dem Treiben seiner Frau, denn er scheute die Kosten der Scheidung. Erst als selbst in seiner Schule über ihn gelacht wurde, weil vor seiner Frau auch jüngere Schüler nicht mehr sicher waren, ließ er sich scheiden. Dagmar – die sich von da ab Doris nannte – erhielt als Abfindung eine Ausbildung als Goldschmiedin. Das heißt: der Studienrat verpflichtete sich ächzend, bis zum Ende der Lehre und des Studiums an der Kunstgewerbeschule einen gewissen Betrag beizusteuern. Der alte Oberingenieur rieb sich die Hände: so hatte er es fertiggebracht, daß wenigstens eines seiner Kinder auf fremde Kosten eine Berufsausbildung erhielt.

Doris schloß allerdings die Ausbildung nie ab. Sie war nicht ungeschickt als Goldschmiedin – Schaumberg trug ein Brustkettchen, das sie ihm gemacht hatte; mit grünen und rosa Steinen –, aber die Prüfung machte sie nie. »Es gibt zwei Arten von weiblichen Wesen«, sagte Doris, »solche, die den Männern davonlaufen und solche, denen die Männer davonlaufen. Ich gehöre leider zur zweiten Sorte.« Sie litt darunter, daß sie zwar oft und mitunter sogar heftig geliebt, aber immer wieder sitzengelassen wurde. Sie versprach sich eine Änderung von einem Ortswechsel. Sie zog nach Bonn. Doris war da vierundzwanzig Jahre alt, seit vier Jahren geschieden.

In Bonn lernte sie einen österreichischen Nichtsnutz kennen – »aber er ist sehr begabt«, sagte Doris –, der noch keine zwanzig Jahre alt war und lyrische Gedichte schrieb. Stephan Faßl hieß er; hauptberuflich war er Liftboy im Hotel ›Steigenberger‹. Doris nahm Stephan Faßl in ihrer Wohnung auf und sprach von ihm als von ihrem ›Adoptivsohn‹.

III

Nandor Schaumberg, Dr. phil., wäre schon viel früher aus der ehelichen Wohnung in der Lamont-Straße ausgezogen, wenn er nicht in einem Dilemma gewesen wäre: der einzige Fehler seines Lebens wäre gewesen, sagte er, wenn er von sich erzählte (und er erzählte gern von sich), daß er seine eheliche Wohnung in der Lamont-Straße angesiedelt habe, seinerzeit. Das ist die beste Gegend in der Stadt, unbestreitbar. Selbstverständlich gehören auch einige umliegende Straßenzüge zur besten Gegend: Böhmerwaldplatz oder Delpstraße oder Shakespeareplatz – aber er könne doch nicht nur ein paar Häuser weiterziehen, das sei keine richtige Trennung. Es sei der einzige Fehler seines Lebens gewesen, daß er seine eheliche Wohnung nicht in der bloß zweitbesten Gegend der Stadt, also etwa im Herzogpark oder in Neuhausen genommen habe, so daß er sich trennend von seiner Familie wohnlich verbessern hätte können. So – mit der Ehewohnung in der Villa in der Lamont-Straße – könne er sich nur verbessern, indem er ins Schloß Nymphenburg ziehe oder wenigstens in eins der Cavaliershäuser am Schloßrondell, aber da sei keins frei.

Schließlich aber habe er sich, erzählte Dr. Schaumberg, davon überzeugt, daß die Garçonnière, die er in einem Haus in der Nördlichen Auffahrtsallee mietete, zumindest nicht viel schlechter sei als Adresse, vielleicht sogar gleich gut. So habe er sich entschlossen, einen endgültigen Strich unter seine Ehe zu ziehen und dorthin zu übersiedeln. Die finanzielle Absicherung seiner Frau und seiner Kinder sei großzügig gewesen – er könne, pflegte er zu sagen, nicht anders handeln als großzügig, selbst wenn es zu seinem Schaden sei. Er habe alles seiner Frau zurückgelassen: die Möbel, die Antiquitäten, die Bilder, die Teppiche, alles. Nur ein paar Bücher habe er mitgenommen, seine gläsernen Würfel und seine bestickten Morgenröcke (er sammle bestickte Morgenröcke) – und ein paar Anzüge natürlich auch.

Dr. Schaumberg hörte es nicht ungern, wenn man sagte, sein Vorname gäbe Rätsel auf. »Nandor«, sagte er dann, »oder Nander ist die albanische verballhornte Form von Ferdinand oder Fernando.« Ein Nandor Mirdita – genauer gesagt: Fürst Nandor Mirdita war albanischer Minister gewesen, dessen Tochter Fedora – Prinzessin Fedora – Schaumbergs Vater geheiratet hatte. Schaumbergs Vater hatte alle Briefkästen der kgl. preußischen Post und später der Reichspost hergestellt. Die Briefkästen waren damals noch aus Gußeisen. Auch Hydranten für die Feuerwehr waren aus dem Betrieb Schaumberg & Co. hervorgegangen, praktisch ein Monopolbetrieb. Im Ersten Weltkrieg hatten sie aber auch Kanonen gegossen und später Panzerplatten für die Tanks.

Nandor Schaumberg hatte bald nach dem Krieg eine Novelle geschrieben, eine längere Novelle, ungefähr 80 Seiten. Die Novelle hieß: ›Das Huhn‹, war aber sonst nicht komisch. Die Novelle erschien im Desch-Verlag, der damals – wie alle Verlage – unter Papierknappheit litt und deshalb kurze Manuskripte bevorzugte. Von den zwei Kritiken, die ›Das Huhn‹ erfuhr, sagte die eine: »– der junge Autor berechtigt zu Hoffnungen. Er könnte ein deutscher Faulkner werden.« Man muß sich die Zeit nach dem Krieg vergegenwärtigen: ein Rezensent, der ›Faulkner‹ richtig scheiben konnte, sammelte schon allein dadurch Punkte. Man war ja zwölf Jahre lang von der Weltliteratur abgeschnitten gewesen. Gerechterweise muß man sagen: der betreffende Rezensent konnte sogar auch Hemingway schon richtig scheiben; er schwankte lang, ob er Nandor Schaumberg einen »deutschen Faulkner« oder einen »deutschen Hemingway« nennen sollte, und entschied sich erst ganz zum Schluß für das erste, weil ihn Schaumbergs etwas dunkler und verwickelter Stil eher an Faulkner erinnerte, den er auch nicht recht verstand.

Mit etwas Anstrengung gelang es Schaumberg, einige Jahre später auf diese Novelle und die Kritik hin in den PEN-Club aufgenommen zu werden. Er ließ diese Tatsache auf seine Visitenkarten drucken.

Vier Jahre, nachdem Schaumberg die eheliche Wohnung verlassen hatte und in die Garçonnière in der Nördlichen Auffahrtsallee gezogen war (Nandor war 52 Jahre alt), wurde er, der Verfasser der Novelle ›Das Huhn‹ und Mitglied des PEN-Club, Leiter des Goethe-Institutes in Fortaleza in Brasilien. Dort blieb er fast fünf Jahre. Schaumberg litt darunter, daß es in Fortaleza überhaupt keine Erste Adresse gab. Geld und Beziehungen brachten es aber dann mit sich, daß Schaumberg nach Brüssel in eine der zahllosen überflüssigen, aber gut dotierten Kulturorganisationen versetzt wurde. In Brüssel bezog Schaumberg eine Wohnung in einem Patrizierhaus ganz in der Nähe der Grande Place, in dem – dokumentarisch belegt – Graf Egmont und später Victor Hugo für einige Zeit gewohnt hatten. Schaumbergs Amt brachte es mit sich, daß er ab und zu nach Bonn fahren mußte, wo er der Goldschmiedin Doris begegnete.

IV

Stephan Faßl hieß Stephan Faßl, aber, erzählte er (auch er erzählte gern von sich), das sei nur der Ungunst historischer Umstände zuzuschreiben. Man müsse da weit ausholen: vor mehr als hundert Jahren habe ein vornehmer Herr gelebt, Kaspar Kasimir Graf Hendl zu Goldrain und Castellbell, Freiherr von Jufall und Maretsch, Obersterblandfalkenmeister und Herr und Landmann in Tyrol. Dieser Graf Hendl zu Goldrain habe im Alter von 79 Jahren eine schöne, wenngleich bürgerliche Dame namens Karoline Daxer aus Bregenz geheiratet und im Alter von 80 einen Sohn namens Bernhard Karl Graf Hendl zu Goldrain etc. etc. bekommen. Im Alter von 81 Jahren sei der alte Graf gestorben. Kaspar Kasimir sei der letzte Sproß der älteren Linie der Hendl zu Goldrain gewesen. Die neidischen Mitglieder einer bereits im 17. Jahrhundert abgespaltenen Nebenlinie hätten nach dem Tod des alten Kaspar Kasimir nicht geruht und nicht gerastet. Die Tatsache, daß Kaspar Kasimir 79 Jahre alt gewesen sei, als jener Stammhalter Bernhard Karl gezeugt wurde, hätte zu bösen Verdächtigungen Anlaß geboten. Die weitere Tatsache, daß die verwitwete Gräfin schon ein Jahr nach dem Tod des Grafen den k. k. Telegraphenleitungsrevisor Faßl aus Schlanders im Vinschgau geheiratet habe, der zudem mit Vornamen Bernhard hieß, gab den Ausschlag für ein peinliches Verfahren vor dem Heroldsamt, und um seiner Mutter unangenehme Fragen zu ersparen und überhaupt einen Skandal zu vermeiden, richtete der junge Graf Bernhard an das k. k. Ministerium des Inneren ein Gesuch, auf das hin ihm mit Reskript vom 24. März 1898 (das traurige Dokument hatte Faßl heute noch in Händen) »die Ablegung des gräfl. Namens und Titels unter hinfortiger Führung des bürgerlichen Namens Faßl« gestattet wurde.

Dieser nunmehr mit dem leicht ordinären Namen Faßl

behaftete Bernhard Karl war der Urgroßvater, kann auch sein, Ur-Urgroßvater des Liftboys, lyrischen Dichters und ›Adoptivsohns‹ der Goldschmiedin Doris, Stephan Faßl. »Wenn uns wenigstens ein kleines *von* belassen worden wäre«, jammerte der Liftboy.

V

Lolos Formulierung ihrer Sicht des äußeren Erscheinungsbildes ihres Vaters verdient erwähnt zu werden: »er sieht aus wie ein Provinzschauspieler, dem es nur unvollkommen gelingt, Peter Ustinov zu imitieren.« Die Definition machte sehr rasch die Runde (Lolo sorgte dafür) und kam natürlich eines Tages dem alten Schaumberg zu Ohren. Schaumberg lachte, als man es ihm erzählte, aber er konnte drei Tage danach nicht mehr recht mit Appetit essen. Um Filmplakate mit dem Bild Peter Ustinovs machte Schaumberg von da an einen Bogen, kam im Fernsehen ein Film mit ihm, schaltete Schaumberg ab.

Im Sommer des Jahres, in dem Schaumberg endgültig seine Glaswürfel aus der Wohnung in der Lamont-Straße entfernt und in die Garçonnière in der Nördlichen Auffahrtsallee gebracht hatte, löste Frau Schaumberg die Wohnung auf und zog mit Lolo nach Nizza, woher sie stammte. Ihre damals schon sehr alte Mutter lebte noch. Die monatlichen Überweisungen von Nandor Schaumberg kamen – jährlich um ein paar Prozent angehoben, das war in einem Vertrag vereinbart, den zwei Anwälte nach der Trennung ausgehandelt hatten – per Dauerauftrag von einem Konto bei einer deutschen Bank auf ein Konto bei einer Bank in Nizza. Weitere Verbindungen gab es nicht. Daß Nandor Schaumberg die Stelle als Direktor des Goethe-Instituts in Fortaleza in Brasilien angetreten hatte, erfuhr (mit zwei Jahren Verspätung) die da gerade zwanzigjährige Lolo, als sie im Deutschen Kulturinstitut in Nizza ein Buch über Eichendorffs Briefwechsel mit Lebrecht Dreves – das über Fernleihe besorgt wurde – ausleihen wollte, zehn Minuten warten mußte, in einer alten internen Informationsschrift des Goethe-Instituts blätterte und darin die Nachricht abgedruckt fand. Es war nicht nur eine Nachricht, es war, weil so etwas für die personellen Bewegungen innerhalb des Goethe-Instituts von Bedeutung ist, eigentlich schon ein richtiger Artikel, ein Bericht mit Lebenslauf und Bild.

Lolo hielt die Schrift in der Hand, blickte um sich, ob niemand herschaue; es schaute niemand her. Lolo ritzte mit ihrem scharf manikürten, stark rot lackierten, spitzen Daumennagel am Blatt entlang und löste es lautlos aus dem Heft. Sie faltete das Blatt zusammen und steckte es in ihre Handtasche. Wenn sie die Dame, die hinten suchte, ob der Briefwechsel Eichendorff-Dreves schon angekommen sei, darum gefragt hätte, hätte diese ihr das ganze Heft geschenkt.

Daheim zeigte sie das Blatt ihrer Mutter. Frau Schaumberg las den Bericht nicht, schaute nur das Bild an. Lolo sagte: »Er hat es immer noch nicht geschafft. Ustinov ist doch besser.«

Am 1. Dezember 1977 – Lolo war einundzwanzig Jahre alt – fuhr die Mutter, Madame Camille Schaumberg, née Latour, mit ihrem Auto, einem Citroën älteren Baujahres (die Überweisungen Schaumbergs waren nicht so üppig, daß ein breiterer Lebensstil möglich gewesen wäre) auf der D 2204 landeinwärts in Richtung Sospel. Frau Schaumberg fuhr allein. In Sospel wohnte ein Jugendfreund von Frau Schaumberg, ein ehemaliger (mehrfacher) Minister der Zeit vor de Gaulle und emeritierter Universitätsprofessor, der sich schon vor Jahren dort oben zur Ruhe gesetzt hatte. Frau Schaumberg hatte den Jugendfreund in den ganzen Jahren ihrer Ehe nicht mehr gesehen und den Kontakt erst wieder aufgenommen, als sie nach der Trennung von ihrem Mann nach Nizza gezogen war. Welcher Art die Beziehungen Frau Schaumbergs zu dem Jugendfreund, Minister a. D. und Professor, waren, wußte auch Lolo nicht. »Er war eben ein Freund«, sagte Lolo vor der Polizei. Für weiteres interessierte sich die Polizei auch nicht, da es sich sichtlich um einen Unfall gehandelt hatte, nicht um ein Verbrechen.

Frau Schaumberg war nachmittags gegen halb zwei Uhr abgefahren. Lolo war seit dem frühen Morgen unterwegs und kam erst abends gegen zehn Uhr nach Hause. Sie nahm an, daß ihre Mutter – es regnete, vielleicht waren die Straßen in den Bergen sogar stellenweise vereist – im Haus des Ministers über Nacht geblieben war. Am 1. Dezember wird es um fünf Uhr schon dunkel.

»Nein«, sagte sie bei der Polizei, »Sorgen gemacht habe ich mir nicht. Ich habe auch nicht mehr angerufen – es war ja schon nach zehn Uhr, und ich wußte, daß der Minister um zehn Uhr schlafen geht.«

»Auch wenn Besuch da ist?« fragte der Kommissar.

»Ist das ein Verhör, oder was?« fragte Lolo.

Der Kommissar machte wedelnde, entschuldigende Handbewegungen: »Aber nein, Mademoiselle, ich meine nur: Sie wußten ja nicht ...«

»Ich habe schon gesagt«, sagte Lolo, »daß ich mir keine Sorgen um Maman machte. Und der Minister geht um zehn Uhr schlafen, ob Besuch da ist oder nicht.«

Erst als Frau Schaumberg auch am folgenden Tag abends um zehn Uhr noch nicht da und auch kein Anruf von ihr gekommen war, begann sich Lolo Gedanken zu machen. Um elf Uhr rief sie beim Minister an, der zunächst sehr ungehalten war. Das Telefon, sagte er, habe ihn so erschreckt, daß er nur einen Hausschuh gefunden habe, und das Haus habe bekanntlich einen Steinfußboden, und es sei Dezember, und er sei ein alter Mann und halte es nicht für ausgeschlossen, daß die Tatsache, daß er halbbarfüßig zum Telefon eilen mußte, seine Todesursache sein werde ... Lolo unterbrach den gereizten Wortschwall und fragte nach der Mutter. Gerechterweise muß man sagen, daß der Minister a. D. sogleich seinen fehlenden Hausschuh vergaß und die Sache in die Hand nahm: Frau Schaumberg hatte mitnichten in seinem Haus übernachtet, sondern war vielmehr noch am gleichen Tag, also gestern, am 1. Dezember, zurück nach Nizza gefahren. Da sie dort nicht angekommen war, verständigte er die Polizei. Das heißt: er verständigte nicht einfach die Polizei, er rief in Paris den Innenminister in dessen Privatwohnung an und veranlaßte, daß der die Polizei in Nizza rebellisch machte. Wenig später schwärmten Polizeisuchhunde aus, als ob der Reeder Onassis entführt worden wäre.

Dennoch fand man Frau Schaumberg erst etwa eine Woche später: sie und ihr Auto, den Citroën, in einer mit Wasser gefüllten aufgelassenen Kiesgrube etwa auf der Hälfte des Weges zwischen Sospel und Nizza.

VI

Doris verkehrte viel in Künstlerkreisen, wobei dem Wort ›verkehrte‹ mehrfache Bedeutung beizumessen nicht falsch ist. Mit dem Künstler Brachenbach verband sie allerdings bis zu jenem Abend nichts. Doris' Adoptivsohn interessierte sich nicht für bildende Kunst, es kann auch sein, daß er nicht zuschauen wollte, wie Doris mit den bildenden Künstlern feierte (und mehr). Doris ging allein zur Vernissage Brachenbachs in der Galerie B. D. in Bad Godesberg. Die Galerie B. D. war eine progressive Galerie. Sie war im Nebengebäude einer stillgelegten Eisengießerei untergebracht. Man mußte über einen schlammigen Hof gehen, den eingefallene Ziegelmauern umgaben. Dennoch galt die Galerie B. D. – eine Zeitlang zumindest – als chic, und wer auf sich hielt, mußte zu den Vernissagen hingehen. (Ein Kunstkritiker der ›Zeit‹ war am Umsatz der Galerie beteiligt.)

Unter den Leuten, die sich in dem relativ kleinen Raum drängten und dabei – vom aufgeregten Galeristen ständig gewarnt – Abstand von den Bildern hielten, entdeckte Doris die hochragende Gestalt eines silbermähnigen Mannes, der eine entfernte Ähnlichkeit mit Peter Ustinov hatte. Der silbermähnige Mann hatte einen Ginfizz in der Hand, belehrte einige Umstehende und heftete zufällig seine wasserblauen Augen auf Doris, die im gleichen Augenblick zu ihm hinschaute.

Der Silbermähnige unterbrach seine Belehrungen mitten im Satz, sagte: »Einen Moment ...« und ruderte durch die Menge zu Doris hin.

»Kennen wir uns nicht?« sagte er, »– damit Sie nicht *nein* sagen müssen: ich bin Nandor Schaumberg.«

»Ich bin Doris«, sagte Doris.

Es ist das Augenmerk auf den winzigen Umstand zu lenken, daß Schaumberg nicht sagte: »– ich *heiße* Nandor Schaumberg –«, sondern: »– ich *bin* Nandor Schaumberg –«, so als glimme tief in ihm die Hoffnung, es gäbe noch irgend jemanden unter den Lebenden, der ›Das Huhn‹ gelesen hätte.

Die Tatsache, daß Doris etwas spitz antwortete: »Ich *bin* Doris –« entging Schaumberg.

Man kann von Schaumberg halten, was man will, und man kann von seinen Begabungen und Talenten so oder so denken, eine Begabung ist Schaumberg nicht abzustreiten: er erkennt bei solchen Gelegenheiten wie dieser Vernissage messerscharf, ob ein Mädchen allein ist oder nicht.

»Was halten Sie von den Bildern?« fragte Schaumberg.

»Nichts«, sagte Doris.

»Sehr gut«, sagte Schaumberg, »was halten Sie davon, daß wir irgendwo ein paar kleine, unanständige Happen Kaviar zu uns nehmen?«

»Mehr als von den Bildern«, sagte Doris.

Die Bilder Brachenbachs waren – zumindest thematisch – tatsächlich von einer gewissen Monotonie. Die Bilder waren sehr großflächig und mit kräftig ausholendem Pinsel in primären Farben gemalt. Alle Bilder – etwa zwei Dutzend – stellten einen Photoapparat auf einem Tisch liegend dar, überlebensgroß, sozusagen. Alle Bilder waren noch feucht, deswegen war der Galerist so besorgt. Brachenbach hatte nämlich verschwitzt – wie Künstler eben oft so sind –, daß er diesen Ausstellungstermin hatte. Als zwei Tage vor der Vernissage noch keine Bilder da waren, rief der Galerist bei Brachenbach an. Brachenbach fiel aus allen Wolken. Er hatte eben eine künstlerische Wende hinter sich und alle seine bisherigen Bilder mit Grundierfarbe überstrichen. Der Galerist schrie ins Telefon, daß er dem Wahnsinn nahe sei. Brachenbach versprach, sofort neue Bilder zu malen. Er malte Tag und Nacht, aber es fiel ihm eben nichts anderes ein als sein Photoapparat, der auf dem Tisch des Ateliers lag. Der stille Teilhaber und ›Zeit‹-Rezensent schrieb: es handle sich hier um eine originelle Variante des Photorealismus.

Doris wurde von Schaumberg mit Kaviar gefüttert; dann verbrachte sie eine vergnügliche Nacht mit Schaumberg in einer kleinen Wohnung eines mit Schaumberg befreundeten Bundestagsabgeordneten, der gerade auf einer Informationsreise in Indonesien war. In der Früh zeigte sich ihr Schaumberg in einem rot-weiß-seidenen, mit goldenen Löwen bestickten Morgenmantel, führte ihr einen Teil (den Teil, den er auf Reisen mit sich führte) seiner Glaswürfel vor und photographierte die nackte Doris in mehreren Stellungen.

VII

Nandor Schaumberg flog 1974 mit vielleicht zwanzig Glaswürfeln im Gepäck nach Brasilien und kehrte vier Jahre später mit wenigstens vierzig Glaswürfeln nach Europa zurück. Schuld daran waren die Brasilianerinnen. Man weiß, daß das Mischblut die schönsten jungen Menschen hervorbringt. Schaumberg machte viel Gebrauch von dem Mischblut. Im übrigen war sein Dienst als Direktor des Goethe-Instituts in Fortaleza untadelig, das heißt: unauffällig. Die Arbeit lief während Schaumbergs Direktorat so weiter wie vorher, und es hinterließ nachher keine Spuren. Neuerungen einzuführen oder große Pläne zu verwirklichen gehörte nicht zu Schaumbergs Naturell.

Im Herbst 1977 begann eine Art Bummelstreik des brasilianischen Flug- und Bodenpersonals. Es wurde sehr schwierig, von Fortaleza nach Rio – wo Schaumbergs vorgesetzte Dienststelle saß – zu kommen. Schaumberg mußte alle ein, zwei Monate hin. Man kam auf einen Trick (der sogar vom Rechnungshof nachträglich abgesegnet wurde): nicht bestreikt wurden die internationalen Fluglinien. So flog Schaumberg von Fortaleza nach Caracas und dann von Caracas nach Rio; genauso zurück. Es versteht sich, daß Schaumberg in Caracas jeweils ein paar Tage Station machte. Auch die Venezoelanerinnen sind nicht zu verachten.

Gegen Ende des Jahres dehnte Schaumberg einen solchen Zwischenaufenthalt in Caracas auf nahezu drei Wochen aus. Der Anlaß war eine selbst für Schaumbergs Begriffe überraschend exhibitionistisch veranlagte Angestellte der amerikanischen Botschaft, eine Halb-Inderin aus Guyana mit hüftlangen schwarzen Haaren. Die Photographien, die Schaumberg von der Halb-Inderin machte, hatten – wie Schaumbergs Freund Albin Kessel später bemerkte, als er die Bilder einmal sehen durfte – bereits einen leichten Hieb ins Gynäkologische. Da die Telephonverbindungen von Fortaleza zur Hauptstelle in Rio sehr schlecht waren, fiel keinem Menschen höheren Orts die urlaubslose Abwesenheit Schaumbergs auf. Die Angehörigen des Instituts in Fortaleza waren ohnedies der Meinung, daß der Betrieb ohne Direktor – ob der nun Dr. Schaumberg hieß oder wie auch immer – besser laufe als mit Direktor.

Vom Tod seiner Frau erfuhr Schaumberg erst, als er ein Jahr danach nach Europa zurückkehrte. Er machte seiner Tochter Lolo per Telefon heftige Vorwürfe, weil sie ein Jahr lang nach dem Tod ihrer Mutter immer noch die Unterhaltszahlungen kassiert habe. Wie sie sich denn vorstelle, fragte Schaumberg, wann sie die aufgelaufene, nicht unbeträchtliche Summe zurückzahlen werde?

»Überhaupt nicht«, lachte Lolo.

Bei der Gelegenheit erkundigte sich Schaumberg auch nach dem Grab seiner Frau. Er schickte gelegentlich durch ›Fleurop‹ Blumen.

VIII

Stephan Faßl betrachtete seinen Dienst als Liftboy selbstverständlich nur als Zwischenstation. Seine Mutter, die verwitwete Kommerzialrätin Faßl aus Innsbruck hatte Faßl bewegen wollen, Jura zu studieren, aber Faßl erklärte, daß er in sich die Berufung zum Schriftsteller verspüre. Mehr noch: er verspüre nicht nur die Berufung zum Schriftsteller, er fühle in sich, daß er *erfolgreicher* Schriftsteller werden würde. Frau Kommerzialrätin Faßl war mehr besorgt als beeindruckt davon. Sie schlug dem Sohn vor (er war damals achtzehn), die Zeit bis zum Eintreten des Ruhmes als Jurastudent zu verbringen. Nach eingetretenem Ruhm könne Stephan ja immer noch den juristischen Beruf fallenlassen. Stephan lehnte ab.

»Die Voraussetzung«, sagte er, »nicht für eine Karriere als erfolgreicher Schriftsteller – die kann man vielleicht auch irgendwie nebenher machen –, sondern dafür, daß ich wirklich Großes: das heißt Neues schaffe, ist, daß ich *lebe*. Lebe und denke! Die Literatur muß von innen heraus kommen, ohne sich durch ein Gestrüpp von bürgerlichem Beruf winden zu müssen; wenn du verstehst, was ich meine.«

»Nein«, sagte die Kommerzialrätin.

Die beiden älteren Brüder Faßls, die schon die elterliche Kunstmühle weiterführten, waren der Meinung, daß Stephan nicht ›lebe und denke‹, sondern vielmehr auf der faulen Haut liege. Die lyrischen Gedichte Stephans, die er vorwies, beeindruckten die Brüder nicht.

Stephan Faßl zog aus dem Elternhaus aus, nahm erst eine Stelle als Spüler im Hotel ›Europa‹ in Innsbruck an, später ergab sich für ihn die Möglichkeit, in einem großen Hotel in Bonn als Liftboy zu arbeiten. Das sei aber mitnichten ein bürgerlicher Beruf, betonte er immer, das sei eine unerhebliche Zwischenstation. In seinem Paß stand daher als Berufsbezeichnung auch: *Autor*. Faßl hatte lang geschwankt, als der Paß ausgestellt wurde: sollte er ›Schriftsteller‹ einsetzen lassen oder ›Dichter‹? Zuletzt entschied er sich für die feine, etwas schwebende und irisierende, jedenfalls ungewöhnliche Berufsbezeichnung ›Autor‹. Der Beamte des Paßamtes trug das ohne mit einer Wimper zu zucken ein.

Anders war es leider beim Steueramt in Bonn: auf der Lohnsteuerkarte stand herzlos ›gastron. Hilfsarbeiter‹.

»Ich bin Schriftsteller«, sagte er.

»So«, sagte der Steuerbeamte, »ja – das steht Ihnen natürlich frei.«

»So steht es auch in meinem Paß!«

»Kann schon sein«, sagte der Beamte, »aber Ihr Geld verdienen Sie als Liftboy.«

»Das ist nur eine unerhebliche Zwischenbeschäftigung. Demnächst werde ich mein Geld als Autor verdienen.«

»Dann kommen Sie wieder und wir ändern die Lohnsteuerkarte.«

Doris lernte Stephan Faßl an seinem Arbeitsplatz, also im Lift des Hotels kennen. Doris fuhr mit einem älteren Angehörigen einer nigerianischen Parlamentsdelegation nach oben auf dessen Zimmer. Sei es, daß sie der nigerianische Parlamentarier enttäuschte, sei es, daß Stephans ansprechendes Äußeres und sein hellblonder Pagenkopf Doris faszinierte, es kam so, daß, als Doris allein nach knapp zwei Stunden wieder herunterfuhr, eine Verabredung für den Abend nach Dienstschluß getroffen wurde. Faßl zog zu Doris in deren Zweizimmerwohnung. Doris bezeichnete ihn von da ab als ihren ›Adoptivsohn‹.

Faßl entging selbstverständlich das rege erotische Leben Doris' nicht, das von da ab aber – mit Ausnahme der Beschäftigung mit Faßl natürlich – außerhalb der Zweizimmerwohnung stattfand. Es war ein ungeschriebener und sogar unausgesprochener Vertrag zwischen Faßl und Doris.

Faßl hatte es in jeder Hinsicht gut bei Doris, brauchte nichts für die Miete zu zahlen, konnte dichten, durfte aber nicht fragen, wo Doris hinging. Durch kostenlose Fürsorge und zeitweilig heftige Hinwendung zu ihm kaufte sie ihm das Recht auf Eifersucht ab. Stephan Faßl tröstete sich mit der Literatur und der Tatsache, daß *in der Wohnung* er allein Doris' Herz regierte. Den einzigen Schlüssel zur Wohnung (außer Doris) hatte er. Das ging zwei Jahre so, als Doris Schaumberg kennenlernte. Es ging sogar sehr gut. Manchmal tat Faßl so, als habe er seinerseits auch andere Abenteuer außer Haus. Doris gab vor, es zu glauben. In Wirklichkeit dichtete Stephan Faßl, wenn Doris zu einer Vernissage oder sonst irgendwohin ging. Außer in einer Zeitschrift in Innsbruck, die einmal einige

Gedichte von Faßl abdruckte, hatte er bis dahin nichts veröffentlicht. Doris hätte einen literarischen Erfolg Faßls nicht ungern gesehen. Sie sprachen darüber, warum er immer noch ausblieb.

»Es liegt daran«, sagte Doris, »daß du nur Lyrik schreibst. Du mußt eine Erzählung schreiben; wenn es geht: eine spannende.«

IX

Mit dem Minister, der aus Sospel heruntergekommen war, stand Lolo im Polizeiamt von Nizza in einem gekachelten Raum vor einem Zinksarg, der ausschaute wie eine umgedrehte Wiege. Der Gerichtsarzt sagte:

»Ich empfehle Ihnen, Mademoiselle, den Sarg nicht öffnen zu lassen. Ihre Mutter ist fast eine Woche im Wasser gelegen. Behalten Sie sie so in Erinnerung, wie Sie sie zuletzt gesehen haben. Im übrigen:« – er gab Lolo und, nach kurzem Zögern, auch dem Minister die Hand – »mein Beileid. Die Staatsanwaltschaft hat keine Einwendungen gegen die Beerdigung.«

Die Ermittlungen der Polizei und die Obduktion der Leiche hatten ergeben, daß Madame Schaumberg mit ihrem Auto aus ungeklärten Gründen von der Straße abgekommen und einen Abhang hinuntergerollt war, wobei sich das Auto überschlagen hatte. Dann war das Auto in eine Kiesgrube gestürzt, die ziemlich tief und voll Wasser war. Frau Schaumberg hatte versucht, die Tür zu öffnen, die war aber durch das Überschlagen verbeult. Dann hatte Frau Schaumberg das Fenster heruntergeklappt (vielleicht schon in Atemnot – der Minister erzählte Lolo die gräßlichsten Details, die er den Ermittlungsakten entnahm, gar nicht alle weiter), wohl in der Hoffnung, durch das Fenster aus dem Auto hinauszukönnen. Das mißlang. Es drang Wasser ein, das Auto lief voll …

Der unklare Punkt war, wie gesagt, warum Madame Schaumberg von der Straße abgekommen war. Trotz mehrfacher öffentlicher Aufforderung der Polizei meldeten sich keine Zeugen. Die Gegend um die Kiesgrube war auch unbewohnt. Es mochte leicht sein, daß den Vorgang niemand beobachtet hatte. (Denn wenn jemand gesehen hätte, daß ein Auto in die Kiesgrube stürzt, hätte er das wohl sofort gemeldet.) Eine unbedachte und schnelle Fahrerin war Frau Schaumberg nie gewesen.

»Sie ist immer eher zaghaft gefahren, für meine Begriffe«, sagte Lolo bei der Polizei. Ob an dem betreffenden Straßenstück Glatteis geherrscht hatte, ließ sich nach einer Woche nicht mehr feststellen. Es hatte inzwischen getaut.

»Wahrscheinlich war Glatteis«, sagte der Kommissar, »aber das hilft jetzt auch nicht mehr viel.«

Die Staatsanwaltschaft gab die Leiche zur Bestattung frei. Auch das demolierte Auto stehe, teilte ein amtliches Schreiben Lolo mit, zur Abholung bereit.

Lolo und der Minister kamen überein, daß man wohl Dr. Schaumberg und Lolos Schwestern vom Tod Frau Schaumbergs unterrichten müsse. Der Minister rechnete die Zeitdifferenz aus und rief dann früh am Morgen, weil er meinte, dann sei in Fortaleza später Vormittag, im dortigen Goethe-Institut an. Er mußte fast eine Stunde auf die Verbindung warten, und dann meldete sich dort niemand. Der Minister schüttelte den Kopf: »– wo doch die Deutschen sonst so fleißig sind; aber vielleicht steckt die brasilianische Mentalität an.« Er schickte (den Wortlaut bestimmte Lolo) ein Telegramm. Erst viel später erfuhr der Minister, daß er genau verkehrt herum gerechnet hatte: als er in Fortaleza anrief, war dort Mitternacht und natürlich das Sekretariat des Goethe-Instituts nicht besetzt. Daß Herr Dr. Nandor Schaumberg auch untertags zu jener Zeit nicht zu erreichen gewesen wäre, auch nicht in seiner Privatwohnung, weil er sich auf einem illegalen Urlaub in Caracas befand, konnte der Minister a. D. natürlich nicht wissen.

Auch die in Amsterdam verheiratete Schwester Nadina war trotz vieler Bemühungen nicht zu erreichen. (Der Minister hatte Leute in Amsterdam angerufen, die er kannte, hatte sie gebeten, herauszufinden, wo Nadinas Mann arbeitete. Die Nachforschungen krankten von vornherein daran, daß Lolo nur den Vornamen (»Fobbe«) ihres Schwagers wußte; über den genauen Familiennamen war sie sich im unklaren: »... irgendwie mit van – van Grachten oder van Brechten ...« Als auch Fedora in Wien nicht gleich auf Anhieb verständigt werden konnte, wurde es Lolo zu dumm.

»Sie haben sich eh nie um Maman gekümmert.« Sie schrieb zwei kühle Briefe an die Schwestern und ging mit dem Minister allein zur Beerdigung.

Ein weiteres Problem war der demolierte Citroën.

»Einerseits«, sagte der Minister, der nach der Beerdigung bei Lolo in der Wohnung saß und Tee trank, »... fehlt dem Auto nicht viel. Es könnte ohne weiteres wieder hergerichtet werden, habe ich mir von den Polizisten sagen lassen. Und es gehört natürlich Ihnen – als Erbin ... zumindest zum Teil – auch *die* Frage muß noch geklärt werden –«

»Ich kann doch wirklich nicht mit dem Auto herumfahren, in dem meine Mutter ... umgekommen ist«, sagte Lolo.

»Freilich nicht«, sagte der Minister, »aber man kann doch nicht das Auto, das eben doch fast eine Reliquie ist – ich meine das ganz ernst – nicht einfach verschrotten lassen ... Mag sein, das ist sentimental, aber es käme mir vor, als würde Ihre Mutter ein zweites Mal getötet.«

»Ich habe gedacht«, sagte Lolo, »die Polizei behält das Auto ... irgendwie ...«

»Warum sollte sie«, sagte der Minister. »Ich mache Ihnen einen Vorschlag: ich kaufe Ihnen das Auto ab.«

Lolo stutzte – dann ging ein Feilschen mit umgekehrtem Vorzeichen los. Lolo wollte dem Minister das Auto schenken – der Minister wieder wollte partout einen Preis zahlen, als wäre der Citroën ganz neu. Sie einigten sich dann darauf, daß der Minister ein ähnliches Auto kaufen und Lolo überlassen werde. Das geschah auch dann bald. Vorher noch wurde das demolierte Auto nach Sospel hinaufgeschleppt. Der Minister ließ es – so, daß es nicht auf den ersten Blick zu sehen war – in seinen Garten stellen und behandelte es ungefähr wie ein Grabdenkmal. Er ließ eine Bank und Tischchen davor aufstellen. Als die ersten warmen Tage kamen im nächsten Frühjahr, setzte sich der Minister auf diese Bank, ließ sich ein Gläschen Himbeerschnaps bringen, schaute ins Land hinaus und hing ganz alten Gedanken nach.

X

Doris lag – sie hatte sich auf Schaumbergs Geheiß ein sehr dünnes, fast durchsichtiges Tuch umgebunden, unter der einen Achsel geknüpft; es klaffte und bot Blick auf ihren Körper – auf dem Sofa und streckte die Füße auf den Schreibtisch hinüber. Ihre auffallend blonden Schamhaare glänzten in der Morgensonne. Schaumberg hantierte an seiner teuren Kamera.

»Photographierst du alle deine Puppen?« fragte Doris.

»Mhm«, sagte Schaumberg.

»Warum? Zum Andenken?«

»So ungefähr«, sagte Schaumberg. Er zog den Film auf und stellte die Kamera aufs Stativ. Schaumberg trug einen eisvogelfarbenen Morgenrock mit silbernen Tressen.

»Leg' dich bitte auf den Bauch.«

Doris legte sich auf den Bauch. Schaumberg schaute durch den Sucher seines Apparates, drückte aber nicht ab, sondern trat zu Doris und drapierte das fast durchsichtige Tuch.

»Gibst du einmal einen Photoband heraus?« fragte Doris. »Da möchte ich aber vorher darum gefragt werden.«

Schaumberg photographierte.

»Wenn du möglichst den Po ein wenig in die Höhe strecken könntest«, sagte Schaumberg.

»Sehr unbequem«, sagte Doris.

»Nur einen Moment.« Schaumberg drückte ab, der Verschluß klickte ein paarmal.

»Jetzt von vorn«, sagte Schaumberg, »im Stehen. Die linke Hand nach oben – ja, so, als ob du erwarten würdest, ein Vogel setzte sich leicht auf deinen Handrücken ...« Schaumberg pflegte solche Redewendungen in diesen Situationen.

»Und«, fragte Doris, »hast du bei keiner Schwierigkeiten gehabt? Ich meine: haben sich alle anstandslos photographieren lassen?«

Der Verschluß klickte ein paarmal. Schaumberg knüpfte Doris das Tuch ab, trat zurück, kniff ein Auge zu, trat dann wieder zu Doris und drehte sie ein wenig.

»Schwierigkeiten? Nein, bis jetzt nicht.«

Der Verschluß klickte. Schaumberg machte die Kamera auf, legte einen neuen Film ein.

»Warum«, fragte er, »hast du diesen Faßl in deine Wohnung aufgenommen?« Schaumberg sprach den Namen *Faßl* so aus, als berührte er diese Silbe mit spitzen Fingern wie etwas Unappetitliches.

»Er heißt eben Faßl«, sagte Doris, »da kann er nichts dafür. Nicht jeder kann Nandor Schaumberg heißen.«

Schaumberg stellte die Kamera wieder auf das Stativ.

»Die Beine etwas auseinander«, sagte er. Der Verschluß klickte.

»Und jetzt dreh dich – die Hand immer oben lassen – langsam um deine Achse ... ja, sehr gut –« Der Verschluß klickte oft.

»Scheußlich – wenn alle Nandor Schaumberg hießen ...«

Doris drehte sich. »Warum ich den Faßl in meine Wohnung aufgenommen habe? Er ist doch mein Adoptivsohn.«

»Das ist kein Grund«, sagte Schaumberg.

»Und er ist so jung.«

»Das ist eher ein Grund«, sagte Schaumberg, »aber trotzdem: gleich in die Wohnung ...«

»Wenn ich allein in der Wohnung wäre ... schließlich kenne ich mich ... ich würde Tag und Nacht nur ...«

»Was *nur* –?«

»Du weißt genau, was ich meine.«

»Jetzt setz' dich rittlings auf diesen Stuhl ...«, sagte Schaumberg, »und wickle das Tuch um den Hals – aber so, daß es sonst nichts bedeckt.« Der Verschluß klickte.

»Nicht den Busen an die Lehne pressen.« Der Verschluß klickte. »Und mit dem Faßl ... geht es nicht Tag und Nacht?«

»Doch«, sagte Doris, »aber das ist ja schon fast wie eine Ehe.«

»Ach so«, sagte Schaumberg, »dann kann man es auf diese Formel bringen: du willst es dir nicht zu leicht machen.«

»Ich habe nie darüber nachgedacht«, sagte Doris, »aber vielleicht ist es so.«

Schaumberg ließ die Kamera stehen und setzte sich auf einen Sessel.

»Fertig?« fragte Doris.

»Und er schreibt Gedichte?« fragte Schaumberg.

Doris reckte sich, schüttelte ihre Glieder. »Ja«, sagte sie, »er schreibt Gedichte.«

»Gedichte sind in der Regel langweilig«, sagte Schaumberg. »Prosa schreibt er nicht?«

»Doch«, sagte Doris, »er hat unlängst eine Kurzgeschichte geschrieben.«

»Hat er sie schon veröffentlicht?«

»Nie im Leben«, sagte Doris, »er hat überhaupt so gut wie nichts veröffentlicht.«

Doris setzte sich auf Nandors Schoß. »Oho –«, sagte sie, »schon wieder?«

»Bring mir die Kurzgeschichte«, sagte Nandor.

»Wirklich?« fragte Doris erfreut, »könntest du etwas tun für ihn?«

»Vielleicht«, sagte Nandor und legte Doris aufs Sofa.

XI

Das ohnedies absichtlich kurze Telegramm Lolos – es lautete: MEINE MUTTER TOEDLICH VERUNGLUECKT STOP LOLO SCHAUMBERG – hatte Schaumberg nie erreicht. Das Telegramm enthielt, wie man vielleicht ohne Hinweis erkennt, zwei spitzige Feinheiten. Erstens: unterschrieb Lolo mit dem vollen Namen, also mit dem Vornamen und dem Familiennamen, so, als ob dieser dem Adressaten nicht ohne weiteres klar wäre, so als richte sich das Telegramm an einen völlig fremden Menschen und nicht an den Vater; zweitens: schrieb Lolo »meine Mutter«, so, als ob die Verstorbene nur ihre Mutter und nicht auch – immerhin und immer noch – die Frau des Adressaten gewesen wäre.

Die beiden feinen Spitzen erreichten ihr Ziel nicht, denn erstens entstellte die brasilianische Post den Text bis zur Unkenntlichkeit, und zweitens schickte die Sekretärin des Instituts, die einzige, die immer ungefähr wußte, wo Schaumberg war, das Telegramm ungeöffnet aber per Express (was in Südamerika überhaupt nichts besagt) nach Caracas in das

Hotel, in dem Schaumberg gewohnt hatte, allerdings nur – was die Sekretärin nicht wußte – eine Nacht, denn am zweiten Tag lernte er jene eruptive Angestellte der amerikanischen Botschaft kennen, von der schon die Rede war, und zog in deren Wohnung. Der Portier des Hotels ließ den Expressbrief liegen. Der Nachfolger des Portiers, der etwa ein Jahr danach die hinterlassene Unordnung in den Schubladen seines Vorgängers aufräumte, um Platz für neue Unordnung zu schaffen, fand den Brief, öffnete ihn und schickte das Telegramm (per einfacher Post) an den Absender zurück mit dem Vermerk: »El viajero yo no reside aqui.« Das Hotel, das ein Luxushotel war, verfügte nämlich über einen Stempel mit diesem Text. Der Stempel war sehr wichtig, denn der Portier brachte ihn immer an, wenn ihm die Zimmernummer des Gastes nicht sofort einfiel. Der neue Portier richtete das Telegramm nicht an den zweiten Absender – also das Goethe-Institut in Fortaleza, was auch nichts mehr geholfen hätte, denn Schaumberg war zu der Zeit nicht mehr Direktor –, sondern an den Absender des Telegramms, also an Lolo. Zwischen Caracas und Nizza ging die Nachricht endgültig verloren.

Im Jahr, in dem Schaumberg nach Europa zurückkehrte, erschien ein neues Mitgliederverzeichnis des deutschen PEN-Clubs, das ein altes, überholtes ersetzen sollte. Wie alle Mitglieder bekam auch Schaumberg ein Formular zugesandt mit der Bitte, die Angaben zu verbessern und zu ergänzen, vor allem die seither erschienenen Bücher einzutragen.

Das Formular erreichte Schaumberg in einer stillen, dämmrigen Stunde Ende November. Ein schmutziggelber belgischer Winterhimmel warf bescheidenes Licht durch die – zum Teil farbigen – Scheiben des ehemals auch von Graf

Egmont bewohnten Hauses. (Ein anderer Schriftsteller, ein jüngerer, eher frecherer – Schaumberg hatte sich aus Zorn geweigert, sich dessen Namen zu merken –, hatte allerdings geäußert, als Schaumberg mit großer Stimme von seiner Wohnung erzählte, daß es kein Haus in Brüssels Altstadt gäbe, in dem nicht ehemals Graf Egmont gewohnt habe. Die Gesellschaft lachte – für einen Moment war damit nicht mehr Schaumberg, sondern jener jüngere, frechere Schriftsteller der Mittelpunkt im Raum. Alles konnte Schaumberg vertragen, nur nicht das. Zur Strafe vergaß er dann den Namen des Schriftstellers.) Das Kaminfeuer flackerte. Schaumberg nahm das Formular und die alte, überholte Ausgabe des Mitgliederverzeichnisses zur Hand und setzte sich ans Feuer. Er trug einen jadegrünen Morgenmantel mit aufgestickten goldenen Sternen.

Die ›Favoritin‹ seiner letzten Monate hatte ihn verlassen. Normalerweise war es so, daß Schaumberg seine ›Favoritinnen‹ verließ, nicht umgekehrt. Bis zu seinem – Schaumberg rechnete nach – ja: zweiundfünfzigsten Geburtstag war es sogar ausnahmslos so gewesen. Schaumbergs elitäre Selbsteinschätzung verbot, daß er diesen Wandel auf sich selber, gar etwa auf sein Alter zurückführte. Zur Vorsicht suchte er möglichst nach keinen Erklärungen, sondern so schnell wie möglich nach einer Nachfolgerin.

Dieses Mal, in diesen Herbsttagen, war es etwas anders.

Die ›Favoritin‹, die ihn verlassen hatte, hatte ihm unschöne Dinge gesagt. ›Eine Megäre‹, dachte er.

So traf es aber diesmal Schaumberg schwer. Soweit er dazu überhaupt in der Lage war, litt er sogar. Die Bilder der ›Favoritin‹ schauten aus den Glaswürfeln herab, das war alles, was ihm von ihr geblieben war. Wenn es schon nicht echtes Leid war, was Schaumberg empfand, so war es wenigstens Selbstmitleid. Er genoß es, wenn ihm fast die Tränen kamen. Er drehte mit seinen – sein großer Kummer: etwas zu kurzen und dicken – Fingern die Würfel. Auf jeder Würfelfläche ein anderes Bild der letzten ›Favoritin‹: auch sie hatte sich von ihm nackt photographieren lassen ...

Schaumberg beschloß in seinem Selbstmitleid, sich alt zu fühlen und sich wieder der Literatur zuzuwenden. Der Fragebogen des PEN-Clubs brachte ihn darauf. Das Feuer knisterte. Er blätterte in dem alten Mitgliederverzeichnis. Als erstes las er den Artikel ›Schaumberg‹ – mit wohligem Gefühl. Dann las er wahllos andere; er kannte viele der Dichter und Schriftsteller, und er mußte zugeben, daß er von den wenigsten irgend etwas gelesen hatte. ›Puh‹ – dachte er. ›Wie viele von denen haben ›Das Huhn‹ gelesen? Fünf, hochgerechnet.‹ Er erschrak, wie viele der PEN-Club-Mitglieder jünger waren als er. Statistisch gesehen lag er wohl schon über dem Altersdurchschnitt. Der Gedanke war weniger wohlig. – Und wieviel die Leute geschrieben haben ... und Schaumberg?

Schaumberg rückte in seinem Sessel hin und her, schloß die Schöße seines Morgenrockes über den Knien. Acht Zeilen. Schaumberg zählte nach: ja, acht Zeilen ›Publikationen‹. Der Artikel ›Schaumberg‹ war überhaupt auf eine einigermaßen passable Länge nur zu bringen gewesen, weil – im Gegensatz zu vielen anderen Autoren – der Lebenslauf recht ausführlich gehalten war. Schaumberg las: »Gymnasium. Abitur. Kriegsteilnehmer (Obergefreiter) ...« Schaumberg stutzte ... hatte er das damals wirklich in den Fragebogen hineingeschrieben? ›Obergefreiter‹? Ohne Zweifel hatte er es eher ironisch gemeint. Obergefreiter – wie Hitler ... war der nicht auch Obergefreiter gewesen? Oder nur Gefreiter? ›Böhmischer Gefreiter‹ hatte Hindenburg Hitler genannt – der einzig wirklich bemerkenswerte Ausspruch dieses präsidentialen Kommißkopfes. – Unmöglich, das muß ich streichen lassen, dachte

Schaumberg, das habe ich damals zwar ohne Zweifel ironisch gemeint, aber gedruckt ist es unironisch. Das muß raus. Acht Zeilen ›Publikationen‹ – sehr kümmerlich. Es sind eigentlich nicht einmal acht Zeilen, wenn man die fünf Zeilen mit den Wischi-Waschi ›Zahlreiche Veröffentlichungen in Zeitschriften und Zeitungen, Mitarbeit an folgenden Rundfunkanstalten: ...‹ usw. abrechnete.

Was heißt ›zahlreiche Veröffentlichungen‹? Ein paar Buchrezensionen in den fünfziger Jahren ... und die Mitarbeit an den Rundfunkanstalten? – hie und da ein Feuilleton im Nachtprogramm über ›Der Europarat und die Kultur‹ oder so etwas, was keinen Menschen interessiert ...

Was bleibt? Schaumberg sprang auf: drei Zeilen: ›Das Huhn. Roman. 1947.‹ Roman ... Roman ... Schaumberg ging auf und ab. 80 Seiten. Hatte da nicht einmal Tucholsky etwas Böses gesagt über solche ›Romane‹? Auf dem Bücherbord über der Sammlung älterer Glaswürfel (der Glaswürfel mit der jüngstentschwundenen ›Favoritin‹ stand – noch – auf dem Kaminsims) schimmerten in mattem Rot die Bände der Dostojewski-Ausgabe. ›Die Brüder Karamasow‹ – wer angesichts der ›Brüder Karamasow‹ ein belletristisches Elaborat von 80 Seiten als Roman bezeichnet, ist ein Schwindler.

Schaumberg setzte sich an den Schreibtisch, stellte die feine, elfenbeinfarbene Schreibmaschine (elektrisch, batteriebetrieben) auf die gepreßte marokkanische Lederschreibunterlage, spannte einen Bogen mit Büttenrand ein und stellte fest, daß er zwar PEN-Club-Mitglied, Träger des Literaturpreises der Stadt Solingen von 1949 und des Kulturförderungspreises von Nordrhein-Westfalen von 1950, Publizist ›zahlreicher Veröffentlichungen in Zeitschriften und Zeitungen, Mitarbeiter an folgenden Rundfunkanstalten ...‹, daß er aber kein Schriftsteller mehr war.

XII

Stephan Faßl – zu der Zeit bereits vom Liftboy zum Hilfsportier aufgestiegen und in dieser Eigenschaft im Hotel ›Bremen‹ in Berlin tätig – stimmte letzten Endes und schweren Herzens dem Vergleich zu, den auch das Gericht befürwortet hatte. Auch Faßls Anwalt war dafür, daß man den Vergleich mache.

»Recht viel mehr ist nicht herauszuholen«, raunte der Anwalt Faßl zu: »solche Sachen sind ungeheuer schwer zu beweisen.«

Doris, die Faßls Kronzeugin gewesen wäre, war nicht mehr aufzufinden. Schaumberg bestritt in ziemlich arrogantem Tonfall.

Dann schlug Schaumbergs Anwalt vor, daß sein Mandant bereit wäre, um die Sache aus der Welt zu schaffen, Faßl einen Betrag von 400 DM zu bezahlen. Dafür müsse sich Faßl aber verpflichten, nie mehr, nicht öffentlich und nicht privat, nicht in Wort und nicht in Schrift, zu behaupten, Nandor Schaumbergs Kurzgeschichte ›Der perfekte Mord‹ sei ein Plagiat.

»500«, sagte Faßls Anwalt.

»Gut, 500«, sagte Schaumbergs Anwalt.

»Eigentlich müßte Ihr Mandant die vollen Kosten tragen«, sagte Schaumbergs Anwalt, »weil ...«

Da mischte sich der Vorsitzende ein: er halte den Vergleich für angemessen, für sehr gut – man wisse ja nie, wie die nächste Instanz entscheide ... und besonders in so heikler Sache, wo man eigentlich immer ziemlich ratlos sei ... man könne die Sache so sehen oder auch so ... Kostenaufhebung erscheine dem Gericht schon für richtig –

So wurde der Vergleich abgeschlossen. ›Kostenaufhebung‹ bedeutet, daß die Gerichtskosten geteilt werden, und dazu bezahlt jeder Kontrahent seinen Anwalt selber. Faßl bekam

500 Mark, von denen nach Abzug der Anwaltskosten aber nicht einmal die Hälfte übrigblieb.

»Die Sache sähe natürlich anders aus«, sagte Faßls Anwalt danach, »wenn Ihre Doris aufzufinden wäre. *Recht hat,* das ist eine alte Juristenwahrheit, *wer es beweisen kann.* Wir waren beweispflichtig. Und Ihre Doris war nicht aufzufinden.«

»Aber da kann *ich* doch nichts dafür!« sagte Faßl.

»Es gibt ungünstige Situationen«, sagte der Anwalt, »und man kann doch nichts dafür.«

Faßl hatte seine spannende Geschichte Doris gegeben, damals in Bonn. Doris hatte gesagt, daß sie jemanden kennengelernt habe, der bereit wäre, »etwas für die Geschichte zu tun«.

Doris hatte keinen Namen genannt. Doris hatte nie Namen genannt.

Die Geschichte hatte etwa fünf Schreibmaschinenseiten umfaßt. Als Doris mit dem Manuskript fortgegangen war, war Faßl voll froher Hoffnung gewesen. Er war so jung, daß er noch daran glaubte, irgend jemand würde irgend etwas für eine Geschichte tun, die ein Autor geschrieben hat, der Stephan Faßl hieß. Faßl hatte dann den Posten in Berlin angeboten bekommen. Doris hatte zunächst so getan, als würde sie mit Faßl nach Berlin ziehen. Eines Tages aber war sie verschwunden. Das Manuskript hatte Faßl nie mehr zurückbekommen. Zum Glück – aber das half ja auch nichts – hatte Faßl einen Durchschlag. Als Faßl schon zwei Monate in Berlin war, bekam er eine Karte von Doris aus Kopenhagen. Die Nachricht, die auf der Karte stand, besagte nicht viel. »Bussi aufs Bauchi« hatte Doris geschrieben. Außer Doris hatten noch – wenn das richtig zu lesen war – vier andere Leute unterzeichnet: eine Elke, ein Konrad und zwei offenbar verschiedene Sven. Etwa ein halbes Jahr später las der erstaunte Faßl seine Geschichte in etwas veränderter Form, zum größten Teil aber wörtlich, in der Zeitschrift ›MERKUR‹. Als Verfasser zeichnete ein Faßl bis dahin unbekannter Schriftsteller namens Nandor Schaumberg.

Faßl ging mit dem Heft und dem Durchschlag seines Manuskriptes zum Anwalt.

XIII

»Die Gerechtigkeit«, sagte der alte Minister a. D. zu Lolo, »geht oft eigenartige, verschlungene Wege. Das kommt vielleicht daher, daß sie göttlich ist.« Der Minister klappte das Heft zu – in dem er nicht lesen konnte, weil er deutsch nicht verstand – und gab es Lolo zurück. Lolo nahm das Heft.

Der Minister lehnte sich in seinen Sessel zurück, preßte die Fingerspitzen der Hände aneinander und blickte zum Plafond. Er wiederholte leise: »Die Gerechtigkeit geht oft eigenartige, verschlungene Wege. Das kommt vielleicht daher, daß sie göttlich ist.« Er dachte nach. Dann sagte er: »Würde es Ihnen etwas ausmachen, diesen Satz aufzuschreiben?«

›Wenn ein französischer Minister‹, dachte Lolo, ›so von der Gerechtigkeit redet, dann bedeutet das, Freude an der Formulierung zu haben und nicht unbedingt Gottesfurcht.‹

Dennoch schrieb Lolo den Satz hinten in das Heft der Zeitschrift ›MERKUR‹ (das zu dem Zeitpunkt schon zwei Jahre alt war), setzte den Namen des Ministers darunter und das Datum, und steckte das Heft in ihre Handtasche.

Weder Lolo noch eine ihrer Schwestern lasen deutsche literarische Zeitschriften. Die Erzählung ›Der perfekte Mord‹ wäre ihnen entgangen, wenn nicht Fedora, die älteste (Lolo: »– erfolgreiche Hetäre und spielt etwas Klavier …«) den Auftrag bekommen hätte, eine Schallplatte einzuspielen.

Fedora Schaumberg war keine schlechte Pianistin, aber den

wirklichen ›Durchbruch‹, wie man so sagt, hatte sie nie geschafft. Pianisten wie sie haben nur dann eine Chance für Schallplatteneinspielungen, wenn sie sich bereitfinden, Musik abseits des gängigen Repertoires zu studieren. Die Beethovensonaten, das Tschaikowsky-Konzert, die Goldberg-Variationen, die Klaviermusik von Schumann und Chopin sind den berühmten Pianisten vorbehalten. Sie spielen sie unverdrossen Jahr für Jahr neu ein und Joachim Kaiser in München vergleicht in esoterischen Artikeln, ob die Triole in Takt 104 des zweiten Satzes eine Idee inspirierter als voriges Jahr gespielt ist oder nicht. Wenn eine Schallplattenfirma etwas aufnehmen will, was sich nicht im Gleis der durch penetrante Interpretationen ausgefahrenen anerkannten Klaviermusik bewegt, muß sie sich entweder an ganz junge Pianisten wenden oder an solche, die ›den wirklichen Durchbruch‹ nicht geschafft haben, wie – zum Beispiel – an Fedora Schaumberg.

Es sollten die ›Sogetti diversi per il Cembalo‹ eines vergessenen und jüngst wieder ausgegrabenen Tiroler Klosterkomponisten des XVIII. Jahrhunderts namens Stefan Paluselli eingespielt werden. Fedora nahm den Auftrag an, ließ sich die Noten schicken und begann die Stücke zu studieren. Sie wollte gewissenhaft sein und nicht nur die Musik herunterspielen. Sie ging in die Nationalbibliothek und schaute in einem Speziallexikon nach: »Paluselli Stefan (Taufname: Johann Anton), * 9. Januar 1748 in Kurtatsch (Südtirol), † 27. Februar 1805 in Stams (Oberinntal) ...« Der Artikel war nicht sehr ausführlich, aber im kleingedruckten Anhang ›Literatur‹ fand sich der Hinweis auf einen Aufsatz über Paluselli aus der Feder eines Musikforschers namens Othmar Costa in der Zeitschrift ›MERKUR‹.

Fedora Schaumberg ließ sich die betreffende Nummer dieser Zeitschrift im Zeitschriftensaal heraussuchen. Die Wege der Gerechtigkeit sind verschlungen. Sei es, daß der Verfasser des oben genannten Lexikonartikels schlampig gearbeitet hat, sei es, daß ein Druckfehler vorlag: es war auf ein falsches Heft der Zeitschrift ›MERKUR‹ verwiesen.

Fedora fand nach einigem Suchen später dann das richtige Heft mit dem Aufsatz über Stefan Paluselli, in dem falschen Heft aber fand sie eine Kurzgeschichte ihres Vaters mit dem Titel ›Der perfekte Mord‹.

Sie las sie mit zunehmender Aufmerksamkeit, ja Aufregung, bestellte gleich danach auf dem Weg nach Hause in einer Buchhandlung drei Exemplare dieser Nummer und schickte je eines an ihre Schwestern. (Im Gegensatz zu Lolo wußte sie Name und Adresse Nadinas in Amsterdam.)

Nadina las nur die ersten Absätze der Erzählung. Weiterzulesen hätte sie überfordert. Nadinas Mann Fobbe von Japsenen las mit Mühe die ersten Zeilen. Dann wurde das Heft in Amsterdam weggelegt.

Lolo las die ganze Erzählung.

War es wirklich Gerechtigkeit, die hier verschlungene Wege ging und nicht vielmehr ein Irrtum, der sich für Gerechtigkeit hielt? Oder war gerade dieser Irrtum die wahre, nur verschleierte Gerechtigkeit? So daß die tiefere Gerechtigkeit sozusagen in sich noch einmal einen noch schwerer einsehbaren verschlungenen Weg gewählt hatte, um das geheime Weltgefüge im Gleichgewicht zu halten?

Lolo las die Erzählung: sie war in der Tat spannend, aber selbst wenn sie das nicht gewesen wäre, hätte sie Lolo ohne Zweifel in einem Zug gelesen.

Die Erzählung handelte von einem älteren Schriftsteller, dem die Frau mit einem anderen Mann davongelaufen war. Der ältere Schriftsteller grämte sich darüber, vor allem aber ärgerte es ihn, daß er aufgrund der frauenfreundlichen bundesdeutschen Scheidungsgesetze an seine Frau Unterhalt zahlen mußte, obwohl sie davongelaufen war und mit einem anderen Mann zusammenlebte. Der ältere Schriftsteller ermordete seine davongelaufene Frau, und zwar auf so raffinierte (und gleichzeitig im Grunde genommen einfache) Weise, daß der Mord nie aufkam.

Der ältere Schriftsteller paßte – wohlvorbereitet – eine Gelegenheit ab, bei der seine Frau allein mit ihrem Auto fahren wollte, überfiel sie von hinten, betäubte sie mit einem äthergetränkten Tuch, fuhr mit dem Auto – die vorsichtshalber gefesselte Frau am Beifahrersitz – an eine Kiesgrube. Selbstverständlich fuhr der ältere Schriftsteller mit Handschuhen, um keine Fingerabdrücke zu hinterlassen, und alles spielte sich in einer einsamen Gegend und in der Nacht ab. An der Kiesgrube entfernte der ältere Schriftsteller die Fesseln, zerrte seine Frau auf den Fahrersitz, startete das Auto wieder, kurbelte das Fenster herunter und schob das Auto über den Rand der Kiesgrube in das Wasser, wo es sogleich versank.

Die Erzählung spielte in den österreichischen Bergen. Der ältere Schriftsteller in der Erzählung hieß Gebhardt. Das Auto der Frau war ein kleiner Wagen der Marke Renault.

Lolo las weiter, denn die Geschichte war noch nicht zu Ende.

Herr Gebhardt ging nach dem Mord durch die sternklare, kalte Nacht (es herrschte auf der Straße zum Teil Glatteis, was Gebhardt auch einkalkuliert hatte) zu Fuß zum nächsten Ort, von wo aus er mit dem letzten Omnibus in die etwa 25 km entfernte größere Stadt fuhr. Hier übernachtete er in einem Hotel, in dem er einen falschen Namen angab.

Am nächsten Morgen fuhr er mit dem Zug nach München. Hier, so weit weg vom Tatort, hatte er sein eigenes Auto abgestellt.

Die ermordete Frau wurde erst nach Wochen gefunden. Niemand nahm etwas anderes als einen Unfall an.

Aber Gebhardt wurde von Gewissensbissen geplagt. Er träumte gräßliche Träume, durch die Erinnyen jagten. Lolo fand diese Passagen etwas pathetisch und die deutlich antiken Anklänge für den fiesen Charakter Gebhardts zu heroisch.

Nach Jahren, so hieß es in der Erzählung weiter, schrieb sich Gebhardt seine Schuld von der Seele: er verfaßte ein Drehbuch für die Kriminalserie ›Tatort‹, in dem er seinen eigenen Mord exakt schilderte, und ein findiger Polizist, der diesen ›Tatort‹ sah und sich an den Vorfall mit Frau Gebhardt erinnerte, rollte den Fall auf.

Gebhardt wurde verhaftet, angeklagt – aber freigesprochen, weil – wie es in der Erzählung hieß – deutsche Richter in ihrer kleinbürgerlichen Unkultur nicht in der Lage sind, Literatur ernst zu nehmen. – Der perfekte Mord.

Nach dem Freispruch waren, stellte Gebhardt fest, auch die erinnyschen Träume weg.

Lolo pfiff durch die Zähne.

Sie nahm das Heft und fuhr zum Minister a. D. Weil der deutsch nicht lesen konnte, übersetzte ihm Lolo die Geschichte in groben Zügen. Auch der Minister a. D. pfiff durch seine (längst falschen) Zähne, griff zum Telephon und rief den Polizeipräfekten an.

Nun sind Literatur und Justizwirklichkeit natürlich schon zwei paar Stiefel. So hatte Schaumberg in seiner (seiner?) Erzählung den sachlichen Fehler begangen, daß sein ›Gebhardt‹ in Deutschland vor Gericht gestellt wurde, während die Tat ja in Tirol geschehen war.

Man müsse, entschied der Minister a. D., Schaumberg auf französisches Gebiet locken.

Das war nicht schwer. Der Minister veranlaßte über das Kultusministerium eine Einladung Schaumbergs nach Paris zu einer Lesung. Der ahnungslose Nandor fuhr hin.

Inzwischen hatte die Kriminalpolizei in Nizza ihre Arbeit

aufgenommen. Die Leiche Frau Schaumbergs wurde exhumiert, das immer noch vorhandene, wenngleich völlig verrostete Wrack des Autos wurde nochmals untersucht. Schaumberg wurde verhaftet, als er in Paris/Charles de Gaulle aus dem Flugzeug stieg.

Er bekam lebenslänglich.

Das Gericht stützte seinen Spruch auf das, wie es ausführte, indirekte Geständnis Schaumbergs. Die neuerliche Obduktion der Leiche hatte ergeben, daß die Anwendung von Äther zwar nicht nachweisbar, aber auch nicht ausgeschlossen war. Am Lenkrad des Citroën waren keine Fingerabdrücke Schaumbergs zu finden, was exakt mit dem indirekten Geständnis Schaumbergs übereinstimmte: daß er nämlich Handschuhe getragen hatte. Der Fahrer des Postomnibusses, der den letzten Kurs an jenem 1. Dezember gefahren hatte, erinnerte sich zunächst an gar nichts, auf ganz eindringliches Befragen und nach Vorlage einer Übersetzung der Erzählung, besann sich der Mann aber dann doch daran, daß in Saint-Fiacre ein Herr mit silbergrauen Locken in den Omnibus gestiegen und nach Nizza gefahren sei. Saint-Fiacre ist ein Dorf, das zwei Kilometer von der fraglichen Kiesgrube entfernt liegt. Bei Gegenüberstellung mit Schaumberg sagte der Omnibusfahrer: er könne nicht mit Sicherheit sagen, daß dieser Mann mit jenem Passagier von Saint-Fiacre identisch sei. Als die Gegenüberstellung vor Gericht wiederholt wurde (inzwischen waren die Zeitungen voll von dem Fall), war sich der Omnibusfahrer bereits sicher über diese Identität. Dazu kam, daß nicht weniger als sieben Nachtportiers von Hotels in Nizza sich mit an Sicherheit grenzender Wahrscheinlichkeit daran erinnerten, daß Schaumberg an jenem 1. Dezember spätabends im jeweiligen Hotel ein Zimmer gemietet hatte.

»Sicher irren sich sechs der Zeugen«, führte das Gericht aus, »was aber den Gesetzen der Logik entsprechend bedeutet, daß einer der sieben sich *nicht* irrt. Welcher sich nicht irrt, ist für die eigentliche Wahrheit nicht von Bedeutung. Aber das Entscheidende in dem Fall ist das indirekte Geständnis des Angeklagten. Er behauptet zwar, die Erzählung stamme gar nicht von ihm, er habe sie frech plagiiert. Der eigentliche Autor sei ein Mann namens Stephan Faussel; ...« (vor dem für französische Begriffe unaussprechlich konsonantischen Namen Faßl sperrte sich die Schreibmaschine des Gerichtsschreibers) »... das Gericht hat Einsicht in die Akten des entsprechenden Plagiatsprozesses genommen. Dort hat der Angeklagte das Plagiat aufs entschiedenste geleugnet. Das Gericht vermag auch die Frage nicht zu beantworten: welches Interesse soll jener Herr Faussel gehabt haben, Madame Schaumberg zu ermorden? Wohl aber hatte der Angeklagte ein Interesse: die Geldgier, ein besonders niedriges und verwerfliches Motiv. Und nicht zuletzt«, hieß es im Urteil, »ist auf den vergeblichen Versuch des Angeklagten einzugehen, ein Alibi zu konstruieren. Er lebte damals in Fortaleza in Brasilien. Aber gerade um die fragliche Zeit war er drei Wochen in Urlaub mit unbekanntem Aufenthalt. Lang genug, um nach Europa zu fliegen, den Mord zu begehen und wieder zurückzukehren.«

Dazu kam allerdings auch – und auch das wurde sehr ausführlich dargelegt –, daß der Vorsitzende des Gerichts wie nahezu alle Franzosen, die mehr als die Elementarschule besucht haben, nebenbei Schriftsteller war, mehrere Abhandlungen juristischen und philosophischen Inhalts, aber auch lyrische Gedichte, einen erotischen Roman in Briefen und mehrere Kurzgeschichten sowie ein Kriminalhörspiel geschrieben und, wie es wörtlich im Urteil hieß, »eine weitaus höhere Meinung von der Literatur« hatte, »als der Angeklagte in seinem indirekten Geständnis den deutschen Gerichten attestiert«.

Nicht zuletzt diese höhere Meinung öffentlicher Instanzen

vom geschriebenen Wort mache den Rang der französischen Literatur aus. Das Gericht sei glücklich, dies hier sagen und bekunden zu können.

Schaumberg führte sich gut im Gefängnis. Er genoß Vergünstigungen. Seine Glaswürfel durfte er zwar nicht mit in die Zelle nehmen, wohl aber zwei seiner Morgenmäntel (einen auberginefarbigen mit eingewebten rosa Muscheln und einen seegrasgrünen mit weißen Tressen). Nach einem Jahr durfte er sich die silbernen Locken wieder wachsen lassen. Ab und zu besuchte ihn Lolo. Nach zwei weiteren Jahren wurde dem Häftling Schaumberg die Verwaltung der Gefängnisbibliothek übertragen. Dort las Schaumberg das neueste belletristische Werk des Gerichtsvorsitzenden, eine etwa hundertzwanzig Seiten lange Novelle mit dem Titel: ›Le crime parfait ou presque‹.

Als Lolo heiratete und von Nizza fortzog, besuchte den Häftling Schaumberg niemand mehr.

Eine ungewöhnliche Liebesgeschichte
(1983)

Wie man weiß, liebte es der alte, inzwischen pensionierte Oberstaatsanwalt Dr. F., zu den Streichquartettabenden der Frau Grünmund zu gehen, auch wenn er kein Instrument spielte. Er setzte sich nur still in eine Ecke und hörte zu. Zoe Grünmund, eine zierliche und schlanke Frau, die eigentlich nie schön gewesen war, die aber jetzt, wo sie nicht mehr ganz jung war, einen Anflug von zarter, gläserner Aristokratie bekam, bei dem alles darauf hindeutete, daß Frau Grünmund in absehbarer Zeit eine schöne, silberhaarige alte Dame werden würde, spielte die erste Geige. Die zweite Geige spielte ein etwas vorlauter Datentechniker mit wenig Haaren, der aber sehr geschäftig war und zuverlässig immer selbst die seltensten Noten besorgte. Die Bratsche spielte ein gewichtiger Herr mittleren Alters, der von Frau Grünmund ›mein lieber Freund Memoraldi‹ genannt wurde, von Beruf Chemiker war und meist sehr fröhlich. Den Cellopart hatte seit etwa einem Jahr der Neffe Florian des Herrn Memoraldi übernommen, ein überaus musikalischer junger Mann, fast ein Wunderkind, im Gespräch äußerst bescheiden.

Das Quartett schätzte die Anwesenheit von Oberstaatsanwalt Dr. F. nicht nur, weil er, wie nicht anders zu denken, still und ruhig der Musik zuhörte, sondern auch, weil er – aber nur, wenn er gefragt wurde – recht kluge und vor allem kurze und schlüssige Meinungen zu den Stücken und ihrer Wiedergabe äußerte. Eine größere Rolle – manchmal die Hauptrolle – in der Unterhaltung fiel Dr. F. in der Regel erst dann zu, wenn der musikalische Teil des Abends geendigt und die Hausfrau die kalten Platten und den Wein aufgetragen hatte. Ein Wort, eine Bemerkung, eine Frage genügten, um Oberstaatsanwalt Dr. F.s Schatz an Anekdoten und Erzählungen in Bewegung zu bringen.

An jenem Abend hatte die Hausfrau einen Zeitungsartikel zitiert, der gerade großes Aufsehen erregte, weil eine Prinzessin aus einem der wenigen auf der Welt noch regierenden Fürstenhäuser einen Rauchfangkehrer geheiratet hatte, der zudem seltsamerweise Neger war. ›Eine ungewöhnliche Liebesgeschichte‹ hatten die Boulevardblätter diese eheliche Verbindung genannt. Sogleich setzte sich Oberstaatsanwalt Dr. F. mit einigem Rucken in seinem Sessel in jene Lage zurecht, die seinen Erzähl- und Betrachtungsstrom am schönsten sprudeln ließ, und sagte:

»Hm, hm – eine Prinzessin und ein Kaminfeger heiraten. Was soll daran ungewöhnlich sein –«

»Es ist eben wahrscheinlich«, sagte Frau Grünmund, »in jenem Fürstenhaus noch nie vorgekommen. Insofern ungewöhnlich. Zumal der Rauchfangkehrer auch Neger ist.«

»Dies allenfalls«, sagte Oberstaatsanwalt Dr. F., »akzeptiere ich als ungewöhnlich. Es wäre interessant zu erforschen, was in der Seele eines Negers vorgeht, wenn er den Beruf eines Rauchfangkehrers ergreift. Wenn er jedoch eine Prinzessin heiratet – das mag standeswidrig sein (aus *ihrer* Sicht), die halbfürstlich-halbnegrisch-halbrauchfangkehrerischen Kinder aus dieser Ehe mögen nicht thronfolgeberechtigt sein, das Wappen mag befleckt sein, mag sein, die Rauchfangkehrerinnung ist ebenfalls pikiert, weil sie den Neger als Snob betrachtet – das alles ... aber was spielt das heute noch groß für eine Rolle? Gar keine. Ein Mann und eine Frau ... das ist es doch im Kern. Was soll daran ungewöhnlich sein? Wen haben schon alles Prinzessinnen geheiratet zum Leidwesen ihrer Familien? Das ist überhaupt nichts Ungewöhnliches. Ungewöhnliche Liebesgeschichten, *wirklich* ungewöhnliche Liebesgeschichten tragen sich heutzutage überhaupt nicht mehr zu. Da muß man schon weit zurückgehen, sehr weit.«

»Wie weit?« fragte Herr Memoraldi.

»In die Zeit«, sagte Oberstaatsanwalt Dr. F., »in der man über Land ritt, in einen dichten Wald geriet, in dem auf grünen Lichtungen scheue Hindinnen einen Augenblick mit großen Augen den Eindringling betrachten, bevor sie mit einem großen Satz in die tiefschwarzen Schatten zwischen Bäume fliehen, die nie eine menschliche Hand fällen würde. Und dann öffnet sich der Wald gegen eine weite Ebene hin, und auf einem violetten Felsen dort steht ein Schloß mit unendlich hohen, wild bewachsenen Mauern, nur ein einziges Fenster ganz oben ist offen, ein Vorhang verhängt es halb, und der Efeu über dem Tor bildet ein seltsames Ornament.

In so einem Schloß lebte einst eine Prinzessin – wer weiß, vielleicht eine ferne Urgroßtante unserer Prinzessin mit dem Rauchfangkehrer – und schaute aus dem erwähnten Fenster in die Ebene hinaus. Sie, die Prinzessin, hieß Aubeth, und ihr Blick schweifte umflort bis ans Meer, wo einige feine, weiße Wolken knapp über dem Horizont sich wie Striche hinzogen. Im übrigen war der Himmel von einem sanften, klaren Blau wie nur in der legendendurchwirkten Vorzeit und seitdem nicht mehr, allenfalls auf einigen kostbaren Veduten des Canaletto, aber die sind vermutlich geschmeichelt. Schon damals war es eine alte Geschichte. Aubeths Vater, der König Gurgust, Herr über das Schloß auf dem violetten Felsen, über die weite Ebene und die Wälder ringsum, auch über einige Städte und so fort, lag in ererbtem Streit mit dem König der Inseln, die ganz fern draußen am Horizont zu sehen waren, aber nur bei Sonnenaufgang, denn sie lagen im Westen, mit dem König der Inseln Archigall, der einen Sohn namens Giutolin hatte.

Eine seltsame Frau, Prinz Giutolins Amme, die ihn aber später auch die Kunst des Zitherspielens lehrte, wie sie ihn auch in Kenntnissen der lateinischen und griechischen Sprache unterwies, zeigte ihm eines Tages heimlich ein Bild der Prinzessin Aubeth, in das – man muß schon sagen: in *das,* nicht in die, denn er kannte ja nur das Bild – sich der Prinz unverzüglich verliebte. Die alte Amme wollte und wollte, so sehr Prinz Giutolin auch drängte, nicht verraten, wen das Bild darstellte. Der Prinz geriet abwechselnd in Schwermut und in Zorn, und in einem Anfall von besonders wilder Raserei stürzte er sich auf die Amme und würgte sie, daß ihr die Augäpfel hervorsprangen – Domestiken waren damals solcherart Behandlung gewohnt, das hätte die gute Alte noch nicht veranlaßt, ihr Geheimnis preiszugeben, aber der Prinz drohte, alles seinem Vater, dem König der Inseln Archigall zu erzählen, und da erschrak die Amme und gestand, daß die schöne Jungfrau auf dem Bild die Prinzessin Aubeth, die Tochter des Erzfeindes seines Vaters sei.

Der Prinz Giutolin bestieg daraufhin unverzüglich ein Pferd, nahm Abschied von seinem betrübten Vater – dem er sagte, er ziehe nach ritterlichem Brauch in die Welt, um irgendwo, sofern er noch einen fände, sie waren schon zu der Zeit seltener geworden, einen Drachen zu erlegen oder sonst edle Gefahren zu bestehen –, ritt zum Meer, lud sein Pferd und sich auf ein Schiff, ruderte mit kräftigem Arm über die Meerenge, ritt vor das Schloß des Todfeindes seines Hauses und gab sich als fahrender Zitherspieler aus, worauf er eingeladen wurde, einen Abend lang im Kaminzimmer seine Kunst zum besten zu geben. Sei es, daß nicht oft Zitherspieler auf das Schloß des Königs Gurgust kamen und somit der Maßstab fehlte, sei es, daß Prinz Giutolin wirklich schön und süß die Zither schlug: der Beifall war gewaltig. Auch die Damen – züchtig hinter Schleiern auf der Empore – klatschten Beifall.

Prinz Giutolin, der wie alle Prinzen damals Augen wie ein Luchs hatte, spähte aber während seines Spiels aus den Augenwinkeln ständig zur Damenempore hinauf, die sich, getragen von einer spitzbögigen Arkadenreihe und geschmückt mit einem goldfarbenen Teppich, seitlich des Thrones hinzog, und sein Blick durchdrang alle Schleier, und er erkannte in der dritten Dame von links in der ersten Reihe die Prinzessin Aubeth und stellte fest, daß sie noch schöner war als auf dem Bild, und er seufzte tief. Die Zuhörer meinten, es gehöre zu dem Lied, das der Prinz grad zu den Klängen seiner Zither sang.

Aber auch die Prinzessin Aubeth wandte keinen Blick von dem fahrenden Zitherspieler. Das alte Lied. Es kam, wie es kommen mußte. Sie verliebte sich in den jungen Mann. Auch das Lied, das Prinz Giutolin sang, war ein altes Lied. Es lautete –«

»Bis jetzt«, sagte Frau Grünmund, »ist das alles andere als eine ungewöhnliche Liebesgeschichte. Im Gegenteil.«

»Warten Sie ab«, sagte Oberstaatsanwalt Dr. F. »Wo war ich stehengeblieben?«

»Das Lied lautete: ...«, sagte Herr Memoraldi.

»Der Wortlaut des Liedes«, sagte Oberstaatsanwalt Dr. F., »ist wohl nicht von Bedeutung für den Gang der Geschichte, denn der vorgebliche Zitherspieler, der sich übrigens ›Tolingiu‹ nannte, hätte jedes beliebige Lied spielen mögen, Prinzessin Aubeth hätte sich so oder so in ihn verliebt. Die Prinzessinnen damals verliebten sich nicht in Kaminfeger oder dergleichen, sie verliebten sich nur in Prinzen, allenfalls in Grafen oder Ritter, und die Prinzen verliebten sich ausschließlich in Prinzessinnen – von einigen dramatischen Ausnahmen, die die Regel bestätigen, abgesehen. Warum war das so? Ich habe oft darüber nachgedacht. Ein stärker als in späteren Zeiten ausgeprägtes Standesbewußtsein dürfte die geringere Rolle dabei gespielt haben. Wahrscheinlich war es so, daß Schönheit, Geist und Tugend damals noch den Ständen entsprechend verteilt waren. Ein Prinz war eben schöner, geistvoller und tapferer als ein Kohlenbrenner, eine Prinzessin zierlicher, schlanker und holder als eine Torwärterstochter. Erst später vermischte sich das. Froschäugige Prinzen, wie auf den Bildern Goyas dargestellt, oder mopsköpfige wie der Herzog von Windsor waren erst der Neuzeit vorbehalten.«

»Wie, sagten Sie, nannte sich der Prinz?« fragte Frau Grünmund.

»Tolingiu.«

»Naja –«, sagte Frau Grünmund, »ein sehr schleißiges Pseudonym.«

»Sagen Sie das nicht«, entgegnete Oberstaatsanwalt Dr. F. »In jenen steingrauen Zeiten war man nicht so gewieft. Denken Sie daran, wie lang der irische Hof gebraucht hat, um dahinterzukommen, wer Tantris in Wirklichkeit ist.

Jedenfalls also verliebte sich die Prinzessin Aubeth in den fahrenden Zitherspieler, und verstohlen warf sie, nachdem der angebliche Musiker seinen Vortrag geendet hatte – sowas ging zu jenen langsamlebigen Zeiten nicht unter sechs, acht Stunden ab – und kurz bevor sich die Herren zu einer Partie Bridge zurückzogen, dem Prinzen eine Rose zu, die vorher an ihren Busen gesteckt war. Das veranlaßte den Prinzen nach der Bridge-Partie – die auch ihre drei, vier Stunden dauerte – mittels einer Leiter, die er sich beim Hilfskastellan auslieh, vom Wallgraben aus in das Kemenatenfenster der Prinzessin einzusteigen, das heißt: dies zu versuchen. Der alte König Gurgust kannte nämlich seine Pappenheimer und hatte die entsprechenden alten Sagen gelesen, und vielleicht hatte er es in seiner Jugend auch nicht anders gemacht. Obwohl er während des musikalischen Vortrages gut und gern seine fünfzehn Trinkhörner Met gezwitschert hatte und während des Bridge-Spieles weitere sieben oder acht, wälzte er sich doch, da ihm etwas schwante, aus dem Bett, nahm eine Fackel, wickelte sich in einen Gobelin, der die Schlacht bei Issus darstellte, und ging nachschauen. ›Aha!‹ schrie er, ›habe ich mir's doch gedacht!‹ Er trommelte die Burgwache zusammen. Der angebliche Sänger und Zitherspieler wurde durch kräftiges Rütteln an der Leiter gezwungen, herunterzusteigen. Unstandesgemäße Prügel bezog er zwar nicht, denn er schlug den schlichten Musikermantel zurück und enthüllte eine silberne Rüstung, die im Mondlicht blitzte, zog sein gewaltiges Schwert und hieb einige Burgknechte in der Mitte auseinander, worauf die anderen den Weg zur Flucht freigaben. Prinz Giutolin sprang auf sein Pferd und sprengte – einen Schwur: nichts im Himmel und auf Erden könne verhindern, daß er Prinzessin Aubeth erobern werde, ausstoßend – in die Nacht davon.

Da Prinz Giutolin so unvorsichtig war, dem Hilfskastellan fürs Überlassen der Leiter ein Trinkgeld in der Währung des Königreichs der Westlichen Inseln zu geben, war das ohnedies schwache Pseudonym, wie Sie, gnädige Frau, so richtig bemerkten, rasch gelüftet, und König Gurgust sagte: ›Von dieser Sippschaft da drüben war ja nichts anderes zu erwarten.‹

Aber was half diese Einsicht? Nichts. Prinzessin Aubeth welkte, wie man so sagt, dahin. Sie aß nichts mehr, ihre Wangen fielen ein, sie lachte nicht mehr, ihre Augen wurden trüb. König Gurgust und seine Gemahlin, die Königin Antonia, berieten, was zu tun sei, und sie kamen auf ein damals nicht ganz abwegiges Mittel, nämlich auf die Anwendung eines Zaubertrankes.

Ja – das ist auch so eine Sache. Das vorige Jahrhundert, das unselige neunzehnte, das den bisher lächerlichsten Aberglauben, nämlich den Marxismus, hervorgebracht hat, sich im übrigen aber so schrecklich vernünftig und aufgeklärt gebärdete, hat alles, was die alten Legenden und Sagen (einschließlich der Bibel) berichteten, als zwar vielleicht hübsch, aber doch absurd und unglaubwürdig hingestellt. Erst unserem anbrechenden Wassermann-Zeitalter war es vorbehalten, in den Ruf ›Die Bibel hat doch recht!‹ auszubrechen. Nach und nach entdeckte man – oder glaubte es wenigstens –, daß in den alten Geschichten mehr historische Wahrheit steckt, als Schulweisheit sich träumen läßt. Man muß also, da in so vielen alten Geschichten von Zaubertränken die Rede ist, davon ausgehen, daß es solche Tränke tatsächlich gegeben hat. Warum gibt es sie heute nicht mehr? Ganz einfach: weil die Hexen ausgerottet worden sind. Jahrhundertelang hat die Kirche und auch die weltliche Obrigkeit alle Hexen und Zauberer verbrannt, und es sind keine mehr übriggeblieben. Die Rezepte der Liebestränke sind untergegangen. Das ist ohne weiteres einleuchtend.

Aber damals hat es noch Hexen gegeben, auch im Reich des Königs Gurgust war eine ansässig, und gegen einen unverschämten Preis – der König schimpfte, daß er dafür drei Schlachtschiffe ausrüsten hätte können – braute die Hexe, die Cuppax hieß, so einen Trank. Er schillerte leicht grünlich und roch nach Katzendreck. Auch bei Liebestränken war es so, daß sie desto sicherer wirkten, je scheußlicher sie schmeckten. ›Sie müssen bedenken, Majestät‹, sagte die Hexe Cuppax, ›daß die Prinzessin nicht nur verliebt gemacht werden soll, daß darüber hinaus eine schon vorhandene Liebe unwirksam gemacht werden muß.‹ Es war vorgesehen, daß sich Prinzessin Aubeth in den verwitweten Erzkämmerer und Ersten Großwürdenträger des Reiches, einen gewissen Herzog Sigiswulf, verlieben solle.

Die Hochzeit wurde vorbereitet, Erb- und Heiratsverträge wurden geschlossen, Mitgift und Morgengabe wurden ausgehandelt. Notare und Kabinettssekretäre schlichen mit sorgenzerfurchten Stirnen über die Treppen des Schlosses. Königin

Antonia ließ sich ein Brautmutterkleid entwerfen und brütete eine und eine halbe Woche über der Gästeliste und der Sitzordnung. Als nach einigen Monaten die päpstliche Dispens vom Ehehindernis der zu nahen Verwandtschaft eintraf – der Herzog und der Bräutigam war ein Vetter der Mutter von König Gurgust –, war aber alles geregelt. Nur die Braut, Prinzessin Aubeth, hatte den Liebestrank noch nicht getrunken. Sie wußte von ihrer bevorstehenden Liebesheirat noch nichts. Die ganzen Vorbereitungen waren unbemerkt an ihrem umflorten Blick vorbeigegangen, den sie aus dem halb verhangenen Turmzimmer in regnerische Ferne richtete. Das Wetter war ziemlich mies in letzter Zeit.

›Jetzt wird es höchste Zeit‹, sagte Königin Antonia am Tag vor der Hochzeit.

›Allerdings‹, sagte der König.

›Daß du solche Sachen auch immer bis zum letzten Augenblick hinausschiebst. Morgen ist die Hochzeit. Die Fanfarenbläser üben schon. Und das Kind ist in den Bräutigam noch nicht verliebt. Tu doch was.‹

›Wieso denn immer ich?‹ fragte der König. ›Du bist doch die Mutter!‹

›Aha. Wenn es Schwierigkeiten gibt, ist sie *mein* Kind. So haben wir's gern. Nein, nein: diesmal wirst du dich gefälligst aufraffen.‹

›Aber das ist doch eher eine Sache – eine Sache ... wie soll ich sagen ... eine delikate Sache unter Damen –‹

›Nichts da. Das ist in erster Linie eine Staatsangelegenheit. Und du bist der König.‹

Sie müssen sich«, sagte Oberstaatsanwalt Dr. F., »diese Unterhaltung natürlich in einem eleganten, rohseidigen Altfranzösisch vorstellen. Mit leichten keltischen Einsprengseln.

Der König rümpfte die Nase, nahm das Flacon mit dem Liebestrank zur Hand, entfernte den Stöpsel und roch an der

Öffnung. Er rümpfte nochmals die Nase. ›Scheußlich‹, sagte er dann. ›Ich kann verstehen, daß kein Mensch dieses Zeug freiwillig trinkt.‹

›Ja, was sollen wir dann machen?‹ flennte die Königin. ›Sollen wir vielleicht die Hochzeit absagen? Und was denken die Leute dann? Und was mache ich mit meinem Brautmutterkleid? Soll ich das vielleicht bei meiner Beerdigung tragen?‹

›Ist schon gut. Beruhige dich –‹, sagte König Gurgust. ›Was hat denn die Hexe gesagt, wie man dem Kind das Gesöff beibringen soll?‹

›Rede nicht so despektierlich‹, zischte die Königin, ›wer weiß, wie weit die Hexe hört.‹ Die Königin schneuzte sich. ›Die Hexe hat gesagt: sie liefert nur den Liebestrank. Alles andere ist unsere Sache.‹

›Sehr fein‹, sagte der König, ›für das viele Geld!‹ Er roch wieder am Fläschchen. ›Am besten wäre es, wenn es einen Zaubertrank gäbe, der macht, daß sie gern das Gesöff trinkt.‹

›Du redest meschugge‹, sagte die Königin, ›und für diesen Zaubertrank braucht man wieder einen Zaubertrank und für den wieder … und so fort –‹

›Ist ja schon gut‹, sagte der König. ›Ich habe ja nur gemeint.‹

Da kam den ratlosen Eltern ein zunächst ungünstig scheinender, dann sich als günstig herausstellender, letzten Endes aber – Sie sehen«, sagte Oberstaatsanwalt Dr. F., »daß es sich sehr wohl um eine ungewöhnliche Liebesgeschichte handelt – letzten Endes aber fataler Zufall zu Hilfe. Prinzessin Aubeth hatte nämlich jetzt doch die immer hektischer werdenden Hochzeitsvorbereitungen wahrgenommen.

›Was ist das für ein Lärm?‹ fragte sie leise ihre Zofe. Es war nicht ihre eigentliche, in die Sache eingeweihte Hauptzofe – die war bei der Anprobe ihres Festkleides –, sondern eine junge Hilfszofe, die die Hauptzofe nur grad für eine halbe Stunde vertreten sollte.

›Das sind die Fanfarenbläser, königliche Hoheit.‹

›Was für Fanfarenbläser?‹

›Die Fanfarenbläser, die für die Hochzeit üben.‹

›Für welche Hochzeit?‹

Die Zofe kicherte: ›Für welche Hochzeit – für die morgige Hochzeit natürlich.‹

›Wer heiratet morgen?‹

›*Sie* und der Herzog Sigiswulf ...‹

Da sprang die Prinzessin auf und rannte zu ihren Eltern, die eben, wie geschildert, über das Problem nachdachten, wie der Tochter der Liebestrank beigebracht werden könnte.

›Nie! Nie!‹ schrie Prinzessin Aubeth, zerriß ihr Kleid und raufte sich die Haare. ›Lieber sterbe ich.‹

Manchmal reagierte König Gurgust geistesgegenwärtig. ›Tu das Gift weg –‹, zischte er seiner Frau zu, aber so, daß Prinzessin Aubeth es hören konnte. Sofort entriß Prinzessin Aubeth ihrer Mutter den Flacon und eilte aufheulend hinaus.

›So macht man das‹, sagte der König großartig und setzte sich wieder an seine Patience.

Lesen Sie, verehrte Freunde«, fragte Oberstaatsanwalt Dr. F., »jemals die kleinen Zettel, die den Medikamenten beiliegen? Nein. Kaum jemand liest sie, obwohl drauf steht: ›unbedingt lesen!‹ Aber da man das ›unbedingt lesen!‹ schon nicht liest, was soll das da dann viel helfen? Weder König Gurgust noch Königin Antonia hatten den Zettel gelesen, den die Hexe dem Zaubertrank beigegeben hatte, obwohl auch da – mit krakeliger Schrift allerdings – ›unbedingt lesen!‹ drüber stand. Auf dem Zettel hatte die Hexe geschrieben, daß der Liebestrank seine stärkste Wirkung entfalte, wenn er morgens auf nüchternen Magen einen Tag vor Vollmond genommen werde, daß man ihn mit Selterswasser, auch mit Tee oder Kaffee, keinesfalls aber mit alkoholischen Getränken strecken dürfe. Contraindicationen bestünden bei akuter Gelbsucht und

Herzrhythmusstörungen. Falls nach der Anwendung kurzzeitig Blähungen aufträten, so sei dies ungefährlich. Schwangeren ab dem 3. Monat dürfte der Trank nicht verabreicht werden. Vor allem aber stand auf dem Zettel: der Patient verliebe sich in dasjenige lebendige Wesen, das er innerhalb der ersten Viertelstunde nach der Einnahme zunächst zu Gesicht bekäme.

Das war der Papagei Dolbran.

Der Skandal war nicht zu vermeiden. Herzog Sigiswulf reiste verärgert auf seine Güter im Süden ab und schickte eine Rechnung über die Ausgaben, die er für die nicht stattgefundene Hochzeit gehabt hatte.

Die Notare und Kabinettssekretäre hatten alle Hände voll zu tun, um die Verträge, deren Tinte kaum trocken war, durchzustreichen. Die Königin heulte und wrang Taschentücher. Der König warf die Patiencekarten zu Boden. Die Patience ging nicht auf. ›Das auch noch‹, murmelte er. Die Nachricht drang wie ein Lauffeuer durch die Lande, auch bis zu König Archigall, der einen Lachanfall bekam, was wiederum wie ein Lauffeuer zu König Gurgust zurückeilte, der daraufhin mit den Zähnen knirschte. Die Hochzeitsvorbereitungen hatten aber so viel gekostet, daß vorerst kein Geld für einen Krieg da war.

Prinzessin Aubeth wand sich unter leichten Blähungen vor dem Käfig des Papageis Dolbran, in dessen Gegenwart sie das vermeintliche Gift genommen hatte. Sie nahm den Vogel, einen großen, bösen Ara, der nichts außer ›Dolbran schöön‹ krächzen konnte, aus dem Käfig und herzte ihn. Der Papagei biß die Prinzessin in die Nase, die davon vor Lust ohnmächtig wurde.

Es blieb nichts anderes übrig, als die Prinzessin mit dem Papagei zu verheiraten. Die Kinder, die aus den Eiern schlüpften, die die Prinzessin später legte, hatten Federn und Krallen.

Sonst war die Ehe nicht unglücklicher als viele fürstliche Verbindungen, die aus Staatsräson geschlossen wurden. Bei den Enkeln überwog schon das menschliche Aussehen, da ja kein weiterer Papagei in die Familie einheiratete. Im Lauf der Generationen verlor sich das Erbgut. Nur noch selten kam ein Prinz oder eine Prinzessin mit bunten Flügeln statt Armen zur Welt. Solche Atavismen wurden in der Regel, damit sie sich nicht fortsetzten, dem geistlichen Stand geweiht. Der letzte war der bekannte rot-blau-gefiederte Erzabt Guimar von St. Odile. Dann hatte sich die Sache genetisch ausgewachsen.«

»Eine in der Tat ungewöhnliche Liebesgeschichte«, sagte Frau Grünmund. »Es würde mich jetzt nur noch interessieren: was wurde aus dem verliebten Prinzen?«

»Der heiratete vielleicht ein Meerschweinweibchen«, sagte Herr Memoraldi ruhig und biß in eine dick mit Gänseleberpastete bestrichene Semmel.

»So einfach sind die Geschichten nicht, mein lieber Herr Memoraldi«, sagte der Oberstaatsanwalt Dr. F.

»Doch«, sagte Herr Memoraldi, nachdem er geschluckt hatte, »es war nur so, daß, anders als bei den Nachkommen der Prinzessin Aubeth, beim Königshaus Archigall sich nicht die Menschlichkeit, sondern die Meerschweinität die Oberhand ermendelte. Nach fünfzehn Generationen gab es in dem Stammbaum nur noch Meerschweinchen.« »Woher wollen Sie das wissen?« fragte Frau Grünmund. Oberstaatsanwalt Dr. F. lachte.

»Jedes Meerschweinchens Verbrechen sühnet reine Meerschweinigkeit«, sagte Herr Memoraldi und nahm das nächste Stück Pastete.

Mithras
(1991)

Normalerweise setze ich mich nicht an einen Tisch, wenn ich in der Bar »Sant' Eustachio« meinen Caffè speciale oder meine Grappa trinke, nicht aus Geiz, weil es im Stehen wie überall in Italien weniger kostet, sondern um das wohlige Gefühl zu genießen, durch die drängende Fluktuation der Gäste wie von selber wieder nach draußen gespült zu werden. Man steht dann noch eine Viertelstunde in der rotbraunen römischen Nacht, schaut die Schneckenkuppel von Sant' Ivo an, die hell beleuchtet und frisch renoviert ist, reicht dann über die Köpfe hinweg die Tasse ins Lokal zurück und macht sich auf den Heimweg. (Einmal hatte ich sogar das Glück, vor der Bar stehend einen Zimmerbrand im Dachterrassengeschoß eines Hauses in der Via Palombara zu beobachten, bei dem zum Glück niemand zu Schaden kam außer einem Oleanderkübel, aber sehr viel Rauch, Geschrei, das aufgeregte Hin- und Herlaufen einer durchaus sehenswerten jungen Frau in einem durchsichtigen Nachthemd und einen bewundernswürdig virtuosen Einsatz der Feuerwehr *Senatus Populusque Romanum* hervorrief.)

Nicht so heute. Aus irgendeinem Grund, ich weiß ihn nicht mehr, setzte ich mich diesmal an einen der wenigen kleinen Tische, die meist unbeachtet vor der Bar »Sant' Eustachio« stehen und eher dazu angetan sind, die Flut der Gäste in Unordnung zu bringen. Nur ein Tisch war noch besetzt: von einem alten Mann.

Ich kannte ihn vom Sehen, ich wußte nur nicht woher. Die

uralte Methode, ein Mädchen mit der Floskel anzusprechen: »Irgendwoher kenne ich Sie ...« habe ich schon als Jüngling als zu abgegriffen verabscheut, so verabscheut, daß ich sie auch jetzt nicht verwenden wollte, obwohl das hier kein Mädchen, sondern ein alter Mann war. Vielleicht täuschte ich mich auch. (Ich täuschte mich aber nicht.) Er jedenfalls schien keine Erinnerung mit mir zu verbinden. Er schaute ein paarmal her, schaute eher mißmutig an mir vorbei, trank seinen Kaffee aus und ging dann.

Wenige Schritte von der Bar »Sant' Eustachio« entfernt, in der Via Monterone, findet sich der Palazzo Lante, in dessen Parterre eines der eigenartigsten Restaurants Roms untergebracht ist, das »Eau vive«. Der französische Name sagt nichts über die Küche. Die Küche des »Eau vive« ist nicht nur international, sondern interkontinental. Die Nonnen kochen jeden Abend eine Spezialität aus einem anderen der fünf Kontinente, denn überall haben die Nonnen vom »Eau vive« ihre Missionsstationen, und besonders brave, tüchtige, reinliche und sittlich gefestigte Missionskinder weiblichen Geschlechts dürfen für eine Zeit nach Rom und bedienen – in allen Ehren selbstverständlich – die Gäste im »Eau vive«. Die Mädchen tragen dabei ihre Landestracht, wobei selbstverständlich auf höchstgeschlossene Züchtigkeit größter Wert gelegt wird. Da, wie es heißt, Papst Woytila, als er noch Cardinal war, bei seinen Aufenthalten in Rom stets hier verkehrte, ist das Lokal in moralischer Hinsicht über jeden Zweifel erhaben. Es ist aber auch mit Sicherheit das sauberste Lokal in Rom, und man könnte notfalls vom Boden essen. Das Essen, das eine afrikanische, asiatische oder lateinamerikanische Missionstochter auf stets rot gedecktem Tisch serviert, ist ausgezeichnet, der Weinkeller ist reich sortiert, und sanfte Musik durchtönt den Raum. Ich lege Wert in dem Zusammenhang auf das Wort:

Musik. Nicht die leider weitverbreitete Berieselung mit schwachmatischem Plastikgedudel tönt im »Eau vive« aus dem Lautsprecher, sondern echte Musik: Vivaldi, Bach, Mozart. Tafelmusik. Das läßt man sich gefallen. Gegen zehn Uhr allerdings wird das Tonband abgedreht, und es kommt zum Höhepunkt des Abends. Schon vorher haben die Missionstöchter kleine Kärtchen mit dem Text eines französischen und eines italienischen Marienhymnus verteilt, und nun stellt sich eine der Töchter in die Mitte zwischen den beiden kaum getrennten Speisesälen und singt vor, drei weitere Töchter pfeifen aus dem Hintergrund verhalten auf Blockflöten, und die Gäste sind eingeladen (aber nicht verpflichtet) mitzusingen.

Oberstaatsanwalt Weltin, mit dem ich mich im »Eau vive« verabredet hatte, sang kräftig mit; ich nicht. Gemeindegesang, ob religiöser oder vaterländischer, löst in mir eine mir selber rätselhafte Maulsperre aus, und zwar Maulsperre in der Hinsicht, daß sich mir das Maul zusperrt. Vielleicht ist auch dies mein Seelenphänomen ein weites Feld, gehört aber jedenfalls nicht hierher.

Gnadenlos wurden alle Strophen des Hymnus gesungen, danach bedankte sich die Missionstochter, Vivaldi wurde wieder angedreht, und Weltin und ich lehnten uns in Erwartung des im »Eau vive« erfahrungsgemäß opulenten Desserts in die Sessel zurück.

Oberstaatsanwalt Weltin hatte keineswegs beruflich in Rom zu tun. Er ist einer von den vielen, denen Rom ins Herz gebissen hat. Seit Jahrzehnten verbringt er sozusagen jede freie Minute in Rom, und das Leben fern dieser Stadt entringt ihm nur Seufzer. In Rom wohnt er immer in einer Pension in einer der schmalen Nebenstraßen des Campo dei Fiori, die sich in einem Haus befindet, in dem, so wird gesagt, Venozza de Cattanei – die Mutter Lucrezia und

Cesare Borgias – nach dem Tod Alexanders VI. ein Bordell betrieben haben soll.

»Von irgend etwas mußte sie leben«, sagte Weltin, »und eine sozusagen verwitwete Papstgeliebte hat keine Pension bekommen. Selbst wenn es dem verstorbenen Papst gelungen ist, das Kardinalskollegium durch Nepoten und Günstlinge aufzufüllen, haben sie fast immer einen Nachfolger aus dem Kreis der Feinde des vorangegangenen Papstes gewählt, äußerstenfalls kam ein Kompromiß zustande, und es wurde einer zum Papst gewählt – das war dann meist ein alter, von dem erwartet wurde, daß er bald stirbt –, der zu keinem Lager gehörte und dem Verblichenen wenigstens nicht grün war. So sicherte man sich die Umverteilung der Pfründen.«

»Und als allererstes, denke ich mir«, sagte ich, »warf der neue Papst die Kebsweiber und Bastarde des Verstorbenen aus dem Vatican.«

»So ist es«, sagte Oberstaatsanwalt Weltin.

Er war ein Spezialist für *kleine* Kirchen. Er kannte natürlich auch alle großen und berühmten; seine Lieblingskirche war S. Maria della Pace, die er jedesmal besuchte, aber vor allem hing seine Seele an den kleinen und unbekannten Kirchen. Wer kennt S. Egidio? oder S. Stefano degli Abissini? oder die sog. Chiesa del Sudario? Niemand kennt sie, niemand macht sich die Mühe, sie zu besuchen: nur Oberstaatsanwalt Weltin.

»In S. Stefano degli Abissini ist fürchterlich schwer hineinzukommen. Die ist nämlich *im* Vatican. Sie steht hinter der Peterskirche und wirkt im Schatten dieser Basilika wie ein etwas größerer Blumenkübel. Wahrscheinlich weiß nicht einmal der Papst, daß es diese Kirche gibt. Die Sudario allerdings kann jeder besuchen. Die liegt neben der Casa del Burcardo, also neben dem Haus jenes Prälaten Burckhardt aus Straßburg, der der Zeremonienmeister Alexanders VI. war und dessen Schweinigeleien minutiös aufgeschrieben hat. Übrigens: neben der Sudario liegt sehr unauffällig S. Giuliano Ospitaliero, die Nationalkirche der Flamen ...«

»Chiesa del Sudario? Gibt es einen heiligen Sudarius? den Patron der Schwitzbäder?«

»Sudario heißt das Schweißtuch: das Schweißtuch der Veronica, Sie wissen.«

»Und S. Egidio?«

»Das ist eine Art Anhängsel hinten an S. Maria im Trastevere. Die sieht man nur, wenn man im Garten des im übrigen vorzüglichen ›Tana de noantri‹ den Kellner bittet, den Besteckkasten kurz wegzuräumen ...«

Ich habe dann einmal der Versuchung nicht widerstehen können, den guten Weltin zu irritieren. Es gebe eine Kirche, sagte ich, hätte ich gehört, namens *S. Meleagro.*

»Hochinteressant«, sagte Weltin elektrisiert, »S. Meleagro, von der habe ich noch nie gehört.« Er brauchte zwei Tage, um herauszufinden, daß dem legendären Bezwinger des Kalydonischen Eber keine Kirche geweiht ist, daß es S. Meleagro nicht gibt. Ich beichtete ihm, daß ich – entschuldigt durch Weinlaune – den S. Meleagro schlichtweg erfunden hätte. Er lachte. Aber ganz, habe ich den Verdacht, glaubte er mir nicht. Er ist den Gedanken nie mehr losgeworden, daß es vielleicht S. Meleagro doch gibt und daß er sie eines Tages in einem der verborgensten Winkel Roms noch findet. Von seinem Bett aus, erzählte Weltin, blicke er direkt auf den Giordano Bruno: »Also nicht auf Giordano Bruno, der starb im Februar 1600 auf dem Campo dei Fiori den schrecklichsten Tod; er wurde von der Sacra Congretatio Sancti Officii von einem lebendigen Menschen unter unvorstellbaren Qualen zu etwa einem Kilogramm Asche verbrannt. Verbrennen Sie sich einmal einen Finger an einer heißen Herdplatte: wie weh das tut, wenn Sie nur einen Moment mit der glühenden Platte in

Berührung kommen. Und das, ich bitte Sie, am ganzen Körper und zwei, drei Stunden lang. Ich hoffe, der zuständige Kardinal schmort in der Hölle.«

»War das Bellarmin?«

»Nein. Der ist erst 1602 Mitglied des Sanctum Officium geworden. Der schmort aber auch. Wegen Galileo Galilei.«

»Ich weiß«, sagte ich, »aber Bellarmin ist doch heiliggesprochen?«

»Ich glaube«, sagte Weltin, »die Ritenkongregation, die für Selig- und Heiligsprechungen zuständig ist, würde sich wundern, wenn sie wüßte, wieviel Heiliggesprochene dort unten in den Wurstkesseln sieden.«

»Gibt es eine Hölle?«

»Das ist eine ganz andere Frage. Der Theologe Urs von Balthasar, der immerhin nicht als Häretiker gegolten hat, hat gesagt: Eine Hölle gibt es schon, aber sie ist leer.«

»Sie kennen sich aber gut aus«, sagte ich, »nicht nur bei den kleinen Kirchen, sondern auch bei der Großen Ecclesia.«

»Es geht«, sagte Weltin, »ich weiß, was einem halt so zufliegt, wenn man sich für alles, was es in Rom gibt, interessiert. Dabei bin ich, muß ich zu meiner Schande gestehen, nicht das, was man *gläubig* nennt. Katholisch schon«, sagte er schnell, »gläubig nicht. Ich könnte der Sache wieder nähertreten, wenn sich das Heilige Offizium entschlösse, fünf Männer zu rehabilitieren: Markion, Origenes, den erwähnten Giordano Bruno, Galilei und Ignaz von Döllinger. Und mindestens seligsprechen, die fünf.«

Die Antike ist für uns von oben her abgenagt. Das haben Barbaren, Banausen und vor allem der Zahn der Zeit besorgt. Erst ist der Schmuck gestohlen worden, dann sind die feineren Zierate abgebrochen, dann ist das Gebälk eingestürzt, dann sind die Säulen umgefallen, dann das Mauerwerk zerbrochen. Von den meisten Gebäuden des Altertums sind nur die Grundmauern auf uns gekommen. Das einzige antike Gebäude, das seine Bedachung nicht verloren hat, ist das Pantheon, dessen Kuppel, ein Weltwunder, die Zeiten überstanden hat. S. Maria Rotonda heißt das Pantheon, aber es hat diesen Namen nie eigentlich angenommen. Die Antike ist stärker, zumindest hier. Auch in anderen Kirchen Roms wie überhaupt in Italien ist von Andacht wenig zu spüren. Speziell der Glaube der Römer ist nüchtern und alles andere als innig. Sie brauchen ja auch nicht zu *glauben,* sie wohnen so nahe den Quellen, wo man *weiß:* im Sant' Uffizio weiß man alles genau, dort, wo die Buchhaltung der Ewigkeit ihren Sitz hat. Tiefere Religiosität ist da nicht erforderlich. Das strahlt auf ganz Rom aus, und den Römern genügt es, wenn die *anderen* glauben. In keiner Kirche aber ist der christliche Geist so weit zurückgedrängt wie im Pantheon. Ich bin sicher, daß viele, die da hineingehen, sich gar nicht vergegenwärtigen, daß sie in einer Kirche sind. *Pantheon:* das Allgötterhaus. Vielleicht war es so, daß sich alle die Götter, die von Kaiser Theodosius am 28. Februar 380, einem Freitag, abgesetzt worden waren, in diese Feenkuppel zurückzogen, und dort wohnen sie noch heute, und gegen diese komprimierten Gottheiten kommt ein Federstrich, der den Ort in S. Maria Rotonda umbenennt, nicht an. Oder vielleicht hat die Muttergottes in ihrer Güte dieses Gebäude pro forma übernommen, damit der Papst sich zufrieden gibt, und gewährt den heidnischen Vettern ihren Schutz. Es ist eh wenig genug, wenn man bedenkt, was ihnen vorher alles gehört hat.

Und im Pantheon stand jener alte Mann aus der Bar »Sant' Eustachio«. Er hatte eine Mütze auf dem Kopf: eine Art Schiffchenmütze, dunkelblau mit einem kleinen, kurzen Bommel vorn. Ich stutzte. Ich war, wie man so sagt, befremdet, wußte aber im Augenblick nicht, worüber. Dann dämmerte es mir herauf: das hier ist ja eine Kirche, und er hat in der Kirche eine Mütze auf. Wer in einer katholischen Kirche eine Kopfbedeckung trägt, ist entweder weiblichen Geschlechts oder zelebrierender Geistlicher. Allenfalls dürfen gewisse Uniformierte den Kopfputz aufbehalten: zum Beispiel bayrische Gebirgsschützen, die die Vollständigkeit ihrer angeblich uralten Tracht über die Ehre des Altares stellen. War der Alte, der da stand, uniformiert? Seine Uniform beschränkte sich auf die Mütze, im übrigen trug er einen Anzug, der in älterer erbaulicher Literatur als: geflickt aber sauber, umrissen worden wäre. Der Alte war derjenige, den ich in der Bar »Sant' Eustachio« gesehen hatte und der mir damals bekannt vorgekommen war. Natürlich hatte ich ihn vorher schon gesehen: nämlich hier im Pantheon.

Er hielt Wache. Ein anderer Posten stand gegenüber, auch ein alter Mann, auch mit einer blauen Mütze. Die Waffe der Posten war ein Kugelschreiber. Ich näherte mich meinem Alten. Er schaute freundlich zu mir her. Er stand – genauso wie sein diametrales Gegenüber jenseits des Tempelrunds – neben einem hölzernen Pult, auf dem ein großes aufgeschlagenes Buch lag. Haltung und Miene des Alten waren aus unzähligen Facetten gemischt: militärisch, brav, freundlich, bescheiden, sicher, unaufdringlich, treu ... einer der letzten, der die Wache vor dem toten Feldherrn hält. So ungefähr. Das Pult mit dem Buch war fast größer als der Alte samt Mütze.

Als ich mich näherte, trat der Alte – unbeschreiblich dezent und offensichtlich bemüht, auch nur jeden Schein der Aufdringlichkeit zu vermeiden – einen Schritt zu mir her, machte eine kleine Verbeugung und lächelte. Außer Raffaels Grab befinden sich im Pantheon die Sarkophage von König Vittorio Emanuele II. und Königin Margherita. (Vittorio Emanuele II. reitet auch überlebensgroß vor der Weißen Schreibmaschine auf dem Capitol, kann aber für das verheerende

Bauwerk nichts, denn es wurde erst lang nach seinem Tod errichtet.) Das sei, flüsterte mir der Alte zu, das Buch, in das jeder seine Unterschrift setzen könne, der die Wiedereinführung der Monarchie befürworte.

Die, wenn man so sagen kann, Wachstube der Königstreuen befindet sich in einem Hinterzimmer eines Ladens in der Via Minerva, seitlich des Pantheons. Dort sitzen die alten Männer, bevor sie ihren freiwilligen Dienst antreten; dort hängen auch die Mützen. In einem Regal liegen die Bände mit den bereits gesammelten Unterschriften. Viele sind es nicht. Die Wachhabenden werden auch immer weniger. Jedes Jahr wird mindestens einer zur endgültigen Audienz abberufen.

Ob ich, hatte ich gefragt, auch unterschreiben dürfe, obwohl ich Ausländer sei?

Man sehe das nicht so eng, sagte der Alte und reichte mir mit einer Andeutung von Salutieren den Kugelschreiber. Ich unterschrieb, er salutierte wieder und dankte. Dann trat er zurück in seine stumme Dienstlichkeit für die aussichtslose Sache seines verstorbenen Königs. Vorher aber hatte er mir noch zugeflüstert, daß man drüben in der Via Minerva kostenloses Informationsmaterial erhalten könne.

Ich ging also hinüber, bekam das kostenlose Informationsmaterial, das unter anderem eine Photographie des Ex-Königs Umberto II. mit Unterschrift enthielt. Die Unterschrift war nur faksimiliert, leider. Ich setzte mich an einen Tisch vor einer Bar an der Piazza Rotonda, bestellte einen Campari mit Soda und studierte das Material, ich gebe zu: etwas halbherzig.

Im Hinterzimmer des Ladens in der Via Minerva hatte ich noch nach dem Namen des Alten gefragt. »Welchen meinen Sie? Den, der vor dem Grab Ihrer verewigten Majestät, König Vittorio Emanuele des Zweiten, oder den, der vor dem Grab Ihrer verewigten Majestät, der Königin Margherita, steht?«

»Ihrer verewigten Majestät König Vittorio Emanuele des Zweiten«, sagte ich.

»Das ist Gai«, sagte der Mann, der mir das Informationsmaterial gegeben hatte, auch ein Alter, und fügte den mir nicht verständlichen Satz hinzu: »Sie müssen wissen, wir sind auf jeden angewiesen; große Ansprüche können wir nicht stellen.«

»Ja, nun«, sagte Oberstaatsanwalt Weltin, nachdem wir den Marienhymnus gehört hatten und nun das Dessert serviert war, »die savoyardische Monarchie ... ich hätte gern eine Monarchie, bei uns und auch hier, weil ich es mir so schön vorstelle, wenn ich dann ein so recht königstreuer Republikaner sein könnte. Und sehen Sie: ich habe einen Namen, der nicht grad überwältigend schmückt. So ein kleines ›von‹ davor ... nun gut: – übrigens weiß ich eigentlich nicht, warum man in einer Republik nicht adeln kann. Was hindert den Bundespräsidenten daran? Aber das nebenbei. Ich bin aber *auch gegen* die Monarchie, weil ich die Savoyarden nicht mag. Daß das ganze Risorgimento ungesetzlich war, dürfte wohl klar sein.«

»Aber rückgängig machen lassen wird es sich kaum.«

»Wer weiß. Die Römer wären heute froh, wenn Sizilien und Neapel noch selbständig wären, und sie hätten nichts mit dem ganzen Mezzogiorno zu tun.«

»Immerhin haben die Savoyarden, also jener Vittorio Emanuele, und sein Minister Cavour und Garibaldi, den Kirchenstaat beseitigt.«

»So? Das rechnen Sie als Verdienst?«

»Soweit ich informiert bin, war die päpstliche Regierung das bornierteste, was sich überhaupt denken läßt. Gregor XVI. soll sogar verhindert haben, daß Eisenbahnen im Kirchenstaat gebaut werden, weil er sie für Teufelswerk hielt. Chemin d'enfer, soll er gesagt haben.«

»Nicht so voreilig. Sind Sie *heute* ganz sicher, daß dieser ganze Fortschritt *Engels*werk war? Ich sage nur: Ozonloch, Treibhauseffekt –«

»Und Sie meinen, Gregor XVI. hat das vorausgeahnt?«

»So weit würde ich nicht gehen. Das Argument brauche ich auch nicht. Mir genügt die Legitimation des Kuriosen. Der Kirchenstaat war ein Kuriosum. Ein Priesterstaat. Die von ihnen erwähnte, letzten Endes doch gebaute päpstliche Eisenbahn! Eine päpstliche Kriegsflotte – ewig schade drum. Bis vor einigen Jahren waren im kaum je von irgendwem besuchten Museo Storico im Vatican –«

»Nur von Ihnen besucht – zwischen zwei kleinen Kirchen.«

»Ja. Da waren die Flaggen der beiden letzten Pontifical-Kriegsschiffe ausgestellt: des Kreuzers *San Pietro,* der sich am 26. September 1860 in Ancona ehrenvoll den Österreichern ergab, und der Korvette *Immacolata Concezione.* Das muß man sich vor Augen halten: eine Korvette, die ›Unbefleckte Empfängnis‹ hieß. Wo hat es das sonst noch auf der Welt gegeben? Ein Kuriosum. Die Welt lebt, behaupte ich, von Kuriosa. Warum, frage ich Sie, wird sich das an und für sich vernünftige Esperanto nie durchsetzen? Weil es nur Regeln hat und keine Ausnahmen. Eine Sprache ohne Ausnahmen von ihren Regeln ist unerträglich. Das Regelmäßige ist der Tod.«

»Der sogenannte Ernst des Lebens.«

»Der Ernst des Lebens ist tödlich.«

»Aber jetzt weiß ich noch immer nicht, ob Sie für oder gegen die, wie Sie sagen, savoyardische Monarchie sind?«

»Ich bin selbstverständlich dafür – wenngleich es mir schwerfällt.«

»Aber große Sorgen bereitet sie Ihnen nicht? Ich glaube zu beobachten, daß ihre Wiedereinführung nicht *un*mittelbar bevorsteht.«

Weltin blieb ernst: »Die Mitglieder des Hauses Savoyen waren so widerwärtig. Alles boshafte Zwerge oder heimtückische Nörgler oder aufgeblasene Hohlköpfe ... dennoch bin ich selbstverständlich dafür; besser als gar nichts.«

Der römische Abend hatte sich ziegelrot in die Gassen des Trastevere niedergesenkt. Die Lampen über den Tischen waren so hell, daß alles darüber im Dunkeln verschwand. Die Gasse schien wie ein lärmiger Speisesaal. Es war halb neun Uhr. Die Kellner rannten hin und her und trugen auf, was man im »Arco di San Callisto« am liebsten ißt: Fische und Muscheln. Die Gasse ist eng, und die Hälfte davon ist auch noch Gastgarten, durch Büsche in Kübeln abgetrennt. Wir, Oberstaatsanwalt Weltin und ich, waren früh dagewesen; wir hatten deswegen einen schönen Tisch ganz hinten im ruhigsten Eck bekommen. Ruhig, aber doch mit Überblick über das ganze Leben hier. Der Gitarrenspieler und seine Frau sangen im Duett und sammelten ab.

»Ob diese Lieder echt sind?« fragte ich. »Oder ist das alles nur noch Tourismus?«

»In Rom ist der Tourismus so alt, daß sogar das Falsche schon wieder echt ist.«

Später kam der rührende Mandolinenspieler. Er sieht aus wie ein Buchhalter, korrekt gekleidet, hat sogar eine Aktentasche dabei, aber eben auch in einer Tuchhülle eine Mandoline, auf der er zirpt. Es ist kaum zu hören bei dem Lärm. Noch später singt die Alte. Die Alte, mit einem Gesicht wie eine faltige Sibylle, singt unentgeltlich. Sie wohnt drüben, schräg auf der anderen Seite im ersten Stock. Fast jeden Tag macht sie den Fensterladen auf und singt vor sich hin.

»Was singt sie?« fragte Weltin den Kellner.

»Man versteht nichts«, sagte der und kehrte rasch die Brösel vom Tisch, stellte eine neue Karaffe mit Frascati hin, »sie hat keine Zähne. Una pazza.«

Es ist zehn Uhr. Die Mauern sind noch warm, die Nacht aus Ocker und Umbra. Aus der Küche riecht es immer noch nach Olivenöl und Muscheln. Weltin schenkt vom Frascati nach. Eine römische Nacht.

»Ich bin«, sagte Weltin, »immer auf der Seite der Unterlegenen, so komisch das klingt. Weil ich doch in meinem Leben draußen –« er meinte: außerhalb Roms »– ein Staatsanwalt bin. Aber was –! Ich bin auf seiten der Verlierer.«

»Das ist ein Zug, den Sie mit vielen Menschen teilen. Ich behaupte: mit dem besseren Teil. Nur die Unfeinen schreien mit den Siegern.«

»Die Stuarts, zum Beispiel. Sie kennen das edle Grabmal von der Hand Canovas im Petersdom? Sicher – was gibt es nicht alles gegen die Stuarts einzuwenden! Ihre enorme Geistesbeschränktheit! Aber das Unglück, die Melancholie zwingt mich auf ihre Seite. Und schließlich: sie haben den Stuartkragen eingeführt. Was haben die Hanoverians eingeführt? Das Pferdegebiß. Nein, nein: ich bin Jacobite. Oder das Christentum. Ich sagte Ihnen schon: ich bin nicht das, was man gläubig nennt, jedenfalls nicht in dem Sinn, wie es das Sant' Uffizio möchte, dazu kenne ich die Evangelien zu gut –«

»Trotzdem sind Sie für die Wiedererrichtung des Kirchenstaats in seiner früheren Ausdehnung?«

»Weil ich für die Unterlegenen leide.«

»Ich habe heute für die Wiedererrichtung der savoyardischen Monarchie unterschrieben.«

»So? Wo?«

»Im Pantheon.«

»Kann man das?«

»Man kann, ich fürchte nur, es hilft nicht viel. Außerdem:

die Savoyarden waren ja diejenigen, die Ihren Papst Pius IX. vertrieben haben –«

»Aber inzwischen sind sie selber Verlierer geworden. Ach: es häufen sich in der Geschichte Verlierer auf Verlierer. Die Welthistorie: ein Komposthaufen von Niedergeschlagenen.«

»Ich habe aber vorhin Ihren Gedankengang unterbrochen. Sie waren beim Christentum angelangt.«

»Es ist ein Elend«, fauchte Weltin, »kaum, daß die Kirche von der Geißel der Christenverfolgung befreit ist – 313 durch den Kaiser Constantin –, was tut sie? Sie beginnt endlosen, haarspalterischen theologischen Zank. Monotheleten, Monophysiten, Realmonophysiten, Verbalmonophysiten, Niobiten, Damianiten, Arianer, Apollinarier, Aktisteten, Monoenergeten, vom Drei-Kapitel-Streit ganz zu schweigen ...«

»Was alles letzten Endes zu den Scheiterhaufen für Häretiker führen sollte.«

»Völlig unverständlich aber ist mir«, sagte Weltin, »daß die Christen, kaum daß sie selber nicht mehr verfolgt wurden, sofort anfingen, ihrerseits diejenigen unduldsam, unerbittlich und gnadenlos zu verfolgen, die nicht ihrer Meinung waren. Eine scheußliche Sache. Jesus Christus muß sich im Grab umgedreht haben.«

»Sie halten es auch hier mit den Verlierern?«

»Die Sache mit der Victoria in der Curia. Kennen Sie die?«

»Nein.«

»Da hat eines Tages, es war gegen Ende des 4. Jahrhunderts, der Blitz in der Curia eingeschlagen und die altehrwürdige Statue der Victoria zerstört. Diese Vision galt als Unterpfand der römischen Weltherrschaft, und die wenigen, die damals noch die Würde und Tradition Roms hochhielten, obwohl sich das historische Glück längst schon abgewandt hatte, waren der Ansicht, daß man wieder eine Victoria aufstellen solle. Der Römer Symmachus, ein gelehrter Mann, Senator und aus altem Adel, einer, der sich noch nicht dem neuen christlichen Modetrend angeschlossen hatte, trug die Bitte dem Kaiser vor, das war Valentinian II., der in Mailand residierte, und der Kaiser, obwohl modischer Christ, wäre geneigt gewesen, diese nun wirklich bescheidene Bitte zu erfüllen, aber da heizte ihm dieser heilige Ambrosius, eine der widerwärtigsten Figuren seiner Zeit, heizte der ihm mit Schilderungen der Höllenstrafen dermaßen ein, daß Valentinian dem Senat die Aufstellung einer neuen Victoriastatue verbot. Oder: da haben die Christen in einer Stadt namens Kallinikos irgendwo im Orient in einem schönen, frühen Beispiel von Antisemitismus eine Synagoge angezündet. Der Kaiser verfügte, was nur recht und billig ist, daß die mordbrennende Christenhorde den Wiederaufbau der Synagoge bezahlen müsse. Und schon war wieder der Ambrosius zur Stelle und prophezeite dem Kaiser ewige Höllenqualen, wenn er verlange, daß die Christen auch nur einen Pfennig zahlen müssen. Die Juden mußten ihre Synagoge aus eigenen Mitteln wieder aufbauen und noch dankbar dafür sein, daß sie es überhaupt durften.«

Der Abend wich der Nacht. Die Mauern erkalteten, die silbergrauen Schatten wehten auf die Plätze. Nur noch wenige Autos quetschten sich durch die engen Gassen; schon viele Tische waren frei geworden, nur noch selten kam ein neuer Gast. Die Kellner standen mit verschränkten Armen an die Wand gelehnt. Weltin bestellte eine neue Karaffe Frascati. Einer der späten Gäste war ein alter Mann. Ich erkannte ihn sofort.

Es gibt Leute, die fahren mit irgend jemand Wildfremden in der Straßenbahn, kommen ins Gespräch und wissen nach drei Stationen die Lebensgeschichte des anderen, Familienverhältnisse, Krankheiten, Schwierigkeiten und selbst, was zu dem betreffenden Abend voraussichtlich gekocht wird. Kontaktfreude nennt man das, und es ist wahrscheinlich eine höchst freundliche Eigenschaft, die einem das Leben erleichtert. Mir stellen sich schon die inneren Stacheln auf, wenn mich in vergleichbaren Situationen einer auch nur anschaut und sich vorbereitend räuspert. Oberstaatsanwalt Weltin ist auf dem Mittelweg angesiedelt: in Deutschland reagiert er wie ich, in Italien ist er die Kontaktfreude selber, nicht zuletzt deswegen, weil er gern sein brillantes Italienisch funkeln läßt.

Als ich ihm in ein paar Sätzen erzählt hatte, was ich von Signore Gai wußte, wurde er ganz wepsig und rutschte auf seinem Stuhl hin und her. Inzwischen waren alle Gäste bis auf den Alten und uns gegangen. Der Alte hatte ein Glas Wein vor sich stehen und aß einen eher kümmerlichen gebratenen Fisch. Ich halte es nicht für ausgeschlossen, daß der Alte, so wie er da saß, nicht ein zahlender Gast, sondern ein Almosenempfänger des Wirtes war. Weltin stand endlich auf, ging zu dem Alten hinüber, verbeugte sich ein wenig und lud ihn ein, sich zu uns zu setzen. Nach Überwindung sichtlich echten Zögerns folgte Gai der Einladung, nahm seinen Teller, sein Glas und kam.

Weltin bestellte eine Käseplatte für uns drei und weiteren Wein, diesmal roten. Nicht mehr sehr dienstbeflissen brachte es der Kellner. Es ging auf Mitternacht.

Das Gespräch ging stockend; nicht aus sprachlichen Gründen, denn Weltin sprach, wie erwähnt, sehr gut italienisch. Das Gespräch ging stockend, weil Signor Gai vermutete, daß wir irgend etwas von ihm wollten und nicht wußte, was. Es lockerte sich auch nicht, als sich Weltin als Monarchist zu erkennen gab. Als ich, um Gesprächsstoff einzuführen, Weltin als Kenner der kleinen Kirchen Roms pries, wurde Gai eher noch verschlossener.

Als der Käse gegessen und der Wein ausgetrunken war, bezahlte Weltin, und wir gingen. »In die Bar ›Sant' Eustachio‹«, sagte Weltin, »Sie sind eingeladen.«

Auch in der Bar »Sant' Eustachio« war Gai, wie ich jetzt bemerkte, nicht Gast, sondern Almosenempfänger. Der eine Kellner, der lange semmelblonde, rief nämlich, als er Gai erblickte: »Ich glaube, du hast diese Woche schon dein Deputat gehabt.«

»Sie zahlen«, sagte Gai und deutete auf uns, »auch für mich.«

Wir setzten uns hinaus. Die Bar »Sant' Eustachio« bietet nicht nur hervorragenden Kaffee aus eigener Brennerei, sondern auch mehrere Sorten vorzüglicher Grappe. *Das* endlich lockerte Gais Zunge.

»Was heißt: kleine Kirchen«, murrte er, »was heißt: große Kirchen. Was heißt: Christen. Was weiß man von Christus? Gar nichts. Wer weiß, wieviel die Evangelisten erfunden haben. Alles haben sie niedergetrampelt. Alles andere ausgelöscht. Mit welchem Recht? Wer gibt ihnen das Recht anzunehmen, daß ihr Gott der richtige ist?«

»An welchen Gott glauben *Sie?*« fragte ich.

»Gibt es einen richtigen Gott? Wenn es einen Gott gibt, dann ist es der richtige. Mehr als *einen* kann es nicht geben, weil es dann kein Gott wäre, wenn Sie wissen, was ich meine. *Zwei* oder gar noch mehr können nicht jeder allmächtig sein. Wenn Sie wissen, was ich meine. Und da es nur Einen Gott gibt, wenn überhaupt, dann ist es schon der richtige. Da brauche ich keinen Papst, um das zu wissen.«

»An welchen Gott glauben *Sie?*«

»An den richtigen.«

»An Ihren richtigen?«

»Jedermanns richtigen.«

»Wie heißt Ihr Gott?«

»Gott kann keinen Namen haben, sonst wäre er nicht Gott. Ich führe Sie wohin.«

»Wie bitte?«

»Ich bin jetzt«, sagte Gai, »dreiundsiebzig Jahre alt. Meine Eltern sind natürlich längst tot. Geschwister habe ich nie gehabt. Seit einundvierzig Jahren bin ich Witwer. Mein einziger Sohn ist mit einundzwanzig Jahren an Krebs gestorben. Ich habe niemanden. Seit achtunddreißig Jahren hat mir niemand mehr zugehört, wenn ich etwas gesagt habe. Erst Sie. Ich führe Sie wohin.«

»Und wohin?«

»Wo ich noch niemanden hingeführt habe.«

Wir gingen durch das nächtliche Rom. Das Travertinpflaster gibt den Schritten ein eigenes, unverwechselbares Geräusch: für den, der Rom liebt, Musik. Wir gingen am Pantheon vorbei, über die Piazza Capranica bis in eine Gasse in der Nähe von San Lorenzo in Lucina. Gai sperrte die Tür eines schmalen Hauses auf. Viele Häuser sind alt in der Gegend, manche stammen noch aus dem Mittelalter.

»Ganz unter dem Dach wohne ich«, sagte Gai, »fragen Sie nicht: *wie*.«

Er führte uns aber nicht hinauf, sondern hinunter. Der Keller war voll Gerümpel. Wenn in zweitausend Jahren Archäologen diesen Keller freilegen, dann können sie mühelos die Zusammensetzung unserer Konsumzivilisation rekonstruieren.

»Keiner im Haus kennt das«, sagte Gai, und räumte einen Schubkarren weg, dem das Rad fehlte und in dem ein kleiner Berg Zement festgebacken war, »und das Merkwürdige ist, daß ich es nicht ahnte, als ich hier eingezogen bin. Wer ahnt schon sowas.« Er räumte einige zerfressene Rollen Bodenbelag zur Seite. »Oder ich habe es doch geahnt, ohne daß ich es selber bemerkt habe. An einen Zufall ist ja fast nicht zu glauben.« Eine eiserne Tür kam zum Vorschein. »Nicht einmal der Padrone kennt diese Tür. Der Padrone, der Hausbesitzer, ist ein reicher Bauer aus Settecamini. Er kümmert sich gar nicht um das Haus. Es verkommt auch alles. Nur die Miete kassiert er.« Gai sperrte die Tür auf. »Die Tür habe *ich* einsetzen lassen. Es hat mich viel Geld gekostet. Vor allem aber war es schwierig, vor den beiden Maurern das zu verbergen, was hinter der Tür ist. Aber es ist mir gelungen. Niemand weiß etwas davon.« Hinter der Tür führte ein enger Gang steil abwärts. Einer, der unter Klaustrophobie leidet, würde nicht hinuntergehen. »Wenn die Soprintendenza per i beni culturali davon erführe – nicht auszudenken.«

Gai schaltete seine Taschenlampe ein. Auf einem Relief war ein Mann in phrygischer Mütze dargestellt, der einen Stier tötet. Ein Hund leckt das Blut des Stieres auf, ein Krebs zwickt in die Hoden des Stieres, links und rechts zwei Jünglingsgestalten – in anderer Dimension, größer als der Stier – jeder mit einer Fackel, der eine hält sie nach oben, der andere zu Boden. Der Stein stand in einem Halbrund, links und rechts davon steinerne Bänke.

»Ach –«, sagte Weltin.

Ein Mithräum. Nie hatte ich so eine vollständig und unversehrt erhaltene Mithrasdarstellung gesehen. Gai kniete nieder.

Ich nahm Abschied von Rom. Oberstaatsanwalt Weltin blieb noch ein paar Tage. Vielleicht wollte er, sozusagen hinter seinem eigenen Rücken, auf die Suche nach S. Meleagro gehen. Wir saßen, ich hatte meinen Koffer schon bei mir, im »Caffè Greco«. Ich aß unter Tränen zwei Tramezzini und trank aus einer der weltberühmten weißen Tassen mit dem orangenen Decors einen *caffè lungo.*

»Daß ich das noch erleben durfte«, sagte Weltin.

»Einer«, sagte ich, »der an den Mithras glaubt.«

»Der letzte«, sagte Weltin.

»Ich glaube gelesen zu haben«, sagte ich, »daß, wenn die Gunst der Weltgeschichte sich damals im dritten, vierten Jahrhundert nicht dem Christentum zugewandt hätte, die Welt *mithräisch* geworden wäre. So weit war in der Spätantike der Mithraskult verbreitet.«

»Das hat Ernest Renan in seiner Hadrian-Biographie gesagt, aber es ist zu bezweifeln. Der Mithraskult war für Frauen unzugänglich, das ist immer schlecht für eine Religion. Und dann haben die Mithrasanhänger keine Proselyten gemacht. Im Gegenteil: die Aufnahme in den Kult war vom Bestehen schwieriger Prüfungen abhängig.«

»Wenn Gai stirbt«, sagte ich, »ist die Geschichte des Mithraskultes zu Ende.«

»Mithras ist der einzige Gott der Mysterienreligionen, zu denen ja auch das Christentum zählt, der kein tragisches Schicksal erleidet. Das sage nicht ich, nicht, daß Sie meinen, ich wolle mit Kenntnissen protzen; das sagt Mircea Eliade.«

»Mithras triumphiert.«

»Bis jetzt. Bis Gai stirbt. Wenn Gai gestorben ist –«, Weltin blickte, um mit Nestroy zu reden, düster in seinen Espresso, »– dann ist auch Mithras tot.«

Ich schaute auf die Uhr. Es war Zeit. Ich zahlte, verabschiedete mich vom Kellner Carmine und vom Kellner Pietro; Weltin brachte mich zum Taxi vorne an der Piazza di Spagna. Damals gab es die Schnellbahn zum Flughafen noch nicht. Ich fuhr mit dem Bus hinaus.

An welcher Stelle verläßt man Rom? Wo ist der Punkt? Die Ankunft ist, für meinen Privatgebrauch jedenfalls, klar: wenn ich mit dem Zug ankomme, betrete ich Rom erst auf dem lärmigen, schwarzen Perron von Roma Termini, wo zwischen Betonpfeilern nie benutzte Wasserhähne und Ausgüsse eingemauert sind. Komme ich mit dem Flugzeug, nutze ich den Flughafenbus der *Acotral,* und da »betrete« ich Rom (im übertragenen Sinn, ich sitze ja im Omnibus), wenn auf der Via Ostiense Sao Paolo ins Blickfeld kommt. Aber an welcher

Stelle *verlasse* ich Rom? Das kann ich nicht sagen. Die Seele kommt erst später nach. Sie hält sich noch an den Obelisken fest, wenn der Körper sich schon längst nach Norden entfernt hat, und erst nach Tagen löst sie sich widerwillig und folgt dem Körper, die Via Flaminia entlang, zäh, schmerzlich, immer wieder zurückblickend. Vielleicht erstarrt sie eines Tages zur Salzsäule, an der Milvischen Brücke, und der Regen wäscht sie kleiner und kleiner und schwemmt die Kristalle meiner Seele an die Ufer des Tiber, dorthin, wo auch der tote Gott Mithras gelebt hat.

Editorische Notiz

Die Jahreszahlen unter den Titeln der Erzählungen beziehen sich auf die Entstehungszeit. Bei den frühen Geschichten hätte sich mit der Angabe des Erscheinens ein irreführender Ansatz ergeben. Die erste Buchveröffentlichung fällt mit der »Glasglocke« auf das Jahr 1966. Viele Erzählungen erschienen zuerst in Zeitschriften und erst später in eigenen Erzählungsbänden des Verfassers. »Die Glasglocke« und »Skaumo« (1976) wurden als Einzelveröffentlichungen in Buchform publiziert. »Don Juan und Faust« und »Livio Campo Sant'angeli, der größte Cellist, den je die Erde getragen hat« sind dem »Ruinenbaumeister« (erschienen 1969) entnommen, dessen Geschichten zum Teil lange vor der Konzeption des Romans und seines Rahmens entstanden sind, was die Herauslösung dieser beiden Erzählungen rechtfertigt.

»Mithras«, die jüngste Geschichte dieser Sammlung von Erzählungen, ist dem Band »Mitteilungen aus dem poetischen Chaos. Römische Geschichten« von 1991 entnommen. Verlag und Herausgeber danken dem Verlag Kiepenheuer & Witsch für die Genehmigung des Abdrucks.

H.A.N.

Herbert Rosendorfer in der nymphenburger

Werkausgabe

Band 1 **Das Messingherz**
Roman · 584 Seiten

Band 2 **Skaumo – Schelmenlied**
Erzählungen · 160 Seiten

Band 3 **Der Prinz von Homburg**
Biographie · 360 Seiten

Band 4 **Briefe in die chinesische Vergangenheit**
Roman · 312 Seiten

Band 5 **Deutsche Suite**
Roman · 272 Seiten

Band 6 **Der Ruinenbaumeister**
Roman · 464 Seiten

Ballmanns Leiden oder Lehrbuch für Konkursrecht
Roman · 256 Seiten

Briefe in die chinesische Vergangenheit
Jubiläumsausgabe · 312 Seiten

Die Frau seines Lebens
Erzählungen · 238 Seiten

Das Gespenst der Krokodile
Erzählungen · 222 Seiten

Herkulesbad
Eine österreichische Geschichte · 160 Seiten

... ich geh zu Fuß nach Bozen
Erzählungen · 252 Seiten

Königlich-bayerisches Sportbrevier
Zeichnungen von Johannes Behler · 205 Seiten

Stephanie und das vorige Leben
Roman · 207 Seiten

Der Traum des Intendanten
Gedanken zur Musik · 272 Seiten

Vier Jahreszeiten im Yrwental
Vier Berichte · 460 Seiten

Das Zwergenschloß
und sieben andere Erzählungen · 274 Seiten